PERDONA SI TE LLAMO AMOR

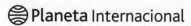
Planeta Internacional

Federico Moccia

PERDONA SI TE LLAMO AMOR

Traducción de Cristina Serna

 Planeta

Obra editada en colaboración con Editorial Planeta – España

Título original: *Scusa Ma Ti Chiamo Amore*

© 2007, Federico Moccia
© 2008, Cristina Serna, por la traducción
© 2008, Editorial Planeta, S.A. – Barcelona, España

Derechos reservados

© 2008, Editorial Planeta Mexicana, S.A. de C.V.
Avenida Presidente Masarik núm. 111, 2o. piso
Colonia Chapultepec Morales
C.P. 11570 México, D.F.
www.editorialplaneta.com.mx

Primera edición impresa en España: enero de 2008
ISBN: 978-84-08-07694-0
ISBN: 978-88-17-01515-8, editor Rizzoli, perteneciente al grupo RCS
Libri S. p. A., Milán, edición original

Primera edición impresa en México: junio de 2008
ISBN: 978-970-37-0806-2

Impreso en los talleres de Litográfica Ingramex, S.A. de C.V.
Centeno núm. 162, colonia Granjas Esmeralda, México, D.F.
Impreso en México – *Printed in Mexico*

A mi gran amigo.
Que me falta. Pero siempre está

Caro amico ti scrivo così mi distrago un po'
e siccome sei molto lontano più forte ti scriverò...

LUCIO DALLA, *L'anno che verrà*

It's not time to make a change,
Just relax, take it easy.
You're still young, that's your fault,
There's so much you have to know,
Find a girl, settle down,
If you want you can marry.
Look at me, I am old,
But I'm happy.

I was once like you are now,
And I know that it's not easy,
To be calm when you've found
Something going on.
But take your time, think a lot,
Why, think of everything you've got.
For you will still be here tomorrow,
But your dreams may not.

CAT STEVENS, *Father And Son*

Uno

Noche. Noche encantada. Noche dolorosa. Noche insensata, mágica y loca. Y luego más noche. Noche que parece no acabar nunca. Noche que, sin embargo, a veces pasa demasiado rápido.

Éstas son mis amigas, qué demonios... Fuertes. Son fuertes. Fuertes como Olas. Que no se detienen. El problema vendrá cuando una de nosotras se enamore de verdad de un hombre.

—¡Eh, esperad que yo también me apunto!

Niki las mira a una tras otra. Están en la via dei Giuochi Istmici. Han dejado abiertas las puertas de su diminuto Aixam y, con la música a tope, improvisan un desfile de moda.

—¡Vale, ven!

Olly camina con un contoneo exagerado por la calle. Volumen al máximo y gafas de sol oscuras muy *fashion*. Parece Paris Hilton. Un perro ladra a lo lejos. Llega Erica, gran organizadora. Trae cuatro *Coronitas*. Apoya las chapas en una barandilla y a puñetazos las hace saltar una tras otra. Saca un limón de su mochila y lo corta en rodajas.

—Eh, Erica, por si te pillan, ¿ese cuchillo mide menos de cuatro dedos...?

Niki se ríe mientras la ayuda. Mete una rodaja de limón en cada Coronita y ¡chin chin!, brindan entrechocando con fuerza las botellas y alzándolas a las estrellas. Luego sonríen con los ojos casi cerrados, soñando. Niki es la primera en beber. Respira profundamente y recupera el aliento. Mis amigas son fuertes, y se seca la boca. Es bonito poder contar con ellas. Con la lengua lame una gota de su cerveza.

—Chicas, sois guapísimas... ¿Sabéis qué? Necesito amor.

—Necesitas un polvo, querrás decir.

—No seas borde —interviene Diletta—, ha dicho amor.

—Sí, amor —prosigue Niki—, ese misterio espléndido, desconocido para ti...

Olly se encoge de hombros.

En efecto, piensa Niki, necesito amor. Pero tengo diecisiete años, dieciocho en mayo. Todavía estoy a tiempo...

—Un momento, un momento, esperad que ahora me toca desfilar a mí...

Y Niki recorre resuelta la estrambótica acera-pasarela entre sus amigas que silban, se ríen y se divierten con esa extraña y espléndida pantera blanca a la que, al menos hasta ahora, nadie ha golpeado todavía.

—Cariño, ¿estás en casa? Perdona que no te haya avisado, pero creía que iba a volver mañana.

Alessandro entra en su casa y mira alrededor. Ha regresado antes a propósito con deseo de ella, pero también con ganas de sorprenderla con otro. Hace ya demasiado tiempo que no hacen el amor. Y, a veces, cuando no hay sexo, ello no significa sino que hay otra persona. Alessandro camina por la casa, pero no encuentra a nadie, en realidad no encuentra nada. Dios mío, ¿acaso han entrado ladrones? Después ve una nota sobre la mesa. Su letra.

«Para Alex. Te he dejado algo de comida en el frigo. He llamado al hotel para avisarte, pero me han dicho que ya te habías ido. Quizá querías descubrirme. No. Lo siento. Por desgracia, no hay nada que descubrir. Me he ido. Me he ido y basta. Por favor, no me busques, al menos por un tiempo. Gracias. Respeta mis decisiones del mismo modo que yo he respetado siempre las tuyas. Elena.»

No, Alessandro deja la nota sobre la mesa, no han entrado los ladrones. Ha sido ella. Me ha robado la vida, el corazón. Ella dice que siempre ha respetado mis decisiones, pero ¿qué decisiones? Deambula por la casa. Los armarios están vacíos. Conque decisiones, ¿eh? Si ni mi casa era mía.

Alessandro ve que la lucecita del contestador automático parpadea. ¿Lo habrá pensado mejor? ¿Querrá regresar? Aprieta la tecla esperanzado.

«Hola, ¿cómo estás? Hace tiempo que no das señales de vida. Eso no está nada bien... ¿Por qué no venís Elena y tú a cenar una noche con nosotros? ¡Nos encantaría! Llámame pronto, Adiós.»

Alessandro borra el mensaje. También a mí me encantaría, mamá. Pero me temo que esta vez me tocará aguantar una de tus cenas solo. Y entonces me preguntarás: «Pero ¿cuándo os vais a casar Elena y tú, eh? ¿A qué estáis esperando? Ya has visto lo hermoso que es, tus hermanas ya tienen hijos. ¿Cuándo me vas a dar un nietecito tuyo?» Y es posible que yo no sepa qué responderte. No seré capaz de decirte que Elena se ha ido. Y entonces mentiré. Mentirle a mi madre. No, no está bien. Con treinta y seis años además, treinta y siete en junio... Eso está muy mal.

Una hora antes.

Stefano Mascagni es escrupuloso en casi todo, menos con su coche. El Audi A4 Station Wagon toma veloz la curva del final de la via del Golf y enfila la via dei Giuochi Istmici. Un escrito dejado por alguien sobre el cristal trasero solicita: «Lávame. El culo de un elefante está más limpio que yo», y sobre el cristal lateral: «No, no me laves; estoy dejando crecer el musgo para el pesebre de Navidad.» En el resto de la carrocería, apenas se ve el gris metalizado, de tanto polvo como la cubre. Una carpeta llena de folios resbala hacia delante y cae, desparramando su contenido sobre la alfombrilla del coche. Idéntica suerte corre una botella de plástico vacía, que se mete debajo del asiento y rueda peligrosamente cerca del pedal del embrague. Del cenicero rebosa una serie de envoltorios de caramelos que lo hacen parecer un arco iris. Menos romántico, sin embargo.

De repente, un golpe seco procedente del portaequipajes. Maldita sea, se ha roto, lo sabía. Mierda. Y encima no puedo ir a verla con el coche en estas condiciones. Seguro que Carlotta llamaría a una empresa de desinfección y después no querría volver a verme nunca más. Hay quien dice que el coche es el espejo de su propietario. Como los perros.

Stefano se acerca a unos contenedores y apaga el motor. Se baja rápidamente del Audi. Abre el portaequipajes. El portátil está fuera de su funda; ésta se había quedado abierta y el aparato se debe de haber salido al tomar la curva. Lo coge, lo observa por todos los lados, por encima y por debajo. Parece intacto. Tan sólo se ha aflojado un poco uno de los tornillos del monitor. Menos mal. Lo vuelve a meter en la funda. Sube de nuevo al coche. Mira a su alrededor. Tuerce el gesto. Del bolsillo del respaldo del asiento del copiloto asoma una bolsa gigante de supermercado semivacía, resto de la supercompra del sábado por la tarde. La saca. Stefano comienza a recoger velozmente todo cuanto queda a su alcance. Lo va metiendo dentro de la bolsa hasta llenarla. Luego baja, abre de nuevo el portaequipajes, coge el portátil y lo deja sobre uno de los contenedores. Trata de colocarlo de modo que mantenga el equilibrio y no se caiga al suelo. Empieza a sacar del portaequipajes cosas ya inútiles y olvidadas. Una bolsita vieja, un estuche de CD, tres latas de refresco vacías, un paraguas roto, un paquete de pilas pequeñas gastadas, un chal tieso. Después, antes de que la bolsa se desborde del todo, se dirige hacia los contenedores. Caramba, no sabía que hubiese de tantas clases... Vidrio, plástico, papel, basura sólida, basura orgánica. Caray. Precisos. Organizados. ¿Y dónde meto yo esto? Son todas cosas diversas. Bah. El amarillo me parece perfecto. Stefano se acerca y pisa el pedal para abrirlo. La tapa se levanta de golpe. El contenedor está lleno. Stefano se encoge de hombros, lo cierra de nuevo y deja la bolsa en el suelo. Vuelve a subir al coche. Mira de nuevo a su alrededor. Así está mejor. Bueno, no. Quizá debiera pasar también por el túnel de lavado. Mira el reloj. No, no, es tarde. Carlotta ya me debe de estar esperando. Y no puedes hacer esperar a una mujer en la primera cita. Stefano cierra el portaequipajes, vuelve al coche, arranca. Pone un CD. Piano y orquesta número 3, op. 30, tercer movimiento, de Rachmaninov. Ya está. Ahora todo es perfecto. Cuando Carlotta me vea llegar con este «Rach 3» se desmayará, como en *Shine*. Embrague. Estupendo. Acelerador. Y se va. Gran noche. Y gran seguridad también al volante.

Un gato bicolor camina afelpado y curioso. Ha permanecido escondido hasta que el coche se ha ido. Después ha salido y, de un salto preciso, ha comenzado su paseo de contenedor en contenedor. Algo llama su atención. Se acerca. Empieza a restregarse, a observar, sigue husmeando. Se rasca una oreja mientras pasa una y otra vez junto a la esquina del ordenador. Desde luego, ésa sí es una basura extraña.

La música sale fuerte y estridente de los bafles del Aixam.
—¡Naomi!
—Se me da bien, ¿eh? —Sonríe Niki.
Diletta bebe un sorbo de cerveza.
—Deberías dedicarte en serio a lo de ser modelo.
—Pasa el tiempo, un año, una se engorda...
—¡Olly, eres una envidiosa! Te fastidia que desfile tan bien, ¿o qué? Pero sabes de sobra que esta..., es la hostia. ¿Cómo se llama?
—Alexz Johnson.
—¡Eh, aquí todas somos profesionales! Mira, mírame a mí. —Y Olly se planta en el otro extremo de la acera, se apoya la mano en la cadera derecha, dobla un poco la pierna y se detiene, mirando fijamente al frente. Después da media vuelta, se echa la melena hacia atrás con un rápido movimiento de cabeza y regresa.
—¡Pareces una modelo de verdad! —Y todas le aplauden.
—Modelo número 4, Olimpia Crocetti.
—Giuditta, mejor que Crocetti. —Y empiezan a cantar a coro una canción, unas mejor y otras peor, unas sabiéndose de verdad la letra y otras inventándosela de cabo a rabo. «*I know how this all must look, like a picture ripped from a story book, I've got it easy, I've got it made...*» Y se toman un último y fresco sorbo de cerveza.
—¡Valentino, Armani, Dolce e Gabbana, el desfile ha terminado! ¡Aquí estaré, por si me queréis contratar! —Y Olly hace una reverencia

a las demás Olas–. ¿Qué hacemos ahora? Empiezo a estar aburrida de estar aquí...

—¡Vámonos al Eur, o quizá, qué sé yo, al Alaska! ¡Sí, hagamos algo!

—Pero ¡si acabamos de hacer algo! No, chicas, yo me voy a casa. Mañana tengo examen y me la juego. Tengo que recuperar el cinco y medio.

—¡Venga! ¡No seas pelma! No vamos a volver tarde. Y, además, mañana puedes levantarte más temprano y le das un repaso, ¿no?

—No. Necesito dormir, ya van tres noches que me hacéis llegar tarde y yo no soy precisamente de hierro.

—¡No, en realidad eres dura sólo de mollera! Está bien, haz lo que te parezca, nosotras nos vamos. ¡Hasta mañana!

Y cada una a su paso se va en una dirección: tres, directas hacia quién sabe dónde y una hacia su casa. Los cuatro botellines de Coronita siguen allí, en la acera, como conchas abandonadas en la playa tras la marea. Mira qué desastre, cómo lo han dejado todo. Claro, como yo soy la escrupulosa... Las recoge. Mira a su alrededor. Las farolas iluminan una hilera de contenedores. Menos mal, ahí está el contenedor de color verde, el del vidrio. ¡Qué asco! Qué descuidada es la gente. Han dejado un montón de bolsas en el suelo. Al menos podrían separar la basura. ¿Acaso no se han enterado de que el planeta está en nuestras manos? Coge los botellines y los deja caer uno a uno por el agujero adecuado. ¿Y las chapas? ¿Dónde las meto? No son de cristal... Quizá donde van las latas y los botes. También podrían indicarlo, con una etiqueta o un dibujo bonito. «Chapas aquí.» Se para y se echa a reír. ¿Cómo era aquel viejo chiste de Groucho? Ah, sí...

«Papá, ha llegado el hombre de la basura.»

«Dile que no queremos.»

Detallista, tira también al contenedor correspondiente una bolsa que se había quedado fuera. Entonces lo ve. Se acerca temerosa. No me lo puedo creer. Justo lo que necesitaba. ¿Lo ves?, a veces vale la pena ser ordenado.

Más tarde, esa misma noche. El coche frena con un chirrido de neumáticos. El conductor baja a toda prisa y mira a su alrededor. Parece uno de los personajes de «Starsky y Hutch». Pero no va a disparar a nadie. Mira a los pies del contenedor. Detrás, encima, debajo, por el suelo de alrededor. Nada. Ya no está.

—No me lo puedo creer. No me lo puedo creer. Nadie limpia jamás, nadie se preocupa de si los demás dejan las bolsas en el suelo y, justo esta noche, tenía que encontrarme a un tipo correcto y puñetero en mi camino... Y encima Carlotta me ha dado calabazas. Me ha dicho que finalmente se había enamorado... Pero de otro...

Y no sabe que, por culpa de lo que ha perdido, un día, Stefano Mascagni será feliz.

Dos

Dos meses después. Aproximadamente.

No me lo puedo creer. No me lo puedo creer. Alessandro camina por su casa. Han pasado dos meses y todavía no consigue hacerse a la idea. Elena me ha dejado. Y lo peor es que lo ha hecho sin un porqué. O al menos sin contarme ese porqué a mí. Alessandro se asoma a la ventana y mira al exterior. Estrellas, estrellas hermosísimas. Sólo estrellas en el cielo nocturno. Estrellas lejanas. Estrellas malditas que saben. Sale a la terraza. Techo de madera, celosía, en las esquinas espléndidas vasijas antiguas, lisas, lo mismo que delante de cada ventanal. Un poco más allá, largos toldos de color claro, pastel, que matizan la salida y la puesta del sol. Como una ola que rodea la casa, que se pierde lenta a la entrada de cada habitación y, una vez dentro, esa misma ola continúa incluso en los colores de la pared. Pero lo único que logra ahora todo eso es causarle más daño aún.

—¡Aaahhh! —De repente Alessandro empieza a gritar como un loco—: ¡Aaahhh!

Ha leído que desahogarse alivia.

—Eh, tú, ¿has acabado? —Un tipo está asomado a la terraza de enfrente.

Alessandro se oculta de inmediato detrás de una enorme planta de jazmín que tiene en la terraza.

—Bueno, ¿has acabado o no? Tú, guapito de cara; te estoy viendo, ¿estás jugando a policías y ladrones?

Alessandro retrocede un poco para apartarse de la luz.

—¡Te he pillado! Te he visto, te he pillado. Mira, estoy viendo una peli, así que, si te agobias, ve a dar una vuelta...

El tipo vuelve a meterse en casa y corre de golpe una gran puerta de vidrio, después baja las persianas. De nuevo el silencio. Alessandro se agacha y entra lentamente en la casa.

Abril. Estamos en abril. Y empieza negro. Y encima ese gilipollas... Me cojo un ático en el barrio de Trieste y resulta que el único gilipollas vive justo enfrente de mi casa. Suena el teléfono. Alessandro corre, atraviesa el salón y aguarda con un poco de esperanza. Un timbrazo. Dos. Se activa el contestador automático. «Ha llamado al 0680854... —y sigue—, deje su mensaje...» A lo mejor es ella. Alessandro se acerca al contestador esperanzado: «... después de la señal». Cierra los ojos.

—Ale, tesoro. Soy yo, tu madre. ¿Qué hay de ti? Ni siquiera respondes al móvil.

Alessandro se dirige a la puerta de la casa, coge la chaqueta, las llaves del coche y su Motorola. Después la cierra de golpe a sus espaldas mientras su madre continúa hablando.

—¿Y bien? ¿Por qué no vienes a cenar con nosotros la semana que viene, Elena y tú quizá? Ya te he dicho que me encantaría... Hace mucho que no nos vemos...

Pero él ya está frente al ascensor, no ha tenido tiempo de oírlo. Todavía no he logrado decirle a mi madre que Elena y yo nos hemos separado. Joder. Se abre la puerta, entra y sonríe mientras se mira al espejo. Pulsa el botón para bajar. En estos casos se precisa un poco de ironía. En breve cumpliré los treinta y siete y vuelvo a estar soltero. Qué extraño. La mayor parte de los hombres no espera otra cosa. Quedarse soltero para divertirse un poco e iniciar una nueva aventura. Ya. No sé por qué pero no consigo hacerme a la idea. Hay algo que no me cuadra. En los últimos tiempos, Elena se comportaba de un modo extraño. ¿Habría un tercero? No. Me lo hubiese dicho. Vale, no quiero pensar más. Para eso me lo he comprado. Brummm. Alessandro está en su coche nuevo. Mercedes-Benz ML 320 Cdi. Último modelo. Un todoterreno nuevo, perfecto, inmaculado, adquirido un mes atrás por culpa de la pena causada por Elena. O, mejor dicho, por el «desprecio sentimental» que sintió tras su partida. Alessandro conduce. Le asalta un recuerdo. La última vez que salió con ella. Íbamos al cine. Poco antes de entrar, a Elena le sonó el móvil y rechazó la llamada, apagó el teléfono y me sonrió. «No es nada, trabajo. No me apetece contestar...» Yo también le sonreí. Qué sonrisa tan bella tenía Elena... ¿Por qué utilizo el pasado? Elena tiene una sonrisa bella. Y al decirlo también él sonríe. O al menos lo intenta mientras toma una curva. A toda velocidad. Y otro recuerdo. El día aquel. Esto hace más daño. Tengo grabada en el corazón aquella conversación como si fuese ayer, joder. Como si fuese ayer.

Una semana después de haber encontrado aquella nota, una noche Alessandro regresa a casa antes de lo previsto. Y se la encuentra. Entonces sonríe, feliz de nuevo, emocionado, esperanzado.

—Has vuelto...

—No, sólo estoy de paso...

—¿Y ahora qué haces?

—Me voy.

—¿Cómo que te vas?

—Me voy. Es mejor así. Hazme caso, Alex.

—Pero nuestra casa, nuestras cosas, las fotos de nuestros viajes...

—Te las dejo.

—No, me refería a cómo es que no te importan.

—Me importan, ¿por qué dices que no me importan...?

—Porque te vas.

—Sí, me voy pero me importan.

Alessandro se pone en pie, la abraza y la atrae hacia sí. Pero no intenta besarla. No, eso no, eso sería demasiado.

—Por favor, Alex... —Elena cierra los ojos, relaja la espalda, se abandona. Luego suelta un suspiro—. Por favor, Alex... déjame marchar.

—Pero ¿adónde vas?

Elena sale por la puerta. Una última mirada.

—¿Hay otro?

Elena se echa a reír, mueve la cabeza.

—Como de costumbre, no te enteras de nada, Alex... —Y cierra la puerta tras ella.

—Sólo necesitas un poco de tiempo, pero ¡quédate, joder, quédate!

Demasiado tarde. Silencio. Otra puerta se cierra pero sin hacer ruido. Y hace más daño.

—¡Tienes mi desprecio sentimental, joder! —le grita Alessandro cuando ya se ha ido. Y ni siquiera sabe lo que quiere decir esa frase. Desprecio sentimental. Bah. Lo decía tan sólo para herirla, por decir algo, por causar efecto, por buscar un significado donde no hay significado. Nada.

Otra curva. Este coche va de maravilla, nada que objetar. Alessandro pone un CD. Sube la música. No hay nada que se pueda hacer, cuando algo nos falta, debemos llenar ese vacío. Aunque cuando es el amor lo que nos falta, no hay nada que lo llene de verdad.

Tres

Misma hora, misma ciudad, sólo que más lejos.

—¡Dime qué tal me queda!

—¡Estás ridícula! ¡Pareces Charlie Chaplin!

Olly camina de un lado a otro por la alfombra de la habitación de su madre, vestida con el traje azul de su padre que le va por lo menos cinco tallas grande.

—Pero ¿qué dices? ¡Me queda mejor que a él!

—Pobre. Tu papá tan sólo tiene un poco de tripa...

—¿Un poco sólo? ¡Si parece la morsa de la película *50 primeras citas*! ¡Mira estos pantalones! —Olly se los coloca en la cintura y los abre con la mano—. ¡Es como el saco de Papá Noel!

—¡Genial! ¡Entonces danos los regalos! —Y las Olas se levantan y se le echan encima, buscando por todas partes, como si de verdad esperasen encontrar algo.

—¡Me estáis haciendo cosquillas, ya basta! ¡De todos modos, como sois malas, este año sólo os toca carbón! ¡En cambio para Diletta, una barra de regaliz, ya que por lo menos se comporta...!

—¡Olly!

—Jo, ¿será posible que siempre te metas conmigo, sólo porque no hago lo mismo que tú? ¡Es que no se salva nadie!

—De hecho, ¡me llaman Exterminator!

—¡Ese chiste es muy viejo, y no es tuyo!

Sin dejar de reírse, se tumban todas en la cama.

—¿Os dais cuenta de que todo empezó aquí?

—¿A qué te refieres?

—¡A la inmensa suerte de que tengáis una amiga como yo!

—¿Eh?

—Pues que una cálida noche de hace más de dieciocho años mamá y papá decidieron que su vida necesitaba una sacudida, un soplo de energía, y entonces, ¡tate!, acabaron aquí encima echando un quiqui.

—¡Qué manera tan delicada de hablar del amor, Olly!

—¿Qué dices amor? Llámalo por su nombre, ¡sexo! ¡Sexo sano!

Diletta se abraza a un cojín que tiene al lado.

—Esta habitación es superguay y la cama supercómoda... Mira esa foto de ahí encima. Tus padres estaban muy guapos el día de su boda.

Erica coge a Niki por el cuello y finge estrangularla.

—Niki, ¿quieres tomar por legítimo esposo a Fabio, aquí no presente?

Niki le da una patada.

—¡No!

—Eh, chicas, a propósito, ¿cómo fue vuestra primera vez?

Todas se vuelven de golpe hacia Olly. Después se miran las unas a las otras. Diletta se queda súbitamente seria y silenciosa. Olly sonríe:

—¡Vaya, ni que os hubiese preguntado si alguna vez habéis matado a alguien! Está bien, ya lo pillo, empiezo yo para que así se os pase la timidez. Veamos..., Olly fue una niña precoz. Ya en la guardería, le plantó un beso en plena boca a su compañerito Ilario, más conocido por el Sebo, debido a la enorme producción de porquería que procedía de los miles de granitos que salpicaban su carita como pequeños volcanes...

—¡Qué asco, Olly!

—¿Qué quieres que te diga?, a mí me gustaba, siempre hacíamos carreras juntos en el tobogán. En la escuela le tocó el turno a Rubio...

—¿Rubio? Pero ¿tú los besas a todos?

—¿Eso es un nombre?

—¡Es un nombre, sí! Y muy bonito además. El caso es que Rubio era un chavalito muy guay. Nuestra historia duró dos meses, de pupitre a pupitre.

—Vale, Olly, está bien, pero así es muy fácil. Tú has hablado de la primera vez, no de historias de cuando éramos niñas —la interrumpe Niki mientras se sienta con las piernas cruzadas y se apoya en el cabezal de la cama.

—Tienes razón. Pero ¡os quería hacer entender cómo ciertas cosas ya se manifiestan desde que uno es pequeño! ¿Queréis oír algo fuerte? ¿Estáis listas para una historia digna del *Playboy*? Allá voy. Mi primera vez fue hace casi tres años.

—¡¿A los quince?!

—¡¿Estás diciendo que perdiste la virginidad a los quince años?! —Diletta la mira con la boca abierta.

—Pues sí, ¿para qué quería guardarla? ¡Ciertas cosas es mejor perderlas que encontrarlas! En fin, yo estaba allí... una tarde después del cole. Él, Paolo, me llevaba dos años. Era un chico tan guay que no podía ser más guay. Le había cogido el coche a su padre sólo para dar una vuelta conmigo.

—¡Ah, sí, Paolo! ¡No nos habías contado que lo hiciste con él la primera vez!

—¿Y con diecisiete años llevaba coche?

—Sí, sabía conducir un poco. En fin, para abreviar, el coche era un Alfa 75 color rojo fuego, hecho polvo, con asientos de piel color beige...

—¡Qué refinamiento!

—¡Oye, lo que contaba era él! Yo le gustaba un montón. Cogimos la Appia Antica y aparcamos en un lugar un poco retirado.

—En la Appia Antica con el Alfa Antico.

—¡Qué graciosilla! En fin, pasó allí y duró cantidad. Me dijo que lo hacía bien, imagínate, yo que no sabía nada... Es decir, nada de nada no, porque en vacaciones había visto algunas pelis porno con mi primo, pero de ahí a hacerlo de verdad...

—Pero en el coche es una pena, Olly... caray, era tu primera vez. ¿No te hubiera gustado tener, qué sé yo, música, la magia de la noche, una habitación llena de velas...?

—¡Sí, estilo capilla ardiente! ¡Erica, es sexo! ¡Lo haces donde lo haces, no importa dónde, importa cómo!

—Estoy alucinada. —Diletta estruja con más fuerza el cojín—. Quiero decir, yo nunca... La primera vez, ¿te das cuenta? No la olvidas en toda tu vida.

—Ya lo creo que sí, si te toca un pringado la olvidas, vaya si la olvidas... Pero ¡si te encuentras a uno como Paolo, la recuerdas para siempre! ¡Me hizo sentir estupendamente!

—¿Y después?

—Después se acabó. A los tres meses, vaya... ¿No te acuerdas? Después de él vino Lorenzo, a quien obviamente llamaban el Magnífico..., aquel de segundo E que navegaba en canoa.

—No, contigo pierdo la cuenta.

—Vale, yo ya os lo he contado. ¿Y vosotras? ¿Tú, Erica?

—¡Yo más clásica, y evidentemente con Giò!

—¿Clásica en el sentido de la postura del misionero?

—¡Olly!, no. En el sentido de que Giò reservó una habitación en la pensión Antica Roma, en el Gianicolo, pequeña pero limpia y no muy cara. ¿Te acuerdas, Niki? ¡Allí donde acabamos enviando a dormir a las dos inglesas cuando vinieron para el intercambio y tu hermano no las quiso en casa!

La puerta de la habitación se abre de repente. Entra la madre de Olly.

—Pero mamá, ¿qué haces? ¡Vete ahora mismo! ¿No ves que estamos reunidas?

—¿En mi habitación?

—Perdona, pero no estabas, y si no estás éste es un espacio libre como otro cualquiera, ¿no?

—¿En mi cama?

—Tienes razón, pero es tan cómoda, y además me recuerda a papá y a ti, y me siento segura... —Olly pone la cara más dulce y tierna de que es capaz. Y, a decir verdad, también provocativa.

—Vale, vale... pero luego me lo dejas todo ordenado y me alisas la colcha. Y la próxima vez te montas las reuniones en el sótano, como hacían los carbonarios. Adiós, chicas. —Y se va un poco molesta.

—Vale, estabas hablando de la Antica Roma. ¡Ahora ya sé por qué me la propusiste diciendo que era agradable! ¡La habías probado personalmente!

—¡Pues claro! El caso es que nos fuimos allí a eso de las cinco de la tarde, y él lo había preparado todo a la perfección.

—¿Y no tienes que ser mayor de edad para alquilar una habitación?

—Bueno, no lo sé. Él jugaba al fútbol con el hijo de la dueña, que es quien le hizo el favor.

—¡Ah!

—Fue maravilloso. Al principio tenía un poco de miedo, como Giò, porque también era su primera vez, y nos movíamos con un poco de torpeza. Pero al final todo fue muy natural... Dormimos allí, ni siquiera nos cogió hambre a la hora de cenar. Fue aquella vez que dije que me quedaba en tu casa por la asamblea, ¿te acuerdas, Olly? Al día siguiente por la mañana nos tomamos un superdesayuno y a la una volví a casa. Mis padres no sospecharon nada. Me sentía muy bien. Después te sientes ligera, y también un poco más mayor y te parece que a él ya no vas a poder dejarlo...

—Sí, sí, ya no quieres dejarlo... —se burla Olly, y Diletta le da una patada—. ¡Ayyy! Pero ¿qué he dicho ahora?

—Siempre con los dobles sentidos.

—Pero ¿qué dices? ¡Yo siempre voy en sentido único, que lo sepas! ¿Y tú, Niki? Con Fabio, ¿no? ¿A ritmo de rap?

—Bueno, sí... con él y con el rap, en efecto. En su casa, porque su familia se había ido de vacaciones. Hace diez meses, un sábado por la noche, después de un concierto suyo en un local del centro. Estaba muy excitado porque todo le había salido bien esa noche y porque estaba yo. También él lo tenía todo preparado para mí..., el salón iluminado con luces cálidas y tenues. Dos copas de champán. Nunca lo había probado..., buenísimo. Sus últimas composiciones de música de fondo. Para él no era la primera vez, y eso se notaba. Se movía con seguridad, pero me hizo sentir cómoda, protegida. Me dijo que era como una guitarra maravillosa, que no necesitaba ser afinada, de una armonía perfecta...

Olly la mira.

—¡Qué suerte! ¡La afortunada de siempre!

—¡Sí, pero mira cómo acabó!

—¡Y eso qué importa, la primera vez no te la quita nadie!

De repente se hace el silencio. Diletta estruja con más fuerza el cojín. Las Olas la observan, pero sin prestarle demasiada atención. Indecisas y divididas entre bromear o ponerse serias. Es ella quien las saca de dudas.

—Yo no. Yo nunca lo he hecho. Espero a la persona que me haga sentir a tres metros sobre el cielo, como aquel de la novela. O cuatro. O incluso cinco. O seis metros. No me apetece que sea al azar ni que después nos separemos.

—Y eso, ¿qué importa? No puedes saber lo que pasará después... Lo que importa es amarse y basta, ¿no? Sin hipotecar el futuro.

—¡Qué bien te ha quedado eso, Erica!

—Perdona, pero es verdad. ¡Diletta tiene que lanzarse, no sabe lo que se pierde, y no en el sentido en que lo entiende Olly!

—¡No, no, también en ése!

—Diletta, tienes que lanzarte. ¿No sabes cuántos chicos se derriten por tus huesos? ¡Un montón!

—¡Un río!

—¡Un equipo de rugby!

—¡Una marea que te permitirá mantenerte en sintonía con nosotras, las Olas!

—A mí me bastaría con uno solo, pero el adecuado para mí...

—¡Yo tengo el adecuado para ti!

—¿Quién?

—¡Un estupendo cucurucho de helado de coco! ¡Adelante, Olas!

—Se me ha ocurrido una idea mejor... Ninguna de vosotras lo ha probado todavía.

—¡¿El qué?!

—No es lo que pensáis... Gran novedad... ¡Seguidme!

Olly salta de la cama y sale de la habitación. Niki, Erica y Diletta la miran y mueven la cabeza. Después la siguen, dejando la colcha llena de arrugas, como es natural.

Cuatro

Las luces de la ciudad no alumbran. Cuando no estás de buen humor todo parece diferente, adquiere otra atmósfera. Colores, luces y sombras, una sonrisa que no logra esbozarse, que no aflora. Alessandro conduce despacio. Villaggio Olimpico, piazza Euclide, una vuelta entera, después corso Francia. Mira a su alrededor. Una mirada al puente. Serán cabrones. Está lleno de pintadas. Mira que ensuciarlo de esa manera. Y hay cada una que... «Patata te amo.» ¿En nombre de qué? En nombre del amor... El amor. Preguntadle a Elena por el señor Amor. Eh, míster Amor, ¿dónde cojones te has metido?

Ve a una pareja enfrascada en una esquina del puente, allí donde no llega la luz de la luna. Abrazados, enamorados, enroscados como hiedras amorosas que plantan cara al tiempo, a los días, a todo aquello que se llevará el viento. Es más fuerte que Alessandro. Toca el claxon. Abre la ventanilla y grita:

—¡Ridículos! La vida os parece bella, ¿eh? ¡Da igual, uno de los dos se rajará! —Y después pisa el acelerador, sale como un rayo, adelanta a tres o cuatro coches y pasa el semáforo por los pelos, antes de que el ámbar cambie a rojo.

Sigue adelante, por todo el corso Francia y después por via Flaminia, pero al llegar al segundo semáforo hay un coche patrulla de la policía. Rojo. Alessandro se detiene. Los dos policías están conversando, distraídos. Uno se ríe al teléfono, el otro se está fumando un cigarrillo mientras habla con una muchacha. Quizá la haya detenido para hacer las comprobaciones pertinentes, o quizá se trate de una amiga que sabía que estaba de guardia y se ha acercado a saludarlo. Al cabo de un momento el segundo policía se siente observado. Se vuelve hacia Alessandro. Lo mira. Clava sus ojos en él. Alessandro gira lentamente la cabeza, fingiendo estar interesado en otra cosa, se asoma a la ventanilla para ver si por casualidad el semáforo ha cambiado ya. Nada que hacer. Sigue en rojo.

–Perdona... –Brumm, brumm. Llega un ciclomotor hecho polvo con un muchacho y una chica de cabello largo y oscuro detrás. Él es musculoso, lleva una camiseta azul celeste de esas que se pegan al torso y marcan todos los músculos por debajo–. Oye, hablo contigo, ¡eh...!

Alessandro se asoma por la ventanilla.

–Sí, dime.

–Mientras estábamos en el puente del corso Francia has pasado gritando. ¿Por qué te metes con nosotros? Contesta.

–No, mira, disculpa, debe de haber un malentendido, me metía con el de delante, que iba a paso de burra.

–Oye, no te pases de listo conmigo, ¿entendido? No tenías a nadie delante, así que agradécele al cielo... –señala a la patrulla con el mentón–, que esté aquí la pasma; y la próxima vez no me toques los cojones o acabarás mal... –Y no espera respuesta. El semáforo se pone verde, y el chico pisa el acelerador y sigue adelante, hacia la Cassia. Después toma una curva inclinado, se pierde ya dirigiéndose hacia quién sabe dónde, hacia otro beso, quizá hacia la sombra... Y tal vez hacia algo más.

Alessandro se pone en movimiento lentamente. Los policías todavía se siguen riendo. Uno ha acabado su cigarrillo. Acepta un chicle que le ofrece la muchacha. El otro ha cerrado el móvil y se ha metido en el coche a hojear un periódico cualquiera. No se han enterado de nada.

Alessandro continúa conduciendo. Al cabo de un rato vira en redondo, para escapar de ese fastidio. Ni siquiera tenemos ya libertad para expresar nuestra opinión de vez en cuando. En situaciones así uno se siente limitado, demasiado limitado. Los policías ya no están.

También la muchacha ha desaparecido. Hay otra que espera el autobús. Es negra, y si no fuese por su camiseta de color rosa, con un muñeco gracioso, casi se confundiría con la noche. Pero ni siquiera eso le hace reír. Alessandro continúa conduciendo despacio, cambia el CD. Después se arrepiente y pone la radio. En ciertas ocasiones, es mejor confiarse al azar. Este Mercedes es la bomba. Espacioso, bello, elegante. La música se oye a la perfección a través de diversos bafles ocultos. Todo parece perfecto. Pero ¿de qué sirve la perfección si estás solo y nadie se da cuenta? Nadie puede compartirla contigo, felicitarte ni envidiarte.

Música. «Quisiera ser el vestido que llevarás, el carmín que te pondrás, quisiera soñarte como no te he soñado nunca, te veo por la calle y me pongo triste, porque después pienso que te irás...» Ay, Lucio. Una emisora al azar, vale, pero parece una tomadura de pelo. No está mal como idea para un anuncio de una nueva tarjeta de crédito: «Lo tienes todo menos a ella.»

Alessandro toca un botón y cambia de emisora. Cualquier canción menos ésa. Lo peor que te puede pasar es que el trabajo se convierta en tu única motivación.

Lungotevere. Lungotevere. Y más Lungotevere. Sube el volumen para perderse en el tráfico. Pero Alessandro se detiene en un semáforo y, a su altura se sitúa un coche minúsculo. Detrás pone «Lingi», y de las ventanillas abiertas llega una música a todo volumen. Parece que esté en una discoteca. Al volante van dos chicas de cabello largo y liso, una morena y la otra rubia. Ambas llevan grandes gafas estilo años setenta, con estrecha montura blanca y unos cristales enormes de color marrón. Y eso que es de noche. Una lleva un pequeño *piercing* en la nariz. Es diminuto, una especie de lunar metálico. La otra fuma un cigarrillo. No intercambian una sola palabra. Le viene a la memoria la escena de Harvey Keitel en *El teniente corrupto*. Le gustaría hacerlas bajar del coche y hacer lo mismo que en la película, pero a lo mejor todavía ronda por ahí el tipo del ciclomotor, y a lo mejor son amigas suyas o, peor aún, del policía aquel. Así que las deja marchar. Verde. Y además ésa no es manera de enfrentarse a las cosas. La rabia, el disgusto del «desprecio sentimental», deben ser canalizadas hacia otras metas. Alessandro siempre lo ha dicho, la rabia debe generar éxito. Pero ¿qué genera el éxito?

El Mercedes se ha detenido ahora en Castel Sant'Angelo. Alessandro camina por el puente. Observa a los turistas, su conversación alegre, abrazados, atolondrados, muchachos jóvenes deslumbrados por Roma, por la belleza de aquel puente, por el simple hecho de no estar trabajando. Una pareja adulta. Dos jóvenes atléticos de pelo corto y piernas largas, el iPod en las orejas y el mapa doblado en las manos. Alessandro se detiene, se sube al banco del puente. Se apoya, de pie, sobre el parapeto y mira hacia abajo. El río. Discurre lento, silencioso, ávido de más porquería. Alguna bolsa navega sin que nada la moleste, algún palo se pone a echar una especie de carrera con una joven caña inexperta. Algún ratón oculto en la orilla debe de estar siguiendo aburrido esa extraña carrera. Alessandro mira más allá, más allá del puente, hacia el curso del Tíber y le viene a la memoria aquella película de Frank Capra con James Stewart, *¡Qué bello es vivir!*, cuando George Bailey, desesperado, decide suicidarse. Pero su ángel de la guarda lo detiene y le muestra cuáles habrían sido las consecuencias para un montón de personas si él no hubiese nacido. Su hermano no hubiese llegado a nacer, su mujer no se habría casado, se hubiese quedado soltera, no hubiesen existido todos aquellos niños tan monos e incluso la ciudad hubiese tenido otro nombre, el del tirano, el viejo millonario Potter, a quien tan sólo él había logrado poner freno.

Eso es. La única cosa verdaderamente importante, la única cosa que cuenta de verdad es darle un sentido a la propia vida. Aunque, como dice Vasco, ésta carezca de sentido. Ya. Pero ¿qué hubiese ocurrido sin mí? Alessandro piensa en ello. No mantengo buenas relaciones con mi familia, o mejor dicho, ellos respetan tan sólo a quien está casado, como mis dos hermanas menores. De modo que sin mí tan sólo tendrían una cosa menos de qué preocuparse. Y además, si estuviese a punto de arrojarme, ¿aparecería un ángel que saltase en mi lugar para hacerme encontrar o comprender el sentido de esta vida mía? Justo en ese momento, una mano le da una palmada en la espalda.

—¡Jefe!

—Dios, ¿qué pasa?

—Soy yo, jefe. Es un barbudo de pelo sucio, mal vestido, de aspecto poco tranquilizador y cualquier cosa menos angelical—. Disculpe, jefe, no quería asustarlo, ¿tiene dos euros?

¡No se conforma con uno, piensa Alessandro, dos! Ya llegan decididos, exigentes, van directos al asunto, tienen calculado hasta lo que van a pedir.

Alessandro abre su cartera, saca un billete de veinte euros y se lo da. El mendigo lo coge con una cierta desconfianza, después le da vueltas en las manos, lo mira con más atención. No puede creer lo que ven sus ojos. Y sonríe.

—Gracias, jefe.

Ante la duda, piensa Alessandro, si no salta nadie antes que yo o en mi lugar, al menos le habré dejado un buen recuerdo a alguien. La última buena acción. De improviso una voz.

—¡Ya lo creo que sí, he aquí al hombre de éxito, al rey de los anuncios!

Alessandro se da la vuelta.

Por el otro lado del puente llegan Pietro, Susanna, Camilla y Enrico. Caminan tranquilos y sonrientes. Enrico lleva del brazo a Camilla y Pietro va un poco más adelantado.

—¿Y bien? ¿Qué estás haciendo, Alex? ¿Una investigación acerca del comportamiento humano? Desde luego, lo estudias todo para triunfar con tus anuncios, ¿eh? Te he visto hablando con aquel... —Se da la vuelta y se asegura de que el tipo se haya alejado—. ¡Apuesto a que en tu próximo anuncio saldrá un mendigo!

—Qué va, tan sólo estaba dando un paseo. ¿Y vosotros qué estáis haciendo?

—Bah, nada del otro mundo.

—A ver, ¿qué es lo que no te ha gustado?

—¡Nada, pero mi tía cocina mucho mejor!

—¡Ya lo creo, tiene una tía siciliana auténtica!

—Qué personaje. Hemos ido a comer algo a Capricci Siciliani en via di Panico. Pensamos en llamarte, pero después me acordé de que esta noche había fiesta en casa de Alessia, la de la oficina, y creí que estarías allí.

—Es verdad, se me había olvidado por completo.

—Pero ¡qué personaje!

—¿Quieres acabar ya con lo de «qué personaje»? ¡Pareces un anuncio!

—Venga, vamos, te acompaño a casa de Alessia.

—No me apetece ir.

—Claro que sí. Y además no está nada bien, parece que tengas un conflicto socio-económico-cultural con tu ayudante...

—Pero es que todos estarán allí.

—Por esa misma razón debes ir, y además, perdona, pero como abogado, me has encargado un montón de asuntos y, por lo tanto...

—¿Por lo tanto...?

—Por lo tanto te acompaño. —Pietro se acerca a Susanna—. ¿Te importa, mi amor? ¿Ves lo decaído que está? Es mejor que vaya con él, tiene un pequeño problema sentimental... y además también debemos hablar de trabajo.

Alessandro se acerca.

—¿Problema de qué...? Pero ¿qué le estás diciendo...?

—No, nada, nada. Eh, ¿queréis venir también vosotros?

Enrico y Camilla se miran un segundo, después sonríen.

—Nosotros estamos cansados, nos vamos a casa.

—Ok, como queráis. —Pietro coge a Alessandro del brazo—. Hasta luego, cariño, no llegaré tarde, no te preocupes. —Y se lo lleva de allí rápidamente—. Vamos, vamos, antes de que se arrepienta o diga algo. Estos días está de buenas.

—Pero ¿qué le has dicho antes?

—Nada, me he inventado una excusa para que mi apoyo psicológico resulte plausible.

—¿Es decir?

—Vale, le he dicho que tenías un pequeño problema sentimental.

—¿No le habrás dicho que...?

—No te preocupes. Un abogado mantiene una relación constante con la mentira.

—No se trata de una mentira. Pero no me apetece que hables de ello... Sólo te lo he dicho a ti.

—Ya, ya lo sé, pero son esas cosas que uno dice sin pensar.

—¿Sin pensar?

—¡Sin pensar! ¿Éste es tu Mercedes nuevo?

—Sí.

—Entonces es cierto. Elena y tú de verdad os habéis separado. ¿Me lo dejas probar?

—¡No! Desde luego, eres imposible. Hace un mes que te lo vengo diciendo y hasta ahora no te lo crees.

—Ahora tengo la prueba. Si no, no te hubieses agenciado este coche. Me lo dijiste hace tiempo, ¿te acuerdas? Comprarte algo nuevo puede hacerte sentir mejor.

—¿Y a propósito de qué te lo dije?

—Me acababa de comprar un móvil nuevo porque Manuela, aquella dependienta veinteañera, ya no me quería ver más.

—Ah, es verdad, me lo dijiste, pero es que a ti es difícil seguirte la pista en todo lo que te sucede a nivel sentimental. De esa Manuela ya me había olvidado, por ejemplo.

—Y yo hice lo que me dijiste que hiciera. Seguí tu consejo de sabio maestro y ¡tachán!, me compré un móvil nuevo, supertecnológico y, sobre todo,... en Telefonissimo.

—Y eso qué importa, ¡yo no te había dado instrucciones acerca de la tienda donde tenías que comprarlo!

—¡No, pero allí es donde trabaja Manuela! Ella creyó que era una excusa para volver a verla y así le di un par de revolcones más.

—¡Dios mío, eres un auténtico desastre! Tienes dos hijos pequeños y preciosos, una mujer guapa. No entiendo a qué se debe esta furia, esta hambre de sexo, este exceso de consumo, siempre y en todo lugar; una lucha contra el tiempo y, sobre todo, contra todas. Según tú, ¿por qué tienes que tirártelas a todas?

—¿Qué pasa, me estás analizando? ¿O quizá piensas usarme para uno de tus anuncios? Perdona, pero ¿una historia como la mía no podría dar pie a una campaña de publicidad buenísima para una marca de preservativos? Pongamos que se ve a un tío, no yo sino otro, que va con todas y al final se saca del bolsillo una cajita. De esos..., ¿cómo se llaman?

—Condones.

—Eso mismo. Bueno, en resumen, queda ambiguo si es su valentía o el preservativo lo que le permite follarse a todas esas mujeres... Fuerte, ¿no? Por supuesto, las modelos para el *casting* las busco yo... En cambio tú dedícate a la elección del protagonista masculino.

—Por supuesto, no faltaba más. ¿Quieres ver cómo mi empresa prescinde de ti para cualquier consulta legal?

—No, eso no puedes hacérmelo.

Pietro se arrodilla delante del Mercedes ML. Justo en ese momento, pasa una bella turista, una señora de cierta edad que sonríe y mueve la cabeza como diciendo «¡Italianos!».

—¡Ya basta, venga, sube!

—Oye, éste podría ser un nuevo anuncio para Mercedes, ¿no?

Cinco

Misma hora, misma ciudad, pero más lejos. En el Eur. Detrás del parque de atracciones, en un espacio grande, oculto en la penumbra creada por los altos pinos, por alguna pequeña montaña de verde y por algún edificio alto abandonado ya desde hace tiempo. Un grupo de muchachos apoyados en su ciclomotor, otros sentados en la acera, otros en el coche, con las ventanillas abiertas por las que sacan los pies. Una pequeña nubecita de humo sale de vez en cuando, como si un calumet pasara de ventanilla en ventanilla, una señal de humo como para indicar que alguien se está poniendo a tono. Sí, son ellas, las Olas, las cuatro divertidas amigas.

–Eh, ¿quieres? Es *bum shiva*. Toma.

–No, no me apetece fumar.

–Mira que es sólo un porro, no un cigarrillo.

–Precisamente por eso... –Niki lo aparta.

–¿Qué quieres decir?

–Eh, ¿tienes algún problema?

Diletta le dice a Olly:

–El problema lo tendrás tú, que tienes que fumar para estar alegre...

Niki intenta imponer la paz.

–Venga, no le toques las narices.

–Vale, ¿por qué siempre haces lo mismo? Eres la hostia, continuamente con ganas de pelea.

–Oye, yo tan sólo le he dicho que no fumaba, es ella la que nos quiere someter a todas a la cultura de la María. Ni que fuese una secta religiosa.

—¡Qué borde eres!

—Sólo yo, ¿eh?

—¿Se puede saber qué estamos esperando?

—Sí, has anunciado grandes novedades, grandes novedades... Pero aquí no pasa nada...

—¿En serio nunca has hecho bbc?

—¿Y eso qué es, la cadena inglesa?

—Significa bum-bum-car.

—En serio. ¿Por qué iba a decirte una cosa por otra?

—Vale, entonces guay... Veamos, mira, éstos son los guantes.

—Vale, ¿y qué hago con ellos?

—Te los tienes que poner, si no, dejas huellas.

—¿Qué huellas? Yo no estoy fichada.

—Sí, pero imagina que un día te paran en un control y te las toman, entonces te pillarían.

—¿De qué control hablas, qué pasa con mis huellas? ¿Por qué iban a querer tomármelas?

—Y además te tienes que poner esto. Aquí tienes. —Y se saca del bolsillo unas gafas con goma elástica.

—Pero ¡si son de natación!

—¿Y? Así no se te caerán cuando choquemos. A veces las ventanillas explotan, ¿sabes?

—¡Qué estúpida! Lo dices a propósito para darme miedo.

—¡De eso nada! Además, ¿no decías que tú nunca tienes miedo?

—A los exámenes sí... pero eso es otra cosa.

—¡Muchas gracias, pero preferiría que no me hicieseis pensar en eso; mañana tengo uno a primera hora!

«Perepereperepere». Un sonido extraño como de trompa, uno de esos cláxones hortera y personalizados, irrumpe de improviso en el aire nocturno.

—Ya están aquí, ahí llegan.

De repente, llegan al descampado cinco coches diferentes. Uno de ellos frena derrapando, los otros lo siguen, intentando más o menos imitarlo. Un Fiat 500. Un Mini. Un Citröen C3. Un Lupo. Un Micra. Todos aceleran y pisan a fondo.

—Pero ¿por qué habéis elegido todos coches pequeños?

—Es lo único que tenían. No hemos encontrado nada mejor.

—¿Y cuánto por cada coche?

—¡No me hables! Cien euros cada uno, los hemos ido a buscar a Manna, allá en la Tiburtina, ¿sabes aquel mecánico chapista?

—Ah...

—Ya estaban listos, con el bloqueo del volante desconectado y la llave ya puesta en todos, ¡es una pasada!

—¿Te han explicado cómo se hace?

—¡Pues claro! Mira, ya hemos atado los neumáticos.

—Entonces ¡vamos a montarnos, venga!

—¡Adelante!, ¿quién viene de paquete?

—Yo voy con él.

—¿Puedo ir yo contigo?

Cada muchacha se sube a un coche. Todas eufóricas, casi enloquecidas, adrenalíticas.

—¡Eh, sólo tres por coche y sólo una detrás!

—Yo no quiero...

—¿Tienes cangueli, eh, Niki...?

—No. Pero no quiero...

—¿Y tú qué haces, Diletta, no vienes?

—¿No? ¿Estáis locas? ¿Qué es eso del bum-bum-car?

—¡Es superguay y tú eres una supermuerma!

Las otras dos Olas, Olly y Erica, se meten rápidamente en los coches junto con otras muchachas. Un chico de los que se han quedado en tierra abre el portaequipajes del suyo y pone la música a todo volumen.

—¡Ánimo, apostamos por vosotros! Repito las reglas para quien no las sepa. ¡El último coche que siga funcionando lo gana todo! Las apuestas se dividen de la siguiente manera: la mitad para los que van en el coche vencedor y la otra mitad para los que hayan ganado la apuesta.

Una chica grita «¡Todos a sus puestos!». Algunos muchachos que no están en los coches pasan a toda prisa, cierran las puertas y colocan en su sitio los neumáticos, que están atados con una cuerda larga que atraviesa el techo del vehículo. Los neumáticos caen a ambos lados, como si fuese una silla de montar de fantasía. Y acaban apoyados sobre las puertas, para protegerlas de los choques en la medida de lo posible. Una muchacha con *shorts* y un silbato de colores corre hacia el centro del descampado y se detiene frente a los cinco coches. Después se saca un pañuelo del bolsillo, rojo, bonito, encendido. Divertida, loca madrina del bum-bum-car, lo levanta hacia el cielo con un gesto espléndido, enfático. Luego lo baja de golpe, riendo, silbando. «¡Ya!», y se quita rápidamente de en medio, a toda prisa, con miedo, y salta al arcén para quedar lejos, a cubierto de la loca carrera de autos. Los coches derrapan y parten. El Fiat 500 se abalanza sobre el Micra, lo espolea y es alcanzado de repente en un costado por el Mini. El Citröen oscuro corre veloz, supera a ambos coches y luego mete de repente la marcha atrás y golpea al Lupo, arrancándole el radiador. Llega el Fiat 500 y se estrella contra uno de los costados del Micra, rebotando contra el neumático de protección. Explotan ambas ventanillas, las muchachas que van dentro gritan, chillan, fingen terror, divertidas, enloquecidas. Luego lo ven y gritan:

—Corre, corre, que viene Fabio a toda pastilla.

El Micra está a punto de volcar, pero recupera el equilibrio, frena y alcanza de nuevo de lleno al Fiat 500. La luna trasera explota en mil pedazos. Y siguen así, se apartan, se alejan y retroceden, corriendo como locos. Y bum, de nuevo contra el Micra y el Lupo. Bum, el Mini contra el Fiat 500 y bum, el Mini contra el Micra y bum, el Micra choca de rebote contra el C3. Y así todo el rato, destrozándose los unos a los otros, chocando, con un ruido seco de chapa, de puertas abolladas, de cristales rotos, de faros que explotan, de parachoques retorcidos, de capós encogidos sobre sí mismos como súbitos calambres de una mano metálica. Los neumáticos utilizados como protección rebotan en las puertas, vuelan hacia arriba, vuelven a su sitio. Otros se sueltan y ruedan lejos, libres, hacia los muchachos que están en el arcén. Y bum, bum, bum. Poco después concluye el bbc. El bum-bum-car tiene su vencedor. El Mini y el Micra echan humo por el radiador, la parte delantera de ambos coches está totalmente hundida, el Fiat 500 está como doblado, con el semieje partido y las ruedas en po-

sición oblicua, inclinadas hacia fuera. Parece un toro al que le acaba-
sen de clavar la última banderilla, las rodillas dobladas y sin dejar de
resoplar; acabando finalmente con el morro en el suelo. El Micra tiene las dos ruedas traseras pinchadas e incrustadas bajo la chapa de
los laterales como consecuencia de los muchos golpes recibidos. El
Lupo es el único que todavía logra avanzar un poco. Casi a trompicones, se dirige lentamente hacia el centro del descampado. De repente,
pierde la placa de la matrícula, que cae con un sonido de lata, como
las que se les atan a los coches de los recién casados. Pero esta noche
no se ha casado nadie, y ningún dueño se sentirá feliz de recuperar su
coche, visto el estado en que éstos han quedado.

—¡Yuuju! ¡Hemos ganado! —Los muchachos que están en el arcén
explotan de alegría—. ¡Lo sabía! ¡Lo sabía! ¡El Lupo pierde el pelo,
pero no la clase(1)! —Y otras lindezas por el estilo, peores incluso,
mientras uno, más agarrado que los otros, se ocupa ya de recoger las
ganancias y empieza a hacer cuentas.

Los heroicos conductores van bajando uno tras otro de los coches, unos se descuelgan por las ventanillas rotas, otros se deslizan
por el portaequipajes, y algunos salen hasta por el parabrisas destrozado. Todos se quitan las gafas de natación.

—¡Bien! ¿Cuánto ha sido?

—¡Venga, que hemos ganado!

—Reparte bien, ¿eh? ¡No te equivoques!

Fabio coge el dinero que le toca y lo cuenta rápidamente.

—¡No me lo puedo creer, seiscientos euros! Bien, Niki, te invito a
una cena fabulosa, así hacemos las paces.

—¿Todavía no lo has pillado? ¿Cuántas veces te lo voy a tener que
repetir? ¡Olvídate de la cena! Nosotros ya no salimos juntos.

—¿Cómo? Pero dijiste...

—Hace una semana que te devolví tus regalos y te lo he dicho de
todas las maneras posibles e imaginables, ya no sé qué inventar para
hacértelo comprender. Fin. *Kaputt*. Cerrado. *Auf Wiedersehen*. Se
acabó, hemos roto...

_____

(1) Juego de palabras con la marca del coche, que significa «lobo». *(N. de la t.)*

—Ok, como quieras. Eh, chicas, Niki y yo lo hemos dejado.

—Ya lo sabíamos.

—De modo que vuelvo a estar disponible; decidme algo y poneos a la cola.

Fabio se guarda el dinero en el bolsillo, se monta en su ciclomotor y se marcha a toda velocidad. Los demás se miran por un instante, después alguien se encoge de hombros y le quita importancia a lo que ha pasado. Olly se acerca a Niki.

—Jo, cuando se pone así, es verdaderamente...

—¡Un gilipollas!

También llega Diletta.

—Se ha llevado todo el dinero. No ha repartido nada...

—Bueno, Fabio es así...

—Sí, pero lo normal es compartirlo con tu equipo, ¿no? —dice Erica.

Niki se encoge de hombros.

—Ya te he dicho que es gilipollas, ¿no? ¿Alguien tiene un cigarrillo?

Olly se saca el paquete del bolsillo. Diletta se acerca y Niki le da unos manotazos en la camiseta.

—Mira, ten cuidado, la llevas llena de cristales...

—Imagina que me ve mi familia, ¿qué les digo? ¿que he hecho el bbc? —comenta Olly.

Diletta mueve la cabeza.

—Es mejor que les digas que has tenido un accidente, pero no con mi coche ¿eh? Que si luego no te creen, me tocará abollarlo. Ya te veo viniendo a mi casa con un martillo.

—¡Sí, sería muy capaz!»

Todas se echan a reír.

—Venga, ¿quién me lleva a casa? Que mañana tengo examen.

—Qué mierda. ¿Qué pasa, que la noche acaba aquí? —exclama Olly.

—Ok, como mucho un helado en el Alaska.

—Caramba, un rapto de locura, ¿eh? Está bien, está bien, nos vemos allí.

—Pero luego, de verdad nos vamos a casa, ¿eh? —dice Diletta—. Porque después de lo que habéis hecho, seguro que todavía os quedan ganas de armar follón.

—Ok, mamá Diletta. De todos modos, tengo una idea —propone Olly alzando las cejas—. ¡Sé de una fiesta loquísima!

Niki tira de la camiseta de Diletta.

—¡Venga, un helado y basta, vamos!

—¡Adiós, chicos, nos vamos!

Y se van riéndose. Olly, Niki, Diletta y Erica, las Olas, como se llamaron a sí mismas al acabar primero en el instituto, cuando hicieron amistad. Son hermosas, son alegres, son diferentes. Y se quieren. Mucho. Niki acaba de romper con Fabio, Olly deja prácticamente a uno cada día. En cambio, Erica lleva toda una vida con Giorgio, Giò, como lo llama ella. Diletta... Bueno, Diletta todavía sigue buscando su primer novio. Pero no pierde la esperanza: tarde o temprano encontrará al adecuado. O al menos en eso confía. Sí, las Olas son fuertes, y sobre todo son buenísimas amigas. Pero una de ellas traicionará su promesa.

Seis

—¡Eh, chicos, mirad quién ha llegado, el jefe! ¡Y ha venido con su abogado! Jefe, esta noche nada de trabajo, ¿eh? ¡Esto es una fiesta, así que no empieces con una de tus habituales reuniones! —dice Alessia riendo mientras abre la puerta. Se aparta y hace una reverencia, mientras deja entrar a Alessandro y a Pietro en su casa. Hay un montón de gente.

—Ya no os esperábamos. He ganado la apuesta, ¿habéis visto?

Pietro se acerca, rodea con su brazo el cuello de Alessandro y le habla bajito al oído.

—¿Has visto? Siempre te hago quedar bien. Tu equipo tiene que creer en ti, si no, ¿qué clase de jefe eres, eh, jefe?

Alessandro le aparta el brazo.

—Vale, al primero que me llame jefe lo suspendo por dos días.

En seguida todos: «¡Jefe, jefe!»

—Bueno, no, lo retiro, ¡al primero que me llame jefe lo hago trabajar el doble dos días!

—¡Disculpa, jefe, quiero decir, disculpa, Alex!

—¿Si te trato con mucha confianza me gano algo? No sé, ¿unas minivacaciones?

—Trabajo doble por intento de corrupción.

—Bueno, ¿hay algo de beber al menos?

Alessia, la ayudante de Alessandro, se acerca con una copa llena.

—Aquí tienes, un muffato, es lo que te gusta, ¿verdad, je...?

Alessandro alza las cejas y la fulmina con la mirada.

—General, quería decir general, lo juro.

—Eso tampoco me gusta. Venga, divertíos como si yo no estuviese, o mejor dicho, como si nosotros no estuviésemos aquí.

Pietro le quita la copa de las manos y da un ávido sorbo.

—¡Eh! ¿Como si no estuviésemos aquí? Pues yo sí que estoy, vaya sí estoy. Este vino es bueno, ¿qué es?

—Muffato.

—¿Me pones otro? —le pide Alessandro a Alessia, que de inmediato llena otra copa y se la pasa.

—¿Por qué no has venido con Elena?

Pietro lo mira y hace como si se ahogase. Alessandro le da un codazo.

—No podía. Tenía trabajo.

Alessia enarca las cejas.

—Vale. Por si os apetece, hay algo de comer en aquella mesa, yo me voy a poner más bebidas en frío. Venga, sentíos como si estuvieseis en vuestra casa.

Alessia se aleja, con un vestido ligero y ajustado que muestra a la perfección sus curvas.

Pietro se acerca a Alessandro.

—Hummm, está bueno de verdad este muffato... Y también tu ayudante. De cara no es gran cosa, pero tiene un culo... ¿Lo has intentado alguna vez? En mi opinión, ella está colada por ti.

—¿Has acabado?

—En realidad acabo de empezar. Perdona, pero ¿por qué no le has dicho que te habías separado de Elena?

—No me he separado.

—Está bien, que ella te ha dejado.

—No, ella no me ha dejado.

—Entonces, ¿qué ha pasado? Eres la hostia. Ha desaparecido.

—No ha desaparecido. Atraviesa uno de sus momentos.

—¿Qué quieres decir con uno de sus momentos? Eso suena peor que lo de la pausa de reflexión. Uno de sus momentos. Estabais a punto de casaros, se ha ido de casa, se ha llevado sus cosas, ¿y todavía insistes en que no te ha dejado, en que atraviesa uno de sus momentos?

Alessandro guarda silencio y bebe. Pietro insiste.

—¿Qué me dices?

—Que fue una gilipollez pedirle que se casase conmigo o, mejor dicho, contártelo a ti o, mejor dicho, traerte a esta fiesta o, mejor dicho, dejar que trabajes para mi empresa o, mejor dicho, seguir siendo amigo tuyo...

—Ok, ok, si te pones así de quisquilloso no me divierto. Me voy.

—Venga, no te vayas.

—¿Y quién se va a ir? ¡Esto está lleno de chochos! Yo no soy tan idiota como tú, que te quieres arruinar la vida. Quería decir que me voy a pastar por ahí.

Pietro se aleja moviendo la cabeza. Alessandro se sirve un poco más de muffato y luego se acerca a la librería, apoya la copa en ella y se pone a mirar los libros de Alessia. Están colocados por altura y color, son de géneros diversos. En el sofá que hay junto a la mesa alguien se ríe, algunos jóvenes de pie conversan en voz alta sobre temas de todo tipo: cine, fútbol, televisión. Alessandro coge un libro, lo abre, lo hojea y se detiene. Intenta leer algo. «Quien ama a primera vista traiciona con cada mirada.» Pero ¿éste no era el lema de la película *Closer*? ¿Qué libro he cogido? El destino también se mete. Cuando te acabas de separar, parece que el mundo esté contra ti. Todos se las apañan para hacértelo pasar aún peor.

—Hola. —Alessandro se da la vuelta. Frente a él, hay un muchacho de baja estatura, un poco calvo, gordito pero de cara simpática—. ¿No te acuerdas de mí? —Alessandro entorna los ojos, intentando ubicar su cara—. Nada. No te acuerdas, ¿eh? Venga, fíjate en mi voz... la debes de haber oído miles de veces.

Alessandro lo mira pero no le viene a la mente quién es.

—¿Y bien?

—Y bien, ¿qué? No has dicho nada.

—Ok, tienes razón. Vale... Buenos días, departamento de... venga, es fácil, ¿en serio no te acuerdas? Habrás oído mi voz un montón... Buenos días, aquí el departamento de marketing... ¡Venga, yo trabajaba con Elena!

De nuevo. Pero ¿qué broma es ésta? ¿Estáis todos contra mí?

—Una vez viniste a buscarla. Yo era el que tenía su mesa a la derecha de la de Elena.

—Sí, es verdad, ahora me acuerdo. —Alessandro intenta ser amable.

—No, yo creo que no te acuerdas en absoluto. Da igual. Ya no estoy allí, me han trasladado, es decir, me han dado un par de días de vacaciones. Mañana tengo una entrevista, porque empiezo un trabajo nuevo, eso sí, en la misma empresa. ¿Y Elena por qué no ha venido?

Alessandro no se lo puede creer. Otra vez.

—Tenía trabajo.

—Ah sí, puede ser, ella siempre trabajaba hasta tarde.

—¿Cómo que puede ser? Es.

—Sí, sí, claro, he dicho puede ser... simplemente por decirlo.

Se quedan un rato en silencio. Alessandro intenta librarse de aquella situación tan embarazosa.

—Voy a por algo de beber.

—Vale, yo me quedo aquí. ¿Te puedo preguntar una cosa?

Alessandro suspira preocupado intentando que no se le note. Sólo espero que no vuelva a preguntarme por Elena.

—Sí, por supuesto, dime.

—Según tú, ¿por qué la gente no se acuerda nunca de mí?

—No lo sé.

—No puede ser, tú eres un gran publicista, has triunfado con un montón de campañas, lo sabes siempre todo... Y, sin embargo... Soy Andrea Soldini.

—Un placer, Andrea... De todos modos... no siempre lo sé todo.

—Sí, está bien, en fin, ¿no sabes darme una explicación?

—No, no sé. Yo hago anuncios que de algún modo intentan hacer resaltar un producto, no puedo hacer un anuncio de ti.

Andrea baja la mirada, disgustado. Alessandro se da cuenta de que ha sido descortés e intenta arreglarlo.

—Quiero decir que, en este momento, no sabría qué decir en ese sentido... No puedo hacer un spot sobre ti. Voy a beber algo y pienso en ello, ¿ok?

Andrea alza el rostro y sonríe.

—Gracias... en serio, gracias.

Alessandro suspira. Por lo menos eso ha colado.

—Ok, ahora sí que me voy a buscar algo de beber.

—Cómo no. ¿Quieres que te lo traiga yo?

—No, no, gracias.

Alessandro se aleja. Mira por dónde. Imagínate, tenía que venir a esta fiesta y tropezarme con un tipo como ése. Vale que sea simpático. Pero de ahí a que yo sepa por qué no llama la atención, por qué no lo recuerdan. Dice que estaba en la mesa de la derecha de Elena. Pero yo ni siquiera recuerdo que allí hubiese una mesa. Una de dos, Alex: o sólo tenías ojos para Elena o ése es un tipo que de verdad pasa totalmente desapercibido. Ojalá nunca me asignen una campaña publicitaria de un producto como Andrea Soldini. A Alessandro le divierte la idea y, con su única sonrisa de la noche, se dirige a la mesa del bufet y come algo. Dos guapísimas muchachas extranjeras que están allí cerca le sonríen.

—Bueno, ¿verdad? —le dice una.

Alessandro esboza la segunda sonrisa de la noche.

—Sí, muy bueno.

La otra muchacha también le sonríe.

—Bueno... aquí todo bueno.

Alessandro vuelve a sonreír. Tercera sonrisa.

—Sí, bueno.

Deben de ser rusas. Después se da la vuelta. En el sofá, no muy lejos, Pietro lo está mirando. Está sentado junto a una hermosa muchacha morena de cabello largo que se inclina hacia delante y ríe por alguna cosa que le debe de haber dicho él. Pietro le guiña el ojo desde lejos y levanta la copa como para brindar. Mueve los labios diciendo sin palabras: «¡Venga, vamos!»

Alessandro levanta la mano como diciendo «Vete a...», después se sirve otra copa de muffato y tras comprobar que Andrea no se interpone en su camino sale a la terraza, dejando en aquel bufet sus tres únicas sonrisas. Se apoya en la baranda con los codos y bebe un poco de vino. Está bueno; tan frío en una noche no demasiado calurosa para ser abril. Coches lejanos allí, a la izquierda del Tíber, que discurre lento, silencioso, y desde la pequeña terraza parece incluso limpio. Y pensar que ahora podría estar metido en él, transportado hacia Ostia, junto con una ola de ratones aburridos. Como en esa escena que sale siempre en el programa «Blob», de ese tipo que va por debajo del agua, hacia el fondo. O como en el final de *Martin Eden*, cuando nada hacia el fondo, mordido por un congrio y quiere morir porque ha descubierto que la mujer a quien ama es estúpida. Estúpida. Estúpida. Estúpida la muerte que nos espera aburrida. Si yo me hubiese tirado, estoy seguro de que estaría muerto, a diferencia de James Stewart; y quizá también me habría mordido un congrio y un ratón juntos... Y seguro que mi ángel hace tiempo que se fue.

—¿En qué piensas? —Alessia llega por detrás.

—¿Yo? En nada.

—¿Cómo en nada? Tú nunca dejas de pensar. Tu cerebro parece estar bajo contrato permanente con la empresa.

—Bueno, se ve que hoy le han dado la noche libre.

—También tú te tendrías que coger una de vez en cuando. Ten. —Le pasa otra copa—. Estaba segura de que ya te lo habrías acabado. Éste es un passito de Pantelleria. En mi opinión, es aún mejor. Pruébalo...

Alessandro lo sorbe lentamente.

—Sí, es realmente bueno. Es delicado...

Y un viento ligero, una maliciosa brisa de poniente, intenta crear un poco de atmósfera. También Alessia se apoya en la baranda y mira a lo lejos.

—¿Sabes?, es muy agradable trabajar contigo. Cuando estás en el despacho te miro. No dejas de pasear, caminas sobre la moqueta... siempre en círculo, ya tiene hecho un surco. Un surco digno de Giotto. Y mientras, miras al techo, pero en realidad miras lejos... Es como si pudieses ver más allá del techo, del edificio, del cielo, más allá del mar. Ves a lo lejos, ves cosas...

—Sí, que vosotros los humanos... Venga, deja de tomarme el pelo.

—No, lo pienso en serio. Estás en perfecta armonía con el mundo y consigues reírte de las cosas que a veces ocurren y que nos vemos obligados a soportar... Como por ejemplo el final de una historia de amor. Estoy segura de que aún en el caso de que se tratase de la tuya, sabrías reírte de ello.

Alessandro mira a Alessia. Se miran fijamente un momento. Luego ella siente un leve embarazo. Alessandro toma otro sorbo del passito que le acaba de traer y dirige su mirada de nuevo hacia los tejados de las casas.

—Te lo ha dicho el abogado, ¿verdad?

—Sí, pero si no, yo sola lo hubiese adivinado. No creo que esa Elena merezca siquiera tu «desprecio sentimental».

Alessandro sacude la cabeza.

—También te ha contado eso.

Alessia se da cuenta de que esta vez es él quien se siente incómodo.

—Venga, general, ¿sabes a cuántos he dejado... iy cuántos me han dejado!?

—No, no lo sé. Nadie viene a contarme tus asuntos privados.

—Tienes razón, perdona. Pero no la tomes con tu amigo. Lo que Pietro quisiera es volverte a ver de nuevo alegre, como siempre. Me ha elegido a mí para que te haga sonreír, pero quizá hubiese sido mejor que te enviase a una de aquellas rusas, ¿no?

—Pero ¿qué dices?

Cuando estás mal, no hay nada peor que venga alguien a descargar contigo sus estúpidos problemas. Primero el tipo ese que quería que todos se acordasen de él. Ya ves, ni siquiera me acuerdo de su nombre. Ah, sí. Andrea Soldini. Y ahora Alessia y su manía de querer ser el centro de atención. O peor, de querer ser la medicina adecuada. Qué hartazgo...

Alessandro se acerca a ella. Alessia está mirando hacia otro lado, a lo lejos, hacia una calle que desaparece detrás de una curva. Alessandro le pasa el brazo por la espalda. Ella se vuelve de inmediato, sonríe. Pero él se le adelanta y le da un beso en la mejilla.

—Gracias, eres una medicina maravillosa. ¿Ves? Haces efecto al cabo de pocos segundos... ya sonrío.

—¡Venga ya! —Alessia sonríe y se encoge de hombros—. Siempre me estás tomando el pelo.

—No, lo digo en serio.

Alessia lo mira.

—Vosotros, los hombres, no tenéis remedio...

—Ahora no me sueltes la típica frase «sois todos iguales», porque eso ya está más que visto y una cosa así no la espero de ti.

—Pues mira, te diré otra: vosotros, los hombres, siempre sois víctimas de las mujeres. Pero eso os conviene. ¿Y sabes por qué? Para poder justificaros por el daño que le haréis a la siguiente.

—¡Uy, uy, uy!

Alessia hace ademán de irse, pero Alessandro la detiene.

—¿Alessia?

—Sí, dime.

—Gracias.

Ella se vuelve.

—De nada.

—No, en serio. Este passito es buenísimo.

Alessia mueve la cabeza, después sonríe y entra en la casa.

Siete

Heladería Alaska. Las Olas están sentadas en unas sillas de hierro, dispuestas junto a la entrada. Olly tiene las piernas estiradas y apoyadas en la silla vecina.

—¡Hummm, realmente aquí hacen un helado de caerte de culo! —Lo lame a fondo, golosa, al final le da incluso un pequeño mordisco—. En mi opinión, al chocolate le ponen algún tipo de droga. No es posible que esté tan enganchada.

Justo en ese momento, dos muchachos pasan frente a ellas. Uno viste una cazadora negra de tela que lleva escrito detrás «Surfer». El otro, una roja en la que pone «Fiat». Charlan, ríen y entran en la heladería.

—¡Ufff, creo que también estoy muy enganchada al último «Fiat»! Niki se echa a reír.

—¿Y no te gustaría probar el surf?

—No..., ya lo he probado...

—Olly, me parece que nos tomas el pelo. No me creo que hayas estado también con ése.

—En mi opinión —interviene Diletta—, lo dice a propósito porque yo estoy aquí. Quiere darme envidia. Quiere que piense en todo lo que me estoy perdiendo.

—No es que haya *estado* con él. Ha sido solamente algún paseo en coche.

Llega un chico en su ciclomotor a toda velocidad, frena a un milímetro de ellas, se baja y lo aparca a toda pastilla.

—¡Conque estabais aquí, ¿eh?! —Es Giò, el novio de Erica—. ¡Os he buscado por todas partes!

—Hemos ido a dar una vuelta.

—Sí, lo sé.

Erica se levanta y lo abraza. Se dan un ligero beso en los labios.

—Amor..., me encanta que te pongas celoso.

—De celoso nada, lo que estaba era preocupado. Han hecho una redada en el Eur, estaban haciendo un bum-bum-car, y han arrestado a un montón de gente por robo de coches, apuestas clandestinas y asociación para delinquir.

—¡Vaya, esto sí que es un auténtico bum-bum! Nada menos que asociación para delinquir. —Olly levanta los pies de la silla y le da un último mordisco al helado—. ¿Y también banda armada?

—Estoy hablando en serio. Me lo ha dicho Giangi que estaba allí, logró escapar cuando llegaron.

—Caramba, entonces es verdad. —Diletta se pone en pie—. Giangi estaba allí.

—Entonces, ¿vosotras también estabais? —Giò mira furioso a Erica.

—Fui con ellas.

—Qué demonios me importa que hayas ido con ellas, no quiero que vayas allí y basta.

—Claro. —Olly menea la cabeza—. Estás celoso de Fernando, el de las apuestas.

—Ya, figúrate... ¡Me preocupo por ella y basta! Imagina que la hubiesen detenido. Porque los han detenido, ¿sabes? ¿O es que no lo entiendes?

—Bueno, si la hubiesen detenido... la hubiesen detenido —replica Olly con calma.

Giò coge a Erica por el brazo.

—Cariño, ¿por qué no me lo dijiste?

Erica se suelta.

—Y dale. Dios, te pareces a mi padre. ¡Déjame en paz! Ya te he dicho que estaba con mis amigas. —Y añade en voz más baja—: Venga, no tengo ganas de discutir delante de ellas, dejémoslo.

—Ok, como quieras.

Suena el móvil de Niki. Ésta se saca del bolsillo del pantalón su pequeño Nokia.

—Caramba, es mi madre, ¿qué querrá a estas horas? Hola mamá, qué agradable sorpresa.

—¿Dónde estás?

—Perdona, pero ¿ni siquiera me vas a decir hola?

—Hola. ¿Dónde estás?

—Ufff... —Niki resopla y levanta la vista al cielo—. Estoy en corso Francia, tomándome tranquilamente un helado con mis amigas. ¿Qué pasa?

—Menos mal. Perdona, pero acabamos de llegar a casa, tu padre ha encendido la televisión y en las noticias de medianoche han dicho que habían arrestado a varios jóvenes en el Eur. Han dado los nombres y entre ellos estaba también el hijo de esos amigos nuestros, Fernando Passino...

—¿Quién?

—Sí, ese que a veces sale contigo, ¡venga, no te hagas la tonta! Sabes perfectamente de quién estoy hablando, Niki, no me hagas enfadar. Sé que forma parte del grupo con el que sales. En fin, sólo han dado los nombres de los mayores de edad, como es obvio, pero por un momento he pensado que también tú podrías estar metida.

—Pero ¿tú qué te crees, mamá? Perdona, pero ¿por quién me tomas? —Niki pone los ojos en blanco, sus amigas se acercan a ella curiosas. Niki sacude una mano como diciendo «No sabéis lo que ha pasado».

—¿Y han dicho por qué los habían arrestado? ¿Qué han hecho?

—La verdad es que no lo he oído bien, algo relacionado con coches, robos o algo así, no lo he entendido bien... Sonaba como a *stumpcar.*

—Se llama bum-bum-car...

—Eso mismo. ¿Y tú cómo lo sabes?

Niki aprieta los dientes y busca la manera de arreglarlo.

—Es que acaba de llegar Giorgio, el novio de Erica, y nos lo ha contado. Ha oído la noticia en la radio pero nosotras no le creíamos.

Olly y Diletta se ríen por lo bajo. Después Olly imita a un gato resbalando sobre un cristal. Niki intenta darle una patada para que se vaya y no la haga reír.

—¿Lo ves? No te estoy diciendo ninguna tontería —continúa la madre—. Ya ves que es cierto, que ha sucedido. Oye, ¿por qué no vuelves a casa? Es ya medianoche.

—Mamá, ¿quién hubiese querido tener por hija a Cenicienta? En seguida estoy ahí. ¡Adiós! Besos, te quiero.

—Sí, besos, besos, pero vente para casa, ¿de acuerdo? —Y cuelga el teléfono.

—Joder, entonces es cierto lo que ha dicho Giò.

—¿Y por qué iba a deciros una mentira? ¿Qué motivos tendría?

—Venga, chicas, vámonos a casa, mañana tendremos más detalles en los periódicos.

Las Olas se dirigen hacia sus ciclomotores y minicoche respectivos. Olly se monta en su ciclomotor, se pone el casco y lo arranca.

—Una noche floja, ¿eh?

Niki sonríe y se monta en el suyo.

—¿Sabes lo que pienso? Yo creo que ha sido Giò quien ha llamado a la policía; por lo menos se ha quitado de en medio a Fernando por un tiempo.

Diletta se echa a reír.

—Desde luego, sois unas víboras. He llegado a la conclusión de que, con vosotras, el secreto está en quedarse siempre hasta el final. Por lo menos así no tenéis ocasión de hablar mal de una.

—Ah ¿sí? Bien pensado —replica Niki sonriente—. De todos modos, puedes estar segura de que antes de dormirme le enviaré a Olly un sms con algún chisme sobre ti. Lo siento, no nos lo puedes impedir. Y mientras lo dice, arranca su ciclomotor, da gas y se va, estirando las piernas, alzándolas al viento, divertida por el hecho de poder saborear esa tonta, pequeña, espléndida libertad.

Ocho

Alessandro está en la terraza. Mira a lo lejos en busca de quién sabe qué pensamiento. Un poco de melancolía acompaña su último sorbo de passito, ligeramente más dulce. Después entra también él en casa, y deja la copa en la estantería, junto a un libro. Esta vez se trata de *Aforismos. Arena y espuma*, de Gibran. Lo coge y hojea algunas páginas. «Siete veces he despreciado mi alma: la primera, cuando la vi temerosa de alcanzar las alturas. La segunda, cuando la vi saltar ante un inválido. La tercera cuando le dieron a elegir entre lo arduo y lo fácil, y escogió lo fácil. La cuarta...» Basta. No sé por qué, pero cuando estás mal, todo te suena como si tuviese un doble significado. Alessandro cierra de nuevo el libro y se pone a dar vueltas por la casa en busca de Pietro. Nada. No está en el salón. Mira con atención entre la gente, en las esquinas, se aparta para dejar paso a uno que se cruza con él... Ah. No es uno cualquiera. Se trata de Andrea Soldini, y está con una mujer bella, alta. Andrea le sonríe. Alessandro le devuelve la sonrisa pero continúa buscando a Pietro. Nada. En el salón no está. No quisiera que... Abre la puerta del dormitorio. Nada. Tan sólo alguna chaqueta tirada en la cama. También los armarios están abiertos. Va al baño. Intenta abrir la puerta. Está cerrado con llave. Alessandro lo intenta de nuevo. Una voz masculina dice desde dentro.

—¡Ocupado! Si está cerrado será por algo, ¿no?

Es una voz profunda e irritada de verdad. Se trata de alguien que está realmente ocupado en sus asuntos. Y no es Pietro.

Alessandro va a la cocina, la ventana está abierta de par en par. Una cortina clara y ligera juega con el viento. Y con dos personas. Roza la espalda de un hombre. Lo acaricia casi mientras él bromea con una hermosa muchacha que está sentada con las piernas abiertas en la mesa del desayuno. Él está delante de ella, entre sus piernas. Tiene una mano levantada ante la cabeza de la muchacha y balancea una cereza. La baja poco a poco y luego la sube de nuevo, mientras la chica, que finge estar enfadada, se ríe y se enfurruña porque no consigue cogerla con la boca. Quiere esa cereza, y posiblemente no sólo eso. El hombre lo sabe. Y se ríe.

—¡Pietro!

Su amigo se vuelve hacia Alessandro, y la muchacha se aprovecha de su distracción para coger la cereza al vuelo, quitándosela de las manos con la boca.

—¿Ves lo que has hecho? Me ha robado la cereza por tu culpa.

La chica se ríe y mastica con la boca abierta, la lengua se le tiñe y sus palabras se colorean de rojo, de perfume, de deseo, de sonrisa.

—¡Bien! He ganado, me toca otra. Venga, cereza, una gana otra, ¿no? Lo has dicho antes...

—Es verdad, aquí tienes.

Pietro le da otra cereza, y la muchacha rusa escupe primero el hueso de la que se acaba de comer, que se cuela dentro de una copa que está allí cerca, después coge la otra con la mano y la mordisquea. Pietro se acerca a Alessandro.

—¿Lo ves?, ahora se acabó el juego. Yo quería hacerla sufrir un poco más... Una cereza gana otra... Cada vez le apetecía más y yo pensaba seguir con el juego hasta el final y luego pum... —Pietro pellizca a Alessandro entre las piernas—, ¡... el platanito! —Pietro se ríe mientras Alessandro se dobla sobre sí mismo.

—¡Mira que llegas a ser imbécil!

La muchacha rusa mueve la cabeza y se ríe, después se come otra cereza. Alessandro se acerca a Pietro y le dice bajito:

—O sea, que tienes dos hijos, en breve cumplirás cuarenta y sigues así. ¿Dentro de tres años seré como tú? Estoy preocupado. Muy preocupado.

–¿Por qué? La de cosas que pueden cambiar en tres años. Podrías casarte, tener un hijo tú también, y probar con una extranjera... Puedes conseguirlo, venga, puedes alcanzarme, e incluso superarme. ¡Tú mismo lo has dicho! Con ese anuncio de Adidas! *Impossible is Nothing.* ¿Y vas a ser tú quien ponga trabas cuando se trate de ti? Venga, joder, puedes conseguirlo. ¿Vamos a tu casa? ¡Venga, préstamela sólo por esta noche!

–Pero ¿estás loco?

–¡Tú sí que estás loco! ¿Cuándo me va a volver a tocar una rusa así? ¿Tú has visto lo guapa que es?

Alessandro se aparta un poco de la espalda de Pietro.

–Sí, desde luego...

–A que sí, a que es una tía de ensueño. Una rusa, piernas larguísimas. Mira, mira cómo come las cerezas... Imagina cuando se coma... –Pietro da un silbido mientras le pellizca de nuevo entre las piernas.

–Sí, el platanito. Venga, corta ya...

La rusa vuelve a reírse. Para intentar convencer a Alessandro, Pietro le enseña un sobre que lleva en el bolsillo interior de la chaqueta.

–Mira esto. Ya he acabado el informe del pleito aquel con la Butch & Butch. Volvéis a estar dentro. Tenéis una cláusula de prórroga que os lo garantiza por dos años más. Ésta es la carta certificada, venga, y eso que se supone que no debería enviarla hasta dentro de una semana. Y sin embargo te la doy ahora. ¿Estás de acuerdo? ¿Tú sabes lo bien que vas a quedar en la oficina? No serás el jefe, sino el gran jefe. Pero, a cambio...

–Sí, vale, me parece bien. Ven a mi casa a tomar algo. Y también invito a... –Alessandro señala a la rusa.

–¡Bravo! ¡¿Te das cuenta de que contigo las negociaciones siempre acaban bien?!

–Sí, pero no te vayas a creer que esto es como en *El último beso.* Yo no me quiero meter en vuestros líos, ¿entiendes? Con Susanna te las apañas tú, a mí no me metas en medio.

–¿Que me las apañe? Nada más fácil. Le diré que me he quedado en tu casa hasta tarde. Es la verdad, ¿no?

–Sí, sí... la verdad...

—Además piensa en lo buena que debe de estar. Al contrario que la ensaladilla... Cerezas, plátanos y ella. Ésta es la auténtica ensaladilla rusa.

—Oye, ¿por qué en lugar de a la abogacía no te dedicaste al cabaret?

—¿Y tú me escribirías los textos?

—Venga, te espero allí. Voy a despedirme de Alessia. Ah, por cierto...

—Sí, sí, lo sé, no debiera haberle dicho lo de Elena, pero lo he hecho por ti, te lo juro; ya verás como cuando te la tires pensarás en mí...

—¡Que voy a pensar en ti!

—De acuerdo, entonces cuando te la tires no pensarás en mí. Pero después lo pensarás mejor y acabarás comprendiendo que todo ha sido gracias a mí.

—No lo has comprendido. Yo no me pienso liar con Alessia.

—Perdona, pero ¿por qué no?

—No quiero tener líos en el trabajo.

—Perdona de nuevo pero ¿y con Elena entonces?

—Qué importa eso, ella entró a trabajar en la empresa después. Y además en otro departamento, totalmente aparte.

—¿Y qué?

—Pues que Alessia es mi ayudante.

—Mejor que mejor, lo podéis hacer en el despacho. Es cómodo, ¿no? Os encerráis dentro y nadie os puede decir nada.

—Vale, lo haremos así. Muchas gracias desde ya, ¿de acuerdo? Voy a despedirme y nos vamos. Me estoy cansando.

Alessia está en el salón, conversando con una amiga.

—Adiós, Alessia, nos vamos. Nos veremos mañana por la mañana en la oficina. Nos ha convocado el verdadero jefe, pero no sé por qué.

—Bueno, mañana lo sabremos. —Alessia se pone en pie y le besa en ambas mejillas—. Adiós, y gracias por venir, me ha alegrado mucho. Saluda de mi parte a tu guardaespaldas...

—Más bien mi pregonero. Lo llevo conmigo a propósito, por si me olvido de explicar alguno de mis problemas a alguien...

Alessia echa la cabeza hacia atrás y extiende los brazos como diciendo «¡Venga, no se lo tengas en cuenta!».

Educadamente, Alessandro se despide también de la muchacha que está en el sofá quien, a modo de respuesta, se limita a alzar el mentón y a esbozar una sonrisa.

Ya no queda nadie por allí de quién despedirse. Bien, Alessandro se dirige hacia la puerta de la casa. Al final del pasillo se encuentra a Pietro con la rusa. Pero no están solos.

—¿Y ellas?

Junto a Pietro hay dos chicas casi idénticas a la devoradora de cerezas.

—Me ha dicho que sin sus amigas no viene. Venga, sólo vamos a tomar algo. Y además, perdona, pero ¿no son vuestras modelos? ¿No son para la campaña que estáis haciendo ahora? Las elegiste tú mismo.

—Correcto, pero las elegí para trabajar.

—Qué exagerado eres. No sé si sabes que, hoy en día, mucha gente se lleva trabajo a casa.

—Ah, muy bien. ¿Y se supone que mientras tú trabajas yo tengo que conversar con las otras dos? Si vinierais vosotros solos yo me podría ir a dormir. Mañana tengo que madrugar, en serio, tengo una reunión importante. Venga, no, no se puede.

—Como de costumbre, he pensado en todo. ¡Mira!

Andrea Soldini aparece tras la espalda de Pietro.

—Así pues, ¿nos vamos? —Para asegurarse, abraza a una de las rusas y sale del apartamento delante de Pietro. Éste mira a Alessandro y le guiña un ojo.

—¿Has visto? Él se ocupará; Soldini, un animador nato. Estaba en la mesa que estaba a la derecha de la de Elena —dice Pietro guiñándole a su vez un ojo a Alessandro.

—Sí, lo sé.

—Ah, ¿te acordabas de él?

—¿Yo? No, pero me lo ha dicho él.

Se van todos, junto con una bolsita de cerezas que Pietro se ha metido en el bolsillo de la chaqueta a escondidas. Salen del edificio y se suben al coche.

—¡Demonios! Este Mercedes es verdaderamente bonito. Es el nuevo ML, ¿verdad? —Andrea se pone a tocarlo todo, después empieza a saltar divertido en el asiento de delante—. ¡Y además es muy cómodo!

Pietro se sienta entre las chicas.

—Sí, el coche no está nada mal... pero estas dos son de fábula, de veras... Y además mirad. Nada por aquí... *et voilà!* —Y se saca una botella de passito de la chaqueta, ¡todavía frío y con la botella casi llena!—. Aquí tenéis. —Saca unos vasos del otro bolsillo—. Disculpad que sean de plástico. En la vida no se puede tener todo; sin embargo, es necesario aspirar a ello, porque la felicidad no es una meta sino un estilo de vida...

Alessandro conduce y lo mira por el espejo retrovisor.

—¿A quién has oído eso?

—Siento decírtelo. A Elena.

Elena. Elena. Elena.

—¿Hablabas a menudo con ella?

—Por trabajo, sólo y siempre por trabajo, yo trabajo mucho. —Después, en broma, Pietro lleva una mano entre las piernas de una rusa, pero sin tocarla. Apenas la roza. Levanta la mano como si hubiese encontrado algo—. *Et voilà!* —Abre la mano—. ¡Una auténtica cereza! ¡He ahí por qué soy tan dulce! —Y se la ofrece a la otra muchacha rusa sentada a su lado, que se la come gustosa y ríe.

—Hummm, buena.

Pietro levanta una ceja.

—La noche promete.

—Perdona, Alessandro, vamos a tu casa, ¿no? —Alessandro le hace un gesto afirmativo a Andrea—. ¿Y qué dirá Elena cuando te vea llegar con estas tres cerecitas?

Pietro se echa hacia delante y le da una palmada en el hombro izquierdo.

—¡Bravo! ¡Ésta sí que es buena! —Después intercambia una mirada con Alessandro en el retrovisor y se contiene—. Ejem, una observación muy apropiada. ¿Qué respondes?

—Elena está en viaje de trabajo y regresará dentro de dos días.

—Ah, bien, entonces estamos todos más tranquilos.

—Sólo os pido una cosa.

–Espera, ya lo digo yo: ni una palabra sobre esta noche, ¿verdad? –replica Pietro.

–Eso también. Pero entonces os tengo que pedir dos cosas. No volváis a mencionarme a Elena.

–¿Por qué? –pregunta ingenuamente Andrea.

–Porque hacéis que me sienta culpable.

Pietro pone los ojos en blanco, después busca la mirada de Alessandro en el espejo y, con, un vistazo promete silencio absoluto. Cómo no, para eso están los amigos.

Nueve

Noche de ventanas entreabiertas para recibir un atisbo de primavera. Noche de colchas que protegen y recuerdos que dejan dudas y un sabor un poco amargo en la boca. Niki da vueltas y más vueltas. A veces, el pasado hace que las almohadas resulten incómodas. Pero ¿qué es el amor? ¿Existe alguna regla, una manera, una receta? ¿O es todo casual y sólo te queda esperar a ver si tienes suerte? Preguntas difíciles mientras el reloj con forma de tabla de surf colgado en la pared señala la medianoche. Fabio. Raro aquel día. No, hermoso. Todavía me acuerdo. Setiembre. Brisa agradable y cielo azul oscuro de una noche apenas comenzada. Él y los otros tocando en un concierto improvisado en una nave abandonada, escenario inventado, mientras en una pared de cartón piedra algunos grafiteros entablan una competición de dibujos y spray. Nosotras habíamos ido allí por casualidad, gracias al boca a boca habitual de la calle. Me gusta su estilo. Palabras de fuego para canciones funky que arañan el corazón. Y Olly venga a decir que Fabio está bueno que te mueres. Y cada vez que lo dice, yo siento una extraña punzada de fastidio. Porque es guapo. Me doy cuenta. Y de vez en cuando nos miramos, y él me señala mientras canta. Emoción de dos que juegan a distancia, encima y debajo de un escenario improvisado, entre *scratch* y gente que hace *popping* y baila al ritmo rápido y explosivo que propone la música. Y después, sorpresa, vuelvo a encontrármelo en el instituto, en otro grupo, y descubro que tenemos la misma edad, que me mira y me sonríe. Sí, es realmente guapo. Comenzar a salir juntos después de las clases para ir a dar una vuelta en el ciclomotor, a tomar un helado o una cerveza en los centros cívicos, asistir a los ensayos de algún grupo en un sótano. Hasta que todo nos lleva a besarnos entre los sonidos y colores de un sábado por la noche en un local. Luego el viaje continúa, y el beso se convierte en una noche solos aquí en casa; con mis padres en una de sus habituales cenas y mi hermano durmiendo en casa de Vanni. Una casa demasiado grande para un amor quizá demasiado pequeño. Él con una flor. Una sola, dice, porque al menos es especial, única, no perdida en un ramo, confundida con otras. Un beso. Uno solo no. Otro. Y otro más. Manos que se entrelazan, ojos que se buscan y encuentran espacios y panoramas nuevos. Esa vez. Momento único. Que desearías que no acabase. Que fuese el inicio de todo. Descubrirse vulnerables y frágiles, curiosos y dulces. Una explosión. Al día siguiente reúno a las Olas, se lo explico todo y me siento grande. Él que me busca, viene a recogerme y me dice: «Eres mía. No me dejarás nunca. Estamos demasiado bien juntos. Te amo.» Y después: «¿Dónde estabas? ¿Quién era ése? ¿Por qué no te quedas conmigo esta noche en vez de irte a la discoteca con tus amigas?» Y comprender que tal vez amar es otra cosa. Es sentirse ligeros y libres. Es saber que no pretendes apropiarte del corazón del otro, que no es tuyo, que no te toca por contrato. Debes merecerlo cada día. Y se lo dices. Se lo dices a él. Y eres consciente de que hay respuestas que quizá deben cambiarse. Es preciso partir para volver a encontrar el camino. Fabio que me mira enfadado, de pie, ante el portal. Y dice que no, que me equivoco, que somos felices juntos. Me coge por un brazo, me lo aprieta con fuerza. Porque cuando alguien a quien quieres se te va, intentas detenerlo con las manos, y esperas poder atrapar así también su corazón. Pero no es así. El corazón tiene piernas que no ves. Y Fabio se va diciendo «Me las pagarás», pero el amor no es una deuda que saldar, no regala créditos, no acepta descuentos.

Dos lágrimas resbalan despacio, casi tímidas y preocupadas por no manchar la almohada. Niki se abraza a ella. Y por un instante se siente protegida por esa colcha que la separa del mundo.

Las doce y media de la noche. Niki vuelve a darse la vuelta. La almohada le resulta incómoda. Como un pensamiento puntiagudo colocado debajo del colchón. Ruido de cerradura que se abre. Reflejo de luz que llega desde el pasillo.

—¡Desde luego, los Frascati son una pareja absurda! ¿Lo has oído? ¡Él se enfada porque su mujer no ha querido inscribirse también en el curso de tango! Pero ¡si a ella no le interesa para nada el baile!

Simona deja las llaves en la repisa como hace siempre. Niki oye el ruido. Y la imagina. Los oye hablar.

—Sí, pero para él eso sería un gesto de amor. Ya sabe que a ella no le gusta, pero por una vez quisiera que fuese con él.

—¡Ya, pero no se puede pretender que sólo porque alguien te ama debas soportar una cosa que no te interesa! ¡Él tendría que decirle: querida, haz tú también lo que te guste y después nos lo contamos en casa por la noche! ¡Así resulta más divertido! Hay un intercambio...

—¡Claro! Tú, por ejemplo, vas a hacer aeróbic acuático y yo en cambio juego a tenis.

—¡Y a mí no se me ocurriría pedirte que te pusieses el flotador para hacer el curso conmigo y otras diecinueve mujeres!

—¡En parte porque ya me dirás qué iba a hacer yo solo entre veinte mujeres vestido como un experimento de Leonardo da Vinci! ¡Un momento..., ¿has dicho diecinueve mujeres?!

—¡Sí, tonto! pero todas neuróticas. A ti en cambio te ha tocado la mejor...

Un ruido de silla que se mueve, como si la hubiesen empujado. Después silencio. Ese silencio pleno. Profundo. El silencio de los besos. Ese que habla de sueños y fábulas, de tesoros escondidos. Los más bellos. Y Niki lo sabe. Y mientras aprieta con más fuerza la almohada piensa que quizá el amor verdadero sea el de sus padres. Un amor simple hecho de días juntos, cada cual con sus propios deberes y aficiones. Un amor hecho de risas y bromas mientras se regresa a casa de noche, hecho de desayunos preparados por la mañana, de hijos a los que educar, de proyectos que aún han de realizarse. Sí, mis padres se aman. Y no han sido el primer amor el uno del otro. Se conocieron después de haber amado a otras personas. Y quizá no de este modo. Puede que sea preciso viajar antes de saber cuál es la meta adecuada para nosotros. Quizá cada vez que amas sea la primera.

Diez

—Qué casa más bonita... —dice una de las rusas.

Alessandro la mira y sonríe. ¡Elena nunca me lo dijo! Apenas ha tenido tiempo de abrir la puerta, cuando Andrea se cuela dentro y empieza a dar vueltas por el salón.

—Sí, es bonita de verdad, en serio... Ah, espera, estas fotos de aquí las había visto ya. Sí, Elena las llevó a la oficina porque quería enmarcarlas. Están muy bien... Son las fotos de tus trabajos, ¿verdad?

—Sí. —Alessandro se aparta para que entren también Pietro y las tres muchachas rusas—. Bueno, éste es el salón, aquí está el baño de los invitados, allí la cocina. —Sigue caminando seguido por todos—. La habitación de huéspedes con otro baño, ¿ok? Por si hiciese falta...

Alessandro y Pietro se miran y sonríen.

—Sí —asiente Andrea—, por si hiciese falta.

—Vale, otra cosa importante: todo debe hacerse con el máximo silencio, porque son... —Alessandro mira el reloj— casi las dos de la mañana, y yo me voy a dormir... allí. —Y señala una gran habitación al fondo del pasillo que sale del salón.

—¡Eh, no la recordaba ahí! —dice Pietro complacido.

—En realidad no estaba ahí. Pero Elena ha querido hacer obras.

—Pero ¿cómo? Justo ahora que... —Pero Pietro se acuerda de que también está allí Andrea.

—¿Justo ahora? —pregunta éste.

—Quería decir que por qué justo ahora... ¡Normalmente las obras se hacen en verano, no en primavera!

—Es verdad, tienes razón... La verdad, Alessandro, es que tienes perfecto derecho a estar estresado.

—Pero si yo no estoy estresado.

—Sí, estás estresado, estás estresado. ¿Quieres una cereza?

—No, gracias, me voy a dormir.

—¿Una ensaladilla rusa?

—Tampoco.

—¿Ves como estás estresado?

—Sí, vale, buenas noches. No hagáis ruido y cerrad la puerta con cuidado cuando os vayáis, porque los vecinos se quejan si se cierra de golpe.

Pietro estira los brazos.

—Qué absurdo. Se les podría poner una demanda.

Alessandro se cierra con llave en su habitación, se desviste de prisa, se lava los dientes y se mete en la cama. Enciende el televisor y se pone a pasar canales en busca de algo que ver. Pero nada llama su atención. Se levanta. Abre el armario que era de Elena. Vacío. Abre uno de los cajones. Tan sólo unos saquitos de tela perfumados que hizo ella misma. Coge uno. Madreselva. Otro. Magnolia. Otro más. Ciclamino. Ninguno huele a ella. Se vuelve a acostar, apaga la tele, las luces y después cierra los ojos lentamente. En la oscuridad, antes de quedarse dormido, algunas imágenes confusas, recuerdos. Aquella vez que habían ido al cine y, después de haber pedido las entradas en la taquilla, se dio cuenta de que se había dejado la cartera en el coche. Al verlo rebuscar un rato en los bolsillos, apuradísimo, Elena puso el dinero en la ventanilla, mientras le decía a la cajera, que era rubia y muy guapa y además hacía como si no se diese cuenta de nada para no ponerlo a él en mayor apuro: «Discúlpele, lo hace por la paridad entre hombre y mujer, pero no lo admite y, para hacerme pagar, tiene que montar primero la escenita.» Y él había querido que se lo tragase la tierra. O cuando le cortó la respiración entrando en la habitación, esa misma habitación, vestida tan sólo con un ligero picardías transparente... Y después en el sofá... pum, pum, pum. Con ganas. Con pasión. Con rabia. Con deseo. Tum, tum, tum. Pero no hacía tanto ruido... Tum, tum, tum. Alessandro se despierta sobresaltado.

—¿Qué pasa? ¿Qué ocurre?

—Soy Ilenia.

—¿Qué Ilenia?

—Ilenia Burikova.

Pero quién eres, le gustaría responder a Alessandro, no te conozco de nada.

—Soy Ilenia. —Entonces se acuerda de las rusas que andan por la casa. Se levanta, abre la puerta de la habitación—. ¿Me oyes? Ese tipo está mal...

—¿Quién?

—Uno que no me acuerdo cómo se llama. Mi amiga Irina está pidiendo socorro.

—¿Socorro? ¿Quién está pidiendo socorro? Pero ¿qué dices?

Alessandro se pone una camiseta a toda prisa y sale corriendo por el pasillo. Aún no ha tenido tiempo de llegar al salón cuando ve que Irina está en la terraza, asomada y gritando como una loca.

—¡Socorro, socorro! Hombre sentirse muy mal. ¡Rápido, llamad todos, hombre casi muerto!

Las luces del edificio de enfrente se encienden. Sale el vecino con su mujer.

—¡Eh, tú! Para de gritar, basta de chillar. Ya hemos llamado a una ambulancia.

Alessandro sale a la terraza, coge a la rusa de la mano intentando hacerla entrar.

—Socorro, socorro, socorro, está mal... —Parece un disco rayado—. ¡Socorro!

—¡Basta ya! ¿Por qué armas este jaleo? ¿Quién está mal?

—¡En el baño!

Alessandro suelta a la rusa y corre hacia allí. Andrea Soldini está tirado en el suelo, abrazado al váter, respira con dificultad. Al ver a Alessandro esboza una sonrisa. Está bañado en sudor.

—Estoy mal, Alex, estoy mal...

—Ya se ve. Venga, relájate, que en seguida se te va a pasar...

—No, lo siento, lo que pasa es que sufro del corazón y me he metido una raya de cocaína...

—¿Qué? ¡Mira que eres imbécil! Pietro, Pietro, ¿dónde estás, Pietro?

Alessandro ayuda a Andrea Soldini a levantarse. Después sale del baño sujetándolo por un brazo e intenta hacerle caminar. La puerta de la habitación de invitados se abre. Pietro sale jadeante poniéndose la camisa mientras la muchacha rusa se asoma a la puerta sonriendo y comiendo una cereza. Mejor que cualquier anuncio, piensa Alessandro ladeando la cabeza.

—¿Qué pasa?

—Éste, que se ha metido una raya y ahora se siente mal... Y a mí me gustaría saber quién cojones ha traído coca a mi casa.

Andrea respira con dificultad.

—No es culpa de nadie, me dieron un poco en casa de Alessia.

—¿En casa de Alessia?

—Sí, pero no pienso decir quién me la dio.

—Y a mí qué cojones me importa quién te la dio. Perdona, pero, para mí, eres tú quien la ha traído.

—La he tomado para quedar bien con las rusas.

Pietro lo coge por el otro sobaco y lo sostienen entre ambos mientras lo hacen caminar.

—Pues ya se ve lo bien que has quedado. Está blanco como el yeso. Deberías haberle dado cerezas.

Veruska sigue en la puerta.

—Pietro, ven a la habitación, quiero... ¿cuándo viene la macedonia de la que me hablabas?

—Eh, ya voy, ya voy, ¿no ves que aquí tenemos un buen batido?

Desde la terraza entran las otras dos rusas. Ahora parecen más tranquilas.

—Todo en orden. Llega la ambulancia. También está subiendo la policía...

Alessandro palidece.

—¿Cómo que la policía? Pero ¿quién la ha llamado?

—Nosotras todo en regla. Nosotras legales con permiso de trabajo.

—¿De qué permisos estás hablando? Aquí el problema es otro. —Se inclina sobre Andrea—. ¿Estás seguro de que no había más coca?

—No, bueno sí..., un poquitín de nada. En una bolsita debajo del váter.

—¿Debajo del váter? ¡Pero tú estás loco! ¡Tenías que tirarla dentro! —Alessandro entra precipitadamente en el baño, encuentra la bolsita con un poco de polvo blanco dentro y la tira al váter justo en el momento en que llaman a la puerta.

—¡Abran!

Alessandro tira de la cadena y corre a abrir la puerta.

—¡Ya voy!

Ante él, dos camilleros con una camilla plegable y detrás dos policías. Los dos camilleros miran hacia el interior y ven a Pietro sosteniendo a Andrea. Entran de inmediato.

—Rápido, acuéstelo, desabróchele el cuello de la camisa. Fuera, fuera, debe respirar.

Uno de los dos da un repaso a las rusas, el otro, profesional, le llama al orden.

—Venga, coge el esfigmógrafo, vamos a tomarle la tensión.

—Buenas noches. ¿Qué está pasando aquí? —Los policías enseñan su placa y entran. Alessandro apenas tiene tiempo de leer. Pasquale Serra y Alfonso Carretti. Uno deambula por el salón controlando la situación. El otro se saca una libreta del bolsillo y anota algo.

Alessandro se le acerca en seguida.

—¿Qué hace? ¿Qué está escribiendo?

—Nada, ¿por qué? Tomo notas. ¿Por qué, está preocupado?

—No, en absoluto, era sólo por saber.

—Somos nosotros los que tenemos que saber. Veamos, nos han llamado por, y leo, fiestecitas extrañas.

—Pero ¿qué fiestecitas extrañas? —Alessandro mira preocupado a Pietro—. Esto es una fiesta de lo más normal, qué digo una fiesta, ni siquiera; somos unos cuantos amigos que nos hemos reunido aquí para tomar tranquilamente una copa.

—Entiendo, entiendo —asiente el policía—. Con unas rusas... ¿correcto?

—Bueno, son unas chicas, unas modelos con las que acabamos de rodar un anuncio...

—Así que, por trabajo... —continúa el policía—, han tenido que venir también aquí. Digamos que para seguir trabajando, ¿correcto? Una especie de horas extraordinarias, ¿no?

—Disculpe, pero ¿qué quiere decir exactamente con «han tenido que»?

Pietro se da cuenta de que Alessandro se está alterando.

—Esto, ¿puede venir un momento? —Coge al policía y se lo lleva a la cocina—. ¿Quiere tomar algo?

—Gracias, estando de servicio, no.

—De acuerdo. —Pietro se le acerca con aire cómplice—. En parte ha sido culpa mía. Estábamos en una fiesta y resulta que yo congenié con una de las rusas...

—Entiendo, ¿y?

—Un momento, que se la presento... Veruska, ¿puedes venir un momento?

Veruska se acerca a ellos con una camiseta larga que le tapa todo menos sus piernas desnudas y larguísimas.

—Sí, *dimi* Pietro —se ríe.

—Dime, dime, se dice dime.

—Ah, ok, dime... —Vuelve a reír.

—Veruska, te quería presentar a nuestro policía...

Él se lleva la mano a la visera y la saluda:

—Encantado, Alfonso.

—¿Has visto, Veruska, qué uniforme más bonito llevan?

La chica, coqueta, toca varios botones de la chaqueta.

—Sí, lleno de botoncitos pequeños... pequeños como cerezas.

—Muy bien. ¿Se da cuenta, Alfonso? Veruska encuentra en el uniforme los valores de la tierra, los orígenes más simples. En fin, estábamos conversando tranquilamente con estas amigas nuestras rusas... Nada más.

—Lo entiendo, lo entiendo... Pero si los vecinos nos llaman por alboroto nocturno y fiestecitas extrañas, usted comprenderá que...

—Lo comprendo. Su obligación es intervenir.

—Exacto.

Vuelven al salón. Andrea todavía está tumbado en la camilla, pero

ha recuperado un poco el color. Las otras dos rusas y Alessandro están a su lado.

—¿Qué tal vas, todo bien?

—Mejor... —contesta Andrea.

Uno de los dos camilleros se incorpora.

—Todo en orden. Tenía una arritmia y, como sufre del corazón, le
hemos dado en seguida un tónico cardíaco.

Pietro atrapa la ocasión al vuelo.

—Sí, no debería tomar tanto café.

—Así es. Como mucho, uno por la mañana y, desde luego, nada de
café por la noche.

El policía vuelve a guardar la libreta.

—Todo en orden pues, podemos irnos. Intenten mantener la música baja. Me parece que tienen unos vecinos muy sensibles a cualquier
tipo de ruido.

—Sí, no se preocupe. De todos formas ahora mismo se van todos a
su casa. —Alessandro mira a Pietro—. La fiesta acaba aquí esta noche.

—Sí, sí, claro... —Pietro comprende que no hay posibilidad de réplica.

Los camilleros recogen su camilla y se dirigen hacia la salida, se-
guidos por los policías. De repente, el que todavía no ha abierto la
boca, Serra, se detiene.

—Disculpe, ¿puedo pedirle un favor? ¿Podría usar el baño?

—No faltaba más.

Alessandro le indica educadamente el camino. Pero de repente se
da cuenta de que la bolsita todavía debe de seguir flotando en el agua.
Se le adelanta hacia el váter y pulsa para descargar de nuevo la cisterna. Sale de allí rápidamente, cerrando la puerta a sus espaldas.

—Disculpe, lo siento, pero me había olvidado por completo de que
este baño tiene un problema en la cisterna. Por favor, venga por
aquí... utilice el mío personal.

Lo acompaña y lo hace pasar. Después cierra la puerta y se queda
allí, plantado como un poste, mientras sonríe de lejos al otro policía.
Pero Alfonso Carretti, curioso y suspicaz, se acerca al primer baño.
Alessandro palidece. Pietro es más rápido y, antes de que el policía
pueda abrir la puerta, se interpone en su camino.

—Lo siento, pero lamentablemente la cisterna no funciona. El otro quedará libre en seguida. —Pietro sonríe—. Quería decirle, Alfonso, que han sido amables de verdad. Resulta difícil trazar el límite entre una visita y un registro. Que, justo por eso, requiere de una orden, pues de otro modo podría constituir abuso de poder por parte del oficial público, inquiriendo de ese modo en delito hipotético por la llamada ilicitud o antijuricidad especial... —Entonces Pietro sonríe—. ¿Quiere una cereza? —ofrece.

—No me gustan la cerezas.

Pietro le mantiene la mirada. No tiene miedo. O al menos no lo deja ver. Desde siempre, ésa ha sido su fuerza. Tranquilo, sereno, habituado a fingir incluso en las causas más complicadas. Alessandro regresa al salón con el segundo policía.

—Gracias, has sido muy amable.

Alfonso alza las cejas y mira por última vez a Pietro y después a Alessandro.

—No nos hagan volver de nuevo. La próxima vez, si tenemos que hacerlo, lo haremos con una orden... —Y se van cerrando la puerta con brusquedad.

Alessandro sale a la terraza. Su vecino ha apagado las luces y ha vuelto a la cama con la mujer. También Alessandro apaga las luces de su terraza y mira abajo, hacia la calle. Poco después ve salir a los camilleros y a los policías. Ve marcharse la ambulancia con la sirena apagada y a la patrulla derrapando. Alessandro entra en casa y cierra la puerta corredera.

—Muy bien. Bravo. Si queríais hacerme pasar una noche de terror, lo habéis conseguido.

—Podría ser una idea para un nuevo anuncio.

—Pietro, no tiene gracia y no estoy para bromas. Venga, son las tres y media. Fuera de aquí. Tengo que dormir. Mañana a las ocho y media tengo una reunión importante y no sé de qué va. Y llevaos a vuestras amigas rusas, haced lo que queráis...

—Venga, no exageres. Nos estás haciendo sentir culpables...

—Eh —interviene una de las rusas—, entre nosotros, huésped siempre es sagrado.

–Vale, muy bien. Cuando vayamos a rodar un anuncio a Rusia, seguramente todo irá mejor, pero ahora estamos aquí. Vosotras no tenéis ninguna culpa... Pero de veras, tengo que dormir... Por favor.

Andrea se acerca a Alessandro.

–Perdona si he armado este jaleo, era sólo para impresionarlas.

–No te preocupes, me alegro de que estés mejor.

–Gracias, Alex, gracias de verdad.

Y así, el extraño grupo se va de su casa. Alessandro cierra finalmente la puerta y da dos vueltas de llave para asegurarse de que, al menos por esa noche, no suceda nada más. Que el mundo quede fuera. Antes de entrar en la habitación, pasa por el baño, el que supuestamente tiene la cisterna rota. La bolsita ha desaparecido. Después mira mejor. Detrás del lavamanos hay un papel enrollado. Cien euros. Se inclina, lo recoge y lo estira. Todavía tiene restos de polvo blanco. Abre el grifo y lo mete bajo el chorro. Lo lava bien. Ya está. Cualquier prueba ha desaparecido definitivamente. Después lo pone a secar en el borde y se va a su habitación. Apaga la luz, se quita la camiseta, se mete bajo las sábanas y se acuesta. Estira los brazos y las piernas intentando recuperar de nuevo la tranquilidad.

Qué noche... A saber dónde estará Elena en este momento. De todos modos, entiendo que Andrea Soldini ya no esté en su oficina. Lo habrán echado. Una cosa es segura. No sé si alguna vez impresionará a nadie a primera vista, pero, desde luego, lo que soy yo, nunca lo olvidaré. Y con este último pensamiento, Alessandro se queda dormido.

Once

Habitación añil. Ella.

Lleva allí más de dos meses, sobre el escritorio. De color gris claro, un poco polvoriento, pantalla de 15 , cerrado. ¿Qué hago, lo enciendo? La muchacha da vueltas y más vueltas frente a aquel portátil misterioso. Desde luego, ¿cómo puede nadie olvidarse un ordenador sobre un contenedor? Se necesita ser besugo. ¿Por qué se dirá «ser besugo»? ¿Es que los besugos son tontos? A mí no me lo parece. En realidad son veloces, lo vi el otro día en el programa «Quark». También me lo dijo Ivo, aquel pescador de Portoscuso, el año pasado, en Cerdeña. Sea como sea, quien se olvida así un ordenador, debe de estar un poco chalado. La muchacha se sienta al escritorio. Abre el portátil. Ve un pequeño adhesivo abajo, cerca del monitor. «Anselmo 2.» No me lo puedo creer. Pero quién escribe su nombre en el portátil. Anselmo 2, la venganza. Pues sí que estamos bien. Pero... ¿será el nombre del propietario? Anselmo. Bueno. Aprieta el botón de encendido. No es mío... no debería. Pero si no lo enciendo, ¿cómo hago para saber de quién es y quizá devolvérselo? La pantalla azul de Windows con el clásico logo de bienvenida se abre ante ella. Caramba, lo que hay que ver. Ni siquiera tiene contraseña de acceso. Es decir, se abre sin más, sin protección... En el escritorio aparece la imagen de una puesta de sol en el mar. El cielo tiene unos colores brillantes y cálidos y las olas son suaves. Al fondo, una gaviota se dedica a sus asuntos. Pocos iconos. Intenta abrir el Outlook. Siento curiosidad. Veamos sus mails. Pocas carpetas. Mira, mira... muchas de las recibidas proceden de «Editorial». ¿Alguien que escribe? Pero ¿hombre o mujer? Después «Oficina». Bah, serán cosas de trabajo. Hay otros nombres, Giulio, Sergio, AfterEight y apodos varios. Saludos, links, vídeos, bromas. Alguna invitación. Veamos en enviados. Muchos a esa editorial, después a los mismos nombres de antes. Una chica aparece con frecuencia. Carlotta. Todos están firmados SteXXX. Menos mal, entonces no se llama Anselmo 2. Veamos... Abre otro mail. Stefano. Vale, es un hombre. Luego abre otro. «Hola, he intentado llamarte hoy pero tenías el móvil apagado. ¿Puedo tener el honor de invitarte el sábado a cenar? Estaría muy contento.» Contento. Es un hombre. ¿El honor? Pero ¿cómo habla éste? Estoy cometiendo un delito. Violación de la privacidad. No, si acaso violación de contenedor. Y a quién le importa. Soy una mirona. No, una «lectorona». Se ríe para sí. Luego sigue registrando y acaba en «Documentos». A ver. Ah, mira... «Fotos». Abre la carpeta amarilla. Muchos paisajes y fotos de animales, barcas, cosas varias. Ninguna persona. Ningún rostro. Ni siquiera fotos porno. Menos mal, piensa. La cierra y vuelve al escritorio. Uno de los pocos iconos lleva por nombre Martin. A lo mejor se llama así. La abre. Contiene varios documentos Word. Elije uno al azar y clica.

«... Estaba demasiado ocupada intentando conciliar aquel discurso torpe y balbuceante y la ingenuidad de aquellos pensamientos con lo que traslucía en el rostro de él. Nunca había visto tanta energía en los ojos de un hombre. He aquí alguien que puede hacer casi cualquier cosa, era el mensaje que leía en aquella mirada, un mensaje que no se adecuaba a la debilidad de las palabras con las que había sido formulado. Eso sin contar con que la suya era una mente demasiado refinada y ágil como para poder apreciar el valor de la simplicidad.»

Pero ¿esto qué es? ¿Un libro? No pone nada. O sea, ¿que de veras escribe? En efecto, hay mails de «Editorial». La chica sigue leyendo.

«Al recordarla ahora, desde su nueva posición, su vieja realidad de tierra, mar y naves, marineros y mujeres de mal vivir parecía pequeña, pero se fundía con aquel mundo nuevo y parecía expandirse gracias a él. Con su mente volcada en la búsqueda de la unidad, se sorprendió al darse cuenta de que había puntos de contacto entre aquellos dos mundos.»

No está mal. Dos mundos. Diferentes. Puntos de contacto... Cierra el documento y apaga el ordenador. Y, sin más, sin un motivo en especial, de repente siente que algo le crece dentro. Una nueva curiosidad. Una vaga excitación. La idea de sumergirse en otro universo. Una escapatoria a un pensamiento que hace tiempo le ronda por la cabeza. Y, al cabo de tanto tiempo, la muchacha sonríe.

Doce

Buenos días, mundo. Niki se despereza. ¿Me haces un regalo hoy? Me gustaría levantarme de la cama y encontrarme una rosa. Roja no. Blanca. Pura. Para escribir en ella como si fuese una página nueva. Una rosa dejada por alguien que piensa en mí y a quien todavía no conozco. Lo sé. Un contrasentido. Pero me haría sonreír. La cogería y me la llevaría al instituto. La dejaría apoyada en el pupitre, sin más, sin decir nada. Las Olas se acercarían llenas de curiosidad.

—¡Eh! ¿Quién te la ha regalado?

—¿Fabio?

—¿Lo está intentando de nuevo?

—Sí, sí, él, una rosa, ¡Si acaso un cardo seco!

Y todas a reírse. Y yo, todavía sin decir nada, la dejaría allí toda la mañana. Después, a última hora, arrancaría uno a uno los pétalos y, con un rotulador azul, escribiría letra a letra, una sola en cada pétalo, la frase de aquella canción tan bonita: «Entre los obstáculos del corazón hay un principio de alegría que me gustaría merecer...», y después tiraría los pétalos por la ventana. El viento se los llevaría. Podía ser que alguien los encontrase. Que volviese a ponerlas en orden. Que leyese la frase. Y que me viniese a buscar. Él quizá. Ya. Pero ¿quién es él?

Alessandro se despierta sobresaltado y después se da la vuelta bruscamente sobre la cama. El despertador ya ha sonado. Maldita sea, no. Mierda, mierda. Sale zumbando de la cama, se pone las zapatillas. Pero

¿cuándo lo he parado? ¿O es que ni siquiera lo he oído? ¿O es que ayer con todo el jaleo al final me olvidé de programarlo? No es posible. Entra casi resbalando en la cocina. Prepara la cafetera, enciende el gas y la pone al fuego. Después corre hacia el baño, conecta la maquinilla de afeitar eléctrica y, mientras se afeita, da vueltas por la habitación. Intenta ordenar en lo posible los rastros de la noche anterior. De todos modos, hoy viene la mujer de la limpieza. A ver... veamos cómo está esto de aquí... Entra en la habitación de invitados. Encuentra un tazón. Más cerezas. No es posible. Lo coge y tira su contenido a la basura. Después vuelve a entrar en el baño de las visitas, mira bien en el váter, en el lavamanos, por el suelo, en todas las esquinas. Bien. Ni rastro. Sólo me faltaría eso. Famoso publicista arrestado por posesión de drogas. Precisamente yo, que soy antidroga acérrimo. Y, claro, en nuestro ambiente... ¿quién iba a creerme? Por si acaso, descarga de nuevo la cisterna y sale del baño. Pone música en el salón y, con una canción de Julieta Venegas experimenta un cierto buen humor. Casi bailotea. Tiene el tiempo más que justo. Claro que sí, demonios, tengo que ser feliz. Sólo tengo treinta y seis años, cuento con un montón de éxitos y he ganado varios premios de publicidad. Vale, mi madre y mi padre querían que me casase, y eso quizá acabe sucediendo. O tal vez no. Sea como sea, soy alguien que puede gustar. Tranquilamente. Un momento. Se mira con más atención en el espejo del salón, se acerca y observa su rostro. No poco. Alguien que puede gustar, y mucho. Atención. Atención... Querida Elena, eres tú quien va a sufrir, quien va a comerse los puños. Volverás y yo, con suprema elegancia, te haré pasar y encontrarás flores.

Y con esa certeza recién descubierta, por otra parte la única con la que cuenta, Alessandro se toma el café. Le añade un poco de leche fría. Luego, mientras suena *And It's Supposed To Be Love,* de Ayo, se mete en la ducha y deja correr sobre él un chorro de agua bien fresca. ¿De qué tratará la reunión de hoy? Demonios... voy retrasado... demasiado retrasado. Y apresurado, sale a toda prisa de la ducha y comienza a secarse. Tengo que darme prisa, aprisa.

—Pero Niki, no has desayunado.

—Sí, mamá, he tomado café.

—¿Y no vas a comer nada?

—No, no me da tiempo. Llego tarde. Jodidamente tarde.

—Niki, te he dicho mil veces que no hables de esa manera.

—Pero mamá, ¿ni siquiera cuando llego tarde?

—Ni siquiera. ¿Te vas en el ciclomotor?

—Sí...

—Ve despacio, ¿eh?, ve despacio.

—Mamá, me lo dices cada mañana. Al final me traerá mal fario, ya verás.

—Niki, ¿cómo hablas así?

—Es que si algo trae mal fario, trae mal fario. Si lo prefieres, puedo decir mala suerte, pero no deja de ser mal fario.

—Perdona, pero ¿a ti te parece que si tu madre te dice que vayas despacio es porque te desea algo malo? Y además, te lo digo cada mañana y, hasta ahora, no has tenido ningún accidente, por lo tanto «ve despacio» es bueno, ¿de acuerdo?

—Ok, ok. ¡Adiós, un beso!

Niki le da un beso al vuelo a su madre. Se pone los auriculares y se va, escaleras abajo, salvando los últimos peldaños de un salto. Tanto, que uno de los auriculares se le sale de la oreja. Ella se lo vuelve a meter a toda prisa para escuchar aún mejor *Bop To The Top*, de High School Musical. Sale del portal, va hacia el garaje, se monta volando en su SH50, da una patada al pedal y, en cuanto la moto arranca, sale del patio a toda velocidad. Se detiene un momento, mira a derecha e izquierda y al ver que no viene nadie, da gas y se incorpora al tráfico de la mañana.

Alessandro circula de prisa con su nuevo Mercedes. Acaba de comprar algunos periódicos. Es importante mantenerse informado. Quizá en la reunión me pregunten algo acerca de las últimas noticias y yo no sepa de qué me hablan... No me lo puedo permitir. De modo que, de vez en cuando, sea porque haya caravana o porque el semáforo esté en rojo, echa un vistazo al *Messaggero* que lleva abierto en el asiento del copiloto. Luego arranca de nuevo. El tráfico es bastante fluido. Cuando puede, Alessandro circula a bastante velocidad. Llega tarde. Llega tarde... pero no por eso deja de echar un vistazo al periódico.

También Niki llega tarde. Jodidamente tarde. Va todavía con los auriculares puestos, escucha la música y acelera. De vez en cuando se mueve, intentando llevar el ritmo. Mira el reloj de su muñeca izquierda, tratando de ver si está recuperando algo de tiempo, si conseguirá llegar antes de que el intransigente tocacojones del conserje cierre definitivamente la puerta del instituto. Así, va a toda velocidad por viale Parioli, adelantando coches en doble fila. Después intenta girar para incorporarse de nuevo a su carril.

Alessandro llega desde la Mezquita. No viene nadie, perfecto. Se incorpora al tráfico de viale Parioli mientras lee una noticia increíble en el *Messaggero*. Unos jóvenes roban cinco coches para practicar un juego muy particular. El bum-bum-car, el bbc, un nuevo y peligroso juego de jóvenes ricos y aburridos. No lo puedo creer. ¿En serio, hacen estas cosas...? Pero no tiene tiempo de acabar la frase. Da un volantazo. Intenta esquivarla, pero no hay nada que hacer. Una chica que circula a mil por hora, se le echa encima con su ciclomotor, estampándose contra el lado derecho. Bum. Un grito estremecedor. La chica desaparece a la altura de la ventanilla y cae al suelo. Alessandro frena de golpe, cierra los ojos, aprieta los dientes, los periódicos resbalan y caen sobre la alfombrilla. De repente, a consecuencia del golpe, el volumen del reproductor de CD se sube solo. La música inunda el coche. *She's The One*. Alessandro se queda bloqueado un instante en su asiento. Con los ojos cerrados, apretando el volante con fuerza. En suspenso. Empiezan a sonar algunos cláxones, algunos coches los adelantan nerviosos. Uno curioso, otro distraído, otro cínico y otro apresurado. Alessandro se baja preocupado. Da la vuelta al Mercedes lentamente mientras la música sigue sonando. Entonces la ve. Allí, en el suelo, tumbada, quieta, inmóvil. La cabeza girada. Tiene los ojos cerrados, parece desmayada. Dios mío, piensa Alessandro, ¿qué le habrá pasado? Se inclina un poco hacia delante. Niki abre los ojos despacio. Lo ve sobre ella. Y entonces le sonríe.

—Dios mío, un ángel.

—Ojalá, soy el conductor.

—¡Pues vaya! –Niki se incorpora poco a poco–. ¿Dónde diablos estabas mirando, conductor? ¿En qué demonios piensas mientras conduces?

—Lo sé, lo sé, perdona, pero yo tenía la preferencia.

—¿La preferencia de qué?, ¿pero qué estás diciendo? Tenías un stop. ¿Es que no has visto que venía? Ay, me duele mucho el codo.

—Déjame ver... Bah, no tienes ni un rasguño. En cambio, mira lo que me has hecho en el lateral.

Niki se vuelve y se mira por detrás, retorciéndose entera.

—Y mira lo que me has hecho tú aquí. Los pantalones todos rotos.

—Pero si siempre los lleváis así.

—¿Qué dices, idiota? Éstos eran nuevos, acabados de comprar, Jenny Artis, ¿entiendes? Me costaron una pasta, no es como para estropearlos ya al día siguiente. ¿Te das cuenta de que todavía no los he lavado una sola vez? Prácticamente me los has estrenado tú. ¿Sabes coser?

—¿Cómo?

—¿Me ayudas al menos a levantar el ciclomotor?

Alessandro se esfuerza por desencastrar el SH ayudado por Niki.

—Oye, ¿tú no vas nunca al gimnasio?

—De vez en cuando...

—Pues entonces tira...

Finalmente lo logran, pero el ciclomotor se le escapa a Niki de las manos, y da de nuevo con el Mercedes.

—¡Ay!

—¿Otra vez? Ten cuidado, ¿no?

Niki se pone bien el gorrito que lleva debajo del casco.

—Virgen santa, qué tiquismiquis, pareces mi padre.

—Es que vosotros no tenéis respeto por las cosas.

—Ahora te pareces a mi abuelo. Además, si aquí hay alguien que no tiene respeto por las cosas, ése eres precisamente tú. Mira lo que le has hecho a mi ciclomotor... La rueda delantera está toda torcida y al acabar debajo de tu jodido coche se le han doblado los dos amortiguadores.

—Ya ves, es sólo una rueda, la cambias y ya está.

—Claro, sólo que ahora tengo que ir al instituto, de modo que... —Rápidamente abre el cofre, saca una cadena gruesa y ata la rueda trasera del ciclomotor a un poste que hay allí al lado.

—¿De modo que qué?

—De modo que me acompañas.

—Oye, no tengo tiempo. Llego tarde.

—Pues yo llego jodidamente tarde. De manera que gano yo. Venga, vamos. Además, podría llamar a la policía, hacer venir una ambulancia y quedarnos aquí un montón de rato. Te conviene llevarme a la escuela, perderemos mucho menos tiempo.

Alessandro se lo piensa un momento. Resopla.

—Venga, sube. —Abre la puerta y la ayuda.

—¡Ay! ¿Lo ves? Me he dado un golpe atrás, me duele muchísimo...

—No pienses en ello.

Alessandro sube también y arranca.

—¿Adónde te llevo?

—Al Mamiani, pasado el puente Cavour, zona Prati.

—Menos mal. También yo trabajo por allí.

—Ya ves, a veces las casualidades... Pero ¿cómo llevas la música?

—Ah, sí, perdona, el volumen se subió solo con el golpe.

—¡Bien, es Robbie!

—Ah, sí.

—El videoclip es tope guay. ¿Lo has visto?

—No.

—Figura que él es profesor de patinaje sobre hielo que entrena a dos chicos para una competición importante, pero uno de ellos se hace daño, él ocupa su puesto y gana la competición.

—Ah, la típica historia buenista anglosajona.

–Bueno, a mí me parece un video guay. Mira, gira por ahí, así atajamos camino.

–Pero por ahí no se puede, es sólo para los autobuses y los taxis...

–Tú ahora me estás llevando, ¿no? Prácticamente es como si fueses un taxi. Venga, qué importa, no hay nadie. Así al menos acortas camino, por allí el tráfico siempre está fatal. Hasta mi madre lo hace.

–Ok.

No muy convencido, Alessandro se mete por el carril prohibido. Pero nada más adelantar a un autobús, se da cuenta de que hay un guardia urbano. Lo ve cometer la infracción y sonríe burlón, como diciendo «Sigue, sigue, que te he pillado», y se saca una libreta del bolsillo superior del uniforme.

Niki se asoma a la ventanilla en el preciso momento en que pasan por delante de él y grita con todas sus fuerzas:

–¡Pringao! –Después se sienta de nuevo y mira divertida a Alessandro–. Odio a los urbanos.

–Claro. Y si había alguna posibilidad de que no me pusiese la multa, la hemos perdido.

–¡Virgen santa, qué exagerado eres! Te vendrá de una multa. De todos modos, ya te la había puesto... Y, además, tú me has dicho lo mismo a propósito de la rueda de mi ciclomotor.

–Eres imposible, lo has hecho a propósito para podérmelo decir. Así no vamos a llevarnos bien.

–Nosotros no tenemos por qué llevarnos bien. Lo único que tenemos que hacer es intentar no pelearnos... No tener otro accidente. Dime la verdad... estabas distraído, ¿verdad? A lo mejor estabas mirando a alguna chica bonita aprovechando que estabas solo...

–Primero, yo siempre voy solo a la oficina, segundo, no me distraigo con facilidad...

Alessandro le sonríe y la mira con aire de suficiencia.

–Es preciso algo más que una chica bonita para distraerme.

Niki pone cara de fastidio. Entonces se percata de los periódicos que están bajo sus pies.

–¡Ya sé por qué! ¡Estabas leyendo! –Coge *Il Messaggero* y lo abre.

–Qué va, sólo les estaba echando un vistazo.

—Justo. ¡Lo sabía, lo sabía, tenía que haber llamado a la ambulancia, a la guardia urbana, no sabes la de daños que te podría reclamar!

—Ah, ¿sí? En lugar de alegrarte de no haberte hecho nada...

—Bueno, una vez que se ha evitado la tragedia, hay que pensar en cómo sacar provecho, ¿no? Todos lo hacen.

Alessandro niega con la cabeza.

—Quisiera hablar con tus padres.

—No te dejarían entrar en casa. Para ellos, su hija siempre tiene razón. Gira aquí a la derecha que ya casi hemos llegado. Mira, mi instituto está al final de la calle...

Niki abre el periódico y ve la foto de los coches destruidos. Después lee el artículo sobre el bum-bum-car. Los ojos se le salen de las órbitas.

—No me lo puedo creer...

—Pues créetelo, eso es lo que estaba mirando... Y ha faltado poco para que tú dejases así mi coche.

—Ya... Quieres tener razón, ¿eh?

—Piensa que hay gente que hace esas cosas en serio, chicos como tú...

Niki lee el artículo a toda prisa, buscando los nombres, los hechos, si se menciona a alguno de sus amigos. Entonces lo ve, Fernando, el que recoge las apuestas.

—¡No, no es posible!

—¿Qué pasa? ¿Conoces a alguno?

—No, lo decía por decir. Es que me parece absurdo. Vale, hemos llegado. Para aquí.

—¿Es ése?

—Sí, gracias. Es decir, en realidad, me lo debías.

—Sí, sí, venga, baja ya que llego tarde.

—¿Y con el accidente cómo hacemos?

—Toma. —Alessandro busca en un bolsillo de la chaqueta, saca un pequeño estuche plateado y le da una tarjeta—. Aquí está mi número, mi e-mail y todo lo demás. Ya me dirás algo.

Niki lee.

—Alessandro Belli, creative director. ¿Es un puesto importante?

—Bastante.

—Lo sabía, lo sabía, hubiese podido sacarte una pasta. —Niki se baja del Mercedes riendo. Coge el casco, la mochila y también *Il Messaggero*—. Nos llamamos.

—Eh, ese periódico es mío.

—¡Sí, y da gracias de que no me lleve también el CD! Hombre distraído que causa dolor a las mujeres... —Cierra la puerta. Después golpea la ventanilla y Alessandro baja el cristal.

—Oye —Niki agita la tarjeta de visita—, aunque esto sea falso me sé tu matrícula de memoria... así que nada de bromas, que conmigo no te vas a ir de rositas. Por cierto, me llamo Niki.

Alessandro asiente con la cabeza, sonríe y después se va a toda pastilla. Llega enormemente tarde.

Varias chicas están entrando en el instituto. Justo en ese momento llega Olly.

—Eh, Niki, las dos llegamos tarde, como de costumbre, ¿eh? Oye, menudo coche bonito. Y a él no he podido verlo bien, pero de lejos parecía guapo. ¿Quién era, tu padre?

—No seas imbécil, Olly. Conoces a mi padre. ¿Qué, quieres saber quién era ése? Pues mi próximo novio. —Y mientras lo dice, Niki la abraza, la sujeta con fuerza y la obliga a subir la escalera corriendo, como hace ella. Nada más llegar arriba, Olly se detiene.

—Pero ¿estás loca? ¡Así nos van a hacer entrar! Podíamos habernos saltado la clase.

—Mira, lee. —Niki le muestra el periódico a Olly—. Un artículo sobre el bbc. ¡Si llegamos a quedarnos un poco más, nos hubiesen cogido!

—¡Vaya!, es flipante, imagínatelo, nosotras en el periódico. ¡Pasaríamos a la historia!

—¡Ya. ¡Como máximo a la geografía!

—Calla, calla, que me toca examen. —Y hablando así entran en el vestíbulo justo a tiempo.

El conserje, feliz, cierra la puerta, dejando fuera a alguna que otra tardona.

Trece

Alessandro entra jadeante en la oficina.

—Hola, Sandra. ¿Ha llegado ya Leonardo?

—Hace tres minutos. Está en su despacho.

—Fiuuu...

Alessandro hace ademán de entrar, pero Sandra lo detiene.

—Espera. Ya sabes cómo es. Ahora está tomando su café, hojeando el periódico... —y le señala en la centralita del teléfono que una de las líneas está ocupada—, y haciendo la llamada de rigor a su mujer.

—Ok. —Alessandro se relaja y se deja caer en el sofá que hay al lado. Menos mal. Fiuuu. Pensaba que no lo conseguiría. Se estira un poco el cuello de la camisa, se desabrocha un botón—. Ahora es cuestión de esperar que la llamada a su mujer acabe bien...

—La cosa está complicada —le comenta Sandra susurrando—. Ella se quiere separar, ya no soporta... ciertas actitudes suyas.

—Entonces, ¿va a haber tormenta?

—Depende. Si abre la puerta y me pide que le envíe lo de siempre, tienes alguna posibilidad.

—¿Lo de siempre?

—Sí, es un código. Flores con una nota, ya las tengo preparadas. —Sandra abre un cajón y le muestra una serie de tarjetas, todas ellas con el nombre de Francesca, cada una con una frase diferente, una para cada día y todas firmadas por él.

—Pero Sandra, ¿sabes que aunque seas su secretaria no debieras curiosear en sus cosas?

—Ya, ¡como si no me hubiese hecho buscar a mí todas las frases! He tenido que rastrear lo mejor de lo mejor de poetas modernos pero desconocidos. Y he encontrado algunas muy bonitas... —Abre una tarjeta—. Escucha ésta... «Estaré hasta cuando ya no me tengas y te tendré aunque no te posea.» Compleja, críptica pero impactante, ¿eh? De todos modos —prosigue Sandra mientras cierra el cajón—, si el que la escribió se hace famoso un día, Leonardo nunca le perdonará haberle robado su frase.

—¡Dirá que le han copiado su frase!

—De eso puedes estar seguro. Es más... ¡dirá que, justo por ella, el tipo se ha hecho famoso!

Del fondo del pasillo llega un muchacho joven. Alto. Delgado. Con cazadora deportiva. Abundante pelo rubio peinado hacia atrás, ojos azules, intensos, sonrisa hermosa en sus finos labios. Demasiado finos. De traidor. Bebe un poco de agua y sonríe. Desconfiada, Sandra cierra el cajón al vuelo. Ese secreto suyo no es para todo el mundo. Después finge profesionalidad. El tipo se le acerca.

—¿Nada todavía?

—No, lo siento, sigue al teléfono.

Alessandro mira al joven. Intenta situarlo. Lo ha visto ya, pero no recuerda dónde.

—Vale, entonces esperaremos.

El joven se acerca. Le tiende la mano a Alessandro.

—Mucho gusto, Marcello Santi. —Y sonríe—. Sí, ya sé, estás pensando que me has visto antes.

—En efecto... pero ¿dónde? Soy Alessandro Belli.

—Sí, lo sé. Yo estaba en el despacho del piso de encima del de Elena. Formaba parte del *staff* superior, recursos publicitarios.

—Sí, por supuesto. —Alessandro sonríe y piensa: he ahí por qué ya lo odio—. Comimos juntos una vez.

—Sí, y yo tuve que irme a toda prisa.

Ya, recuerda Alessandro, y eso supuso que yo tuviese que pagar tu cuenta y la de tu ayudante.

—Vaya coincidencia.

—Sí, también a mí me han llamado para esta reunión.

Los dos se observan. Alessandro entrecierra un poco los ojos, intentando hacerse cargo de la situación. ¿Qué quiere decir? ¿Qué historia es ésta? ¿Está en juego mi puesto? ¿Nos han convocado a los dos para una reunión? ¿Es él el nuevo director que está buscando Leo? ¿Quiere darme la noticia precisamente delante de él? ¿Es decir que no sólo me sacrifica, sino que también ahora me toca ofrecerle la «última cena»? Mira a Sandra intentando entender algo. Pero ella, que ha comprendido perfectamente lo que Alessandro quisiera saber, mueve ligeramente la cabeza y se muerde un poco el labio superior como diciendo: «Lo siento, pero yo no sé nada.» Entonces la luz de la línea externa se apaga de repente. Un momento después, Leonardo sale por la puerta.

—Oh, aquí estáis. Disculpad si os he hecho esperar. Por favor, pasad, pasad... ¿Os apetece un café?

—Sí, gracias, responde de inmediato Marcello.

Alessandro, ligeramente contrariado porque el otro se le haya adelantado, añade:

—Sí, gracias, yo también.

—Bien, entonces dos cafés, Sandra, por favor y... ¿puede enviar lo de siempre a donde usted sabe? Gracias.

—Desde luego, señor. —Y le hace un guiño a Alessandro.

—Bien, por favor, poneos cómodos. —Leonardo cierra la puerta del despacho a sus espaldas. Los dos se sientan frente a la mesa. A Marcello se lo ve relajado, tranquilo, casi petulante; con las piernas ligeramente cruzadas. Alessandro, más tenso, intenta hallar la postura en aquel sillón que parece escapársele de debajo. Al final, opta por sentarse inclinado hacia delante, con los codos sobre las rodillas y las manos juntas. Se las frota un poco, claramente nervioso.

Marcello se da cuenta y sonríe para sí. Después mira a su alrededor, tomándose su tiempo, buscándolo.

—Es bonito ese cuadro, es un Willem de Kooning, ¿verdad? Expresionismo americano.

Leonardo le sonríe complacido.

En efecto...

Alessandro lo mira y no espera un segundo.

—Ésa en cambio es una lámpara Fortuny, de hacia 1929, creo. La base de caoba es bellísima, una lámpara que tuvo éxito en su época.

—Bravo, así me gusta. Ligeramente competitivos. Y eso que todavía no hemos empezado, todavía no os he dicho nada. De acuerdo, estamos justo en ese momento... El nacimiento. —Leonardo se sienta y pone las manos de repente sobre el escritorio, como protegiendo algo que ellos dos no pueden ver—. ¿Qué hay aquí abajo? ¿Qué estoy escondiendo?

Esta vez, Alessandro es el más rápido.

—Todo.

—Nada —dice Marcello.

Leonardo sonríe. Levanta las manos. Sobre la mesa no hay nada. Marcello deja escapar un ruidoso suspiro de satisfacción. Entonces Leonardo mira fijamente a Alessandro, que le devuelve la mirada contrariado. Sin embargo, Leonardo deja caer de pronto algo de una de sus manos, que mantenía levantadas. Pumba. Un ruido sordo. Marcello cambia de expresión. En cambio, Alessandro sonríe.

—Exacto, Alessandro. Todo. Todo cuanto nos interesa. Este paquete de caramelos será nuestro punto de inflexión. Se llama LaLuna, como la Luna pero todo junto. Y es la Luna lo que tenemos que alcanzer, conquistar. Como el primer hombre en 1969. Aquel astronauta que puso por vez primera el pie en la Luna, enfrentándose al universo y a todos sus secretos... Tenemos que ser como aquel americano, o mejor dicho, debemos hacer frente a los japoneses y, para ser más precisos, debemos «conquistar» este caramelo. Aquí lo tenéis. —Leonardo abre el paquete y vuelca los caramelos sobre la mesa. Alessandro y Marcelllo se acercan y los miran con atención—. Caramelos con forma de media luna con sabor a frutas, todos diferentes, un poco parecidos a nuestro viejo helado arco iris.

Marcello coge uno, lo mira. Luego mira a Leonardo dubitativo.

—¿Puedo?

—Por supuesto, probadlos, comedlos, meteos dentro, vivid con La-Luna, aficionaos a ellos, no tengáis ningún otro pensamiento más allá de estos caramelos.

Marcello se mete uno en la boca. Lo mastica lentamente, con elegancia, entrecierra los ojos como si estuviese catando un vino de calidad.

—Hummm, parece bueno.

—Así es, —dice Alessandro, que mientras tanto ha cogido uno a su vez—. El mío es de naranja. —Luego intenta ponerse en plan técnico de inmediato—. Bueno, la idea de las manos que no descubren nada y después dejan caer el caramelo, LaLuna, desde lo alto, no está mal... Pide LaLuna.

—Sí, pero desgraciadamente, ya la usaron los americanos el año pasado.

—En efecto —interviene Marcello—. Las manos eran las de Patrick Swayze. Unas manos bonitas. Las habían elegido por la película *Ghost*, eran las que modelaban la vasija de arcilla en la escena de amor, las manos que transmitían emociones a Demi Moore. En el anuncio, se veían las manos y nada más. Pagaron dos millones de dólares, sólo por ellas...

—Pues bien —Leonardo se echa hacia atrás en su silla—, a nosotros nos ofrecen catorce. Y además, una exclusiva por dos años de todos los productos LaLuna, TheMoon, en inglés, también. Harán chocolate, chicle, patatas fritas e incluso leche. Productos de alimentación que llevarán encima tan sólo esta pequeña marca. Y tenemos la posibilidad de ganar catorce millones de dólares y la exclusiva. Nosotros. Eso si conseguimos derrotar a la otra agencia que, además de nosotros, ha recibido el encargo de hacer el anuncio. La Butch & Butch... Porque los japoneses, que no son tontos, han pensado que...

En ese preciso momento llaman a la puerta.

—Adelante.

Sandra entra con los dos cafés y los deja sobre la mesa.

—Aquí está el azúcar y la leche. También he traído un poco de agua.

—Bien, servíos. Gracias, Sandra. ¿Ha mandado ya lo de siempre...?

—Sí.

—¿Con qué frase esta vez?

—«Eres el sol oculto por las nubes cuando llueve. Te espero, mi arco iris.»

—Bien, cada día mejor. Gracias, si no fuese por usted...

Sandra sonríe a Marcello y después a Alessandro.

—¡Me lo dice cada vez, siempre felicitaciones, aumento de sueldo jamás! —Y da media vuelta sin dejar de sonreír.

—¡Lo tendrá, lo tendrá, no pierda la confianza! —Entonces Leonardo se sirve un vaso de agua. Al menos tanta confianza como tengo yo, dice para sí, pensando en la frase—. Estábamos diciendo que...

Marcello bebe su café a sorbos, tranquilamente. Alessandro se ha tomado ya el suyo.

—Que los japoneses no son tontos.

—Ya, al contrario, son geniales. En realidad, nos hacen competir con la Butch & Butch, la agencia más grande, nuestra competidora directa, a quien tendremos que enfrentarnos y, sobre todo, vencer. Y si bien puede que yo no sea tan genial como ellos, desde luego no soy ni torpe ni estúpido, y los he copiado... Yo copio siempre. En la escuela me llamaban Copycopy. ¿Que los japoneses nos enfrentan a la Butch & Butch? Bien, yo enfrento a Alessandro Belli con Marcello Santi. El premio son catorce millones de dólares, dos años de exclusiva con LaLuna y, para uno de vosotros el puesto de director creativo internacional, por supuesto acompañado de un óptimo aumento salarial... real.

En un momento, Alessandro lo comprende todo. He ahí el porqué de esa extraña reunión a dos bandas. Entonces siente que el otro lo mira. Se vuelve. Cruzan la mirada. Marcello entrecierra los ojos, saborea el desafío. Alessandro no baja la vista, firme, seguro. Marcello le sonríe con serenidad, falso, convencido, astuto.

—Claro, cómo no, el proyecto es atractivo. —Y tiende la mano a Alessandro, señalando así el comienzo de ese gran desafío. Alessandro se la estrecha. En ese momento le suena el móvil.

—Ops, disculpad. —Mira el número que aparece en pantalla pero no lo reconoce—. Disculpad... Responde volviéndose ligeramente hacia la ventana—. ¿Sí?

—Hola, Belli, ¿cómo te va? ¡He sacado un siete, he sacado un siete!

—¿Has sacado un siete?

—¡Sí! Es decir, ¡una nota bárbara! ¡Traes una suerte increíble! Creo que sólo saqué un siete una vez, en primero y en educación física. ¿Estás ahí? ¿O te has desmayado?

—Pero ¿con quién hablo?

—¿Cómo que con quién? Soy Niki.

—¿Niki? ¿Qué Niki?

—¿Cómo que qué Niki? ¿Me estás tomando el pelo? Niki, la del ciclomotor, a la que has arrollado esta mañana.

Alessandro se vuelve de nuevo hacia Leonardo y sonríe.

—Ah, sí, Niki. Perdona, pero estoy en una reunión.

—Sí, y yo estoy en el instituto, más concretamente en el baño de los chicos. —En ese momento se oye cómo alguien llama a la puerta. «¿Vas a tardar mucho?» Niki finge voz de hombre. «¡Está ocupado!» Y añade, casi en un susurro, casi perdida en el teléfono móvil—: Oye, tengo que colgar, hay uno esperando ahí fuera. ¿Sabes qué es lo más absurdo de todo? Que aquí no se puede hablar con el móvil. Está prohibido. ¿Te das cuenta? Imagina por un momento que tuviese que darle un recado urgente a mi madre...

—Niki...

—¿Qué pasa?

—Estoy en una reunión.

—Sí, ya me lo has dicho.

—Entonces colguemos.

—Vale, pero no tengo que darle un recado urgente a mi madre, sino a ti. Oye, ¿me vienes a buscar a la una y media a la salida? Es que, ¿sabes?, tengo un problema, y me parece que nadie puede acompañarme.

—Es que no sé si podré. Casi seguro que no. Tengo otra reunión.

—Podrás... Podrás... —Y cuelga.

Niki sale del baño. Frente a ella se halla el profesor que acaba de ponerle un siete. Niki se mete de inmediato el móvil en el bolsillo.

—Niki, éste es el baño de los hombres.

—Uy, disculpe.

—No creo que te hayas equivocado. Además, éste es el baño de los profesores...

—Entonces, discúlpeme por partida doble.

—Oye, Niki, no me hagas arrepentir del siete que te acabo de poner...

—Le prometo que haré todo lo posible por merecerlo.

El profesor sonríe y entra en el baño.

—En ese caso, antes de que comience la clase de la profesora Martini...

—¿Sí...? —Niki lo mira con ojos ingenuos.

El profesor se pone serio.

—Apaga tu móvil. —Y cierra la puerta a sus espaldas.

Niki se saca el teléfono del bolsillo y lo apaga.

—¡Ya está, profe! ¡Está apagado! —le grita a través de la puerta.

—¡Muy bien! Y ahora sal de nuestro baño.

—¡Ya me voy, profe!

—¡Muy bien! Siete confirmado.

—¡Gracias, profe!

Niki sonríe y se va para su clase. La Martini acaba de entrar. Niki se detiene en la puerta, vuelve a encender su móvil y lo pone en modo silencio. Luego, más sonriente aún, entra en el aula.

—Así pues, Olas, ¿cómo vamos a celebrar mi siete?

Catorce

Alessandro se da la vuelta y apaga su móvil. Después sonríe levemente.

—Todo en orden, todo en orden...

—Disculpa... —dice Leonardo sonriéndole—, pero lo he oído. Ha sacado un siete. No sabía que tuvieses una hija.

—No —sonríe Alessandro algo azorado—, era mi sobrina.

—Bien, eso quiere decir que es lista, crecerá, tal vez siga sacando buenas notas y, quién sabe, ¡a lo mejor acaba pasando a formar parte de nuestro equipo! —Leonardo se inclina sobre la mesa—. Siempre que para entonces sigamos existiendo todavía, claro. Porque nos hallamos ante nuestra última posibilidad. Francia y Alemania ya nos han superado. España nos viene pisando los talones. Si no conseguimos asegurarnos estos catorce millones de dólares más los dos años de exclusiva con LaLuna, nuestra sede... —Leonardo junta sus manos y las cruza, imitando una gaviota que poco a poco sube hacia lo alto— levantará el vuelo. —A continuación abre de nuevo las manos y aquellas alas, como si se hubiesen roto, se transforman en puños que golpean fuerte sobre el escritorio—. Pero no se lo vamos a permitir, ¿no es así? Y ahora es con el futuro director creativo internacional con quien estoy hablando. —Y los mira a ambos con aire desafiante, casi divertido por haber suscitado aquella incertidumbre—. No sé quién será de vosotros. Sólo sé que no se arrugará ante los españoles. ¡El extranjero no pasará! Y ahora quiero que conozcáis a quienes serán vuestros ayudantes personales. Los dos han dejado sus anteriores trabajos. Os seguirán como una sombra. Qué digo, más que una sombra.

Porque una sombra es silenciosa, se limita a seguir y no tiene la capacidad de adelantarse. En cambio ellos os ayudarán a encontrar todo cuanto podáis necesitar, se anticiparán a cualquier cosa. —Habla por el interfono—. ¿Sandra?

—¿Sí?

—Por favor, ¿podría hacer pasar a los ayudantes en el orden que le he indicado?

—Por supuesto.

La puerta del despacho se abre lentamente.

—Bien, ésta es Alessia.

Alessandro se pone en pie de inmediato y la saluda.

—¡Cómo no, Alessia! ¡Bien! Es perfecta para este trabajo, será una aventura increíble. Y, además, que no tenga que preocuparse de todos los demás productos para dedicarse en exclusiva a LaLuna es estupendo. ¡Estoy muy contento de trabajar contigo!

Pero Alessia se queda callada, parece casi disgustada.

—¿Qué pasa?

Leonardo interviene.

—Ella será la ayudante de Marcello. Vosotros dos, Alessandro, os conocéis demasiado bien. Os quedaríais tranquilamente sentados sobre vuestra amistad. No seríais capaces de sorprenderos, no tenéis nada nuevo que contaros. En cambio aquí deben crearse relaciones explosivas. Sólo así se podrán obtener resultados extraordinarios.

Marcello se pone en pie y la saluda.

—Encantado de conocerte. He oído hablar muy bien de ti. Estoy seguro de que juntos haremos grandes cosas, Alessia.

—Me siento muy honrada. —Y se dan la mano.

Alessandro se vuelve a sentar, ligeramente contrariado pero al mismo tiempo con curiosidad por saber quién será pues su asistente.

—Y para ti... he aquí la sombra perfecta.

Alessandro se echa un poco hacia delante para ver quién es. Y justo en ese momento entra él en el despacho. Se detiene en el umbral, sonríe. Alessandro no da crédito a lo que ven sus ojos.

—No...

Se deja caer en el sillón, apretándose contra el respaldo hasta casi

incrustarse en él dentro. Leonardo mira entre sus folios mientras farfulla para sí:

—¿Cómo se llama, que siempre me olvido...? Ah, sí, aquí está.
—Coge el folio, feliz, y lo levanta sonriente—. Tu nuevo ayudante es...
Andrea Soldini.

Andrea Soldini sonríe, de pie en la puerta. Y saluda.

—Hola a todos...

—Mira, te presento a Alessandro, la persona por la que a partir de
ahora tendrás que darlo todo. Casi hasta la vida.

Alessandro lo mira con las cejas levantadas.

—Mira por dónde, ya empezaste ayer por la noche..., ¿no?

Leonardo los mira con curiosidad.

—¿Os conocéis?

—Sí.

—Pero nunca habéis trabajado juntos...

—No.

—Vale, a mí lo que me interesa es eso. ¡Perfecto! Ahora fuera de
aquí, a trabajar. Os recuerdo lo que está en juego, el desafío, la rivali-
dad, el gran torneo. Nos dan la posibilidad de presentar dos proyectos. Yo me lo juego todo con vosotros. Aquel que acierte con la idea
apropiada para el anuncio de LaLuna, el que logre que nos concedan
la campaña a nosotros, se convertirá en nuestro director creativo internacional.

Marcello sale con Alessia. Sonríen. También Alessandro se dirige
hacia la puerta. Ligeramente abatido, observa a Andrea Soldini. No
tiene ninguna posibilidad. Se siente derrotado ya desde el principio.

—Ah, disculpad... —Leonardo los llama un momento—. No os he
dicho otra cosa. El otro, el que pierda, será enviado a la sede de Lugano. ¡Que gane el mejor!

Quince

Una calle. En la periferia. Calle de tráfico, contaminación, ropa tendida, caótica, de contenedores abollados, de pintadas sin amor, improvisadas. Sus calles. Mauro conduce una vieja motocicleta hecha polvo; lleva el casco puesto pero sin abrochar, y una cazadora Levi's gastadísima, sucia de tanto tiempo sin lavarse. Apaga el ciclomotor y lo aparca debajo de su casa, en una plazoleta de ladrillos agrietados por el sol, con una barandilla herrumbrosa por el paso de los días. Se ve una persiana bajada, una vieja tienda de comestibles que ha cerrado, abandonándolo todo, dejando tan sólo los melocotones pasados, que, a estas alturas, ya están aplastados en el suelo, tanto, que será difícil desincrustarlos de allí. Antiguos sabores de un fresco de vida ya pasada. Mauro llama a la puerta.

—¿Quién es?

—Soy yo, mamá.

Un resorte. La puerta se abre y Mauro entra veloz. La puerta se cierra de nuevo a sus espaldas con aquel cristal amarillento aguantado por una maraña de hierro gastado y oxidado. En la esquina de abajo uno de los cristales está roto, un balonazo de más de un joven futbolista que nunca despuntó. Dos moscas juegan a perseguirse. Mauro sube la escalera de dos en dos sin que le falte el aliento. A sus veintidós años, tiene de sobra. Es lo demás lo que le falta. Demasiado. Todo.

—Hola, mamá. —Un beso veloz en aquella mejilla ligeramente húmeda en sudor doméstico.

—Espabila, que todos están a la mesa.

La madre resopla y, apresurada, vuelve a la cocina. Ya sabe que Mauro se dirige hacia la mesa sin haberlo hecho y se lo dice.

—Lávate esas manos, te las he visto, ¿sabes? Las llevas asquerosas.

Mauro entra en el baño, las mete a toda prisa bajo un chorro de agua fría para lavárselas. Pero en ocasiones el jabón no es suficiente para eliminar todos los restos de una jornada. Después se seca con un pequeño paño rosa desteñido y liso, con algunos agujeros y ya un poco ennegrecido. Ahora aún más. Sale, se sube los pantalones, se los ajusta, prácticamente puede bailar dentro. Después se sienta a la mesa.

—Hola, Eli.

—Hola, Mau. —Así lo llama su hermana pequeña. Tiene siete años y una cara alegre y divertida, llena de fantasía y de todo aquello de quien desconoce todavía tantas cosas, de quien no conoce las dificultades que le aguardan a la vuelta de la esquina de sus próximos años.

Mauro corta con el tenedor un trozo de tortilla y se lo mete en la boca.

—Espera a tu madre, ¿no? —Renato, el padre, le da un fuerte golpe en el hombro mientras Carlo, su hermano mayor lo contempla impasible.

—Pero, papá, tengo hambre.

—Precisamente. Justo por eso esperas. Porque tienes hambre y porque le debes respeto a quien te da de comer. Tu hermano podría comer. Tú no. Tú esperas a que venga tu madre.

Annamaria llega desde la cocina cargada con una gran fuente. La deja en el centro, pero casi se le escapa de las manos y rebota en la mesa, haciendo un ruido considerable.

—Ya está... —Luego se sienta, se arregla los cabellos, echándoselos un poco hacia atrás, fatigada tras la enésima jornada hecha con las mismas cosas de siempre.

Renato se sirve el primero, después deja caer el cucharón en la sopera. Carlo lo coge, toma un poco de pasta con frijoles y le sirve a Elisa, la pequeña, que de inmediato empuña con torpeza la cuchara como si se tratase de un pequeño puñal, y se lanza ávida sobre su plato, con un hambre canina.

—Mamá, ¿tú quieres?

—No, yo espero un poco. Pásasela a tu hermano.

Carlo le alarga la fuente a Mauro, que de inmediato se sirve una buena cantidad. Después mira a su madre.

—¿En serio no quieres, mamá? Mira que queda poco.

—No, de verdad. Acábatela tú.

Mauro rebaña bien el fondo y luego empieza a comer. Todos inclinados sobre la comida. Sin control. Sin límites. Tan sólo el ruido de los cubiertos que golpean el plato, y el de algunos coches que pasan a lo lejos, rompe el silencio. Y también están los olores. Olores procedentes de otras casas semejantes a la suya. Casas cantadas por Eros, esas casas situadas en el límite de una periferia, en aquella canción que a él lo llevó lejos para intentar olvidarlas. Casas descritas en las películas o en las novelas de quienes probablemente nunca han estado en ellas pero creen conocerlas. Casas hechas de sudor, de cuadros falsos, de láminas amarillentas, de calendarios caducados, con una afición que no caduca con el tiempo, el gol de un futbolista, una liga ganada, cualquier razón es buena para fingir alegría. Renato es el primero que acaba de comer y aparta su plato.

—Ahh... —Se siente mejor. Lleva en pie desde las seis. Se sirve agua.

—¿Y bien? ¿Qué has hecho hoy?

Mauro levanta la cara del plato. No pensaba que fuese a meterse con él. Esperaba que al menos lo dejase acabar de comer.

—¿Eh? ¿Se puede saber qué has hecho hoy?

Mauro se limpia con la servilleta que sigue doblada junto al plato.

—¿Qué sé yo, papá? Cuando me he levantado he ido a dar una vuelta. Después he acompañado a Paola, que tenía que presentarse a una prueba...

—¿Y luego?

—Luego... La he estado esperando hasta que ha acabado, la he acompañado a su casa, y después he venido para aquí. Lo has visto, ¿no? Hasta he llegado tarde... Ese ciclomotor va muy despacio y además había mucho tráfico.

Renato extiende el brazo.

—Claro, a ti qué te importa, ¿no? De todos modos aquí tienes asegurada la cena. Mientras tanto, nosotros nos partimos el lomo para que tú puedas pasar los días así...

Carlo corta un trozo de tortilla y se lo pone en el plato.

—Míralo, míralo... —El padre lo señala—. Tu hermano no te dice nada porque te quiere. Y sin embargo tendría que darte de patadas en el culo. Él se levanta a las seis para ir a trabajar, para currar de fontanero. Él se va a arreglar cañerías para que, mientras tanto, tú te pasees en tu ciclomotor, para que acompañes a Paola...

Carlo se come un trozo de tortilla y mira a Mauro a los ojos. Mauro cruza su mirada con la de él, después vuelve a limpiarse la boca y arroja la servilleta a la mesa.

—Está bien, me voy. Se me ha pasado el hambre.

Con la pierna aparta la silla de asiento de paja ya un poco gastada y rebelde, y se dirige deprisa hacia la puerta.

—Cómo no —prosigue el padre mientras lo señala—. Ya ha comido, qué más le da. Pero esta noche, Annamari, me harás el favor de echar el cerrojo. Este cabrón no vuelve a entrar.

Elisa lo mira marchar. Annamaria retira el plato ya vacío de delante de su hija.

—¿Quieres un poco de tortilla, mi amor?

—No, no me apetece.

—Entonces te pelo una manzana.

—No, tampoco me apetece una manzana.

—Oye, no empieces también tú, ¿eh? Te comes la manzana y basta.

Elisa baja un poco la cabeza.

—Está bien.

Fuera de casa. Mauro quita la cadena a ciclomotor y la guarda en el compartimiento que hay bajo el asiento. Se marcha a toda velocidad sin ni siquiera ponerse el casco. Llega hasta el final de la calle, acelera en medio del campo. Luego, al alcanzar el desvío que conduce a la Casilina, se detiene. Calza la moto y se saca los cigarrillos del bolsillo. Enciende uno. Empieza a fumar, nervioso. A sus espaldas, entre los arcos de un viejo acueducto romano, una anodina puesta de sol comienza a ceder paso a las estrellas de la noche. Entonces se le ocurre una idea. Saca del bolsillo trasero de sus tejanos su Nokia comprado en eBay. Busca el nombre. La llama.

—Hola, Paola, ¿te molesto?

—No, no, acabo de cenar ahora mismo. ¿Qué sucede, qué te ha pasado? Te noto extraño. ¿Has discutido con tus padres?

—¡Qué va! Tenía ganas de hablar un poco contigo. —Y le explica tonterías a propósito de lo que ha comido, de lo que ha hecho después de dejarla en su casa—. Ah, ¿cómo te ha ido en la prueba?

—Bueno, una amiga mía que está metida me ha dicho que tengo posibilidades.

—Ya te lo decía yo. Ya verás como te escogen a ti. Además aquello estaba lleno de adefesios. La mejor eras tú, te lo aseguro. Y no porque seas mi novia.

Y siguen conversando. Mauro recupera en seguida su buen humor. Paola un poco más de esperanza de llegar a ser alguien.

Dieciséis

Alessandro sale del despacho de Leonardo. Todavía no se lo cree.

—Es que... no me lo puedo creer... —Andrea Soldini le sigue en efecto como una sombra, en el sentido literal de la palabra—. ¿O sea que me tengo que enfrentar a ése? Mis premios, mis victorias, mis éxitos, todo en la cuerda floja y ¿por quién? Por alguien de quien no se sabe nada. Nunca había oído hablar de ese tal Marcello Santi. ¿Qué ha ganado él? ¿Qué premios le han dado? No recuerdo ni siquiera uno de sus anuncios.

—Bueno... —Andrea Soldini interviene titubeante—, hizo aquel de Golia, el de Crodino, ha hecho también el de café, por ejemplo, aquel en el que la tacita sube al cielo como un globo. Además tiene aquel de los mosquitos... En fin, que él también ha hecho bastantes.

Justo en ese momento, se les añade Alessia, que echa más leña al fuego.

—Hizo también aquel de Saila, en el que sale aquella chica tan guapa bailando.

Alessandro mira a su alrededor.

—¿Y dónde está ahora?

—Se ha ido a escoger al resto de miembros de su equipo. Siento que no podamos estar juntos en este proyecto tan importante.

—Lo sé, pero tú no tienes nada que ver. Y también sé que el trabajo es el trabajo, y que harás todo cuanto esté en tu mano para que gane él; como tiene que ser.

—Y también, querido Alessandro, porque en setiembre, pase lo que pase, a mí me trasladan a Lugano, y si tú pierdes... ¡vendrás conmigo! —Alessia sonríe y se va ligeramente incómoda.

—¡Claro, pero sólo si pierdo! O sea, que ahora tengo a alguien que siempre ha trabajado conmigo y que en estos momentos trabaja contra mí, con mi oponente directo. Y no sólo eso, ¡sino que, además, quiera que pierda! Pues estoy listo, ya veo...

Andrea se encoge de hombros.

—Sí, pero lo hace por estar contigo... en Lugano.

Alessandro lo mira y entrecierra un poco los ojos.

—Gracias, eres muy amable. No es que no me guste Lugano, al contrario. Es que no soporto perder.

—Bueno, entonces haremos lo posible.

—Sí, sólo que con eso ya no basta, debes decir «venceremos».

—Sí, ok, venceremos y gracias de nuevo por lo de ayer noche, ¿eh...? Te agradezco que no le hayas dicho nada a nadie, y sobre todo... Bueno, parece una señal del destino que hoy estemos aquí, tú y yo, ¿entiendes?, cuando ayer te hablaba de la entrevista que tenía pendiente pero de la cual todavía no sabía nada. ¿Te das cuenta? En el fondo, es mejor que anoche sucediera lo que sucedió...

—Ah, ¿sí? ¿Y por qué?

—Porque eso nos ha unido. Es decir, en cierto modo, te debo la vida, seré realmente tu sombra. Y además, después de lo de ayer, una cosa es segura.

—¿Sí?

—... nunca más volverás a olvidarte de mi nombre.

—Claro, claro... ¿quién podría olvidarte? Sólo espero que cuando todo esto acabe no me dejes un mal recuerdo.

—Oh, no, puedes estar seguro.

—No, el que debe estar seguro eres tú. Porque si perdemos, te mato. —Se detiene frente a una salita—. Voy a presentarte a mi equipo.

Abre la puerta y dentro, en torno a la mesa, hay dos chicas. La una dibuja, la otra hojea un periódico, mientras un chico, de pie y con la espalda apoyada en un mueble, juega aburrido con una bolsita de té y una taza. Tira arriba y abajo del cordel para que se disuelva lo máximo posible.

—Bien, ella es Giorgia.

La diseñadora levanta la gama de pantones que tiene junto a la cara y sonríe.

—Y ella es Michela.

La joven deja el periódico sobre la mesa y lo cierra, mientras mira a Andrea también sonriendo.

—Y finalmente, te presento a Dario.

Éste entrecierra los ojos para observar mejor al recién llegado.

Alessandro prosigue:

—Chicos, éste es Andrea Soldini. Juntos, tenemos que participar en un desafío importantísimo, y ganarlo. Sólo os digo que quien salga vencedor pasará a ser el director creativo internacional, mientras que el equipo que pierda morirá. El grupo podrá ser disgregado y, sobre todo, yo podría ser transferido a Lugano. ¿Entendido? De modo que lo único que podemos hacer es ganar.

Dario lo mira con aire interrogativo.

—¿Y nuestra *staff manager* Alessia?

—Pertenece al enemigo. O, mejor dicho, se ha convertido en el enemigo. Andrea Soldini es ahora nuestro jefe de proyecto.

Dario no da crédito.

—Es decir, que Alessia con toda su experiencia, su capacidad, su ironía, su determinación... está al frente del otro equipo. ¿Y se puede saber quién es su director creativo?

Alessandro sonríe, tratando de quitarle importancia.

—Bah, un tal Marcello Santi.

—¡¿Qué?! —Dario y las dos chicas se quedan de piedra—. ¿Un tal Marcello Santi? Pero si ése ha ganado un montón de premios. Es el nuevo creativo por antonomasia, el director más innovador del momento. Leonardo lo fichó para marketing después de lograr arrebatárselo a nuestros competidores directos. —Alessandro escucha sorprendido. Parece que el único que no está al tanto de tanto éxito es él—. Y encima —continúa Dario mirando a Andrea Soldini— tiene a Alessia. Vale, chicos, yo me voy.

—¿Adónde vas, Dario? —pregunta Giorgia.

—A buscarme otro trabajo. Es mejor que empiece desde ya, antes de que sea demasiado tarde.

Alessandro lo detiene.

—Venga, no quiero bromas. Precisamente cuando el juego se pone duro... es cuando los duros empiezan a jugar.

Y en ese preciso momento, Andrea Soldini se coloca por delante de Dario, bloqueando así la puerta y cualquier posible salida.

—No os preocupéis por el futuro. O preocupaos si queréis, pero sabiendo que eso ayuda lo mismo que masticar un chicle para resolver una ecuación matemática. Los verdaderos problemas de la vida seguramente serán cosas que ni se te habían pasado por la cabeza, de esas que te cogen por sorpresa a las cuatro de la tarde de un martes perezoso. Cada vez que te asustes haz una cosa: ¡canta!

Alessandro se queda boquiabierto. Giorgia y Michela escuchan toda la parrafada con una sonrisa. Dario aplaude.

—Felicidades, si no fuese porque es el final de *The Big Kahuna*, no estaría mal.

Alessandro se vuelve y mira a Andrea.

—Sí, es eso, en efecto —reconoce éste—. Pero me lo sé de memoria...

Dario empuja a Andrea intentando salir de allí. Alessandro lo alcanza, lo abraza por el cuello y no lo suelta.

—Venga, Dario, contamos contigo. Es importante que te quedes, que en este momento de dificultad todos os quedéis. Dejadme al menos que os cuente de qué se trata. El producto es un caramelo. Se llama LaLuna, todo junto. Por supuesto, tiene forma de media luna; sabe a frutas, muy bueno. Éste es el paquete. —Rebusca en su bolsillo y saca uno, robado del despacho de Leonardo—. No puedo deciros más.

Suelta a Dario, que coge el paquete y lo mira. Es blanco, con pequeñas medias lunas de diversos colores dentro.

—Me recuerda al helado arco iris.

—Sí, yo también lo he dicho —sonríe satisfecho Andrea Soldini.

Dario lo mira con una sonrisita.

—¿También lo ha dicho él? —Entonces, mientras Alessandro coge a Dario por el brazo y se apartan un poco de los demás, Dario se mete un caramelo en la boca.

—Hummm, por lo menos el sabor es bueno.

—Entonces, ¿vas a trabajar en ello?

—Claro, pero todavía no entiendo...

—¿Qué es lo que no entiendes?

—Dos cosas. Una: ¿por qué sin Alessia?

—Porque Leonardo ha querido barajar las cartas. Ha dicho que la conocíamos demasiado bien... Que nos dormiríamos en los laureles.

—Sí, entiendo, pero con ella hemos ganado siempre. Dormidos pero hemos ganado.

Alessandro se encoge de hombros como diciendo: «No puedo hacer nada».

—También a mí me molesta...

—Y la segunda: ¿por qué no me has elegido a mí para sustituir a Alexia?

—Porque Leonardo ha impuesto a Andrea Soldini.

—¡Vaya, encima enchufado! Sí, llamemos a las cosas por su nombre, es un enchufado.

—No, no es así. Leonardo ni siquiera recordaba su nombre. Creo que es bueno de veras. Sólo necesita una oportunidad. ¿Se la darás, Dario?

Dario lo observa un momento. Después suspira, muerde su LaLuna y se lo traga. Sonríe y hace un gesto afirmativo con la cabeza.

—Está bien... Por ti.

Alessandro hace ademán de irse. Dario lo detiene.

—Disculpa, no quisiera meter la pata... ¿cómo has dicho que se llama?

Diecisiete

El pasillo se llena como un torrente tras la lluvia. Colores, risas, vaqueros, lectores de Mp3, tonos de móviles y miradas que vuelan de un lado a otro, rebotan sobre las paredes y tal vez contienen mensajes secretos que entregar. Las Olas salen de clase. Olly saca su bocadillo bien envuelto en papel de aluminio.

—Pero ¡si es enorme!

—Sí. Tomate, atún y mayonesa.

—¿Y te lo preparas tú?

—Qué va. Me lo prepara Giusi, la señora que nos ayuda en casa. Ha dicho que como demasiadas porquerías industriales y por eso me hace bocadillos artesanales.

—Yo voy a buscarme un *snack* de cereales. Total, comas lo que comas, te saco ventaja. Diletta se aleja, con exagerada alegría y dando unos saltitos muy cómicos que hacen que sus cabellos sueltos oscilen de un lado para otro.

—¡Nooo! ¡Te odio! ¡Tendrás que vértelas con Giusi! —le grita Olly riéndose.

La máquina expendedora está al volver la esquina del pasillo, en una especie de vestíbulo junto a las ventanas. Un grupo de muchachos están apelotonados frente a las diversas teclas de selección. Diletta conoce a alguno de ellos.

—Un sándwich para mí. —Un muchacho vestido con North Sails, aunque con pinta de frecuentar el mar más bien poco, se vuelve hacia la chica que está a su lado.

—¿Lo quieres con salsa tártara? Pues como no lo saques tú.

—No me digas que también hay uno con salsa tártara. Venga, cómpramelo y te invito a pizza el sábado.

Pero la muchacha no parece muy convencida.

—A pizza y cine.

—Vale, está bien... Pero mira, no me acepta la moneda.

—¿Cómo que no?

—Pues como que no.

Diletta observa a la muchacha que está delante de ella en la cola. Ha metido una moneda de un euro en la ranura, pero la máquina no hace más que escupirlo una y otra vez. El presunto marinero hurga en sus bolsillos. Encuentra otro euro y lo intenta a su vez. Nada que hacer.

—¿No la acepta? —pregunta el tipo que está reponiendo las bebidas en la máquina de al lado.

—No —responde la muchacha.

—Está demasiado nuevo. ¿Tienes suela?

—¿Suela?

—Sí, suela de goma en los zapatos.

—Sí, ¿y eso qué tiene que ver?

—Coge el euro, lo tiras al suelo y lo pisas bien con la suela de goma.

—¡Vaya estupidez!

—Entonces haz lo que te parezca y ayuna.

Y vuelve a ocuparse de su máquina. Los dos muchachos, lo miran mal y se van. Le llega el turno a Diletta. Mientras tanto ha ido dándole vueltas y más vueltas a su euro en la mano, confiando en quién sabe qué ritual físico y energético para evitar correr la misma suerte. Lo mete en la ranura. Clinc. El ruido de la moneda resuena inexorable y cínico en el cajetín de abajo. Nada que hacer. Su euro también debe de ser demasiado nuevo. Lo coge y prueba de nuevo. Nada. Otra vez. Nada de nada. Diletta se pone nerviosa y le da una patada a la máquina. El tipo la fulmina con la mirada.

—Señorita, dele la patada al euro. Estos aparatos valen una pasta, ¿qué se ha creído?

—Espera, déjame probar a mí. —Una voz a sus espaldas hace que Diletta se vuelva. Un muchacho alto, trigueño, con la cara ligeramente morena por el sol primaveral y con unos ojos color verde esperanza, la mira levemente azorado y sonríe. Mete a su vez un euro en la ranura. Plink. Un ruido diferente. Funciona—. Mientras probabas, he hecho lo que decía el señor.

El tipo se vuelve a mirarlo.

—Vaya, al menos hay uno que se entera de algo. Señorita, hágale caso.

Diletta le lanza una mirada de reojo.

—¿Qué quieres? —La voz habla de nuevo.

—¿Eh, cómo? ¡Ah! Esa barrita de cereales.

El muchacho aprieta la tecla y el *snack* cae en el cajetín. Se inclina y lo recoge.

—Aquí tienes.

—Gracias, pero no tenías por qué hacerlo. Toma el euro.

—No, además ya has visto que no funciona. No me sirve.

—No, tómalo. Tú sabes cómo hacerlo. No me gustan las deudas.

—¿Deudas? ¿Por una barrita de cereales?

—Vale, pero no me gustan. Gracias de todos modos. —Y se va con el *snack* en la mano, sin más palabras. El muchacho se queda allí, un poco perplejo.

El tipo de la máquina lo mira.

—Eh, para mí que le gustas.

—Desde luego. La he fulminado.

Diletta regresa con las Olas. Entretanto, Olly ya ha devorado su bocadillo.

—¡Qué bueno! ¡Nada que ver con el *snack*! ¡Chicas, el apetito es igualito que el sexo: cuanto más grande mejor!

—¡Olly! ¡Qué asco!

Diletta rasga el envoltorio de su *snack* y empieza a comérselo.

—¿Qué te pasa?

—Nada. Que la máquina no me cogía la moneda.

—¿Y qué has hecho?

—Bueno... Uno me ha ayudado...

—¿Uno quién?

—Y yo qué sé. Uno. Me la ha sacado él.

—¡Ajá! ¿Has oído, Niki? ¡Había uno! —Y, de pronto, las tres empiezan a gritar a coro—: ¡Uno al fin! ¡Uno al fin! —Y le dan empujones a Diletta, quien pone mala cara aunque al final no le queda más remedio que reírse ella también. Entonces se detienen de golpe. Diletta se da la vuelta. También Erica y Niki. Olly es la única que continúa gritando:

—¡Uno al fin! —Pero finalmente se detiene también.

—¿Qué pasa?

—El uno —dice Diletta, y entra rápidamente en el aula.

El muchacho se ha detenido frente a ellas. En la mano lleva el mismo *snack* de cereales que Diletta.

—Uno al fin. —Y sonríe.

Dieciocho

—Bien, entonces buscadme todo lo que se pueda encontrar sobre cualquier tipo de caramelo que se haya publicitado alguna vez en Italia. No, mejor. En Europa. Qué digo, en el mundo.

Giorgia mira a Michela y sonríe señalando a Alessandro.

—Me vuelve loca cuando se pone así.

—Sí, a mí también; se convierte en mi hombre ideal. Qué lástima que cuando todo esto acabe volverá a ser como los demás. Frío, desinteresado por cualquier cosa que no sea... —y traza una curva en el aire—, y, sobre todo, comprometido ya...

—No, ¿no lo sabes? Se han separado.

—No me digas. Hummm... entonces la cosa se pone más interesante. Podría ser que mi apetito durase más allá de la campaña... ¿En serio lo ha dejado con Elena? Ahora entiendo lo de anoche, todos a su casa... Las rusas... Ahora me encaja.

—¿Qué rusas? ¿Qué noche? No me digas que se fueron de juerga con nuestras modelos.

Llega Dario.

—¿Cómo que *vuestras* modelos? Ésas son de nuestra empresa, la Osvaldo Festa, hasta hoy. Tenían que rodar un día más y por lo tanto siguen bajo contrato. Y, además, son un poco de la comunidad, son nuestras mascotas. ¿Qué os pasa, estáis celosas?

—¿Nosotras? ¿Por quién nos has tomado?

Justo en ese momento, llega Alessandro.

—¿Se puede saber qué es tanto hablar? ¿Os queréis poner a la faena? Venga, a currar, exprimíos las cabecitas, lo que os quede dentro. ¡Yo ni me voy a Lugano ni os quiero perder!

Giorgia le da una patada a Michela.

—¿Lo ves? ¡Me ama!

La otra resopla y niega con la cabeza.

—¿«Me»? ¡En realidad ha utilizado el plural, cosa que me incluye a mí también!

—¡Venga, a trabajar!

Andrea Soldini se acerca a Alessandro, que está mirando el paquete de caramelos. Lo ha dejado sobre la mesa. Lo observa fijamente. Cierra los ojos.

Imagina. Sueña. Busca la inspiración... Andrea le da unos golpecitos en el hombro.

—¿Eh? ¿Quién es? —Se remueve un poco molesto.

—Yo.

—¿Yo quién?

—Andrea Soldini.

—Sí, lo sé, bromeaba. Dime...

—Lo siento.

—¿El qué? Nos lo jugamos todo en esta partida. Si empezamos así, estamos apañados.

—Estoy hablando de Elena.

—¿Elena, qué tiene que ver Elena con esto?

—Bueno, que siento que se haya acabado.

Andrea se vuelve hacia Giorgia y Michela, que se fingen absortas en sus ordenadores respectivos.

—Bueno, nada, disculpa, me he equivocado... Pensaba que...

—Eso mismo, muy bien, pensar, eso es lo que tienes que hacer. Pero pensar en el caramelo LaLuna. Sólo en eso. Siempre, de un modo ininterrumpido, de día, de noche, incluso en sueños. Tiene que ser tu pesadilla, una obsesión, hasta dar con algo. Y si no lo encuentras, empieza a pensar en LaLuna también cuando te desveles. Venga, no te distraigas. LaLuna... LaLuna... LaLuna...

En ese momento, suena un teléfono móvil.

—Y cuando estemos reunidos, cuando estemos en un momento de

brainstorming, en medio del temporal creativo, a la caza de la idea para LaLuna, mantened apagados los malditos móviles.

Georgia se acerca y le pasa un Motorola.

—Ten, *boss*. Es el tuyo.

Alessandro lo mira levemente azorado.

—Ah, sí... es verdad. Bueno, *boss* me gusta más que jefe. —Luego se aleja mientras responde—. ¿Sí? ¿Quién es?

—Pero ¿es qué no has metido todavía mi número en memoria?

—¿Diga? ...

—Soy Niki.

—Niki...

—A la que has atropellado esta mañana.

—Ah, perdona, es verdad, Niki... Mira, ahora mismo estoy liadísimo.

—Vale, no te preocupes, cuando nos veamos yo te ayudo. Pero hazme un favor. Guarda mi número, de ese modo cuando te llame te ahorrarás el tiempo de preguntar cada vez quién habla y yo el de recordarte cada vez nuestro accidente y especialmente que la culpa fue tuya...

—Ok, ok, está bien, te juro que lo haré.

—Y sobre todo, guárdalo con el nombre de Niki, ¿eh? Niki y nada más... Mi nombre es justo así. ¡No soy la abreviatura de ningún otro! No te equivoques con Nicoletta, Nicotina, Nicole ni cosas así.

—Entiendo, entiendo, ¿algo más?

—Sí, tenemos que vernos para arreglar el asunto.

—¿Qué asunto?

—El accidente, mi ciclomotor. Tenemos que rellenar aquella hoja, ¿cómo se llama?

—El parte.

—Eso, el parte y además lo que ya te he dicho antes... Te acuerdas, ¿verdad?

—¿De qué?

—De que tienes que venir a buscarme para acompañarme al mecánico. Yo no puedo estar sin ciclomotor.

—Y yo no puedo estar sin trabajar. Tengo que dar con una idea importante y tengo poco tiempo.

—¿Cuánto?

—Un mes.

—¿Un mes? Pero si en un mes se resuelve cualquier cosa... En un mes se tiene tiempo hasta de ir a casarse a Las Vegas.

—Ya. Pero nosotros estamos en Italia, y aquí las cosas son más complicadas.

—Bueno, tampoco es que tengamos que casarnos, ¿no? Al menos no de inmediato.

—Oye, Niki, de veras que estoy muy liado. No puedo seguir hablando por teléfono.

—Entiendo, ya me lo has dicho. Entonces te lo pondré fácil. A la una y media en el instituto. ¿Recuerdas dónde es?

—Sí, pero...

—Ok, hasta luego entonces.

—Escucha, Niki... ¿Niki? ¿Niki?

Ha colgado.

—Chicos, me voy a mi despacho. Seguid trabajando. LaLuna, La-Luna, LaLuna. ¿Lo oís? La solución está en el aire. LaLuna, LaLuna, LaLuna.

Alessandro sale meneando la cabeza. Niki. Sólo le faltaba eso.

Cuando se va, Giorgia y Michela se miran. Giorgia tiene el ceño fruncido. Michela se da cuenta.

—¿Qué te pasa?

—Me parece a mí que el *boss* se va a recuperar pronto.

—¿Tú crees?

—Bueno, tengo esa sensación.

—Ojalá sea así. Cuando está tan nervioso, se trabaja mal.

Andrea Soldini se desplaza al centro de la mesa. Sonríe extendiendo los brazos.

—Una vez leí una cosa muy bonita. Amor... motor. Es cierto, ¿no? El amor hace que todo se mueva.

Dario mueve la cabeza.

—Yo me voy a buscar anuncios que tengan que ver con caramelos. —Antes de salir se acerca a Michela con expresión muy triste—. No sé por qué, pero echo de menos a Alessia una barbaridad...

Andrea Soldini coge un bloc de notas y lo abre.

—Bien, repartámonos las tareas. Objetivos y subobjetivos, ¿no? Como nos ha dicho el *boss*. Mientras tanto, que alguien se informe sobre Marcello Santi. Quién es. Qué hace. De dónde viene. Qué come. Qué piensa. Cómo trabaja.

Michela lo mira con curiosidad.

—¿Y eso por qué?

—Porque es bueno conocer al adversario. Yo de él sé poco, muy poco. Algún éxito y alguna historia que no me gusta pero que no tiene nada que ver con nuestro trabajo.

—¿Qué historia?

—He dicho que no tiene nada que ver con nuestro trabajo.

—Entonces, ¿por qué la sacas a colación?

—Vale —Michela levanta la mano—, de Marcello Santi me ocupo yo.

—Perfecto, los demás investigan sobre el producto y piensan también en algún eslogan para LaLuna.

—Yo pienso en el eslogan —dice Giorgia.

Dario se queda en silencio. Andrea lo mira.

—Además, tenemos que inventarnos otro tipo de *packaging*, no sé, una caja nueva para caramelos, un dispensador diferente a todos los demás.

Dario sigue callado. Andrea suelta un largo suspiro.

—Si nos organizamos todo irá mejor. Es cierto que soy el *staff manager*, pero para mí, nosotros somos sólo un equipo que debe vencer.

Dario mueve la cabeza y sale de la habitación. No sé por qué, piensa, pero cada vez echo más de menos a Alessia.

Diecinueve

–¿Sí? ¡Ah!, ¿así que finalmente has guardado mi número?

–Sí.

–¡Estupendo! ¿Y bien?

–¿Y bien qué?

–Que cuánto vas a tardar, venga date prisa...

–Casi estoy llegando...

–Mira que si llega mi madre y me ve, me meto en un lío.

–¿Por qué dices que... ?

Clic.

–¿Sí? ¿Sí, Niki? –Alessandro mira su teléfono–. No me lo puedo creer. Ha vuelto a colgarme. ¡Qué vicio! –Mueve la cabeza, después toma una curva a la derecha y acelera, dirigiéndose a toda prisa hacia el instituto. Llega a la esquina. Niki ya está allí. Corre hacia el Mercedes, casi se le echa encima. Intenta abrir la puerta, pero el cierre automático está puesto. Niki golpea el cristal.

–Venga, abre, abre...

–Para, que me vas a romper el cristal.

Alessandro aprieta un botón. Se debloquean los seguros. Niki se tumba dentro y casi se agacha en el suelo, luego lo mira de un modo suplicante.

–¡Vamos, vamos!

Alessandro se estira desde su asiento y cierra la puerta que ha quedado abierta. Después arranca con calma y, con un lento zigzag entre los coches aparcados que aguardan la salida de los alumnos de las demás clases, se aleja. Niki sube poco a poco hacia su asiento. Mira fuera.

—¿Ves aquella señora que está junto al escarabajo?

—Sí, la veo.

Niki vuelve a agacharse para esconderse.

—Pues ésa es mi madre. No te detengas, no te detengas, vamos, acelera.

Alessandro continúa conduciendo tranquilo.

—Ya la hemos pasado. Ya puedes sentarte bien.

Niki se acomoda en su asiento y mira por el espejo retrovisor. Su madre ya está lejos.

—Una mujer hermosa.

Niki lo fulmina con la mirada.

—No hables de mi madre.

—En realidad era sólo un cumplido.

—Para ti mi madre no existe, ni siquiera para un cumplido.

El móvil de Niki empieza a sonar.

—¡No! ¡Me está llamando! Demonios, esperaba que me diese un poco más de tiempo... Un poco de calma. Para ahí.

Alessandro, obediente, se detiene en el arcén. Niki le indica por señas que se mantenga callado.

—Chissst —hace. Y abre su teléfono para responder—. ¡Mamá!

—¿Dónde estás?

—Estoy en casa de Olly. Hoy hemos salido un poco antes.

—Pero ¿cómo? ¿No te acuerdas de que hoy tenía que pasar a buscarte, que dejabas el ciclomotor y nos íbamos a la peluquería?

Niki se golpea la frente con la mano.

—Es verdad, mamá..., demonios, se me había olvidado por completo, disculpa.

Simona, la madre de Niki, mueve la cabeza.

—Ya veo que no estás en lo que tienes que estar. Debe de ser la proximidad de los exámenes o ese novio que no te deja un segundo... ¿cómo se llama?, Fabio.

—Mamá, ¿tenemos que hablar justo ahora? Estoy en casa de Olly. —Niki mira a Alessandro como diciendo: me estoy pasando, ¿verdad?—. De todos modos ya lo hemos dejado.

—Oh, por fin una buena noticia.

—¡Mamá!

—¿Qué pasa?

—¡No me digas eso! ¿Y si vuelvo con él?

—¡Justamente por eso te lo digo, para que así no vuelvas con él! Además, nos lo prometimos, ¿no? Debemos decírnoslo todo siempre.

—Ok, ok, está bien. Oye, ahora me voy a comer algo con Olly, volveré tarde, no me esperes, ¿de acuerdo?

—Perdona, Niki, pero ¿no tienes que estudiar?

—Adiós, mamá...

También Simona se queda con un móvil mudo en la mano. Su hija ha colgado.

Niki pone su móvil en modo silencio y bloquea el teclado. Se apoya sobre una mano y se vuelve a guardar el teléfono en el bolsillo trasero del pantalón. Alessandro la mira y sonríe.

—¿Le dices muchas mentiras a tu madre?

—No muchas... Por ejemplo, es cierto que lo hemos dejado. Y además, ¿a ti qué te importa? Ni que fueses mi padre.

—Por eso mismo te lo pregunto, porque no lo soy. Si lo fuese, nunca me responderías.

—¡Virgen santa, qué filosófico eres! Gira ahí, venga, aquí, de prisa. —Niki coge el volante por un lado y casi lo ayuda a dar la curva. El coche da un pequeño bandazo, invadiendo el carril contrario, pero consigue recuperar la trayectoria.

—Estate quieta. Pero ¿qué haces? ¡Deja el volante! Por poco nos la pegamos.

Niki vuelve a sentarse bien en su asiento.

—Vaya, sí que eres maniático, ¿eh?

—Qué tiene que ver ser maniático con esto. Sólo hace falta que me lo abolles también por delante y entonces sí que estamos apañados, ya puedo ir tirando el coche.

—Exagerado.

—¿Has visto ya el porrazo que me has dado en el lateral con tu ciclomotor?

—El porrazo... Un arañazo de nada. Exagerado, ya te digo, eres un exagerado.

—Claro, a ti qué más te da, el coche es mío.

—Vaya, ahora te pareces a mi madre. Ahora mismo estamos estudiando eso precisamente, la propiedad. ¡Cuidado!

Alessandro frena y clava el coche de golpe. Un muchacho trigueño sobre un ciclomotor hecho polvo, con una muchacha de pelo castaño abrazada con fuerza a su cintura, atraviesa sin respetar el stop. No se dan cuenta de nada. O les trae sin cuidado. Alessandro baja su ventanilla.

—¡Imbéciles! —Pero ya están lejos los dos—. ¿Tú has visto? No se han detenido en el stop, ni siquiera han mirado... Y luego dicen que hay accidentes.

—Venga, no seas plomo. Lo importante es que los has visto y has podido evitarlos, ¿no? Quizá tienen una cita importante...

—Sí, así vestidos.

—A lo mejor tienen una prueba. Necesitan trabajar. No todos son hijos de papá, ¿sabes? Madre mía... qué antiguo eres. ¿Todavía sigues juzgando a las personas por cómo se visten?

—No es sólo la ropa... es todo en conjunto. La falta de respeto. De valores. A lo mejor son como aquellos chicos de los libros de Pasolini, de la periferia romana, descontentos... Que necesitan ayuda, que se les haga, entender cómo son las cosas...

—¿Pasolini? Ya, ya lo mejor vienen de Parioli y se les sale la pasta por debajo del sillín hecho polvo. ¿Tú qué sabes? ¡Jo, pareces de verdad mi padre!

—Oye, me has obligado a venir a buscarte y está bien... pero ¿tenemos que pasamos el rato discutiendo?

—No, para nada. Pero si te hubieses llevado por delante a aquellos dos, yo no habría testificado a tu favor...

—Entiendo. Quieres discutir.

—No, ya te lo he dicho. Sólo te recuerdo que esta mañana estabas distraído y me diste. ¿O pretendes negarlo?

Alessandro la mira.

—Si así fuese no estaría aquí.

—Menos mal. Bueno, tuerce en la próxima.

—Pero ¿adónde vamos?

—Al mecánico. Le he mandado un sms a última hora, me ha dicho que me esperaría... Ahora vuelve a girar ahí, a la derecha... Bien, despacio, despacio, está justo aquí detrás. Ya llegamos.

Pero la persiana del mecánico ya está bajada.

—Nooo, no me ha esperado... Ha cerrado. Y ahora, ¿qué? Demonios. ¿Qué hago?

—¿Cómo que qué haces? Ahora tienes chófer particular, ¿no?

—Qué va, hoy tengo que ir a un montón de sitios sin ti.

—Ya, claro.

—¿Qué quiere decir «ya, claro»?

—Que yo no estaba previsto. No podías prever de antemano ir a todos esos sitios conmigo.

—Desde luego. No nos conocíamos...

Niki se baja del coche.

—Tú eres sólo un accidente—. Y cierra la puerta.

—Sí, lo sé. Pero un accidente puede ser positivo o negativo. Depende de cómo lo mires. Del modo en que cambie tu vida a partir de ese momento, ¿no?

Niki se acerca a su ciclomotor, que está aparcado junto a la persiana. Se monta. Da dos patadas al pedal. Intenta arrancarlo. Nada que hacer.

—Por el momento —le dice—, algo ha dejado KO a Mila.

—¿A Mila? ¿Quién es Mila?

—¡Mi ciclomotor!

—¿Y por qué Mila?

—¿Es que siempre tiene que haber un porqué?

—Madre mía, mira que llegas a ser pesada...

Niki casi ni lo oye y se mete debajo del ciclomotor.

—Lo sabía, se ha salido la bujía. Por eso después del golpe no arrancaba. —Niki se pone de nuevo en pie y se acerca al Mercedes—. ¡Qué mierda! —Se limpia las manos en sus tejanos descoloridos que de inmediato se pringan con una grasa oscura. Luego hace ademán de subir al coche.

—Perdona, ¿qué haces?

—¿Cómo que qué hago? Subir.

—Ya lo veo, pero mírate, estás toda sucia. Un momento, usa esto. Y Alessandro le pasa una gamuza beige claro sin estrenar.

Niki le sonríe. Luego se limpia las manos.

—Por si lo quieres saber, Mila viene de camomila, quizá porque ir en ciclomotor me relaja... En el fondo es cierto, hay un porqué... ¿Sabes?, entre nosotros es todo perfecto.

—¿A qué te refieres con «entre nosotros»?

—Somos tan completamente distintos... En todo. Corremos el riesgo de enamorarnos perdidamente el uno del otro.

Alessandro sonríe y arranca.

—Tú sí que vas directa al grano.

—¿Y qué hay de malo en eso? ¿De qué sirve darle vueltas? El mundo ya se ocupa de dar las vueltas, ¿no? Yo voy directa.

—¿Por qué eres así? —Alessandro se vuelve y la mira, intentando estudiarla—. ¿Una desilusión amorosa? ¿Hija de padres separados? ¿Sufriste violencia de pequeña?

—No, de mayor. Justo esta mañana, por parte de uno con un Mercedes... Yo voy al grano, pero tú te pasas. Además no te enteras de nada. No sé por qué soy así. ¿Y qué quiere decir «por qué»? Ya te lo he dicho, a veces no hay un porqué. Soy así y basta, digo lo que pienso. Todavía puedo, ¿no?

Alessandro le sonríe.

—Es cierto, tienes toda una vida por delante.

—También tú. La vida se acaba sólo cuando se deja de vivir. ¿Te gusta?

—Sí.

—Es mío. *Copyright* Niki. Pero te la presto de buen grado, porque estoy en un momento de rara felicidad. Me siento libre, feliz, tranquila. Me da miedo que al decirlo se desvanezca... —Alessandro la mira. Es guapa. Es alegre. Es jovencísima—. Y por encima de todo, estoy contenta de mi decisión.

—¿Te refieres a lo que has decidido estudiar?

—Pero ¿qué dices? Anoche volví a decirle a mi novio que se había acabado definitivamente. Cancelado. Pulverizado. Desintegrado. Desvanecido. Evaporado...

—Vale, he captado el concepto. Pero, si utilizas todos esos verbos quiere decir que ha sido una historia importante.

—Para nada.

—Ya, ahora te quieres hacer la dura conmigo. Lo debes de haber pasado muy mal.

—Hoy no. Pero aquella noche que fue al concierto de Robbie Williams con un amigo suyo, sí.... Entiéndelo, no me llevó con él. No me llevó a mí y se llevó a su amigo, ¡¿te das cuenta?!... Ese día sí que lo pasé fatal. Pero seguí divirtiéndome y, cuando decidí que se había acabado, dejó de importarme.

—Lo entiendo, pero entonces, ¿por qué estás tan enfadada?

—Por no haber cortado antes; por no haber sabido escuchar a mi corazón.

—Bueno, a lo mejor era que todavía no estabas preparada.

—No es cierto. Lo único que hice fue mentirme a mí misma. Siempre es así cuando arrastras las cosas. Aún pasaron dos meses desde que tomé la decisión. Me mentí a mí misma durante dos meses. Y eso no es bueno. Se le puede mentir a todo el mundo, pero no a una misma.

—De acuerdo, pero de todos modos, más vale tarde que nunca, ¿no?

—Hala, ahora te pareces a mi tía.

—¿Y qué tengo que decir? ¿No debo dirigirte la palabra?

—Eso es justo lo que me hace siempre mi hermano.

—Ya entiendo por qué te sientes tan bien conmigo, te parece que estás con toda tu familia.

Niki se echa a reír.

—Eso sí que ha estado bien. Te lo juro, me has hecho reír... Empiezo a mirarte con otros ojos. En serio, de verdad.

—¿He ganado puntos?

—Alguno, pero todavía te falta mucho, el accidente con mi Mila te ha quitado por lo menos veinte... Además, te vistes de jovencito.

—¿Y eso? —Alessandro se mira.

—Traje oscuro y calzado con Adidas, camisa color celeste demasiado clara, cuello desabotonado y sin corbata.

—¿Y...?

—Un intento desesperado por recuperar el tiempo perdido. Al menos Proust se limitaba a escribir al respecto, no se paseaba por ahí vestido así.

—Dejando a un lado el hecho de que en su época las Adidas no existían, ésta es mi ropa de trabajo. Cuando estoy con mis amigos voy mucho más deportivo.

—O sea, aún más desesperadamente de jovencito infiltrado. Como diciendo: «¡Eh, chicos, miradme, soy uno de vosotros!» Pero ya no lo eres. Te das cuenta, ¿verdad?

Alessandro sonríe y mueve la cabeza.

—Lo siento, pero te has hecho una idea equivocada sobre mí.

Niki sube sus rodillas hasta el pecho y apoya los zapatos en el asiento.

—¡Bájalos! —Alessandro le da un manotazo en las piernas.

—Pesado, pesado. —Después lo mira y pone cara pícara. Se le acaba de ocurrir algo—. Vale, te propongo un juego. ¿Qué es lo que te ha gustado de mí?

—¿Por qué, es que por fuerza tenía que gustarme algo?

—Bueno, lo normal cuando conoces a alguien es que haya cosas que te gusten y a lo mejor otras que no, ¿no? Qué sé yo. A lo mejor no te gusta un perfume demasiado fuerte, o el cabello demasiado largo, si mastica mal el chicle, si se mueve demasiado, si pone los pies en el asiento... Por ejemplo, estoy segura de que no te han gustado mis tetas. —Niki se las aprieta un poco—. Claro que en estos momentos están un poco pequeñas, he adelgazado. Estoy participando en un torneo de voleibol... ¿sabes?, vamos en tercer lugar... Bueno, da igual. En todo caso, me di cuenta de que eso no fue lo primero que miraste cuando nos conocimos.

—No, desde luego, lo primero que miré fue el lateral del coche.

—¡Ya vale con eso! Lo que te digo es que hay algunos mayores, como tú vaya, que cuando te ven por primera vez en seguida te miran las tetas. Vete tú a saber qué es lo que buscan en una teta. ¿Qué secreto, qué misterio de la mujer creen que pueda esconderse en una teta? Así pues, ¿qué es lo que te ha gustado de mí?

Alessandro la mira un instante. Después sigue conduciendo tranquilo y sonríe.

—Me ha gustado tu valentía. Después del accidente te has levantado en seguida. No has tenido miedo. No has perdido el tiempo. Has afrontado de inmediato la realidad. Fuerte... En serio. Es en esos momentos, en las cosas dolorosas e imprevistas, cuando se ven las verdaderas cualidades de las personas.

—¡Entonces, según esa regla de tres, tú eres terrible! ¡Has gritado como un loco! ¡Estabas preocupado por el coche!

—Qué va. Sólo porque ya había visto que no te había pasado nada.

—Sí, sí, y yo que me lo creo... —Niki se pone seria—. ¿Y qué es lo que no te ha gustado de mí?

Alessandro no sabe cómo empezar.

—Bueno... a ver, veamos... —La lista parece más bien larga.

—¡Bueno, no, no, espera, lo he pensado mejor... No quiero saberlo en absoluto!

Alessandro sigue conduciendo divertido.

—Bueno, si uno no hace autocrítica nunca mejorará en nada.

—¿Y quién te ha dicho que yo quiera mejorar? De todas las chicas que conozco, yo ya estoy bastante por encima de la media... Aunque, tampoco me apetece volverme demasiado loca. Está claro que entonces ya no le resultaría simpática a nadie..., y la simpatía es fundamental. Nace de la imperfección. Por ejemplo, una cosa que me ha gustado de ti, a pesar del drama que has montado con el coche, ha sido precisamente la simpatía. En cambio, debo decir que no hay nada que no me haya gustado.

Alessandro la mira, luego alza la ceja de repente.

—Hummm, demasiados piropos. Lo malo viene después. ¿Y bien?

—Pero, mira que llegas a ser desconfiado. Eso es lo que pienso. ¿No te acabo de decir que yo siempre digo lo que pienso?

—¿Y entonces las mentiras a tu madre?

—Lo mismo. En esos casos, digo siempre lo que pienso que le gustaría oír.

Niki sube las piernas y vuelve a poner los pies en el asiento. Se abraza las rodillas.

—Baja los pies del asiento...

—Jo, qué muermo. —Y los pone sobre el salpicadero.

—Bájalos también de ahí.

—¡Eres un plasta!

—Venga, te llevo a casa. ¿Dónde vives?

—Ah, sí, te he encontrado un defecto. Eres demasiado cuadrado. Tienes que controlarlo todo. Qué se hace ahora, adónde se va, por qué. ¿Por qué lo haces? ¿Por qué no quieres que se te escape nada? Eres un racionalizador de emociones. Un castigador de locuras. Un contable de las casualidades. La vida no se puede reducir a simples cálculos. Perdona, pero ¿de qué trabajas?

—Soy un creativo.

—¿Y cómo consigues crear nada si destruyes y sofocas cualquier imprevisto? La creación nace de un rayo, de un error respecto al curso habitual de las cosas. No hacemos nada bien hasta que dejamos de pensar en el modo de hacerlo.

—Hermoso. Te has puesto filosófica.

—No es mío. Es de William Hazlitt.

—¿Quién es?

—No lo sé. Sólo sé que lo dijo él... Lo leí en mi agenda.

Alessandro mueve la cabeza resignado.

—Estás en el último año de bachillerato, ¿no? El año de la Selectividad. He leído en algún sitio que ése es el punto máximo de conocimiento de una persona...

—Eso es una gilipollez.

—No creas. Luego uno elige su camino, se especializa, escoge una carrera determinada en la universidad y, a partir de entonces, sabrá mucho sobre el tema que haya elegido, pero sólo sobre eso.

—Oye, oírte decir eso me angustia.

—¿Por qué?

—Ves la vida como falta de libertad. La vida es libertad, tiene que serlo, tienes que conseguir que lo sea.

—Claro que sí, ¿quién te lo prohíbe? Por ejemplo, tendrás libertad para elegir facultad, ¿no? ¿A cuál quieres ir?

—Quiero hacer surf.

—No he dicho nada.

—Oye, tengo una idea. Gira por aquí. Recto, sigue recto y coge la última a la derecha.

—Pero ¡es de sentido único!

—¡Otra vez! ¡Madre mía, eres un plomo!

—No soy un plomo, soy responsable, quiero evitar un choque frontal. En cambio, tú eres una irresponsable. Como los que hemos visto antes en el ciclomotor. Si te metes por esa calle en contra dirección puedes causar un accidente gravísimo.

—Por el momento, el único que provoca accidentes eres tú. A menos que...

—¿Qué?

—Que se tratase de un plan para conocerme.

—Sí, ya ves qué plan... En ese caso, te hubiese parado y te habría preguntado quién eras sin estropear mi coche...

—Lástima, me hubiese gustado más que chocases a propósito para conocerme...

—¿Por qué tienes que ser tan niña?

—Es que soy una niña, papá. Mira, gira por aquí, a la derecha. Por aquí sí se puede.

—¿Y luego...?

—Luego ya estaremos en el centro. Via del Corso, ¿la conoces?

—Claro que la conozco, y también sé que allí no se puede aparcar.

—Y qué más te da. Venga, demos una vuelta. Eres un creativo, necesitas respirar el ambiente de la gente, crear con ellos, para ellos. Venga... —Niki vuelve a coger el volante y lo gira de golpe—. Tuerce por aquí. —Y tira hacia ella—. ¡Aquí, aquí hay un sitio, métete, métete!

—¡Quieta, que nos la pegamos!

Niki suelta el volante.

—Ok, pero métete aquí que nos viene perfecto.

—Sí, claro, perfecto para que me pongan una multa. ¿Es que tú no lees los carteles de «prohibido»?

—Bah, a esta hora los guardias están comiendo.

—Oh, claro, están todos comiendo. Porque los guardias, ya se sabe, no hacen turnos.

—¡Venga, calla de una vez y vamos! —Y Niki se baja al vuelo riéndose y sin darle tiempo a responder, mientras él todavía no ha frenado del todo. Alessandro mueve la cabeza y aparca donde ella le ha indicado. Baja y cierra el coche.

—Si me ponen una multa la pagamos a medias, ¿eh...?

Niki lo coge del brazo.

—Claro, cómo no... primero te buscas un coche caro y luego te lamentas por una multa.

—Pero la multa no es opcional, yo no la he elegido, no la he pedido...

—Es cierto que eres un auténtico creativo, ¿eh? Siempre tienes la respuesta adecuada en el momento adecuado sobre el tema adecuado... Si yo hubiese sido tan rápida, ¿sabes la de deudas que me hubiese evitado?

—No me lo puedo creer. ¿Tan joven y ya tienes deudas?

—¿Qué te enredas? Me refiero a las clases.

Suena un teléfono móvil.

—Venga ya, esto sí que es fuerte. Te has puesto mi timbre de Vasco Rossi. No te pega, demasiado fuerte, esa música no te pega.

Desde luego, piensa Alessandro, no me pega. Me la puso Elena. Pero por supuesto, eso no se lo dice a Niki. Se saca el móvil del bolsillo de la chaqueta y mira el número.

—Disculpa, me llaman de la oficina, tengo que cogerlo. ¿Sí?

—Hola, Alex, soy Giorgia. Ya estamos todos listos. Hemos recogido material, vídeos, todos los anuncios del pasado. Hay una avalancha de anuncios de caramelos. A lo mejor se nos ocurre algo si los vemos. Podríamos pasárnoslos rápido.

Alessandro mira a Niki. Ésta está mirando un escaparate, inclina la cabeza a la derecha y después a la izquierda, está midiendo a ojo unos pantalones. Después se vuelve, mira a Alessandro, sonríe y arruga la nariz, como diciendo: «No, no me gustan».

—Ok, entonces empezad a verlos vosotros.

—Y tú, ¿a qué hora vas a venir?

—Más tarde. En seguida estoy ahí.

Al oír esta frase, Niki mueve la cabeza. Saca al vuelo un folio de su mochila y se pone a escribir a toda prisa. Luego se lo enseña.

«No se habla del tema. Hoy trabajo de inspiración libre. Díselo. Creatividad y locura. ¡Qué cojones!» Niki se lo agita delante de las narices. Tan cerca que Alessandro casi no puede leerlo.

—Un momento, Giorgia, disculpa un segundo...

Alessandro mira el folio. Niki tiene razón. Vuelve a coger el teléfono y lee en voz alta.

—Ni hablar, hoy inspiración libre, creatividad y locura... ¡Qué...! —Se detiene. Mira a Niki. Mueve la cabeza por la palabrota—. ¡Qué demonios! De vez en cuando hace falta, ¿no?

Alessandro cierra los ojos, esperando la reacción de su *copywriter*. Momento de silencio.

—Tienes razón, Alex. Muy bien, me parece una idea excelente. Cortar un poco. Creo que esta pausa dará buenos frutos. Lo haremos así. Nos vemos por la mañana. ¡Adiós! —Y cuelga.

Alessandro se queda mirando perplejo su móvil.

—Increíble.

Luego se lo vuelve a meter en el bolsillo.

Niki sonríe y se encoge de hombros.

—¿Has visto? Estaba de acuerdo conmigo.

—Qué extraño, nunca lo hubiese esperado de ella. Normalmente está ansiosa, siempre trabaja como una loca...

—¿Cuánto tiempo has dicho que tenéis para ese proyecto?

—Un mes.

—Incluso demasiado.

—A mí no me lo parece.

—Pues sí, porque mira, las mejores soluciones las encuentras al vuelo. Están ahí, en el aire, listas para nosotros. Basta con atraparlas. Depende siempre del momento que estemos viviendo, claro, pero pensar demasiado en una cosa puede estropearla.

—¿Eso también es de William Hazlitt?

—No, modestamente, eso es mío.

Veinte

—Cierra los ojos, Alex, ciérralos. Respira, respira a la gente. —Niki camina con los ojos entrecerrados, entre las personas que pasan rozándola y mira un poco hacia arriba, hacia el cielo—. ¿La notas? Es ella... Es la gente que debe guiar tu corazón. No pienses en nada y respira.

Entonces se detiene. Abre los ojos. Alessandro está quieto, un poco más atrás, todavía los ojos cerrados y olfateando el aire. Abre un poco un ojo y la mira.

—Noto un olor verdaderamente extraño...

Niki sonríe.

—Así es. Hace un momento ha pasado un coche de caballos.

—En el suelo, junto a Alessandro, están todavía sus «huellas».

—Ahora entiendo por qué todos me parecían gente de m...

—Gracioso. Ese chiste ha estado bien. En serio. Me parto. ¿Y qué cargo tienes en tu empresa?

—Uno importante.

—Lo que faltaba. Así que eres un enchufado.

—En absoluto. Me licencié en la Bocconi de Milán, después hice un máster en Nueva York y estoy donde estoy, sin necesidad de ninguna ayuda externa.

—Dime al menos que no haces este tipo de chistes en la oficina.

—Cómo que no, todos los días.

—Pero ¿qué eres exactamente?

—Director creativo.

—Director creativo... claro ¡por eso todos se ríen de tus chistes! Haz una cosa. Escribe todos tus chistes y haz que los diga la mujer de la limpieza. Después de dos días de que los vaya diciendo por ahí comprueba si todos se ríen o ella llora porque la han despedido.

—Eso es envidia.

—No, lo siento, es la pura realidad. Si acaso tuviese envidia, la tendría de quien inventase una variante superguay de surf para una tabla *gun*, a lo mejor mejorando la popa *roundtail* para poder trazar curvas más largas. O podría estar envidiosa de quien tuvo la idea de construir un *reef* artificial en el kilómetro 58 de la carretera Aurelia. Una pasada. Pero desde luego, a quien no envidio es a un director creativo. Por cierto, ¿qué se esconde de verdad bajo ese título?

—¿A qué te refieres?

—Me refiero a que, aparte de tus chistes, ¿qué es lo que haces en concreto en tu empresa?

—Me invento esos anuncios que tanto te gustan, en los que hay una música bonita, una mujer preciosa y sucede algo hermoso. Resumiendo, yo pienso en esas cosas que se te quedan «grabadas» en la mente para que cuando vayas a comprar o entres en una tienda, no puedas evitar coger lo que yo te he sugerido.

—Dicho así suena bien. O sea que tú logras convencer a la gente de que haga algo...

—Más o menos.

—Entonces, podrías ir a hablar con mi profe de mates, que no me deja en paz.

—Para milagros, aún nos estamos preparando.

—Es viejo. Ya lo había oído.

—Me lo inventé yo hace muchos años y me lo robaron.

—En realidad yo lo sabía así... Hacemos lo posible, intentamos lo imposible, estamos ensayando para los milagros. ¡Salía en la serie de televisión «Dios ve y provee»!

—Estás preparadísima, te lo sabes todo, ¿eh?

—Sólo lo que necesito. Ven, ¿entramos aquí, en Mensajes Musicales?

Y lo arrastra tras ella, casi tirando de él hacia una tienda enorme llena de CD, libros, DVD. Y también vídeos y casetes.

–Eh, hola, Pepe. –Niki saluda a un vigilante enorme que está en la entrada. Camiseta negra, pantalones negros y enormes bíceps blancos, tensos como la piel de su cabeza rapada.

–Hola, Niki. Hoy de paseo desde primera hora de la tarde, ¿eh?

–Sí, me apetecía, hace un calor... Y aquí tenéis aire acondicionado.

Pepe pone una pose e imita un anuncio.

–Uuuuh, Niki... hace calor...

Ella se echa a reír

–¡No hace *tanto* calor!

Entran en la tienda y en seguida se pierden entre miles de estanterías. Niki coge un libro y lo hojea. Alessandro se acerca a ella.

–¿Sabes? Ese anuncio con el que ha bromeado Pepe, tu amigo energúmeno, lo hizo la competencia.

–Pepe no es un energúmeno. Es un muchacho muy dulce. Una persona estupenda. ¿Ves cómo te dejas engañar por las apariencias, por la imagen? Músculos, camiseta negra, cabeza rapada, por lo tanto es malo.

–Yo trabajo con las apariencias, con la imagen. Has sido tú quien me ha dicho que me mezclase con la gente, ¿no?

–No, yo te he dicho que respiraras a la gente. No que la mirases de un modo superficial. Te basta una camiseta negra ajustada y dos músculos para catalogarlo. Pues se licenció en Biotecnología.

–Yo no he emitido ningún juicio.

–Peor aún, lo has catalogado sin más.

–Sólo he dicho que estaba citando el anuncio de nuestros adversarios.

–En ese caso, vuestros adversarios son buenísimos. Y ganarán.

–Gracias. Haces que tenga ganas de volver al despacho.

–Vale, hazlo, así seguro que pierdes. Tienes que respirar a la gente, no los sillones del despacho. A lo mejor hasta en Pepe podrías encontrar la inspiración. Y tú vas y lo tratas mal.

–¿Otra vez? No lo he tratado mal. Además, ¿tú crees que yo soy tan estúpido como para tratar mal a un tipo así?

–En su cara no, pero por detrás, por la espalda sí... ¡Lo acabas de hacer!

—Basta... Me rindo.

—Mira, tienen los CD de Damien Rice... «O», «B-Sides» Y este último, «9», que es precioso. Déjame escucharlo un poco... —Niki coge
los cascos. Selecciona la pista 10—. Mira que título más bonito, *Sleep
Don't Weep*... —Y empieza a escuchar la música, moviendo la cabeza.
Después se quita los cascos.

—Sí, sí, me lo compro. Me inspira. Bonito, romántico. ¿Y sabes
qué? Me compro también «O», tiene las otras canciones, además de
The Blower's Daughter...

—Una música preciosa, aunque *Closer* fuese una película llena de
sueños rotos.

—Entonces no nos pega... La banda sonora de nuestra historia tiene que ser positiva, ¿no?

—Perdona, ¿qué historia?

—Cada momento es una historia... Depende de lo que quieras hacer después.

Alessandro se queda mirándola. Niki sonríe.

—No te asustes... ¡Eso no salía en esa película!, sino en *Nanuk, el
esquimal*, es preciosa... Vamos, va.

Alessandro y Niki se dirigen a la caja. Niki saca su monedero del
bolso para pagar, pero él se le anticipa.

—Ni hablar, te lo regalo yo.

—Eh, que yo no me pienso sentir en deuda después, ¿eh?

—Eres demasiado precavida y desconfiada. ¿Con quién sales habi-
tualmente? Digamos que se trata de una pequeña indemnización por
el accidente de hoy.

—Pequeñísima. Todavía falta reparar el ciclomotor.

—Lo sé, lo sé.

Salen y continúan por via del Corso, que está llena de gente.

—¿Lo ves? Me pongo enferma. No tienen dinero, viven en la periferia y éste es su único pasatiempo. Hay música, metro, tiendas, algún
espectáculo callejero... ¿ves aquel mimo? —Un señor mayor pintado
de blanco adopta mil posturas diferentes para quien le echa algún
céntimo en la escudilla—. Mira aquel otro. —Se unen a un grupo de
gente que está quieta mirando algo. En la acera, un anciano de punta

en blanco, con un sombrero de paja, camisa clara, chaqueta de lino y pajarita oscura, tiene una urraca en el hombro. El hombre silba algo.

—Venga, *Francis* ¡baila para los señores!

La urraca da toda una serie de pasos, y se desplaza a lo largo del brazo del señor manteniendo el ritmo. Llega hasta la mano y luego regresa al hombro.

—Muy bien, *Francis*, ahora dame un beso. Y la urraca se lanza sobre un grano de maíz que él sostiene entre sus labios y se lo roba con delicadeza. Luego, con un pequeño salto el pájaro deja caer el grano dentro de su pico y se lo traga. Niki aplaude feliz.

—¡Bravo, *Francis*, es demasiado, bravo por los dos!

Niki se mete las manos en los bolsillos, encuentra algunas monedas y las deja caer en el pequeño nido que está apoyado sobre una mesita allí al lado.

—Gracias, gracias, es muy amable. —El hombre se levanta el sombrero y se inclina, dejando al descubierto su cabeza pelada.

—¡Felicidades! ¿Tardó mucho en enseñarle a *Francis* estas cosas? ¿La música, las órdenes y todo lo demás?

El hombre sonríe.

—¿Bromea, señorita? Es *Francis* quien me lo ha enseñado todo. ¡Yo ni siquiera sabía silbar!

Niki mira a Alessandro con entusiasmo.

—Venga, no seas tacaño... Dale algo tú también...

Alessandro abre su cartera.

—Sólo tengo billetes...

—¡Pues dale éste!

Niki saca un billete de cincuenta euros y lo mete en el nido de la urraca. Alessandro no logra detenerla. Y además ya es demasiado tarde. El señor se da cuenta. Se queda boquiabierto. Después sonríe a Niki.

—Gracias... venga... métase uno de estos granos en la boca.

—¿Yo? ¿No es peligroso?

—¡Claro que no! *Francis* es buenísima. Tenga.

Niki obedece y se mete el grano en la boca. *Francis* sale volando de improviso, se detiene a un milímetro de su boca, suspendida en el aire, batiendo con ligereza las alas. En ese momento, Niki cierra los

ojos mientras *Francis* alarga el pico y le roba el granito de los labios.
Niki nota un toque ligerísimo y, medio asustada, tiene un escalofrío.
Luego vuelve a abrir los ojos.

—¡Socorro!

Pero *Francis* ya está de vuelta sobre el hombro de su dueño.

—¿Ha visto?, lo ha conseguido...

Niki aplaude contentísima.

—¡Muy bien! ¡Ha sido genial!

Justo en ese momento, por detrás pasa un macarra con el pelo largo, acompañado de unos amigos de la misma calaña.

—¡Oye, guapa, si tanto te gusta besar a los pajaritos, te presto el
mío! ¡Está amaestrado! —Y se tronchan de risa mientras se alejan.

—¡Ni muerta! Ni se te ocurra sacarlo de la jaula... —le grita Niki
por detrás. El tipo la manda a paseo con un gesto desde lejos.

—¿Quieres que les diga algo? —pregunta Alessandro.

—¿Para qué? Ya está resuelto. El chico con el que salía antes salta-
ba por cualquier cosa. ¿Sabes qué pasaba cuando estaba él? Peleas,
problemas... Se liaba a mamporros por nada. No lo soportaba.

—Ya veo, debía de ser durillo, ¿no?

—Mira, los que ladran así después no muerden. Éste iba de boquilla. No vale la pena perder el tiempo. Además, justo por esto dejé a mi
ex. ¿Y ahora qué? ¿Salgo contigo y haces lo mismo?

—Dejando aparte el hecho de que tú y yo no estamos saliendo.

—Ah ¿no?

—No.

—Qué extraño, yo diría que estamos juntos por la calle...

—Sí, pero no porque esto sea una cita.

—Pero ¿dónde está el problema? ¿Tienes una mujer celosa?

—A decir verdad, en este momento no tengo mujer.

—Ah, ¿también tú lo has dejado?

Y aunque le parece absurdo hablar del tema con ella, no consigue
mentirle.

—Sí, algo así.

—Entonces, ¡¿qué más te da?! ¡Disfruta de este momento y basta!
Qué fastidioso eres, ¿eh? Siempre tienes que controlarlo todo.

Niki se pone a caminar de prisa y lo adelanta. Alessandro se queda allí, delante del hombre que lo mira con la urraca en su hombro. Éste alza las cejas y sonríe.

—La señorita tiene razón. —Y luego, temiendo que Alessandro pudiera arrepentirse, lo mira, sonríe y se mete los cincuenta euros en el bolsillo.

Alessandro la alcanza.

—Niki, espera. Vale, estamos saliendo pero no estamos saliendo, así que todavía tenemos que salir, ¿ok? Mejor así, ¿no?

—Si tú lo dices...

—Venga, no te enfades.

—¿Yo? Pero ¡quién se enfada! —Y se echa a reír. Niki se coge del brazo de Alessandro—. Oye, un poco más allá hay un sitio donde hacen unas pizzas buenísimas, en via della Lupa. ¿Te apetece comer un trozo? En via Tomacelli hay uno donde el pan es de muerte, y también tiene una terraza preciosa, se sube arriba y es todo un espectáculo. Luego hay otro en corso Vittorio, allí tienen ensaladas, se llama Insalata Ricca. ¿Te gusta la ensalada? Aquí cerca también hay un lugar buenísimo de helados, Giolitti, o mejor aún, un sitio de batidos de cortarse las venas, Pascucci, cerca de piazza Argentina.

—¿Piazza Argentina? Pero eso está lejísimos.

—Qué va, si es un paseo. ¿Vamos?

—Pero ¿adónde? ¡Has dicho ocho sitios en dos segundos! ...

—¡Ok, entonces vamos a tomar un batido! El que llegue primero no paga! —Y sale corriendo, guapa, alegre, con sus pantalones ajustados, su bolsa de malla, su pelo castaño claro al viento, recogido con una cinta azul. Y los ojos azules o verdes, según la luz. Alessandro se queda allí quieto, mirándola. Sonríe para sí. Y de repente, como si decidiera echárselo todo a la espalda, sale detrás de ella, corriendo como un loco por via del Corso. Adelante, siempre adelante hasta girar a la derecha, hacia el Panteón, con la gente que lo mira, que sonríe, que siente curiosidad, que deja de hablar por un momento antes de volver a su propia vida. Alessandro corre tras Niki. Ya casi la alcanza. Vaya, piensa Alessandro, parece una de aquellas viejas películas en blanco y negro, estilo *Guardias y ladrones* con Totò y Aldo Fabrizi, cuando corrían por la vía del tren. Sólo que Niki no le ha robado nada. Y no sabe que, en realidad, le está regalando algo.

Niki se ríe y de vez en cuando se vuelve para ver si la sigue.

—Eh, no pensaba que estuvieses tan en forma.

Alessandro está a punto de atraparla.

—Te cojo, ahora te cojo.

Niki acelera un poco e intenta correr más aprisa. Pero Alessandro está siempre allí, a pocos pasos de ella. Luego aminora de repente, hasta casi detenerse. Niki se da la vuelta y lo ve a lo lejos. Quieto. Por un momento se asusta. También ella aminora. Se para de golpe y se vuelve. Alessandro mete la mano en la chaqueta y saca su teléfono móvil.

—¿Sí?

—¿Alex? Soy Andrea, Andrea Soldini...

Alessandro intenta recuperar un poco el aliento.

—¿Quién?

—Ya vale, soy tu *staff manager*. —Y en voz más baja—: Aquel a quien salvaste en tu casa con las rusas...

—Sí, ya sé quién eres, ¿será posible que no te des cuenta de cuando bromeo? ¿Qué ocurre? Dime.

—¿Qué estás haciendo?, ¡estás sin aliento!

—Así es. Estoy respirando a fondo a la gente para ser más creativo.

—¿Qué? Ah, ya entiendo. Sexo a la hora de la siesta, ¿eh?

—Todavía no he comido. —Y le gustaría añadir: «Si a eso vamos, ni sé cuánto hace que no tengo sexo»—. ¿Qué pasa? Dime.

—Nada. Quería decirte que estoy revisando nuestros viejos anuncios y se me ha ocurrido una idea para montarlos de otro modo. Si te pasas por aquí podríamos hablarlo.

—Andrea...

—Sí, dime.

—No hagas que me arrepienta de haberte salvado.

—No, en absoluto.

—Muy bien. Hablamos después.

—¿Puedo llamarte si se me ocurre otra idea?

—Si no puedes resistirlo...

—Ok, jefe. —Andrea cuelga.

No he tenido tiempo, piensa Alessandro, de decirle lo más importante: «No soporto que me llamen jefe.»

Mientras tanto, Niki ha llegado junto a él.

—¿Qué pasa?

—Nada, de la oficina. Por lo visto no pueden prescindir de mí.

—Eso es mentira. Te llaman jefe y te hacen sentir importante, ¿no es cierto?

—Sí, ¿y?

—Acuérdate de que la misma regla se aplica a todo el mundo: a jefe muerto, jefe puesto.

—Ah, ¿sí? Pues, ¿sabes qué te digo? Quien pierde paga también «el pendiente». —Y diciendo esto, Alessandro la adelanta y se echa a correr como un loco hacia la piazza Argentina.

—¡Eh, no vale, así no vale! ¡Yo he vuelto atrás para ver cómo estabas!

—¡¿Y quién te lo ha pedido?! —Alessandro ríe y sigue corriendo.

—¿Y qué quiere decir eso de «el pendiente»?

—Te lo explico cuando lleguemos, ahora necesito todo mi aliento para ganar. —Alessandro acelera, pasa corriendo junto a las ruinas del Panteón, más allá de la plaza, pasa junto al hotel, siempre derecho.

El teléfono de nuevo. Alessandro aminora pero no se detiene. Lo saca de la chaqueta. Mira la pantalla. No se lo puede creer. Se vuelve hacia Niki, que se le acerca.

—Pero ¡si me estás llamando tú!

—Por supuesto, la guerra es la guerra. Todo vale. Me has hecho volver atrás y luego has salido corriendo a traición, ¿no? ¡Quien a teléfono mata, a teléfono muere!

—Sí, pero no he caído en la trampa. ¡Has sido tú misma quien me me ha dicho que guardase tu número!

—¿Lo ves? ¡Es que no se puede ser buena persona! —Y siguen corriendo—. Dime qué es esa historia de «el pendiente», si no, no pago.

—Eso lo decidimos allí... si no, no vale.

Y siguen corriendo uno detrás del otro hasta llegar a Pascucci.

Veintiuno

—¡Primero! —Alessandro se apoya en el cristal del bar.

—¡Claro, me has engañado, eres un tramposo!

—¡No sabes perder!

Se quedan los dos en la puerta, doblados sobre sí mismos, intentando recuperar el aliento.

—Sea como sea, la carrera ha estado bien, ¿eh?

—Sí, y pensar que todos los días juego a voleibol. Creía que te ganaría con facilidad, de no ser así, no te hubiese retado.

Alessandro se levanta respirando con la boca abierta.

—Lo siento, cinta rodante en casa. Veinte minutos cada mañana... Con una pantalla delante para simular bosques y montañas, paisajes que ayudan a mantenerse en forma y, sobre todo a derrotar a una como tú.

—Ya, ya. Si repetimos, pierdes.

—Claro, ahora que sabes que mi tope son veinte minutos, tendrías ventaja. El secreto tras una victoria consiste en no volver a jugar. Hay que saber levantarse de la mesa en el momento oportuno. Todo el mundo es buen jugador, pero pocos son auténticos vencedores.

—¿Ésta es tuya?

—No lo sé, tengo que decidirlo. No recuerdo si se la he robado a alguien.

—¡Entonces de momento me parece una gilipollez!

—¿Qué pasa, que si la dice otro cambia su valor?

—Depende de quién sea el otro.

—*Excuse me...* —Una pareja de extranjeros les pide educadamente que se aparten. No pueden entrar en el local.

—*Oh, certainly, sorry...* —dice Alessandro, haciéndose a un lado.

—Vale que con tu cinta rodante y tus sucios trucos me hayas ganado la carrera, pero en inglés te gano de calle. Podrías contratarme como *account* internacional.

Alessandro sonríe, abre la puerta acristalada, espera a que ella entre y la cierra de nuevo.

—¿Sabes lo que solíamos decir nosotros cuando se acababan los partidos de futbito y empezaban las discusiones...? El que gana, lo celebra, el que pierde, lo explica.

—Sí, está bien, lo he pillado: me toca pagar. Estoy de acuerdo. Yo siempre pago mis apuestas cuando pierdo.

—Vale, pues de momento paga ésta. Para mí un rico batido de frutas del bosque.

Niki observa las distintas posibilidades en la carta.

—Para mí, en cambio, kiwi y fresa. ¿De qué iba aquella historia de «el pendiente»?

—Ah, ya. Bueno, dado que no lo sabes, si quieres puedes no pagar. Sería incluso justo que no lo hicieses.

—Tú de momento explícamelo, después ya decidiré si pago o no pago.

—Vaya, hay que ver cómo te pones... la derrota escuece, ¿eh?

Niki intenta darle un puntapié, pero Alessandro se aparta con presteza.

—Vale, vale, ya basta. Te explico lo que es «el pendiente». Se trata de una tradición napolitana. En Nápoles son generosos en todo y, cuando van a un bar, además del café que se toman ellos, dejan uno pagado para otra persona que entre después. De modo que hay un café «pendiente» para quien no pueda pagárselo.

—Qué fuerte, me gusta. Pero ¿y si después el del bar se hace el loco? ¿Si se guarda el dinero y no le dice nada al que entra, que no tiene dinero pero quiere un café?

—«El pendiente» se basa en la confianza. Yo lo pago, el del bar acepta mi dinero y con ello implícitamente me está prometiendo que cumplirá. Tengo que fiarme del dueño del bar. Es un poco como con eBay, cuando pagas por un objeto y después confías en que te llegará a casa.

—¡Sí, pero en el bar no puedes dejar después tus comentarios y valoraciones!

—Pues yo creo que, en el bar es muy fácil; sólo te juegas el dinero de un café. En cambio, estaría bien poderse fiar de los desconocidos para cosas más importantes. A veces no lo conseguimos ni siquiera de quien siempre ha estado a nuestro lado...

Niki lo mira. En el tono de su voz nota que hay algo profundo y lejano.

—De mí te puedes fiar.

Alessandro sonríe.

—¡Seguro! ¡Lo máximo que puedo perder es el seguro del coche!

—No, lo máximo que puedes perder es el miedo.

—¿Cómo?

—Porque te toca volver a creer en todo aquello en lo que habías dejado de creer.

Y se quedan así, en suspenso, con esas miradas hechas de sonrisas y alusiones, de lo que no se conoce, de curiosidad y diversión; indecisos a la hora de tomar o no el pequeño sendero que se aleja del camino principal y se adentra en el bosque. Pero que a veces es tan hermoso, incluso más que la propia fantasía. Una voz irrumpe estridente en sus pensamientos.

—Aquí tienen sus batidos; para la señorita, kiwi y fresa, para usted, frutas del bosque.

Niki coge el suyo. Empieza a tomárselo con la pajita, mirando alegre a Alessandro, sin pensar en nada, con la mirada limpia, rebosante y transparente. Luego deja de beber.

—Hummm, qué bueno. ¿Te gusta el tuyo?

—Está buenísimo.

—¿Cómo es?

—¿Qué quiere decir «cómo es»?

—Que qué tiene dentro.

—Entonces debes decir «de qué es» o «qué gusto has elegido». Mi batido es de frutas del bosque.

—Madre mía, eres peor que la Bernardi.

—¿Quién es ésa?

—Mi profesora de italiano. Me rayas tanto como ella. Venga, que se entendía perfectamente lo que quería decir... ¿no?

—Sí, bueno, depende de lo que quisieras decir, todo es una cuestión de matiz... ¿Sabes que el italiano es la lengua más rica en matices y entonaciones? Por eso se estudia fuera de aquí, porque nuestras palabras permiten expresar con exactitud la realidad.

—Vale, no eres como la Bernardi.

—Ah, eso mismo quería oír.

—¡Eres peor! —Y vuelve a tomarse su batido con la pajita. Se lo acaba y empieza a sorber los restos, haciendo muchísimo ruido, ante la mirada escandalizada de algún turista anciano y la divertida de Alessandro. Está acabando con lo poco que queda cuando...—: Demonios.

—¿Y ahora qué pasa?

—Nada, mi móvil. —Niki lo saca del bolsillo de sus tejanos—. Había puesto el vibra. —Mira el número que aparece en la pantalla—. Qué mierda, es de mi casa.

—A lo mejor sólo quieren saludarte.

—Lo dudo. Serán las tres preguntas de costumbre.

—¿A saber?

—Dónde estás, con quién estás y a qué hora piensas volver. Vale, voy a responder... Me sumerjo... —Niki abre su teléfono—. ¿Sí?

—Hola, Niki.

—¡Eres tú, mamá, qué sorpresa!

—¿Dónde estás?

—Dando una vuelta por el centro.

—¿Y con quién estás?

—Sigo con Olly. —Mira a Alessandro y se encoge de hombros como diciendo: «Qué mierda, me toca seguir mintiendo.»

—Niki...

—¿Qué pasa, mamá?

—Olly acaba de llamar hace un momento. Dice que no le coges el móvil.

Niki levanta los ojos al cielo. La articulación de sus labios no deja lugar a dudas. Mierda, mierda, mierda. Alessandro la mira sin comprender absolutamente nada de lo que está sucediendo. Niki da unas patadas al suelo.

—No me he explicado bien, mamá. Hasta hace poco he estado con Olly, luego ella no quería venir al centro y nos hemos despedido. Le he dicho que me iba para casa, pero después he decidido venir sola. Me ha dejado en el ciclomotor.

—Imposible. Me ha dicho que durante el recreo te había acompañado al mecánico. ¿Cuándo lo has recogido?

Mierda, mierda, mierda. La misma escena de antes con Alessandro, que cada vez entiende menos lo que está pasando.

—Pero, mamá, ¿no lo entiendes? Que me venía en el ciclomotor se lo he dicho a ella porque no me gusta cómo conduce, tengo miedo de ir detrás.

—¿Sí? Y entonces, ¿con quién piensas volver?

—Me he encontrado con un amigo.

—¿Tu novio?

—No, mamá... Él es ya un ex... Ya te he dicho que lo hemos dejado. Se trata de otro amigo.

Silencio.

—¿Lo conozco?

—No, no lo conoces.

—¿Y por qué no lo conozco?

—Y yo qué sé, mamá, a lo mejor un día lo conoces, qué sé yo...

—Yo lo único que sé es que me estás contando mentiras. ¿No nos habíamos prometido que siempre nos lo diríamos todo?

—Mamá —Niki baja un poco la voz y se vuelve un poco—, ahora mismo estoy con él. ¿No podríamos suspender este interrogatorio?

—Ok. ¿Cuándo vas a volver?

—Pronto.

—¿Pronto cuándo? Niki, acuérdate que tienes que estudiar.

—Pronto, mamá, te he dicho pronto. —Y cuelga—. Jo, cuando quiere mi madre puede ser muy pesada.

—¿Peor que la Bernardi?

Niki sonríe.

—No sabría decirlo. —Después se vuelve hacia el camarero—. ¿Me trae otro?

—¿Lo mismo? ¿Kiwi y fresa?

—Sí, estaba de muerte.

Alessandro se acaba el suyo y arroja el vaso de plástico en el cesto que hay junto a la caja.

—¿Te vas a tomar otro, Niki?

—¿Qué te importa? Pago yo.

—No, no lo digo por eso. Es que dos son demasiado, ¿no te parece?

—¿Sabes?, sólo hay una persona capaz de superar a mi madre y a la Bernardi.

—Creo que sé de quién se trata.

Niki se dirige hacia la caja. Alessandro se le adelanta.

—Quieta, pago yo.

—¿Estás de broma? He perdido la apuesta y pago yo, faltaría más. Bien, son tres batidos y un «pendiente».

La cajera la mira extrañada.

—Lo siento, no tenemos batido pendiente.

—Se lo explico. Yo dejo pagado otro batido además de los tres que nos hemos tomado. Si entra alguien que no tenga dinero para pagar y quiere uno, usted le dice que hay un batido pendiente. Y hace que se lo preparen...

Niki le da diez euros a la cajera. Ésta marca cuatro batidos y le da dos euros de vuelta.

—Es una idea bonita. ¿Es tuya?

—No, es de mi amigo Alex. Bueno, en realidad se trata de una tradición napolitana. Ahora todo depende de usted.

—¿De mí, en qué sentido?

—Nosotros nos fiamos de usted, ¿entiende? El pendiente está en sus manos.

—Claro, ya me lo has explicado... y tengo que ofrecérselo a quien lo necesite.

—Exacto. —Niki coge el batido que le acaban de preparar y hace ademán de salir. Pero se detiene en la puerta—. También podríamos quedarnos toda la tarde ahí fuera, para controlar... Adiós.

Alessandro alarga los brazos hacia la cajera.

—Lo siento, es una desconfiada.

La cajera se encoge de hombros. Alessandro da alcance a Niki, que va caminando mientras toma su batido.

—Contigo, a buen entendedor pocas palabras bastan, ¿eh Niki?

—Mi madre me ha enseñado que fiarse está bien y no fiarse aún mejor. Y así podría continuar durante horas. Mi madre me ha enseñado un montón de refranes. ¿Tú crees en ellos?

Y siguen así, hablando, paseando, conversando de lo divino y de lo humano, de los viajes que han hecho, de los soñados, de fiestas, de locales recién inaugurados y de los que ya han cerrado, y de otras novedades, capaces de escucharse, de reír, y de olvidar, por un momento, esos veinte años de diferencia.

—¿Me dejas probar tu batido?

—Ah, ¿ahora sí...?

—Si te has pedido otro es que tiene que ser bueno.

—Toma. —Niki le pasa el vaso.

Alessandro aparta la caña y bebe un sorbo directamente del vaso. Luego se lo devuelve.

—Hummm, has hecho bien en pedir otro. Está bueno de verdad.

—Has apartado la cañita. ¿Tan remilgado eres?

—No es por mí, es que a lo mejor te molestaba a ti. Beber con la misma cañita es un poco como besarse.

Niki lo mira y sonríe.

—En realidad, no. Es diferente. Muy diferente.

Silencio. Se quedan un rato mirándose a los ojos. Luego Niki vuelve a pasarle el vaso.

—¿Un poco más?

—Sí, gracias. —Esa vez Alessandro bebe directamente con la pajita. Y la mira. Fijamente. Con intensidad.

—Ahora es como si me hubieses besado.

—¿Y te ha gustado?

—Hummm, sí, mucho. ¡Era un beso con sabor a kiwi y fresa!

Y se miran. Y sonríen. Y por un momento no se sabe bien quién es el más maduro. O inmaduro. De repente, algo los devuelve a la realidad. Suena el Motorola de Alessandro.

Niki resopla.

—¿Qué ocurre? ¿Otra vez de tu oficina?

Alessandro mira la pantalla.

—No. Peor. ¿Sí?

—Hola, tesoro, ¿cómo estás?

—Hola, mamá.

—¿Estás en la oficina? ¿Con el director? ¿Estás reunido?

—No, mamá.

Alessandro mira a Niki y se encoge de hombros. Después tapa el micrófono con la mano.

—La mía es peor que la tuya y la Bernardi juntas.

Niki se echa a reír.

—¿Y dónde estás entonces?

—En via del Corso.

—Ah, de compras.

—No, por trabajo. Una investigación. Estamos estudiando a la gente para entender mejor cómo entrar en el mercado.

—Qué bien. Me parece una buena idea. En el fondo, la gente es la que escoge, ¿no?

—Así es.

—Oye, ¿te vienes a cenar a casa el viernes por la noche? Vendrán también tus hermanas con sus maridos e hijos. Podrías venir con Elena. Nos encantaría.

—Mamá, ahora mismo no te lo puedo decir, tengo que mirar mi agenda.

—Venga, no te hagas el ocupado con nosotros.

—Es que estoy ocupado, mamá.

—¡Sí, pero puedes andar de parranda por el centro!

—¡Ya te he dicho que se trata de un estudio de mercado!

—Eso se lo cuentas a tus jefes, no a mí. Debes de estar de paseo, divirtiéndote con esos amigos tuyos tan vagos... Vale, intenta venir el viernes por la noche, ¿de acuerdo? —Y cuelga.

Niki alza las cejas.

—Dime una cosa: ¿cuántos años tienes?

—Treinta y seis.

—Ah, te hacía mayor.

—Vaya, muchas gracias...

—No me has entendido. No me refería a la edad. Es por cómo te vistes, por tu manera de actuar, por tu cultura.

—¿Me tomas el pelo?

—No, lo digo en serio. Sólo estaba pensando... ¿cuándo tenga treinta y seis años, mi madre seguirá dándome la paliza?

—Mira, un día echarás de menos ese tipo de paliza.

Niki le da un último sorbo al batido y arroja el vaso en un contenedor medio abierto que hay por allí cerca.

—¡Canasta! —Después se coge del brazo de Alessandro—. ¿Lo ves? Cuando dices estas cosas, tus treinta y seis años me parecen un montón! —Y se van. En parte corren y en parte no. En parte hablan y en parte también. Sin prisas, sin pensar en nada, sin llamadas de teléfono. Hasta llegar a donde habían aparcado y encontrarse con una única sorpresa. El Mercedes ya no está.

—Mierda... Me lo han robado.

—Quizá no estaba aquí... A lo mejor estaba un poco más allá.

—No, no, estaba aquí. Me acuerdo bien. No me lo puedo creer, me han robado el coche por la tarde, en pleno centro, en la via della Penna. Es absurdo.

—No del todo. Lo absurdo era creer que lo encontraría todavía aquí.

Una voz a sus espaldas. Un guardia particularmente diligente lo ha oído todo.

—Usted ha aparcado en una zona donde actúa la grúa. ¿No ha leído el cartel?

—No, estaba distraído. —Y mira a Niki con una sonrisa forzada—. Y ahora, ¿dónde lo puedo encontrar?

—Se lo ha llevado la grúa, de modo que en el depósito de Ponte Milvio o en el del Villaggio Olimpico, como es obvio. —Y se va con su bloc en la mano, preparado para multar a otro.

—Como es obvio. ¿Y ahora cómo nos vamos de aquí?

—Es facilísimo. Ven. ¿Será posible que te tenga que enseñar tantas cosas?

Niki lo coge de la mano y echa a correr. Atraviesa piazza del Popolo, casi arrastrándolo, como si fuesen dos turistas que intentan llegar a tiempo a algún museo antes de que cierre, y se suben al vuelo en el pequeño tranvía que circula por via Flaminia. Se dejan caer sobre los primeros asientos que encuentran.

Todavía jadeante, Alessandro saca su cartera, va a pagar, pero Niki lo detiene. Y le susurra:

—Total, vamos a bajar en seguida.

—Sí, ¿y si sube el revisor?

—Si nos bajamos en la próxima.

Pero no. Aún faltan dos paradas. Y justo en la penúltima sube el revisor.

—Billetes, billetes.

Alessandro mira a Niki y mueve la cabeza.

—¿Por qué te habré hecho caso?

Ella no tiene tiempo de responder. El revisor llega a su altura.

—Billetes. —Y Niki lo intenta. Se justifica de todos los modos posibles, le pone ojitos, menciona a la multa, explica extrañas historias acerca de un coche robado, de un amor que terminó hace poco, le explica el asunto del batido pendiente, un gesto generoso que denota su honestidad. Pero nada. No hay manera. Y ese billete no comprado se convierte en un billete de cincuenta euros menos para Alessandro.

—Y os he hecho descuento. Como si uno de los dos hubiese llevado billete, ¿vale?

Es de locos, piensa Alessandro. Ha faltado poco para que hasta le haya dado las gracias. En cuanto bajan, Niki no espera un momento. Echa a correr de nuevo a toda pastilla, arrastrándolo tras ella, haciéndolo casi tropezar, hasta detenerse frente al depósito de la Guardia Urbana.

—Hola... Venimos a buscar el coche.

—Sí, ¿dónde lo tenía aparcado?

—En via della Penna.

—Sí, acaba de llegar. Es un Mercedes ML, ¿no? Serán ciento veinte euros más sesenta de transporte. En total, ciento ochenta euros.

Alessandro le da su tarjeta de crédito. Después de cobrar, por fin
le permiten entrar en el parking.

—Allí está, allí está, ¿no es ése? —Niki corre hacia un Mercedes
aparcado en la penumbra. Alessandro prueba a abrirlo con el mando
a distancia. Se encienden los cuatro intermitentes.

—Sí, es ése.

Niki se sube en un periquete. Alessandro la sigue. Salen lentamente del parking. Él la mira con la ceja ligeramente levantada.

—Ese accidente empieza a resultarme caro. Si te pido que salgamos como una pareja normal, a lo mejor ahorro.

—Qué va. El dinero tiene que circular, eso ayuda a la economía
nacional. Es algo que hay que hacer para saberlo. Además, perdona,
pero el director creativo eres tú, ¿no?, y esto es un estudio de mercado. Has visto gente, has saboreado una realidad diferente a la tuya.
Ah, y de tu lista de gastos de hoy tienes que restar el mío.

—¿Cuál?

—Los ocho euros de los batidos.

—No faltaba más... En cuanto quede libre un puesto en la empresa,
te cojo de contable.

—Gira, gira ahí a la derecha.

—Eres peor que un navegador roto.

Pasan por delante del Cineporto y salen a una explanada enorme,
completamente vacía. Tan sólo hay algún coche aparcado al fondo.

—¿Y qué hay aquí?

—Nada.

—Entonces, ¿qué hacemos aquí? —Alessandro la mira un momento perplejo. Levanta una ceja—. —Aquí vienen normalmente parejitas
—dice él. Y le sonríe.

—Sí. Pero también los de las autoescuelas.

—¿Y nosotros a qué grupo pertenecemos?

—Al segundo. Venga, quítate, déjame que pruebe a conducir tu
coche.

—¿Bromeas?

—Venga, no te hagas el duro. De todos modos, ya es tarde para ir a la oficina. Venga, hasta ahora hemos estado haciendo un estudio de mercado y, por una cifra ridícula, te he dado un montón de datos útiles. Eso te hubiese costado una barbaridad. Ahora tienes que ser un poco generoso. Ya tengo el permiso de prácticas. Vamos, déjame practicar un poco.

—De acuerdo, pero ve despacio, y sin salir de aquí.

Alessandro se baja del coche y da la vuelta, pasando por delante del capó. La mira mientras ella pasa de un asiento al otro por encima del cambio de marchas. Se aposenta bien, mete uno de los CD comprados en Mensajes y pone la música a todo volumen. Alessandro aún no ha tenido tiempo de cerrar la puerta cuando Niki arranca de sopetón.

—¡Eh, despacio! ¡Despacio! ¡Y ponte el cinturón!

El Mercedes se queda clavado. Después vuelve a ponerse en marcha en seguida. Alessandro se inclina hacia Niki.

—Eh, ¿qué haces —protesta ella—, qué pretendes? ¿Te estás aprovechando?

—Pero ¿qué dices? ¡Te estoy poniendo el cinturón!

Alessandro se lo ajusta y se lo cierra. Niki intenta cambiar de marcha, pero se equivoca de pedal y frena.

—Eh, ¡no hay embrague!

—No.

—¿Cómo?

—Esa palanca a la que te has agarrado como un pulpo, no son las marchas... Se llama cambio automático. Para ser exactos, 7G-Tronic, y va provisto también del sistema *direct selection*. Basta con un toque suavecito para que entre la marcha.

—Entonces no vale. Así no me sirve de nada. —No obstante, Niki arranca de nuevo, traza una pequeña curva estrecha, acelera. No se percata de que otro coche está entrando en ese momento en la explanada. Frena como puede, pero le da de lleno y rompe el faro de la derecha y abolla parte del lateral. Alessandro, que todavía no había tenido tiempo de ponerse el cinturón, se ve impulsado hacia delante y acaba con la mejilla aplastada contra el cristal.

—¡Ay! No me lo puedo creer, no me lo creo, eres un desastre. —Se toca repetidamente la nariz, preocupado, y se mira la mano buscando sangre.

—No tienes sangre —dice Niki—. Venga, que no te has hecho nada.

Alessandro ni siquiera la escucha. Abre la puerta y se baja a toda prisa.

Niki baja también.

—Pero señor, ¿adónde mira? ¡Yo tenía preferencia!

El otro conductor sale de su coche.

—¡¿Qué?!

Es alto, gordo y mayor, de unos cincuenta, cabello oscuro y manos nudosas. En resumen, uno de esos tipos que, si quieren, pueden hacer daño. Y mucho.

—Oye, chiquilla, ¿estás de coña? Yo venía por la derecha. Tú ni siquiera me has visto. Me has acertado tan de pleno que ni en el tiro al blanco. Y menos mal que en el último momento has frenado, que si no ni siquiera estaríamos aquí hablando. Mira esto, mira el estropicio que has hecho...

—Sí, pero usted no ha mirado. Lo he visto, estaba distraído con la señora.

Una mujer baja del coche.

—Disculpa, pero ¿qué estás diciendo? Ni siquiera estábamos hablando...

Alessandro decide intervenir.

—Vale, vale, calma, lo importante es que nadie se ha hecho daño, ¿no?

El señor mueve la cabeza.

—Yo no. ¿Y tú, Giovanna? ¿Te has dado un golpe en la cabeza? ¿Te ha dado un latigazo? ¿Te duele el cuello?

—No, Gianfrà, nada.

—Perfecto. —Alessandro se mete en el coche. Niki va con él.

—¿Se me está hinchando la nariz?

—Qué va, estás hecho un primor. Oye, en mi opinión estos dos han venido aquí a lo que han venido, ¿entiendes? Ambos llevan alianza. De modo que están casados. Si dices que vas a llamar a la policía y que quieres hacer un parte verbal, a lo mejor se asustan y se van.

—¿Tú crees?

—Seguro.

—Niki...

—¿Qué?

—Hasta ahora no has acertado una... El aparcamiento, el billete del autobús. ¿Estás segura de que quieres atreverte con la policía?

Niki pone los brazos en jarra.

—¿Los batidos eran buenos?

—Buenísimos.

—Pues ya ves cómo a veces acierto en algo. Dame otra oportunidad...

—Ok.

Alessandro sale del Mercedes.

—Creía que tenía un parte amistoso y resulta que no. Me parece que tendremos que llamar a la Guardia Urbana, para que levanten el atestado... y podamos hacer un parte verbal.

La mujer mira al hombre.

—Gianfrà, me parece que eso va a tardar bastante.

Niki mira satisfecha a Alessandro y le guiña un ojo.

Gianfranco se toca la barbilla, pensativo. Niki interviene.

—En vista de la situación... hagamos como si nada hubiera pasado: vosotros os vais y nosotros también.

Gianfranco la mira perplejo. No entiende.

—¿Y el coche que me has destrozado?

—Gajes del oficio —osa decir Niki.

—¿Qué? ¿Estás de coña? La única vez que salgo con mi mujer para estar a solas un rato porque ya no puedo más, mis hijos siempre en casa, con una decena de amigos, busco un sitio donde estar tranquilo con ella, ¿y ahora, por tu culpa, tengo yo que pagar el pato? ¡Mira, tía lista, a la Urbana la voy a llamar yo de inmediato, y esperaremos lo que haya que esperar! ¡Aunque sea un año! —Gianfranco saca su móvil del bolsillo y marca un número.

Niki se acerca a Alessandro.

–Ok, no he dicho nada...

–Eso.

–¿Tienes un parte en el coche o no?

–Claro que tengo, pero he fingido que no por tu espléndida historia de los amantes.

–Entonces cógelo...

–Pero ya está llamando a los urbanos.

–Será mejor que lo saques... ¡Fíate de mí!

–Pero ¡se van a dar cuenta de que íbamos de farol!

–Alex... no tengo permiso de prácticas y tengo diecisiete años.

–Pero me dijiste que... aaah, contigo renuncio.

Alessandro se tira dentro del coche y sale un segundo después con
un folio en la mano.

–¡Gianfranco, mire! ¡He encontrado un parte! ¡Qué suerte, ¿eh?!

Veintidós

Habitación añil. Ella. Es difícil. Parece que te falte el suelo bajo los pies. El camino que conocías, las palabras que sabías, los olores y los sabores que hacían que te sintieses protegida... decidir acabar con todo. Sentir que, de no hacerlo, no irás a ninguna parte y te quedarás allí, fingiendo vivir. Pero ¿un amor que acaba así era de verdad amor? Esto no me gusta. No quiero que sufra. No se lo merece. Siempre ha sido bueno conmigo. Me quiere. Se preocupa. Aunque sea un poco celoso. Ayer, cuando estaba a punto de decírselo, me sentí morir. Me estaba hablando de su día, de su nuevo trabajo, de las vacaciones que quería que hiciésemos juntos en agosto, para celebrar mi Selectividad. Enciende el portátil. Abre la carpeta amarilla. Elige un documento al azar.

«Se vio con los ojos de la fantasía mientras conversaba con aquella dulce y hermosísima muchacha sentada a su lado, en una habitación llena de libros, cuadros, gusto e inteligencia, inundada por una luz clara y una atmósfera cálida y brillante...»

Deja de leer. Y de repente se siente esa muchacha. Y ve esa habitación llena de libros. Y observa los cuadros. Y siente esa luz clara que la ilumina y la vuelve hermosa. Y él, ese él, no tiene los rasgos de su chico, sino de otro nuevo, aún por imaginar. Alguien capaz de escribir esas palabras que la hacen soñar. Cuán cierto es que necesitamos tener un sueño.

Veintitrés

Un poco más tarde, en el coche. Alessandro murmura algo entre dientes. Niki se da cuenta.

—¿Qué haces, rezas?

—No, estaba calculando cuánto he gastado... Veamos, entre la bonificación que perderé del seguro, la multa del coche, la multa del autobús, la grúa, el accidente... Es como si te hubiese comprado un ciclomotor nuevo.

—Sí, pero ¿dónde metes el valor afectivo de Mila?

—¿Puedo no responder?

Niki se vuelve hacia la ventanilla.

—¡Grosero!

Alessandro sigue conduciendo y la mira de vez en cuando. Niki sigue vuelta de lado. Repiquetea con los dedos sobre el salpicadero, al ritmo de la música que sale del CD de Damien Rice. Alessandro se da cuenta y lo apaga. Niki se vuelve de inmediato hacia él. Después se acerca a la ventanilla y le echa el aliento. Escribe algo con el dedo índice. Alessandro aprieta un botón, el techo se abre, entra aire y seca el vapor, borrándose lo escrito por Niki. Ella resopla.

—Madre mía, qué antipático eres.

—Y tú resultas insoportable cuando te comportas como una niña.

—Ya te lo he dicho antes... ¡soy una niña! Y cuando haces eso tú pareces, qué digo, tú eres más pequeño que yo.

En ese momento, se oye el sonido de una sirena que se acerca. Un coche de policía pasa a toda velocidad en dirección opuesta. Niki se pone de pie y saca la cabeza por el techo. Levanta los brazos y empieza a gritar como una loca.

—¡Id más despacio, anormales!

Se cruzan con el coche de la policía. Alessandro tira de ella cogiéndola por la camiseta, la hace caer en el asiento.

—Estate quieta. ¿Por qué tienes que gritarles nada?

Alessandro oye un chirrido. Mira por el retrovisor. El coche de la policía ha frenado de golpe, ha dado la vuelta derrapando y ha vuelto a arrancar a toda velocidad para perseguirlos.

—Mira qué bien, lo sabía. Felicidades, ¿estás contenta ahora? ¡Ponte el cinturón, haz algo útil!

—Sí, pero ¿ves como yo tenía razón? Si tienen tiempo para perseguirnos, eso quiere decir que no iban a ninguna parte.

—Mira, Niki, te lo pido por favor: estate callada. ¡Ahora quédate callada!

El coche de la policía se coloca a su lado y le hacen señas para que se detenga. Alessandro asiente con la cabeza y, despacio, se acerca al arcén. Los policías bajan del coche. Alessandro baja la ventanilla.

—Buenas tardes, agente.

—Buenas tardes, el carnet de conducir y los papeles del coche, por favor.

Alessandro se inclina y abre la guantera. Coge la carpeta donde guarda los documentos del coche y se la da. Mientras tanto, el otro policía le da la vuelta al capó y comprueba que lleve el sello del seguro. Entonces se percata del faro roto y del lateral abollado.

—Todo en orden, al parecer —dice el primero. Pero no le devuelve los documentos.

—¿Qué estaba gritando su amiga? La hemos visto desgañitarse.

—Ah, nada.

—Disculpe, querría oírselo decir a ella.

Alessandro se vuelve hacia Niki. Ella lo mira.

—Nada. Sólo gritaba que yo también quisiera ser policía. No vais a detenernos por eso, ¿verdad?

—Veo que no está al día, señorita.

Justo en ese momento, el otro policía se acerca a la ventanilla de

Alessandro. Se miran. Y se reconocen. Alessandro cae en la cuenta. Carretti y Serra, los dos policías que fueron a su casa la noche anterior.

—¡Buenas tardes! Usted de nuevo... ¿esta chica también es rusa?

—No, ésta es italiana, y le gustaría entrar en el cuerpo. Los tiene en alta estima.

Alfonso Serra ni siquiera la mira.

—Aquí tiene sus documentos. Y usted no vuelva a asomarse por el techo. Es peligroso y distrae a los que circulan en sentido contrario.

—Por supuesto, gracias.

—Y dé gracias de que nos acaban de avisar de un robo, que si no usted... —y vuelve a mirar a Alessandro—, entre la historia de las rusas de anoche y ahora esta muchachita, esto no se iba a quedar aquí.

Sin siquiera darle tiempo a responder, los dos policías se montan en el Alfa 156 y se marchan derrapando a toda velocidad. Alessandro arranca y se pone en marcha en silencio.

—Me gustaría llevarte a casa... y yo llegar sano y salvo a la mía.

—Donde te esperan las rusas...

—¿Qué?

—Sí, he oído lo que ha dicho el policía, ¿qué te crees? No soy sorda... Por otro lado, ¿qué podía esperarse de uno como tú? El clásico al que le gustan las extranjeras. Les prometes trabajo, salir en un anuncio, «oye, voy a convertirte en una estrella», y demás... para llevártelas a la cama con tus amigos. Bravo. Das pena. Venga sí, llévame a casa...

—Oye no era más que una simple fiesta en mi casa. Lo que pasa es que el capullo de mi vecino llamó a la policía diciendo que estábamos armando mucho jaleo, y no era cierto.

—Claro, claro, ¿cómo no? Tú mismo lo has dicho... El que gana lo celebra, el que pierde, lo explica. Y tú te estás explicando.

—¿Y qué tiene que ver esto con lo que he dicho? Yo me refería al futbito.

—Precisamente...

—Y además no tengo por qué darte explicaciones.

—Por supuesto...

—Oye, en serio, no tengo nada que esconder y además no tengo por qué rendirte cuentas a ti.

—Sí, sí. Gira aquí a la derecha y sigue recto. Claro, porque de no haber sido por ese policía, tú me hubieses explicado tu noche con las rusas, ¿verdad?

—Eres la hostia. ¿Por qué hubiese tenido que contarte nada? Y, además, ya te he dicho que no hay nada que explicar.

—Al fondo de la calle a la izquierda. De todos modos no me lo hubieses contado.

—Pero ¿quién te crees que eres? ¿Mi novia? Pues no, así que, ¿qué te tengo yo que explicar? ¿Por qué me tengo que justificar? ¿Acaso somos pareja?

—No, en absoluto. Hemos llegado. Número treinta y cinco. Allí, ése es mi portal. —De repente, Niki se abalanza sobre él y desaparece bajo el salpicadero.

—¡Mierda!

—Eh, ¿qué pasa ahora?

—Chissst, son mis padres, que están saliendo.

—¿Y qué?

—¿Cómo que y qué? Si me ven, vas a tener problemas.

—Pero si tú misma acabas de decir que no somos una pareja.

—Igualmente tendrás problemas.

Alessandro mira a Niki, que está tirada sobre sus piernas.

—Si te pillan así, sí que voy a tener problemas, y en serio. Ya me dirás cómo iba a explicar que simplemente te estabas escondiendo y nada más.

Niki lo mira desde abajo.

—Estás obsesionado, ¿eh? Claro, estás acostumbrado a tus rusas.

—¡Y dale! Lo siento por ti, pero no pienso prestarme a estos jueguecitos tuyos de celos.

—Yo no soy celosa. Dime qué están haciendo mis padres.

—Nada. Bueno, tu madre..., ¿te he dicho ya que es una mujer muy guapa?, está delante de un coche, mirando a su alrededor. Está buscando algo.

—¡Me está buscando a mí!

—Puede ser... Realmente es una mujer elegante... ¡ay! ¿Por qué me muerdes? —Alessandro se frota el muslo.

—Ya te he dicho que no hables de ella... ¡Y da gracias que era la pierna!

Y lo vuelve a morder.

—¡Ayy!

Alessandro vuelve a frotarse.

—Dime qué está haciendo ahora mi madre.

—Ha sacado un móvil y está marcando un número.

Un segundo después suena el Nokia de Niki. Lo coge.

—¿Sí?

—Niki, ¿se puede saber dónde estás?

—De camino, mamá.

—¿Por qué hablas así?

—¿Cómo, mamá? Es mi voz...

—No sé... Parece como si estuvieses agachada.

—Bueno, me duele un poco el estómago. —Niki sonríe a Alessandro—. Desde luego, a ti no se te escapa nada, ¿eh?

—¡No, exceptuándote a ti! Escucha, nosotros vamos a salir; nos vamos al cine con los Maggiore. Tu hermano está solo. Quiero que, como mucho, en un cuarto de hora estés en casa. De modo que cuando llegues me llamas del fijo y me pasas a tu hermano.

—Allí estaré.

—Quiero que me llames antes de que empiece la película.

—Pierde cuidado, mamá... Es como si ya estuviese a la puerta de casa.

La madre cuelga. Niki oye arrancar a un coche. Entonces se levanta despacio y examina la calle. Ve marchar a sus padres en un coche a lo lejos.

—Menos mal, se han ido. —Niki se arregla un poco—. Bueno, todo ha salido bien.

—Claro, si tú lo dices...

Se quedan un rato en silencio. Niki sonríe.

—Estos momentos siempre son raros, ¿verdad?

Alessandro la mira. Piensa en el tiempo que hacía que no salía con una chica que no fuese Elena. Mucho. ¿Y ahora con quién sale? Con una menor de edad. Bueno, no está mal. Si uno quiere cambiar de vida, lo mejor es no andarse con chiquitas. Pero la realidad es otra. Él no quería cambiar de vida. Él estaba bien con Elena. Muy bien. Y, sobre todo, no está saliendo con esta Niki.

—¿En qué estás pensando?

—¿Yo?

—¿Quién si no?

—En nada.

—Es imposible no pensar en nada.

—No, en serio, no estaba pensando en nada.

—Ah ¿sí? Intenta hacerlo.

Se quedan un segundo en silencio.

—¿Lo ves? Es del todo imposible. De todos modos, si no me lo quieres decir, es asunto tuyo...

—Si tú no me quieres creer, no sé qué puedo hacer...

Niki lo mira una última vez y después le sonríe.

—Bueno, será mejor que me vaya.

—Yo también bajo, y así te acompaño hasta la puerta...

Ambos se bajan del coche y caminan en silencio hasta el portal de la casa de Niki.

Alessandro se queda parado delante de ella, con las manos en los bolsillos.

—Bueno, aquí estamos... Un día intenso, ¿eh?

—Ya.

—Nos llamamos.

—Sí, claro. Aún tenemos que arreglar lo del accidente.

Niki levanta la barbilla y señala con ella hacia el Mercedes.

—Siento habértelo abollado también por delante.

—No te preocupes, ya estoy acostumbrado.

—Podríamos fingir que sucedió todo a la vez. Seguramente mis daños serán menores que los tuyos.

—¡Ninguna compañía de seguros se creería que un ciclomotor me ha dejado el coche en ese estado! ¡A no ser que me lo hubieses lanzado desde un balcón!

Niki se echa a reír.

–¿Por qué no? Podría ser. Lo hicieron en el estadio.

–Vale, vale, no he dicho nada.

–De todos modos, tú quédate tranquilo, no me hagas sentir más culpable de lo debido. Ahora lo pensaré y de algún modo hallaré la solución. –Se aparta y le da un beso en la mejilla. Después se va corriendo.

Alessandro sonríe y se dirige a su coche. Le da la vuelta para comprobar los daños. Después de eso sonríe un poco menos. Se sienta al volante. Está a punto de arrancar cuando recibe un mensaje. Vuelve a sonreír. Debe de ser Niki. Después le viene repentinamente a la memoria *El principito*, y se preocupa un poco. Diantre. ¿Estoy haciendo como el zorro? ¿Me estaré domesticando? ¿Cómo era aquel pasaje? «Al principio te sentarás un poco lejos de mí, en la hierba. Yo te miraré de reojo y tú no dirás nada. El lenguaje es fuente de malentendidos. Pero cada día podrás sentarte un poco más cerca... Si vienes, por ejemplo, a las cuatro de la tarde, desde las tres ya empezaré a ser feliz. A medida que avance la hora, más feliz me sentiré. Al llegar las cuatro, me angustiaré y me sentiré inquieto; ¡descubriré el precio de la felicidad! Pero si vienes en cualquier momento, nunca sabré a qué hora preparar mi corazón... Tiene que haber ritos.» Ya. Tiene que haber ritos. ¿Y yo esperaba ya un sms suyo? Alessandro lee el mensaje. No. Es Enrico. El zorro se levanta y se va, saliendo de la escena de sus pensamientos.

«Estamos todos en el Sicilia, al principio de via Flaminia. Vamos a comer un poco de buen pescado. ¿Qué hacéis? ¿Venís? Decidme algo.»

«En seguida estoy ahí –responde Alessandro veloz–. Pero estoy solo.» Mensaje enviado. Arranca y se va. Poco después le suena el móvil. Número privado. No soporto que oculten el número. ¿Quién podrá ser? Demasiadas hipótesis. Se acaba antes respondiendo.

–¿Sí?

–Soy yo.

–¿Y quién es yo?

–Yo, Niki. ¿Ya me has olvidado?

No, piensa Alessandro. Cómo podría, aunque sólo sea por los destrozos del coche. Pero no se lo dice. Se da cuenta de que superaría de nuevo a la Bernardi y quizá también a la madre de Niki en la clasificación. El zorro vuelve a entrar en escena y se tumba tranquilo a escuchar.

—No te sale mi número porque te estoy llamando desde el fijo. Me he quedado sin saldo.

Quizá yo podría recargárselo, piensa Alessandro por un instante.

—Sólo quería decirte que me lo he pasado muy bien esta tarde contigo. Me he divertido un montón.

En el fondo, Alessandro se siente un poco extraño. El zorro lo mira mal.

—Yo también, Niki. —El zorro vuelve a tranquilizarse.

—¿Sabes qué es lo que más me ha gustado?

—¿El batido?

—No, idiota. Que me has hecho sentir mujer.

Alessandro sonríe.

—Bueno, eres una mujer.

—Sí, gracias, ya lo sé. Lo que pasa es que a veces no me lo hacen sentir del todo. ¿Y quieres saber lo más bonito? Es la primera vez que alguien... sí, bueno... Es decir, es algo que nunca antes un hombre había hecho por mí...

Alessandro se queda perplejo.

—Bueno, me alegra mucho oírlo. —Alessandro piensa de qué puede estar hablando, pero no se le ocurre nada.

—Entonces, ¿ya sabes a lo que me refiero?

—Tengo una vaga idea, pero será mejor que me lo digas tú.

—Ok... Pues que cuando me has acompañado hasta la puerta, no has intentado besarme. En serio. Me ha gustado a morir. Es la primera vez que un hombre me acompaña hasta el portal y no lo intenta. ¡Felicidades! ¡Eres único! ¡Adiós! Nos llamamos pronto, que pases una buena noche.

Como de costumbre, Niki cuelga sin darle tiempo a responder.

Alessandro se queda con el móvil en la mano. Felicidades. Eres único. ¡Querrá decir que soy el único gilipollas! Y sin saber bien cómo interpretar aquella llamada, acelera hacia via Flaminia.

Veinticuatro

De vez en cuando, Mauro le da una patada a la rueda trasera de su viejo ciclomotor, falcado en su caballete, haciéndola girar. Está fumando un cigarrillo. Un poco más allá, al menos cinco o seis Winston azules han acabado de igual manera. Mira de nuevo hacia el final de la calle. Ahí está.

Mauro apaga el cigarrillo y corre a su encuentro.

—Pero ¿dónde cojones estabas? ¿Dónde te has metido? ¿Eh? ¿Dónde demonios estabas?

Paola avanza serena. Se la ve feliz. Tiene una sonrisa radiante.

—¡Amor, me han cogido, me han cogido!

—¿Y por qué no me has llamado?

—Me he quedado sin saldo, no podía ni enviar mensajes, y mi madre estaba hablando por el fijo. Me han llamado para un *recall*...

—¿Un qué?

—¡Un *recall*! Es cuando te llaman para que vuelvas a hacer la prueba... Me he ido en autobús, no podía esperarte, y después he cogido el metro. De todos modos, la prueba no era lejos, otra vez en Cinecittà.

Lo abraza, lo besa, suave, dulce, sensual como sabe ser Paola cuando quiere.

—Pero ¿por qué estás así? ¿No te alegras? ¡Me han cogido!

Mauro sigue de morros. Se suelta de su abrazo.

—Joder, te lo he dicho mil veces... no me gusta que vayas sola. —Paola pone los ojos en blanco—. Entiéndeme, no es que no quiera que hagas pruebas, al contrario, pero me gusta acompañarte.

—Perdona, pero ninguna de las otras va acompañada de su novio.

—Ah, vale, muchas gracias, pero es porque a ellos les importa un carajo. En cambio, yo me preocupo por ti. Y otra cosa, te lo he dicho mil veces, cuando estés a punto de quedarte sin saldo dímelo, ¿no? Mi madre trabaja en el quiosco de la esquina... La llamo y te recarga la tarjeta en nada. O te la recargo yo directamente en cualquier parte. —Luego Mauro se queda callado. Sí, y con qué dinero lo hago, piensa para sí. Pero es evidente que aquel no es momento de recordárselo.

Paola abre su enorme bolso de largas asas.

—Mira, después de la prueba he ido a Cinecittà 2 y te he cogido esto. —Saca un osito de peluche con la camiseta del Roma.

—¡Guau! Es superguay, gracias, amor.

—¿Has visto? Es el osito Totti, es como tu capitán, un pequeño gladiador... peludo.

—Es muy bonito.

—Huele, huele. —Paola se lo restriega sobre la cara.

Mauro lo aparta, mientras se rasca la nariz.

—¡Ay, me haces estornudar, ya vale!

—Pero ¿lo has notado?

Mauro vuelve a acercárselo a la nariz, esta vez él solo, con tranquilidad. Paola sonríe.

—Le he echado un poco de mi Batik, así cuando te lo lleves a la cama pensarás en mí. ¿De qué te ríes? ¿Es que le he echado demasiado, Mà?

Mauro sonríe y se lo mete en el bolsillo interior de la chaqueta.

—No... no. Lo que pasa es que tengo tantas ganas de ti que este osito no me basta, cariño... Tú eres mejor que él.

Mauro le da un beso con lengua, la aprieta contra sí, haciéndole notar que está excitado.

—En serio, tengo ganas. Vamos a tu garaje, al coche de tu padre...

Paola se toca la parte baja del vientre.

—No puedo. Me ha venido hoy la regla, cuando estaba a punto de hacer la prueba. Por suerte allí tenían.

—¿Quién las tenía?

—El anuncio que estoy haciendo es justamente de éstas. —Y saca de su bolso un paquete de veinticuatro compresas–. Debe de ser por la emoción, pero se me ha adelantado. ¡Mira qué suerte, me han regalado un paquete!

–Pero ¿qué estás diciendo? Estás de coña, ¿no? –Mauro se aparta de ella–. ¿Es en serio que tienes que hacer un anuncio de estas cosas? O sea, es como decirle a todo el mundo que tienes la regla.

Paola se sorprende.

–Perdona, pero ¿qué te pasa esta tarde? ¿Tienes ganas de discutir? ¡Es algo natural! No es nada vulgar, ¿qué hay de malo en ello? Todas las mujeres, todos los meses, las necesitamos. Lo normal es que los hombres se cabreen cuando dejan de ser necesarias, porque eso quiere decir que...

–Ya lo he pillado, pero aun así, sigue pareciéndome una cosa poco fina.

Paola se le acerca y lo besa en el cuello.

–Estás demasiado nervioso. Venga, ven conmigo al rodaje, ya verás que no hay nada que pueda fastidiarte. Oye, ¿quieres que vayamos a comer una pizza? Invito yo.

–No. –Mauro se dirige hacia su ciclomotor–. Vamos, sí, pero invito yo.

–¡Como quieras, yo sólo quería celebrar que me han elegido!

–Ya me has regalado el osito, ¿no?

–Está bien... ¿Vamos al Paradiso? No está lejos, y siempre hay un montón de actores.

–Vale, vamos. –Mauro le pasa el casco, luego se pone el suyo. Paola se sienta detrás y coloca su enorme bolsa entre ella y la espalda de Mauro.

–Ah, Paolilla, ¿te imaginas que un día te haces famosa y la gente va al Paradiso a verte comer? –Mauro le sonríe, mirándola por el espejo retrovisor.

–Venga ya, te estás quedando conmigo.

–¿Por qué? Lo digo en serio, todo puede pasar...

Justo en ese momento llega una moto grande que se detiene a su lado. El motorista se levanta la visera del casco.

–Hola, Mauro. Señorita... ¿qué hacéis?

Mauro sonríe.

—Vamos a comer una pizza.

—He ido a buscarte a tu casa, pero ya te habías ido. Necesito que me eches una mano.

—Gracias, pero ya te he dicho que no puedo.

—Cuando te decidas, házmelo saber. Cuando quieras, te regalo esta moto. Así, aunque vayas a comerte una simple pizza, tardarás menos. Y, sobre todo, tu novia irá más cómoda. Mauro, a las mujeres les gusta la comodidad, ¿sabes? ¡Que no se te olvide!

El tipo se baja la visera. Mete la primera y se aleja a toda velocidad levantando la rueda delantera. Segunda, tercera, cuarta. Ya ha desaparecido al final de la calle. Mauro arranca despacio. Paola se apoya sobre su espalda.

—¿Quién era ese tipo, Mà?

—Nadie.

—¿Cómo que nadie? Venga, dímelo.

—Ya te he dicho que no es nadie. Fuimos juntos a la escuela, pero hacía siglos que no lo veía. Lo llamaban el Mochuelo; un tipo simpático.

—Lo será, pero a mí me parece un macarra, peligroso incluso. Y, además, ¿qué es esa gilipollez de que a las mujeres nos gusta la comodidad? A las mujeres nos gusta el amor, se lo puedes decir al Mochuelo cuando lo vuelvas a ver. —Mauro sonríe y le toca la pierna. Paola le acaricia la mano—. No, mejor no. No se lo digas. De todos modos, no lo entendería.

Mauro acelera y se van hacia el Paradiso, un restaurante grande próximo a Cinecittà. Pero el ciclomotor está ya en las últimas, y avanza despacio en la noche. Tiene la rueda trasera ligeramente desinflada y lleva encima dos pasajeros llenos de ilusión y de esperanzas.

Veinticinco

Los coches de sus amigos están todos aparcados delante del Sicilia. Antes de entrar lo ve allí delante y no se resiste. Sonríe ante la idea. Lo piensa un instante. Al final elige la mejor solución. De todos modos, hoy todo el día ha ido así. Después coge el móvil y escribe rápidamente un mensaje. Enviar. Para eso están los directores creativos, ¿no? A continuación entra en el restaurante. El perfume a comida siciliana, aromas y especias lo envuelve.

—¡Vaya! ¡Ha venido! ¡Es increíble!

Todos sus amigos están en la mesa del fondo. Enrico y Camilla. Pietro y Susanna. Flavio y Cristina. Alessandro los saluda desde lejos y se acerca.

—¡No creíamos que fueses a venir! —Cristina lo mira—. ¿Y Elena?

—En una reunión. Tenía que trabajar hasta tarde. Os manda saludos. —Y sin decir más se sienta en el lugar que está libre, a la cabecera de la mesa.

Cristina mira a Flavio, le hace una señal como diciendo: «¿Has visto? Tenía razón yo.»

Alessandro mira la carta.

—Eh, me parece que esto va a estar bien. Todas son recetas de la mejor Sicilia...

Enrico le sonríe.

—¿Te acuerdas cuando hicimos aquel viaje a Palermo?

Camilla pone los ojos en blanco.

—Ya empezamos con los recuerdos, como cuando uno se hace viejo.

Enrico no le hace caso.

—Sí, antes de irnos, a ti aún te quedaba un último examen en la universidad y luego la tesina. Nos fuimos con el Citroën de tu padre y vino también Pietro.

—Claro —confirmó Pietro—. Y luego fundimos el motor...

—¡Sí, y ninguno de vosotros dos quiso compartir los gastos!

—Pues claro, Alex, perdona, pero tú hubieses ido de todos modos ¿verdad? Aunque fuese sin nosotros. ¡Hubieses cogido igual el coche y te habría sucedido lo mismo, aunque no hubiésemos estado él y yo!

—¡Pues entonces mejor que me hubiese ido solo!

—Eso no. Porque gracias a nosotros conociste a aquellas tías alemanas.

—¡No te digo! —exclama Susanna—. No hay una sola historia en la que no aparezcan extranjeras.

—Naturalmente. Son precisamente ellas las que han promociona-do la marca de *latin lover* italiano en el extranjero.

—Ya, pero resulta extraño que eso se considere así tan sólo fuera de Italia. —Cristina parte un bastoncito de pan—. Se ve que las extran-jeras llevan la Viagra incorporada.

Susanna y Camilla se echan a reír. Enrico continúa:

—Sea como sea, eran fabulosas de verdad. Altas, rubias, guapísi-mas, en forma, parecían el anuncio de la cerveza Peroni.

—Ya, ese que hice yo de verdad cinco años más tarde.

—¡Eh, que nosotros ya les habíamos hecho las pruebas entonces!

Enrico y Flavio se ríen. También Alessandro. Después se acuerda de las rusas y, por un instante se pone serio. Pietro se da cuenta y cambia rápidamente de tema.

—Qué lástima que no vinieses, Flavio, te hubieses divertido de lo lindo. ¿Os acordáis de aquella noche en que nos bañamos desnudos en Siracusa?

—¡Sí, con las extranjeras!

—¡Tú nos escondiste la ropa! ¡Pensabas que nos ibas a fastidiar y en cambio la bromita ayudó!

—Fue bonito, podría servir para un anuncio. ¿Por qué no viniste, Flavio? ¿Estabas en la mili?

—No, me tocó al año siguiente.

—Pero ¿Cristina y tú ya estabais juntos? Porque el invierno siguiente, cuando nos fuimos a la montaña... —Parece que Pietro se acuerde de algo—. No, no, nada.

Cristina sonríe y comprende perfectamente el juego.

—Sí, sí, también allí había extranjeras, suecas... Pero aunque fuese verdad... ¡Flavio no habría hecho nada! Siempre me ha sido aburridamente fiel.

—¡No, no, espera... peor! Allí, en una fiesta organizada por el hotel, vino una *stripper* para un espectáculo porno. Bromas aparte, chicos, ¿os acordáis?

—Cómo no... ¡Cómo se sentaba en las piernas!

—Sí, y luego caminaba entre el público, elegía a un tipo y, totalmente desnuda, se echaba un poco de nata por encima y hacía que él se la lamiese.

—Sí, terrible. Y eso que entre el público también había niños. Yo creo que no se recuperaron nunca. Uno debió de acabar siendo amigo de Pacciani, el asesino.

—¡Pietro! ¡Qué chistes son ésos! Eres terrible.

—Pero mi amor, los que son terribles son los padres. A ver, ¿cómo dejaban que los niños asistiesen a un espectáculo de ese tipo? ¿Tú dejarías que los nuestros viesen un *show* sin saber de qué se trata?

—Yo no. El problema es que, a un espectáculo de ese tipo, los llevarías tú directamente.

—Sí, pero no es lo mismo, yo lo haría con fines educativos.

—Ah sí, claro... Muy propio de ti.

Llega el camarero.

—Buenas noches, ¿han decidido ya lo que van a pedir?

—Sí, gracias.

Susanna vuelve a abrir la carta, indecisa.

—¿Os acordáis de aquella vez que fuimos al Buchetto y el camarero acabó echándonos por la cantidad de veces que cambiamos de opinión?

—¿Otra vez? —Camilla resopla—. ¿Vas a volver a empezar con los recuerdos? ¿Qué pasa, que sólo teníais vida entonces? La vida es ahora.

—... Sí, en el viejo albergue Tierra y cada uno en su habitación...

—Como frase está bien. Sería un buen eslogan.

—Repito —prosigue Camilla—, no miréis tanto atrás, si no, os perderéis el presente. Debéis estar siempre atentos al presente.

El camarero, que ha asistido a toda la escena, pregunta educadamente:

—¿Quieren que vuelva más tarde?

Cristina se hace cargo de la situación.

—No, no, disculpe, pedimos ahora. Bien, para mí una caponata...

Suena el teléfono móvil de Alessandro. Mira la pantalla. Sonríe. Se levanta de la mesa.

—Disculpad... mire, yo tomaré un carpaccio de pez espada y unos involtini al estilo de Messina... —Y se aleja, saliendo del local. Todos lo miran. Alessandro abre su teléfono fuera del restaurante.

—Sí...

—¡No me lo puedo creer! Todo iba de lo más bien y vas tú y la pifias.

—Pero Niki, sólo te he hecho un favor...

—¡Sí, pero hay un pequeño detalle! Yo no te lo había pedido. Todos los chicos lo hacen, se creen que pueden conquistarme con el dinero. Pero se equivocan.

—Pero Niki, en realidad...

—Y la frase... «Hola, te he recargado. Yo te recargo, tú me recargas, él se recarga.» Madre mía, es pésima.

—Sólo quería ser amable.

—Pues sólo has sido un gilipollas. Y que te quede claro, no me has recargado a mí, ¡tan sólo has recargado el móvil! Existe una gran diferencia. A lo mejor las rusas aprecian estas cosas, pero yo no.

—Escucha, sólo ha sido un gesto...

—... Excesivo. Cien euros. ¿Qué querías demostrar?

—Me sentía en deuda y por eso...

—Y por eso ya no podemos volver a salir.

—Ahora eres tú la pesada.

Niki se queda en silencio.

—Eh, ¿qué pasa?

—Estoy pensando. ¿Qué pasa?, con la cantidad de saldo que me has puesto supongo que es que tienes ganas de hablar por teléfono.

—Venga, no te lo tomes a mal, sólo quería ser agradable. Hagamos una cosa: me debes cincuenta batidos.

—No, cuarenta y siete y medio.

—¿Por qué?

—Porque cinco euros de la recarga se los quedan los cabrones de la compañía telefónica.

—Está bien, entonces les reclamaré a ellos dos batidos y medio. Venga, bromas aparte... ¿Todo en orden? ¿Hacemos las paces?

—Hummm... Tengo que pensarlo.

—Mira, cuando te pones así, eres más pesada que la Bernardi.

—Ni hablar. Vale. Me has hecho reír. En paz.

Alessandro no tiene tiempo de añadir nada. Niki ha colgado ya. Justo en ese momento, Pietro, Flavio y Enrico salen del restaurante.

—¡Con la excusa de que no se puede fumar dentro, podemos dejarlas y salir! Eh, ¿era Elena? ¿Habéis hecho las paces?

—No, era una amiga mía.

Pietro le da una calada al cigarrillo y pregunta curioso.

—¿Una amiga tuya? ¿Y desde cuando una amiga tuya tiene acceso a tu número de móvil?

—Amiga por decirlo de algún modo, hemos chocado esta mañana.

—¿Edad?

—Diecisiete.

—Problemas a la vista.

—Sí, para ti que estás enfermo. Para mí es sólo un accidente, y como mucho una amiga.

—Exceso de seguridad. Muchos problemas a la vista. —Pietro le da otra calada al cigarrillo. Después lo tira—. Chicos, yo entro. Ya nos acusan de hablar siempre del pasado, no quisiera que sospechasen también del presente. De todos modos... —y mira a Alessandro—, no se sale de un restaurante sólo para hablar de un accidente.

Flavio lo sigue.

—Voy contigo.

Enrico le da una tranquila calada a su cigarrillo.

—¿Es guapa?

—Mucho.

—Hoy te he estado buscando en el despacho. No estabas.

—He ido a dar una vuelta con ella.

—Bien, me alegro de que hayas salido con una chica.

—¿Sabes?, es que estoy pasando por un momento un poco especial con Elena...

—Alessandro...

—¿Sí?

—Todos sabemos que te ha dejado.

—No me ha dejado...

—Alex, hará como un mes que no se la ve, y en tu casa ya no queda nada suyo.

—¿Te lo ha dicho Pietro? No tenía que haberlo invitado anoche.

—Somos tus amigos, siempre hemos estado contigo, te queremos. Si no nos lo dices a nosotros... ¿a quién se lo vas a decir?

—Tienes razón. ¿Por qué me buscabas?

—Es un asunto delicado, no me apetece hablarlo ahora.

—Vale, pero mañana me lo cuentas.

—Por supuesto. Entremos.

Alessandro y Enrico se dirigen a la mesa.

—Eh, menos mal, acaban de traer los entrantes.

Alessandro se sienta.

—Bien, antes de comer, quisiera deciros una cosa.

Todos se vuelven hacia él.

—¿Qué es, la oración de la última cena?

Susanna le da un codazo a Pietro.

—Chissst.

Alessandro mira a sus amigos. Esboza una pequeña sonrisa para superar el embarazo.

—No... Es que Elena y yo lo hemos dejado.

Veintiséis

Casa de Niki. Roberto, su padre, está en la cama. Está leyendo. Simona coge carrerilla y se tumba junto a él, riendo. Resbala y cae de lado, acabando con el brazo sobre Roberto, que se dobla en dos al recibir un golpe en el estómago.

—Ayyy, me has hecho daño, me has dado un golpe.

—¿No me has reconocido?

—Perdona, ¿tú no eres mi mujer?

Simona le da otro golpe en el estómago, esta vez adrede.

—¡Ayyy! Pero ¿qué te pasa conmigo esta noche?

—¿Que qué me pasa? Te hago una interpretación perfecta, una interpretación digna de un Oscar, y tú nada. ¿No te he parecido Julia Roberts en *Pretty Woman*, cuando corre feliz y se tira en la cama?

—Se me ha ocurrido por un momento, pero no pensaba que mi mujer llegase a tanto.

—¿A qué te refieres?

—A que la hiciese feliz imitar a una prostituta.

—Mira que eres simple. —Simona resopla—. A veces eres terrible. Te advierto que estás poniendo en peligro un matrimonio.

—¿Cuál?

—El nuestro.

—En absoluto, puedes estar tranquila, ése ya está acabado.

—¿Y todo eso que me dijiste la otra noche? Que, por cierto, no me parecían palabras tuyas...

—Era sólo para llevarte a la cama.

Simona salta encima de él y empieza a darle golpes, bromeando y riendo.

—Idiota, mentiroso. Pues sea como sea, malgastaste esfuerzos. —Simona vuelve a tenderse a su lado, levanta las cejas y le sonríe.

—¿Por qué?

—Porque me hubiese ido a la cama contigo igualmente. No hacía falta que te tomases tantas molestias.

—Vaya, entonces es verdad que el matrimonio es la tumba del amor. Tú ves nuestra relación como un contrato. ¿Sabes que hay gente que fija un día a la semana para darse el revolcón?

—¿En serio? No me lo puedo creer. Qué triste...

—Al menos nosotros lo hacemos al azar.

—¡Sí, somos dos desenfrenados!

—¿Se puede saber a qué viene tanta felicidad?

—Es por Niki.

Roberto cierra su libro y lo deja de nuevo en la mesita.

—Creo que se me han pasado las ganas de leer por esta noche... Espera sólo un momento, ¿eh...? —Empieza a dar largos suspiros.

—Pero ¿qué haces? ¿Qué te propones?

—He leído un artículo en el que decían que todo tiene remedio. Estoy practicando la autosugestión. Calculo todas las posibles cosas que puedes decirme y preparo mi mente y mi alma para el terremoto emotivo que podrías causarme con cualquier noticia sobre Niki.

—Ah, me parece una idea excelente.

Roberto continúa oxigenándose, con largas y profundas inspiraciones.

—Ya, pero piensa que, tarde o temprano, mi corazón fallará gracias a vosotras dos. Ok —cierra los ojos—, estoy preparado.

—¿Preparado?

—Sí, ya te lo he dicho. Adelante.

—Bien —Simona se alisa el camisón—, el otro día, Niki y yo... salimos.

—Hasta aquí todo en orden.

—... Y nos fuimos de compras.

Roberto abre un solo ojo y la mira de soslayo.

—Vale, lo sabía, lo sabía, no estaba preparado para esto. —Golpea la cama con los puños—. A la porra mi autosugestión. Ya lo sé. Mañana recibiré su llamada.

—¿La llamada de quién?

—Del director del banco. Porque habréis dejado seca la cuenta, ¿no?

—Pero qué idiota eres.

—Es que además del libro sobre la autosugestión he leído otro sobre las compras compulsivas. Creo que causan un daño aún mayor que los divorcios.

—Nos compramos de todo y nada.

—¿Más de todo o más de nada?

—No seas tacaño. Ir de compras, en este caso, era más una ocasión de intercambio, de convivencia, de intensificación de la relación madre-hija, algo imposible de cuantificar. Niki tenía ganas de abrirse. Es importante, ¿no?

—Bueno, digamos que vuestros episodios se parecen a los de la serie «Beautiful», ahora lo veo claro. Lo comprendo.

—¿El qué?

—Dentro de poco seré abuelo. Y él, el padre de mi nieto, es el sobrino del hermano del cuñado del vecino del director de mi banco, un agente secreto de pasado turbio que se ha rehabilitado mediante la participación en un proyecto solidario en Uganda. ¿Lo adoptarán?

—¿A quién?

—A mi nieto.

—No.

—Entonces, ¿se escaparán a América a mis expensas para recuperar la antigua tradición de la famosa fuga de los amantes?

—No.

—Peor. Ya veo. No me digas nada. El director del banco no debe preocuparse. Debe ser despedido por haber aceptado a un cliente como yo, capaz de ocasionar un agujero en los fondos semejante al pozo de San Patricio. Se van a casar, ¿verdad?

—No. Pero ¿por qué te montas esas películas tan dramáticas?

—Porque los episodios de la vida de mi hija tienen siempre algo de *thriller*.

—Pero hablan de amor...

—Sí, pero no del marinero.

—Ja, muy bueno. ¡Estamos de buen humor, ¿eh?! Vale, me parece bien. Por otro lado, tienes una hija con la cabeza bien puesta sobre los hombros. Es tranquila, serena... A veces hasta demasiado.

—De acuerdo, después de esta afirmación hasta puedo retomar mi libro. Contigo es imposible entender nada. Eres la madre más absurda del mundo. Vas exactamente al contrario que todas las demás. ¿Te das cuenta? Ahora te sientes desilusionada porque Niki es una chica reposada y tranquila. —Abre el libro y sacude la cabeza.

—¿Amor?

—¿Sí?

—¿Y no crees que te casaste conmigo justo por eso?

—Para ser sincero, de vez en cuando me pregunto por qué razón di ese paso hace veinte años.

—¿Te arrepientes?

—No es eso, pero... —la mira con recelo— ¿no será que me diste a beber algún mejunje para que yo te hiciese tan insólita y preocupante petición? Si no, no se explica.

—Te odio. Me has ofendido. Mañana saldré en serio con Niki. Y no para hablar, sino para ir de compras. Y de las de verdad. El palo que le vamos a dar a la tarjeta de crédito será tan fuerte que tendrás que fugarte con el director del banco.

—Vaya, como aquellos dos de *Brokeback Mountain*.

—Sí, sólo que vosotros dos no os refugiaréis en Wyoming; como mucho en Pescasseroli, y endeudados hasta el cuello.

—Debo hacer constar que esto es un chantaje económico. Está bien, está bien, ya hablo. Ya sé por qué me casé contigo. —Roberto se da la vuelta, la mira con intensidad y se queda unos instantes en silencio, para crear suspense, a continuación, le sonríe.

—¿Y bien? Me estás poniendo nerviosa.

—Es muy simple. Un verbo conjugado en tres tiempos.

—¿Qué? No lo entiendo.

—Te amaba. Te amo. Te amaré.

Simona le sonríe.

—Salvado por la campana. Pero ya he dado con el castigo justo: regalarle una tarjeta de crédito a Niki.

—Mi amor —Roberto la abraza—, no vayas a caer tan bajo. —Y la besa—. ¿Y así qué? Aún no me has contado. Saliste con Niki, dilapidaste todo el dinero ¿y después? ¿Qué te contó?

—Me habló de un muchacho.

—Dios mío, ¿qué ha pasado?

—Lo han dejado.

—Ah... O sea que justo me entero de que mi hija sale con un chico y ya se ha acaba. ¿Y cómo está Niki? ¿Fue él? En esos casos, baja el nivel de autoestima.

—No, fue ella.

—Menos mal. Quiero decir que lo siento, pero es mejor que sea ella quien tome la decisión. Pero no me lo has contado todo, ¿qué más ha sucedido? Es decir, ¿tengo que preocuparme, hay otras noticias perturbadoras al acecho?

—No se abrió mucho. De todos modos, creo que él era su primer novio. Y que su primera vez fue con él...

—¿Estás segura?

—Intenté preguntarle algo más, pero me pareció que le daba mucho apuro y no quise ser demasiado insistente.

—Perdona, pero si «todo eso» ha ocurrido realmente, no lo entiendo. Justo después de que suceda algo tan importante... ¿lo dejan?

—Me parece que «todo eso» ocurrió el año pasado.

—¿El año pasado? Pero Niki el año pasado tenía...

Roberto hace rápidamente los cálculos. Simona lo ayuda:

—Dieciséis años.

—Dieciséis años, diantre, dieciséis años.

—A los dieciséis años algunas siguen jugando con muñecas, que ya no son las Barbies que yo tenía. Ahora son las Bratz. Otras leen a las Witch. Otras ya están en América. Algunas tienen unos blogs loquísimos en Internet, se bajan cosas, tienen un iPod. Otras asesinan a sus padres. Y otras se enamoran y, como es natural, hacen el amor. Tienes suerte de que Niki sea de estas últimas.

—Bien, entonces estoy contento de poderme considerar afortunado.

Roberto abre su libro y retoma la lectura. Vuelve sobre la última frase leída: «Si puedo decir a otra persona "te amo", debo estar en condiciones de decir "amo a todo el mundo en ti, amo al mundo a través de ti, en ti también me amo a mí mismo".» Lo que le parece un mensaje claro.

También Simona coge su libro de la mesilla. Otro género. *De amor y de sombra,* de Isabel Allende. Pero se nota que ambos están pensando en otra cosa. Hay un silencio extraño en la habitación, uno de esos silencios tan cargados que al final es mejor romper. Roberto apoya el libro en su estómago, abierto pero boca abajo.

—Oye, cariño, ¿puedo pedirte un favor?

Simona mete un dedo entre las páginas para marcar la que está leyendo.

—Claro, dime.

—Podría ser que Niki todavía no se hubiese acostado con nadie, ¿no?

—Hay muy pocas posibilidades, pero...

—Vale, cuando tengas la certeza absoluta sobre ese tema ¿me lo dirás?

—Claro que sí.

—Yo creo que los capítulos de la *Niki's Love Story* serán muchos. Y espero que no sean tristes, sino llenos de momentos felices, de risas, de alegría, de niños, de éxitos.

Simona se siente conmovida.

—Sí, también yo quisiera lo mismo. Y sobre todo espero que nos coja preparados.

Roberto le sonríe.

—Estaremos preparados. Ya lo estamos ahora. Y tú eres una madre maravillosa. Lo único que te pido es que, cualquier cosa que tengas que decirme, lo hagas sin esas pausas tan largas. Haces que parezca realmente un *thriller*.

—¡Está bien! ¡Te lo explicaré en plan anuncio de televisión! —Y Simona no sabe hasta qué punto va a ser verdad.

Se echan a reír y vuelven a los libros respectivos, cómplices y cercanos. Después, Roberto alarga un pie y lo apoya sobre el de ella. Quiere sentirla. Quiere sentir su calor. Y, sobre todo, no quiere perderla, en nombre de ese verbo conjugado en tres tiempos.

Veintisiete

Buenos días, mundo. Escucho la radio a todo volumen. Una canción de Mina. Se la quiero dedicar a Fabio cuando me lo encuentre por el pasillo. Sí, sí, es muy apropiada. «Cómo tengo que decirte que no me gustas, tienes la espalda muy ancha, más que yo, cómo tengo que decirte que con tus bigotes ocultas tiernas sonrisas y el sol que hay en ti, cómo tengo que decirte que no hay...» Exacto. No hay. Y cuando no hay... no hay. No.

¿Sabes lo que voy a hacer? Esta mañana tengo ganas de comerme dos barritas de cereales con chocolate. Demonios. Tiene que llevarme mamá. Qué rabia. No tengo ciclomotor. De todos modos, el tipo era agradable. Lástima que me haya destrozado a Mila. Pero era dulce de verdad. Tan preocupado. Claro, que ¡después de preocuparse por el lateral de su coche! Un poco... eso, demasiado sentido de la propiedad. Y también... mentalidad algo antigua. Pero fuerte. Sí, hoy lo llamo. Tengo ganas de... aires nuevos.

—Chicos, sólo os digo una cosa: yo no me quiero ir de Roma.

Andrea Soldini y todos los demás lo ven entrar sonriente, como no habían visto a Alessandro desde hacía bastante tiempo.

—De modo que tenemos que ganar. Venga, explicadme bien en qué dirección estamos avanzando.

Todos hablan a la vez. Empiezan a enseñarle viejos anuncios, pequeñas fotografías, publicaciones de los años setenta, y también productos americanos e incluso, japoneses. Un mundo entero dando vueltas en torno a un simple caramelo.

—Tenemos que ser capaces de llegar a un público joven, pero también adulto...

—¡Sí! Tiene que ser gracioso, pero serio a la vez... De calidad pero popular, ambiguo, pero también concreto.

—Tiene que ser un caramelo.

Todos se vuelven a mirar a Andrea Soldini.

Y ante esta última afirmación, Dario mueve la cabeza.

—Director del *staff* creativo... es verdad, es un genio.

A Alessandro se le escapa la risa, pero lo disimula.

—Vamos bien, chicos, en serio. Siempre he deseado tener un equipo que lo fuese de verdad hasta el fondo. Que no estuviese controlando lo que dice cada uno por si me pasa por delante y me quita puntos; como si también hubiese una competición entre nosotros.

Alessandro se detiene un momento. Andrea Soldini mira a Dario y le sonríe, como diciendo «¿Oyes lo que está diciendo? Eh, eh... No te has portado nada bien». Dario no cree lo que ven sus ojos, mueve de nuevo la cabeza y al final también él se ve obligado a soltar una carcajada y aceptar aquel desafío por el grupo.

—Ok, ok. Pongámonos a trabajar. Andrea... pon un poco de orden en todo lo que tenemos hasta ahora.

Andrea sonríe y se acerca a una gran pizarra en la que empieza a trazar líneas y a hacer un esquema con todo lo que han encontrado sobre caramelos, a través de tiempos y países.

—Bien, las imágenes que se imponen, las más bellas, son las de un caramelo francés. ¿El eslogan? Un americano imitando el famoso cartel de Vietnam, que dice aquello de «Te quiero ya», refiriéndose obviamente al caramelo.

Y continúa hablando, explicando la increíble cultura que se ha ido construyendo a través de los tiempos para acompañar a los caramelos más diversos. Alessandro escucha con curiosidad y atención, pero sin dejar de mirar su teléfono móvil. Esboza una sonrisa melancólica para sí, al ver que no llega ningún mensaje. Y un pensamiento. Dulce como un caramelo. Llamaría a Elena. Y sonríe mientras escucha y mira, sin verlas ya, las líneas que Andrea continúa trazando en la pizarra. Caray, el chico se esfuerza. Mira a los demás, que están tomando apuntes, que siguen su explicación, tomando notas en sus blocs, haciendo alguna aportación de vez en cuando. Giorgia sigue dibujando el eslogan, Michela anota frases y eslóganes, y subrayando de vez en cuando alguna cosa que le parece correcta, o que puede dar lugar a otra reflexión. Nos hallamos en pleno *brainstorming*, piensa Alessandro, y yo quiero quedarme en Roma.

Andrea Soldini traza una larga línea azul al final de todo lo que ha escrito.

—¡Ya está! Me parece que éste es el material más interesante que hemos encontrado y sobre el que debemos trabajar. Alex, ¿tienes alguna sugerencia, alguna idea en particular, puedes indicarnos algún camino? Somos todo oído. Si tienes algo que decir, nosotros, tus fieles guerreros, soldados, servidores...

—Quizá sea mejor decir simplemente amigos o colegas.

—¿Sí? Vale... bueno, cualquier idea que tengas... nosotros la seguimos.

Alessandro sonríe, luego estira los brazos y los apoya en la mesa.

—Siento desilusionaros. Me ha gustado mucho escuchar todo el trabajo que habéis hecho, lo que pasa es que ahora mismo no tengo ideas. No sé cómo moverme, en qué dirección.

Todos lo miran perplejos, en silencio, alguno baja la mirada un poco avergonzado por cómo él se la sostiene, sin temor alguno, sonriente.

—Sé a donde no quiero ir, eso sí. A Lugano. Y también sé que muy pronto entre todos daremos con algo. Así que a trabajar, ¡nos vemos en la próxima reunión! Hasta ahora habéis hecho un buen trabajo.

Todos recogen sus carpetas, folios y cuanto han dejado sobre la mesa de la reunión y salen de la habitación. Todos menos Andrea Soldini, que se le acerca.

—Sé que Marcello y los suyos van adelantados. Hay una persona en ese grupo que me tiene en gran estima, a la cual estoy ligado. Sí. Me haría un favor, que me lo debe, vaya.

—Andrea, ¿por qué no eres nunca claro? Nunca se entiende lo que dices, ¿adónde quieres ir a parar?

—A ninguna parte. Lo que me gustaría es encontrar un atajo a la victoria. Podemos saber, por ejemplo, en qué punto se encuentran ellos y superarlos con una idea diferente, o hacer algo que haga que su idea resulte manida y superada. No me parece que esté diciendo nada tan raro.

—No. Pero sería un camino poco correcto, eso sí. Yo preferiría vencer sin atajos. —Alessandro le sonríe.

Andrea extiende los brazos.

—Sabía que eras así. Elena me lo decía. Sólo quería saber hasta qué punto lo eras de verdad.

Andrea se da la vuelta y vuelve a su trabajo. Justo en ese momento suena el móvil de Alessandro. Un mensaje. Mira a su alrededor cauteloso. Ve que sólo queda Andrea. Todos los demás están en la habitación contigua. Puede leerlo con tranquilidad. Espera que sea el que lleva esperando desde hace ya varios meses. «Amor, disculpa, me he equivocado.» O bien «Era una broma». O quizá «Te echo mucho de menos». O presuntuoso «¿No me echas de menos?», o absurdo «Tengo unas ganas tremendas de acostarme contigo». O taxativo «Fóllame ya». O loco «Lo sé, soy una fulana, pero quiero ser tu fulana...». En fin, cualquier mensaje, pero que lleve su firma: Elena. Alessandro permanece un instante con el móvil en la mano. Esa espera antes de leer. Ese sobrecito que parpadea sin revelar todavía todo lo que contiene y que, sobre todo, no dice si es suyo o no... Al final no puede más y lo abre.

«Ey, ¿qué estás haciendo? Fingiendo trabajar, ¿eh? Recuerda, sueña y sigue mis consejos: ligereza. Una sonrisa y todo te parecerá más fácil. Bueno, exagero un poco. Un beso. Y buen trabajo.»

Alessandro sonríe y borra el mensaje. Había pensado en todo menos en ella. Niki.

Veintiocho

—Eh, ¿a quién le has enviado ese mensaje? —Olly está de puntillas detrás de Niki. Divertida, astuta, suspicaz. Con los brazos en jarras, la mira con la cabeza ladeada, como hace siempre—. ¿Y bien?

—A nadie.

—Ah, sí, ya... Da igual, el hecho de que le hayas enviado un mensaje a nadie es ya indicio de mentira. Algo que no cuadra. Te das cuenta, ¿no? ¡Acabas de decir una gilipollez! —Olly le salta encima y la coge con el brazo por la garganta, sujetándole con fuerza la cabeza. Luego, con la mano que le queda libre, empieza a frotarle el pelo con el puño cerrado.

—¡Ay, me haces daño, Olly, ay! Basta ya, no seas imbécil.

En seguida llegan Diletta y Erica, que se ponen delante de ellas, ocultándolas con su cuerpo.

—¡Venga, Olly, tortúrala, que nosotras te cubrimos! ¡Haz que esta mosquita muerta hable!

Niki hace un quiebro y consigue zafarse del brazo de Olly. Se aparta, recupera el aliento y empieza a masajearse de inmediato el cuello y la cabeza.

—Estáis todas locas. Sois Olas rebeldes...

—Claro que sí, nos hemos rebelado ante ti, ¿no? Hace días que parece que no formes parte del grupo. ¿Qué te pasa?

Erica sonríe.

—Se ha enamorado, mirad cómo ha cambiado.

Diletta alza las cejas.

—¡Es verdad, si hasta se peina diferente!

Niki la mira furiosa.

—No te enteras de nada. A lo mejor es porque Olly me ha alborotado el pelo y ahora parezco un espantapájaros.

Olly insiste.

—Pero ¿se puede saber a quién le estabas enviando el mensaje o no? Nosotras te queremos. Está feo que te calles. Es como si no quisieras compartir con nosotras algo bonito, y eso que somos tus amigas, tus Olas...

Niki sonríe.

—Vale, vale, ahora os lo explico. No os he dicho nada porque aún no hay nada que contar, y es de esas cosas que, si las explicas antes de que ocurran, bueno, después todo se queda cn nada, ¿entendéis?

—O sea, que nos estás acusando casi de traerte mal fario, no lo entiendo... ¡A por ella, chicas! ¡No puedes hacernos esto!

—Pero ¡yo no quería decir eso!

Niki busca la manera de protegerse. Se dobla sobre sí misma como si fuese un erizo. Olly, Diletta y Erica intentan enderezarla de todas las maneras posibles, se le suben encima y lc tiran de los brazos hasta que lo logran. Entonces Olly le mete veloz la mano en el bolsillo trasero del pantalón y le roba el móvil.

—¡Chicas, os voy a leer lo que ha escrito!

—¡Joder, no, eres una cabrona, Olly!

—Qué cabrona ni qué cabrona; estoy preocupada por mi amiga. Hace algunos meses que lo dejaste con aquella especie de seudocantautor, o chico o niño o lo que sea... Y es precisamente en momentos como ése cuando se acaba cayendo en los brazos de un cualquiera, convencida de que se trata de un tío superguay. ¡Yo seré tus ojos!

—Oye, que yo no he caído en los brazos de nadie. Es eso lo que no sé cómo explicaros.

—No hay nada que explicar. —Olly levanta el móvil hacia el cielo y dice—: Verba volant, scripta manent.

—¡Jo, es la única frase que te sabes en latín y la repites cada dos por tres! Y, además, en este caso, no pega para nada —ríe Diletta, la culta de verdad del grupo—. En este caso, dado que se trata de un teléfono móvil, lo apropiado sería más bien... ¡scripta volant!

—De acuerdo —replica Olly— lo que sea, «volant, manent», siguen siendo sólo palabras. Leo en voz alta para nosotras. Abrir enviados, aquí está...

Está a punto de abrir el mensaje cuando oye una voz a sus espaldas.

—Así se hace, muy bien. Léelo también para mí, que me muero de curiosidad.

Diletta y Erica se vuelven. Captan al vuelo la situación y sueltan a Niki. Es Fabio, su ex novio, que la mira. Sonríe. Luego avanza hacia ellas, pesaroso.

—¿Qué pasa, os he aguado la fiesta?

Parece que lo sienta de verdad. Siempre ha sido muy buen actor. Olly se siente un poco molesta, cierra el teléfono de Niki y se lo guarda en el bolsillo.

—Vale, sólo quería divertirme yo también... no pretendía estropearos este momento de diversión.

Niki se le acerca.

—Hola, Fabio.

—Hola, Niki. —Fabio la mira a los ojos, inclinándose un poco hacia delante—. ¿El mensaje era para mí?

Niki lo mira. Las amigas se miran. Cada una a su manera está pensando: «¿Qué más te da, Niki? Dile que sí... Deja que se lo crea... ¿Qué te cuesta? No te metas en líos...»

Niki sonríe. A lo mejor ha escuchado sus pensamientos. Pero como de costumbre... Niki es Niki.

—No, no era para ti.

Fabio la mira a los ojos todavía un instante. Un instante que se hace eterno. Pero Niki está serena, y no baja la mirada. Y Fabio sabe que ella es así. Y al final no puede por más que sonreír.

—Por supuesto, claro. Si tienes que decirme algo me lo dices como has hecho siempre, mirándome a los ojos, ¿no es cierto, amor?

—Sí, pero no me llames «amor».

—Puede que fuese un mensaje para tus padres, o para tu hermano o para alguna otra amiga. De todos modos, ¿sabes qué?, no me importa lo más mínimo.

—Mejor así, Fabio.

—Cuando respondes de ese modo nunca sé si me estás tomando el pelo. En cualquier caso, yo estoy escribiendo una canción para ti, sólo para ti. Por todo lo que hubo entre nosotros... Y esa canción triunfará. Lo que he dejado escuchar de mi nuevo disco ha gustado, pero esta canción sobre ti es aún mejor. Ya he decidido mi nombre artístico para este disco... —Fabio se detiene un momento para crear suspense y las mira—. «Fabio... Fobia.» ¿Te gusta?

—Sí, mucho. Sobre todo es original.

Fabio menea la cabeza.

—¿Sabes por qué las cosas entre nosotros no funcionaron? Porque siempre tuviste envidia. Conmigo no eras el centro de atención. —Fabio mira un momento a Diletta, Olly y Erica. Y sonríe—. Hasta la vista.

Y se aleja sin más, con los pantalones un poco ajustados, un hermoso y esbelto físico, de espaldas anchas, el cabello rapado por un lado y largo por el otro. Y un pañuelo claro en la cabeza, de color azul celeste, que hace resaltar sus ojos azul oscuro.

Erica sonríe, intentando desdramatizar un poco la situación.

—La verdad es que es un bombón... Quiero decir... ¡guapísimo!

—Sólo le hubiese faltado ser feo, con lo gilipollas que es.

Olly le devuelve el teléfono a Niki.

—Sea cual sea el mensaje que has mandado, no hace falta que nos lo digas. Sólo espero que todo salga como tú quieres.

Niki sonríe y se mete el móvil en el bolsillo.

—Si tú lo dices, Olly, que siempre has sentido debilidad por Fabio...

Diletta interviene:

—En mi opinión, ha cateado todos estos años porque no quería apartarse de Niki.

—Venga ya, ¿por qué iba a querer catear?

—Me extraña que no os hayáis dado cuenta, porque para pasar sólo hay que hacer los deberes.

Mientras tanto, Niki borra el mensaje de Alessandro, para no correr más riesgos.

—Sea como sea, me gustaría leer el texto de la canción que ha compuesto sobre mí.

—También ha copiado esa idea. Lo sabes ¿no? Como Eamon cuando se separó de su mujer.

—Es verdad —dice Olly sonriendo—, ¿cómo se llamaba aquella canción?

—*Fuck it.*

Diletta se pone a tararearla ante las demás.

—«Ya ves, no entiendo por qué me gustabas tanto. Te lo he dado todo, toda mi confianza... Te dije que te amaba y ahora todo ha ido a parar a la basura.»

Y rapea, y se mueve como el mejor rapero de color, un cruce extraño entre Eamon y Eminem.

—«Al diablo los regalos, podría tirarlos. Al diablo todos aquellos besos, no significan nada. Al diablo tú también, ya no te quiero... Creías que podías engañarme, yeah, pero te han descubierto, imbécil, me he enterado. Me has tomado el pelo, has practicado incluso sexo oral. Y ahora pretendes volver conmigo...»

Diletta da un giro extraño y acaba su canción con un «Yeah...»

Niki sonríe.

—Fabio Fobia no será tan idiota. Como haga una canción de ese tipo, lo denuncio. De todas formas, dejando a un lado el hecho de que no quiero volver con él en absoluto, debo admitir que en ese texto hay algo que sí tiene que ver conmigo...

—¿Qué, los regalos tirados?

—¿El sexo oral?

Niki mueve la cabeza.

—Lo siento, no diré nada... —Y se va.

—Venga, Olas... torturémosla... —Pero Niki echa a correr. Las Olas salen corriendo de inmediato tras ella por el pasillo de la escuela. Intentan darle alcance y, sobre todo, hacerla hablar.

Veintinueve

Alessandro acaba de cerrarse en su despacho. Mira una foto que hay en la mesa. La coge, se la acerca al rostro, le da vueltas entre las manos. Naturalmente, es él con Elena. Sonríe. Un pensamiento optimista. La esperanza de volver a estar juntos. Un recuerdo. La noche que fueron a ver *Alegría*, del Cirque du Soleil. A él no le apetecía en absoluto. A ella muchísimo. Y sólo por esa razón había encontrado asientos de primera fila. Por ella, por verla sonreír. Para mirar, a través de sus ojos sorprendidos, las voltcretas de aquellos funambulistas de físico perfecto. Ella, encantada con la música, con las luces, con todos esos efectos de escena. Y respirar así, a través de su sonrisa, las emociones de aquel espectáculo mundial. Y comprender que ella, sólo ella, era su verdadero espectáculo. ¿Y ahora? No le queda sino salir de una sala vacía. ¿Qué será del espectáculo de mi vida? No tiene tiempo de seguir pensando.

Toc, toc. Alguien llama a la puerta, interrumpiendo así la vana búsqueda de una respuesta difícil.

—¿Quién es?

—Soy yo, Soldini, ¿puedo?

—Adelante.

Andrea se asoma a medias.

—Disculpa si te interrumpo, a lo mejor en este momento estabas a punto de dar con la idea que tanto necesitamos. Simple y fuerte, directa al corazón, ganadora y excitante...

—Sí, sí, dime, ¿qué ocurre? —le corta Alessandro, sin querer admitir, ni siquiera para sí mismo, que estaba pensando en Elena, sólo, única y, sobre todo, totalmente en ella.

—Ha venido un amigo tuyo a saludarte. Dice que teníais una cita. Un tal Enrico.

—Un tal Enrico no, Enrico Manello.

—¿Por qué la tomas conmigo? Han llamado de abajo a tu despacho, pero no estabas. Estábamos reunidos. Yo sólo intento ayudar...

—Vale, vale, hazlo pasar.

—¿Y de lo otro? ¿Nada? ¿Seguro?

—¿De qué me hablas?

—Del atajo.

—¿Qué?

—¿Me informo sobre el punto en qué se hallan, cuál es su idea...?

—¡Soldini!

—Vale, vale, no he dicho nada. Pero ten en cuenta que también en eso pretendía tan sólo ayudar. —Y se aparta de la puerta, abriéndola para hacer pasar a Enrico.

—Hola, figura. O sea que has venido en serio. Yo pensaba que se trataba de una de tus habituales bromas.

Alessandro le ofrece asiento. Entonces se da cuenta de que Enrico está extrañamente serio. Intenta que se sienta cómodo.

—¿Quieres beber algo? Qué sé yo, un café, un té, una Coca, un Chinotto. Tengo también Red Bull, mira... —Abre una pequeña nevera de puerta transparente—. ¡Tenemos de todo! —Está llena de latas de color azul metalizado—. Es que fuimos nosotros quienes hicimos su exitosa campaña y han sido muy generosos.

—No, gracias, no me apetece nada.

Alessandro se sienta frente a él. Ve la foto en la que Elena y él ríen, y la aparta con delicadeza, ocultándola detrás de algunas carpetas. Luego se acomoda mejor en su sillón.

—Dime, amigo mío. ¿Qué puedo hacer por ti?

—La foto que has escondido ahí detrás era de Elena, ¿verdad?

Alessandro se queda turbado.

—Sí, pero no la he escondido, sólo la he apartado.

Enrico le sonríe.

—¿Alguna vez has pensado que Elena te engañase? Bueno, lo habéis dejado, ¿no? ¡Nos lo dijiste tú anoche!

—Sí, es cierto.

—¿Cuánto hace de eso?

—Hace ya más de dos meses que se fue de casa.

—¿Y nunca pensaste que te pudiese estar engañando, tal vez con uno de nosotros? ¿Conmigo, por ejemplo?

Alessandro se sienta recto en su sillón. Después lo mira fijamente a los ojos.

—No. Nunca lo pensé.

Enrico le sonríe.

—Muy bien. Eso está muy bien, ¿sabes? Yo no sé si volveréis. Pero en serio que es bonito eso. Quiero decir que lo único que deseo es que volváis si eso es lo que quieres, pero en cualquier caso, está muy bien que hayas vivido sin el drama de los celos hasta hace más de dos meses. Es estupendo que, incluso ahora que lo habéis dejado, no pienses en si te engañó... en serio. Es muy bonito.

Alessandro lo mira.

—No te entiendo. ¿Me equivoco? ¿Hago mal? ¿Hay algo que me quieras decir?

—No. ¿Bromeas? El problema es mío, sólo mío.

Se quedan en silencio. Alessandro no sabe qué pensar. Enrico se cubre la cara con las manos, después las apoya juntas sobre la mesa y lo mira a los ojos con intensidad.

—Alex, tengo miedo de que Camilla me engañe.

Alessandro se echa hacia atrás en su sillón y deja escapar una larga exhalación.

—Perdona, pero ¿no me lo podrías haber dicho directamente? Has dado demasiadas vueltas, me has hecho pensar quién sabe qué, ir en todas las direcciones posibles e imaginables, preocuparme...

—Quería saber hasta qué punto podías comprenderme. Los celos. Tú no sabes lo que quiere decir eso... Tienes suerte, no los has sentido. Son una bestia que te devora por dentro, que te corroe, te desgarra, te despedaza, te retuerce; te devanas los sesos...

—Sí, sí, ya entiendo. Lo he entendido, basta.

—Por eso te he hecho todas esas preguntas. Ya te lo he dicho, tú no puedes comprenderlo.

—Vale, no puedo comprenderlo.

—No, no puedes, pero no te pongas en plan irónico.

—No me he puesto en plan irónico. Sólo intento comprender, pero dices que no puedo.

—Entonces intentaré hacer que lo comprendas. ¿Has visto aquella película de Richard Gere que se titula *Infiel*?

—Sí, me parece que la vimos todos juntos.

—Así es, tú aún estabas con Elena. ¿Recuerdas la historia?

—Más o menos.

—Por si no te acuerdas bien, te la refresco. Ella, la hermosísima Diane Lane, es Connie Summer, y está casada con Richard Gere, Edward. Son guapos y parecen felices. Tienen un hijo de ocho años, un perro y llevan una vida envidiable en su barrio del SoHo. Un día de mucho viento, Connie se topa con un muchacho de buen ver, uno de esos con el pelo largo. Ella se cae, se hace daño en una rodilla y acepta la invitación que él le hace de que suba a su apartamento a curarse. Sólo porque él la ha ayudado. Y luego, bueno, ¡luego se pasan toda la película follando como conejos!

—No seas tan simple. No pasa sólo eso.

—Era para que lo entendieses.

—Sí, pero te aseguro que ya lo había entendido.

—Bueno, da igual, de todos modos la película me dio asco, pero lo más importante sucedió luego y me acuerdo perfectamente. La sesión acababa de terminar y, cuando nos estábamos levantando de nuestros asientos, Elena miró a Camilla y ésta le sonrió. ¿Lo entiendes ahora?

—Lo entiendo. Pero el problema es lo que he entendido. ¿Quién sabe por qué sonreían? A lo mejor había pasado algo... A lo mejor habían chocado, o a Camilla se le había caído algo o se le había quedado la chaqueta enganchada al asiento.

—No, no... lo siento. —Enrico mueve la cabeza—. Se trataba de una señal. Estaba claro que en algún momento se habían hecho confidencias sobre algo que tenía que ver con la película. Bueno. Después nos fuimos a cenar, pero eso ya no importa porque no sucedió nada más.

—Perdona, Enrico, pero no me parece que dispongas de elementos suficientes como para poder decir nada, ni para obsesionarte con el tema, ni que hayas captado algo en realidad...

—Ah, ¿sí? ¿Recuerdas aquella escena en la que Richard Gere se da cuenta de que su mujer está indecisa a propósito de qué ponerse porque ha dejado preparados dos pares de zapatos bajo la silla en la que tiene el vestido?

—Sí, me parece que sí.

—Pues bien, la semana pasada, Camilla tenía dos pares de zapatos bajo la silla.

—Quizá había olvidado allí uno de los pares el día anterior.

—No, a Camilla no se le olvida nada.

—Entonces es que simplemente estaba indecisa. Pero no lo entiendo, disculpa. Esta vez realmente no lo entiendo. ¿Si una mujer está indecisa tiene por fuerza que ser una fulana?

—¿Qué has dicho?

—Nada, lo decía sólo por decir. Me estás poniendo nervioso a mí también con esta historia. ¡En serio que no entiendo nada! De todos modos, yo no puedo telefonear a Elena. Hace dos meses que no hablamos, y está claro que yo no voy a llamarla para decirle: «Hola, perdona, pero ¿Camilla está liada con otro?»

—No, claro que no, no es eso lo que te quería pedir. —Enrico se dobla sobre sí mismo.

—¿Qué te ocurre? —Alessandro lo mira preocupado.

—Nada, me pongo fatal sólo de oírtelo mencionar.

—Oye, Enrico, analicémoslo con serenidad. ¿Cómo van las cosas entre vosotros?

—Bien.

—¿Qué quiere decir bien?

—Pues que más o menos.

—¿Y eso?

—Me pongo celoso, me muero de celos y, por lo tanto, va fatal.

—Vale, vale, pero ¿estáis bien juntos, resumiendo, ¿tenéis sexo?

—Sí.

—¿Cómo siempre? ¿Más, menos?

—Como siempre.

Alessandro piensa por un momento en los últimos momentos pasados con Elena. Era espléndida, guapísima, cariñosa, y además lista, pertinaz, voluntariosa, ardiente. Lo besaba con pasión, le daba besos entre los dedos de las manos, y después seguía besándolo por todas partes, hasta llegar a los pies en su locura erótica. Y dos días después se fue dejándole una simple nota. Sacude la cabeza y regresa a las preocupaciones de su amigo, que lo está mirando con ansiedad.

—¿En qué piensas?

—En nada.

—Alex, dímelo, porque no sé si te das cuenta de lo mal que me siento; de que me estoy volviendo loco.

Alessandro resopla.

—En lo bueno que era el sexo con Elena, ¿vale?

—Ah. Bueno, a mí siempre me ha ido bien con Camilla, digamos que teníamos una manera tranquila de hacer el amor. Pero últimamente ha cambiado. Parece más, más...

—¿Más?

—¡Qué sé yo! No lo sé.

—Venga, estabas diciendo que más...

—Con más ganas, eso mismo, ya te lo he dicho.

—A lo mejor es que tiene menos preocupaciones. O quizá quiera tener un hijo.

—Toma la píldora.

—Oye, mira, a mí me parece que te quieres amargar la vida porque sí.

—¿Tú crees?

—Sí. Me parece que todo va por buen camino. Si quieres un hijo, pídele que deje de tomar la píldora.

—Ya lo he hecho...

—¿Y?

—Ha dicho que lo pensará.

—¿Lo ves...? No te ha dicho que no. Ha dicho que lo pensará, y eso es algo, porque tener un hijo está bien, ¿no? Es importante, supone un paso definitivo, es lo que te unirá más que cualquier otra cosa a esa mujer, más que el matrimonio. Para siempre.

En el preciso instante en que acaba de decir esa frase, Alessandro se da cuenta de cuánto le falta todo eso en su propia vida, y de cuánto se lo recuerdan su madre y sus hermanas cada vez; incluso su padre, y todo cuanto lo rodea. Hasta los anuncios de su empresa, llenos de familias felices y, sobre todo, de niños. Pero esta vez es Enrico quien lo salva.

—Siempre que llega a casa, saca el móvil y lo pone en modo silencio.

—A lo mejor es que no tiene ganas de hablar con nadie. Trabaja con comerciales, ésos no paran de hablar en todo el día.

—Quita también el tono de los mensajes recibidos.

Alessandro se rinde y se echa hacia atrás en su sillón.

—¿Qué quieres que haga? Dímelo tú, Enrico.

—Quisiera que fueses aquí. —Y del bolsillo de la chaqueta se saca una página arrancada de las Páginas Amarillas. Le da la vuelta sobre la mesa, poniéndosela ante los ojos a Alessandro, que la lee.

«Tony Costa. Agencia de detectives. Pruebas, testimonios documentales con fotos legalmente válidas para separaciones, divorcios, custodia de menores. Máxima discreción al mínimo precio.»

Alessandro mueve la cabeza.

—Pero ¿por qué te quieres meter en estos líos?

—Lo he pensado mucho, y no tengo otra solución. Bueno, para ser exactos, mi única solución... eres tú.

—¿Yo?

—Sí, tú. Yo nunca tendría valor para ir hasta allí, subir al piso que sea y hablar con el tal Tony. Me imagino la expresión que adoptaría, lo que pensaría, el modo en que me sonreiría, atusándose los bigotes.

—¿Y tú qué sabes si tiene bigotes?

—Los detectives siempre tienen. ¿No sabes que les sirven para camuflarse? Bueno, el caso es que seguro que pensaría: ¡Otro gilipollas! Otro al que engañan y me paga el alquiler.

Bueno, piensa para sí Alessandro mirando la hoja, en realidad aquí pone «mínimo precio»; pese a la situación, quiere ahorrar un poco.

—Ok, Enrico, iré. Sólo por ti.

—Gracias, ya me siento mejor, en serio.

—Sólo espero que no te arrepientas y que esto no arruine nuestra amistad.

—¿Por qué tendría que ser así? Sé que puedo contar contigo. Siempre lo he sabido, y esto no es más que la enésima confirmación.

—¿Sabes por qué te lo digo, Enrico? Porque, en demasiadas ocasiones, ocurre que un amigo, por hacer un favor, se mete en medio y al final al que abandonan es a él. Lo consideran culpable de que las cosas entre ellos empiecen a no ir bien...

—«Los celos conservan el amor, del mismo modo que las cenizas guardan el fuego», como decía Ninon de Lenclos. Pero a mí no me sirve. Sin celos me sentiré mucho mejor. Y sea lo que sea lo que descubras, espero que siempre seamos amigos.

—También yo lo espero.

—En realidad, lo que deseo es que ese tal Tony no descubra absolutamente nada.

Enrico echa un vistazo a su alrededor. Ahora está más relajado.

—Está bien esto, este despacho. Es extraño, pero nunca había venido.

Luego sonríe, ligeramente azorado.

—Es que antes no había habido necesidad. —Alessandro sonríe y se levanta del sillón—. Y tampoco esta vez. Sólo me has hecho una visita, me has dado una sorpresa. ¿Estás seguro de que no quieres nada, ni siquiera un café?

—No, gracias, en serio, estoy bien así. ¿Sabes lo que me gusta de ti? Que eres sólido de verdad.

—¿Por qué lo dices?

—Bueno, aquí estás, sin perder la serenidad, ayudas a un amigo. Sólo el hecho de estar un rato contigo ya me ha relajado. Casi me quedaría toda la mañana.

—¿Estás de broma? No tienes idea del drama empresarial en el que nos hallamos. Apareces en el peor momento de mi vida laboral.

—Bueno, pero por lo menos estás tranquilo en lo que respecta a la privada...

—No sé cuál de las dos tengo más liada.

—No obstante, anoche, cuando me dijiste que Elena y tú os habíais separado, me pareciste sereno.

—Ya. Si me va mal en la empresa, me dedicaré a la carrera de actor. Por lo que dices, no tengo que molestarme en fingir...

—¿En serio estás mal?

—Mal es un eufemismo.

—Pues lo disimulas muy bien.

Justo en ese momento, suena el móvil de Alessandro que, de inmediato, lo saca de su bolsillo y responde sin ni siquiera mirar la pantalla.

—¿Sí?

—Soy yo, Niki.

—Ah, hola, qué sorpresa. —Mira a Enrico, sonríe y después se da la vuelta hacia la ventana—. ¿Cómo es que me llamas? ¿No estás en clase?

—Debería. Pero ¡estoy escondida en el baño de los profesores! Tenía ganas de oírte.

—Ah, entiendo... ¿Y piensas acabar rápido?

—¿En el baño? ¿De qué estás hablando?

—No me entiendes, ¿eh?

—Claro que te entiendo, te entiendo. ¿Estás reunido? Disculpa.

—No, estoy con un amigo mío que ha pasado a saludarme. —Se vuelve hacia Enrico y le sonríe.

—Y entonces, ¿por qué demonios hablas en clave, si estás con un amigo? Oye, no te entiendo. Eres el enigma de mi vida. Muchas de mis amigas hacen sudokus, cosa que a mí me parece complicadísima, pero comparados contigo son coser y cantar.

—Vale, Niki, ¿qué querías?

—Dios mío, qué quisquilloso... ¿Estás cabreado?

—No, pero no me gusta hablar por teléfono cuando estoy con otras personas.

—Ok, seré breve. A ver... El mecánico estará abierto. Stop. Me lo ha jurado. Stop. Acompáñame, porfa. Stop. ¿Has recibido bien el telegrama?

—Sí, sí, quedamos delante del instituto a la hora de siempre.

—Ok, perfecto. ¿Me mandas un beso?

—No.

—Venga, que todavía tengo un examen y tú me das suerte.

—Dalo por hecho.

—Gracias... ¡chico tímido! —Niki cuelga el teléfono.

Alessandro vuelve a guardar el suyo y, al mirar a Enrico, se da cuenta de que le está sonriendo. Parece más tranquilo.

—Disculpa, pero no he podido evitar oír lo que decías. Niki, a la hora de siempre, nos vemos en el instituto. ¿Quién es, tu sobrina? No es una de las hijas de tus hermanas, porque son demasiado pequeñas... Vale que hoy en día salen espabiladas, pero no me creo que con tres años ya hablen y llamen con el móvil. Ah, vale, ya lo tengo: ¿es una prima tuya? A lo mejor por parte de padre...

—Mira, para que no te devanes demasiado los sesos, se trata de la chica de la que os hablé anoche a la puerta del restaurante, la que conocí por casualidad. Ayer tuvimos un accidente.

—¿Y ya os tomáis tantas confianzas?

—Sí.

—¿Cuántos años dijiste que tenía?

—Diecisiete.

—Ay, te veo mal. Es decir, te veo bien. Ya sé por qué has superado la crisis con Elena. Esta Niki es tu distracción. No ha sido sólo un accidente.

—Si se convirtiese en una distracción, sería un grave accidente.

—Oye, date cuenta de que somos nosotros los que no queremos ver las cosas como son. Una chica de diecisiete años es ya una mujer. ¿Tú te acuerdas de lo que hacíamos nosotros hace veinte años? Quizá éramos más hombres entonces que ahora. En resumen, que, aparte de los años de más, no hay ninguna diferencia con lo que hacemos hoy en día en la cama. Con la salvedad de que nosotros tenemos alguna preocupación o algún problema de más que reduce un poco nuestras prestaciones.

Alessandro le sonríe.

—Escucha, Enrico, yo iré a ver a Tony Costa por ti, pero tú no intentes meterte en mi vida privada. No por nada, pero te asustarías.

—Lo dices por lo que ya has hecho, ¿eh? —dice Enrico con un guiño.

—No, por el enorme vacío que encontrarías.

—Mira, tú me has dicho muchas cosas, deja que ahora te diga yo una: ¡diviértete con esta Niki! Y luego... luego que sea lo que Dios quiera. Cuando Elena vuelva, todo volverá a ser como antes, no, mejor que antes. —Abre su cartera de piel, llena de documentos e impresos de comercial—. Toma. —Saca un CD de colores. Encima lleva escrito *Love relax*—. Es para ti.

—Bonito título, *Love relax*.

—¿Te gusta? Es mío. Es una selección hecha por mí de las canciones más bellas, una detrás de otra, una serie con la que no puedes fallar con ninguna mujer. Quería utilizarlo una de estas noches para convencer a Camilla de que tengamos un hijo, pero me alegra dártelo a ti, para que lo uses con Niki.

—¿Estás de broma? ¿Qué tiene que ver...?

—Claro que tiene que ver. Y lo sabes. De todos modos, yo lo tengo en el ordenador, puedo hacerme otra copia. Hay una canción que me gusta muchísimo, con todas las frases más bellas de Battisti. Se llama *Las preguntas de Lucio*. Tipo «¿Qué sabrás tú de un campo de trigo, nostalgia de un amor divino...?» Y después yo te doy la respuesta...

—¡¿En serio?!

—Claro, siente la belleza de esas palabras... «¿Qué sabrás tú de un campo de trigo?» Tiene razón, ¿qué sabes? A menos que se esté allí, en medio de todas esas espigas, con un poco de brisa quizá, no se puede entender... También he trazado paralelismos con la cinematografía más pura, por ejemplo en *Una habitación con vistas*, el actor Julian Sands está en Florencia y, en un momento dado, se pone a pintar en un campo, y desgrana una espiga con la mano; entonces llega la actriz que hace de Lucy y se besan. Asimismo, en *Gladiator,* Rusell Crowe siempre toca las espigas con la mano, cuando siente que le falta el amor de su amada muerta; es el contacto con la tierra, es decir, que la espiga es el amor, ese amor que nace de la tierra y nos da el pan, así cuando encontramos a la persona deseada... el amor nace en nosotros. También está lo de «nostalgia de un amor divino», pero en mi opinión eso es un poco más difícil de comprender...

—Seguro que sí. ¿Y tú crees que a Niki le gustarán todas estas explicaciones?

Enrico lo mira, después cierra los ojos y asiente con la cabeza.

—Ya es tuya.

—Tan sólo hay un pequeño problema. —Alessandro cierra la cartera de Enrico y lo acompaña hasta la puerta.

—¿Cuál?

—Yo no la quiero.

—Vale, como quieras. Pero por favor, vete a ver a Tony cuanto antes.

—Sí. No te preocupes por eso.

Alessandro cierra la puerta y regresa a su mesa. Se deja caer abatido en el sillón de piel. Sólo le faltaba eso. Luego coge el CD y lo mira mejor. No está nada mal. *Written in your eyes,* de Elisa. *Le chiavi di casa,* de J Ax. *Una canzone per te,* de Vasco. *Canciones de amor,* de la Venegas. *Sei parte di me,* de los Zero Assoluto. *Tu non mi basti mai,* de Dalla. Después un montón de Battisti. Alessandro lo mira mejor. Ha metido también *Never Touch That Switch,* de Robbie Williams, que me gusta mucho. A saber cuánto debe de tardar Enrico en hacer un CD, en bajarse las canciones y ordenarlas. Quiere mucho a Camilla. Es una pareja estupenda, van a la par y con amor, ¡y a pesar de eso y sin motivo, tendré que ir a ver a ese Tony Costa! Qué mierda. Y, por si no fuera bastase con eso, ahora me ha metido la duda en el cuerpo. ¿Y si Elena hubiese tenido otro? ¿Y si tiene otro, uno de mis amigos? Enrico no. A menos que se trate de un verdadero genio y se haya inventado toda esta historia para desviar sospechas. ¿Y Flavio? No, Flavio no lo haría nunca, teme demasiado a Cristina y la posibilidad de ser descubierto. ¿Pietro? Pietro. Sólo queda Pietro. En realidad, no sé qué pensar de él. Es cierto que es un gran amigo, pero ante la posibilidad de irse a la cama con una mujer renunciaría a su honor. ¡No digamos ya a la amistad! Y, por si eso no bastase, Elena le gustaba mucho, siempre me lo dijo. Cuando fuimos a ver *El mejor amigo de mi mujer,* nada más salir me dijo: «Pues mira, si yo estuviese mal, haría lo mismo contigo antes de la operación. Iría a pedirte corriendo que me dejases pasar una noche con Elena.» Todavía me acuerdo, nos echamos a reír y yo le di una palmada en la espalda. «No hay problema... Estás sanísimo.»

En ese momento llaman a la puerta.

—Adelante.

Es Andrea Soldini.

—Nos vamos a comer algo, pero no vamos al comedor. Queremos sentirnos un poco más libres, seguir un poco con el *brain*, nos vamos a tomar una ensalada por ahí. ¿Te unes a nosotros?

—Sí, pero con el pensamiento. Tengo que ir a buscar a Niki a la escuela. —Y mientras lo dice, Alessandro coge su chaqueta y sale. Andrea Soldini le sonríe.

—Eh, no sabía que tuvieses una hija.

—Ya, yo tampoco.

Treinta

Salida del instituto. Un río de muchachos invade el pasillo. Unos se van a casa. Otros asaltan el distribuidor automático. Diletta está en la cola, junto a Niki.

—¿Has acabado la traducción?

—No. ¿Y tú?

—Tres cuartas partes.

—A mí me la ha pasado Sereni. Me lo debía.

—¿Por qué?

—Le presté mi camiseta Extè para la fiesta de los dieciocho del sábado. Es una deuda de al menos seis traducciones.

—¡Ah! Venga, te toca.

Niki mete un euro en la ranura. Plinc. El ruido correcto. Aprieta la tecla del pastelito de chocolate.

—Pero ¿qué haces?

—¿Qué pasa, no has leído a Benni? El mundo (según Sócrates, el abuelo de Margarita) se divide en: los que comen chocolate sin pan; los que no pueden comer chocolate sin comer también pan; los que no tienen chocolate; los que no tienen pan. Yo lo tengo todo.

—Vale.

—Hola... —Diletta se vuelve. Unos ojos color verde esperanza en un rostro ligeramente bronceado la miran—. Te he traído el euro. Ahora ya funciona.

—¡¿Qué es, una tarjeta telefónica?! —ríe Niki, que está abriendo su pastelito.

—No tenías que hacerlo. Ya tengo.

—De todos modos, hoy no te hace falta. Ya lo usarás otro día.

—¿Y eso?

El muchacho se saca una bolsita de cereales del bolsillo.

—Ya te la he sacado yo.

Diletta lo mira sorprendida.

—No tenías por qué.

—Ya. Lo sé. Quería hacerlo.

Niki los mira alternativamente, como si fuese un partido de tenis.

—Vale, pero ya te dije que no me gustan las deudas.

—Está bien, entonces no estés en deuda.

Niki interviene.

—Venga, Diletta, no lo alargues tanto. Te ha dado una barrita, no una caja de trufas de Norcia. ¡Muy bien! ¡Un gesto muy bonito! —Y le sonríe burlona.

Él le tiende la barrita a Diletta.

—No, gracias, no la quiero. —Y se va.

Niki la mira. Después se vuelve hacia él.

—¿Sabes?, es un poco rara. Pero es fuerte. Jugando a voleibol, de vez en cuando recibe algún balonazo en la cabeza y se comporta así. Pero luego se le pasa.

Él intenta sonreír, pero se ve que la negativa de Diletta no le ha sentado bien.

—Oye, dámela a mí.

—No, era para ella.

—Pero ¿por quién me tomas? Dámela a mí que haré la entrega aplazada más tarde. —Y echando a correr se la quita de la mano. Sin pararse se vuelve un instante.

—¿Cómo te llamas?

—Filippo —atina a responder él antes de que ella desaparezca por la esquina, dejándolo allí, con un euro en una mano y una esperanza menos en la otra.

Treinta y uno

—¿Qué te pasa, por qué no hablas? —Mauro conduce su ciclomotor a toda velocidad entre el tráfico—. Eh, ¿por qué no hablas? —Paola le da un fuerte golpe en la espalda con la mano—. No hagas como si no me oyeses, que es contigo. ¿Qué te pasa, te has cabreado?

—No, no me pasa nada.

—Sí, con esa cara y no te pasa nada... A mí me lo vas a contar. Todavía...

Mauro entra en la calle que lleva a casa de Paola pero se pasa de largo.

—Eh, pero ¿estás lelo? ¡Yo vivo en el número treinta y cinco!

Mauro sigue un rato, después detiene el ciclomotor y se baja. Paola hace lo mismo. Se quita el casco.

—Virgen santa, cuando te comportas así eres insoportable. ¿Qué pasa, qué demonios te pasa, se puede saber qué te pasa?

—Nada, nada y nada.

—Nada es la respuesta de los anormales. Desde que se ha acabado el rodaje, no has abierto la boca una sola vez, no te has despedido de nadie y tienes unos morros de aquí a Lima... ¿Se puede saber qué te pasa? Virgen santa, haces que te trate como a un niño.

—Nada. Me ha molestado una cosa.

—¿Qué? ¿La escena que hemos rodado? Estábamos jugando a baloncesto. Justo por eso me eligieron, ¿no? Porque soy alta y porque he jugado un poco a baloncesto. Y al final he sonreído a la cámara y he dicho la primera frase de mi vida: «No puedo perder...» Ni siquiera he mencionado el producto. Y vas tú y te lo tomas a la tremenda. ¿Es que no puedes alegrarte por mí? No, dímelo. ¿Qué es lo que te ha sentado tan mal?

—Hasta entonces nada.

—¿Y después qué?

—Cuando te has ido con el director.

—Ya estamos... lo sabía. —Paola empieza a caminar alrededor del ciclomotor, presa de un ataque de rabia—. Vaya si lo sabía... ¿Sabes lo que he hecho? Pues simplemente he ido a despedirme del director, como hacen todas las chicas educadas y amables, y él, entre otras cosas, me ha preguntado si tú eras mi novio...

—Sí, ya he visto que estabais hablando.

—Sí.

—Y luego te ha dado una hoja de papel.

—Sí, un folio. —Paola rebusca y lo saca de su bolsa—. Aquí está. ¿Y sabes lo que hay escrito en él, eh, lo sabes? Pues mira. Míralo bien.

Se lo pega en la mismísima cara. Mauro se aparta, molesto.

—Así no puedo leerlo.

—Entonces te lo leo yo. Es un número de teléfono. 338... y lo que sigue, sólo que no se trata de su número. ¿Lo entiendes? Es de un fotógrafo. ¡Un fotógrafo! Y también hay una dirección. ¿Y sabes por qué? Porque ha sido amable. Porque se ha dado cuenta de que estaba con un chico. Este papel es para ti. —Y se lo arroja con rabia—. Me ha dicho que estaban buscando a un chico para otro anuncio, un tipo barriobajero pero guapo, como tú... ¿Lo entiendes? Te ha hecho varios cumplidos y me ha aconsejado un fotógrafo para que te hagas unas fotos sin que te salga muy caro. Éste es su número, ¿lo entiendes? Y lo de abajo es la dirección donde tienes que presentarte con las fotos. ¿Entiendes ahora o no? O sea, que yo he sido amable, el director generoso y tú en cambio eres el gilipollas que me ha amargado el día.

Mauro intenta abrazarla.

—Pero mi amor, ¿cómo lo iba a saber?

—¿Y no sería más fácil preguntar antes de ponerte de morros? ¿Hablar? ¿Dialogar? No hacer como los animales.

—¿Qué hacen los animales?

—Gruñen, como tú.

Mauro se agacha, se encoge y empieza a imitar a un cerdito. Aprieta la nariz contra el vientre de ella, la empuja y gruñe, intentando hacerla reír. Pero Paola sigue enfadada.

—¡Déjame, que me haces daño! —Se aparta y cruza los brazos—. ¡Venga, ya basta! Estate quieto. No me haces la menor gracia. Me has puesto de mal humor. Es absurdo. Siempre me parece que estoy saliendo con un niño pequeño. Pero por lo menos los niños crecen. Y en cambio tú, haces lo contrario.

—Siempre... Vamos, no exageres, no siempre lo hago. Es la primera vez que te monto una escena por celos.

—Pero ¿qué dices? La montas siempre; cada vez que tienes ocasión.

—¡¿Cuándo?!

—Casi siempre estamos solos, y entonces, ¿qué escena me vas a montar? Pero en cuanto hablo con alguien, como hoy, encima por hacerte un favor a ti, revientas.

—No olvides que los celos... son síntoma de amor.

—Ah, ¿sí?, ¿dónde has leído eso? ¿En un baci (2) de Perugia?

—Venga, cariño, no discutamos más.

—Basta, estoy cansada. Llevo trabajando desde las siete de la mañana, quiero irme a casa. Luego nos llamamos... —Paola coge el bolso que ha dejado apoyado en el ciclomotor y se aleja. Mauro vuelve a montarse y arranca. Poco después está de nuevo a su lado.

—Venga, mi amor, no seas así.

—Ya se me pasará, pero ahora déjame.

—Mañana voy a hacerme las fotos. ¿Me acompañas?

—No, ve tú solo. Yo a lo mejor tengo otra entrevista.

—¿Con el director?

—¿Y sigues? ¿Es que quieres discutir de verdad?

Mauro se detiene un poco antes de llegar a su portal y se baja del ciclomotor.

(2) *Baci* significa «besos» en italiano. Baci es un pastel de chocolate típico de Perugia (Italia), en el que originariamente se introducía un papelito con un mensaje de amor. Suelen regalarse por San Valentín. *(N. de la t.)*

—De acuerdo, no discutamos. Anda, dame un beso.

Paola lo hace para quitárselo de encima. Mauro vuelve a montarse en su ciclomotor.

—Mañana me hago las fotos y después voy a esa dirección que me has dado, ¿está bien?

—Está bien, adiós. —Paola hace ademán de entrar.

—No apagues el móvil, a lo mejor más tarde podemos hablar un poco...

Paola cierra la verja.

—Si puedo no lo apago. Si no, lo apago. Ya sabes que mis padres lo oyen todo, se me pegan como lapas.

—Ok... Oye, ¿tú crees que ese director era maricón?

—Venga ya. —Paola menea la cabeza atónita y luego en el portal. Mauro la mira mientras lo hace, después se guarda bien el papel en el bolsillo de la chaqueta y se va.

Al llegar a la plazoleta de debajo de su casa, aparca el ciclomotor y le pone la cadena, pero cuando se incorpora, alguien sale de la sombra.

—¿Mauro?

—¿Quién es? Tus muertos, Carlo, menudo susto me has dado.

Su hermano se dirige hacia él.

—Perdona, no quería asustarte. Oye, hoy he discutido un buen rato con papá. Ayer no vinisite ni siquiera a cenar. Te estábamos esperando y ni avisaste. Tú siempre tienes que ir a la tuya, ¿no?

—No me jodas, Carlo, me olvidé, ¿vale? Pero ya soy mayor, tengo veintidós años, no tres, y no pasa nada si un día no vengo a dormir.

—Sí, eres mayor, pero sólo de boquilla. Dejaste la escuela, ni siquiera acabaste los estudios y ahora hace ya como cuatro años que andas dando vueltas, ¿y qué haces?

—¿Cómo que qué hago?

—Sí, ¿qué haces? ¿Es que no entiendes tu propio idioma?

—Virgen santa... —Mauro pasa junto a Carlo, dejándolo atrás—. Pareces nuestro padre.

—No, si fuese él te hubiese dado ya de patadas en el culo. Es lo que ha dicho que hará.

—Entonces no vuelvo.

—Venga, no seas imbécil. ¿Será posible que no entiendas?

Mauro se dirige hacia su ciclomotor, le quita la cadena y la mete en el cofre.

—Mau, ¿por qué no te vienes a trabajar conmigo?, necesito un ayudante. No es difícil, aprendes el oficio, y se gana bastante... Si hay algo que nunca falta son cañerías rotas y váteres para montar. Si lo haces bien, podemos aceptar más trabajos y, cuando hayas visto de qué va, ya te espabilarás tú solo. No está mal, en serio.

Mauro se monta en su ciclomotor. Lo arranca.

—Mira por dónde, hoy he encontrado trabajo. Pero no te voy a decir nada, porque, tal como sois, al final aún lo perderé. Me traéis mal fario. —Y sale a todo gas, dejando a su hermano solo en la plazoleta.

Treinta y dos

Al llegar delante del instituto de Niki, Alessandro detiene su coche y se dedica a mirar alrededor, distraído. Unas chicas conversan alegremente, mientras se fuman el clásico cigarrillo de la salida de clase. Otros, que pasan de que sus padres puedan verlos, están apoyados en un ciclomotor y se besan casi con avidez. El muchacho, con la boca totalmente abierta, se abalanza sobre la de ella y hace gala de una lengua de malabarista. ¡Hay que joderse! Si yo tuviese una hija y viese una escena así, ¿qué diría? Lo más seguro es que no pasase por delante de su escuela. De todos modos, tampoco podría hacer nada. Si no aquí irían a besarse a un jardín, o a un baño, o a cualquier otra parte. Mientras se limiten sólo a besarse... Es como si el muchacho lo hubiese oído, porque mete la mano por debajo de la camiseta de la chica; ésta abre los ojos, mira un momento, a su alrededor, luego sonríe, cierra los ojos, lo besa de nuevo y se abandona, dejándose hacer. Justo en ese momento, llega a su altura un tipo con pinta de macarra. Alessandro presta más atención. ¿Habrá pelea? ¿Una de esas peleas que he leído en los periódicos pero que nunca he visto? Qué va. El macarra aguarda un momento, después decide intervenir.

—¡Venga, fuera de mi ciclomotor, que me tengo que ir!

El loco de los besos levanta un brazo al cielo.

—Bueeeno... Has tenido que escoger justo éste, ¿no?

El otro levanta el mentón.

—Pues sí, porque es el mío.

El buscón extiende los brazos.

—Está bien, está bien, sólo te digo que hasta tu ciclomotor se estaba poniendo cachondo...

Alessandro sonríe, pero de repente da un respingo. La puerta de su coche se abre de improviso y Niki se tira dentro.

—¡Venga, deprisa, arranca, vámonos!

Alessandro no se lo hace repetir dos veces. Ella se esconde en el suelo, mientras él sale de la zona del instituto y dobla la esquina. Luego mira desde arriba a Niki, encogida bajo el asiento del copiloto.

—Eh, ya puedes subir.

Niki se sienta con tranquilidad a su lado. Alessandro la mira serio.

—¿Será posible que cada vez tengamos que montar esta escenita porque tu madre esté esperándote en la escuela? No lo entiendo, no hemos hecho nada malo, sólo hemos tenido un accidente como tantos otros.

—¡Hoy no ha venido mi madre!

—¿Y entonces? Tanto mejor. Así pues, ¿por qué te escondes?

—Porque estaba mi ex.

Alessandro la mira con los ojos como platos.

—¿Tu ex? ¿Y qué?

—Nada. No lo entenderías. Pero sobre todo...

—¿Sobre todo?

—Es un tipo que puede llegar a las manos.

—Oye, yo no quiero inmiscuirme en vuestros asuntos.

—No te preocupes, no pasará nada. Por eso me he agachado.

—Pero es que yo no quiero que te agaches, yo quiero que no exista siquiera la posibilidad, que no haya ningún riesgo. Ni siquiera quiero conocer a este ex tuyo. No quiero...

—¡Eh, eh! ¡Demasiados no quiero! ¿Sabes lo que me dice siempre mi padre? Que la hierba «no quiero» crece únicamente en el jardín del rey.

—Pero ¿qué dices? Ésa era la hierba «quiero». Y en cambio, en este caso, es «no quiero».

—¡Bravo, te ha quedado muy bien la frase! Yo sé una de Woody Allen: los problemas son como el papel higiénico, tiras de uno y te salen diez.

—¿Y qué quiere decir? ¿Que porque hemos tenido un accidente tenemos que tener diez más?

Niki alza las cejas.

—¿Ya estamos discutiendo?

Alessandro la mira.

—No, estamos aclarando algunos puntos.

—Ah, vale. ¿Es para mejorar nuestra relación?

Alessandro vuelve a mirarla y sonríe.

—No, para darla por terminada.

—¡Anda ya! —Niki apoya los pies en el salpicadero—. No entiendo por qué. Acabamos de conocernos, para ser exactos tú te me echaste encima, yo no hice nada, estamos empezando a conocernos... ¿Y tú decides dar por terminada nuestra relación?

—Quita los pies del salpicadero.

—Ok, los quito si seguimos manteniendo una buena relación.

—Una buena relación no se basa precisamente en condiciones; no hemos firmado ningún contrato.

—Ah, ¿no? Entonces ¡sigo con los pies en el salpicadero!

Alessandro intenta quitárselos con la mano.

—¿Qué haces? ¿A que me pongo a gritar? ¿A que te denuncio? ¡Te abalanzaste sobre mí, destrozaste mi ciclomotor, me has raptado y ahora quieres violarme!

—En realidad, lo único que quiero es que quites los pies del salpicadero. —Alessandro lo intenta de nuevo y Niki se asoma por la ventanilla y empieza a gritar: —¡Socorro! ¡Ayuda!

Un tipo que está delante de un pequeño garaje con un ciclomotor, la mira asombrado.

—Niki, pero ¿qué haces? ¿Qué ocurre?

Ella se da cuenta de que se han detenido justo delante del taller del mecánico.

—Ah, nada... Hola, Mario. —Y se baja disimulando lo mejor que puede. Mario mira a Alessandro con desconfianza. Niki se da cuenta e intenta arreglarlo en seguida.

—¡Mi amigo me estaba ayudando a ensayar una escena que tengo que hacer en el teatro!

Mario frunce el cejo.

—¿También eso? Sabía que practicabas casi todos los deportes, pero me faltaba lo del teatro.

—¡Por eso mismo lo hago!

Mario se echa a reír mientras se frota las manos, que siguen sucias de la grasa y el aceite típicos de los mecánicos. Niki se vuelve hacia Alessandro y le sonríe.

—¿Has visto? Siempre te cubro. —Y se aleja.

Alessandro intenta responder «¿Siempre, cuándo?», pero Niki ya está montada en su ciclomotor. Prueba a mover a izquierda y derecha la rueda delantera.

—¡Eh, creo que está perfecta!

Mario se pone serio y se le acerca.

—Está perfecta. Veamos, le he cambiado la llanta delantera y la he vuelto a poner en su sitio y he alineado la trasera. El chasis sólo se había torcido un poco y por suerte he podido volver a enderezarlo, y como los neumáticos ya estaban lisos del todo, te los he cambiado.

—Vale. ¿Y cuánto te debo?

—Nada...

—¿Nada?

—Te he dicho que nada. ¿No dijiste que no era culpa tuya?

—Por supuesto que no. —Niki sonríe orgullosa, mirando a Alessandro.

Mario extiende los brazos.

—Todo lo que te he hecho de más, se lo cargamos al tipo que se te echó encima. ¡Y mira que tu ciclomotor es duro! A saber en qué estaría pensando cuando te arrolló. Tenías que haber ido al hospital, Niki, y hacer que te diesen algún día y algunos puntos del seguro. ¡Esos cabrones tienen que pagarlo de alguna manera! —Niki mira a Mario y sonríe, intentando hacer que se calle. Pero Mario no se percata en absoluto de sus miradas. Es más, sigue y cada vez se pone más pesado—. Más caro de lo que lo pagaron en su momento, cuando robaron el carnet de conducir.

Alessandro no puede más y explota.

—¡Oiga, a lo mejor iba un poco distraído y me le eché encima, pero el carnet me lo saqué honestamente! ¿Está claro?

Mario mira a Niki. Después a Alessandro serio. Luego a Niki otra vez. Y sonríe.

—Ya entiendo... ¡estáis actuando otra vez, ¿eh?! Ensayando vuestra escena de teatro...

Alessandro levanta la mano y lo manda a paseo. Después se va rápidamente hacia su coche, abre la puerta y se sienta dentro. Mario mira a Niki.

—Vaya, sí que es quisquilloso tu amigo.

—Lo sé, lo hicieron así. Pero ya verás cómo mejora.

—Eso será si sabes hacer milagros.

Niki coge el ciclomotor y lo arranca. Después se acerca a Alessandro, que baja la ventanilla.

—¿Todo ok? ¿Va bien? ¿Funciona? —le pregunta él.

—Sí, perfecto, gracias. Has sido muy amable al acompañarme.

Mario baja la persiana del taller.

—¡Oh, qué bonitos los tortolitos! Estáis ensayando otra escena, ¿eh? Yo me voy a comer. Espero que me invitéis al estreno. —Y tras decir esto, arranca un viejo Califfone y se aleja.

Niki sonríe a Alessandro.

—Él es así, pero como mecánico es buenísimo.

—¡Sólo le faltaba ser encima una nulidad de mecánico! Entonces ¡sí que hubiese cantado bingo!

—¡Qué manera tienes de hablar! Ya no sabes distinguir la realidad... Confundes la simplicidad y la belleza con la irrealidad de tus anuncios. Cantar bingo... Tú estás pasado, completamente *out*.

Niki mueve la cabeza y se va. Poco después, Alessandro la alcanza y baja la ventanilla.

—¿Por qué siempre tienes que ofenderte?

—Mira, la realidad nunca debiera ser ofensiva, lo contrario significa que algo no va bien. —Niki sonríe y acelera un poco.

Alessandro le da alcance de nuevo.

—Ah, ¿sí? Puede ser, pero da la casualidad de que el ciclomotor, las ruedas nuevas, el chasis reparado... todo eso se lo debes a mi *irrealidad*.

Niki aminora hasta dejarse casi adelantar.

—Estupendo, entonces a todas esas cosas añádeles gasolina.

Alessandro se asoma por la ventanilla.

—¿Cómo?

—Que me he quedado sin gasolina.

Alessandro aminora la marcha, aparta el coche, pone el freno de mano y se baja.

—Perdona, pero no lo entiendo. ¿Ese mecánico tan genial no podía haberte echado un poco de gasolina para que pudieses llegar a casa?

—Pero ¿qué dices? ¿No lo sabes? Normalmente, lo que hacen, es sacar la que queda. A veces, para trabajar, la tumban en el suelo, y entonces el asiento se pondría perdido por debajo.

—¿Y ahora qué hacemos?

—Echa un poco más atrás el coche. ¿Tienes un tubo?

—¿Un tubo?

—Sí, para aspirarla de tu depósito...

—No, no tengo. —Alessandro se sube al coche retrocede un poco—. ¿Te crees que voy por ahí con un tubo?

Niki abre el cofre de su ciclomotor.

—¡Qué suerte... yo tengo uno!

Saca un tubo verde de los de manguera, de más o menos de un metro y medio de largo.

—Estaba segura de que mi hermano me lo había mangado.

—¿Tu hermano? ¿Cuántos años tiene?

—Once.

—¿Y tiene moto?

—No, pero un amigo suyo, un tal Vanni, a quien en casa llamamos el espárrago, le ha pegado la afición a los coches con motor de explosión teledirigidos.

—¿Y qué?

—Pues que todos los días se van al Foro Itálico y mi hermano utiliza mi gasolina para sus carreras.

—Vaya, qué detalle.

Niki ha acabado de desenroscar el tapón de su ciclomotor y abre también el del depósito del Mercedes de Alessandro. Mete el tubo con fuerza. Varias veces.

—Ya está. Por cierto, te he roto la redecilla.

—¿De qué me estás hablando?

—Pues que para meter el tubo, he tenido que romper la redecilla que hace de filtro. De todos modos, cuando lo lleves para la revisión te la montan de nuevo, ¿no?

—Pues claro que sí, no faltaba más. Total, un daño más, un daño menos...

—Aquí tienes. —Niki le da el tubo verde.

—¿Qué tengo que hacer?

—Aspira.

—¿Qué?

—Aspira por el tubo y poco a poco, ve haciendo subir la gasolina. El tubo es un poco transparente y la verás. Cuando ya casi haya llegado al extremo, tapas el orificio con el dedo, y mantienes el tubo siempre por debajo de tu depósito.

—¿Y luego?

—Luego lo metes en el depósito de mi ciclomotor y quitas el dedo. ¡La gasolina saldrá sola y tú habrás hecho una «chupada»!

—¡Qué fuerte! Lo había oído decir, pero no me lo creía.

—Bueno, verás... ¿alguna vez has oído hablar de un tal Arquímedes...?

—Conozco perfectamente el principio de los vasos comunicantes, lo que pasa es que, no me podía creer que, todavía hoy, alguien siguiese utilizando ese método.

Niki mueve la cabeza y se echa a reír.

—¿Tienes idea de la cantidad de gasolina que te habrán robado en tu vida con este método?

—¿Tú crees?

Alessandro coge el tubo y está a punto de metérselo en la boca cuando se detiene.

—Perdona, pero si tan fácil es, ¿por qué no lo haces tú? La que necesita la gasolina eres tú. Es peligroso, ¿verdad?

—¡Qué va! No lo hago porque el olor de la gasolina me molesta. No puedo chupar... en este caso.

Y, a propósito, lo mira provocativa. Alessandro alza las cejas. Niki mueve la cabeza.

—Y tampoco en la mayoría de casos. Venga, chupa.

Alessandro no se lo hace repetir dos veces. Aspira con fuerza, pegado al tubo. Una, dos, tres veces.

—¡Aquí no sale nada!

Lo vuelve a intentar manteniendo el tubo más bajo, no se da cuenta y de golpe le llega toda la gasolina a la boca.

—¡Puaj! —Se saca el tubo de la boca y empieza a toser y a escupir—. ¡Qué asco, qué asco! ¡Puaj!

Niki coge rápidamente el tubo y lo levanta, interrumpiendo de este modo la salida de la gasolina.

Alessandro se apoya en el coche.

—Oh, Dios, qué mal me siento. Debo de habérmela tragado... ¿Tengo que vomitar? Me he envenenado.

—¡Qué va! —Niki se le acerca. Alessandro permanece inmóvil. Niki se le acerca aún más, se aproxima poco a poco a su rostro.

Alessandro piensa que es una extraña manera de agradecérselo, allí, en plena calle, delante de todos. De cualquiera que pase. Aunque por el momento no pasa nadie. Alessandro cierra los ojos. Niki, con su perfume suave, cada vez se le acerca más. Más. Y más... Alessandro da un largo suspiro. Niki se detiene de repente. Está muy próxima. Empieza a oler. Una, dos, tres veces.

—¡No me lo puedo creer!

Alessandro abre los ojos.

—¿Qué es lo que no puedes creer?

—¡Tu coche es de gasoil!

—Sí, ¿por qué?

—¡Porque mi ciclomotor es de gasolina! Menos mal que te lo has bebido. ¡A saber la de daño que hubieses podido hacer todavía!

—No, ni lo sé ni lo quiero saber.

—Perdona, pero me lo podías haber dicho antes, ¿no? Así no habríamos perdido miserablemente el tiempo. Tú mismo lo dices. El tiempo es oro.

—En este caso, también mi camisa y mi chaqueta lo son.

Niki pone el tapón del ciclomotor y también el del depósito del Mercedes.

—Te las llevaré yo a la tintorería, ¿vale? Acuérdate de dejármelas luego.

—Pues claro, no faltaba más, te doy la chaqueta y la camisa y me voy al despacho desnudo de cintura para arriba.

—Perdona, pero tú dijiste que eras un creativo. Un creativo es un artista, ¿no? Y si te apetece ir por ahí así, ¿qué más te da si se ríen? Oye, por casualidad, ¿no tendrás una garrafa en el coche? Podríamos ir a buscar gasolina y volver después.

—No llevo garrafas en el coche.

—Ya lo sospechaba. Bueno, no queda otra solución, de modo que sube al coche. Va.

Alessandro se monta. En cambio, Niki se queda sobre el ciclomotor, al lado del coche, junto al lado del copiloto. Alessandro no comprende.

—Perdona, pero ¿no vienes? Me has dicho que te habías quedado sin gasolina. —La fulmina con la mirada—. ¡No me digas que era una broma!

—¡Qué broma ni qué broma! Se me ha acabado en serio. Venga, arranca, ve despacito y sin sacudidas, ¿eh? Que yo me agarro.

—¿Qué? —Alessandro la mira perplejo.

—Me agarro a la ventanilla con el brazo, tú me llevas a la primera gasolinera que encuentres, echamos gasolina, es decir, yo la echo y tú la pagas, y después nos despedimos, es decir, yo me despido.

Alessandro mueve la cabeza, arranca y empuja la palanca del cambio automático. El Mercedes sale lentamente.

—Muy bien, despacio despacio, así.

El brazo de Niki se extiende, Niki se sujeta con fuerza. El ciclomotor empieza a moverse. Niki extiende el brazo del todo, ya no se sujeta con tanta fuerza. El Mercedes va tirando y a su lado también el ciclomotor. Niki le sonríe.

—Muy bien, lo estás haciendo de maravilla.

Alessandro la mira.

—Gracias.

—Mira la carretera.

Alessandro vuelve a mirar hacia delante, sonríe.

—Tienes razón. —Y luego vuelve a mirarla. Niki está totalmente echada hacia delante. Pero lo mira y también ella le sonríe.

—¡La carretera!

—Sólo quería ver si todo iba bien. ¿Va todo bien?

De repente una voz a sus espaldas.

—No, no va bien en absoluto.

La patrulla de la policía se acerca al coche de Alessandro. Por la ventanilla aparece una paleta que se mueve arriba y abajo.

—Deténgase, por favor.

Alessandro echa la cabeza hacia atrás.

—No me lo puedo creer. —Detiene lentamente el coche. Y, al bajar, todavía se lo cree menos. Los mismos policías. Serra y Carretti. Ya se acuerda hasta de los apellidos. Serra se dirige hacia él sin dejar de golpearse en la palma de la mano con la paleta.

—¿Y bien? Desde luego, es usted un reincidente. Pero ¿qué está haciendo? ¿Una carrera a ver quién pierde más puntos del carnet en menos tiempo? No se moleste en explicárnoslo, ¿eh? Porque no entendemos nada.

Alessandro intenta sonreír.

—No, el que no entiende nada soy yo. Parece que sólo me persiguen a mí.

Carretti se le acerca con expresión seria.

—Nosotros estamos de patrulla. Tenemos nuestros turnos, nuestra ronda y, sobre todo, nuestra zona. Y usted está en nuestra zona. De modo que, o cambia de barrio, y así conocerá a nuestros compañeros, o cambia su manera de comportarse... que posiblemente sea lo mejor.

Niki se baja del ciclomotor y se ajusta la camiseta, componiéndose un poco.

—Sí, tienen razón, disculpen, pero la culpa es mía. Me he quedado sin gasolina y le he pedido que me llevase a una gasolinera.

Alessandro interviene pero decide no explicar la tentativa fallida de aspirar la gasolina.

—Y como yo no tenía ninguna garrafa...

—Claro, porque de lo contrario, usted hubiese llenado la garrafa de gasolina y luego se hubiese ido a dar una vuelta, ¿no?

—Pues claro. ¿Qué iba a hacer si no?

—Entonces se ha librado de una buena, porque en ese caso hubié-semos tenido que llevarlo directamente a comisaría para hacer las comprobaciones pertinentes. Esa gasolina podía servir para la fabri-cación de cócteles molotov.

—¿Cócteles molotov? Pero ustedes no están de patrulla. ¡Ustedes la han tomado directamente conmigo! Disculpen, ¿eh...?, pero ya se lo he dicho. ¡La chica se ha quedado sin gasolina en su ciclomotor!

—Oiga, ¿está levantando la voz?

—No, es que no logro entender...

—Yo diría que somos nosotros los que no le entendemos. Usted sólo crea problemas.

—¿Yo?

Niki se mete en medio.

—Ok, ok, basta, no discutamos. ¿Saben si hay alguna gasolinera por aquí cerca?

Serra mira a Carretti, que cierra los ojos como diciendo «Vale, de-jémoslo estar...».

—Sí, hay una aquí mismo, al doblar la esquina. Pero dejen el coche y empujen el ciclomotor.

—Ok, gracias —sonríe Niki—. Han sido muy amables.

Los policías vuelven a su coche. Serra se asoma por la ventanilla.

—Por esta vez pase, pero no nos gustaría volver a encontrarnos con otras situaciones desagradables. Por favor, no cree más proble-mas. —Y se van derrapando.

Niki empieza a empujar el ciclomotor. Alessandro coge las llaves, cierra la puerta del coche y luego aprieta el botón del mando a distan-cia conectando la alarma. Luego echa a correr tras ella y la alcanza.

—Venga, tú ponte ahí, que te ayudo a empujar.

Caminan en silencio. Niki lo mira y sonríe.

—¡Por favor, Alex, te recomiendo que no crees problemas, ¿eh?!

—Ya, claro. Qué extraño, pero desde que te conozco no hago otra cosa.

—En realidad, empezaste a crearlos antes de mí, con tus rusas...

—Ah, ya.

Siguen empujando. Alessandro resopla bajo el sol.

—Apesto a gasoil, estoy sudando y, a lo mejor, hasta acabo pegándome fuego. Y ésta era mi hora de la comida.

—Virgen santa, qué pesado eres. Aprovecha y diviértete. Al menos es algo diferente a lo habitual, ¿no?

—Eso puedes darlo por seguro.

—Hay una cosa que no entiendo: ¿por qué cuando los policías se van siempre derrapan?

—¿Qué es eso? ¿Una de las preguntas del Trivial? Quizá se trate de un defecto de sus coches. ¡El colmo hubiese sido que te agarrases a ellos con el ciclomotor, ja, ja! Venga, ya hemos llegado.

—¿Tienes diez euros?

—Sí, claro. —Alessandro se mete la mano en el bolsillo y los saca de su cartera. Niki introduce el billete en el servidor.

—Apúntamelo.

—Olvídalo —replica Alessandro sonriente—. Ya he perdido la cuenta.

—Ah, ¿sí? Entonces ¡no te pago la tintorería!

Niki coge la manguera y la mete en el depósito del ciclomotor. Después, cuando la máquina indica diez euros, empieza a saltar sobre el tubo de la manguera que está enrollado por el suelo. Niki salta cada vez más fuerte.

—¿Y ahora qué estás haciendo?

—Echar gasolina. Mira, el distribuidor sigue girando. 10, 10 y 05, 10 y 20, 10 y 45, 10 y 70, 11,00... ¡Es la única manera de protegerse de la subida del petróleo!

—Claro —Alessandro la detiene—, así, si vuelven a pasar esos policías, nos llevan directamente al cuartelillo.

Justo en ese momento oyen:

—¡Niki! ¡Niki! ¡Menos mal que te he encontrado!

Es Mario, el mecánico, a bordo de su Califfone, que frena ante ellos.

—Mario, ¿qué haces aquí?

—Tengo que decirte una cosa importantísima, Niki... Recuerda que ahora no puedes correr. Es como si estuviese en rodaje. Los neu-

máticos nuevos están recubiertos de cera... ¡Como toques el freno, pa-
tapán, acabarás con el culo por el suelo!

—¡Gracias, Mario!

El mecánico sonríe.

—De nada... no hay de qué... Es que estaba preocupado.

—¿Has visto? —Niki mira a Alessandro—. ¡Ya te dije que es un mecánico buenísimo!

—¡No es para tanto! Es mi deber... Sois vosotros que me habéis
despistado con todas esas escenas teatrales. —Mario arranca su Califfone y se aleja meneando la cabeza.

—¿Y ahora? —Niki lo mira.

—¿Ahora qué?

—¿Ahora cómo voy a Fregene? Tengo allí una competición esta
tarde. —Niki ladea la cabeza un poco y abre los ojos, intentando por
todos los medios parecer más mona—. Una competición en la que tenía unas ganas locas de participar...

—Nooo, nooo, ni hablar. ¡No hagas eso!

Niki se le acerca.

—Venga, ¿por qué tienes siempre que hacerte el duro en lugar de
ayudarme?

—¿Que no te ayudo? Desde que te conocí tengo montado una especie de «puesto de auxilio a Niki».

—Eso mismo, ¿ves cómo eres un tipo agradable? No te vayas a
cansar ahora, ¿eh?

Alessandro cruza los brazos.

—Ni hablar, no pienso cambiar de idea sobre esa historia de Fregene.

Treinta y tres

Poco después. En la Aurelia. Dirección Fregene.

—Pero si me vas a llevar con esos morros, ¡¿qué sentido tiene entonces el puesto de auxilio a Niki?!

—En ninguna parte está escrito que además tenga también que sonreír.

—No, pero sería más agradable.

Alessandro esboza una sonrisa forzada.

—¿Está bien así?

—No, así no vale, no es natural. En ese caso me pongo de morros yo también.

Niki se vuelve hacia el otro lado. Alessandro la mira mientras sigue conduciendo.

—No me lo puedo creer, parecemos dos niños.

Niki se vuelve hacia él.

—¡Lo malo es que tú crees de verdad que yo soy una niña! Mira, hagamos una cosa: te pago el seguro, la bonificación y todo lo demás. ¿De acuerdo? Así tienes un motivo válido para acompañarme y, sobre todo, y más importante, para sonreír. ¿Ok?

Alessandro sonríe.

—¿Lo ves? Eso era lo que te quería demostrar...

—¿El qué?

—Puede que tú tengas más años que yo, pero en este caso el niño eres tú.

—Oye, no discutamos, ¿vale? Venga, te acompaño a tu partido. Lo del seguro y todo lo demás se queda como estaba.

—No, de eso nada. Ahora ya lo he dicho y lo haré.

—Vale, como quieras, pero eso quiere decir que yo pago al magnífico mecánico.

—Siempre quieres salirte con la tuya, ¿eh?

—Sí, si no, el puesto de auxilio a Niki no cumpliría con su deber. Dime al menos de qué partido se trata.

—No. Ya lo descubrirás cuando lleguemos. ¿Por qué quieres fastidiarte la sorpresa? Si te lo digo, te haces ya una idea. Es bonito que haya un tiempo para cada cosa. ¿Puedo decirte algo? En mi opinión, tú no te regalas suficiente tiempo.

—¿Tú crees? —Alessandro la mira.

—Sí, lo creo.

Alessandro coge su teléfono móvil.

—¿Qué estás haciendo?

—Estoy llamando a la oficina para avisarles de que me estoy regalando tiempo. —Y aprieta la tecla verde. Niki lo mira. Alessandro mueve la cabeza.

—¿Sí? Andrea, soy yo. —Pausa—. Escucha. Quería decirte que a lo mejor llego más tarde. —Pausa—. Sí, lo sé... lo sé... ahora te lo explico: me estoy regalando tiempo. —Pausa—. ¿Cómo que para qué sirve eso? Para ser más creativo... ¿Qué dónde estoy? —Alessandro mira a Niki. Luego se encoge de hombros—. Por ahí... Sí, estoy con alguien. Sí... también hay un poco de tráfico... —Pausa.

Niki saca al vuelo de su bolsillo un folio ya escrito y se lo pasa rápidamente. Alessandro lo coge, lo lee y se queda sorprendido. Luego lo repite en voz alta.

—«Ser creativos quiere decir no ser prisioneros del tiempo de otros. No tener ni límites ni confines, hasta dar con la idea perfecta que te recompensa por todo ese tiempo que ya no está... pero que en realidad sigue existiendo todavía, sólo que bajo otras formas.»

Alessandro no está del todo convencido de lo que ha dicho. Pero tiene la impresión de que esa extraña frase ha surtido efecto. Mira a Niki satisfecho mientras escucha lo que Andrea Soldini le está diciendo.

—Vale, vale... Está bien, lo entiendo. No, ya te he dicho que no. No cojas el atajo. Que no, que te he dicho que no. No puedes hacerlo. Sí, nos vemos mañana por la mañana en la oficina.

Alessandro cuelga.

Niki lo mira entusiasmada.

—Muy bien, así me gusta. Ahora creerán aún más en ti, se les ocurrirán ideas nuevas, hallarán inspiración, los excitas con esta libertad. Fíate de mí.

—Ok, me fío. —Alessandro sigue conduciendo—. Era bonita esa frase, gracias.

—De nada, imagínate.

—No, lo digo en serio. Le ha dado un sentido a todo lo que estamos haciendo. ¿Cómo se te ocurrió?

—No es mía. La busqué ayer en Google.

—¡Ah!

—Sabía que me resultaría útil.

Alessandro la mira con otros ojos. Niki entorna un poco los suyos.

—Escucha ésta... ¿Sabes la diferencia entre una mujer y una niña?

—No.

—Ninguna. A menudo ambas intentan ser la otra.

—¿También ésta la encontraste en Google?

—No, ésta es mía. —Y Niki sonríe.

Poco después, cogen el desvío hacia Fregene. Alessandro sigue conduciendo. Niki no para de moverse, de hablar; apoya los pies en el salpicadero con tranquilidad, serena, y se ríe. Pero cuando él finge enfadarse, los baja. Alessandro abre su ventanilla. Respira el aire cálido de los últimos días de abril. Al borde de la carretera, unas espigas pequeñas se doblan al viento. El perfume del verde, la atmósfera casi veraniega, invade el coche. Alessandro respira con los ojos casi cerrados. Es cierto, piensa. Nunca me regalo bastante tiempo. Y quién sabe, a lo mejor se me ocurre alguna idea buena. Y este pensamiento lo deja más tranquilo. Quizá porque, de todos modos, ese tiempo que se ha regalado le parece robado.

—Ya, ya, aparca aquí, hemos llegado. —Niki se baja veloz del coche—. Venga, ven. Vamos, que llegamos tarde.

Sale corriendo a toda velocidad y se sube por una duna de arena y después por unos tablones resecos por el sol que conducen hacia una vieja cabaña.

—Hola, Mastín. ¡Ya estoy aquí! ¡Dame las llaves!

—Hola, Niki, ya está todo el mundo.

—Sí, lo sé.

Llega Alessandro sin aliento.

—Él es mi amigo Alessandro. Alex, espérame aquí y no mires, ¿vale?

Se queda quieto frente al señor a quien ha oído llamar Mastín.

—¿Qué tal?

Mastín lo mira con curiosidad.

—¿Usted también es del grupo de los locos?

«No —le gustaría responder a Alessandro—, yo soy el del puesto de auxilio a Niki», pero resultaría muy largo de explicar.

—Sólo he venido a acompañar a Niki, tenía problemas con su ciclomotor.

—¿Y cuándo no tiene problemas esa chica? Pero es fuerte, ¿eh? Y tiene un corazón de oro. ¿Quiere tomar algo? No sé, una caña, un aperitivo, un poco de agua...

—No, nada, gracias.

—Niki aquí tiene crédito. Puede tomar lo que quiera.

—No, en serio, gracias.

En realidad, me gustaría comer, tengo una hambre canina, piensa Alessandro. Es mi hora de comer, ¿sabe? Un poco larga, pensará usted... Alessandro casi se siente mal y prefiere no pensar en ello. Ya, qué iluso, tengo que convencerme de que me estoy regalando un poco de tiempo. Justo en ese momento, de una cabina que hay al fondo del local, sale Niki. Lleva un traje de neopreno azul, muy ajustado, y sus rubios y largos cabellos sujetos con una goma del pelo. En las manos lleva una tabla de surf.

—¡Ya estoy! ¿Lo habías adivinado?

Alessandro se ha quedado boquiabierto.

—No.

—¿Quién sabe? A lo mejor te animas y lo intentas tú también... ¿O ya sabes surfear?

—¿Yo? Una vez de niño probé con un monopatín...

—¡Venga ya! Bueno, un poco sí que se le parece. Pero ¡en el agua!

—Sí, pero me caí en seguida...

—¡Bueno, por lo menos aquí seguro que no te haces daño! Mastín, prepáranos algo, que dentro de un rato comemos. —Después coge a Alessandro de la mano y lo arrastra fuera—. Anda, ven, ven conmigo. —Lo arrastra consigo, salen a la playa y corren juntos hacia el mar. Alessandro avanza a trompicones tras ella, con los zapatos llenos de arena, vestido todavía con traje de trabajo y la camisa apestando a gasoil. Pero Niki no le da tiempo.

—Perfecto, siéntate en ese patín. En seguida vuelvo. —Y echa a correr veloz hacia el agua. Entonces se detiene, suelta la tabla y regresa hacia él, que entretanto ya se ha sentado.

—¿Alex?

—¿Sí?

Le da un beso ligero en los labios. Luego lo mira a los ojos.

—Gracias por haberme acompañado.

Él se queda boquiabierto.

—Oh... bueno, yo... no es nada.

Niki sonríe. Luego se quita la goma del pelo.

—Sujétame esto, por favor. Se la deja en las manos y se va.

—Claro.

Niki coge su tabla y se arroja al agua. Se sube encima boca abajo y empieza a remar veloz con los brazos. Se aleja mar adentro y se reúne con los demás, allí donde las olas son más grandes. Alessandro se toca los labios. Después se mira la mano. Como si buscase todavía aquel beso ligero... Sólo encuentra en ella la goma del pelo. Un cabello largo y rubio se ha quedado enredado y se mueve rebelde, bailando al viento. Alessandro lo desenreda con cuidado, levanta la mano y lo suelta, abandonándolo a quién sabe qué extraña libertad. Después mira de nuevo hacia el mar. Niki está sobre su tabla, junto a los demás. Se acerca una ola, unos se ponen a remar a toda velocidad con los brazos, a otros se les escapa. Niki gira su tabla, da dos brazadas y consigue coger la ola al vuelo. Se pone de rodillas y después en pie. Da como una especie de saltito y aterriza en el centro de la tabla en perfecto equilibrio. Se inclina hacia delante, y extiende los brazos, y corre veloz sobre la ola, con los cabellos un poco más oscuros, salpicados por el agua y el mono azul mojado y pegado al cuerpo. Se desplaza por la tabla, llega hasta el extremo y se deja llevar por la ola. Después retrocede y cambia el peso de sitio, traza una ligera curva y empieza a subir, llega hasta la cresta y baja de nuevo, lanzándose con suavidad entre la suave espuma y las miradas envidiosas de quien no ha podido coger esa ola.

Treinta y cuatro

Un poco más tarde. Algunas gaviotas pasan veloces sobre las olas de la orilla. Niki sale del agua con la tabla bajo el brazo.

—¡Guau, los he machacado! He cogido más de diez olas. ¿Has visto cómo subía? No he perdido ni una sola.

—Has cogido catorce... Toma, tu goma del pelo.

Niki sonríe.

—Gracias, ven.

Regresan a la cabaña de la playa.

—Yo me voy a dar una ducha y me cambio en seguida. Siéntate ahí mientras tanto.

Niki ve a Mastín detrás de la barra.

—Eh, ¿nos traes ya tus deliciosas brusquetas mientras me doy una ducha?

El anciano sonríe detrás de la barra.

—Como desee la princesa. ¿Queréis también una dorada? Me las han traído fresquísimas.

Niki mira a Alessandro, que asiente.

—Sí, perfecto, Mastín. Para mí además una ensalada verde con tomate, pero no demasiado maduros, ¿eh?

Mastín asiente.

—¿Quiere usted también, Alessandro?

Niki lo fulmina con la mirada antes de entrar en la cabina.

—¡Mastín!, ¡no lo trates de usted! Hoy es un niño pequeño. —Y sonríe mientras desaparece detrás de la puerta.

Poco después están sentados a la mesa. Niki todavía tiene el pelo mojado cuando le da un bocado a su brusqueta. Después mira a Alessandro.

—Están ricas, ¿verdad? Yo vengo aquí sólo por ellas.

Alessandro se come una de las suyas.

—Con el hambre que tengo, no distinguiría estas almejas de los mejillones.

Niki se echa a reír.

—¡De hecho son chirlas!

—Ya me parecían a mí demasiado pequeñas.

Niki come un poço más, se limpia un poco de aceite del mentón con el dorso de la mano que después, educadamente, se limpia con la servilleta.

—Vale, ha llegado el momento de trabajar.

—No, ¿qué dices?, hemos venido aquí a relajarnos.

—Nos hemos estado relajando hasta ahora. Estoy segura de que ahora se te ocurrirá alguna idea brillante, mejor que las olas que he cogido yo. Vamos, hay un momento para cada cosa. Por esta vez, lo hemos hecho al revés de lo que es habitual: primero el placer, y luego el deber... Y luego, quizá de nuevo el placer.

Alessandro la mira. Niki sonríe. Se pone un poco sensual. Le coge la mano en la que sostiene la brusqueta, se la lleva hacia su boca, luego recoge una chirla y se la mete en la boca.

—Ya te lo he dicho, ¡me encantan! ¡Venga, explica!

Alessandro sigue comiendo. Recoge alguna chirla caída en el plato y se las pone a Niki delante de la boca. Ella da un mordisco y le pilla también un dedo.

—¡Ay, pupa!

—¡Se dice sólo «ay»! ¿Ves como hoy eres tú el niño? ¿Qué, me lo dices o no?

Alessandro se limpia la boca con la servilleta.

—Bien, hay unos japoneses que quieren lanzar un caramelo.

—¡Qué fuerte!

—Si todavía no te he contado nada.

—¡Ya, pero la historia empieza a gustarme!

Alessandro mueve la cabeza, y empieza a explicárselo todo: el nombre del caramelo, LaLuna, la competencia con el nuevo joven creativo.

—Estoy segura de que es un tipo odioso, un chic radical, uno de esos que se sienten muy guays aunque en realidad nunca hayan hecho nada.

—*No comment* —dice Alessandro sonriente.

Y continúa con la explicación. El riesgo que hay de irse a Lugano, el atajo de Soldini, el eslogan que tienen que buscar y la idea en general para toda la campaña.

—Ok, lo he entendido todo. ¡Yo te busco la idea! ¿Estás listo? En lugar de poner a esa rubia tan guapa que baila con los caramelos en la mano... ¿cómo se llama?

—Michele Hunziker.

—Sí, ésa... Podemos poner un paquete que baila en medio de un montón de chicas que se lo quieren comer.

—Ya lo hicieron hace tiempo, el caramelo se llamaba *Charms*.

Alessandro piensa en si ella habría nacido, pero prefiere no decírselo. Niki apoya la barbilla en la palma de la mano.

—¡Demonios, entonces me han robado la idea!

Alessandro se echa a reír.

—¡Amigos míos, aquí están las doradas y las ensaladas! —Mastín aparece a sus espaldas y deja los platos sobre la mesa—. Llamadme si necesitáis cualquier cosa, estaré allí.

—¡Ok, Mastín, gracias!

—Hummm, tienen buena pinta. —Niki abre el pescado con el tenedor—. Qué aroma, está fresquísimo. —Lo parte y se lleva un trozo a la boca—. Y tan tierno... Hummm, rico de veras. —Después coge con dos dedos una pequeña espina—. ¡Jo, una espina!

—Pues claro, si te lo comes así... ¿Quieres que te lo limpie?

—No, me gusta así. Voy comiendo y mientras tanto pienso... ¡Estoy segura de que en seguida se me va a ocurrir otra idea brillante que todavía no me hayan robado!

Alessandro sonríe.

—Vale, de acuerdo.

Y empieza a quitarle las espinas a su pescado con meticulosidad.

Después la mira mientras come. Niki se da cuenta y, con la boca llena, farfulla:

—Estoy pensando, ¿eh?

—Sigue, sigue...

Una cosa es segura: nunca ha asistido a un *brainstorming* así. Niki se limpia la boca con la servilleta, después coge su vaso y bebe un poco de agua.

—¡Ok, tengo otra! ¿Estás preparado?

—Preparado. —Y vuelve a llenarle el vaso.

—Ésta es muy fuerte...

—Vale.

—Bien... Se ve una ciudad y de repente todo se transforma en paquetes de caramelos, y el último es el caramelo LaLuna. ¡LaLuna, una ciudad de dulzura!

Esta vez es Alessandro quien bebe. Y Niki le vuelve a llenar el vaso de inmediato.

—¿Y bien? ¿Qué dices?, no te ha gustado, ¿eh? Estás sofocado.

—No, estoy pensando. No está mal. Pero se parece un poco a aquel anuncio con el puente, que en realidad es el chicle que el protagonista mascaba en su boca.

Niki lo mira y menea la cabeza.

—Nunca lo he visto...

—Venga, el chicle del puente, Brooklyn.

Niki golpea la mesa con el puño.

—¡Diantres, también me han robado ésta! Está bien, pero la idea de la ciudad es diferente.

Alessandro come un poco de ensalada.

—Es diferente, pero ya está vista porque remite a la anterior. Necesitamos algo novedoso.

Niki come un trozo de tomate.

—Caray, sí que es difícil tu trabajo. Creía que era mucho más fácil.

Alessandro sonríe.

—¡De ser así, no tendría el coche que tú has decidido destrozarme!

Niki piensa un instante.

—¡No, pero tendrías mi ciclomotor, y sabrías hacer surf! Y, a lo mejor, hubieses comido así de bien un montón de veces, aquí, donde Mastín.

—Ya.

Alessandro le sonríe de nuevo.

—Pero te he conocido.

—Sí, es cierto. Así que has hecho un buen trabajo. Eres afortunado de verdad.

Se miran un poco más rato de lo habitual.

—Escucha, Niki... —Justo en ese momento, suena su teléfono. Alessandro lo saca del bolsillo. Niki lo mira resoplando.

—Otra vez la oficina.

—No, un amigo mío. —Y responde.

—Dime, Enrico.

—Hola. Perdona, pero no podía más. ¿Y bien? ¿Cómo te ha ido con Tony Costa?

—De ninguna manera.

—¿Cómo que de ninguna manera? ¿Qué quieres decir? ¿Ha rechazado el encargo? ¿Era demasiado caro? ¿Qué ha pasado?

—Nada, que todavía no he ido.

—¿Cómo que no has ido? Alex, no lo entiendes, yo estoy mal, estoy fatal. Cada momento que pasa supone una tortura para mí.

Silencio.

—¿Dónde estás ahora, Alex?

—Reunido.

—¿Reunido? Pero no estás en tu despacho. Te llamé allí.

—La reunión es fuera. —Alessandro mira a Niki, que le sonríe—. La reunión es fuera y muy creativa.

Enrico suspira.

—Vale, lo entiendo. Disculpa, amigo mío. Perdona, tienes razón, pero eres la única persona con la que puedo contar. Te lo ruego, ayúdame.

Al oír su tono, Alessandro se pone serio.

—Tienes razón, Enrico, perdóname. Iré en seguida.

—Gracias, eres un amigo de verdad. Nos hablaremos más tarde.

Enrico cuelga. Alessandro se quita la servilleta de los muslos y la deja sobre la mesa.

—Nos tenemos que ir.

Intenta levantarse, pero Niki le apoya la mano en el brazo y lo detiene.

—Ok, en seguida nos vamos, pero antes estabas a punto de decirme algo...

—¿Antes cuándo?

Niki ladea la cabeza.

—Antes de que sonase el teléfono.

Alessandro sabe perfectamente de qué está hablando.

—¡Ah, antes...!

—Sí, antes.

—No era nada.

Niki le aprieta el brazo.

—No, no es verdad. Has dicho: «Escucha, Niki...»

—Ah, sí. Eh... Escucha, Niki. —Alessandro mira a su alrededor. Entonces la ve—. Bueno, te decía que... Escucha, Niki, estoy contento de haberte conocido, hemos pasado un día estupendo y tú me has regalado tiempo. Y sobre todo... ¡Es bonito darse cuenta de cosas como ésa! —Alessandro señala algo a sus espaldas.

Niki se da la vuelta y la ve.

—¿Ésa?

—Sí, ésa.

Una red de hierro como inflada, con papel azul dentro y una especie de palo de yeso que la atraviesa.

—¿Os gusta? —Mastín está allí al lado y sonríe—. Se llama *El mar y el arrecife*. Es bonita, ¿verdad? Es una escultura de un tal Giovanni Franceschini, un joven que, en mi opinión, hará carrera. Pagué un montón por ella. He invertido en él. Es decir, no es que haya pagado por ella... pero ¡hace más de un año que viene a comer de gorra gracias a esa escultura! Así que eso quiere decir que vale una pasta.

Alessandro sonríe.

—¿Lo ves? Sin ti nunca hubiese visto *El arrecife y el mar*.

Mastín lo corrige.

—*El mar y el arrecife*..., pero, ¡después de todo lo que llevo invertido, no se os ocurra pedírmela!

—Tiene razón, disculpe. —Alessandro saca su cartera—. ¿Cuánto es?

Niki se levanta de inmediato y vuelve a guardarle la cartera.

—Mastín, apúntalo en mi cuenta...

Mastín sonríe y empieza a recoger la mesa.

—Descuida, Niki. Vuelve pronto.

Alessandro y Niki se dirigen a la salida. Ella se detiene frente a la escultura. Alessandro se le acerca.

—*El mar y el arrecife*... Bonita, ¿verdad?

Niki lo mira seria.

—Ten en cuenta que a mí no me gustan.

—¿Las esculturas?

—No, las mentiras.

Treinta y cinco

El Mercedes circula veloz por la autopista que rodea Roma. Una tarde tranquila en la que alguien ha experimentado una nueva libertad: regalarse tiempo. Pero, a veces, uno es incapaz de aceptar un regalo, aunque se lo haya hecho él mismo.

—¿Te llevo hasta donde está el ciclomotor?

—Ni hablar. Esta tarde es nuestra. Y, además, estoy poniendo a punto nuevas ideas sobre tu caramelo.

Alessandro la mira. Niki tiene la ventanilla bajada y el viento le despeina suavemente el pelo, secándoselo por partes. Tiene un folio en las manos y un bolígrafo en la boca, que sostiene como si fuese un cigarrillo, mientras busca soñadora la idea de quién sabe qué gran anuncio.

—Ok.

Niki le sonríe, luego escribe algo en el folio. Alessandro intenta mirar de reojo.

—No mires. No te lo daré hasta que esté listo.

—Vale. El definitivo.

—¿Qué es eso?

—Al trabajo acabado se le llama así.

—Ok, entonces, cuando sea el momento, te daré el definitivo.

—Muy bien, ojalá encontrases de verdad una buena idea. ¡Me podría regalar un montón de tiempo!

—Ya verás cómo lo consigo. Seré la musa inspiradora de la publicidad de los caramelos.

—Eso espero. —Y mientras lo dice, pone el intermitente y se desvía hacia la Casilina.

—Eh, ¿adónde vamos?

—A un sitio.

—Ya lo veo... hemos salido de la autopista.

—Tengo que hacer un encargo para un amigo mío.

—¿El que te ha llamado antes?

—Sí.

—¿De qué se trata?

—Lo quieres saber todo. No te distraigas. Piensa en la publicidad.

—Tienes razón.

Niki vuelve a escribir algo en el folio, mientras Alessandro sigue las instrucciones de su navegador y se detiene poco después en una pequeña travesía de la Casilina. Al borde de la carretera hay algunos coches destartalados con la chapa corroída, otros tienen los cristales rotos, y otros las ruedas pinchadas. Hay contenedores destrozados, cajas de cartón abandonadas y bolsas de plástico abiertas y arañadas por algún gato famélico que busca remedio a esa dieta que ya dura demasiado.

—Ya está, hemos llegado.

—¡Pero ¿tú qué amigos tienes?! ¿Qué tienen que ver con un lugar así?

—Es un encargo especial.

Niki lo mira con desconfianza.

—Mira que si nos volvemos a encontrar a tus amigos policías y nos arrestan por drogas, después te tocará a ti explicarles a mis padres que yo sólo te estaba acompañando...

—¡Qué drogas ni qué...! ¿Qué te crees? Esto no tiene nada que ver con drogas. Quédate en el coche y aprieta ese botón cuando me haya bajado, así te cierras dentro.

Alessandro se baja del coche y, mientras camina hacia el portal, oye el sonido de la cerradura al cerrarse. Sonríe. Luego, mientras busca el nombre en el portero automático, piensa en sus «amigos» policías y en el hecho de que casi lo arrestan de verdad por drogas... Todo por culpa del tal Soldini y su deseo de no ser olvidado. ¿Y quién se acuerda ya de aquella noche? A saber lo que estarán haciendo en la oficina. Esperemos que se les ocurra alguna idea buena. ¡Bah, qué idiota! No tengo por qué preocuparme... para eso está Niki. Después sonríe preocupado. Esperemos. Finalmente encuentra lo que busca. Tony Costa. Tercer piso. La puerta del portal está abierta. Alessandro entra y coge el ascensor. Al salir ve una puerta con un cristal en el que pone «Tony Costa. Investigador privado». Como en las viejas películas americanas. En esas películas, lo normal es que, cuando uno llama a la puerta, o bien le disparen o bien le salten directamente encima. Pero al final nadie se hace daño. Así pues, un poco más tranquilo, llama al timbre. Un sonido antiguo, en sintonía con la podredumbre y los olores de la escalera, con el ascensor destartalado y también con los felpudos desgastados por sabe dios cuántos pies que se han limpiado antes de entrar. Alessandro aguarda frente a la puerta. Nada. No se oye nada. Llama otra vez. Por fin percibe un ruido detrás de la puerta. Una agitación extraña. Luego una voz profunda, cálida, idéntica a la de los dobladores de *Adiós, muñeca* con Robert Mitchum o *El último Boy Scout,* con Bruce Willis.

—Un momento, en seguida abro. —La puerta se abre, pero quien aparece no se asemeja en absoluto a estos dos actores. Como mucho, a James Gandolfini, el de *Los Soprano*. También eso le preocupa. Es sólo un poco más bajo, pero de todos modos alto. El tipo lo mira con el cejo fruncido.

—¿Y bien? ¿Qué quiere?

—Busco a Tony Costa.

—¿Para qué lo busca?

—¿Es usted?

—Depende.

Alessandro opta por ceder.

—Necesito su ayuda. Bueno, quería encargarle un caso.

—Ah, sí, entonces soy yo. Pase.

Tony Costa le hace pasar. Después cierra la puerta. Se coloca bien los pantalones, se mete incluso la camisa por dentro, mientras se dirige hacia su mesa.

—Ella es Adela, mi ayudante. —Tony Costa señala sin volverse a una muchacha que llega de la habitación contigua, tratando también de componerse un poco.

—Hola.

—Buenas tardes.

Adela se dirige hacia la otra mesa que hay allí al lado, pero al salir de la habitación cierra la puerta. Aunque no tan rápido como para impedir que Alessandro vea que aquello es un dormitorio. Tony Costa se sienta ante su mesa y le señala una silla.

—Siéntese, por favor.

Alessandro toma asiento frente a él, mientras Adela pasa por detrás y se sienta en la mesa de la derecha. Alessandro se da cuenta de que Tony Costa lleva un enorme anillo de matrimonio en el dedo, grueso, grande. Brilla desgastado por el tiempo entre sus gordos dedos. En cambio Adela, que está ordenando algunos folios, sólo lleva un pequeño anillo en la mano derecha. Quién sabe. A lo mejor ha interrumpido algo entre el jefe y la secretaria. Pero una cosa está clara: a un forzudo como Tony Costa nadie se le enfrenta, y, en el fondo, a él no le interesa lo que estaba ocurriendo en esa oficina. Lo mira.

—¿Quiere beber algo? ¿Un poco de esto? —Levanta una botella de Nestea que hay sobre la mesa, de la que ya se han bebido la mitad—. Está caliente, eh, se ha roto el frigorífico.

—No, gracias.

—Como quiera.

Tony Costa se sirve un poco.

—Adela, anote, por favor: arreglar el frigorífico. —Después sonríe a Alessandro—. ¿Lo ve? Ya me ha servido de algo, me ha recordado los asuntos pendientes.

Después da un largo trago al vaso de té y se lo bebe entero.

—Ahhh. Aunque esté caliente es siempre una delicia. Bien, ¿qué podemos hacer por usted, señor ... ?

—Alex, ejem, Alessandro Belli. No es para mí, es para un amigo mío.

—Claro, claro, un amigo suyo. —Tony Costa mira a Adela y sonríe—. El mundo está hecho de amigos que siempre hacen favores a otros amigos... Bien, ¿de qué se trata? Documentos legales, talones sin fondo, engaños...

—Una sospecha de engaño.

—Por parte de la mujer de su amigo, ¿no es eso?

—Exacto. Aunque yo no creo que ella le engañe.

—Entonces, disculpe, ¿qué es lo que ha venido a hacer, a tirar su dinero?

—El dinero de mi amigo, si acaso.

—Oiga, yo no le contaré a nadie que usted ha venido a verme. Será un secreto. Va en contra de mis intereses, porque si quiere que yo siga a esa mujer, sería un detective verdaderamente incapaz si no acabase descubriendo que ella y el marido... ¿no es eso?

—Es eso. Pero yo no soy el marido. El marido es mi amigo. Yo soy amigo suyo y de su mujer.

—Ah, usted es el amigo de la mujer.

—Sí, pero no en ese sentido, soy amigo, amigo. Por eso estoy seguro de que no hay otro, pero mi amigo está obsesionado, tiene esa paranoia.

—Los celos conservan el amor, del mismo modo que las cenizas guardan el fuego, como decía Ninon de Lenclos.

Alessandro no puede creer lo que acaba de oír. Maldita sea. Esa frase también la dijo Enrico.

—Sí, puede que sea así, pero de todas maneras ya estoy aquí y debo seguir adelante...

—Como desee. De todos modos, ahora las cosas están más claras. Adela, ¿está tomando notas?

Adela levanta el folio.

—Por el momento, sólo he escrito que Alessandro Belli es amigo de los dos.

—Ya... —dice Tony Costa y luego se sirve otro poco de Nestea—. Bien, necesito la dirección de la señora a quien debo seguir. ¿Tiene hijos?

—No.

—Bien, mejor...

—¿Por qué?

—Nunca me ha gustado echar a rodar un matrimonio cuando hay hijos de por medio.

—A lo mejor no tiene por qué echarlo a rodar.

—Ah, claro, claro. Estaremos en contacto. —Tony Costa coge un folio y lo gira hacia Alessandro—. Por el momento, escríbame nombre, apellido y dirección de la persona a seguir.

Alessandro coge el folio, después ve un bolígrafo en un portabolis.

—¿Puedo?

—Sí, por favor.

Alessandro escribe rápidamente algo en el folio.

—Mire, éste es el nombre de la señora, éste el del marido y la dirección donde viven.

Tony Costa controla la caligrafía.

—Perfecto. Es legible. Ahora también quisiera mil quinientos euros para ponerme a trabajar de inmediato.

—De acuerdo, aquí tiene. —Alessandro abre su cartera, saca tres billetes de quinientos euros y los pone sobre la mesa.

—La otra mitad me la dará cuando le entregue las pruebas de lo que sospecha el marido.

—Por supuesto... pero quizá no puede entregarme nada.

—Claro, pero en ese caso igualmente tendrá que pagarme. La verdad es la verdad, y cuando se encuentra se paga.

—Muy bien.

Alessandro saca una tarjeta de visita de su cartera y se la da. Señala un punto con el índice.

—Mire, quisiera que me llamase a este número.

—Por supuesto. Como desee.

Tony Costa coge el bolígrafo y traza un círculo en torno al número de teléfono que Alessandro le ha indicado. El de su teléfono móvil. Alessandro se dirige a la salida.

—¿Cuándo me dirá algo?

—Le llamaré en cuanto tenga algo que decirle.

—Ya, pero más o menos. Para decírselo a mi amigo, ¿sabe?

—Bueno, yo creo que en el transcurso de un par de semanas aproximadamente todo debería estar más claro... La verdad es la verdad, no se necesita mucho.

—Perfecto, gracias. Entonces ya hablaremos.

Alessandro sale. Adela se acerca a Tony Costa. Se quedan así, en medio de esa oficina de luz mortecina, sobre una vieja alfombra color burdeos desgastada, con una planta de hojas un poco amarillentas en la esquina y un enorme mapa de Roma pegado en la pared, bajo un cristal rajado por uno de los bordes. Alessandro se despide una última vez. Después se mete en el ascensor. Aprieta el botón de la planta baja. El ascensor se pone en marcha justo en el momento en que Tony Costa cierra su puerta acristalada. Alessandro se imagina al investigador y a su ayudante. Volverán a sus investigaciones sobre el placer antes de ocuparse de Camilla. Camilla. La mujer de su amigo Enrico. Fui testigo de su boda, piensa Alessandro, y hoy por la tarde he sido testigo del hecho de que, en breve, alguien empezará a seguirla sin que ella lo sepa. Alessandro mira el reloj. Y todo ha sucedido en apenas diez minutos. Cierra el ascensor y sale del portal. Sólo se necesitan diez minutos para arruinar la vida de una persona. Bueno. Si uno quiere arruinársela. Alessandro decide no pensar más en ello y se dirige hacia su coche. Niki lo ve, sonríe y aprieta el botón, liberando los seguros de las puertas.

—¡Eh, ya era hora! ¡No sabes la de ideas que se me han ocurrido!

Alessandro se mete en el coche y arranca.

—A ver, cuéntame.

—No... todavía no tengo las ideas bien claras.

—¿Cómo? ¡¿Se te han ocurrido un montón de ideas confusas?!

—Jo, no empieces a meterte conmigo. Te lo diré cuando llegue el momento.

Niki pone los pies en el salpicadero. Pero basta con que Alessandro la mire un instante para que los baje.

—Ok. Hagamos una cosa: si mi idea te gusta, es decir, si al final acabas usando mi idea, tendrás que pasearme un día entero en tu coche con mis pies en el salpicadero, ¿Trato hecho?

—Trato hecho.

—No, lo tienes que prometer.

—¿El qué?

—Lo que acabo de decir

—Pero nada más, ¿eh? Quiero saber bien qué es lo que prometo, porque, si hago una promesa, después me gusta cumplirla. ¿De acuerdo?

–Sí, pero que conste que eres un pesado.

–No, es cuestión de querer cumplirla.

–Ok, entonces sólo un día con los pies en el salpicadero.

–De acuerdo. Entonces... –Alessandro sonríe–. Prometido.

Niki alarga una mano hacia él. Alessandro se la estrecha sellando el pacto.

–¿Y qué has ido a hacer ahí arriba?

–Nada, ya te lo he dicho, un encargo para un amigo mío.

Niki se recoge el pelo y utiliza el bolígrafo para sujetarlo.

–Tu amigo quiere saber si su mujer lo engaña.

Alessandro la mira asombrado.

–Eh, ¿tú cómo sabes...?

–En ese timbre ponía «Tony Costa. Investigador privado». No es tan difícil, ¿sabes?

–Te he dicho que te quedases en el coche.

–Y yo te he pedido que me dijeras qué era lo que ibas a hacer.

Alessandro sigue conduciendo.

–Vale, no tengo ganas de hablar de eso.

–Ok, entonces hablo yo. No hay nada peor que querer saber una cosa si alguien no te la quiere contar. Por ejemplo: tú has dicho que lo habíais dejado con tu novia, ¿no?

–Tampoco me apetece hablar de esa historia.

–Ok, entonces también hablaré yo de eso. Tú, por ejemplo, ¿querrías saber si ella te ha engañado?

Alessandro piensa: pero ¿que está pasando? ¿Es que ahora todos se han obsesionado con mi historia?

Pero Niki insiste.

–¿No es peor? Quiero decir, a lo mejor ha sido una historia bonita, ¿qué necesidad hay de estar mal? Yo, por ejemplo, lo he dejado con mi novio, ¿no? Lo que vivimos lo vivimos. Y ya está. No hay que saber nada más. Fue bonito. Pero fue... ¿No es más fácil así? A lo mejor saber que te ha engañado te hace sentir mejor, pero ¿de qué sirve? ¿Qué quieres, una justificación para estar mejor? ¿Necesitas que haya otro por medio para estar sin ella? Yo creo que es importante lo que se siente. Claro que si para ti no se ha acabado... entonces ése es otro discurso. Entonces tienes ganas de estar mal. —Niki lo mira con curiosidad—. ¿Y bien?

—¿Y bien, qué?

—Bueno, que si... sigues estando mal todavía.

Justo en ese momento suena el móvil de Alessandro. Lo coge y mira la pantalla.

—Es de la oficina.

—Jo. ¡Siempre te salva la oficina! Hay que ver...

—¿Sí?

—Hola, Alex...

Alessandro cubre el micrófono con la mano y se vuelve hacia Niki.

—Es mi jefe.

Niki lo mira como diciendo «¿Y qué quieres que haga?».

—Sí, dime, Leonardo.

—¿Dónde estás?

—Por ahí. Estoy recopilando datos.

—Muy bien, eso me gusta. El producto es para la gente, y por lo tanto es preciso buscar entre la gente... ¿Se te ha ocurrido alguna idea buena?

—Estoy trabajando. Sí. Ya he tomado algunas notas.

—Ah... —Silencio al otro lado.

—¿Sí? ¿Leonardo?

—Disculpa. No debería decírtelo. Bueno, Marcello y su equipo me han presentado un proyecto. —Silencio de nuevo. Alessandro traga saliva.

—¿Sí?

—Sí.

—¿Y cómo es?

Silencio, más breve esta vez.

—Bueno.

—Ah, ¿bueno?

—Sí. Bueno... pero clásico. Vaya, de un joven como él esperaba algo mejor; no sé cómo decirlo... algo más fuerte. En realidad, no más fuerte, ni más conservador, qué sé yo, algo revolucionario. Sí, eso es, no revolucionario, nuevo. Eso mismo, nuevo... Nuevo y sorprendente.

—Nuevo y sorprendente. Es justo en lo que yo estoy trabajando.

—Lo sabía. Lo sabía. No hay nada que hacer. Al final el más revolucionario eres siempre tú. Quiero decir, que tú siempre eres nuevo y sorprendente.

—Bueno. Eso espero.

—¿Cómo «espero»?

—No, quería decir que espero que te guste.

—También yo. Oye, mañana por la mañana tengo una reunión, pero ¿podrás enseñarme algo por la tarde?

—Creo que sí.

—Ok, entonces a las cuatro en mi despacho. Adiós, un saludo. Sigue caminando entre la gente. Me gusta esta nueva manera tuya de investigar. Nueva y sorprendente. Por ahí... sí. No hay nada que hacer. A tu manera, tú sí que eres un revolucionario. —Y cuelga.

—Sí... Leonardo... —Alessandro mira a Niki—. Ha colgado.

—Bien, ahora todo me parece más fácil.

—¿A qué te refieres?

—Sólo nos falta encontrar una idea nueva y sorprendente.

—Ah, claro, fácil.

—Bueno, al menos las ideas están mucho más claras. Ya verás como mañana antes de las cuatro te daré una de mis ideas nuevas y sorprendentes.

Alessandro coge de nuevo su móvil y marca un número.

—¿Qué haces, lo estás llamando tú? ¿Quieres aplazar la cita? Pero si yo te lo tendré seguro para las cuatro...

—No... ¿Andrea?

—Sí, jefe, es un placer oírte. ¿Cómo van las cosas?

—Fatal.

—¿Por qué, hay mucho tráfico?

—No, mañana tengo una cita con Leonardo por la tarde. Tengo que presentar un proyecto.

—Pero ¡si aún no estamos listos! ¿Qué podemos hacer?

—No lo sé. Lo que es seguro es que tenemos que encontrar una idea nueva y sorprendente.

—Sí, jefe.

—Tú puedes hacer una cosa.

—Dime, jefe.

—¡Coge aquel atajo de inmediato!

—¡Estupendo! No esperaba otra cosa!

Alessandro cuelga.

—¿A qué te refieres con lo del atajo?

—A nada.

—Pero ¿por qué siempre tienes que responder «Nada»? Es peor que cuando me decían de pequeña «Eso son cosas de mayores».

—Nada... Es una cosa de mayores.

—Cuando haces eso te juro que no te soporto. Venga, quita, déjame conducir.

—¿Qué?

Niki casi se le sube encima.

—Pero ¿estás loca? Ya tuvimos un accidente, ¡espera al menos a cumplir los dieciocho!

—Ni hablar. ¿Por qué tienes que traerme mal fario? ¿Por qué forzosamente tengo que tener un accidente?

—Bueno, tienes bastantes posibilidades...

—Para nada... ¡Venga, quita!

—No.

—Perdona, ¿no viste lo bien que me lo monté con los dos policías? ¡Logré convencerlos. ¡Venga! Sólo un ratito de nada. A lo mejor mientras conduzco se me ocurre alguna otra idea bonita para tus caramelos.

—No son míos.

—Va, no fastidies más. —Niki está casi montada encima de él—. ¡Bájate ya!

—Pero si dijiste que este coche no te iba bien porque tenía el cambio automático.

—Sí, pero lo he pensado mejor. Este coche es tan grande que si logro maniobrar y dominarlo, ¡no habrá un solo coche que se me resista!

Alessandro sale de debajo de Niki y se baja.

—Lo malo es si no lo logras con éste...

Niki se pone el cinturón de seguridad mientras Alessandro da la vuelta.

—De todos modos, después del accidente que tuviste, por tu culpa, claro, tenías que ir al chapista, así que golpe más, golpe menos...

Alessandro sube y se pone también el cinturón.

—Mejor «golpe menos».

Niki sonríe, después toca el navegador.

—¿Qué haces?

—Estoy probando este trasto, aunque de todas formas yo nunca llevaré uno en mi coche. Mis padres me comprarán el modelo más básico de coche. ¿Cómo se le quita el sonido?

—¿El sonido?

—Sí, esa voz que habla como en «Star Treck» y dice «trescientos metros... gire a la derecha».

—Ah, así. —Alessandro aprieta una tecla del monitor y aparece el mensaje de «no audio».

—Bien.

Niki comienza a programar el navegador, entonces se percata de que Alessandro la está mirando fijamente.

—¡No me mires!

—Vale. —Alessandro se vuelve hacia el otro lado—. ¿Adónde quieres ir?

—Ya lo verás. Ya está.

—Sal con cuidado, por favor.

Pero Niki no le hace ningún caso y aprieta el acelerador, provocando una fuerte sacudida.

—Muy bien, te acabo de decir con cuidado.

—Para mí esto es ir con cuidado.

Alessandro niega con la cabeza.

—Me rindo.

Niki sonríe y empieza a conducir. Esta vez va lentamente. Pasa entre los otros coches, pone el intermitente, gira. De vez en cuando, Alessandro la ayuda, coge el volante y le corrige la curva.

—Ehhh, ¿sabes que eres mejor que el resto de los amigos que me enseñan?

—¿Cómo, tu padre no te enseña?

—Mi padre no tiene tiempo.

Alessandro la mira. Le sonríe. Qué extraño.

—Mi padre se divertía enseñándome, dándome lecciones.

—En realidad, te transmitió una cierta calma, paciencia y tranquilidad.

—Quisiera poder encontrar el tiempo para enseñar a mis hijos...

Niki lo mira y se encoge de hombros.

—Por supuesto, entretanto, lo has encontrado para mí. Y eso es hermoso... —Después Niki le sonríe—. Y yo, por mi parte te entreno para cuando lleguen tus hijos.

—Claro que sí.

Alessandro la mira. Después piensa para sus adentros. Ya... pero a saber cuándo será eso. Me gustaría tener un niño. Qué se necesita... Me falta sólo la persona con quien tenerlo. Elena se ha ido. Le asalta una cierta tristeza. Y aquí estoy, con una que es como si fuese una niña a medio crecer y que además me ha obligado a adoptarla. ¡Joder! Niki pone el intermitente y aparca.

—¿Qué haces? ¿No seguimos con la lección?

—No, ya hemos llegado. —Niki se quita el cinturón y baja.

—Pero ¿dónde? —Alessandro baja también del coche—. ¿Tienes otra competición?

—No, son las ocho y media y tengo hambre. Espera, que aviso a mis padres. —Marca rápidamente un número—. ¿Sí, mamá...? Sí, he estado estudiando en casa de una amiga... Lo sé. Estaba un poco depre y le he hecho compañía. No. No, no la conoces. —Niki sonríe a Alessandro—. Ahora vamos a comer algo. Sí, si me tienes que llamar y el móvil está sin cobertura, estamos en el Zen Sushi, en via degli Scipioni... Sí... ¿Eh? Lo encuentras en las Páginas Amarillas o, si no, ven si es algo urgente. No. Hemos venido a cenar, tenía hambre, me ha insistido. Dice que invita ella. Sí. Que no, que quiere pagar ella. ¡Es así! No, no la conoces, pero te la presentaré pronto. Ok, sí. Estudiaremos un rato todavía y luego voy para casa, no tardaré, venga. Prometido. No, prometido, pronto en serio. Adiós, un beso, saluda a papá. —Niki cierra el teléfono—. He dicho que pagabas tú porque así se cree que estoy con una amiga que se siente mal de verdad, porque me obliga a ir a cenar con ella y le he dado la dirección del restaurante para que está tranquila, ¿sabes...?

—Ah, ya lo entiendo, ¿y a cambio?

—A cambio nada, invitas tú y espero que te diviertas. Perdona, pero no te voy a dar un eslogan diseñado y una idea tan buena por nada.

Justo en ese momento suena el teléfono de Niki.

—Jo, número oculto... ¿Y ahora quién será? —Decide responder—. ¿Sí?

—Eh, ¿dónde te metes?

Niki se vuelve hacia Alessandro.

—Es Olly. Demonios, tenía que llamarla.

—Nosotras estamos en la explanada, para el bbc. Dijiste que esta noche vendrías... y que a lo mejor incluso lo hacías.

—Mentí.

—¡Vale, pero ven igualmente!

—Pero ¿en serio estáis ahí?

—¡Sí!

—¿Esta noche también? ¿Y no os aburrís?

—No, no nos aburrimos. Es superguay, está tu ex, que está montando el número. Está medio borracho y te busca como un loco. ¡Me ha preguntado que por qué no estabas aquí con las Olas!

—Pues porque estoy aquí, con un tipo muy guay...

—¿Qué? ¿Quién es? ¡Cuéntamelo todo ahora mismo! —Después Olly sonríe al otro lado del teléfono—. Ah, ya entiendo. No es verdad, me estás mintiendo, ¿a que sí?

—No, ya sabes que yo no miento.

—¿Y si te ve Fabio?

—Qué me importa. Lo dejamos, precisamente porque no me dejaba salir ni siquiera con vosotras. ¿Y ahora que ya no estoy con él tengo que preocuparme? Ni hablar. Oye, Olly, tengo que colgar. Dile a Fabio que ya me iba a acostar. De todos modos, no tiene valor para llamarme a casa. Mañana te lo explico todo.

—No, no, espera, Niki, espera.

Demasiado tarde. Niki ha colgado. Después mira a Alessandro, que todavía está turbado.

—Yo he apagado el mío. ¿Por qué no apagas tú el tuyo? Así nos regalamos una noche tranquila para acabar bien el día.

Niki sonríe y entra primera en el local. Alessandro coge su teléfono. Lo mira un momento. Decide no esperar una posible llamada de Elena, al menos esa noche. Esta idea le produce un cierto placer. De modo que lo apaga y se lo mete satisfecho en el bolsillo. Entra en el restaurante con un extraño sentimiento de nueva libertad. Poco después, ya están comiendo. Ríen. Bromean. Como una de esas parejas felices de estar juntos; de las que sueñan, para las que todo está aún por descubrir; de las que tienen un poco de miedo y un poco no... Como esa extraña sensación de cuando estás en la playa y hace calor. De repente te entran ganas de darte un baño. Te levantas de la toalla. Te acercas al agua. Te metes dentro. Pero el agua está fría. A veces muy fría. En ese momento, hay quien lo deja correr y vuelve a tumbarse y a soportar el calor. Otros, en cambio, se sumergen. Y tan sólo estos últimos, después de unas cuantas brazadas, alcanzan a saborear hasta el fondo ese gusto único y un poco extraño de libertad total, hasta de sí mismos.

Treinta y seis

Luna alta en el cielo, pálida, lejana. Luna igual para todos. Luna para ricos, pobres, tristes. Luna para las personas felices. Luna, luna, tú... «No te fíes de un beso a medianoche... Si hay luna no te fíes...» La vieja canción.

Mauro aparca frente al pub. Baja. Levanta el asiento, lleno de cortes, estropeado sin remedio. Por el agujero asoma un poco de gomaespuma. Parece un panettone echado a perder. En el fondo, como su joven vida. Quita el tapón del depósito y sacude el ciclomotor. Las exhalaciones de gasolina y el olor permiten adivinar que allí dentro todavía hay posibilidad de un poco de camino.

—Bueno, al menos puedo volver a casa.

Entra en el pub y se acerca a la barra.

—Una caña.

Un joven muchacho ya un poco avejentado, con un cigarrillo apagado en la boca y pocas ganas de trabajar en las manos, coge un vaso que está sobre su cabeza. Lo aclara, lo pone boca abajo para que se escurra el agua que se ha quedado dentro y lo coloca bajo el grifo de cerveza. Lo abre y sale la cerveza, fresca y espumosa y el vaso de 0,4 litros se llena rápidamente. Después coge una espátula y la pasa por el borde del vaso manteniéndola a 45°, para quitar el exceso de espuma. Por último, sumerge el vaso en agua para limpiar las gotas que han caído por fuera y que podrían manchar las manos.

—Método belga. —Y se la da a Mauro. Él la coge y se la lleva ávido y sediento a la boca.

–¿Me pones otra?

A su espalda una voz y, acto seguido, una palmada.

–Hola, colega, en una noche como ésta apetece una birra, ¿eh?

Es el Mochuelo. Le sonríe y empieza a hablarle de esto y de lo de más allá, de tremendos tiroteos y de cosas que a lo mejor son ciertas.

–Oye, ¿te acuerdas de aquel al que llamaban el Jenízaro? Me lo encontré el otro día en el centro, tenía un todoterreno, ¿para que te voy a contar?, un sueño. El Hummer nuevo, que es más pequeño, amarillo con los bordes negros y dentro una piba de caerse de culo. Bueno, la tuya tampoco está nada mal, ¿eh? Es muy alta. ¿Cómo se llama?

–Paola –replica Mauro, vagamente molesto por el hecho de que le hable en esos términos de su novia. Pero en el fondo se trata de un cumplido, piensa.

–Hermosa. Fiel. Nada que objetar. Hasta se contenta con un ciclomotor... –El Mochuelo lo mira y enarca las cejas, después toma un sorbo de cerveza y se seca la boca con la manga de la chaqueta. Deja el vaso en el mostrdor casi golpeándolo–. Pero ¿por qué no me echas una mano? Esto está chupao. Es que han trincado a Memo, el que siempre iba conmigo, ¿te acuerdas? Sí, hombre, tienes que haberlo visto mil veces; gordo, con los ojos saltones. Tío, llevo arrastrándolo toda la vida.

–¿Quién? ¿El Búho?

–Ese mismo. Lo cogieron hace una semana. Un robo en el Inter-Coop de la Casilina. Joder, es del género idiota. En los grandes supermercados de la tangencial siempre hay pasma fuera, ¿es que no lo sabe? Y, además, nunca se debe actuar solo... Eso le pasa por avaricioso. Quería llenar sólo su bolsillo y al final ha acabado en la trena, a comer lo que allí le echen. –El Mochuelo se echa a reír. Después lo piensa mejor y se entristece–. Por lo menos dimos diez golpes juntos y nunca tuvimos ningún marrón. Joder, éramos el Mochuelo y el Búho.

–No te preocupes, ya verás cómo lo sueltan pronto.

–Qué va. Tenía ya dos condenas, por lo menos le caen cinco años.

Mauro enarca las cejas y se toma su cerveza, porque no sabe bien qué responder. El Mochuelo lo mira. De repente se muestra lúcido y astuto.

—Oye, ¿por qué no te vienes a dar una vuelta conmigo? Anda. Tengo clichados dos, tres que son fáciles de verdad; un juego de niños. Y al menos tocamos a cinco mil por cabeza...

Mauro niega con la cabeza.

—No, no.

El Mochuelo insiste.

—Venga ya... —Le da un golpe con el hombro—. Formaremos equipo, como cuando estábamos en el cole y jugábamos por detrás de la plazoleta de la Anagnina... ¿Te acuerdas del campeonato de los Castelli? Nos llamaban las estrellas gemelas, como la canción de Eros en plural, ¿eh?

—La verdad es que no me acuerdo.

—Venga, tío. Si hasta te he encontrado un mote.

—Espera, deja que lo adivine... ¡el Lechuza!

—Oye, ¿qué quieres, tocarme los cojones?

—¿Por qué te ofendes?

—Contigo... Mira, después de que trincasen al Búho, decidí cambiar de rapaz. Siempre te veo solo, no te tomas confianzas. Tienes una sola mujer, joder, me gustas. Había pensado en Halcón. O Águila. ¿Sabías que las águilas se acoplan en pleno vuelo? No tiene nada que ver, pero lo vi en la tele. Así, sin más. Ñaca. —El Mochuelo hace un gesto con el puño cerrado, como imitando un acto de amor rebelde, veloz, ávido, rabioso, salvaje—. En pleno vuelo, ¿te imaginas?

Mauro le sonríe.

—En cambio yo, prefiero seguir con los pies en el suelo. La idea de acabar en la trena no me seduce en absoluto. Y la idea de no poder ver a mi Paola me gusta aún menos.

El Mochuelo mueve la cabeza y le da un largo sorbo a su cerveza. También Mauro se acaba la suya.

—Como quieras, Mauro —dice el Mochuelo resignado—, yo estoy aquí. Lástima, las estrellas gemelas hubiesen vuelto...

Mauro sonríe de nuevo.

–Si me llamas para un partido de fútbol, en seguida estoy en el campo.

También el Mochuelo le sonríe.

–Deja, deja, pago yo.

–No, no, hoy me toca a mí. –Paga las dos cervezas. Después sale del bar y lo saluda desde lejos, levantando la barbilla, simplemente; con ese gesto que sólo se hace entre amigos.

Treinta y siete

Habitación añil. Ella.

«Ninguna de las mujeres a las que había oído hablar tenía una voz como aquélla. El más mínimo sonido que pronunciaba hacía crecer su amor, cada palabra lo hacía temblar. Era una voz dulce, musical, el rico e indefinido fruto de la cultura y de la amabilidad. Al escucharla, sentía resonar en sus oídos los gritos estridentes de las mujeres indígenas, de las prostitutas y, no tan dura, la cantinela débil de las trabajadoras y de las muchachas de su ambiente.»

La luz de la lámpara de vidrio opaco de Ikea le confiere al monitor un tono amarillo cálido y envolvente. La ventana de la habitación está abierta y una brisa ligera mueve las cortinas. La muchacha está leyendo soñadora esas palabras que saben a amor. Cada día la hacen sentir más diferente. Qué suerte, piensa, haber pasado por allí aquella noche. Claro que es un poco raro: en el lugar donde se tira la basura, voy yo y me encuentro a este Stefano y sus palabras. A saber cómo será. A saber a quién se lo dedica. ¿Quién es esa mujer que tiene una voz tan hermosa? ¿Su novia? ¿La Carlotta de los mails? A saber si le estará escribiendo en este momento. A saber la cara que tendrá. Puede que sea alto y de pelo oscuro. Quizá tenga los ojos verdes. Me gustaría que tuviese los ojos verdes. Me recuerdan una carrera en un prado. La muchacha sigue leyendo.

«Nunca me he echado atrás. ¿Sabes que he olvidado lo que significa dormirse con el corazón en paz? Hace millones de años me quedaba dormido cuando quería y me despertaba cuando había reposado lo suficiente. Ahora doy un salto al oír el despertador... Me pregunto por qué lo he hecho y me respondo: por ti... Hace mucho tiempo quería hacerme famoso, pero ahora la gloria ya no me importa. Lo único que quiero eres tú. Te deseo más que la comida, que la ropa, que la celebridad. Sueño con apoyar mi cabeza en tu pecho y dormir un millón de años... Ella se sentía irremediablemente atraída hacia él. Aquel flujo mágico que siempre había emanado de él fluía ahora de su voz apasionada, de sus ojos vivaces y del vigor que hervía en su interior... Tú me amas. Me amas porque soy muy diferente a los otros hombres que has conocido y a los que hubieses podido amar.»

Leer sobre el amor, acerca de un amor tan grande, la conmueve. Y, de repente, siente no poder experimentar esas cosas, no sentirse así cuando piensa en él. Cierra el ordenador. Pero otra lágrima desciende desdeñosa y le moja la rodilla. Y ella se echa a reír y sorbe por la nariz. Luego se detiene. Se queda en silencio. Y después se enfada. Sabe perfectamente que no puede hacer nada contra todo aquello...

Treinta y ocho

Niki y Alessandro se ríen y bromean frente a aquella extraña cinta rodante culinaria, hablan de esto y de lo de más allá. Cogen al vuelo
aquellos platitos llenos de especialidades japonesas recién hechas. Se
paga según el color del plato elegido. Niki coge uno naranja, carísi-
mo. Prueba sólo la mitad del sashimi y vuelve a dejar el plato en la
cinta rodante. De inmediato, Alessandro mira preocupado a su alrededor. Sólo faltaría que apareciesen también allí, es su día libre, Serra
y Carretti, los dos policías de costumbre. Y siguen riéndose. Y otra
anécdota. Y otra curiosidad. Y, sin deliberación, sin malicia, sin pensarlo demasiado, Niki se halla en casa de Alessandro.

—¡Es una chulada! Caramba, entonces sí que eres de verdad un
tipo importante. ¡Alguien de éxito!

—Bueno, hasta ahora no me ha ido mal.

Niki deambula por la casa, se da la vuelta y le sonríe.

—Ya veremos cómo te va mañana con mis ideas, ¿no?

—Sí. —Alessandro sonríe, pero prefiere no pensar en ello.

—Oye, Alex, de verdad, esta casa me gusta un montón. Además,
está tan vacía... ¡Qué fuerte, en serio! No hay nada de más; el sofá en
el centro, el televisor y una mesa, y el ordenador allí. Te juro que es un
sueño. Y éstas... ¡No! No me lo puedo creer.

Niki entra en el despacho. Una librería grande y varias fotos. En
color, en blanco y negro, escritas, descoloridas. Con las frases más fa-
mosas. Y piernas, y chicas, y coches, y bebidas, y rostros, y casas, y
cielos. E imágenes de su gran creatividad, de lo más variado, colgadas

en la pared, sujetas por finos hilos de nailon y con marcos de color azul oscuro plateado con un pequeño ribete ocre.

—¡Qué pasada! Si todos son anuncios que he visto... ¡Nooo! ¡No me lo puedo creer!

Niki señala una foto en la que aparecen unas piernas de mujer con medias. Las más variadas, las más extrañas, las más coloridas, las más serias, las más alocadas.

—¿Lo hiciste tú?

—Sí, ¿te gustó?

—¿Que si me gustó? ¡Me vuelven loca esas medias! No tienes idea de las que me he llegado a comprar. Es que siempre se me hacen carreras. O bien porque me apoyo las manos en las piernas y a lo mejor tengo una cutícula levantada. Es que yo me como las uñas, ¿sabes?, o bien porque me engancho con algo, vaya que rompo unas cuatro o cinco por semana, y siempre me las compro de esa marca.

—Y yo que creía que había tenido éxito con mi publicidad. ¡Tantas ventas sólo porque tú no paras de romper las medias!

Niki se acerca a Alessandro y se frota un poco contra él.

—No te hagas el modesto conmigo. Además, mira... —Niki coge la mano de Alessandro, se levanta un poco la falda y se la apoya en lo alto del muslo. Acerca su rostro a él y lo mira ingenua, con sus grandes ojos, lánguida, y después maliciosa, y de nuevo pequeña, y luego mayor, y luego, ufff... Pero hermosa de todos modos. Y deseable. Y una voz suave y cálida y excitante—. ¿Lo ves? No siempre llevo medias. —Y a continuación suelta una carcajada y se aparta, dejando caer su vestido, colocándoselo mejor. Después se quita los zapatos y se sacude un poco el pelo, se lo fricciona casi, liberándolo de aquel orden que lo aprisiona impuesto por una simple goma del pelo.

—Eh —se vuelve y lo mira—, ¿en esta casa se puede beber algo? —sonríe maliciosa.

—Ejem, por supuesto, claro que sí. —Alessandro intenta recuperarse y se dirige hacia el mueble bar—. ¿Qué quieres, Niki, un ron, un gin-tonic, vodka, whisky...?

Niki abre la puerta de la terraza.

—No, eso es demasiado fuerte. ¿No tienes una simple Coca-Cola?

—¿Coca-Cola? En seguida.

Alessandro se dirige a la cocina, Niki sale a la terraza. La luna está alta en el cielo, atravesada por algunas nubes ligeras. Parece una amiga que guiña el ojo. En la cocina, Alessandro sirve una Coca-Cola en un vaso y corta un limón. Niki le grita desde lejos:

—Alex, ¿por qué no pones también un poco de música?

—Sí.

Coge el vaso, echa un poco de hielo, luego va hacia donde ha dejado la chaqueta y busca en el bolsillo. Encuentra el CD que le ha regalado Enrico. Es doble, increíble. Coge uno de los dos discos sin prestar demasiada atención y lo mete en el equipo de alta fidelidad que está colgado en la pared. Aprieta una tecla para ponerlo en marcha. Aprieta otra para que la música se oiga por toda la casa. Sale a la terraza con Niki.

—Aquí tienes tu Coca-Cola.

Niki la coge y toma rápidamente un sorbo.

—Hummm, buena, el limón le va perfecto además.

Justo en ese momento, comienza la música.

«¿Qué sabrás tú de un campo de trigo, poesía de un amor divino...?» Y en seguida la voz de Enrico: «Bien, aquí Lucio quería poner de relieve la imposibilidad de explicar, de comprender, de interpretar, de situar el amor al mismo nivel que la belleza de un campo de trigo, como esas emociones imprevistas que a veces, como traídas por el viento, no se pueden explicar, de ahí la pregunta de "qué sabrás tú de un campo de trigo..." Una pregunta que quedará sin respuesta, del mismo modo que el porqué de estas otras palabras resulta en cambio más claro...»

Y de inmediato suena otro tema de Lucio Battisti. «Conducir como un loco de noche con los faros apagados.» «Bien, en este caso claramente hubo una discusión previa a la composición del tema entre Lucio y Mogol, cosa que se deduce claramente a partir de las palabras que...»

—Ejem, disculpa, me he equivocado de CD.

Alessandro corre, vuelve al estudio, para el CD, lo saca y ve que encima tiene escrito «Interpretaciones varias». Coge el otro CD.

«Sólo atmósfera.» Mejor. Lo mete con la esperanza de que esta vez la cosa salga mejor. Aprieta el botón, espera a que suene la música. Ya está. Alessandro coge la carátula del CD y mira los títulos apuntados por Enrico. Sonríe. Son las canciones de ambos. El camino de una amistad. Mira las primeras y le parecen perfectas. La cuarta no la conoce, pero se fía de su amigo. Regresa a la terraza. Cuando sale, la luz está apagada.

—Qué oscuro...

Alessandro hace ademán de dirigirse al interruptor.

—No, déjalo así, es más bonito.

Niki está allí, a poca distancia de él, en medio de una mata de jazmines. Ha arrancado uno y está mordisqueando la parte final de la flor.

—Hummm, Coca-Cola y jazmines... un sueño hecho realidad.

—Ya. —Alessandro coge su vaso y se le acerca.

—Podríamos lanzar al mercado esta nueva bebida. Jazmín-Cola. ¿Qué te parece?

—Demasiado complicado. A la gente le gustan las cosas simples.

—Es verdad, a mí también. Y tú me pareces tan simple, Alex...

Alessandro posa el vaso.

—Eso me suena a ofensa.

—¿Por qué? Simple. Simple de ánimo.

—Pero a veces las cosas simples son las más difíciles de alcanzar.

—No te hagas el complicado. ¡En serio! Juntos podemos conseguirlo... Además, está bien claro lo que tú deseas. Las cosas que quieres. Se ven, se leen, y aunque no las hubiese comprendido, al final me las ha sugerido tu corazón.

—¿Y qué te ha dicho? A veces miente...

Niki se echa a reír y se esconde detrás de un jazmín. Pequeño. Demasiado pequeño para una sonrisa tan espléndida.

—Conmigo ha sido sincero. —Niki mordisquea otro jazmín. Chupa el néctar—. Oye, sabe riquísimo. ¿Me das un beso?

—Pero, Niki, yo...

—Chissst... ¿Hay algo más simple que un beso?

—Pero tú y yo... es complicado.

—Chissst... deja que hable tu corazón. —Niki se le acerca. Apoya su mano sobre el corazón de Alessandro. Después la oreja. Y se pone a escuchar. Y aquel corazón emocionado late con fuerza. Y Niki sonríe—. Puedo oírlo. —Y se aparta de su pecho. Lo mira a los ojos y sonríe en la penumbra de la terraza.

—Dice que no...

—¿Que no a qué?

—A que entre tú y yo las cosas no son complicadas. Son simples.

—Ah, ¿sí?

—Sí. Y luego le he preguntado: «¿Qué hago, lo beso?»

—¿Y que te ha dicho?

—Me ha dicho que tú no lo pones fácil, pero que también eso es simple...

Y Alessandro se rinde. Y Niki se le acerca lentamente. Y lo besa. Dulce. Amable. Tierna. Suave. Ligera. Como un jazmín. Como Niki. Coge los brazos que Alessandro tiene caídos y abandonados y se los pone alrededor del cuello. Y sigue besándolo. Ahora con más pasión. Alessandro no se lo puede creer. Diablos. Tiene diecisiete años. Veinte menos que yo. ¿Y el vecino? ¿Y si nos está mirando? Alessandro abre un poco los ojos. Estamos en medio de los jazmines. Las matas nos ocultan. Hice bien en poner todas estas plantas en mi terraza. ¿Y Elena? ¡Dios mío, Elena tiene las llaves de casa! Pero sobre todo se ha ido. Se ha ido y no tiene intención alguna de regresar. O quizá sí. Pero Alessandro olvida todos esos pensamientos. Fatigosos. Inútiles. Difíciles. Que le gustaría que condujesen a alguna parte pero que al final no llevan a nada. Y se deja amar. Así, con una sonrisa. Una simple sonrisa. Niki se baja los tirantes del vestido y lo deja caer al suelo. Después salta por encima de él con sus zapatillas Adidas negras, altas, de boxeo, y se queda así, en bragas y sujetador y nada más. Con la espalda apoyada en los jazmines, sumergida en aquellas pequeñas florecitas, perdida en aquel perfume, como una rosa deshojada con delicadeza en aquella mata por azar. Ella, perfumada de sí misma, con la piel oliendo aún a mar, con los brazos fuertes, con unas piernas de músculos largos y bien dibujados y un estómago plano, ligeramente marcado por unos músculos educados que no se muestran en demasía. Niki, toda ella naturaleza, sana, como corresponde a una amante del surf. Es el momento de Alessandro, y poco después se hallan ya en mar abierto. Bajo la luna, entre hojas delicadas de jazmines abiertos, que juegan ahora con otra flor. Noche. Dibujar con una caricia los confines de lo que se siente. O intentarlo al menos. Y perderse entre su largo cabello ligeramente húmedo todavía. Y andar a tientas casi en aquel deseo sofocado, tímido, embarazoso, en aquel sentirse desnudar, descubrir que se tiene miedo a atreverse. Pero tener ganas. Tantas. Y seguir adelante así, dejándose llevar por la corriente del placer. No me lo creo, esa compilación de música es buenísima. Y seguir así, con esas notas que acompañan con dulzura el latido de sus corazones. Y luego otro tema clásico y otro y otro más... Y hallarse de repente en medio de una tormenta... «*I was her she was me, we were one we were free...*», rodeados por altas olas... «*and if there's somebody calling me on, she's the one...*» y un viento de pasión... «*we were fine all along...*»

Con los ojos casi cerrados, Alessandro se pierde en aquella marea que huele toda a ella, a Niki, a sus besos, a su sonrisa, a sus largos suspiros, a esa muchacha suave y joven con aroma a jazmín y a muchas otras cosas más.

Algunas estrellas después. Niki atraviesa el salón desnuda. Camina ufana y orgullosa, en absoluto tímida. Abre la puerta corredera y desaparece para reaparecer al cabo de un momento y sentarse frente a él, en aquel banco. Cruza las piernas y se apoya el bolso encima, una manera educada de cubrir su desnudez. Niki rebusca en él, mientras Alessandro permanece sentado frente a ella. Él sólo lleva puesta la camisa, desabotonada, y tiene el rostro desencajado. Sigue sumido en la incredulidad de que «todo aquello» haya ocurrido entre ellos.

—¿Te molesta si fumo? De todos modos, estamos al aire libre, ¿no?

—Sí, sí, fuma si quieres...

Niki enciende un cigarrillo y le da una calada, después suelta una nube de humo hacia el cielo.

—¿Sabes?, en casa no puedo fumar. Mis padres no saben que fumo.

—Claro. —Alessandro se pregunta si sabrán todo lo demás.

—¿En qué estás pensando? Y no me digas como de costumbre que en nada, ¿eh?

—Estaba pensando en si tus padres saben todo lo demás... Sí, en fin, que tú...

—¿Ya no soy virgen?

—Digámoslo así.

—¿Estás loco, qué van a saber? Jamás han tenido siquiera el valor de tocar ese tema, imagínate si lo van a saber. De todos modos, yo creo que mi madre lo sabe... Al menos eso pienso. Quiero decir que una vez Fabio, mi ex, se olvidó una caja de preservativos en mi casa y no volví a encontrarla. O la encontraron mis padres, o la asistenta, o mi hermano, que en aquel entonces tenía diez años y, la verdad, no creo que le sirvieran.

Alessandro tiene una sensación extraña pensando en los preservativos y en su novio, su ex, y en todo cuanto le acaba de contar Niki. No lo entiende. Le cuesta creerlo. No es posible. ¿Celos? Niki da otra calada a su cigarrillo. Entonces se da cuenta de que pasa algo extraño.

—Eh, ¿qué te pasa?

—Nada.

—¡Qué raro!

—No, en serio, nada.

—¡¿Ves como siempre dices que nada?! Como los niños. Di la verdad, te ha molestado que haya hablado de mi novio, de los preservativos y de todo lo demás. Dilo. Puedes decirlo. En serio.

—Bueno, un poco.

—¡Guau! No me lo creo. —Tira el cigarrillo al suelo y se le echa encima completamente desnuda—. ¡Soy feliz! Me gustas un montón. Es decir, en realidad no soporto los celos, o sea, que alguien esté celoso por mí. Yo pienso que dos personas o se aman o no, por lo que los celos no tienen ningún sentido. ¿Para qué vas a estar con alguien si no lo amas, no? Pero tú, que pareces el hombre frío por excelencia, ¡estás celoso! Bueno, digamos que me puedo volver loca.

Y lo besa en la boca con pasión.

—¿Sabes? —prosigue luego—, tengo que decirte que también yo antes estaba un poco celosa. ¡Caminaba por la casa y me preguntaba en qué lugares habrías hecho... el amor con tu ex! Y entonces me he dicho: seguro que aquí, en esta tumbona, entre los jazmines, no lo habrá hecho nunca, ¿tengo razón?

—En realidad, en esta tumbona lo único que había hecho era tomar el sol.

—Muy bien. —Niki le da otro beso—. Y esta noche ahí me has tomado a mí. Esa compilación de música es perfecta. Te hace sentir bien de verdad. ¿Y te has dado cuenta de lo mejor? ¿Te has dado cuenta de que nos hemos corrido juntos justo cuando sonaba esa canción, *Eskimo*, que a mí me gusta un montón?

—No, en realidad no estaba prestando atención a la música.

—¿Qué dices? sí te dabas cuenta, lo he visto. Y me ha gustado a morir.

Niki se da la vuelta sobre sí misma y se apoya sobre Alessandro, que a su vez se recuesta en la tumbona, tras levantar un poco el respaldo. Niki suelta un largo suspiro.

—Sólo por momentos como éste vale la pena vivir, ¿no es cierto?

Alessandro no sabe bien qué decir.

—Sí. No sé qué es lo que me ha pasado —prosigue Niki—. Quiero decir, que puede que te suene absurdo, pero cuando chocamos, es decir, cuando te me tiraste encima, apenas te vi supe que eras tú...

—¿A qué te refieres?

—Que tú eres tú. Yo creo en el destino. Tú, eres tú, eres el hombre de mi vida.

—¡Niki, pero si te llevo veinte años!

—¿Y qué? ¿Qué importa eso? Hoy en día, en el mundo pasa de todo y más, ¿y tú te montas un problema con la edad frente al amor?

—Yo no. Pero ve a explicárselo a tus padres...

—¿Yo? Se lo explicas tú. Sabes ser convincente. Eres tranquilo, eres una persona serena; por tanto, das tranquilidad y serenidad. Mira, es la primera vez que salimos y ya has conseguido llevarme a la cama...

—A la tumbona, si acaso, ¡y de todos modos, tampoco me parece que me haya costado un gran trabajo convencerte!

Niki se vuelve y le da un golpe con el puño.

—¡Ay!

—Idiota. Más bien imbécil. ¿Te crees que yo me voy a la cama con el primero que pasa?

—No, con el primero que te tira al suelo...

—Si acaso con el primero que se me echa encima, visto que te gustan los chistes malos. De todos modos, yo sólo he estado con Fabio. Y ahora que te he conocido, me gustaría que eso no hubiese sucedido.

—Pero ¿qué dices, Niki? Nosotros no nos conocemos en absoluto.

—Perdona, te lo he dicho, he hablado con tu corazón, y resulta que... Tú eres el hombre de mi vida.

—Está bien, me rindo. —Alessandro se queda callado. También Niki. Luego ella toma la palabra de nuevo.

—Ok, es verdad, no nos conocemos muy bien. Digamos que hemos hecho las presentaciones un poco al contrario. Pero podemos llegar a conocernos mejor, ¿no? Tú me ayudas con las clases de conducción, y yo te ayudo en tu trabajo.

Alessandro decide no discutir.

—Ya encontraremos la manera de dar sentido a esta historia.

—Ok, me parece bien.

Niki mira su reloj.

—Tenemos que irnos. Les he dicho a mis padres que volvería pronto. Se levanta y recoge su ropa de la hamaca.

—Claro que hubiese estado bien poderse quedar aquí, ¿eh?

Alessandro se abotona la camisa.

—Hubiese sido muy bonito.

—Piensa en lo hermoso que será cuando vivamos juntos, y, después de hacer el amor nos quedemos abrazados y durmamos juntos y después al día siguiente desayunemos juntos y comamos juntos y por la noche regresemos a casa juntos.

—Niki...

Alessandro la está mirando con la boca abierta.

—Vale, vale, es verdad. Antes hemos de conocernos mejor.

Treinta y nueve

Poco después están en la calle. Alessandro mira a Niki, que va condu-ciendo.

—Eh, se te da de lo más bien, Niki. Podemos dejar ya las clases.

—Muy bien, si de veras crees eso, ahora mismo choco.

—De acuerdo, eres una negada.

—¡Muy bien, bravo! —Niki sonríe—. ¡Y a lo mejor nos la pegamos juntos, pero contra otro!

—Y en esa proyección tuya de nuestro futuro, ¿habrá también de vez en cuando momentos en los que podremos no estar juntos?

—Rarísimos.

—Lo sospechaba.

Llegan hasta el ciclomotor, que habían dejado en la gasoline-ra. Niki se baja, le quita la cadena, la guarda en el cofre y se pone el casco.

—Vete si quieres... Desde aquí llego fácil a casa.

—No, prefiero acompañarte.

—¿Lo ves? Hablas y hablas, pero no puedes vivir sin mí.

Alessandro le sonríe. En realidad, está preocupado. Sólo faltaría que le pasase algo. La última persona con la que habría sido vista soy yo y seguro que me interrogarían. Ya se imagina a los dos policías, fe-lices de poder llevar hasta el final su trabajo.

—Sí, no lo resisto, es verdad. Anda, ve tú delante, que yo te sigo.

Niki parte con su ciclomotor y Alessandro la sigue con su Merce-des. Lungotevere. Piazza Belle Arti, Valle Giulia, via Salaria, corso

Trieste, Nomentana. Una vez llegan a su casa, Niki se quita el casco, lo guarda en el cofre y coge la cadena. La pasa por la rueda, la amarra al poste de siempre y cierra el candado. Después se sube al Mercedes.

—Ok. Gracias por darme escolta.

—Un placer.

—Oye, ¿podrías sacarme de dudas?

—Cómo no, la vida está llena de dudas de las que salir...

—Muy buena la frase... ¿es de un anuncio?

—Sí, mío. Va, dime.

Niki echa su aliento en el cristal, encima de la pegatina del seguro y, sobre el empañamiento, dibuja un corazón con las letras A y N dentro. Después añade un «4ever».

—¿Y eso qué quiere decir?

—Alex y Niki *forever* (3). Así, cada vez que se te empañe el cristal, en vez de enfadarte pensarás en mí y sonreirás...

—Ya, sonreiré. ¿Qué es lo que querías preguntarme?

—Si te has preparado el discurso para mis padres.

—¡Niki! Estás de broma, ¿no?

—No. Antes o después te querrán conocer. Querrán saber con quién estoy saliendo... ¿O es que tienes miedo?

—¿Miedo yo? ¿Por qué?

—Bueno, digamos que has salido de una manera muy peculiar con su hija.

—Pero eso no tengo por qué mencionarlo en mi discurso, ¿no?

—No, no, claro.

De repente, Niki mira hacia delante.

—Ah, ahí están. Hola, mamá. Así te la presento en seguida.

Alessandro siente que se va a desmayar. Mira hacia delante pero no ve a nadie. Mira a Niki de nuevo. Y otra vez a la calle, intentando comprender, aterrorizado.

—Alex... era una broma.

—Ah...

—Creía que te morías...

(3) «Para siempre.» Se juega con el sonido *four* en inglés. *(N. de la t.)*

—Has creído mal. Es que no veía a nadie.

—Sí, sí, corazón de león. Mira, pero has hecho un montón de anuncios publicitarios preciosos... ¡invéntate uno sobre ti! A lo mejor mis padres están encantados de adquirirte...

—Sí, no faltaba más, tranquila que esta noche me pongo a pensar en ello. ¡Por el momento, espero que les guste el envoltorio!

—Bueno, en mi opinión podrían congeniar contigo, no sé, mis padres son muy raros a veces. Vale, me voy. —Le da un beso rápido en los labios—. Que sueñes con los angelitos, que duermas bien. Y no salgas a la terraza, el olor de los jazmines te podría sugerir cosas extrañas. —Y mientras lo dice coge su bolso, se va corriendo hacia el portal y desaparece sin girarse.

Alessandro arranca su Mercedes y regresa a casa. Dios mío, en buen lío me he metido. Yo y una chica de diecisiete años. Si lo supiesen mis padres... Si lo supiesen mis dos hermanas, ya casadas y con hijos... Si lo supiesen mis amigos y sus mujeres respectivas... Si lo supiese Elena y, sobre todo, si lo supiesen los padres de Niki... Y así, sin apenas darse cuenta, ha llegado ya a su casa. Nunca había conducido tan rápido. A lo mejor es porque de repente siente ganas de escapar de todos aquellos si... Se monta en el ascensor y poco después ya está de nuevo en su casa. Se cierra por dentro y echa el pestillo. Fiuuu. Un suspiro de alivio. El CD sigue sonando a bajo volumen. Éste es el momento de Ligabue, *L'amore conta*. Qué compilación tan bella ha hecho Enrico. Luego un recuerdo. Y otro. Y otro más. Pequeños flashes. *Frames* de amor. Sabores, perfumes, detalles, los momentos más bellos de una película inolvidable. Niki. Qué sueño. Pero ¿ha sucedido de veras? Claro que ha sucedido. Y qué ha sucedido... Es realmente una muchacha hermosa. Y dulce. Y generosa. Y divertida. E ingeniosa. Y despierta. Y tierna. Y... Y tiene diecisiete años.

Alessandro coge la botella de ron y se sirve un vaso pequeño. No le iría nada mal un poco de zumo de pera. Pero no, ¿por qué hemos de querer siempre algo más para estar satisfechos? Basta con disfrutar el momento, lo dice también Niki, y se lo toma todo de un trago. Sólo ron. Ron puro. Diecisiete años. ¿Te detienen en estos casos? Sí. Qué va. No lo sé. Luego, casi sin querer, se halla de nuevo en la terraza. La música se difunde ligera en aquella atmósfera. Se acerca lentamente al lugar donde todo ha sucedido... El lugar del crimen, le gustaría decir. Pero prefiere no pensar en ello bajo esa luz. Mira. En el suelo, en una esquina, está el vaso de Coca-Cola con su rodajita de limón. Y en la tumbona, en una esquina más lejana, la goma del pelo, abandonada. Después se acerca a la mata de jazmines, casi se sumerge en ella e inspira profundamente, llenándose de su perfume. Justo en ese momento, se enciende la luz de la terraza de enfrente. Aparece una señora y grita a pleno pulmón:

—Aldo, Aldo... ¿Dónde estás?

—Estoy aquí, Maria... ¡No grites!

—Pero ¿no vienes a la cama?

De improviso, un hombre se aleja del seto, haciéndose presente bajo la luz de la lámpara de la terraza. Debe de ser Aldo. Mira hacia Alessandro. La mujer vuelve a entrar.

—Venga, que mañana tenemos que madrugar.

El hombre entra en la casa. Apaga la luz de fuera, después la del salón, luego la del pasillo, desapareciendo de nuevo en la oscuridad. Alessandro sale de la mata de jazmines. Aldo. Se llama Aldo. A lo mejor esta noche ha estado allí, mirando. De todos modos, no cree que haya podido ver gran cosa. Y así, un poco más tranquilo, también Alessandro se mete en casa. Cierra la puerta corredera. Una cosa es segura: al menos esta noche no me ha denunciado.

Cuarenta

Buenos días, mundo. Tu Niki reportando. Espera que me desperece un poco. No me lo puedo creer... ¡Fue maravilloso! Basta, deja de pensar en ello, Niki. Vuelve a la normalidad. *Fly down*... Mantén los pies en el suelo. No a tres metros sobre el cielo... Cuanto más arriba se sube... ¡más daño se hace uno al caer! No quiero traerme mal fario a mí misma, pero ¡vaya! Así. Mejor. *Low profile*. Veamos... ¿qué me pongo hoy? Hoy toca filosofía. Qué mierda. No tengo ningunas ganas. Hoy tiene que explicar a ese Popper, me parece. Me temo que será un plomo. De modo que es preciso que me vista alegre y con colores para que me sirva de antídoto. Niki abre su armario. Observa escrutadora las perchas. Vaqueros Onyx de color rosa con camiseta a rayas. No. Parezco una bombonera. Falda *stretch* con camiseta de cuello en V. Demasiado colegial. Pantalones estrechos azules estilo retro con camisa amarilla sin mangas y de cuello alto. Esto. Popper, te derrotaré con los colores de una mañana de sol. Después, mientras empieza a sacar la ropa del armario cambia de idea. Pero ¡¿qué feliz soy?! ¡Demasiado! Pero tengo un miedo de la hostia...

Todo el mundo llega corriendo a la puerta de la escuela. Una copia unos ejercicios, otro se despereza con aire somnoliento, otra está fumando con una expresión que no deja lugar a dudas sobre si atravesará aquella puerta o no. Otra, más absurda que las demás, se pone un poco de colorete y no deja de mirarse en el espejito de su ciclomotor.

O quiere dar el golpe con su nuevo *look*, o espera poder cobrarse alguna deuda con un golpe bajo. Ella no. Ella se siente más mayor que de costumbre. Camina orgullosa, divertida, eufórica como nunca. Bueno, en el fondo es verdad. De alguna manera, ya ha alcanzado la madurez.

—Olas, ¿estáis preparadas? ¡He encontrado al hombre de mi vida!

—¡No me digas! ¿Qué demonios has hecho?

—¿Y nos lo dices así? ¡Estás loca, explícanoslo todo! ¡Rápido!

Parece como si Olly, Diletta y Erica hubiesen enloquecido. Una deja de copiar, la otra de maquillarse, la última tira su cigarrillo.

—Por eso estabas fuera de cobertura anoche. ¡Va, explica! ¿Lo hiciste? ¿Quién es, lo conocemos? ¡Venga, desembucha, que nos tienes en ascuas! —Olly la coge por el brazo—. Si no nos lo cuentas todo, pero todito todo y de prisa... te juro que se lo digo a Fabio.

Niki no puede creer lo que oye. Se vuelve hacia ella y la mira con ojos como platos.

—¿Qué?

—Lo juro. —Olly se pone los dedos cruzados en la boca y los besa. De inmediato se lleva la mano derecha al pecho y levanta la izquierda, luego, creyendo haberse equivocado, lo cambia todo, se pone la izquierda en el pecho y levanta la derecha. Al final opta por levantar sólo dos dedos de la mano derecha—. Te doy mi palabra. Jo, no sé cómo funcionan estas cosas, pero si no nos lo cuentas todo, cantaré de plano.

—Traidora, eres una sucia traidora. Ok... —Por un momento, parece que va a hablar, pero de improviso se suelta de Olly—. ¡Por culpa de una sucia espía, las Olas quedan disueltas! —Y se echa a correr, riéndose como una loca. Sube los escalones de la entrada de dos en dos y, rápidamente, Diletta, Erica e incluso la misma Olly salen tras ella.

—¡Cojámosla! ¡Rápido, cojámosla! ¡Hagámosla hablar!

Y todas corren a toda pastilla detrás de Niki, escaleras arriba, ayudándose apoyando las manos en la barandilla. Y tiran y empujan, intentando coger mayor velocidad. Luego siguen por el largo pasillo de las aulas. Diletta, que siempre es la que más en forma está de todas, la que no bebe, ni fuma, a la que le gustaría tanto hacer algo pero siempre se acuesta demasiado temprano, en un momento le está pisando los talones a Niki. Olly que es la más rezagada de todas le grita a la amiga:

—¡Plácala! ¡Plácala! ¡Detenla! ¡Tírate... cógela!

Y Diletta lo logra, la agarra por la chaqueta y tira, tropiezan y caen al suelo. Diletta acaba encima y, en seguida, llega Erica que frena y se detiene a un milímetro de ambas; a continuación llega Olly, jadeante, pero no consigue frenar y acaba encima de Erica. Y ambas se caen sobre Niki y Diletta. Las cuatro por el suelo ríen y bromean. Las tres se montan en Niki y le hacen cosquillas intentando hacerla hablar.

—¡Basta, basta! Dios mío, estoy toda sudada. Ya no puedo más. Basta, quitaos de encima.

—¡Primero habla!

—Basta, basta, por favor, que me hago pipí encima, ay, no puedo más, quitaos de encima, ¡ay!

Olly le coge el brazo y se lo retuerce.

—Primero habla, ¿ok?

—¡Ok, ok! —Niki acaba por rendirse.

—Se llama Alessandro, Alex, pero no lo conocéis, es mayor que nosotras.

—¿Cuánto mayor?

—Bastante más mayor...

Olly se le sienta sobre el estómago.

—¡Ay, ay, me haces daño, Olly, ya vale!

—Di la verdad, ¿te lo has follado?

—No, pero ¿qué dices?

Olly le agarra el brazo de nuevo, mientras las otras la sujetan. Olly intenta retorcérselo al estilo de una llave de judo.

—¡Ay, me haces daño!

—Entonces, ¡habla! ¿Te lo has follado o no?

—Un poquito.

—Chicas.

Niki, Olly, Diletta y Erica ven unos zapatos enormes frente a sus rostros. Mocasines gastados pero impolutos. Poco a poco, levantan la vista. Es el director. Se ponen en pie de inmediato, intentando recomponerse un poco. Olly, Diletta y Erica han sido las más rápidas. Niki, ligeramente dolorida todavía, ha tardado un poco más.

—Disculpe, señor director, nos hemos caído y, claro, nos ha entrado la risa... Bueno, sí, estábamos bromeando...

—En realidad, me estaban torturando...

Erica, que es la que está más cerca, le da un codazo a Niki intentando hacerla callar, después se hace cargo de la situación.

—Es bonito venir a la escuela con un poco de alegría, ¿no? El ministro de Educación lo dice siempre en su discurso de apertura de curso: «Chicos, no tenéis que considerar la escuela como una aflicción, sino como la ocasión de...» ¿Verdad, Diletta, que lo dice?

—Sí, sí... es verdad —la secunda Diletta sonriente.

En cambio el director está de lo más serio.

—Muy bien. —Mira su reloj—. La clase está a punto de comenzar.

Diletta interviene.

—Pero he visto que no ha llegado la profe de italiano.

—En efecto. Os daré yo la clase. De modo que si sois tan amables de ir hacia el aula, con alegría, por supuesto, evitaremos conversaciones inútiles en el pasillo.

El director echa a andar por delante de ellas hacia la clase. Las cuatro caminan lentamente detrás de esa figura austera. Parecen un poco la gallina con sus pollitos. Olly adopta una expresión como diciendo: «Qué pesado». Pero, por supuesto, lo hace bien oculta por Erica, que camina delante de ella. Luego Olly coge a Niki por la chaqueta y tira de ella.

—Eh, ¿qué significa «un poquito»?

Niki levanta el brazo con exageración y traza con él un círculo.

—Era una broma. «Un poquito» es una manera de decirlo. Fue más de lo que había sentido hasta ahora... y más de lo que podía imaginar... ¡Un sueño, vaya! —Después sonríe, se escapa de ella y entra en clase.

Olly se queda en la puerta y la mira con despecho.

—¡Dios, cómo te odio cuando haces eso! J.A. ¡Jodida Afortunada!

Cuarenta y uno

Alessandro acaba de entrar en su despacho. Se ha vestido particularmente bien. Aunque sólo sea para impresionar, visto que no tiene la más mínima idea de cómo va a presentarse en la reunión de por la tarde con su director, Leonardo. Y, sobre todo, con qué idea.

—Buenos días a todos. —Saluda con una sonrisa a las varias secretarias de la planta—. Buenos días, Marina. Buenos días, Giovanna. —Saluda también a Donatella, la de la centralita, que le responde con un gesto de cabeza y sigue jugando a algo en el ordenador que tiene delante.

Camina lentamente, seguro. Orgulloso, sereno, tranquilo. Sí. Lo que se muestra es lo que se vende. No recuerda bien dónde ha oído esa frase, pero le viene bien ahora. En realidad, se acuerda de otras dos. Primera ley de Scott: «Cuando una cosa va mal, probablemente tendrá aspecto de funcionar bien.» Y ese aspecto es el que Alessandro está intentando adoptar ahora. Pero está también la ley de Gumperson: «La probabilidad de que un suceso ocurra es inversamente proporcional a su deseabilidad.» No. Mejor la primera. Si caminas de prisa, todos se dan cuenta de que la situación se te ha escapado de las manos. Y eso no es así. Todavía sigues siendo el primero, el más fuerte, el dueño indiscutible de la situación. Alessandro decide tomarse un café. Se dirige hacia la máquina, coge de una caja una cápsula monodosis en la que pone «Café Expreso» y la mete en el lugar apropiado. Coloca un vasito de plástico debajo del pitorro. Aprieta un botón verde. El motor se pone en funcionamiento y, poco después, el café empieza a salir, humeante, negro, en su punto. Justo al contrario que su situación. Alessandro controla el nivel del agua y aprieta el «stop». Espera a que caigan las últimas gotas y coge el vaso. Se vuelve y casi están a punto de chocar. Marcello. Su oponente. Está allí, frente a él. Y con una sonrisa.

—Eh, ha faltado poco, ¿eh? ¡A mí también me apetece un café! —Y coge también una cápsula, la mete en la máquina, coloca un vasito debajo y la pone en marcha. Luego le sonríe—. Qué extraño... a veces se desean las mismas cosas en el mismo momento.

—Sí, pero el secreto está en que no sea una casualidad. Debemos conseguir que todos tengan ganas de lo mismo cuando nosotros lo decidamos. Para eso trabajamos...

Marcello sonríe y detiene la máquina. Coge dos bolsitas de azúcar de caña y se las echa, una tras otra, en el vasito. Renueve con el palito de plástico transparente.

—¿Sabes?, ayer presenté mi primera idea.

—Ah, ¿sí?

Marcello lo mira intentando averiguar si de veras no está ya al corriente.

—Sí. ¿No lo sabías?

—Me lo estás diciendo tú ahora.

—Pensaba que Leonardo te habría dicho algo.

—Pues no, no me ha dicho nada.

Marcello toma un sorbo de café. Lo remueve nuevamente con el palito.

—La verdad es que estoy bastante satisfecho con el resultado. Creo que es algo nuevo. No revolucionario, pero sí nuevo. Eso es, nuevo y simple.

Alessandro sonríe. Ya, piensa, pero Leonardo quiere que sea «nuevo y sorprendente».

—¿Por qué sonríes?

—¿Yo?

—Sí, estabas sonriendo.

—No sé. Pensaba en que tú te echas dos bolsitas de azúcar en el café y que yo en cambio lo tomo amargo.

Marcello lo mira de nuevo. Entorna un poco los ojos, intenta estudiarlo, tratando de averiguar qué es lo que esconde.

—Sí, pero el resultado no cambia. Sigue siendo café.

Alessandro sigue sonriendo.

—Vale, pero la diferencia puede ser grande o pequeña.

—Claro, la diferencia es que puede ser amargo o no serlo.

—No, más simple. Puede ser un buen café o bien un café demasiado dulce.

Alessandro termina de tomar el suyo y arroja el vasito a la papelera. También Marcello se toma su último sorbo. Después saborea los granitos de azúcar que se han quedado en el fondo y los mastica. A Alessandro le molesta un poco el ruido que hace. Marcello lo mira. Después se dirige a él con curiosidad.

—Alex, ¿tú cuántos años tienes?

—Cumpliré treinta y siete en un par de meses.

Marcello arroja el vasito a la papelera.

—Yo acabo de cumplir veinticuatro. De todos modos, estoy convencido de que nosotros dos tenemos más cosas en común de lo que te imaginas.

Se quedan así un momento, en silencio. Después Marcello sonríe y extiende la mano.

—Bien, buena suerte, vamos a trabajar y que gane el mejor.

Alessandro le estrecha la mano. Le gustaría decirle: «A propósito de tu edad y de la dulzura de la vida, bueno, yo anoche lo pasé fantásticamente bien con una chica de diecisiete años.» Pero no está tan seguro de que en realidad eso sea un punto a su favor. Entonces sonríe, se da la vuelta y se dirige a su despacho. Pero después de haber dado unos cuantos pasos, se mete la mano derecha en el bolsillo del pantalón. No busca las llaves. Busca un poco de suerte. Justo la que necesita. En la vida no resulta tan fácil encontrar bolsitas de azúcar que la hagan menos amarga. Precisamente en ese momento pasa el director.

—Ah, hola, Alex, buenos días. ¿Todo bien?

Alessandro sonríe, saca la mano rápidamente del bolsillo y le hace una señal juntando el pulgar y el índice.

—¡Sí, todo ok!

—Bien, te veo en forma. Así me gusta. Entonces quedamos a las cuatro en mi despacho.

—¡Desde luego! A las cuatro.

En cuanto se va, Alessandro mira el reloj de la pared. Las diez y pocos minutos. Dispongo de apenas seis horas para dar con la idea. Una gran idea. Y, sobre todo, nueva y sorprendente. Y, lo más importante de todo, que me permita quedarme en Roma. Alessandro entra en el despacho. Andrea Soldini y los demás están alrededor de la mesa.

—Buenos días a todos, ¿cómo va eso?

—Tirando, jefe.

Andrea se le acerca con unos folios. Le muestra algunos. Viejos anuncios de caramelos con las situaciones y los personajes más diversos. Indios y vaqueros, niños de color, deportistas, incluso un mundo galáctico.

—Ejem, jefe. Éstos son los ejemplos más significativos de todos los anuncios de caramelos que se han hecho en todos los tiempos. Mira, éste está muy bien. Funcionó estupendamente en el mercado coreano.

—¿Coreano?

—Sí. Se vendieron muchísimo.

Alessandro coge el folio y lo mira.

—Pero ¿de qué tipo eran?

—Bueno, eran caramelos de frutas.

—Ya, pero ¿no lo habéis leído? ¿No sabéis que el producto LaLuna, además de los de fruta, tiene un montón de sabores nuevos? Menta, canela, regaliz, café, chocolate, lima...

Dario mira a Andrea Soldini y enarca las cejas. Como diciendo: «Ya lo decía yo que este tipo es un negado.» Andrea se da cuenta, pero intenta arreglarlo de algún modo.

—Bueno, podríamos colgarlos de las nubes.

—Sí, la luna colgada de las nubes.

Giorgia sonríe.

—Bueno, no está tan mal. Tipo: «Cuélgate del...», y después el nombre del gusto. Un montón de lunas colgadas de las nubes.

—Si por lo menos tuviesen algún gusto innovador, qué sé yo, de berenjena, de champiñón, de col, de berza...

Alessandro se sienta a la mesa.

—Sí, y todos los sabores colgados de las nubes. Y a esperar que no llueva. A ver, dejadme ver algún diseño del eslogan.

Michela le alarga una cartulina con la palabra «LaLuna» escrita con los tipos de letra más diversos. Andrea le acerca una carpeta amarilla en la que está escrito «Top-Secret» y, entre paréntesis, «el atajo». Alessandro lo mira. Andrea se encoge de hombros.

—Me lo pediste, ¿no?

—Sí, pero con un poco de discreción. Sólo le falta luz incorporada, ¿cómo si no, van a leerlo en Japón?

—¡Con un satélite! —Pero Andrea comprende al instante que el chiste no viene a cuento. Intenta arreglarlo—. Jefe, Michael Connelly dijo que la mejor manera de pasar desapercibido es llamar la atención.

A Alessandro le gustaría decirle: «A lo mejor por eso te ignoran siempre.» Pero prefiere dejarlo correr.

—Veamos qué es lo que han hecho...

Andrea se inclina despacio y, con una mano ante la boca, le dice:

—El director no está muy satisfecho. Vaya, que le parece demasiado clásico. O sea, que no es nada de lo que...

Alessandro levanta la tapa de la cartulina. En el centro, aparece un paisaje con ríos, lagos y montañas. Todo con forma de luna y perfectamente dibujado. Y debajo, en rojo, con un tipo de letra parecido al de *Jurassic Park*, un título: «LaLuna: una tierra a descubrir.» Andrea pasa el primer folio. Debajo hay otro. El mismo diseño con otro título: «LaLuna. Sin fronteras.»

—Venga ya, para tener veinticuatro años no ha inventado mucho, ¿eh? La letra de *Jurassic Park* es vieja y «sin fronteras» recuerda aquel programa... ¿Cómo era? ¡Anda ya! ¿Y una tierra a descubrir? ¿Qué es esto, el caramelo de Colón? ¡Así pues es el anuncio de un huevo!, no de una luna. A estos los ganamos con la gorra, ¿verdad, Alex?

Alessandro lo mira. Después cierra la carpeta.

—Al menos ellos han presentado un trabajo.

—Sí, pero muy manido. —Andrea lo mira—. ¿Y a ti, jefe? ¿Se te ha ocurrido alguna idea buena?

Michela y Giorgia se acercan curiosas. Dario coge una silla y se sienta, preparado para la revelación. Alessandro repiquetea un poco con los dedos sobre la carpeta amarilla. Los mira uno a uno. Tiempo. Tiempo. Se necesita tiempo. Y, sobre todo, tranquilidad y serenidad. Primera ley de Scott. Sólo así conservarás el control de la situación.

−Sí. Alguna... Alguna idea buena, curiosa... Pero todavía estoy trabajando sobre ello...

Dario mira el reloj.

−Pero son las diez y media, y la reunión es a las cuatro, ¿no?

−Así es. −Alessandro sonríe, aparentando seguridad−. Y cuando llegue la hora, estoy seguro de que habremos dado con la adecuada. Venga, vamos a hacer un poco de *brainstorming*. −Después coge la carpeta amarilla y se la muestra a todos−. Esto lo superamos fácilmente, ¿no es así? −De ese modo busca dar más confianza al grupo−. ¿No es cierto? −O al menos lo intenta...

Un sí general, aunque algo débil, hace que, por un momento, todo el entusiasmo de Alessandro se tambalee. Michela, Giorgia y Dario se van hacia sus ordenadores. Andrea se queda allí, sentado a su lado.

−¿Alex?

−¿Sí?

−Lo de las nubes no te ha gustado mucho, ¿eh?

−No. No es ni nuevo ni sorprendente.

−Ya, pero es mejor que el atajo.

−Sí, pero no es suficiente, Andrea. Para quedarse en Roma no es suficiente.

Alessandro recoge los folios con los anuncios antiguos. Los hojea lentamente uno a uno, buscando desesperadamente un vislumbre de inspiración, cualquier cosa, una pequeña chispa, una llamita que pueda encender su pasión creativa. Nada. Oscuridad absoluta. De improviso en su mente aparece un resplandor lejano, una lucecita, una débil esperanza. ¿Y si ella tuviese la idea adecuada? La chica del surf, la chica de los pies en el salpicadero, la chica de los jazmines... Niki. Y justo en ese mismo instante Alessandro lo comprende. Sí, así es. Su única solución se halla en manos de una chica de diecisiete años. Y de repente le parece que Lugano está a la vuelta de la esquina.

Cuarenta y dos

Tercera hora. Matemáticas. Para Niki es un paseo. En el sentido de que no entiende nada y, por lo tanto, da igual que se vaya a dar una vuelta mentalmente. No vale la pena cansarse. De todos modos, los deberes siempre se los pasa Diletta y la profe nunca saca a nadie a la pizarra. ¿Y por qué cambiar las cosas cuando hasta ahora han ido tan bien? Niki acaba de escribir algo. Coge la hoja cuadriculada y, para no apartarse tanto del tema, la dobla con cuidado. Una, dos, tres veces, después la punta, luego saca dos alas y les hace un pequeño desgarro a cada una en la parte inferior. Son los timones. Mantiene uno arriba y otro abajo, hace hasta piruetas. Lo mira. Bien. Así, a buen seguro que resulta más preciso. Y más veloz. Después mira a la profe, que está ante la pizarra.

—Bien, ¿lo habéis entendido? En este caso, sólo tenéis que tomar en consideración los últimos números.

En cuanto la profe se pone a escribir de nuevo, Niki se incorpora y deja de ocultarse, es decir, sale de su pequeña trinchera, que no es otra que la empollona de Leonori, que se le sienta delante, y lanza con fuerza el avión que acaba de fabricar en dirección a Olly.

—¡Ay!

Acierta de lleno en la sien de Guidi, compañera de pupitre de Olly. El avión aterriza en el pupitre y Olly, veloz como una serpiente, lo recoge tras su catastrófica toma de tierra y lo esconde en lugar seguro, en su hangar, debajo de la libreta de apuntes. La profe se da la vuelta hacia la clase.

—¿Qué pasa? ¿Qué sucede? ¿No lo habéis entendido?

Niki levanta la mano y se justifica.

—Disculpe, he sido yo. He dicho: «Ah, claro». Es que antes no lo acababa de entender.

—¿Y ahora ya está? Si no, lo vuelvo a explicar.

—¡No, no, está clarísimo!

Diletta se echa a reír pero se tapa rápidamente la boca con la mano. Ella sabe lo poco claro que resulta todo eso para Niki. No lo entiende en absoluto desde hace por lo menos cinco años, cuando empezaron a ir a la misma clase y, sobre todo, cuando empezó a pasarle los deberes.

—Entonces prosigamos. En este punto, tenéis que coger la suma obtenida y empezar de nuevo con los diferentes paréntesis.

La profe vuelve a escribir y a explicar en la pizarra; mientras, Olly saca el avión de debajo de su libreta. Lo abre, lo alisa con ambas manos, curiosa por leer el contenido superviviente de aquel vuelo tan azaroso.

«Olly, tú que eres buena y tienes un ocho en plástica, ¿me podrías diseñar estas dos ideas? Te explico. En el primer caso se trata de...». Y sigue toda la explicación de las dos ideas, que a Olly le parece que no pegan para nada, pero resultan originales. Ambas tienen como protagonista a una chica, y la hacen reír. El mensaje acaba con una promesa. «Así pues, ¿me lo haces para... ahora? ¿Te acuerdas? Las Olas prometimos ayudarnos siempre, a pesar de todo, ante cualquier momento de dificultad. Y por si eso no te basta, oportunista y tramposa como eres, estoy dispuesta a recompensar tu miserable esfuerzo con: A) cena en el restaurante del corso Francia. Caro pero bueno, como bien sabes; B) semana de helados gratis en el Alaska, incluso la copa o el cono más grande y, en cualquier caso, helados de 2,50 euros como mínimo; C) lo que quieras, a condición de que no me resulte imposible. Por ejemplo, organizarte una cita con mi padre, que sé que te gusta mucho... Eso, ni siquiera te atrevas a pedírmelo.»

Olly coge una hoja, la arranca de la libreta y empieza a escribir a toda velocidad. Después, hace una pelota, mira a la profe, que sigue de cara a la pizarra y la lanza como el mejor *playmaker*. Acierta sin problema en el centro del pupitre de Niki, que abre el papel de inmediato.

«¿Qué? ¿Yo me tengo que comer el coco después de que tú no hayas compartido siquiera de palabra tus sucias y obscenas aventuras nocturnas...? Ni hablar... O mejor dicho: ¡habla, pelandusca!»

Niki acaba de leer la nota y se apoya en el respaldo de la silla mirándola y poniendo cara de pena.

—Va —le dice en voz baja desde lejos, casi sólo articulando. Después junta las manos como si estuviese rezando—. *Please*...

Olly niega con la cabeza.

—Ni hablar... Quiero saberlo todo... O lo cuentas todo o no dibujo nada.

Niki arranca otra hoja, escribe a toda velocidad algo y luego, en vista de que la profe sigue escribiendo, hace una pelota y se la lanza. Bomba directa al lugar del avión. Esta vez, Guidi la ve llegar y se agacha para esquivarla. Olly la pilla al vuelo con la mano derecha. Justo a tiempo. La profe se da la vuelta y mira a Niki.

—Cavalli, ¿esta parte le ha quedado clara?

Niki sonríe.

—¡Esto sí! Clarísimo.

—¿Y a vosotras, chicas?

Algunas alumnas asienten, más o menos convencidas. La profe se queda más tranquila. Se está explicando de una manera comprensible.

—Bien, entonces continúo. —Y sigue escribiendo, sin saber a ciencia cierta si alguno de esos cálculos resulta verdaderamente claro para la mayor parte de sus alumnas, o siquiera para dos. De todos modos, todas saben ya que las matemáticas no saldrán en Selectividad.

Divertida, Olly abre el mensaje que acaba de llegar.

«Es menos de la mitad de lo que has hecho tú... De todas maneras te lo explicaré todo después, hasta con mímica. Scripta manent. ¡Disegnam pure! Ahora, ¿podrías diseñar mis dos ideas, por favor?»

Olly la mira seria. Después, en voz baja, desde lejos, le dice pronunciando con claridad para que lo lea bien en sus labios:

—Si no me lo cuentas todo, cojo lo que haya dibujado y —levanta

la hoja arrugada que le acaba de llegar y la mueve– te lo rompo.
¡¿Está claro?!

Desde su sitio, Niki levanta la mano izquierda, después la derecha, luego cruza los dedos y se los besa jurando, como ha hecho antes
Olly. Además, le dice con claridad:

–¡Prometido!

Olly la mira una última vez. Niki le sonríe. Y ella, conquistada por
su divertida amiga, abre el estuche lleno de lápices de colores, saca de
debajo del pupitre el álbum de dibujo y coge una hoja en blanco. Y,
como el más grande de los pintores, le quita el tapón al rotulador negro
y mira la hoja de las ideas de Niki. A continuación se detiene, busca la
inspiración en el vacío. La encuentra. Se concentra en la hoja y, con
trazos seguros y precisos, empieza a dar cuerpo a las fantasías cómicas,
extrañas, divertidas y, por qué no, también curiosas, de su amiga Niki.
Mientras tanto, la profe continúa con la que sin duda es la exposición
más clara que haya hecho jamás.

Cuarenta y tres

Alessandro mira el reloj que está sobre la mesa. Las dos y cuarenta. Falta poco más de una hora para la reunión. Y ellos todavía no están listos.

—Bien, chicos, ¿cómo vamos?

Michela llega corriendo a la mesa y le enseña un nuevo boceto. Alessandro lo mira. Una muchacha sostiene la luna como si fuese una pelota. No funciona en absoluto. Es todo menos nuevo. Y nada sorprendente. Alessandro está destrozado. Deprimido. Pero no debe demostrarlo. Se muestra seguro y tranquilo, para que no se le escape la situación de las manos. Sonríe a Michela.

—Es bueno. —Michela sonríe también—. Pero no se puede dar todavía por bueno.

Michela se queda abatida. De inmediato le desaparece la sonrisa. Rápidamente. Demasiado rápidamente. Es posible que también ella, en el fondo de su corazón, supiese que todavía no era el definitivo.

—Es necesario algo más, algo más... algo más... —Ni siquiera es capaz de encontrar la palabra más adecuada para expresar lo que querría.

Pero Michela parece tener un conocimiento óptimo con él.

—Sí, ya entiendo... Voy a intentarlo.

Alessandro casi se hunde en su sillón de piel. Llega Giorgia.

—He hecho algún otro eslogan.

Alessandro abre distraído la carpeta y mira las hojas. Sí, no están mal. Colores variados, vivos, luminosos, alegres. Pero si la idea no existe, ¿de qué sirve un buen logo?

—No están mal, muy bien.

Giorgia lo mira desconcertada.

—Entonces, ¿sigo así?

—Sí, trata de que, a través de la letra, se transmita el sabor del chocolate, de la canela, de la lima...

—No es fácil sin el diseño del producto, pero lo intentaré.

—Sí, adelante.

Es cierto. Él también lo sabe. Sin una idea concreta no se va a ninguna parte. Justo en ese momento, suena el interfono. Es Donatella, la de la centralita.

—¿Sí?

—Disculpe, señor Belli, pero hay...

—No estoy, he salido, estoy fuera. Ni siquiera sé si volveré. Me he ido. Eso, me he ido a la Luna. —Y cuelga el interfono, truncando cualquier posibilidad de comunicación.

¡Qué demonios! Y no es un eslogan. Hay momentos que son sagrados. En esos momentos no se le molesta a uno. Si encima esos momentos son dramáticos, todavía peor. No se está para nadie.

¡Qué demonios! Mira el reloj.

Son las tres y cuarto. No lo conseguiremos. Y pensar que ayer estaba convencido de que sí. Maldición, no tendría que haber pasado el día fuera. El mar, mirar a los que hacían surf, la comida en la taberna de Mastín, y tiempo regalado... Ya, ¿y quién me regala ahora a mí mi puesto de trabajo? Maldita sea, y maldito el momento en que decidí confiar en una chica de diecisiete años. Alessandro mira de improviso su teléfono. Ningún mensaje. No me lo puedo creer. Ni siquiera me ha llamado. Nada. Menos mal que tenía que salvarme, que darme la idea. Tranquilo, que yo te la encuentro. Tomaba notas, preguntaba, pensaba. Y, en cambio, nada. Ni siquiera ha dado señales de vida. Luego, por un instante le vienen a la mente los jazmines y todo lo demás. Y casi le da vergüenza. Pero ¿qué esperabas de una chica de diecisiete años, Alex? Es libre. Y sin obligaciones. Con toda una vida por delante. A lo mejor ya se ha olvidado de ti, de los jazmines... incluso del accidente. Pero es justo que sea así. Claro que... no pierdo nada con intentarlo de nuevo. Coge el teléfono y empieza a escribir.

«Hola, Niki. ¿Todo bien? ¿Has tenido un accidente con algún otro? ¿Tengo que ir a salvarte?» Luego se lo piensa mejor. Pero si ella misma se lo dijo. «¿Vas a mandarme una de tus geniales ideas...?» Y sonríe, es mejor ser amables. «La echo en falta. Una idea con perfume a jazmín.» Y le pongo también un bonito signo de exclamación. Luego busca el nombre en la agenda, lo encuentra. «Niki.» Lo selecciona, aparece el número y le da a «Enviar». Espera unos segundos. «Mensaje enviado.» Alessandro coge el teléfono y lo deja sobre la mesa. Luego se queda mirándolo fijamente. Un segundo, dos, tres. De improviso, el teléfono se ilumina. Un mensaje recibido. Alessandro aprieta la tecla «Leer».

¡Es ella! Ha respondido. «Tengo dos. No están mal. Para mí, claro... ¡Un beso de jazmín!»

Alessandro sonríe. Rápidamente se pone e escribir.

«¡Bien! Estoy seguro de que son la hostia, como tú... ¡haciendo surf!» Luego se queda indeciso. No sabe bien cómo decírselo. «¿Por qué no me dices algo en un sms?» y vuelve a darle a enviar. Aguarda impaciente con el teléfono en la mano. Un segundo después, entra otro mensaje. Lo abre en seguida.

«En realidad me gustaría dártelas en persona...»

Alessandro escribe a toda velocidad.

«¡No nos da tiempo! La reunión es a las cuatro. —Mira su reloj—. Falta casi media hora. ¿Cuánto tardas en llegar hasta aquí?», y lo envía.

Un segundo después, llega la respuesta.

«En realidad ya estoy aquí. Lo que pasa es que la de la centralita mc ha dicho quc no sc te puede molestar.»

Alessandro no da crédito. Corre hacia la puerta y la abre de golpe, sale al pasillo y, de repente, la ve. Niki está sentada muy formal en el sofá de la sala de espera. Lleva una chaqueta azul oscuro, una falda a rayas de colores, unas medias finas, azul celeste y deportivas hasta el tobillo, de boxeo, Adidas azul oscuro. Lleva el pelo recogido en dos coletas y le sonríe con una carpeta roja de dibujo bajo el brazo. Niki se la enseña y le guiña el ojo. Encima está escrito «Las ideas de Alex».

Alessandro corre a su encuentro. Entonces se acuerda y aminora, seguro y tranquilo. Siempre dueño de la situación.

—¡Hola, Niki, qué sorpresa! ¿Cómo me has encontrado, cómo has hecho para llegar aquí?

Niki se levanta del sofá, se mete la mano en el bolsillo y saca su tarjeta de visita.

—Con esto. Me la diste cuando me atropellaste. Viene la dirección de tu oficina... Tampoco hay que ser un genio.

Alessandro la coge por el brazo.

—Tienes razón. Disculpa. Ven, que te presento a mi equipo.

—Vale, qué fuerte...

Camina por el pasillo mientras algunos colegas que pasan la miran con curiosidad, aunque sólo sea por cómo va vestida. Y, sobre todo, por lo hermosa que es.

—¡Eh!

—¿Qué pasa?

—¿No me vas a dar un beso?

Alessandro le da un beso rápido en la mejilla.

—No te he pedido un besito.

Alessandro sonríe y le dice en voz baja:

—Trabajo aquí. No puedo regalarme nada.

Niki le sonríe.

—Ok, me pondré seria. Somos un pequeño equipo, ¿no?

Alessandro la mira. Está contento de que haya venido. No se ha olvidado. Esta chica es la hostia.

—Sí, un pequeño equipo. —Se aparta, haciéndola entrar en su despacho.

—Ven, que te presento a los demás. —Y cierra la puerta a sus espaldas—. Bien, chicos, ella es Niki. Niki, Giorgia, Michela, Dario y Andrea.

Todos le sonríen, sienten más o menos curiosidad por esa chica tan joven, tan guapa, caprichosa en el vestir y, sobre todo, con una carpeta bajo el brazo.

—Ellos son mi equipo. —Lo dice orgulloso, de nuevo dueño de la situación, aunque sólo falte apenas un cuarto de hora para la reunión con su jefe y no tenga ni la más remota idea de lo que le va a enseñar. Al menos, hasta ahora. Hasta antes de la llegada de Niki. Dario, escéptico y al mismo tiempo curioso, se acerca.

–¿Y ella quién es? ¿Otra becaria?

De repente, Alessandro pierde su seguridad. Y también la tranquilidad. En resumen, pierde el control de la situación.

–Bueno, no... Ella es... Bueno, es... Ella... –La mira con fijeza, los observa en busca de una sugerencia, una ayuda, cualquier comentario por parte de cualquiera–. Bueno, ella es, bueno, ya lo veis...

–Yo soy Niki. Una chica cualquiera. Una chica que ha prestado atención a las ideas de Alex y, como debía saldar una deuda –mira a Alessandro sonriendo–, y como resulta que sabe dibujar, ha intentado plasmarlas sobre el papel, como él le pidió. –Niki deja la carpeta sobre la mesa–. Alex, he intentado trasladarlas lo mejor que he podido, he puesto los colores y la pasión que sentí en tus palabras cuando me explicabas qué tenía que ser LaLuna. Sólo espero no decepcionarte.

Y parece inocente de verdad mientras lo dice, y soñadora, e ingenua. Y muy joven. Mucho. Alessandro se acuerda por un instante de los jazmines. Y nota un ligero rubor y un poco de embarazo. De inmediato aparta ese recuerdo.

–¡Bien! Veamos qué es lo que ha salido de todas aquellas ideas disparadas al azar en una tarde de sol. –Adelanta las manos, no sabe qué esperar. Abre lentamente la carpeta.

Giorgia, Michela y Dario se inclinan, curiosos, excitados, divertidos. También Alessandro tiene la misma sensación. Sólo que más confusa, más fuerte, le falta casi la respiración. No me lo puedo creer. En la hoja hay dibujada una chica de manera perfecta, colorida, vivaz, fuerte, expresiva, nueva... Está sentada sobre una luna en el centro de la hoja. La luna está en cuarto y tiene los dos cuernos hacia arriba, está como invertida. La chica está sentada entre ellos. De los cuernos salen dos trozos de cuerda que se pierden en lo alto, entre las nubes. Es un columpio. La luna es un columpio entre las nubes de una noche estrellada. A su alrededor, un azul intenso, y la luna, de un celeste vivo, coloreado con un poco de purpurina, brilla orgullosa en ese cielo azul. La chica lleva coletas, y va vestida un poco como Niki. Todos se quedan boquiabiertos. Andrea Soldini es el primero en sonreír, después le siguen Dario, Giorgia y, por último, Michela, a pesar de que el dibujo no sea suyo. El único que no sonríe es Alessandro. Casi está a punto de desmayarse, de lo feliz que está y de lo mucho que le gusta esa idea. Inspira profundamente, sereno, tranquilo. Para no perder el control de la situación. Pero esta vez no lo consigue.

—¡Joder, es precioso! —Y todos se muestran de acuerdo en seguida—. Sí, en serio, tiene mucha fuerza.

Michela toca ligeramente la hoja.

—Has trabajado con el pantone, ¿no?

Giorgia imagina el eslogan que le pondría. Dario y Andrea Soldini se miran sonrientes, por primera vez desde que se conocieron están de acuerdo en algo. La idea tiene fuerza de veras. Es nueva. Y sorprendente, piensa Alessandro. Al menos para mí. Nunca lo hubiese esperado. Y de improviso todo el día anterior adquiere otro significado. Ese tiempo que se regaló a la fuerza, casi obligado, lo acaba de recuperar. Y con creces.

—Niki, es el mejor regalo que podrías haberme hecho. Y la abraza por los hombros, feliz—. Muy bien. De veras que has hecho un trabajo espléndido.

—Pero, Alex —Niki lo mira sonriendo con ligera timidez—, yo no he hecho nada. ¡Todo lo has hecho tú! Yo sólo he plasmado sobre el papel lo que tú veías, las palabras que me dijiste... ¿Cómo era? El definitivo, ¿no?

Alessandro deja caer los brazos. Demonios. Incluso utiliza los términos apropiados, el definitivo... Pero ¿de dónde ha salido la chica de los jazmines? ¿De LaLuna?

—Ok, chicos. —Alessandro se sienta en su sillón de piel, relajado al fin, libre de toda la tensión acumulada—. Me parece que vamos por el buen camino...

Andrea Soldini le mira perplejo.

—¿En el buen camino? ¡Vamos al galope!

—Pues sí. —Alessandro mira a Niki—. Y en este caso resulta de lo más adecuado. Ella se apellida Cavalli.

Michela le da la mano.

—Bien, felicidades, en serio. Esto no es un dibujo, es un cuadro...

—¡Gracias! —Niki los mira a todos y sonríe, contenta por el resultado, por haberles echado una mano. Luego, aparta el dibujo de la chica en el columpio de luna. Debajo hay otra hoja completamente blanca, pero de un blanco ligero, como el papel cebolla—. Además también he dibujado la otra idea que tuviste. —Mira a Alessandro y levanta las cejas—. Te acuerdas, ¿verdad?

Alessandro la mira, pero no sabe de qué le está hablando. Los demás se vuelven hacia él, a la espera de una respuesta. Alessandro finge pensar.

—Ah, claro, ya sé... Pero en realidad lo decía por decir. Bueno, me pareció una idea cómica y extraña... divertida...

Mira a los demás intentando quitar importancia a lo siguiente, aunque sólo sea porque no se imagina en absoluto de qué pueda tratarse.

De repente se pone serio. Rígido. ¿Qué habrá debajo de esa hoja blanca? Tiene una expresión expectante, como si fuese un niño que ya se ha olvidado del juguete anterior y ahora está loco por abrir el próximo regalo. Niki sonríe. No hay problema. Será ella quien le dé a ese niño lo que quiere. Y entonces, como una joven y elegante torera, Niki echa a un lado el papel cebolla blanco.

—¡Olé!

Y todos se abalanzan de nuevo curiosos a mirar esa nueva idea de Alessandro. Sobre todo él. En esa nueva hoja, unas nubes ligeras, suaves, desdibujadas como si fuesen de algodón de azúcar, flotan en un cielo azul noche, doblado sobre sí mismo, formando una única y enorme ola llena de estrellas. En él una chica con traje de neopreno, con los brazos abiertos y las piernas ligeramente dobladas, desciende sobre un nuevo y sorprendente surf con forma de luna. Todos se quedan boquiabiertos.

—Pero ¡ésta es aún mejor! —Andrea Soldini, definitivamente conquistado, mueve la cabeza—. ¡Alex, eres un genio!

Dario levanta el brazo y señala a Andrea.

—¡Y lo descubre ahora!

También Giorgia y Michela están como extasiadas.

—¡Alex, es precioso de verdad!

Ni siquiera encuentran palabras para expresar en su totalidad hasta qué punto les gusta también a todos este otro diseño. Alessandro se ha quedado estupefacto, lo mira con la boca abierta. Después el primero. Luego otra vez el segundo. Finalmente cierra la boca.

—¡Bien! ¡Niki, has hecho un trabajo excepcional!

—Estoy contenta de haber sabido plasmar tus ideas.

Alessandro se pone en pie de un salto. Coge todas las hojas y las guarda con cuidado en la carpeta roja que encima tiene escrito «Las ideas de Alex». La cierra y se la mete bajo el brazo. Después coge a Niki de la mano.

—Vamos. —Y sale corriendo del despacho arrastrándola tras de sí. Niki echa a correr también, divertida, llena de entusiasmo.

—¡Adiós, chicos. Hasta la vista, creo! —Y se despide así del equipo.

Alessandro recorre veloz todo el pasillo. Llega frente a la puerta del despacho de Leonardo.

—¿Está dentro? —pregunta a la secretaria, que por un momento deja de hablar por teléfono. Cubre el auricular con la mano—. Sí... está solo, pero... —mira el reloj— ¿no teníais una cita dentro de diez minutos?

—He acabado antes. —Alessandro llama a la puerta.

—Adelante.

La abre y entra, dejando a Niki en el umbral.

—Hola, Leonardo. ¡Aquí tienes nuestros trabajos!

—¡Vaya, te me has adelantado por un pelo, estaba a punto de llamarte!

—He llegado un poco antes porque me tengo que ir.

—¿Cómo? Entonces, ¿no tenemos la reunión?

—Tú échale un vistazo y dime si te gustan. Te llamo más tarde para fijar una reunión para mañana por la mañana o cuando quieras.

Leonardo coge la carpeta roja que tiene escrito «Las ideas de Alex».

—La carpeta ya me gusta. ¿Adónde tienes que ir?

—A respirar un poco de gente, la que me ha inspirado los trabajos que vas a ver... ¡y a regalarme un poco de tiempo! —Y sale corriendo. Se detiene en la puerta—. ¡Ah!, ella es Niki, Niki Cavalli. Una nueva colaboradora mía.

Leonardo apenas tiene tiempo de decir «¡Encantado!» y los dos han desaparecido ya. Alessandro y Niki recorren veloces el pasillo hacia los ascensores. Niki lo detiene un momento.

—Espera. —Le suelta la mano, corre hacia el sofá donde estaba sentada y coge su bolso. Alessandro la espera en el distribuidor. Niki lo alcanza sonriendo.

—Mi ropa de escuela y una bolsa para esta tarde.

Alessandro sonríe.

—¡Eres la rehostia!

Después se acerca a los ascensores y aprieta el botón, esperando que llegue lo antes posible. Dos, tres, cuatro, cinco, seis. Por fin. Y justo cuando Alessandro y Niki están a punto de entrar, aparece Leonardo al fondo del pasillo.

—¡Eh, Alex!

Alessandro se da la vuelta. El director tiene las dos hojas en la mano y lo mira con los brazos abiertos. Sostiene los dos diseños en el aire y los agita como un banderín.

—¡Alex, son una maravilla, en serio!

Alessandro aprieta el botón de bajada y sonríe mientras las puertas se cierran.

—Lo sé... ¡Nuevos y sorprendentes!

El ascensor se cierra. Leonardo baja los brazos y mira de nuevo aquellos dos diseños publicitarios. Coloridos, vivos, divertidos. Después sonríe y regresa a su despacho con cuidado de no arrugarlos.

En el ascensor, Alessandro mira a Niki. No sabe qué decirle. Los dos permanecen en silencio. Niki se apoya contra la pared. Inclina la cabeza. Alessandro se le acerca. Le da un beso ligero en los labios. Luego se aparta.

—Gracias, Niki.

—Chissst. —Niki se apoya el dedo en los labios y lo desliza sobre ellos, luego atrae a Alessandro de nuevo hacia ella y lo besa lentamente. Otra vez. Suave. Cálida. Tierna. Con pasión. Luego le sonríe.

—Así me gusta. Éste es el tipo de gracias que adoro.

Alessandro la besa de nuevo. Largo rato. Con dulzura. De repente, oye un ligero carraspeo.

—Ejem...

Se vuelven. La puerta del ascensor está abierta. Ya han llegado abajo. Una pareja mayor con bolsas de la compra está frente a ellos. Por suerte, no son colegas, piensa Alessandro. Y con un educado «Disculpen», Alessandro y Niki dejan libre el ascensor. Salen corriendo del edificio y se suben al coche. Esta vez, Niki no quiere conducir.

—Vale, conduzco yo. Pero recuerda que, cuando lo desees, tienes gratis todas las clases que quieras.

Niki sonríe.

—Oye, no sabía que dibujases tan bien.

—¡Claro que no! Me los ha hecho Olly, una amiga mía. Es buenísima, dijo que con ideas así era fácil...

—Sí, en serio. Se te han ocurrido unas ideas con auténtica fuerza. ¿Era eso lo que estabas apuntando ayer en tu bloc de notas?

—Sí, mientras te burlabas de mí.

—No me burlaba de ti. Te pinchaba para que fueses más creativa. Se trata de un método de nuestro trabajo. Empujar el orgullo y la ambición hacia la productividad.

—Pues te equivocas. Cuando hacías eso no se me ocurría nada. La idea de la luna como una tabla de surf se me ocurrió en el mar...

—¿Y la del columpio en el cielo nocturno?

—Después de los jazmines...

Alessandro la mira.

—Se te ocurren unas ideas espléndidas, chica de los jazmines...

—Se nos ocurren unas ideas espléndidas. Somos un pequeño equipo, ¿no? Y tenemos que sabernos regalar tiempo siempre.

—Es verdad.

—Y no distraernos.

—Desde luego.

—Eso me gustaría verlo. —Niki se inclina hacia él y de repente le tapa los ojos con las dos manos.

Alessandro casi se sale de su carril.

—Eh, pero ¿qué haces? —Aminora la velocidad y se aparta sin ver—. ¡Casi nos la pegamos!

—Vaya problema. Golpe más, golpe menos...

—Eso ya lo hemos hablado.

—¿Y bien?

—¿Y bien qué?

—Bueno, veamos si es verdad que no estabas distraído. ¿Cómo voy vestida?

Alessandro deja escapar un suspiro.

—Veamos, chaqueta azul, falda a rayas. Medias divertidas.

—¿De qué color?

—Celestes.

—¿Qué más?

—Zapatillas Adidas de boxeo azul oscuro.

—¿Nada más?

—Nada más.

Niki le destapa los ojos, y Alessandro los abre y los cierra varias veces para recuperar la visión.

—Bueno, ¿cómo lo he hecho?

—Bastante bien.

—¿Qué me falta?

—Te ha faltado decir que voy sin sujetador.

Alessandro la mira con mayor atención. Entorna los ojos mientras mira en el interior de su chaqueta.

—¿Sin sujetador? ¡Imposible! ¡Entonces el surf es de veras milagroso!

Niki le da un golpe y se ríe.

—¡Idiota!

Y se van sin más, a regalarse otro poco de tiempo. A comer algo al Insalata Ricca. Después un paseo por el centro. Un café en el Sant'Eustachio y, por qué no, una exposición de fotografía en un pequeño museo del Quirinale. Salgado. Preciosa. Fotos en blanco y negro. África. Niños. Animales. Pobreza y riqueza de una naturaleza sin límites. Alessandro y Niki se pierden y se reencuentran de foto en foto, mientras leen los comentarios en momentos inmóviles, suspendidos en el tiempo, que duran para siempre. Tiempo. De repente, Niki mira su reloj.

—¡Demonios, yo tengo partido! —Y lo arrastra a la salida, hacia quién sabe qué otra cita.

Cuarenta y cuatro

Diletta da tres pasos, salta en el momento justo y golpea la pelota con fuerza y violencia. Con determinación. Después se recompone un poco y regresa atrás, a la última fila. El entrenador lanza otra pelota.

—¡Venga, chicas, vamos! Otra vez, así, otra vez... Vamos, que esto empieza dentro de nada.

Otra muchacha coge carrerilla y salta, golpeando la pelota pero con menos convicción.

—¡Con más decisión! Venga, que la semana que viene es la final.

El entrenador recoge otra pelota y la tira hacia arriba. Otra chica salta y golpea la pelota. Con estrépito. Y más pelotas rebotan en el parquet de esa cancha enorme. Gritos de muchachas jóvenes, y otros ecos lejanos dentro de aquella pelota enorme, de tantas pelotas pequeñas, sabores diversos de sudor nuevo, de fatiga calurosa, de sana deportividad.

Diletta se acerca a Erica y a Olly, que están sentadas en las gradas.

—¿Todavía no ha aparecido Niki? ¿En qué anda ahora, estará fuera? Sin ella estamos perdidas. —Después se da la vuelta y mira al entrenador—. Pierangelo está que trina.

Olly se mete un chicle en la boca y empieza a masticar.

—Ya lo creo. Con loo colado que está por Niki, estará celoso.

—Pero ¡qué dices! Tú estás obsesionada; ves sexo por todas partes.

Olly mastica con la boca abierta.

—No, eres tú la que no se entera de nada... ¡Que dónde se habrá metido Niki! Se ha encontrado con uno que le mola un montón... ¡y es allí donde se entrena!

Diletta coge la pelota que tiene entre las manos y se la arroja suavemente a Olly, golpeándola. Ésta se deja caer hacia atrás y apoya las manos en el suelo.

—¡Ay!

—Da gracias de que no la he golpeado como se debe, que si no te borraba del mapa.

Justo en ese momento, el entrenador arroja una pelota hacia otra chica. Después la ve llegar. Se pone las manos en las caderas.

—¡Menos mal, Niki! ¿Te parece que éstas son horas?

Niki llega casi sin aliento, con su bolsa a la espalda y Alessandro detrás.

—¡Tiene razón, lo siento profe! Voy a cambiarme y vuelvo en seguida. —Le da su bolso con los libros, algo de maquillaje y todo lo demás a Alessandro—. Eh, ¿me lo guardas?

—Claro. —Y se saca de la chaqueta el teléfono móvil y la cartera y los mete también en el bolso.

Niki ve a Olly y a Erica en las gradas. Las saluda desde lejos. Las dos amigas responden y, naturalmente, siguen mirando fijamente a Niki y a Alessandro con curiosidad. Entonces Olly se vuelve hacia Erica.

—¡Es él! No me lo puedo creer. Entonces, ¡es verdad todo lo que nos ha contado!

Erica sacude la cabeza.

—Me he quedado sin palabras... Pero ¡si es mayor!

Olly sonríe.

—Si es verdad lo que nos ha contado... lo es en todos los sentidos.

—¡Olly!

—Me refería a que es mayor en el sentido de alguien que sabe cómo hacerte sentir tan bien como ha dicho ella... Bueno, da igual, es mayor.

—Bueno, ¿y a ti qué te importa? Además, mira quién habla. En mi opinión, visto cómo se comporta, Giorgio tiene más años que él.

Alessandro se ha percatado del estupor de las amigas de Niki.

—Pero ¿cuánto hace que no te veían? Te miran de una manera...

—Desde esta mañana en el instituto. Mira, la que lleva la camiseta roja —y señala a Olly—, ¡es la dibujante!

—Ah, ¡la artista!

–Sí. Ahora tengo que ir a cambiarme, pero después te cuento. Y no están hablando de mí, sino de ti. Es que me torturaron y tuve que explicarlo todo... Bueno, me tengo que ir, nos vemos luego.

Niki coge su bolsa y se va a toda prisa hacia los vestuarios.

–¿Te torturaron? Tuviste que explicarlo todo... Pero ¿qué es «todo»? Pero Niki ya está lejos y no lo oye.

Alessandro recoge las cosas y se acerca a las dos muchachas. Se siente un poco cortado. En cierto sentido, le parece estar «anticuado», por decirlo de algún modo.

–Hola, soy Alessandro.

–Hola, yo soy Olly, ella Erica y aquella que está jugando allí abajo –y señala hacia el centro de la cancha–, aquella alta y espigada es la otra amiga de Niki, Diletta. Y ése es nuestro profe y también entrenador. A nosotras nos ha puesto de suplentes. Pero ni siquiera entrenamos porque nos tiene castigadas.

–¿Y es buen entrenador? –Alessandro supera el primer momento de embarazo y se sienta al lado de ellas. Erica le sonríe.

–Es buenísimo. El año pasado, con él, quedamos segundas, y este año esperamos ganar.

–Sí. –Olly se apoya en el respaldo y estira las piernas, poniéndolas en el asiento de delante–. Pero aunque ganase el campeonato, ¡a él lo único que le gustaría sería estar en tu sitio!

Erica le da un codazo. Alessandro las mira curioso.

–¿A qué te refieres? ¿Le gustaría trabajar en publicidad?

Olly mira a Erica.

–Digamos que le gustaría hacer *ciertos* anuncios...

–Sí, claro, porque él sólo ve el resultado final –dice Alessandro–, pero en realidad, detrás de todo eso, hay un trabajo de reuniones interminables. De cansancio... Creatividad. En ocasiones se trabaja incluso toda la noche.

–Ya. –Olly se ríe y mira a Erica–. A veces se trabaja toda la noche... pero es un cansancio agradable, ¿no?

Alessandro no comprende de qué está hablando.

–Tú, por ejemplo, hiciste dos dibujos buenísimos. –Alessandro mira a Olly–. Porque fuiste tú, ¿verdad?

Olly asiente.

—¿Y cuánto tiempo te llevó?

—Bah, la hora de mates y la de después del recreo.

—¿Sólo dos horas? Es verdaderamente excepcional.

—No me costó nada. Pintar me gusta mucho.

Alessandro se sienta más cómodo en su asiento y cruza los brazos entre las piernas.

—Oye, Olly, no sé cómo darte las gracias, Niki y tú me habéis sacado de un buen apuro. Me gustaría recompensarte. ¿Hay algo que pueda hacer por ti?

—Oh, bueno. —Olly mira a Erica y enarca las cejas—. A mí no me iría mal una de esas interminables reuniones nocturnas, pero ¡no creo que Niki estuviese muy de acuerdo!

Justo en ese momento, Niki sale de los vestuarios. Lleva una camiseta blanca con ribetes azules en la que pone «Mamiani», el nombre del instituto, unos pantalones azules muy ajustados y calcetines largos a rayas azules y blancas. Niki le hace una seña a Alessandro para que se acerque.

—¡Dame el bolso!

Alessandro se pone en pie y sonríe a Olly y a Erica:

—Disculpad. ¡Ten! —dice acercándose a Niki. Ésta rebusca dentro y halla la goma del pelo que buscaba.

—Ehhh, así estás muy bien. Ya te imagino en la cancha.

Niki le sonríe.

—Yo soy rematadora. —Y se recoge el pelo a toda prisa.

—¿Qué es lo que me decías antes sobre que te torturaron y tuviste que explicarlo todo?

—Sí, tuve que contarles lo de ayer por la noche... Y, ya puestos, pues mentí.

—¿Y?

—Les expliqué algunos detalles, básicamente cosas que todavía no hemos hecho; fliparon cantidad. ¿Te acuerdas de *Nueve semanas y media*? Bueno, pues comparado con lo que les dije que tú me hiciste, es una peli aburrida.

—Pero ¡Niki!

Demasiado tarde, ella echa a correr y se reúne con su equipo, que de inmediato se sitúa en la cancha.

—Venga, vamos. —El entrenador coge la pelota y se la pasa a Diletta—. Tú sacas. Venga, ahora que por fin podemos empezar, ya que la princesa se ha dignado llegar. —Y pasa junto a Niki echándole una mala mirada. El entrenador va a sentarse en el banquillo, mientras Niki le saca la lengua a escondidas, cosa que hace que algunas compañeras se rían. En seguida se ponen de acuerdo en la táctica a seguir y empiezan a jugar.

Alessandro ha comprendido por fin qué es lo que Niki les ha explicado a sus amigas, y ata cabos. Ahora entiende a qué se referían con «las reuniones interminables».

Decide no regresar a las gradas y ver el partido desde allí. Vaya, no me lo puedo creer... Me ha dejado como un maníaco. Luego la mira mejor y mueve la cabeza. Niki se inclina hacia delante para subirse los calcetines. Los pantalones elásticos se le pegan aún más. Alessandro siente un ligero escalofrío. Por un momento, le parece sentir el perfume de los jazmines. Intenta distraerse. Piensa en los dibujos. En Leonardo. En sus colaboradores. En el desafío. En el joven director creativo. En librarse de Lugano. Mejor que una ducha fría. Ahhh... mejor, sí. Justo en ese momento, suena su teléfono móvil. Es Enrico. Alessandro sonríe. Lo abre.

—Ya está.

—¿El qué?

—¿Cómo que el qué? Tony Costa... Fui ayer a verlo.

—Ah, muy bien. Gracias, eres un amigo, sabía que podía contar contigo. Después me lo explicas con detalle. ¿Dónde estás?

—¿Yo? Ejem... —Justo en ese momento, Niki se lanza hacia delante tratando de dar un toque de antebrazo a una pelota corta. Acaba cayéndose y deslizándose sobre el estómago por el suelo liso de la cancha. La camiseta se le sube un poco, pero consigue alcanzar esa pelota difícil. Y el juego continúa—. Estoy en una reunión creativa...

Diletta da un salto y remata la pelota.

—¡Punto! —aplauden todos.

—¿Con ese ruido?

—Bueno, sí... Es una reunión creativa con más gente.

—Pero me dijiste que te escaparías. Ya tendrías que estar aquí.

—¿Aquí, dónde?

—¿Cómo que dónde? ¡En la fiesta sorpresa! Hoy es el cumpleaños de Camilla.

Alessandro mira su reloj.

—Demonios, se me había olvidado por completo... Vale, primero tengo que entregar una cosa y luego voy para allá.

—Venga, espabila. —Y Enrico cuelga.

Alessandro intenta llamar la atención de Niki, pero el partido está tan reñido que podría incluso no acabar nunca. Entonces Alessandro coge el bolso de Niki y se dirige veloz hacia donde están Olly y Erica.

—Disculpad, chicas, me tengo que ir: me había olvidado de que tenía una cita. Decidle a Niki que la llamo después.

—Ok, se lo diremos. No te preocupes, vete, vete, no vayas a llegar tarde.

—¡Gracias!

Lo miran mientras sale a toda prisa de allí.

—Para mí que está casado.

—¡Olly! ¿Por qué siempre tienes que intuir algo turbio?

—Qué turbio ni qué ocho cuartos. Mira por dónde, un casado podría ser ideal. No te toca las narices, no te pregunta con quién sales, con quién hablabas por teléfono, adónde vas, qué haces, y demás... Hace lo que tiene que hacer y ya está. Y al parecer, él lo hace bien. Y, sobre todo, ¡no pretende casarse contigo! Ya te digo, es ideal.

Erica la mira con tristeza.

—¿Sabes lo que pienso? No sé lo que te habrá pasado, pero tú le tienes miedo al amor.

—¿Miedo al amor yo? Si acaso miedo a encontrarme en una situación como la tuya. Ya no puedes pasar sin ello, te has acostumbrado. En realidad, te gustaría poder pasar, pero te da miedo. ¡Tú eres la que tiene miedo! Y no al amor, sino a no saber estar sola, querida Erica. Se sabe lo que se deja, pero no lo que se encuentra.

—Cuando dices esas cosas te pareces a Giorgio.

—Ah, ¿sí? ¿Te puedo dar un consejo entonces? ¡Déjanos a los dos!

Cuarenta y cinco

Alessandro llega jadeante. Ha pasado por su casa, se ha dado una ducha rápida, se ha puesto una camisa limpia y ha salido corriendo, confiando en llegar a tiempo. Y lo ha conseguido.

—Venga, que sólo faltabas tú. —Enrico le sale al encuentro a la puerta del círculo Canottieri Roma. Lo coge por la chaqueta y se lo lleva consigo, arrastrándolo por la escalera. Entran corriendo en el restaurante. Alguna pareja aburrida está comiendo en alguna mesa. Cuatro hombres ancianos y vestidos con elegancia cenan educadamente entre risas ligeras, casi estudiándose, antes de su habitual partida de bridge. Alessandro y Enrico llegan a donde están los demás invitados, cerca de una treintena, ocultos tras un enorme biombo en la esquina más recóndita del restaurante. Enrico lo empuja con los demás.

—Quedaos aquí bien escondidos, que ya llega...

Alessandro saluda a Flavio, a Pietro, a sus mujeres respectivas, a aquellos a quienes conoce y le quedan más cerca.

—Hola, chicos... ay, no empujéis... esto parece el metro.

—¿Cómo lo sabes? ¿Desde cuándo coges tú el metro?

—No lo cojo nunca, pero siempre me lo he imaginado así.

—Chissst, que se oye, chissst.

Poco después, Enrico y Camilla bajan por la escalera que conduce al restaurante. Los amigos, escondidos en silencio, reconocen sus voces.

—Cariño, por un momento pensaba que te habías olvidado.

—Para nada. Esta mañana he fingido a propósito, lo que quería en realidad era felicitarte en seguida.

—Qué detallista... hasta has hecho poner en la mesa las flores que me gustan. Pero aclárame una cosa: ¿por qué aquí, en el Canottieri? No es que no me guste, ¿eh?, no me malinterpretes, es sólo por saberlo. Hay un montón de restaurantes que cuestan bastante menos; vaya, que podrías haber elegido cualquiera, a excepción quizá del de Alberto, que no es caro, pero se come fatal...

—¡Porque aquí estamos todos nosotros! —Una chica que está detrás del biombo decide intervenir, dado que el pobre Alberto está allí mismo, escondido con los demás. Salen todos.

—¡Felicidades, Camilla!

—¡Feliz cumpleaños!

Alguno se pone a cantar «¡Cumpleaños feliz, cumpleaños feliz!».

Camilla se pone roja de vergüenza.

—¡Gracias, menuda sorpresa! ¡No había sospechado nada! ¡Dios mío, he caído de lleno!

Empiezan a darle paquetes, un ramo de flores, algunos no han traído nada, pues han colaborado en la compra de un regalo mejor sugerido por el propio Enrico. En poco rato, Camilla está inundada de regalos. También el pobre Alberto le da el suyo, una botella de vino, sonriéndole y con un un beso en la mejilla. Es posible que esté fingiendo no haber oído nada. Lo que es cierto es que esa botella es mejor que lo que se suele beber en su local. Enrico se acerca a Alessandro, que está conversando con Flavio y Pietro. Lo coge del brazo.

—Disculpad. —Y se lo lleva de allí.

Pietro los mira.

—¡Tienen secretitos!

Flavio se encoge de hombros. Alessandro y Enrico se detienen a poca distancia de los demás.

—¿Y bien?

—Todo en orden, Enrico. Fui a verlo y ha aceptado el encargo.

—¿Por cuánto?

—Tres mil euros. Mil quinientos al contado, que ya le di, y mil quinientos al acabar el trabajo.

—Está bien. —Enrico saca su cartera.

—Venga, Enrico, aquí no, que pueden vernos. Una de estas noches lo arreglamos todo con calma.

—Ok, gracias. —Enrico vuelve a guardarse la cartera en el bolsillo. Después mira a su mujer de lejos. Está rodeada de amigos. Muchos todavía la están besando y le están dando sus regalos.

—¿Has visto? ¿Te has dado cuenta?

Alessandro mira en la misma dirección que Enrico.

—¿De qué? La están felicitando, ¿qué pasa?

—No, fíjate bien.

Alessandro se esfuerza, entrecierra los ojos para captar el más mínimo detalle, pero no nota nada.

—A mí me parece todo normal, se ríe, bromea con sus amigas, conversa. Está contenta.

—El pelo. Mírale el pelo.

Alessandro se esfuerza aún más, pero no nota nada en absoluto.

—Oye, a mí me parece que lo lleva como siempre, ¿por qué lo dices? ¿Qué se supone que se ha hecho?

—¿Cómo que qué se ha hecho? Lleva flequillo.

—¿Y qué? Se ha cortado el pelo... ¿Qué pasa, es eso un crimen?

—No, una comedia. 1973. *Una dama y un bribón. La bonne année*, en francés. Una película de Claude Lelouch con Lino Ventura y Françoise Fabian. Él acaba en la cárcel y ella va a visitarlo. Recuerdo su diálogo. Él: «¿Te has cambiado el corte de pelo?» Ella: «Sí, ¿por qué? ¿No te gusto?» Él: «Sí, sí, es sólo que cuando una mujer se cambia de peinado, quiere decir que está a punto de cambiar de hombre.»

Enrico se queda mirándolo en silencio. Luego, de vez en cuando le echa una mirada a Camilla, sentada allí al fondo.

Alessandro lo mira y menea la cabeza.

—Pues vaya, pero francamente, yo me acuerdo de otras frases, del tipo «¿Qué es una mujer?», «Es un hombre que a veces llora». Perdona pero es mejor. ¡Y, de todos modos, estás hablando de una película!

—Sí, pero las películas se basan precisamente en la realidad. Se ha cortado el pelo, por lo que quizá está con otro.

—Mira, llegados a este punto, a mí no me cabe ya la menor duda: nunca un dinero se habrá gastado mejor. Estoy seguro de que Tony Costa te sacará por fin de cualquier duda irracional, ¿ok?

—Ok...

—Ahora me voy a beber algo.

Pero, justo en ese momento, Enrico ve que Camilla deja de hablar con sus amigas, se saca el móvil del bolsillo y mira en la pantalla el nombre de quien la está llamando. Sonríe y responde. Después se da la vuelta y se aleja un poco de la gente, buscando un poco de privacidad. Enrico mira a Alessandro, que intenta tranquilizarlo.

—Hoy es su cumpleaños. Sabes que la llamará un montón de gente para felicitarla. A lo mejor es una amiga suya a la que has olvidado invitar, o una prima lejana que acaba de acordarse...

—Sí, claro. O a lo mejor es alguien que llama para decirle lo mucho que le ha gustado su nuevo corte de pelo...

Alessandro pone los ojos en blanco y lo abandona en busca de un vaso de vino. Se acerca a la mesa del bufé.

—Un poco de vino tinto, por favor.

Un educado camarero coge una botella.

—En seguida, señor. —Alessandro observa el vaso mientras se llena. Luego un recuerdo lejano. Imprevisto, ahora invasor. Elena. Unos días antes de que se fuera.. Elena entra en la habitación mientras Alessandro está en el ordenador.

—Cariño... ¿te gusta? ¿Qué te parece?

—¿El qué, amor?

—¿No te has dado cuenta? ¡Me he cortado el pelo! Me he dado además un tinte más oscuro.

Alessandro se levanta, se le acerca y le da un beso en los labios.

—Si eso fuese posible, estarías aún más guapa que antes. —Elena se aleja y sonríe. Segura. Demasiado segura. ¿Fue en eso en lo que me equivoqué? ¿En darle demasiada seguridad?

—Aquí tiene...

—¿Cómo?

—Su vino, señor. —El camarero le pasa la copa y el recuerdo se desvanece.

—Gracias. —Mientras bebe, se percata de que Enrico lo está mirando desde lejos. Le sonríe. Todo bien, Enrico, todo va bien. Porque hay
recuerdos que carece de sentido compartir, ni siquiera con un amigo.
Aunque hagan daño. Aunque resulten dolorosos. Podría decirse que
en el amor, el dolor es proporcional a la belleza de la historia que has
vivido. Una buena máxima.

Alessandro mira de nuevo a Enrico. «Y tú, amigo mío, ¿sufrirás?
Y si sufres, ¿cuánto sufrirás?» Luego Alessandro le sonríe. Enrico le
devuelve la sonrisa, un poco perplejo. Alessandro deja el vaso vacío
en una mesa cercana. Claro que decirle una máxima como ésa a uno
que cree que su mujer lo engaña, quiere decir otra cosa: que no eres
un verdadero amigo.

Cuarenta y seis

—Eh, deja que te veamos.

Olly y Erica se acercan a Niki, bajo la ducha. Ella se está enjabonando, mete la cabeza bajo el agua y se quita el jabón de los ojos.

—¿Qué pasa?

—Queremos ver si tienes señales...

—¡Qué idiotas sois! —Y empieza a dar manotazos bajo el chorro de la ducha para salpicarlas. Poco después, Niki está sentada en el banco del vestuario. Se está frotando con fuerza el pelo con una toalla azul celeste pequeña pero larga, que lleva la marca Champion. Todas sus amigas la rodean.

—Venga ya, ¿nos vas a contar o no la verdad sobre esta historia?

Niki aparta la toalla y se la deja caer sobre el cuello.

—¿Otra vez? Si ya os la he contado.

—Sí, otra vez. Me gusta y me excita.

—Tú estás enferma...

—No. Y ahora te diré la verdad. —Olly mira a Erica y a Diletta—: ¡Yo no me creo que ese tipo sea un semental!

Niki coge la toalla que lleva al cuello e intenta golpearla con ella a modo de látigo, pero Olly es más rápida y se aparta a tiempo. O casi.

—¡Ay! ¡Casi me das! ¿Eres idiota?

—¡¿Por qué siempre tienes que decir cosas que yo no he dicho?!

—Está bien, dijiste que había estado de maravilla, que se lo tomó con calma, que te gustó, que te llevó hasta el final.

—¡Olly!

—Bueno, ¿tú lo dijiste o no? ¿Y todo esto no es como de semental?

—Pues no. También te dije que es amable, guapo, generoso, atento, delicado. Por todo eso fue por lo que me hizo sentir tan bien... pervertida.

—Si acaso, el semental era su ex, Fabio —interviene Diletta.

Olly se vuelve y la fulmina con la mirada.

—¿Y tú qué sabes?

—Bueno, eso se ve... Por cómo se comporta, por cómo se mueve...

Olly la interrumpe con sorna.

—Pero si tú todavía no has catado ningún tipo de chico, ni *small* ni *extralarge*. ¿Qué tienes que decir? ¿O es que acaso has probado a ese Fabio Fobia y no nos has dicho nada?

—Por supuesto. Pero ¿cómo te lo iba a contar a ti, que estabas colada por él?

—Serás cabrona... —Olly reacciona e intenta golpearla.

Niki se levanta y de inmediato se interpone entre ellas.

—¡Eh, calma, calma, Olas!

Poco a poco, con la ayuda de Erica, logra que vuelvan a sentarse.

—Pero ¿qué os pasa? Basta con que se hable un momento de los hombres y os lanzáis como lobas. Tenéis unas reacciones hormonales propias de niñas de doce años.

—O feromonales, que es peor —sonríe Erica.

Olly la mira.

—¿Pero... qué?

Erica mueve la cabeza.

—Te lo explicaré... Aquí hay una que sí ha sabido aprovechar la clase de química de hoy.

—Yo no podía. Tenía que hacer unos dibujos para el semental.

—Escuchad. —Niki vuelve a ponerse la toalla sobre los hombros—. A ver si nos entendemos. Esto no nos había pasado nunca. Uno: ningún hombre, por *small*, *medium*, *extralarge* o semental que sea, debe podernos separar. ¡Prometedlo!

—Prometido.

—Dos: tenemos que contárnoslo siempre todo, desde nuestros deseos hasta nuestros pensamientos, desde los miedos hasta la felicidad. Con demasiada frecuencia veo a gente que tiene miedo de admitir que está viviendo algo increíble, espléndido, condenadamente hermoso, incluso ante sus propios amigos. ¿Lo prometéis?

—¡Prometido!

—Tres: quien se líe con Fabio o intente algo, pobre de ella.

Las tres la miran sorprendidas.

—En el sentido de que se líe con un pedazo de egoísta. —Después mira a Olly—. Desde todos los puntos de vista, dado que tienes tanto interés en él.

Diletta le da un golpe a Olly.

—Como puedes ver, yo todavía no me he estrenado, pero entiendo bastante más que tú.

Olly se encoge de hombros con una mueca antipática. Erica se acerca a Niki.

—A mí el que me gusta es Alessandro. Claro que es mayor, pero... Por cierto, ¿cuántos años tiene?

—¿Cuántos crees?

—No sé... Veintiocho. Veintinueve...

—Va a cumplir treinta y siete.

—¡¿Qué?! O sea, que te lleva veinte años.

—Casi veinte. ¿Por qué os sorprende tanto?

Olly sonríe.

—A mí no me sorprende, al contrario... ¡Ya te he dicho que me excita! Un tipo mayor... así de mayor... ¡Me mola un montón! ¿No tendrá un amigo?

—Varios.

—Vale, ¿por qué no me los presentas?

—Me parece que todos están casados.

—Él también, ¿verdad? —Erica la mira con desconfianza.

—No.

—¿Estás segura?

—Hace unos meses que se separó de su novia. Estaban a punto de casarse.

Olly junta las manos y mira hacia arriba.

—Mecachis —exclama—, ahora aún me mola más. Oye, sus amigos casados también me convienen. Más adelante..., si fuera el caso, para eso existe el divorcio, ¿no? En caso de que...

—¿Y si vuelve su ex? —pregunta Erica.

Niki intenta alcanzarla también a ella con la toalla.

—Jo, ¿por qué tenéis que poneros en contra? ¿Por qué tenéis que burlaros? ¿Queréis traerme mal fario?

—Pero ¡qué dices!

—¿Estás loca?

—Entonces, Olly, si quieres ayudarme, me tienes que hacer también un eslogan.

—¿Cómo?

—Sí, una frase para poner encima de tus dibujos. Se me tiene que ocurrir una idea. Mientras tanto, ve pensando en los colores o las fuentes que vas a utilizar.

—Colores, fuentes... qué manera de hablar. De todos modos, me he estado informando, ¿sabes? En el mundo de la publicidad se mueve un montón de pasta.

—¿Y qué?

—Que tú te estás aprovechando de mí.

Niki se sienta en el banco.

—A ver, ¿qué quieres?

—Una cena con él y con un amigo suyo. —Y le tiende la mano a Niki, que la mira indecisa.

Olly sonríe.

—No cena, no eslogan, ya que hablamos de publicidad.

Niki mueve la cabeza.

—Ok, está bien, pero lo que hagas después es asunto tuyo. ¡Yo no quiero verme metida en tus líos!

Justo en ese momento llega el entrenador.

—Bravo, chicas, muy bien todas. Muy bien, Diletta, y perfecta Niki, a pesar de llegar con retraso. —Después se acerca a una de las suplentes—. Ah, oye, he hablado con el médico, tienes que seguir poniéndote un poco de Lasonil y hacer un buen calentamiento antes de intentar volver a jugar.

Erica lo mira.

—Hay que reconocer que nuestro entrenador es fuerte. Y además es guapo.

Niki sonríe.

—Sí, pero éste es demasiado mayor.

Olly se vuelve para que no la vean.

—Y en mi opinión, es un degenerado que viene aquí sólo para vernos medio desnudas después del partido.

—¡Olly! Tú ves sexo por todas partes.

—El sexo está por todas partes. Y es importante darse cuenta de ello. —Luego se vuelve hacia Diletta—. Lo que nunca podré comprender, sin embargo, es por qué tú te castigas sola.

Cuarenta y siete

—Así pues, ¿cuánto te debo por el regalo de Camilla?

—¿Qué dices? Pero ¡si yo te debo a ti un montón de dinero! Venga, hagamos cuentas luego.

—Vale, como quieras.

Enrico se aleja un poco y se lleva a Alessandro a una esquina del restaurante.

—Sácame de dudas. —Enrico mira a su alrededor. Atisba por los ventanales del restaurante, otea el jardín, entre las plantas, más lejos, hacia el lugar por donde discurre el Tíber—. ¿Tú crees que ya se haya puesto a ello? Es decir, ¿crees que nos estará filmando ahora? ¿Estará grabando lo que decimos?

Alessandro mira su reloj.

—Yo creo que a esta hora estará follando con Adela.

—¿Follando con Adela?

—Su secretaria.

—¿Cómo? A ver si lo entiendo. Él que se supone que tiene que investigar a parejas de amantes, asuntos de cuernos, eligió esta profesión para follarse a ésa sin ser descubierto.

—Y yo qué sé... Quizá. No seas tonto, lo decía por decir. Cuando llegué a su oficina, parecían haber sido pillados in fraganti. Igualmente, le di la dirección y todo lo demás, ya te lo dije. Dentro de unos días sabremos algo más. Y ese gusano que te está comiendo el cerebro se irá por fin.

—O acabará por devorármelo del todo. Y si es ella quien se lo está comiendo a traición, la sacaré de mi vida.

Alessandro resopla.

—Oye, por lo menos esta noche déjala en paz, ¿eh? Ésta es su fiesta. —Y se aleja, dirigiéndose hacia las mesas.

Enrico se queda un poco cortado. Apenas le da tiempo a decirle:

—¿Cuándo te llamo, mañana?

—Cuando quieras.

Alessandro da vueltas entre la gente hasta que por fin la ve. Justo en ese momento, Camilla se da cuenta de que le ha entrado un mensaje en el móvil. Lo abre. Lo lee. Sonríe. Alessandro se halla a pocos pasos de ella.

—¿Camilla?

Ella cierra el teléfono de golpe e instintivamente lo baja.

—Oh, Alex... Me has asustado...

Camilla se le acerca. Se besan.

—Felicidades de nuevo. He comido estupendamente, de veras que la fiesta ha estado muy bien.

—Ya. —Camilla mira de lejos a su marido. Le sonríe con una ternura exquisita, pero ligeramente insípida—. Enrico me ha dado una sorpresa muy bonita...

Alessandro mira a Enrico y piensa en sus miedos. Después mira a Camilla y piensa en el mensaje que acaba de recibir. ¿Y si Enrico estuviese en lo cierto? Bah, de nada sirve que yo también me obsesione con ese dilema. Ya hemos pagado a alguien para que lo resuelva. Que se encargue él. Alessandro le sonríe.

—Sí, una sorpresa bonita de verdad... Y muy bien planeada.

—Sí, Enrico es muy bueno para este tipo de cosas.

—Bueno, Camilla, hasta la vista.

—De acuerdo, Alex, hasta pronto. —Y mientras Alessandro se dirige hacia la salida, Camilla lo vuelve a llamar—. Disculpa, quiero decirte algo.

Alessandro se detiene. Ella se le acerca.

—No sé si te gustará saberlo o no, pero no tengo ningún motivo para ocultártelo. —Camilla hace una pequeña pausa—. Espero que no te moleste. Antes he recibido un mensaje. Era Elena. Se ha acordado de felicitarme.

Alessandro sonríe.

—Me alegro. En el fondo, vosotras siempre mantuvisteis una excelente relación. ¿Cómo iba a molestarme? —Y sonríe de nuevo—. Ya hablaremos. —Y se va.

Camilla se queda mirándolo. Quién sabe si volverán. Y, sobre todo, ¿por qué lo habrán dejado?

Cuarenta y ocho

Alessandro conduce en la noche. Claro. Se lo habrá apuntado en aquel teléfono agenda supertecnológico que tenía, con todo tipo de avisos vía e-mail, alarmas y recordatorios de citas. Elena siempre fue buena en las relaciones de empresa. Siempre conseguía lo mejor. ¿Y ahora qué hace? No me llama pero le envía un mensaje de felicitación a Camilla. Qué imbécil...

Poco después, está en casa. Cabreado aún, abre y cierra la puerta a sus espaldas de un portazo. Después decide poner música para relajarse un poco. Elige con cuidado. La última banda sonora para un espot japonés. Coge una Coca-Cola de la nevera y se tumba en la *chaise longue* del salón, de piel auténtica. El único mueble elegido por Elena que le gusta. Por otro lado, todos los muebles del salón están aún por llegar. Todavía recuerda la discusión por teléfono de Elena. Les gritó como una loca a los de la tienda de muebles porque, por aquel entonces, llevaban un retraso de un mes y medio en la entrega. Y, a día de hoy, todavía no los han traído. Quizá, piensa Alessandro, aún me puedo echar atrás. Lo mejor de todo es que ella decoró toda la casa, impuso su criterio, discutió porque se retrasaban en la entrega, aunque, eso sí, me obligó a dar un anticipo; yo he pagado y ella se ha ido. Pufff. Desaparecida. Nunca más se supo. De no ser por el mensaje de esta noche... a Camilla. Es verdad que los hombres, a veces, somos gilipollas. Es mejor no pensar en ello. Alessandro toma un sorbo de Coca-Cola. Mira por dónde, éste sería uno de esos momentos en los que estaría bueno tener el vicio del tabaco. O mejor aún, de la maría.

Pero sólo para relajarte un poco, para que te entren ganas de reír... En lugar de llorar. Algún recuerdo vago de momentos agradables dispersos. Elena y él por el sendero de aquel amor vivido. Un deseo. Y otro recuerdo. Cuando se conocieron, por casualidad, en la presentación de un nuevo coche. Alessandro en seguida encontró simpática a esa mánager tan peculiar, que hablaba con continuas digresiones, abriendo más y más paréntesis, haciendo incisos varios, perdiéndose en un río de palabras. Y uno no alcanzaba a comprender adónde quería ir a parar. Entonces sonreía... «¿Qué era lo que estaba diciendo...?», y ella sola retomaba de nuevo el hilo. «Ah, sí, claro...» Y explicaba otra cosa curiosa. Y una sonrisa.

Y un momento erótico, ella y aquellas medias que se quitaba tan despacio. Ella y su piel que se libera y resplandece. Tanto. Todo. Demasiado. De repente, un pensamiento molesto. Alessandro se agita en el sofá. A saber con quién lo estará haciendo ahora. Pero no. No lo está haciendo. No es posible. Y entonces, ¿por qué se fue? Quizá sólo fue un arrebato. Sí, tiene que ser así. Ella no es de esas que acaba una historia y empieza otra en seguida. No. Ella no. No es posible que de golpe empiece así, sin más, a hacer con otro todas esas cosas sublimes, soberbias, sucias, sensuales, sabrosas, que ella sabe hacer. Todas empiezan por «s», a saber por qué. ¿Y tú qué? ¿Te parece normal que de repente, casi sin conocerla apenas, te hayas divertido con la chica de los jazmines? Con Niki, una chica de diecisiete años. Con todas esas «s», pero también con la «z», y con la «a», la «b», la «c» y no sé cuántas letras más del alfabeto erótico. Lo mejor es no pensar en nada.

En ese preciso momento, llaman a la puerta. Alessandro casi se cae del sofá. Se había quedado dormido un momento. Se pone rápidamente en pie. Mira el reloj. Las doce y media de la noche. ¿Quién será a esta hora? ¿Elena? Pero Elena tiene llaves. También podría ser tan educada de llamar a la puerta. Ahora que lo pienso, desde que se fue tan sólo ha vuelto una vez a esta casa. Aquel día que me la encontré por sorpresa al volver. Quería llevarse aquel estúpido souvenir de Venecia... Y se lo llevó. Qué imbécil.

Alessandro mira por la mirilla. No consigue ver bien de qué se trata. Y sobre todo... quién es.

Un folio blanco le tapa la vista. Encima se ve un pequeño y extraño dibujo. Luego oye una voz, amortiguada por la puerta cerrada.

–Venga, que te he oído, sé que estás ahí... Qué pasa, ¿no lo has reconocido? Dun, dun, dun, dun, dun, dun... –Silencio. Y otra vez–. ¡Dun, dun, dun, dun, dun, dun!

Alessandro ahora sí logra distinguir el dibujo. Es una aleta.

–¡Llama el tiburón! ¡Y si abres se te come!

Niki... Alessandro sonríe y abre la puerta.

–O a lo mejor te lo comes tú a él... ¡Te he traído helado!

–¡Gracias! Perdona, pero es que no entendía...

–Sí, sí... –Niki entra en la casa con una bolsa en la mano–. ¡Miedoso! Venga, cierra.

Alessandro cierra la puerta y echa el cerrojo.

–Aquí lo que necesitas es a alguien como yo, que te haga de guardaespaldas. Si de todos modos tu casa está vacía. ¿De qué te preocupas? ¿Qué es lo que te pueden robar?

Alessandro se le acerca.

–Bueno, ahora a ti...

–Qué bonito... –Niki le da un beso suave y leve en los labios. Luego se aparta–. Venga, ¡ahora el helado!

Niki se lo lleva a la cocina, mientras Alessandro decide cambiar el CD.

–Eh, ¿tienes cuencos para servirlo? Pero grandes, ¿eh? ¡Que yo pienso comer un montón!

–Tendrían que estar en el fondo.

–¿En el fondo dónde?

Niki empieza a abrir todos los armarios de la cocina. Encuentra el que busca. En alto.

–¡Aquí están, los he encontrado!

Justo en la repisa más alta hay una pila de cuencos y tazas grandes. Niki se estira, coge los dos primeros, intenta sacarlos haciéndolos saltar.

–¡Uy!

Aparta los dos últimos de la pila, pero uno salta demasiado, golpea contra el armario y sale volando, de lado, precipitándose al vacío. Niki es rapidísima. Suelta la bolsa del helado que sostenía en la otra mano, se inclina y lo coge al vuelo justo antes de que toque el suelo.

—Fiuuuu.

—¡Eh! ¡Una de tus mejores jugadas!

Alessandro aparece en la puerta de la cocina. Niki se incorpora con el cuenco azul e intacto en la mano.

—Sí, ¡por los pelos!

Alessandro la mira. Los cuencos azules. Hacen juego con unas copas de cristal azul compradas en Venecia en uno de tantos fines de semana con Elena. Una noche en que cenaban ellos dos solos utilizaron esas copas. Alessandro había puesto la mesa con sumo cuidado nada más llegar del trabajo. Empezó a cocinar después de escoger la música apropiada y bajar las luces... Elena estaba sentada en el salón. Protestó por la música elegida y prefirió otro CD. Después, fue a hacerle compañía en la cocina. Con los pies descalzos, se sentó en uno de los taburetes altos y se dedicó a mirarlo. Alessandro sirvió un poco de champán para los dos.

—¿Qué tal te ha ido el día?

Hablaron de todo un poco, se rieron comentando sobre alguien; tanto, mucho. Y de repente, Alessandro, al volverse, golpeó con la copa en el borde de la pared de la cocina, descascarillándola. Elena dejó de beber. También dejó de reír. Cogió la copa en cuestión observando los daños; quitó un trocito de vidrio resquebrajado y luego tiró la copa a la basura.

—Ya no tengo hambre. —Se fue al salón metió las piernas debajo del cojín grande del sofá y puso cara larga; la de alguien que no tiene ganas de hablar, que ha tomado una decisión y piensa mantenerse en sus trece. Elena era así. Esa cristalería se la había dejado a Alessandro. Quizá porque faltaba aquella copa.

Alessandro toma el cuenco de las manos de Niki y abre el pequeño balcón de la cocina. Después mira a Niki. Luego el cuenco. Y lo deja caer al suelo, rompiéndolo en mil pedazos.

—Alex..., ¿por qué haces eso?

Alessandro sonríe y cierra el balcón.

—Porque quizá pensaba que me gustaban mucho y en cambio no es así.

—Entiendo, pero ¿no podías decírmelo sin más? Tú no eres normal.

—Por supuesto que sí. Aunque se rompa algo, nuestra vida no cambia.

—Y en tu opinión, ¿eso es normal?

—Sí, pero ahora que lo pienso comprendo que tal vez pueda parecer complicado.

—Mucho. A saber la historia que tendrán estos cuencos...

Alessandro comprende que ella no lo puede entender. Y se siente un poco culpable.

—Venga, vamos a comernos el helado.

—Oye, ¿no querrás demostrar que no le tienes ningún aprecio al helado y me lo tirarás por la ventana, verdad?

—No, tranquila, en ese caso no sería tan normal...

Se lo sirven en los cuencos. Cada uno en el del otro. Niki controla el suyo.

—Para mí sólo chocolate, nueces y melaza.

—Ligero.

—No me pongas de los de fruta, que no quiero. Están riquísimos, pero los prefiero cuando es pleno verano.

Alessandro señala uno blanco.

—¿Y éste de qué es?

—De coco. Sí, ponme un poco de coco.

—Perdona, pero has dicho que sólo en pleno verano.

Niki coge la cuchara y, sin poderlo resistir, la mete en su cuenco y come un poco.

—Hummm, rico, riquísimo. No, el coco es diferente. Además, con el chocolate sabe a aquella especie de chocolatinas...

—Los Bounty.

—¡Sí, ésos! Me gustan un montón...

—Uno de sus anuncios lo hicimos nosotros.

Niki resopla.

—Jo, siempre estás pensando en el trabajo.

—No, lo decía sólo por decir. Es sólo un recuerdo.

—Ahora no tienes que recordar nada.

Alessandro piensa en los cuencos, en la copa, en todo lo de antes... Y decide mentir.

—Tienes razón.

Y ella sonríe ingenua.

—Porque ahora es ahora. Y nosotros somos nosotros.

Niki mete la cuchara en el cuenco de Alessandro y prueba un poco de su helado. Luego la mete en el suyo, coge un poco de chocolate y se lo da a Alessandro en la boca. En cuanto la cierra, Niki de inmediato coge más helado y vuelve a dárselo. Pero en vez de esperar a que trague, le mancha los labios. Como cuando uno se toma de prisa un café y se le quedan «bigotes». Entonces Niki se acerca muy despacio. Cálida, sensual, deseable, y empieza a lamer esos bigotes dulces, y un beso, y un lametón, y un mordisquito. «¡Ay!» Y luego una sonrisa. Y, uno tras otro, esos besos saben a esos bigotes de chocolate, y de nata, y de coco. Y así sigue, sonriente, lamiéndolo con tierno afán. Luego se apoya en él sin querer.

—Eh, qué pasa, ya te lo he dicho... me encantan los Bounty...

Alessandro la besa, y se dejan ir, y apagan las luces y se derrite un poco el helado. Y un poco también ellos... Y poco a poco los invade un sabor. Y juegan, y bromean, y colorean las sábanas de gusto y de deseo y de juegos alegres y ligeros y atrevidos y extremos... Por un momento, Alessandro piensa: ¿Y si alguien entrase ahora? Serra y Carretti. Los policías de costumbre. Socorro. No. Y la nata desciende lentamente por sus hombros, y chocolate y vainilla y más y más abajo, con dulzura, lentamente por ese suave surco. Y la lengua de Niki y su risa y sus dientes y un beso... Y todo ese helado que no se malgasta... Más. Y más. Y frío y calor y perderse así entre todos esos sabores. Y de repente... pufff, cualquier problema, dulcemente olvidado.

Cuarenta y nueve

Noche. Noche profunda. Noche de amor. Noche de sabor.

En la cama.

—Eh, Alex... te has quedado dormido.

—No.

—Sí. Se te notaba la respiración más lenta. Además, ni siquiera te has dado cuenta de cuando me vestía.

—¿En serio ya te has vestido?

—Sí. Huelo a chocolate, a coco y a nata, ¿qué les voy a decir a mis padres si me pillan?

—¡Que te has liado con un heladero!

—Idiota.

—Espera, que me visto.

—No, quédate en la cama.

—No me gusta que vuelvas sola.

—Venga, me ha traído Olly, así que ahora cojo un taxi... Me mola un montón que tú te quedes durmiendo en la cama mientras yo me voy...

Alessandro se lo piensa un momento. Niki adopta una expresión como de decir: «Venga, fíate, déjame irme sola.»

—De acuerdo, te llamo uno.

—Ya lo he hecho yo. Debe de estar al llegar.

—Entonces espera al menos a que te dé dinero.

—Ya lo he cogido. Con veinticinco euros debiera bastar. Ya te he dicho que estabas dormido.

–¡Vaya!

–Sólo he cogido eso. ¡Alégrate, hubiese podido desvalijarte la casa! ¡Incluidas las tarjetas de crédito! E incluso los cuencos, antes de que los rompas todos.

Después se va hasta la ventana.

–¡Ya ha llegado el taxi!

Niki corre hacia la cama.

–Adiós. –Le da un beso rápido en los labios–. Hummm, qué rico, sabes a arándanos... –A continuación se detiene con el dedo en la boca en mitad de la habitación–. Pero yo no he traído arándanos. –Sonríe con ligero atrevimiento, y se va corriendo a toda prisa, tras cerrar despacio la puerta.

Alessandro oye el ascensor que se detiene en su planta. Luego la puerta que se abre. Niki que sube, un ligero bote en el vacío. Las puertas del ascensor se cierran. Arranca. Empieza a bajar. Luego Alessandro oye el ruido de la puerta de la calle. Sus pasos veloces. Una portezuela que se abre. Que se cierra. El tiempo de darle una dirección a un taxista. Un coche que arranca en la noche.

Poco después, un sonido. El móvil. Alessandro se despierta. Tan poco rato y ya se había quedado dormido... Un mensaje. Lo lee.

«Todo ok. Estoy en casa. No me he topado con mis padres. El heladero está a salvo. El taxi me ha costado menos, ¡te debo doce euros! Pero quiero un beso por cada euro que te devuelva. ¡Buenas noches! Soñaré con cuencos azules que vuelan.»

Alessandro sonríe y apaga el teléfono. Se levanta para ir al baño y luego entra en la cocina. El chocolate estaba realmente bueno... pero da mucha sed. Alessandro abre el grifo. Deja correr el agua. Luego coge un vaso, uno cualquiera, y bebe. Lo deja en el fregadero y, cuando está a punto de volver a su habitación, se percata de que la mesa ya está preparada para el desayuno. Taza, servilleta, cucharilla; incluso la cafetera ya preparada. Basta con ponerla al fuego. Elena nunca hizo algo así. Y un post-it pegado en un folio donde hay dibujado un escualo. «No digas que no pienso en ti...» Y debajo una carpeta, blanca esta vez. Le da la vuelta. Escrito en rojo: «El eslogan de Alex.» Alessandro se queda boquiabierto. No me lo puedo creer. No tenía valor para preguntarle si había pensado en ello... ¡Y ella no sólo ha pensado, sino que incluso se lo ha hecho hacer a su amiga y ha venido a traérmelo!

Alessandro sacude la cabeza. Niki es única de veras. Después abre lentamente la carpeta. Un eslogan precioso, con caracteres flameantes, resplandece contra un cielo azul oscuro. Está hecho sobre una hoja transparente, de modo que sea fácilmente superponible sobre los dos dibujos ya hechos. Y la frase... Alessandro la lee, es perfecta. Debajo hay otro post-it. «Espero que te guste... ¡A mí me encanta! Me gustaría tanto que esa frase fuese para mí... Justo como esta noche... ¿a que hoy he sido tu "LaLuna"? ¡Vaya, se me ha escapado! Disculpa. Hay cosas que no se deben preguntar.»

Y por un momento Alessandro se da cuenta. Sonríe. Es afortunado. Luego mira de nuevo el eslogan. Sí, Niki, tienes razón, es una frase preciosa. Y otra cosa. No me pidas disculpas.

Cincuenta

Luz beige, difusa, que cae tenue sobre unos visillos claros de algodón, elegantemente colgados de la ventana. La puerta del baño se abre.

—Es que no me lo creo. No me lo puedo creer.

Simona, la madre de Niki, se echa en la cama. Roberto deja de leer y la mira, levemente fastidiado.

—Me recuerdas a Glenn Close, cuando ella da vueltas en la cama, ciega de cocaína, y ha muerto el hombre del que siempre ha estado enamorada, y quiere que su marido deje embarazada a su mejor amiga, que quiere tener un hijo pero no encuentra un hombre (4). ¿Quieres dejarme helado diciéndome algo por el estilo, o puedo seguir leyendo?

—Niki ya no es virgen.

Roberto suelta un largo suspiro.

—Lo sabía. La noche había sido demasiado agradable como para que no hubiese un disgusto final. —Luego apoya el libro abierto sobre sus piernas—. Bien, ¿qué prefieres? ¿Uno: que salte de la cama gritando como un loco, vaya a su habitación, le arme un escándalo, después salga en pijama, busque al chico responsable y lo obligue a casarse con ella; o bien, dos: que siga leyendo, no sin antes decirte cosas del tipo «espero que se haya sentido bien, que haya encontrado un chico que la haya hecho sentirse mujer», o cualquier otra cosa que te haga

---

(4) Se refiere a la película que en España se llamó *Reencuentro*, de Lawrence Kasdan. (*N. de la t.*)

creer que afronto la noticia con serenidad? —Roberto mira a Simona y le sonríe—. ¿Y bien? ¿Cuál prefieres?

—¡Quiero que seas tú mismo! Contigo nunca se sabe con qué tipo de hombre se está.

—Me parece que soy de los normales. Amo a mi mujer, amo a mis hijos, me gusta esta casa, me gusta mi trabajo. Lo único que me hace un poco menos afortunado es no estar totalmente de acuerdo contigo... Pero ya sabía que darte dos opciones no era lo adecuado. Tenía que haberte dicho lo que nos decía el profe cuando éramos niños en el examen oral: «Elija usted mismo un tema.» Quizá así tendría alguna probabilidad de no discutir contigo.

—Cuando te pones así, no te soporto.

Roberto niega con la cabeza, coloca un punto de libro en la página que está leyendo y deja el volumen en la mesita de noche. Después se da la vuelta e intenta abrazar a su mujer, pero Simona está de morros. Patalea un poco e intenta zafarse de él.

—Vamos, cariño, no te enfades... Además, sabes de sobra que así me gusta más. Mira que corres peligro, ¿eh? —Y le da un ligero beso en el pelo, perdiéndose en aquel perfume de champú no demasiado dulce.

—Estate quieto —le dice ella, y sonríe tierna y aniñada—. Me das escalofríos.

Luego se deja besar en el cuello, en los hombros, en el escote. Roberto le baja despacio un tirante.

—Lo que digo es... pero ¿te das cuenta?

—¿De qué, amor?

—Niki ha hecho el amor.

—Sí, me doy cuenta. En cambio no podría decir cuánto tiempo hace que nosotros no lo hacemos.

Simona se libera del suave abrazo de Roberto y se aparta un poco, mientras vuelve a subirse el tirante.

—Muy bien, ¿sabes cómo eres? Pues eres así.

—Así ¿cómo? Soy el mismo de antes, el que era normal.

—No, eres frío y cínico.

—Pero ¿qué dices, Simona? Estás exagerando. ¿Acaso no sabes la cantidad de maridos y padres que, tras una noticia de ese tipo, le hubiesen echado la culpa a la esposa y madre?

—Sí, y por eso nunca me hubiese casado con ellos.

—Ya. Pero no puedes pretender esconderte siempre detrás de esas justificaciones.

—No me estoy escondiendo. Es lo que pienso. —Simona encoge las piernas y se las abraza. Entrecierra los ojos.

Roberto la mira y se da cuenta de que está a punto de llorar.

—Cariño, ¿qué pasa?

—Nada. Estoy cansada, deprimida y asustada. —Y le cae una pequeña lágrima.

—¿Qué estás diciendo?

—Lo que digo... Niki se irá, nos abandonará. Matteo pronto será un adulto y también él se irá y yo me quedaré sola. A lo mejor tú te enamoras de una más joven y guapa, quizá te dejes descubrir a propósito, como hacen tantos para tranquilizar su conciencia y tener una buena excusa para cortar, o puede que, por el contrario, me lo digas para sentirte más honesto... —Lo mira, intenta sonreír un poco y se seca los ojos con el dorso de la mano, al tiempo que sorbe por la nariz. Pero otra lágrima resbala lentamente, y escucha con curiosidad todas esas palabras antes de dejarse caer.

—No. No tendrás el valor de decírmelo. Harás que te descubra. Mejor así, ¿no? —y se echa a reír. Una risa nerviosa.

—Cariño, te estás montando una película. Una película fea.

—No, a veces es así. Por un amor que comienza, otro se acaba.

—Está bien, puede que sea así, pero mientras nos sintamos todos felices por Niki, ¿por qué tendría que acabarse nuestro amor? A lo mejor se está acabando otro, ¿no? El de los Carloni, por ejemplo. Los del tercero. Que, en lugar de preocuparse de sus problemas, están siempre metiendo las narices en los asuntos de los demás. ¡Si por lo menos se separasen, tendríamos uno menos en este edificio! —Y vuelve a abrazarla, la reconquista poco a poco, la estrecha contra sí. La besa y la mira a los ojos, con ternura pero de un modo intenso, masculino—. Yo te amo, siempre te he amado y seguiré amándote. Aunque estuviese asustado cuando nos casamos, ahora que han pasado veinte años desde entonces, puedo decirlo. Estoy contento de haber hecho el gilipollas yendo a ver a tus padres para decirles «¿Puedo pedir la mano de su hija?». ¿Te acuerdas de lo que me contestó tu padre? «Y luego, ¿cómo se las apañará para cocinar para ti?»

Simona no sabe si echarse a reír o seguir mirándolo con un poco de desconfianza.

—Pero ¿es que no lo ves? —Simona se toca la piel del cutis; se pasa la mano por los pómulos y, lenta y suavemente, tira de la piel hacia atrás, hacia las orejas—. ¿Lo ves? El tiempo pasa.

—No —sonríe Roberto—, lo que yo veo es el tiempo que vendrá. Veo un amor que no se quiere ir y veo a una mujer bellísima...

Y la besa de nuevo, con dulzura. Besos tiernos de complicidad, besos de sabor diverso, como un vino envejecido y profundo; por esa razón, denso, ligeramente especiado, con aromas que recuerdan a la vainilla y la madera, persistente, cálido. Besos que descienden hacia donde ya se encaminan sus dedos, hacia el borde de las bragas de Simona, que siente un escalofrío y sonríe y echa la cabeza hacia atrás y dice:

—Apaga la luz....

—No. Quiero verte.

Y entonces ella se tapa la cabeza con las sábanas, riéndose, desaparece debajo y le da un pequeño mordisco a través del pijama, tierno, suave, sensual. Y algo sucede. Y en un momento pierden el sentido del tiempo transcurrido y vuelven a ser niños.

Cincuenta y uno

Buenos días, mundo. No me lo podía creer. El profe de filo me ha dejado pasmada de verdad con su cambio de programa. De vez en cuando, hasta él sirve para algo. En lugar de seguir explicando Popper ha dicho:

—Hoy voy a hacer una locura.

—¿Y qué es lo que hace normalmente? —ha susurrado Olly.

—¿Habéis oído hablar alguna vez de Cioran?

—¿Se come?

—No, Bettini, no es algo que se coma. Émile Cioran. Un filósofo... No, Scalzi, es inútil que te esfuerces en buscarlo en el índice del libro. No está. Me he concedido una pequeña licencia. Os explico Cioran porque me gusta. Y, en mi opinión, os impresioará.

Y ha sonreído. Yo no entendía nada.

—Sí, seguro —ha susurrado de nuevo Olly a Erica.

—Cioran nació en Răşinari, en Rumania, en 1911. A los diecisiete años empezó a estudiar filosofía en la Universidad de Bucarest...

—Entonces es moderno, o sea, de ahora...

—Sí, De Luca, es del siglo xx. ¿Qué se creía, que la filosofía se acabó hace doscientos años?

Y después de soltar todo el bla, bla, bla lo ha dicho. Ha dicho la frase que nunca olvidaré.

—Un libro debe hurgar en las heridas, provocarlas, incluso. Un libro debe ser un peligro.

Lo dijo ese Cioran. Y yo entonces he levantado la mano. El profe me ha visto.

—¿Qué ocurre, Cavalli? ¿Quiere ir al baño?

—No. Quería decir que, en mi opinión, esa frase se puede aplicar también al amor.

Silencio. Todos callados. Y eso que a mí no me parecía que hubiese dicho nada absurdo.

—Cavalli, veo que ha salido de su habitual letargo invernal. La primavera le sienta bien. Me congratulo. Su asociación mental es muy aguda. Voy a ponerle un positivo.

Olly ha empezado a hacer todo tipo de aspavientos y muecas y a decirme en voz baja:

—Se congratula, ¿has oído? ¡Se congratula!

Erica me ha guiñado un ojo y Diletta ha levantado el pulgar en plan emperador romano con los gladiadores. Estoy salvada. No me echarán a los leones. Qué fuerte. Gracias, Cioran.

Cincuenta y dos

Leonardo está en la sala de reuniones con otros directivos. Están mirando los dos dibujos del equipo de Alessandro: la chica del columpio y la chica del surf.

—No falla, Belli siempre es el mejor. Tiene talento, estilo, originalidad. —Leonardo extiende los brazos—. Puede que el hecho de haberlo puesto a competir contra ese joven, de haber sentido un poco de aliento en la nuca, lo haya llevado a trabajar aún mejor que de costumbre, ¿no?

—Una óptima estrategia...

Leonardo prosigue.

—Sólo os digo una cosa: ayer, antes de sacarse de la manga esos dibujos, se hallaba en plena *full inmersion* entre la gente. Anteayer se pasó el día en Fregene, en las barracas viejas, entre los jóvenes de ahora, sus tendencias, sus sabores, sus deseos. No creerse nunca inteligente ni mucho menos superior, en esto Alessandro es perfecto. Se nutre del pueblo, de las personas, camina en la sombra, a su lado. Es un vampiro de emociones y sentimientos, un Drácula de tentaciones. —Después Leonardo mira su reloj—. Me dijo que hoy por la mañana traería el eslogan. Que iba a trabajar toda la noche. Pensad que ha reclutado nuevas diseñadoras a propósito para lograr un *lettering* que nos sorprenda.

El presidente deja la taza de café.

—Y sobre todo, que sorprenda a los japoneses.

Leonardo sonríe.

—Sí, por supuesto.

Justo en ese momento suena el interfono. La voz de la secretaria dice:

—Disculpe, señor, ha llegado el señor Belli.

Leonardo aprieta una tecla.

—Hágalo pasar, por favor. —Después se pone en pie y va hacia la puerta. La abre, y luego, vuelto hacia los demás anuncia—: Señores, el príncipe de la periferia.

Alessandro entra tranquilo.

—Buenos días a todos.

Con la sonrisa de quien se la sabe muy larga pero no quiere presumir de ello. O, al menos, de quien sabe una cosa con absoluta certeza. No irá a Lugano.

—Aquí está el trabajo de esta noche. —Deja la carpeta blanca en la mesa, en el centro de la mesa. «El eslogan de Alex.» Por suerte, la aleta del tiburón no se ve. Niki le ha explicado que el tiburón es la firma de Olly, la dibujante, la famélica «escuala» devoradora de hombres antes de convertirse en «Ola». Pero ésa es otra historia. Alessandro abre lentamente la carpeta. Todos los directivos, uno tras otro, incluido el presidente, se levantan de sus sillones de piel. En ese momento, el eslogan de Alex resplandece con total nitidez en el centro de la mesa. Esas palabras que a Niki le hubiese gustado tanto que le dijesen la noche anterior. Lo que a muchas chicas les gustaría que les dijesen. Sobre todo si se sienten «LaLuna» para alguien. Leonardo coge el diseño. Sonríe. Después lo lee en voz alta.

—No pidas LaLuna... ¡Cógela!

De improviso, en la sala se hace un silencio casi religioso. Todos se miran. A todos les gustaría decirlo, pero siempre se tiene miedo a ser el primero en hablar. No se está seguro de hallarse en sintonía con la decisión última. La del presidente. En realidad, sólo él puede tomarse esa libertad. El presidente se pone en pie. Mira a Alessandro. Luego mira a Leonardo. Después mira de nuevo a Alessandro. Y sonríe. Y dice lo que a todos les hubiese gustado tanto decir.

—Es perfecto. Nuevo y sorprendente.

Y todos estallan en aplausos.

—¡Bien!

Leonardo abraza por los hombros a Alessandro. Todos se levantan y van a felicitarlo. Uno le estrecha la mano, otro le da una palmadita en la espalda, otro sonríe o le guiña el ojo.

—Bravo, muy bien, de verdad.

Uno de los directivos más jóvenes coge el eslogan y los dos dibujos, se mete la carpeta bajo el brazo y se dirige a toda prisa hacia la puerta de la sala.

—Me voy rápidamente a montarlos sobre dos diseños, hacemos una prueba de impresión de cada uno y luego los enviamos a Japón.

—Sí, hazlo en seguida.

Alessandro acepta el café que alguien le ofrece.

—Gracias.

Cuando tienes éxito, los amigos te parecen muchos. En cambio, cuando fracasas, si te queda un amigo también es mucho. Leonardo se toma asimismo un café. El director se lo ha traído a ambos.

—Ahora sólo queda esperar dos semanas.

—¿Cómo? ¿No se lo enviamos por Internet?

Leonardo le da una palmada.

—Siempre tienes ganas de tomarme el pelo, ¿eh?, príncipe de la periferia. Dos semanas es el tiempo que tardarán ellos, todo su equipo directivo reunido, en hacer a saber qué investigación de mercado, probablemente diferente a la que hiciste tú ayer para dar con esta solución tan brillante.

Alessandro sonríe.

—Ah, claro.

—De modo que sólo nos queda esperar.

Alessandro se acaba su café y se dirige hacia la salida. Todos lo despiden con una sonrisa sin dejar de felicitarlo de nuevo. Pero él tiene un único pensamiento. Irse a descansar. A celebrarlo. Sale al pasillo y casi da un brinco juntando los dos pies en el aire, con ese placer que produce poder expresar la felicidad que uno siente. Justo en ese momento se cruza con Marcello, su joven contrincante. Lo saluda con una sonrisa y le guiña el ojo. Luego se detiene. Indeciso y pensativo. Pero decide intentarlo. Y le tiende la mano.

—Hasta la próxima.

Alessandro se queda así, a la espera. ¿Qué hará? ¿Se la estrechará? ¿Se irá sin decir nada? ¿Hará como si fuese a darme la mano y me dará una bofetada?

Marcello tarda un buen rato. También él debe de estar haciendo un *training* autógeno. Mantenerse sereno y tranquilo, tranquilo y sereno. Lo consigue. Marcello sonríe. Luego le tiende la mano a Alessandro y se la estrecha.

—Claro, hasta la próxima.

Alessandro se despide y se aleja más tranquilo ahora. Y por encima de todo, definitivamente vencedor. Ésos son los verdaderos éxitos.

Cincuenta y tres

Y se va. A celebrarlo sin pérdida de tiempo. Casa. Tranquilos. Decir algo. Beber algo. Una carcajada. No tener miedo de nada por un momento. Desconectar el teléfono. Y perderse sin prisa.

—Me ha gustado a rabiar esa película en la que sale la chica esa que hizo *León: el profesional*...

—Entonces debe de ser una película para jóvenes.

—¿Por qué te las das de viejo? Además, a estas alturas, también ella ha crecido.

—Espera, espera, la buscaré en Google. —Alessandro se va al ordenador.

—Mira, es ella. ¿La ves? Natalie Portman. Y la película se titula *Closer*...

—A ver...

Niki se sienta en sus piernas y se apoya en él haciendo un poco de presión. Se ríe mientras intenta navegar. Adelante. Atrás. Abre otra página. Una nueva búsqueda.

—¡Mira! Está también la banda sonora. Es chulísima. Espera, que me descargo la *preview*...

Alessandro la mira. Es guapísima, una niñita divertida que corre arriba y abajo con el puntero del ratón y con su entusiasmo. Cierra los ojos y, por un momento, aspira el olor de su cabello. Y su sonrisa. No piensa en nada más. Y eso le preocupa. Niki vuelve un poco la cara hacia él.

—Eh, ¿qué haces? ¿Te has quedado dormido?

–¡Qué va!

–¡Pues tenías los ojos cerrados! Vale, mira esto... Aquí están, son varias... *The Blower's Daughter* y *Cold Water* son de Damien Rice, pero también son muy guays, *Smack My Bitch Up,* de los Prodigy, ésta rompe, ¿a que sí? Y luego están esas dos, pero no las conozco, *How Soon Is Now* y *Come Closer*. Vamos a oír ésta... –Niki clica encima y la canción empieza a sonar–: «... *Come on closer, I wanna show you what I'd like to do...*»

–Bonita, ¿eh? Quiere decir...

–No, no, Alex, déjame a mí. Ya sé que sabes inglés. Pero así me prepararé un poco para los exámenes. Mi profe dice que tengo una buena pronunciación, pero que no entiendo bien el significado.

Niki cierra los ojos y escucha con atención... «*You sit back now, just relax now, I'll take care of you...*» Después clica de nuevo sobre el reproductor virtual y la vuelve a poner desde el principio.

–Espera, ¿eh? Todavía no. –Y la vuelve a escuchar. Esta vez no tiene dudas.

–«Acércate, quiero mostrarte lo que me gustaría hacer... Siéntate de espaldas, ahora relájate, yo te cuidaré...» Tengo dudas acerca de ese «*back*»... –retrocede un poco–. Sí, tiene que ser así.

La pantalla avanza hasta «*Hot temptations, sweet sensations infiltrating through, sweet sensations, hot temptations coming over you.*»

–Por favor, por favor, por favor, déjame volver a escuchar sólo esto. –Y se ríe–. Así, como mínimo, puedo decir que he estado repasando. Que he estudiado un poco. –Y, mientras en la pantalla se lee «*repeat*» y vuelve a sonar el primer minuto de la canción, Niki se levanta y apaga las luces. Solos. En el salón. Los sofás de piel blanca reflejan una luz suave procedente del exterior. Un coche pasa a lo lejos, el claxon no se oye, ni tampoco el ruido del motor.

Niki abre la puerta de la terraza. Respira lentamente el aire. Luego se desnuda. Por un momento, Alessandro se preocupa por si estará mirando el vecino de enfrente. Robando con los ojos lo que es suyo. Pero no. Está la amiga oscuridad. El vestido de Niki se desliza ligero por su piel hacia el suelo, y allí se queda, humilde cortesano. Niki salta por encima con un pequeño paso, muy leve. Se ha dejado puestas las zapatillas con las cintas atadas a los tobillos. No lleva sujetador. Se le acerca, pero se queda de pie frente al sofá.

—¿No vas a besarme?

Alessandro le da un beso ligero en los labios.

—Espera, quiero poner una cosa.

Se dirige a la librería, dejándola allí sola un instante, de pie, con la luna perfilándola como una delicada muchacha de contorno de nata, y con ese perfume ligero que proviene de ella.

Alessandro regresa junto a Niki. También él está desnudo. Le echa el pelo hacia atrás con delicadeza. Niki cierra los ojos. Suena una música. *She's the One*.

—¿Te acuerdas?

—Por supuesto. hay momentos que no se pueden olvidar.

Le sonríe con sus dientes perfectos. Brillan en aquella estancia en penumbra. El reflejo de un pez que zigzaguea veloz de noche en los mares caribeños, cambiando de dirección a cada rato, arrastrando consigo hacia el fondo la luna y su reflejo.

—Por un momento he pensado que ya te lo habrías puesto...

—¿El qué?

—¿Cómo que qué? El preservativo.

—No lo había pensado. —Y la atrae hacia sí, le acaricia el seno, la estrecha, la besa—. Hummm, qué bien sabes...

—¿Vas a tomarme, hombre? ¿Quieres penetrarme?

—Aún no... lo estoy pensando.

Niki sonríe y lo besa con pasión. Y se divierte. Sí. Un beso divertido, con la lengua; un beso que sabe a amor y a juego. Lleno de sabores buenos y de deseo y de mar abierto y de tantas cosas más. Una lengua que tiene sueños que contar. Y se tumban en el sofá. Niki tiene las piernas suaves y tantos tenues aromas que parece un prado florido, misterioso, oculto tras un bosque, enteramente por descubrir.

—Pareces un cervatillo que corre y tropieza y se cae entre las flores y, al levantarse, lleva consigo flores y pétalos y manzanilla y margaritas y violetas salvajes y rosas silvestres y hierbas que huelen de todas las maneras...

Niki sonríe.

—Pero ¿qué dices?

—Digo, digo...

—¿Y por qué me dices todas esas tonterías, quieres impresionar-me? Mira, a lo mejor no lo recuerdas, pero ya hemos hecho el amor.

—Qué boba eres, te lo digo porque a veces es bonito hacer el bobo. —Y vuelve a besarla. Sí, cuando te enamoras es bonito hacer el bobo... Lo malo es que no te percatas, no te das cuenta... ¿No te estarás ena-morando, Alex? Se lo pregunta a sí mismo. Y se siente todavía más bobo. Casi podría ruborizarse. Pero la penumbra siempre te salva, te protege, te hace soñar, te hace hacer el bobo.

—No lo estarás leyendo, ¿eh? A veces parece que haces cosas es-tudiadas... No me gusta. Me parece estar en uno de tus anuncios. —Niki se aparta.

—Tengo que decirte la verdad: se me había olvidado que ya había-mos hecho el amor.

—Bobo. —Niki le da una pequeña palmada en la espalda y después, con dulzura, se deja besar de nuevo.

Alessandro siente crecer su deseo. La empuja suavemente con la mano en el pecho, y ella se deja caer en el sofá. Y suspira mientras él le baja las bragas. La piel bajo su cuerpo es fresca. Alessandro la mira. Es muy hermosa. Y tiene diecisiete años. Cuatro más que la hija de Pietro. Pero ¿qué culpa tengo yo? La culpa es de Pietro, que los tuvo demasiado pronto. Por eso tiene tantas ansias de libertad. Alguien dijo que hay un tiempo para cada cosa. ¿Y ahora? ¿De qué tiempo se trata? ¿Qué más puedo esperar? Es una llamarada súbita. Y hambre. Y deseo. Y ya no entiendo nada. Y miro por la ventana y siento otros olores y el vecino tiene las luces apagadas y ahora es ella quien me empuja, y lo hace con dulzura y me sonríe y me estira las piernas, y se tumba sobre mí. Y es decidida. Muy decidida. Ay. Lo ha hecho a pro-pósito. Y me mira desde abajo con sus grandes ojos. Y sonríe. Es muy decidida. Y hermosa. E inocente. Y me dejo ir. Y cierro los ojos.

¿Y si ahora entrase Elena? Elena tiene las llaves de casa. Podría. Tengo que cambiar la cerradura. No. Que entre si quiere. Fue ella quien decidió irse. Sí, que entre si quiere. Mejor aún, ojalá entrase. Y atraigo a Niki hacia mí y le sonrío. Y nos besamos con deseo. Y ya sabe un poco a mí. Y decido hacerle el amor.

—Eh. —Me mira preocupada—. No te has puesto nada. Ten cuidado, ¿eh?

—Tú misma lo has dicho. No todo tiene que estar calculado.

Ella sacude la cabeza y luego me besa.

—Me gustas con locura.

—Y tú a mí.

Y luego me viene como un flash. Oh, no, definitivamente tengo que cambiar la cerradura.

Mi madre también tiene una copia de la llave.

Cincuenta y cuatro

A veces dos semanas pasan de prisa. A veces parece que no pasen nunca. Ésta es una de esas veces. Pero a Alessandro le resulta agradable llenar ese tiempo que ya no es libre, ni perdido, ni regalado. Ese tiempo «forzado» a la espera de un veredicto... japonés. Y cenas en los lugares más diversos. Y descubrir a Niki día tras día. El sabor de la muchacha de los jazmines, siempre tan diferente, dulce, amargo, a miel, a arándano... a chocolate. De matices hermosos como la más caprichosa de las puestas de sol. Unas veces niña. Otras adolescente. Otras mujer. Y de nuevo niña. Y sentirse culpable a veces. Y otras tan feliz que da miedo. Pero ¿miedo de qué? ¿De enamorarse demasiado? ¿De que se pueda acabar? ¿De que todo cambie, la edad, el trabajo, la vida que ha llevado hasta ahora tanto que no quepa ya en ella? Pero ¿por qué no con Elena? Sintonía total, mil cosas hechas juntos, las mismas experiencias, el mismo modo de vida. Sí. Éramos perfectos. Tan perfectos que incluso en el final lo fuimos: un fracaso perfecto. No. Ya falta poco para la respuesta de Japón y quiero disfrutarlo a fondo. Felicidad ligera. Sin pensamientos. Tal como viene, como sale. Sí, quiero estar en esta onda. *Marea alta*. ¿Cómo había interpretado esa canción Enrico? Ah, sí. «Tú existes en mí como la marea alta.» Es el miedo a la profundidad de lo que creas y no sabes gobernar. «El miedo inmenso a que no seas mía.» Qué grande eres Enrico. Tony Costa aún no ha dado señales de vida. ¿Cómo puede ser que esta investigación dure tanto tiempo? De todos modos, el precio ya está pactado, no es que vaya a ganar más por alargarla. Le he llamado hoy y me ha dicho que hablaremos a finales de mes. Espero que no haya problemas. De repente, la voz de Niki.

—Tesoro, ¿qué haces? ¿Sigues en la bañera? ¿Estás loco? Yo me tengo que ir al partido, ¿no te acuerdas de que hoy tenemos la final de voleibol?

—¿Tenemos?

—Bueno, por decirlo de algún modo... ¡Mis amigas y yo! Pero te acuerdas, ¿no?

—Claro que sí.

—¡No, no te acordabas!

—¡Claro que sí! Me estoy poniendo guapo para ti... y para tus amigas.

Alessandro se levanta del agua de golpe. Y aun así, totalmente enjabonado y lleno de espuma, se le nota el deseo.

—¡Idiota! —ríe Niki y le arroja una toalla—. Te doy un apretón ahí y mira cómo acaba la cosa.

—¡Ay!

Niki lo mira. Ahora tiene una mirada maliciosa.

—Oye, ¿por qué no hablamos de ello después del partido?

—Ciertas cosas es mejor discutirlas de inmediato.

Intenta cogerla todo mojado. Niki se le escapa.

—¡Alex! ¿Qué te pasa? ¡Tengo una final! Cuando te comportas así eres como un niño. Venga. ¡Me lié contigo porque me hiciste creer que eras un hombre!

—Rechazo totalmente mi rol paterno, el complejo de Edipo, la búsqueda del padre, etcétera, etcétera.

—Estás muy equivocado. Yo ya tengo padre y ni se me pasaría por la imaginación buscarlo en ti. Al contrario, más te vale que no sea él quien te busque. Yo me voy ya. Cojo el ciclomotor. ¡Espero que vengas!

Niki sale a toda prisa del cuarto de baño. Alessandro le grita desde lejos.

—Claro que iré, pero dime, ¿se trata de la final de cuál de los muchos deportes que practicas?

—¡Idiota!

Alessandro abre la ducha. ¿Idiota? Sólo me faltaba eso... Y se dispone a acabar en seguida. Poco a poco, cuando se está junto, todo se convierte en normal. Y uno acaba por olvidarse de ese amor «que vuelve extraordinaria a la gente común». Rápido. A veces demasiado rápido. Y, sin embargo, Elena sigue estando presente. Y mientras se aclara, mientras el agua de la ducha se lleva el jabón, algo regresa. Directamente del pasado. Aquel día.

Por un momento, pensó desesperado en un robo. Entonces empezó a correr sin aliento por la casa. No, no se han llevado el ordenador. Ni el televisor. El lector de DVD está en su sitio. Sigue dando vueltas por todas las habitaciones. Armarios vacíos, perchas caídas, ropa tirada. ¿Cómo es que no se han llevado nada de valor? Miró en sus cajones. Y lo vio. Un sobre. Se lo acercó. «Para Alex.» Entonces abrió la carta y la leyó a toda prisa, sin poder creerse aquellas palabras, aquellas frases sin adjetivos, concisas, pobres, míseras. Sin un porqué, un cuándo, un dónde. Y la última línea.

«Respeta mis decisiones del mismo modo que yo he respetado siempre las tuyas. Elena.»

Entonces lo entendió. Eso era lo que le habían robado. El amor. Mi amor. Aquel que había ido edificando día tras día, con paciencia, con ganas, con esfuerzo. Y Elena es la ladrona. Lo cogió y se lo llevó consigo, saliendo por la puerta principal de una casa que habían construido juntos. Cuatro años de pequeños detalles, la elección de las cortinas, la disposición de las habitaciones, los cuadros colocados en un orden que seguía la luz del amanecer. Pufff. En un momento aquella diversión, aquellas pequeñas discusiones acerca de cómo organizar la casa desaparecieron. Adiós a todo. Me han robado el amor y ni siquiera puedo poner una denuncia. Entonces Alessandro salió en plena noche, sin valor para llamar a un amigo, a nadie; para ir a ver a sus padres, a sus personas queridas, a su madre, a su padre, a sus hermanas. A alguien a quien poderle decir «Elena me ha dejado». Nada. No pudo. Se fue a pasear perdido en aquella Roma de tantas películas y directores admirados, Rossellini, Visconti, Fellini. Sus historias en aquellas calles, en medio de aquellos escorzos. Y ahora Roma ha perdido color. Es en blanco y negro. Un spot triste, como uno de sus primeros trabajos. Acababa de entrar en la empresa. Se acuerda como si fuese ayer. Todo era en blanco y negro y al final aparecía el producto. Un pequeño yogur que volvía a dar color a toda la ciudad. ¿Y entonces? ¿Quién tendría que aparecer entonces en aquel último encuadre? Ella. Sólo ella. Piazza della Repubblica: Elena sentada en el borde de la fuente. Se vuelve. Primer plano de su sonrisa y toda la ciudad vuelve a tener color. Sobreimpresa en rojo brillante aparece una frase: «Amor mío, he vuelto.» Pero esta película no la dan en ningún cine. Y en aquella plaza no hay nadie, excepto dos extranjeros sentados en el borde de la fuente. Están mirando un plano de la ciudad. Le dan vueltas entre las manos sin encontrar lo que buscan. Quizá se han perdido. Pero se ríen. Porque ambos están todavía allí. A lo mejor ellos no se perderán. Alessandro sigue caminando. Lo más triste de todo es que mañana tengo una reunión importante con unos japoneses. En Capri. Me gustaría llamar a la oficina y decir «No voy, estoy enfermo. Paren el mundo, quiero bajarme». Pero no. Siempre ha cumplido con su deber. No puedo dejar de ir. Han creído en mí. No quiero decepcionar a nadie. Sólo que yo había creído en Elena. Y Elena me ha decepcionado. ¿Por qué? Yo creía en ella. Creía en ella. Así pues se subió al tren, buscó su asiento y esperó media hora a que el tren saliese. Luego se le sentó enfrente una mujer guapa, de unos cincuenta años. Llevaba una alianza en el dedo y se pasó todo el rato hablando por teléfono con su marido. Alessandro oyó aquella conversación sin querer. Dulce, sensual, divertida. También yo le había pedido a Elena que se casase conmigo. También nosotros hubiésemos podido pasar nuestros días separados, cada uno con su trabajo, pero unidos siempre, cercanos, y llamarnos de vez en cuando por teléfono para un saludo, un beso, una broma, como esta señora que está delante de mí hace con su marido. Nos hubiésemos dicho palabras de amor en cualquier momento, para siempre, riéndonos también nosotros, como hacen ellos. Pero no. Todo eso ya no es posible. Y Alessandro empieza a llorar. En silencio. Despacio. Y se pone unas gafas de sol, unas Ray-Ban oscuras que puedan esconder su dolor. Pero las lágrimas, cuando hacen su aparición, son como los niños en la playa. Antes o después se escapan. Entonces Alessandro se quita las gafas y las lágrimas brotan libres y todas juntas. Y sus mejillas se mojan y los labios le saben a sal. Un poco avergonzado, intenta secarse con el dorso de la mano. La señora se da cuenta y, al final, con ligero embarazo, cuelga el teléfono; luego se dirige a él, generosa y amable.

—¿Qué pasa, le han dado una mala noticia? Lo siento...

—No... es que me han dejado. —Alessandro sólo consigue decírselo a ella, a una mujer desconocida—. Lo siento. —Se echa a reír sin dejar de secarse, sorbe por la nariz.

La señora sonríe, le da un pañuelo de papel.

—Gracias. —Alessandro se suena la nariz y sorbe de nuevo. Luego sonríe—. Es que al oírla hablar por teléfono con su marido, tan alegre, quizá después de mucho tiempo de estar juntos...

La señora lo interrumpe con dulzura.

—No era mi marido.

—Ah. —Alessandro le mira las manos, ve su alianza.

La señora se da cuenta.

—Sí. Era mi amante.

—Ah... disculpe.

—No. No pasa nada.

Permanecen en silencio todo el resto del viaje. Hasta Nápoles. Al llegar a la estación la señora se despide.

—Adiós, que le vaya bien. —Sonríe. Luego se baja.

Alessandro coge su equipaje y baja también del tren. Sigue a la mujer con la mirada y, al cabo de pocos pasos, ve que se abraza con un hombre. Él la besa en los labios y le coge la maleta. Caminan por el andén. Luego él se detiene, deja la maleta y la levanta por los aires hacia el cielo, estrechándola con fuerza. Alessandro se fija bien. Ese hombre lleva alianza. Debe de ser el marido. Claro que también podría ser que el amante estuviese casado. Pero a veces las cosas son más simples de como uno se las imagina. Siguen caminando hacia la parada de taxis. Ella se vuelve, lo ve, lo saluda desde lejos y vuelve a abrazar al marido. Alessandro le devuelve la sonrisa. Luego se dispone a esperar su taxi, tranquilo. Aprieta los dientes. Prosigue su viaje. El hidroala lo lleva hasta Capri, pero Alessandro ni siquiera ve el mar. Está azul, limpio, calmo. Aunque detrás de unas ventanillas sucias de sal y salpicaduras y, sobre todo, casi tan grises como su corazón. Después está en vía Camerelle, reunido con los japoneses. Inspira profundamente. Y de repente algo cambia. Y es como si aquel dolor se transformase. A través del traductor los divierte, los seduce, los tranquiliza, explica algunas anécdotas italianas. Se tapa la boca con la mano cuando se ríe. Se ha documentado acerca de esta costumbre. A ellos les parece de mala educación mostrar los dientes a los demás. Alessandro es preciso, pedante, preparado. Todo con «p», casi como perfecto. Una cosa es segura. En el trabajo no quiere decepcionar. Luego empieza a hablar de la idea para su producto. Se le ha ocurrido así sin más, pero cuando los japoneses la oyen se entusiasman, se vuelven locos, y al final acaban dándole grandes palmadas en la espalda. También el traductor está feliz, le dice que lo están llenando de cumplidos, que ha tenido una gran idea, genial. Y Alessandro da la estocada final cuando, tras despedirse, les ofrece su tarjeta de visita con ambas manos, tal como se hace en Japón. Y ellos sonríen. Conquistados. De modo que Alessandro ya puede volverse. Ha cumplido con su tarea, no ha decepcionado a nadie. Al contrario. Ha hecho más que eso. Ha dado una idea nueva, una idea que ha gustado. Simple. Una idea que ha hecho sonreír. Justo como esa vida que le gustaría tener.

Encuadre fijo de un paisaje. Un tren pasa veloz. Interior. Una mujer está sentada en su asiento, llora. Zoom hacia ella. La mujer sigue llorando. Quedamente, un buen rato, ante los ojos de los demás viajeros, que se miran entre sí sin saber qué hacer. El tren se detiene, los pasajeros bajan. Cada uno abraza a una persona. A todos los estaba esperando alguien. La única que no tiene a nadie que la espere es la mujer que estaba llorando. Pero de repente sonríe. Se acerca a un coche. El nuevo producto de los japoneses. Y se va en él. Ahora es una mujer feliz. Ha vuelto a encontrar el amor en aquel coche. «Un amor que no engaña. Un motor que no se apaga.»

A Leonardo, su director, le pareció también una idea fantástica.

—Eres un genio, Alessandro, un genio. Un volcán de creatividad. Un espot eficaz con una historia simple. Una mujer que llora en un tren. Precioso. Un poco Lelouch, *La decisión de Sophie*, no sabemos por qué llora, pero al final sabemos por qué ríe. Grande. Eres grande.

Y pensar que ellos querían que el protagonista del espot fuese un hombre... Un hombre. Pero tienes razón, no resultaría verosímil, ¿Dónde se ha visto a un hombre que llore? Y en un tren, además...

—Ya. Dónde se ha visto.

Alessandro sale de la ducha y se seca a toda prisa. Luego empieza a vestirse. ¿Sabes qué es lo malo de esta vida? Que ni siquiera se tiene tiempo para el dolor.

Cincuenta y cinco

La pelota sale impulsada hacia arriba. Dos muchachas hacen amago de dirigirse a la red. Y Niki cuenta bien los pasos. Uno, dos, y salta. Pero al otro lado de la red dos adversarias se han percatado de la maniobra, y le hacen un bloqueo. La pelota, golpeada por Niki, rebota, baja y cae en su campo.

—Piiiii.

Pitido del árbitro, que extiende su brazo hacia la izquierda. Punto para el equipo rival.

—¡Nooo! —Pierangelo, el entrenador, no deja de hacer aspavientos, se quita la gorra de la cabeza y golpea con ella en una mesa cercana. Está claro que en ese momento las curvas de sus jugadoras no lo distraen. Sólo está fastidiado por sus errores. Las adversarias van a darles una paliza. Justo en ese momento, la pequeña puerta que queda al fondo del pabellón se abre. Y con un impecable blazer a juego con unos pantalones azul oscuro de tela ligeramente asargada, camisa a rayas azules, celestes y blancas, y despidiendo todavía el perfume de la ducha, he aquí que llega Alessandro. Sonríe. Lleva algo en la mano. Niki lo ve y sonríe ella también. Luego hace una pequeña mueca, como diciendo: «¡Menos mal que has llegado!»

A partir de ese momento es como si un amuleto hubiese ido a parar al bolsillo del entrenador. Ese equipo no puede perder. Saques y bloqueos, toques de antebrazo y pelotas impulsadas hacia arriba y remates, más remates, y superremates. Y un increíble juego de equipo. Y al final... ¡punto!

—¡Gana el Mamiani por veinticinco a dieciséis!

Las chicas gritan, se abrazan y saltan todas juntas, apoyadas cada una en los hombros de la otra. Pero al final Niki se escabulle por debajo y se escapa. Y corre como una loca, excitada y bañada en sudor, y le salta encima, rodeando con sus largas piernas las caderas de Alessandro, tan elegantemente vestido.

—¡Hemos ganado! —Y le da un largo beso, ella dulcemente salada.

—Nunca lo dudé. Ten, esto es para ti. —Alessandro le da un paquete—. Mantenlo así, en posición vertical.

—¿Qué es?

—Es para ti... o mejor dicho, para ella.

Alessandro sonríe mientras Niki abre de prisa el regalo.

—Nooo... Qué bonita, una planta de jazmín.

—No podías no tener algo tuyo... chica de los jazmines... —Y así siguen, besándose sin darse cuenta de nada más, de la gente que pasa a su lado, vencedores y vencidos de una final importante, pero en el fondo no tan importante. Después, Alessandro ya no puede seguir sujetándola y se caen entre las sillas de la tribuna. Y no se hacen daño. Y se ríen. Y siguen besándose. No hay nada que hacer. A veces el amor vence verdaderamente sobre todo.

Cincuenta y seis

Un poco más tarde. Casa de Alessandro. Después de haber retomado el tema de la ducha, de la espuma... después, vaya. Niki sale del baño con la toalla enrollada en la cabeza, caliente todavía por el vapor, y no sólo por eso. Con las mejillas rojas y el aire lánguido de después del amor.

–Alex, ¿qué es esto? –Le muestra un dibujo con el diseño a escala de todo el salón, con muebles, sillones y mesitas.

Alessandro lo mira.

–Ah, esto... –En realidad, se acuerda perfectamente. ¿Cómo va a haberlo olvidado? La disputa telefónica de Elena con el encargado, el descuento que él no le había querido hacer y todo el resto de llamadas, las discusiones por el retraso en la entrega de aquel montón de muebles tan grandes y tan caros. Están todos allí, dibujados a escala. Y, sobre todo, a día de hoy todavía no han llegado–. Ejem... esto... esto es el diseño del salón.

–¿Estos muebles estaban antes?

–No. Estarán después...

–¿Qué? ¡No me lo creo! Pero ¡si son horribles! Resultará todo muy cargado.

Alessandro no da crédito. Es lo mismo que le dijo él a Elena.

–Bueno, al fin y al cabo la casa es tuya, haz lo que te parezca, ¿eh?

Y eso es exactamente lo contrario de lo que Elena le dijo entonces. Alessandro sonríe.

–Tienes toda la razón... lástima.

—¿Lástima? Pero ¿los has pagado ya?

—No. Tengo que pagarlos a la entrega.

—Cosa que hubiera debido suceder... —Niki echa un vistazo a la hoja—, ¿hace cuatro meses? Pues entonces te puedes echar atrás, y reclamar incluso la paga y señal que diste, a lo mejor puedes incluso duplicarla por daños. ¡Llama en seguida! Venga, yo te marco el número.

Niki coge al vuelo el bonito teléfono inalámbrico que está sobre la única mesa del espacioso salón y marca el teléfono de la casa de decoración, escrito a mano en una esquina del plano. Espera a que dé señal de llamada, y, al oír que responden se lo pasa a Alessandro.

—Habla, habla...

—Casa Style, ¿en qué puedo servirle?

Alessandro mira las hojas que tiene en la mano y encuentra un nombre subrayado: Sergio, el empleado que les atendió.

—Ejem, sí, quisiera hablar con Sergio. Soy Alessandro Belli... De la calle...

—Ah, sí, soy yo, ya me acuerdo. Disculpe, lo siento, pero sus muebles no han llegado todavía porque ha habido un problema en el Véneto. Pero están a punto de salir. Y seguramente llegarán a fin de mes.

—Disculpe, Sergio, pero ya no los quiero.

—¿Cómo? Si su señora... estuvimos discutiendo todo un día. Al final consiguió que le hiciera un descuento, cosa que me tienen prohibida los dueños. Tuve que discutir también con ellos.

—Bien, puede tranquilizarlos. Ya no tiene que hacerme ningún descuento. Los plazos no se han cumplido. Pero no quiero meterme en pleitos. Sólo quiero que me devuelvan mi paga y señal. Gracias y adiós. —Y cuelga sin darle tiempo a responder—. Esto lo he aprendido de ti. —Le sonríe a Niki y luego respira. Relajado, satisfecho, un suspiro y un sabor de libertad nunca antes experimentado.

Niki lo mira. Después mira el salón.

—Está mejor así, ¿no?

—Muchisísimo.

—No se dice «muchisísimo».

—En este caso sí se dice así, y además tu Bernardi no me oye. —Alessandro la atrae hacia sí y la abraza—. Gracias.

—¿De qué?

—Ya te lo explicaré algún día.

—Como quieras.

Se abrazan. Se besan. Niki se levanta.

—Oye, si te apetece, uno de estos días te acompaño al centro, cuando vayas a elegir muebles nuevos. —Luego se dirige al baño a vestirse—. Pero nada de cosas cargadas, ¿eh? Y sólo si te apetece. Si no, vas tú solo, faltaría más. —Niki entra en el baño pero vuelve a salir en seguida—. De todos modos, visto lo que habías elegido, ¡si yo fuese tú, me llevaría contigo! —Después lo mira seria una última vez—. Aunque de todos modos, la casa es tuya, ¿no?

—Claro.

—Por lo tanto, si alguna vez volviese a ocurrir, cosa que espero que no suceda, recuérdaselo. —Y desaparece definitivamente en el baño.

Alessandro se asoma a la puerta.

—No sucederá.

—¿Tú crees?

—Estoy seguro.

—¿Igual de seguro de que nunca ibas a enredarte con una menor? Alessandro sonríe.

—Bueno, ése era mi sueño.

—Por supuesto. —Niki se pone la camiseta—. ¡Porque hace que te sumerjas en el pasado!

—¡Bueno, en realidad, me hace sumergirme en muchas cosas! Venga, espabila, que nos vamos a comer algo por ahí.

Niki se pone los pantalones y lo mira.

—Ah, ah... no tengo edad para hacer de mujer. Aparta. —Hace que se eche a un lado—, quiero ver qué es lo que tienes en la cocina. Esta noche cenamos en casa.

Alessandro se queda sorprendido. Felizmente sorprendido. Luego se va al salón y pone un CD. *Save Room*, John Legend. Se tumba en la *chaise longue*. Sube un poco el volumen con el mando a distancia. Cierra los ojos. Qué hermoso es estar con una chica así. Lástima que no sea un poco más mayor... sólo un poquito más. No mucho, unos tres o cuatro años, que al menos pasase de los veinte. Que como mínimo hubiese acabado el instituto. Tiempo. Tiempo al tiempo. Pero qué demonios, me ha ayudado un montón en el trabajo. Y además, cuando estamos los dos juntos...

Se oye la voz de Niki desde la cocina.

—¿Pasta corta o larga?

Alessandro sonríe.

—¿Qué más da? Depende de lo que lleve, ¿no? Vale, corta.

—¡Ok!

Alessandro vuelve a relajarse. Se abandona aún más. Música lenta. Más lenta...

—¿Alex?

—¿Sí?

—Ya está lista... ¿Te habías dormido? ¡Eres de lo que no hay! Doce minutos. El tiempo de cocción.

—No estaba dormido. Soñaba contigo. —Entra en la cocina—. Y en lo que habrías preparado. Hummm, el olor no está mal. Parece bueno. Ahora lo veremos.

—¿El qué?

—Si eres una hábil timadora o una hábil cocinera.

Alessandro se sienta a la mesa. Se da cuenta de que en un vaso pequeño de chupito hay una flor acabada de coger de la terraza. Dos velas encendidas junto a la ventana crean una atmósfera cálida. Alessandro prueba curioso uno de aquellos macarrones. Cierra los ojos. Se pierde en su sabor, delicado, auténtico, completo. Bueno de verdad, vaya.

—Oye, está muy buena. ¿Qué es?

—Yo la llamo la carbonara campesina. Es de mi invención, pero se puede perfeccionar.

—¿Cómo?

—En tu nevera faltaban algunos ingredientes básicos.

—A mí me parece una maravilla tal como está.

—Porque aún no has probado la auténtica. Faltan unas zanahorias cortadas en laminitas finas y un toque de corteza de limón...

—¿Todo eso? Caramba, encontrarse una chica guapa, encima no demasiado madura, que ya sabe cocinar así de bien, es un sueño.

—¿El mismo que tenías antes de cenar?

—No, mejor. Yo no sería capaz de soñar todo esto.

—De todos modos, tranquilo, Alex, sólo sé preparar dos platos. De modo que cuando hayas probado también el segundo, volveremos a empezar...

Alessandro sonríe y sigue comiendo aquella extraña pasta «a la carbonara campesina». Elena nunca me había hecho nada parecido. A excepción, claro, de alguna ensalada fría con sabores extraños, frambuesas o frutas del bosque, pistachos salados o granada... Y, de vez en cuando, algún plato francés rebuscado y caro. Total... Total, el dinero no era suyo. Pero jamás nada cocinado. Jamás el sabor de la cocina hogareña, del vapor, del sofrito en la sartén, de la pasta mezclada en su salsa. De esa cocina que tanto sabe a amor.

Niki coge una botella de vino.

—A mi carbonara campesina le pega el blanco. ¿Te parece bien?

—Perfecto.

—Lo he puesto a enfriar un rato en el congelador.

Alessandro toca la botella.

—¡Caramba, qué pronto se ha enfriado!

—Basta con mojar la botella con agua fría antes de meterla en el congelador y ya.

—Te las sabes todas, ¿eh?

—Se lo he visto hacer a mi padre.

—Muy bien. ¿Y qué más has aprendido de tu padre?

Niki le sirve el vino.

—Cómo evitar que me jodan en ciertas ocasiones.

Luego se sirve también en su copa. Levanta el vaso. Alessandro se limpia la boca y coge el suyo. Hacen un suave brindis. Un sonido de cristal veneciano llena el aire, invade la cocina.

Niki sonríe.

—De todos modos, me temo que esa lección no la tengo tan bien aprendida. —Luego bebe y lo mira con intensidad—. Pero estoy contenta de ello.

Y siguen comiendo así, charlando ligera y tranquilamente. Aliñan la ensalada. Retazos de vida pasada, de películas complicadas, de filmes de autor, de miedos. Pelan un melocotón.

—Y pensar que cuando tenía quince años y estaba en América, fui con mis amigos a ver a Madonna. Entonces era una veinteañera gorda y desconocida.

—En cambio, yo la vi el año pasado en el Olímpico con Olly y Diletta, Erica no vino porque Giorgio se hizo un lío con las entradas. Ahora es una cuarentona flaca y famosa.

Y más retales de vida pasada y, sobre todo, pasada el uno lejos del otro. Poco a poco. Una cosa detrás de otra. Piezas de un rompecabezas de colores, divertido, a veces también doloroso, difícil de explicar. Y, como cuñas aceitadas, se van ensamblando emociones, pequeñas verdades, alguna mentirijilla, algo que no somos capaces de contarnos ni siquiera a nosotros mismos.

Niki se levanta para ir a lavar los platos. Alessandro la detiene.

—Déjalo, mañana viene la asistenta. Vámonos para allá. Podemos ver un DVD.

En ese momento suena el timbre del interfono. Niki se tumba en el sofá.

—¿La asistenta ha llegado antes de lo previsto?

Alessandro se dirige hacia la puerta.

—No tengo ni idea de quién pueda ser. —Pero sí que tiene una idea. Elena. Y le aterroriza. No quisiera encontrarse nunca en una situación como ésa. ¿Cómo cuál, Alex? Tú no le debes nada. Bueno, por lo menos no ha subido con las llaves. A lo mejor ha pensado que, después de tres meses, tú podrías estar con alguien, ¿no?

—Sí, ¿quién es?

—Alex, somos nosotros, Enrico y Pietro.

—¿Qué pasa?

—Una cosa muy importante. ¿Podemos subir?

—Por supuesto. —Alessandro abre la puerta.

—¿Quién es? —pregunta Niki, mientras pasa de un canal a otro.

—Dos amigos.

—¿A esta hora?

—Bueno. —Alessandro mira el reloj—. Son las nueve y media.

—¿Y vienen tan temprano?

Llaman a la puerta. Alessandro va a abrir.

—¡Hola, chico! —Pietro le da un abrazo, luego silba e intenta tocarlo por abajo—. ¡¿Qué planeas hacer con el monstruo?!

—¡Venga, estate quieto! —Alessandro se recompone. Luego empieza a hablar en voz baja, casi susurrando—. No estoy solo. Venid que os la presento.

Ambos lo siguen. Pietro mira a Enrico.

—¿No será...?

—No. No puede ser. Después de lo que nos ha pasado a nosotros...

—Tú sigues sin entenderlo, ¿eh? Las mujeres son irracionales, y en cambio tú te empeñas en encontrar la razón a la fuerza.

—Tú dirás lo que quieras, pero no puede ser ella.

Alessandro entra en el salón, seguido por los dos amigos.

—Os presento a Niki.

De detrás del sofá, despacito, subiéndose descalza en los cojines, asoma Niki.

—¡Hola! ¿Queréis comer algo? He preparado un poco de pasta. —Salta del sofá—. ¿Un poco de vino? ¿Una Coca? ¿Un ron? En fin, ¿algo de lo que haya?

Enrico mira a Pietro. Esboza una sonrisita de satisfacción como diciendo «¿Has visto? No es ella». Y luego le dice bajito:

—No has acertado.

—¿De qué estáis hablando? —Alessandro se acerca a ellos, curioso.

Pero justo en ese momento suena el teléfono de Niki. Ella salta de nuevo por encima del sofá y coge su bolso, que está apoyado en una silla.

—¿Sí?

—Hola, Niki, soy mamá. ¿Estás con Olly?

—No. Estoy con otra gente.

—Es que te ha llamado. Te está buscando.

—Mira que le dije que iba a salir con otras personas. Es que Olly siempre se pone celosa.

—¿Estás sola con alguien?

—Nooo... Te lo aseguro, somos muchos.

—No te creo.

—Venga, mamá, qué vergüenza. —Niki ve que no se va librar con facilidad. Tapa el auricular—. Eh, disculpad, pero mi madre es un poco paranoica. ¿Podríais armar un poco de barullo todos a la vez? Sólo para que vea que somos varios.

Pietro sonríe.

—Por supuesto, faltaría más.

En cuanto Niki aparta la mano del teléfono, Pietro, Enrico y Alessandro empiezan a armar jaleo.

—Venga, así ¿qué hacemos? ¿Vamos a buscar a los demás?

—Sí, hay una fiesta en casa de mi amiga Ilaria, ay, no, ¡de Alessandra!

Niki hace una seña de que así está bien. Luego se aparta un poco y sigue hablando con su madre.

—¿Y bien? ¿Ya estás contenta? ¿Has visto la cantidad de gente que hay? Haces que parezca subnormal. ¿Cuándo vas a tener un poco de confianza en mí? ¿Cuándo crezca y cumpla los cincuenta?

—Es que ocurren tantas cosas por ahí... Niki, es el mundo el que le hace perder a una la confianza.

—Puedes estar tranquila, mamá, estoy bien y volveré pronto a casa.

—Tu padre está convencido de que tienes un novio nuevo que pertenece a otro círculo.

—Bueno, pues tranquilízalo a él también. ¡Sigo a la caza, y con los mismos de siempre!

—Niki...

—¿Sí, mamá?

—Te quiero.

—Yo también a ti y no quiero que te preocupes.

Cierra el teléfono. Se queda mirándolo un momento. Un pensamiento dulce, a pesar de todo. Por un lado, la idea de haberse librado por pelos. Y por el otro el placer de importarle tanto. Sonríe para sí y vuelve con los demás.

—Gracias... ¡habéis sido muy amables!

Pietro sonríe y extiende los brazos.

—No ha sido nada.

—Pues claro —lo secunda Enrico.

–¿Seguro que no queréis beber nada?

–No, no, en serio.

–Ok, entonces, visto que en la tele no dan nada, y que el satélite también está un poco muermo, salgo un momento y me voy al videoclub de la esquina a buscar un DVD. No cierra hasta las once. ¿Alguna preferencia, Alex?

–No, lo que tú quieras.

–Ok. ¿Queréis que os traiga un helado?

–No, no, no te preocupes. –Pietro se toca el estómago–. Como ves, no me conviene.

–Estamos a dieta...

–Vale. Hasta ahora. –Niki sale y cierra la puerta a sus espaldas.

Pietro se echa de inmediato las manos a la cabeza.

–¡¿Helado?! ¡Demonios, todo lo contrario! Le hubiese dicho: tráeme ya mismo a una de tus amigas, una cualquiera, ¡basta con que sea como tú!

–Pero ¿cuántos años tiene? –pregunta Enrico.

Alessandro se sirve algo de beber.

–Es joven.

Pietro se acerca y también él coge un vaso.

–Enrico, ¿y a ti qué te importa la edad que tiene? ¡Es un verdadero bombón!

–¡Pietro!

–¡Es aún mejor que las rusas, que las dos juntas! –Y se sirve él también. Se toma un whisky de un solo trago. Luego, excitado como un loco–: Por favor, por favor, dímelo de todos modos, aunque no tenga ninguna importancia... ¿cuántos años tiene esta Niki?

–Diecisiete.

Pietro se deja caer en el sofá.

–Dios mío, estoy fatal... ¡Qué potra, macho, qué potra!

–¿Quién?

–Ella, tú, no sé... ¡me he quedado sin palabras! –Luego se incorpora de un salto–. ¡Alex!

–¿Qué?

–Por una de diecisiete no vas a la cárcel, ¿verdad?

—De dieciséis.

—Ah, sí. Entonces me gusta aún más, la sola idea me encanta.

—Pietro, ¿tú ya sabes que estás enfermo?

—Nunca he dicho lo contrario. Mi cerebro se vio afectado cuando era pequeño. Qué digo, desde que nací. Por otro lado, fue la primera cosa que vi y nunca he podido olvidarla...

Enrico le da un empujón. Luego, curioso él también.

—¿Cómo la conociste? ¿Es una modelo de tus anuncios?

—¡Qué va! Tuvimos un accidente, ya os lo dije.

Pietro sacude la cabeza.

—¡Doble potra! Ahora entiendo por qué no se te ve ya el pelo. Las cenas, las fiestas, la otra noche para los cuarenta de Camilla... Ya sabemos dónde te habías perdido.

—Bueno, a lo mejor es que he vuelto a encontrarme. ¿Sabéis una cosa? Nunca he estado tan bien.

—Te creo. —Pietro lo scñala—. ¿Quién puede estar mejor que tú? Hasta tienes la suerte de que hayan inventado la Viagra. Y a lo mejor hasta se traga que eres así de verdad. Normalmente...

—Mira que llegas a ser imbécil. Dejando a un lado el hecho de que ni la tomo ni la necesito, yo estoy hablando de otra cosa. Es una sensación nueva por completo. Me siento yo mismo. Mejor dicho: es posible que esté siendo yo mismo por primera vez en mi vida. Creo que sólo me había sentido así con dieciocho años, con mi primer amor.

Pietro se levanta del sofá.

—Venga, Enrico, vámonos, dejémoslo en su paraíso. Sea como sea, que conste que no me trago que no tomes Viagra.

—Y dale...

Pietro lo mira.

—Oye, no es que seáis sólo amigos... Quiero decir que... —Y con el pulgar y el índice forma una extraña pistola que hace girar en el vacío como diciendo «No es que no hagáis nada, ¿no?».

Alessandro lo coge y empieza a empujarlo hacia la puerta del salón.

—¡Venga, fuera, vete! Ni siquiera voy a responderte.

—Ah, ¿lo ves?, ya me parecía a mí que había algo extraño.

—Sí, sí, piensa lo que te dé la gana. —Alessandro abre la puerta.

Están ya en el rellano cuando Enrico se le acerca.

—Tú y yo tenemos que hablar a finales de mes de aquel asunto.

—Descuida.

Luego Alessandro los mira a los dos un instante.

—¿Y vosotros dos a qué habéis venido? Habéis dicho que era una cosa importante.

Pietro y Enrico se miran un momento.

—No, es que como no se te veía el pelo y hace poco que te separaste de Elena, vaya, pues queríamos saber cómo estabas...

Alessandro sonríe.

—Gracias. Ahora ya lo entendéis, ¿no?

Pietro coge a Enrico de la chaqueta y lo mete en el ascensor.

—Vaya si lo entendemos. ¡Es de fábula! Venga, vámonos... Dejémoslo en su Edén. Ah, no te olvides de preguntarle si tiene una amiga.

Alessandro sonríe y cierra la puerta. Pietro aprieta el botón del ascensor. Las puertas se cierran. Pietro se mira en el espejo. Se coloca mejor la chaqueta. Enrico se apoya en la pared del ascensor y lo mira a través del reflejo.

—¿Habremos hecho bien en no decírselo?

Pietro le devuelve la mirada.

—No sé de qué me estás hablando.

—Pues de que ayer por la noche...

—Lo sé perfectamente. Estaba a punto de decirte que es mejor así. Como si nada hubiese sucedido. ¿Es que acaso quieres estropearle su paraíso? —Y sale sin esperarlo. Se monta en su coche. Enrico lo alcanza.

—Por supuesto que no. O sea, que no lo sabrá nunca.

—Puede que sí o puede que no —responde Pietro mientras abre la ventanilla—. La vida lo dirá. Es sólo cuestión de tiempo, siempre es así. No hay que meterle prisa a la vida. —Y se va dejándolo allí. Enrico se monta en su coche. Es cierto. Es sólo una cuestión de tiempo. Y también para él ahora resulta todo más fácil. Ya hay una fecha límite. Fin de mes. Sí, a fin de mes lo sabrá todo. No le quedará ninguna duda. Paraíso. O Infierno.

Cincuenta y siete

Habitación añil. Ella.

De repente. Bip bip.

«Mi amor, mañana psaré a buscarte a las 7. Tengo 1 sorpresa para ti. Siempre dices ke no soy romántiko. Pero ¡para nstro aniversario t sorprenderé!»

Ella lee el mensaje. Es verdad. Mañana es nuestro aniversario. El primero. Demonios. Pero esta noche no podemos pasarnos, mañana tengo control a primera hora. Lo veo venir, me quedaré dormida. Jo. Esta tarde tengo que comprarle un regalo. ¿«Dormida»? ¿«Tengo que»? ¿«Un regalo»? Pero ¿qué estás diciendo? Eh, pssst, te acuerdas, ¿verdad? Es aquel por el que te morías el año pasado. Ese que tiene unas espaldas anchas y ojos de bueno. Ese que tanto les gusta a tu madre y a tu tía. ¿Entendido? Y ése es... ése. Y hoy hace un año que estáis juntos. Tendría que ser «quiero comprarle un regalo», o mejor dicho «el» regalo. ¿Y a quién le importa si nos dan las seis de la mañana? Ya, así es como tendría que ser. Todo un darnos igual. Y felicidad y locura y ganas de correr, de gritar... Y de amar a tope. En cambio, no es así. Pero ¿por qué estoy así? Pienso en dormir en lugar de ponerme contenta por el hecho de salir. Quiero amarlo. Pero no, no. No se dice así. Se dice «lo amo» y basta. La chica corre a su habitación y abre el armario. Una, dos, tres, cuatro perchas con bonitos vestidos cortos colgados. Pero lo que falta no es dónde elegir, sino el deseo de ponerse guapa para él. Luego se detiene a mirarlos uno a uno. Los acaricia con la mano. Se detiene un momento ante uno amarillo y azul, con pequeños dibujos de tipo oriental. Su preferido. Intenta imaginarse vestida de ese modo ante él, en el restaurante. Se estruja la imaginación buscando un regalo que comprarle. Pero no hay alegría. No hay estremecimiento. No hay nada. Silencio. Miedo. Oscuridad. Y se echa a llorar con rabia. Llora porque no siente lo que le gustaría sentir. Llora porque a veces no hay culpa y no quisieras hacer sufrir a nadie, pero te sientes malvada, desagradecida. Preguntas, demasiadas preguntas para ocultar la única verdad que ya conoce. Pero otra cosa es admitirla. Admitirla significa doblar en la próxima esquina y coger otro camino. Luego se busca. Se mira en el espejo. Pero no se encuentra. Es otra.

Cincuenta y ocho

Ring. Ring. Ring. El timbre suena alegremente. Alessandro casi se cae de la *chaise longue* del sobresalto. Se apoya con la mano en el parquet y se levanta para salir corriendo hasta el interfono.

Ring. Ring. Ring. Tiene casi ritmo.

—¿Quién es? ¿Qué pasa?

—Alex, soy yo, ¿me abres?

Alessandro aprieta dos veces la tecla y vuelve al salón. Pero ¿qué hora es? Las diez y cuarto. Ha dormido casi media hora. Alessandro abre la puerta justo en el momento en que llega Niki. Todavía tiene la respiración agitada.

—He subido por la escalera para mantenerme en forma. ¿Qué estabas haciendo? ¡¡Estabas dormido, ¿eh?!

—No, estaba allí —intenta justificarse—, navegando por Internet.

—Ah, ya. —Niki se asoma y ve que en el estudio todo está oscuro—. ¿Y ya has apagado el pc?

Alessandro la abraza y la atrae hacia sí.

—Por supuesto, ya lo ves... soy muy rápido. —Y le da un beso—. ¿Qué película has sacado?

—*Closer*.

—No me digas. La de la música... Nunca la he visto.

—Es un poco fuerte. Tengo una idea. ¿Por qué no la vemos debajo de las sábanas?

—¿Por qué, es una película picante?

—¡Qué cerdo eres! No, no lo es. Bueno, un poco picante quizá sí, pero no por eso... Me gusta la idea de que la veamos en la cama, como si estuviésemos en nuestra casa.

Alessandro la mira, de repente sorprendido. Niki hace una mueca.

—Sí, ya lo sé, tu casa, es tu casa, pero yo me refería a como si viviésemos juntos, como si fuésemos una pareja, ¿entiendes?

Alessandro sonríe.

—Lo único que yo quería decirte es que eres guapísima.

Niki sonríe. Después se va a la habitación. Se desnuda a toda prisa. Se baja los pantalones, las bragas, se quita la camiseta, el sujetador, los fantasmas. Corre hacia el televisor, mete el DVD en el lector que hay debajo. Pero cuando oye llegar a Alessandro, se cubre los senos, sale corriendo y, de un brinco, se mete en la cama. Se tapa hasta la barbilla con la sábana. Luego coge el mando a distancia.

—¿Quieres verla en inglés?

—No, gracias. Mañana ya tengo una reunión con unos alemanes.

—Ok, entonces en italiano. Venga, date prisa, ya está puesta, la película va a empezar.

Alessandro se desnuda veloz y se mete en la cama junto a ella.

—Muy bien, justo a tiempo. Ahora mismo está empezando.

Niki se acerca a él, se le pega, apoya sus pies fríos en sus piernas calientes, el pecho suave y pequeño en su brazo. Después los títulos, algunas imágenes, diálogos divertidos, realistas. Luego una foto, una canción, una historia de amor a punto de empezar. Un acuario. Un encuentro. A continuación todo se vuelve un poco confuso. La mano de Niki se desliza lentamente bajo las sábanas. Abajo. Más abajo. A lo largo de su cuerpo. Su pierna... Y juega y bromea y acaricia y toca y deja de tocar. Y después por su estómago. Alessandro se agita. Niki se ríe y suspira, y se le acerca cálida, y sube una pierna y la apoya encima de las suyas. Y las manos se multiplican, como un deseo imprevisto que se convierte en una historia de amor. Inventada, soñada, sugerida por una simple película, y luego repentinamente verídica, como todas esas palabras que una cama puede explicar. Y por un instante, esos momentos son para siempre, puede que un día se olviden, pero por el momento son para siempre.

Más tarde. Aún más tarde. Niki se da la vuelta y se dispone a salir de la cama. Pero se oye un crujido. Alessandro se despierta.

—Eh... ¿adónde vas?

—Son las dos. Les dije a mis padres que no volvería tarde. Esperemos que no estén despiertos. Esta vez te has quedado dormido, ¿eh? No lo puedes negar, amor...

—¿Qué has dicho?

—Oye, no fastidies.

Niki empieza a recoger su ropa, un poco azorada.

—No, no, espera, espera... —Alessandro se sienta en la cama, con las piernas cruzadas, cubiertas por las sábanas—. Repite la última palabra...

Niki vuelve a dejarlo caer todo al suelo y se sube a la cama. Se pone en jarras, de pie, con las piernas abiertas, y lo mira desde arriba.

—Lo siento. Ya está decidido. Lo has oído bien. Perdona, pero te llamo amor.

Cincuenta y nueve

Se ha comprado una bonita cazadora, nueva, de tela tejana azul claro, una Fake London Genius. Había oído hablar tanto de ella... En el pelo lleva ese gel azul que llevan casi todos en Giardinetti. Un poco de gomina nunca está de más. Lo canta incluso ese rapero, ¿cómo se llama?, uno no muy famoso. Fabio algo. A lo mejor algún día se acuerda. A saber... Mauro mira su reflejo en un escaparate. ¿Parece un macarra de periferia? Bah... También me he puesto el pendiente grande, el del brillante. Lo llevo sólo cuando voy al fútbol, cuando juega el «mágico» Roma. En mi casa no les gusta. Mi madre se pone de los nervios. Y mi padre, la única vez que me lo vio se echó a reír como un loco, estaba comiendo y casi se ahoga. Mi hermano Carlo tuvo que darle un montón de palmadas en la espalda. A mi hermana pequeña Elisa le faltó poco para echarse a llorar. «Pedazo de maricón», me dijo mi padre cuando se hubo recuperado. Tomó un sorbo de agua y salió, dándome un buen golpe con el hombro, como hace cada vez que se pilla un cabreo. Cabreo. Se cabrea conmigo. Sólo conmigo. Lo noto en su manera de mirarme siempre. Cuando salgo por la mañana. Cuando vuelvo. Cuando como. Una vez me desperté y me lo encontré junto a la cama, sentado en el sofá donde acostumbra a dormir Elisa. Me estaba mirando. Mi hermana estaba en la escuela. Y también Carlo estaba ya en su trabajo. Mamá había ido a hacer la compra. En cambio, él estaba allí. Mirándome fijamente. Cuando abrí los ojos y lo vi, por un momento pensé que se trataba de un sueño. Luego me di cuenta de que no y lo saludé. «Hola, papá.»

Le sonreí incluso. Y eso que no es fácil hacerlo apenas levantado. Entonces él se levantó. Se pasó la mano por la mejilla áspera y la barba sin afeitar. Se fue sin decir una palabra. Nada. No me dijo nada. Pienso a menudo en aquella mañana. A saber cuánto tiempo llevaba allí observándome.

Mauro sigue mirándose en la luna del escaparate, se arregla bien la camisa, se peina lo poco que puede el cabello engominado. Vuelve la cara hacia el otro lado. ¿Un poco de barba descuidada será de macarra? Bah. Vaya usted a saber. A esos no los entiende ni Dios. Por si las moscas, me la he dejado crecer a su aire. Sonríe ante sus pensamientos. Luego se coloca bien el paquete. Hace un gesto a lo John Travolta. Ojalá me diese suerte. Porque para hortera macarra, él... Me refiero a John. Un hortera internacional. Además, también lo tengo a él. Se palpa con la mano el bolsillo interno de la cazadora. El osito Totti está allí. Con una sonrisa y un suspiro de confianza, Mauro empuja la puerta y entra en el edificio.

—Derecha, izquierda, así, divididos en grupos. Los morenos por aquí, los rubios por allí. —Una mujer joven está clasificando de manera rápida y decidida a los chicos que van llegando—. Va, por favor, tened preparada una foto con vuestro número de teléfono, edad, zona en la que vivís y altura escrito detrás.

Un chico levanta la mano.

—Sí, dime, ¿qué ocurre?

—No, que antes usted ha dicho que los rubios a un lado y los morenos a otro, ¿no? ¿Y yo que soy, castaño?

La chica resopla y alza los ojos al cielo.

—Muy bien, veamos. Los castaños y similares, incluidos a los pelirrojos, van con los rubios, ¿ok? Otra cosa más. Si por casualidad lograseis evitar hacer preguntas de este tipo, os quedaría muy agradecida.

Dos macarras de pelo oscuro, que se han quedado en la sala, se miran y se ríen.

—Eh, una última pregunta. ¿No tendrás un boli?

—Y para mí otro.

La chica coge algunos bolígrafos, los deja sobre la mesa y se aleja. Los dos tipos la miran.

—Vaya, no nos ha dicho cómo nos lo iba a agradecer, ¿no?

—No, pero te digo yo que a ésa le hace falta un buen polvo. ¡¿Qué apostamos a que si te la tiras te quedará eternamente agradecida?!

—Ya, y luego no hay quien se la saque de encima.

—¡Ya te digo! —Y chocan los cinco ruidosamente, satisfechos con su broma. Algunos chicos se sientan en el borde de un sofá. Uno está apoyado en la pared. Dos macarras empiezan a escribir sus datos detrás de las fotos. Mauro escribe a toda velocidad. Él ya lo había hecho. O mejor dicho, sabía que se hacía así. Se lo había visto hacer a Paola. Mil veces. Lo que no sabía es que las fotos fuesen tan caras. Doscientos euros por media hora de sesión. Mauro es el primero en entregar su foto. Luego se da un golpecito en el bolsillo y le habla en voz baja al osito Totti para que le dé suerte.

—Eh... Esperemos que haya sido una buena inversión...

La chica recoge algunos folios dispersos por la mesa junto con las fotos que le da su ayudante, quien las ha metido en una carpeta. Luego, antes de pasar a una sala más grande, se vuelve.

—Esperad aquí.

—Cómo no... —suelta uno de los macarras—. ¿Cuándo nos podremos dar el piro? Ahora que ya hemos hecho los escritos, no vemos la hora de hacer los orales...

La chica sacude la cabeza y entra en otra sala.

Mauro los cuenta. Serán una decena. Pocos. Pensaba que iban a ser más. Además, lo que importa es que estoy aquí. Uno de cada diez lo consigue. ¿No decía eso la canción? Bah. Le entran ganas de reír. Se siente seguro. Qué pasa, yo soy mejor que todos estos. Los mira uno por uno. A ver ése. El pelo largo ya no se lleva. Y mira este otro. Pero ¿adónde vas pardillo? Con los pelos de punta. ¿Qué pasa, te han dado un susto? Mauro estudia el *look* de todos. Uno ha ido incluso con chaqueta y corbata. Un hortera de manual. Se les nota tanto que quieren fingir lo que no son, que dan pena. Un hortera tiene que serlo hasta las últimas consecuencias. Si se pone chaqueta, por lo menos debe llevar una camiseta bien ajustada debajo. Poca broma con eso. Mauro se abre la cazadora y se toca la suya, blanca, de tela medio plastificada, perfecta. Bien pegada al cuerpo. Que se le marque la «tableta de chocolate». Así tiene que ser un hombre, sin más pamplinas. Se tiene que ver a la legua. La chica vuelve a salir.

—Bien... Giorgi, Maretti, Bovi y todos los demás rubios ya se pueden ir. De todos modos, nos quedamos con las fotos por si saliese otro tipo de trabajo. Gracias por venir.

Los rubios, los castaños y los pelirrojos salen de la sala mascullando. Alguno se va a toda prisa con una carpeta bajo el brazo. A lo mejor tiene otra prueba. Quedan tan sólo Mauro y el tipo con chaqueta y corbata. Mauro lo mira. Quién lo iba a decir, piensa. Mauro se sienta apocado en el brazo del sillón. La persiana veneciana del despacho del mánager se sube. Por detrás de un cristal transparente aparece una mujer hermosa. Es rubia, tiene una cara serena, los cabellos semirrecogidos. Debe de tener unos treinta años. Es guapa, piensa Mauro, no está nada mal. Debe de ser la jefa. Mauro se aparta un poco del sillón intentando leer el nombre de la tarjeta que hay en la puerta. Elena y algo más. Bonito nombre. La mujer le dice algo a su ayudante, que hace un gesto afirmativo. Después ésta vuelve a la sala y la puerta se cierra a sus espaldas.

—Bien, dice que si os podéis poner de pie aquí, en el centro de la sala.

Mauro y el tipo con chaqueta y corbata hacen lo que les dice.

—Aquí, sobre esta alfombra roja, gracias.

Tan sólo ahora Mauro se percata de que el tipo con chaqueta y corbata tiene el pelo muy oscuro, largo, aceitoso, recogido con una goma. Parece casi un peinado japonés. Sus cejas son muy espesas. Ahora están el uno al lado del otro. El tipo es un poco más alto que él. Tiene los hombros más anchos. Tiene las piernas ligeramente abiertas y balancea las caderas hacia el cristal. Mastica un chicle y sonríe a la mujer que está al otro lado. La mujer sonríe también y se sienta a su escritorio. El tipo se vuelve hacia Mauro y le sonríe a él también. Peor aún. Le guiña un ojo. Seguro. Demasiado seguro. Desde la otra sala, Elena hace un gesto con la mano a su ayudante, indicándole que vuelva a entrar. Mauro vuelve a sentarse en el borde del sofá y mira a través del cristal. Ve que Elena ha cogido su foto. Bien. Mi foto... La mujer le da un golpe encima con la mano. Parece convencida. Entonces su ayudante le dice algo. Elena vuelve a mirar las dos fotos. Parece indecisa. A continuación vuelve a mirar a través del cristal. Mauro se da cuenta y aparta rápidamente la vista. Mira hacia el otro lado. El otro tipo está sentado cómodamente en el sillón, con una pierna apoyada en el brazo del mismo, columpiándola, mostrando bajo sus pantalones tejanos una botas con remaches brillantes a los lados. Mauro se vuelve de nuevo hacia la sala. Ve que Elena rompe una foto. La ve caer en la papelera que hay debajo de la mesa, al lado de esas hermosas piernas. Y con esos trozos de papel se va su sueño. La foto rota era la suya. La ayudante sale del despacho de Elena.

—Bien, lo siento, pero hemos decidido que...

El tipo con chaqueta y corbata está sentado en el sofá, un poco más compuesto, si bien sigue teniendo las piernas estiradas.

—¿Adónde ha ido el otro chico?

El macarra de la coleta sonríe.

—¡Bah, se ha ido!

—No hay remedio, ya no queda educación. —La ayudante se encoge de hombros—. De todos modos, te hemos elegido a ti. Ven, vamos a hacer una prueba para tomarte medidas.

El hortera se levanta y se ajusta los pantalones como un patán. Luego sonríe a las mujeres.

—¿Medidas de qué, chati?

La ayudante se vuelve, se detiene con una mano apoyada en la cadera y lo mira fijamente, seria, con la cabeza inclinada hacia un lado.

—Las medidas para la ropa.

Él sonríe y mueve arriba y abajo la cabeza.

—Ah, vale, me imaginaba otra cosa... —Y la sigue feliz, sea cual sea el papel que le toque.

Sesenta

—Eh, ¿qué haces?

—Estoy en una reunión. ¿Y tú?

—En el baño. ¿Vienes a buscarme a la salida? No tenemos clase a última hora.

—No puedo, estamos discutiendo cómo organizar toda la campaña promocional; siempre y cuando los japoneses digan que sí, claro.

—Jo, siempre estás ocupado. ¿Y para comer?

—Ídem. Esto va para largo.

—Madre mía, eres peor que un baño ocupado en la discoteca. Acuérdate de que yo soy tu musa inspiradora. Conmigo se te ocurren un montón de ideas.

Alessandro se ríe.

—Sobre todo ciertas ideas en particular.

—Oye, mira que ésas se vuelven pecado si no nos vemos.

—¡Qué beata te me has vuelto!

—En el sentido de que es un pecado malgastarlas. ¿Estás seguro de que seguirás reunido también para la comida?

—Segurísimo. Te llamo por la tarde. Quizá nos veamos esta noche.

—¡No, quita el «quizá», nos vemos!

—Vale, vale —Alessandro sonríe—. Ni siquiera los japoneses son tan exigentes.

—En cuanto te vea te hago hacer el harakiri.

—A ver… Sí, eso todavía me falta. Debe de estar bien.

—El vecino se enfadará un poco cuando te oiga gritar.

Niki cuelga. Vuelve al aula justo cuando la Bernardi está empezando la clase.

—Bien, estamos en la postguerra, y el neorrealismo se vuelve hacia el modelo verista. Se intenta reflejar la realidad y se denuncian los problemas sociales y políticos de Italia, el atraso de las zonas rurales, la explotación, la miseria. Una denuncia que sin embargo en Verga no resulta tan explícita. La obra de Verga se vio revalorizada gracias a un importante ensayo crítico de Trombatore...

Olly adopta una expresión cómica al oír el nombre del cineasta, y hace un gesto inequívoco con la mano. Erica se inclina hacia Niki.

—¿Y bien? ¿Qué te ha dicho?

—Nada, está ocupado.

—Uy, uy.

—¿Qué quiere decir «uy, uy»?

—Quiere decir uy, uy. Interprétalo como te plazca.

—Venga, Erica, no seas así. Me da rabia. ¿A qué te refieres? A veces se te va la olla.

—Que para él sólo eres una niña. Te lo dije desde el principio. Antes o después se le iba a pasar. Demasiada diferencia. Funciona tan sólo en la tele y en el cine. Los mayores se lían con las más jóvenes, pero no es para toda la vida... Además, lo he leído en una revista de mamá.

—Te recuerdo que también Olly dijo que estaba casado y no es cierto.

—¿Y eso qué tiene que ver? Sólo está un poco atrasado con respecto a la mayoría. De todos modos, en la revista ponía que, cuando tienen una historia con alguien más joven, los hombres esperan rejuvenecer con ella, pero que acaban por darse cuenta de que eso no es posible. Y todo lo que me cuentas, las canciones de Rice y de Battisti, los jazmines, esas cenas tan chulas en su casa... Demasiado bonito, es la búsqueda de un sueño.

—¿Y entonces?

—Entonces... Tarde o temprano, una acaba despertando de sus sueños.

—De verdad que cuando dices estas cosas, te odio.

Niki coge su agenda y golpea con fuerza en el pupitre. La Bernardi deja de hablar.

—¿Qué ocurre ahí atrás?

—Disculpe, se me ha caído la agenda.

La profesora entorna un poco los ojos, aguarda un instante en silencio, la escruta y al fin decide creerla.

Prosigue con su explicación.

—...un hito respecto al neorrealismo. Os recuerdo también *Hombres y no*, de Elio Vittorini, *El sendero de los nidos de araña*, de Calvino. De todos modos, en el poco tiempo que nos queda... —Olly hace el signo de cuernos a escondidas, por debajo del pupitre y mira a Diletta con una mueca—, empezaremos con la primera fase del neorrealismo.

Erica aguarda un instante, luego se agacha y se acerca a Niki; en voz baja le dice:

—Siempre te pone canciones de Battisti, te está mandando un mensaje.

—Pero ¿qué dices?

—Sí... Por ejemplo, ¿te ha puesto esa que dice «Tener miedo de enamorarse demasiado...» o aquella otra, «Acéptalo como es, no podemos montar un drama, dijiste que ya conocías mis problemas...», o tal vez «Te elegí a ti, a una mujer como amigo, pero mi destino es vivir la vida...»?

—Sí, tiene todos sus CD. ¿Y qué?

—¿Cómo que «y qué»? ¡Está más claro que el agua! ¡Te está utilizando y nada más!

—Ya, pues te recuerdo que esa canción acaba con un «Te amo, compañera fuerte y débil».

—Sí, pero también dice «La excitación es un síntoma del amor al que no sabemos renunciar... —Erica le sonríe— y las consecuencias a menudo hacen sufrir...». —Y extiende los brazos—. ¿Qué crees tú entonces?

—¡Que no te sienta bien Battisti!

—Ok, como quieras, yo ya te lo he dicho. No hay peor sordo que el que no quiere oír. Y, sobre todo, la esperanza es el sueño de quien está despierto.

—Pero eso no es de Battisti.

—No, desde luego. Es de Aristóteles.

—¡Me parece que, como sigas así, Battisti acabará saliendo en Selectividad!

Sesenta y uno

Última hora. Suena el timbre. Los pasillos se llenan en un instante, hay una estampida general, peor que si se hubiese desatado a saber qué alarma. A la salida, detrás de la verja, Erica, Diletta y Olly se detienen un momento.

—Eh, ¿nos vemos más tarde?

—No, yo tengo que estudiar.

—Yo he quedado con Giorgio esta tarde.

—¿Y Niki?

—¡Allí está!

—¡Eh, Niki! —Pero ella les hace un gesto con la mano como diciendo: «Nos llamamos más tarde.» Después la ven salir a toda velocidad con su ciclomotor.

—Olas, esa chica tiene un problema grave.

—Sí... lo peor que le podía pasar.

—¿A qué te refieres?

—Se ha enamorado.

Diletta se mete las manos en los bolsillos del pantalón tejano.

—¿Y lo llamas problema? ¡Dichosa ella!

—Cuanto más ames, más te duele después. —Olly se sube en su ciclomotor—. Y con esta máxima que os dejo en herencia, me voy a comer con mi padre, a conocer a su nueva novia. Nos llamamos. —Y sale a todo gas.

Niki vuela casi con su ciclomotor. Nunca había tardado tan poco en llegar a su meta. Mira a su alrededor. A derecha. A izquierda. Nada. El corazón le late a mil por hora. El Mercedes no está. Niki escruta todo el aparcamiento una vez más. Lo habrá metido en el garaje. Saca su cartera de la mochila. Busca veloz entre sus papeles: algún resguardo de una tienda de ropa, la tarjeta del gimnasio, la del puesto de kebab. Ah, mira, sólo me faltan dos puntos para un bocata gratis. ¡Una foto de Fabio! Demonios, no me acordaba de ésta. La rompe a toda prisa y la arroja a una papelera cercana. Sigue buscando hasta que por fin la encuentra. Marca veloz el número de la oficina de Alessandro. No lo había guardado en el móvil. Quién iba a pensar en que lo llamaría allí... Por fin alguien responde.

—¿Sí? Buenos días, quiero decir, buenas tardes. Mire, soy Niki Cavalli, quisiera hablar con el señor Alessandro Belli.

—Disculpe, ¿quién ha dicho que es?

—Niki. Niki Cavalli.

—Sí, un momento, por favor. —La dejan en espera. Una música moderna. Niki espera impaciente. Prueba a llevar el ritmo con el pie, pero está nerviosa. Es difícil esperar cuando el tiempo parece no pasar nunca. Por fin la secretaria vuelve al teléfono—. No, lo siento, el señor Belli ha salido a comer.

—Ah... ¿Y sabe adónde ha ido?

—No, lo siento. ¿Desea dejar algún mensaje?

Pero Niki ya ha colgado. Vuelve a guardarse su Nokia en el bolsillo y sale como una exhalación en su ciclomotor. Recorre veloz todas las calles de los alrededores. Mira a derecha, a izquierda, se detiene en los stops, lo justo para no dejarse la piel, pero, en cuanto el coche ha pasado, acelera de nuevo. Otra vez a la derecha. Y después a la izquierda. Y luego todo recto. Demonios. ¿Dónde se habrá metido? No tiene tiempo de responderse. Ahí está su coche. El Mercedes ML matrícula CS 2115 está aparcado en un lado de la calle. Niki mira a ambos lados. Allí cerca sólo hay un restaurante. Triple Seco. Está en la otra acera. Niki aparca su ciclomotor y corre hacia el restaurante. Mira a través de los cristales, buscándolo, lo hace de manera discreta, para no hacerse notar. De repente lo ve. Allí está. En aquella mesita del fondo. En la última mesa del restaurante, cerca del ventanal. No me lo puedo creer. Erica tenía razón. Dentro, Alessandro le está sirviendo algo de beber a una hermosa mujer rubia. Y le sonríe.

—¿Quieres algo más?

—Sí... —Ella también le sonríe—. Un tiramisú, si tienen. Hoy me apetece un tiramisú. Me da igual la dieta.

Alessandro sonríe y levanta la mano.

—¡Camarero!

En seguida se les acerca un muchacho joven.

—Un tiramisú para ella. Y una piña para mí, gracias.

El camarero desaparece al instante. Alessandro vuelve a mirar a la chica. Luego apoya su mano sobre la suya y se la acaricia.

—Venga, no seas así, a lo mejor ahora que me lo has contado todo las cosas cambian. En serio que no me lo esperaba.

La chica sonríe.

Niki, que ha asistido a toda la escena desde fuera, está como loca. Se aleja de la ventana. Da vueltas sobre sí misma, mueve una y otra vez la cabeza, los ojos se le llenan de lágrimas. Está fuera de sí. Siente que la cara se le pone roja y que las sienes le laten fuerte.

Alessandro aprieta con fuerza la mano de la mujer.

—Estoy contento de estar aquí contigo, ¿sabes?

—Yo, en cambio, me siento un poco culpable.

Alessandro la mira con curiosidad.

—¿Y eso por qué?

Entonces se oye un ruido extraño. Viene de fuera. La chica es la primera en mirar por la ventana.

—Alex... pero ¿qué está haciendo esa chica...?

—¿Dónde?

—¡Allá fuera! ¡Mira! ¿No es ése tu coche?

Niki la ha emprendido a patadas con las puertas, los neumáticos, los faros. Con todas sus fuerzas, esas que sólo te proporciona la rabia; y da vueltas alrededor del Mercedes tirándose contra él.

—¡Niki! ¡Es Niki!

—¿La conoces?

Alessandro tira su servilleta en la mesa y sale raudo y veloz del

restaurante. Mira a derecha y a izquierda y luego atraviesa la calle corriendo.

—¡Niki! ¡Quieta! ¿Qué estás haciendo? ¡Ya vale! ¿Te has vuelto
loca?

Niki sigue dando patadas en un lateral. Alessandro casi le salta
encima, la estrecha con fuerza para sujetarla, y se la lleva de allí en
volandas.

—¡Niki, estate quieta, ya basta!

Ella patalea en el aire como una loca.

—¡Déjame! ¡Vete de aquí! Conque estabas reunido, ¿eh? ¡No po-
días venir a buscarme! Nada de comer juntos, esto va para largo...
¡Con los japoneses, ¿no?! ¡Devuélveme mis ideas! ¡Devuélvemelas!
¡Cabrón! —Y sigue gritando y pataleando.

Alessandro la suelta.

—He tenido que salir. Un asunto imprevisto.

Niki se vuelve y resopla, por un lado de la boca, se aparta el pelo
que le cae sobre la cara.

—Por supuesto que sí; de hecho, te he visto mano a mano con tu
asunto imprevisto...

Justo en ese momento, la mujer que estaba sentada con Alessandro cruza la calle y se les acerca.

—Pero ¿qué ocurre? —Alessandro suelta a Niki, que resopla de
nuevo y se arregla el pelo. Pero continúa hecha una furia.

—Nada. Te presento a Niki. Niki, ella es Claudia, mi asunto importante y, sobre todo, mi hermana.

Niki quisiera que se la tragase la tierra. Deja caer sus brazos a lo
largo del cuerpo. Luego, con una voz que parece salida de ultratum-
ba, acierta a articular un extraño y sofocado «Encantada».

Las dos chicas se dan la mano. Niki se siente torpe, la mano le
suda, el azoramiento la tiene paralizada. Claudia intenta quitar hierro
al asunto.

—Alex te ha hecho enfadar, ¿eh? Él es así...

Alessandro sonríe.

—No creas, se trata de un método importado directamente del Japón. Ellos lo hacen así. Se desfogan sobre inútiles objetos caros y lu-

josos para quitarse el estrés. Niki me ha ayudado mucho en un trabajo, se ha implicado por completo en él y también está cansada... Digamos que ésta es la forma de pago que ha elegido.

Niki sorbe por la nariz y poco a poco empieza a sonreír.

—Sí, pero desgraciadamente éste era el último plazo... Bueno, Alex,
me tengo que ir. Mis padres me están esperando. Por la tarde estaré
en casa estudiando. Llámame cuando quieras. Si te apetece trabajar en
otras ideas... ¿Sabes?, podemos estudiar otras formas de pago.

Alessandro se rasca la cabeza.

—Ok. Casi me da miedo decirte que tal vez esté ocupado. ¡Me parece que voy a estar libre por completo!

Niki levanta la mano y se despide de Claudia. Luego se sube en su
ciclomotor y se va. Esta vez más tranquila. Mierda, mierda, mierda.
He quedado fatal. Maldita sea Erica y todas sus interpretaciones de
Battisti. No puede más. Se echa a reír. Menuda escena ridícula he
montado. Luego empieza a canturrear, alegre como nunca. Una cosa
es segura: nadie se ha sentido más feliz que ella de haber conocido a
la hermana de alguien.

Alessandro y Claudia vuelven a entrar en el restaurante. Él retoma
en seguida la conversación que habían dejado a medias.

—¿Por qué me decías que te sentías culpable conmigo?

—Bueno, porque Davide era amigo tuyo. Tú me lo presentaste y yo
me casé con él. Y si ahora las cosas no funcionan...

—Claudia, no es que las cosas no funcionen, es sólo una etapa. En
las parejas sucede. Lo importante es haber decidido construir algo
con él... ¿Tú lo has decidido?

—Sí.

—Entonces, estate tranquila, lo más difícil está hecho. Ahora todo
vendrá rodado. Elegir es la cima de la montaña. Verás como todo se
arregla por sí solo. Pasará.

Vuelven a sentarse a la mesa. Mientras tanto, han traído el tiramisú y la piña. Siguen comiendo. Claudia lo mira con curiosidad, pero
también ligeramente divertida.

—¿Y tú en qué andas?

—¿Yo? Trabajo mucho. Salgo con los amigos... No pienso demasiado en Elena.

Claudia señala con la cucharilla hacia el ventanal.

—¿Y esa especie de ciclón, Niki?

—¿Ella? Una amiga.

Claudia levanta las cejas.

—Una amiga, ¿eh? —Y empieza a imitarla—. Me tengo que ir. Mis padres me están esperando. Esta tarde tengo que estudiar... ¿No es demasiado joven para ser tu amiga?

—Puede ser, pero es muy madura.

—No parece que haya hecho siquiera la Selectividad...

—Precisamente ahora tiene los exámenes. La estoy ayudando a estudiar.

Claudia deja la cucharilla en el plato.

—¿Alex?

—Perdona, Claudia, pero eres tú la que me cuenta que las cosas no marchan bien entre mi amigo, alias tu marido, y tú, ¿no? Y, sin embargo, la diferencia de edad entre vosotros es la adecuada, y cumplís con todos los requisitos para ser un matrimonio exitoso, ¿no es eso? Entonces, ¿qué? Ya ves que en el amor no existe ninguna fórmula mágica.

Claudia niega con la cabeza. Pero al final sonríe.

—Tienes razón. Sólo espero poder estar presente.

—¿Cuándo?

—El día que la presentes en casa.

Sesenta y dos

Última hora de la tarde.

«¿Sigues destrozando cosas por ahí?» Alessandro acaba de escribir el mensaje y le da a la tecla «Enviar».

Un momento después llega la respuesta. Niki, rápida como siempre. Más aún si cabe.

«Para nada. Estoy en casa haciendo cosas todavía peores... pienso en ti.»

Alessandro sonríe. Responde lo más rápido que puede, pero resulta difícil batir al pulgar de Niki.

«¿Quieres que nos veamos?»

Ni diez segundos siquiera. «¡Por supuesto! Eso me hace muy feliz. Así hacemos las paces. ¿Dónde?»

Alessandro pone todo su empeño. Echa el resto. Mejora un poco. «Estoy debajo de tu casa. Primera calle a la derecha.»

«Ok. En seguida bajo.»

Apenas diez minutos después. Niki abre el portal, se reúne con él y se le echa encima, besándolo.

—¡Amor! ¡Perdona, perdona, perdona! —Y sigue besándolo.

Alessandro se ríe sin decir nada. No está habituado. No lo esperaba. Normalmente, con Elena, sobre todo al principio, tenía que esperar horas debajo de su casa a que ella bajase. Pero ese pensamiento se desvanece en un instante.

—¡Madre mía, qué ridículo he hecho esta tarde! ¡Con tu hermana, además! ¡Si al menos hubiese sido una amiga cualquiera!

–Si hubiese sido una amiga cualquiera, hubieses continuado dando patadas a mi coche.

Niki se pone seria.

–Es verdad. Tienes razón, soy así, no lo puedo evitar. Y me parece que no tienes que intentar cambiarme.

–¿Y quién lo intenta? Odio los fracasos...

–¡Idiota! Si me lo propongo, puedo cambiar... Lo que pasa es que si cambiase por ti, cometería un error. Quería decir que no soy la persona que buscas, que no soy la adecuada para ti. O sea, estaría fingiendo ser otra. Porque entonces en tu cabeza habría otra que a lo mejor sólo tiene en común conmigo el nombre, ¿conoces a otra Niki...?

Alessandro sonríe.

–Oye, ¿podemos dejarnos de filosofías? Esa asignatura me iba fatal. En mi opinión, sólo tenemos que aclarar dos puntos.

Niki cruza los brazos a la altura del pecho. Alessandro intenta abrírselos.

–Eso es que estás cerrada a lo que voy a decirte, una falta de apertura, un rechazo del mundo.

–Oye, yo me pongo como quiero. Oigamos lo que tienes que decirme. De todos modos ya sabía que me esperaba una filípica.

Alessandro la mira con sorpresa.

–¡Vaya palabra!

–Una reprimenda, una comida de coco, un rapapolvo, un chorreo, una reprensión, un sermón, una bronca, una reconvención, un repaso, una regañina. ¿Está bien? Da igual como lo diga, ¿no?

–Pero ¿tú qué eres? ¿Un diccionario de sinónimos andante?

–Dime lo que tengas que decirme y no te quedes conmigo. –Alessandro respira profundamente–. Espera, espera –Niki lo detiene. Cierra los ojos y abre los brazos. Luego levanta las manos con las palmas hacia arriba frente a su pecho, en plan yoga–. Sólo dime una cosa... ¿se ha acabado?

Alessandro la mira. Está guapísima, así, con las manos abiertas, suspendidas en el vacío, con el pelo suelto que le cae sobre los hombros, a lo largo de ese cuello que todavía sabe a niña, con esas mejillas lisas, con los ojos cerrados, sin rastro de maquillaje, y toda una vida y un montón de sueños por delante. Alessandro deja caer las manos sobre sus piernas.

—No, no se ha acabado, al menos para mí.

Niki abre los ojos y sonríe. Ya no tiene los brazos cruzados. Sonríe y se muerde el labio superior; los ojos le brillan, soñadores, ligeramente empañados. Puede que incluso se eche a llorar.

—Ok, perdona, Alex, dime lo que me querías decir.

—Bien. —Se restriega las manos en los pantalones—. Digamos que no sé por dónde empezar.

—Empieza por donde quieras, lo que importa es adónde quieres ir a parar.

—Vale... no es por las patadas que le has dado hoy al coche...

—Bueno... puede decirse que también eso entra en los daños de nuestro famoso accidente, ¿no?

—Déjate de bromas. De acuerdo, ahí voy. Yo estoy muy bien contigo, me gusta escucharte, me gusta hablarte de mi trabajo y me gusta todo lo que hacemos juntos...

Niki se vuelve hacia él y lo mira con una leve sonrisa maliciosa.

—Sí, Niki, sí, sobre todo eso o, mejor dicho, también eso... Lo que pasa es que tú a lo mejor tienes muchas expectativas. Piensas que durará, y en cambio yo no sé lo que ocurrirá. Nadie puede saberlo. Y justo por eso quiero poder sentirme tranquilo con todas mis elecciones, sin hipotecar nada. No quisiera tener, aunque se trate de una historia simple y bella, responsabilidades.

Niki lo mira.

—Entiendo. —Enarca las cejas—. Quieres volver a sentirte joven y yo soy la persona adecuada, ¿no es eso?

—No, no veo qué tiene que ver eso.

—Tiene que ver. Has dicho que no quieres tener responsabilidades. De lo contrario, te limitarías simplemente a empezar una historia conmigo y lo que sea será. A lo mejor va de lo más bien, y un día decidimos formar una familia, tener hijos.

—Sí, Niki, pero no podemos estar seguros de eso.

Niki sonríe y se pone a jugar con las puntas de su cabello.

—Oye, Alex, siempre me pones aquellos CD que te compila tu amigo Enrico.

—Sí, ¿qué pasa, no te gustan?

—¿Bromeas? Battisti me mola un montón. De hecho, tiene una canción que me parece que se puede aplicar a nuestro caso. Dice así... desafino un poco, ¿eh?, pero no hagas caso, escucha la letra.

Niki empieza a cantar y, mientras lo hace, sonríe. Lo hace con extrema dulzura. Y no desafina en absoluto.

—«No sé, no sé quién eres. No sé qué serás. No sé qué será de nosotros. Lo sabremos sólo viviendo...»

Niki se detiene y lo mira.

—Vale, lo entiendo, si alguna vez haces un anuncio cantado, no me contratarás a mí, pero ¿te ha quedado clara la idea?

—Sí, perfectamente. Pero es posible que no recuerdes toda la letra, porque esa canción después dice...

También Alessandro se pone a cantar.

—«He regresado con mi compra a mi casa, tengo miedo de romper la cinta rosa; no es lo mismo equivocarse en una cosa que en una esposa.»

—¡Eres un exagerado! ¡Ya has llegado al final! Ya te preocupa ese momento... ¡Es aún muy pronto para hablar de eso!

Alessandro coge un CD. Lo mete en el lector. Pista seis. Tecla de avance rápido. Encuentra lo que quiere hacerle escuchar. «Por eso temo esta ternura, ahora que nuestra aventura es una historia ya verdadera, ¡deseo tanto que seas sincera!»

Niki le coge la mano y le da un beso en la palma.

—¿Qué intentas decirme, Alex, que tienes miedo? Nunca sabemos nada de nosotros, del amor, del futuro. Tiene razón Lucio: sólo viviendo lo sabremos. ¿Qué puede haber más hermoso?

Alessandro mueve ligeramente la cabeza.

—Uno de los dos se hará daño. La diferencia de edad es demasiado grande.

—¿Y tienes miedo de ser tú el que se haga daño? ¿Crees que para mí es sólo una aventura? Es más fácil que sea así para ti... Lo dicen todas mis amigas...

Alessandro extiende los brazos.

—¡Eh! ¡No sabía que les gustase tanto! Si es por eso, también mis amigos me lo dicen.

—¿Qué te dicen?

—Diviértete lo que puedas, antes de que ella se canse.

—Por supuesto, todos están casados, tienen mujer, alguno hasta hijos, y llevan mal este momento tuyo, porque también a ellos les gustaría vivirlo. Alex, el que tiene que decidir eres tú. En mi opinión, es sólo una cuestión de miedo.

—¿Miedo?

—Miedo a amar. Repito, ¿qué puede haber más hermoso? ¿Qué riesgo mayor vale la pena correr? Con lo bonito que es entregarse a la otra persona, confiar en ella y no pensar en nada más que en verla sonreír.

—Sí, es muy hermoso. Pero entre nosotros hay veinte años de diferencia.

Niki se saca del bolsillo un folio.

—Vale, ya sabía que antes o después acabaría saliendo el tema. Por eso estoy preparada. Aquí está... Tom Cruise y Katie Holmes, Luca Cordero di Montezemolo y Ludovica Andreoli, Woody Allen y Soon-Yi, Pierce Brosnan y Keely Shaye Smith... Están también todos los que tienen la misma edad o casi, que se llevan uno o dos años, e igualmente se han separado. Pero ¡esa lista no cabía ni en un camión! —Niki coge el papel y lo tira en el asiento de atrás—. Ya sabía que algún día me serviría, pero esperaba que no fuese así. El amor más hermoso es un cálculo equivocado, una excepción que confirma la regla, aquello para lo que siempre habías utilizado la palabra «nunca». Qué tengo que ver yo con tu pasado, yo soy una variable enloquecida de tu vida. Pero no voy a convencerte de ello. El amor no es sabiduría, es locura... Hasta hicieron un anuncio... ¿Lo hiciste tú?

—No.

—¿Lo ves? A lo mejor te lo ofrecieron y tuviste miedo. Alex, cómo me gustaría que fueses más atrevido.

Alessandro le acaricia el pelo con dulzura, se lo aparta de la cara. Luego le sonríe. Y vuelve a cantar.

—«Deseo tanto que seas sincera...» —Y la besa. Un beso lento, suave, que quisiera poder hablar, decirlo serenamente todo, bastante, demasiado. Tengo ganas de enamorarme, Niki, de amar, de ser amado, quiero un sueño, quiero construir, quiero tener certezas. Intenta entenderlo. Necesito olvidar todo cuanto sucedió en esos veinte años pasados sin ti. ¿Todo esto lo sabe decir un beso? Depende de lo ligeros que sean los labios que lo reciben.

Entonces se oye una voz chillona. Acusadora.

—¡Ja! ¡Te pillé! Ya sabía que pasaba algo raro.

Alessandro y Niki se separan de inmediato. Frente a ellos, como en un cuadro que tiene por marco la ventanilla abierta del Mercedes, una imagen terrible.

En la oscuridad de la noche ha aparecido Matteo, el hermano pequeño de Niki. Se ríe y, lo más importante, sostiene un móvil en la mano. Un Nokia N73. Compacto, de formas redondeadas, memoria interna de 42 Mb y, sobre todo, 3.2 megapíxeles para hacer fotos, reproducir y grabar vídeo de una calidad altísima. En resumen, uno de esos teléfonos que de verdad pueden hacer cualquier cosa.

Niki hace ademán de salir del coche.

—¡Te mato, Matteo!

Matteo escapa rápidamente y se aleja unos metros.

—Te lo advierto, he hecho una bonita película y he tomado algunas fotos. Quería hacerle directamente una videollamada a mamá, pero creo que sólo le enviaré un mms. Si intentas quitarme el teléfono le doy a enviar y acabo contigo. Ja. —Matteo mira a Alessandro—. ¿Y éste quién es? ¿Al principio te estaba violentando y después te dejaste?

—Matteo, ya vale. Vete a casa, en seguida subo.

—Pero ¿quién es, tu nuevo novio?

—¡Matteo, te he dicho que te vayas!

—Me importa un pimiento, no estás en situación de darme órdenes, ¿entendido?

Niki sale rápidamente del coche, pero Matteo está acostumbrado a las sorpresas de su hermana y sale corriendo a su vez, derrapando con un par de zapatillas Puma negras apropiadas para la ocasión y para sus once años. Vuela que da gusto verlo, esquivando los intentos de Niki por atraparlo. Gira a la derecha y se mete entre dos coches aparcados.

—¡Matteo, ven aquí! ¡Ven aquí, si tienes narices!

—Ya, y así me quitas el teléfono. En seguida voy. ¿Tú te crees que soy idiota?

—Matteo, por favor, no te quedes ahí, en mitad de la calle, que es peligroso.

—Vale, gracias por el consejo, *sister*, ahora me voy a casa, y después ya hablaremos de todo, pero de todo, ¿eh?

—Sí, vale, vete, ya...

Matteo no se mueve.

—Pero... ¿te quieres ir de una vez?

—Niki, no te entretengas mucho. Mamá me ha mandado a buscarte para cenar. Yo te he visto salir. Pero nunca hubiese pensado que...

Niki intenta meterse entre los dos coches, pero Matteo es más rápido y da la vuelta en torno al primero, manteniéndose a una distancia segura.

—¿Has acabado?

—Vale, vale, me voy. Adiós, señor. —Y le hace a Alessandro una leve y educada reverencia. Luego se va.

Niki vuelve a meterse en el Mercedes.

—Ya ves. Hoy los dos hemos conocido a nuestros respectivos hermanos.

—¿Cuántos años tiene?

—Acaba de cumplir once.

—Ya veo que sabe lo suyo, ¿no?

—Lee de todo, sabe de todo, juega con todo, se pasa la vida en Internet... Él fue quien me hizo la lista de las diferencias de edad entre personajes famosos...

—Fue muy amable.

—Sí, mucho. A cambio me pidió dos entradas para el combate del *World Wrestling Entertainment,* en el Palattomatica. Más que amable ¡fue caro!

—No me atrevo a imaginar lo que te costará destruir el vídeo y las fotos.

—¡Qué va! Sabe que no es para tanto. Sólo era un beso. Si hubiese filmado la noche de los jazmines, ahí sí que me hubieses tenido que ayudar. Está loco.

—¿Por qué?

—Mi hermano tiene un sueño. Quiere a toda costa una XL 883c Sportster Custom bicolor Harley, una de las motos más caras que existen. Por eso va por ahí con el móvil de mi padre, siempre que puede cogérselo; porque tiene más definición que el suyo y espera pillar a algún famoso in fraganti para chantajearlo y conseguir el dinero para comprársela. O si no para enviar el vídeo a un programa de la tele o las fotos a las revistas del corazón.

—No está nada mal para un niño de once años. Ya tiene el futuro claro.

—Bah. Yo sólo espero que se le pase esa fijación que tiene con el dinero.

—Bueno, a mí me parece simpático. Lo podría contratar en la empresa como cineasta joven; podría ser una idea publicitaria, ¡el primer anuncio filmado por un niño de once años!

—¡Me basta con que no ponga en circulación la filmación que nos acaba de hacer! Ya te haré saber cómo van las negociaciones. —Niki se inclina y lo besa en los labios, cubriendo sus rostros por los lados con las manos. Luego se baja del coche.

—Ahora debemos prestar atención... Tenemos a un paparazzi pisándonos los talones.

—Descuida —se ríe Alessandro.

—A menos que...

—A menos, ¿qué?

—Que te presente a mis padres.

—Bueno, a Ben Stiller, en *Los padres de ella*... le pasaba de todo...

—Sí, pero no me parece que mis padres fuesen a reírse como se reían en esa película.

—Venga ya, como mucho, tu padre será como Jack Byrnes.

Niki cierra la puerta del coche.

—Sólo bromeaba. Estoy segura de que se llevarán bien contigo.

Alessandro sonríe.

—Cuando me sienta preparado, te lo haré saber. Y, sobre todo, cuando me haya convencido de que tus padres se lo tomarán bien.

Luego arranca y se va. Por el retrovisor la ve saludar de lejos. Alessandro saca la mano por la ventanilla y la saluda a su vez. Ve que se da la vuelta y se va para casa. Qué muchacha más hermosa. También el hermano es simpático. Aunque, hay que ver, tan pequeño y ya tan chantajista. Pero los defectos no se transmiten entre hermanos. ¿O sí? Por un momento ve peligrar toda su vida. Luego se acuerda de algo y ve peligrar sobre todo la noche. Sus padres lo están esperando para cenar.

Sesenta y tres

Mauro llega con su vieja motocicleta hecha polvo a casa de Paola. Levanta la cabeza y la ve asomada al balcón. Está fumando un cigarrillo cuando de repente se percata de su presencia.

—¡Eh, ya has llegado!

Mauro la saluda con un gesto con la cabeza.

—¡Espera, que bajo!

Paola apaga el cigarrillo en el suelo, lo pisa con sus zuecos nuevos y le da una patada a la colilla, que sale volando del balcón y va a parar cerca de Mauro. Él se baja del ciclomotor y se sienta encima. Poco después, Paola sale del portal. Es guapa, piensa Mauro, qué digo, es guapísima. Y tan alta, además. Le sonríe. Paola abre los ojos, feliz, curiosa, nerviosa.

—¿Y bien? ¿Dónde te has metido, Mau? Te he estado llamando hasta hace un momento. Tu móvil seguía apagado. Te he llamado a casa, pero no tenían ni idea de dónde podías estar, de dónde te habías metido. Están preocupados.

—Ellos sólo se preocupan cuando les conviene.

Paola se le acerca y le pone las manos en la cintura.

—¿Y bien? Venga, cuéntame. ¿Tanto ha durado la prueba?

Paola no quita la mano izquierda de la cintura de Mauro, pero la gira para mirar el reloj.

—Son las nueve y cuarto.

—Vaya. Me han tenido allí la tira, ¿eh?

—Venga, cuéntame algo, que me muero de curiosidad.

—Me han tumbado.

—No... Lo siento, amor.

Paola lo abraza, se acerca para besarlo, pero Mauro se aparta.

—Estate quieta.

Paola se aleja un poco. Le vienen ganas de enfadarse, pero lo piensa mejor.

—Venga, Mau, no reacciones así. Es una cosa normal, le pasa a todo el mundo. Era tu primera prueba.

Mauro se cruza de brazos. Luego saca un cigarrillo del bolsillo. Paola se percata de la cazadora nueva.

—¡Qué bonita! ¿Es nueva?

—Es una Fake.

—¡Caramba, vas a hacer estragos!

Mauro da una calada a su cigarrillo, luego esboza una media sonrisa.

—¡Qué va! Me la había comprado adrede para la prueba. Dinero malgastado. Lo mismo que el de las fotos, que me han costado una pasta.

Paola se anima. Vuelve a mostrarse curiosa.

—A ver, ¿las tienes aquí? ¿Me las dejas ver?

Mauro coge una bolsa que lleva colgada en el gancho de debajo del asiento. Se las pasa de mala gana.

—Toma, aquí tienes.

Paola las apoya sobre el ciclomotor. Abre la bolsa y empieza a mirarlas.

—Qué bonitas. Este fotógrafo es una maravilla. ¡Qué buena ésta! En esta otra has quedado muy bien. Pareces Brad...

Mauro la mira.

—Por mí, te las puedes quedar todas. Parezco Brad, pero han elegido a otro, a un macarra cualquiera; y ni siquiera tan macarra. Seguro que tenía enchufe...

Paola vuelve a guardar las fotos en la bolsa.

—Mau, ¿tú no sabes cuántas pruebas he tenido que hacer yo antes de que me contrataran para el anuncio del otro día? ¿Lo sabes?

—No, no lo sé.

—Pues te lo voy a decir. Un montón. ¿Y tú te enfadas porque no te han elegido en la primera a la que vas? ¡Mira, tío, te queda un largo camino por delante hasta conseguirlo, y si uno se achanta al principio, no lo logrará jamás! —Paola se arregla la camiseta, tira de ella hacia abajo—. Pero estas fotos son preciosas. En mi opinión, eres muy fotogénico, o sea, molas un montón. Te lo digo en serio, no porque no te hayan escogido.

—Venga ya...

—Te lo juro.

Mauro coge la bolsa, la abre y mira las fotos. Parece un poco más convencido.

—¿Tú crees?

—Desde luego.

Mauro recupera un poco de seguridad. Coge una foto y la saca.

—Mira ésta. Mira, ¿a quién me parezco?

—Para mí, aquí eres el Banderas.

—Sí, sí, Banderas. Antes Brad, ahora Banderas, ¿te estás quedando conmigo? Aquí intentaba poner la pose del actor ese cuando intenta conquistar a aquella actriz...

—Ahora no me viene el nombre...

—¡Johnny Depp, eso! Cuando está en la puerta, en aquella película en la que salían una madre y su hija que cada dos por tres cambiaban de ciudad. Sí, *Chocolate*.

—Ya sé cuál dices, pero el título era *Chocolat*.

—Vale, da igual como se diga. —Vuelve a enseñarle la foto—. ¿A que sí? ¿Sabes qué escena digo? Me ha quedado bien, ¿no?

Paola sonríe.

—Sí, sí, la has clavado.

Mauro vuelve a guardar las fotos en la bolsa, un poco más relajado.

—Bah, de todos modos, no me han cogido.

—A lo mejor es que esta vez no les iba bien Johnny Deep.

—No hay nada que hacer. —Mauro niega con la cabeza y le sonríe—, tú siempre tienes la frase justa en el momento justo.

—Es lo que pienso.

Mauro se le acerca y la abraza.

—Ok, sea como sea, ¿sabes que dicen que Johnny Depp la tiene enorme? Y ahora mismo yo... joder... me le parezco en todo... No sé qué me ha dado. A saber. Será que estaba cabreado o que antes te he mirado mientras te tirabas de la camiseta, por encima de las tetas, vaya por Dios, me he puesto como una moto. Mira, toca aquí. —Coge la mano de Paola y se la apoya encima de los vaqueros.

Ella la aparta rápidamente.

—Ya vale, no seas imbécil, aquí debajo de mi casa, con mi padre, que a lo mejor se asoma. Si te ve hacer eso, ¿tú sabes lo que te espera? No haces un anuncio en dos años de lo hinchado que estarías... pero ¡a hostias!

—Qué exagerada eres. —Mauro se le acerca—. Amor —la besa tiernamente—, ¿nos vamos un rato al garaje? Venga, que tengo ganas.

Paola inclina la cabeza a un lado. Las palabras susurradas por Mauro al oído le provocan un repentino escalofrío. Él sabe cómo convencerla.

—Vale, está bien, vamos. Pero no podemos tardar mucho, ¿eh?

Mauro sonríe.

—Bueno, un poquito... Hay cosas a las que no se les puede meter prisa.

—Sí, tú dices eso, pero luego hay veces que pareces un Ferrari.

—Caramba, eres una víbora.

Mauro arranca su ciclomotor. Ha recuperado la alegría. Se pone el casco mientras Paola se monta detrás y lo abraza. Dan la vuelta al edificio y llegan al garaje.

—Chissst —chista Paola mientras baja—. Con cuidado, ve despacio, que si mi padre nos oye tendremos problemas.

Mauro monta el ciclomotor en su caballete.

—Ya, pero, de todos modos, tu padre debería tener un poco de comprensión con nosotros. ¿Tú sabes cuántos polvos le habrá echado a tu madre?

Paola le da un puñetazo en el hombro.

—¡Ay, me has hecho daño!

—No me gusta que bromees a costa de mis padres con ciertas cosas.

—¿Qué cosas? Es el amor. Lo más bello del mundo.

—Sí, pero tú no hablas con respeto.

—Pero ¿qué dices, cariño? ¿Es que tus padres no han hecho nunca el amor? ¿No se puede decir? Perdona, ¿y a ti cómo te tuvieron? ¿Con la ayuda del Espíritu Santo? Anda, ven.

Y sin dejar de hablar, la mete dentro del coche del padre, un viejo Golf azul, de cinco puertas.

—¡Ay, despacio, despacio!

Mauro en seguida le abre los botones del pantalón y de inmediato le mete una mano por el cuello en V de la camiseta. Sus dedos exploran el sujetador, acarician los senos, buscan los pezones.

—No sabes las ganas que tenía antes, en la calle.

—¿Y ahora no? —Paola lo besa en el cuello.

—Ahora todavía más.

Mauro se desabrocha el pantalón y se baja la cremallera. Luego toma la mano de Paola y la lleva hacia abajo. Como poco antes en la calle. Pero ahora es diferente. Ahora es el momento adecuado. Paola le muerde ligeramente los labios y poco a poco le aparta la goma de los calzoncillos boxer. Mete la mano y también ella explora. Busca lentamente. Entonces lo encuentra. Mauro da un respingo. Y debido a ese movimiento brusco se le cae algo del bolsillo de la cazadora. Mauro se da cuenta. Detiene la mano de Paola. Se echa a reír.

—¡Lo que faltaba, tenemos un mirón! —Y mientras lo dice, lo saca de la penumbra—. ¡El osito Totti!

—Venga ya, ¿te lo llevaste contigo?

Mauro se encoge de hombros.

—Sí, para que me diese suerte, pero no me ha servido de nada.

—Hombre, lo ha intentado, pero hasta el Gladiador (5) puede fallar de vez en cuando, ¿no? ¡Verás como la próxima vez lo consigue, hará que te escojan y será lo más, algo mágico!

Se oye un bip. El teléfono móvil de Paola. Otro.

—¿Quién es? ¿Quién te manda mensajes a esta hora?

---

(5) Se refieren a Francesco Totti, capitán del equipo de fútbol ASRoma, y que es conocido también con el sobrenombre de El Gladiador. *(N. de la t.)*

Demonios, piensa Paola, pero ¿no lo había apagado?

—No es nada, había pedido un favor... Es para la convocatoria de mañana por la mañana. —Y antes de que Mauro tenga tiempo de pensarlo siquiera, se echa encima y lo abraza. Mete de nuevo la mano en los boxer, se la saca y, mirándolo fijamente a los ojos, se la mueve con habilidad arriba y abajo.

—¿Te apetece tomarme? Lo digo porque yo me muero de ganas.

Mauro la besa y se lo dice con la boca medio cerrada, atrapada en un beso.

—Yo también.

—¿Has traído condones?

—No, se me olvidó cogerlos.

—Entonces nada. Tendrás que contentarte con mi boca. —Y lo mira una última vez a los ojos antes de desaparecer de su vista, descendiendo lentamente en la penumbra del coche, entre sus piernas, donde florece el deseo. Un deseo tan fuerte que hasta consigue hacerle olvidar el mensaje que a Paola le ha entrado en el móvil.

Sesenta y cuatro

Enrico acaba de llegar a su casa.

—Cariño, ¿estás en casa? —Deja la americana en el respaldo de una silla del salón.

—Estoy aquí, ya voy.

Camilla sale de repente del dormitorio.

—Perdona, no te he oído llegar. Estaba hablando por teléfono. —Y le da un rápido beso en los labios. Luego coge la chaqueta y se la lleva de allí.

Enrico la sigue. Y, mientras ella está abriendo el armario, él la abraza por detrás. Se pierde entre su cabello, en su perfume intenso. La besa en el cuello.

—¿Con quién estabas hablando?

Camilla cuelga la chaqueta en su lugar, cierra el armario y se escabulle con sutileza del abrazo.

—No la conoces. Una chica del gimnasio. Quieren organizar una fiesta de fin de curso para la semana que viene. ¿Preparo algo o prefieres que salgamos?

—No, estoy cansado. Prefiero que nos quedemos en casa.

—Yo también, estoy muerta. Además, mañana tengo que levantarme temprano.

Enrico la sigue a la cocina y la observa mientras pone el mantel.

—¿Adónde tienes que ir?

—Mamá me ha pedido que la acompañe con el coche a buscar telas. Quiere cambiar las cortinas.

Enrico la mira de nuevo.

—Bien. Voy a lavarme las manos, luego vengo a hacerte compañía.

—No, tranquilo. Ponte cómodo en el sofá. Si quieres, puedes mirar un poco la tele. En cuanto esté listo, te aviso.

Enrico va hacia el cuarto de baño, pero pasa de largo. Se detiene un momento y mira hacia atrás. La ve al fondo, en la cocina, cogiendo una cazuela. Enrico sigue caminando de puntillas y entra en el dormitorio. Se sienta. Ve el teléfono móvil. Lo observa unos instantes. Mira a su alrededor. Lo coge, aprieta una tecla y se enciende de inmediato. Camilla no lo bloquea. Tecla verde. Última llamada realizada. Se queda boquiabierto. Nada. Ninguna llamada. Todas borradas. Enrico lo apaga y entra en el baño. Demonios. Tenía que haber mirado las llamadas recibidas. Se lava las manos. Pero no puedo hacer eso. Quiero demasiado a Camilla como para que no me importe. Se seca. De todas maneras, en pocos días lo sacarán de dudas. Lo sabrá. Y ya no podrá lavarse tranquilamente las manos. Entonces, tendrá que tomar una decisión.

Flavio está en el sofá, semitumbado. La pequeña Sara se le echa encima, jugando. Ya tiene más de un año. Le divierte no dejarle ver la tele en paz, y a él le gusta. Justo en ese momento, oye la cerradura.

—Cristina, ¿eres tú?

—Qué pregunta. Y si hubiese sido un ladrón, ¿qué crees que te hubiese respondido? No, soy el ladrón. Doy el golpe y me voy.

Flavio se levanta e intenta besarla. Pero ella llega llena de bolsas y rápidamente le pasa dos.

—Toma, haz algo útil. Llévalas a la cocina. Ten cuidado, que dentro hay huevos.

Entonces ve a Sara, que atraviesa el salón con paso vacilante, con un juguete en la mano.

—¡Flavio! ¿Qué hace Sara todavía levantada?

—Te estaba esperando, quería saludarte.

—Hace una hora que tendría que estar dormida. Me dijiste que podías llegar antes. Te lo pedí a propósito para que la metieses tú en su cama. Así se hubiese despertado a la una, le habría dado algo de comer y se hubiese vuelto a quedar dormida y, sobre todo, hubiese podido dormir yo también. Mañana por la mañana tengo las pruebas del examen de promotor... Pero claro, ¿a ti qué más te da? En esta casa todo lo tengo que hacer yo...

Cristina atraviesa veloz el salón y, sin decir nada más, coge a Sara al vuelo, con tal ímpetu que a la niña casi se le cae su pequeño juguete de la mano.

—Ven, mi chiquitina, que te llevo a tu cuna.

Cristina se va de allí, desaparece en la habitación llevando a la niña en brazos como un saco.

Flavio se vuelve a sentar en el sofá. Está acabando la sintonía del programa «Amigos». En el último encuadre aparece Maria De Filippi.

—Buenas noches, aquí estamos, preparados para el desafío de esta noche. Sin un adversario, la virtud se marchita, como dijo Séneca.

Flavio sonríe. ¿Será una señal?

—¡Cariño, me marcho!

Susanna va corriendo hasta el comedor, donde Pietro se está poniendo de nuevo la americana y la corbata.

—¿Cómo? Yo creía que esta noche te quedabas en casa tranquilo y cenabas con nosotros.

—No, mi amor, ¿no te acuerdas? Esta noche ceno en La Pérgola con el administrador delegado de la nueva sociedad que hemos captado como cliente. He pasado sólo un momento para ver a Carolina y a Lorenzo. —Le coge la cara entre las manos. Le da un beso largo, apasionado. O al menos eso parece—. Y para darte un beso. —Susanna sonríe. Pietro la hace sentirse hermosa, aún deseable. Siempre lo logra.

—No vuelvas muy tarde. Nunca estamos juntos.

—Lo intentaré, mi lucero. Estas cosas nunca se sabe cómo van. —Luego abre la puerta y sale corriendo, para desaparecer veloz escaleras abajo. Ella se asoma por el hueco de la escalera y lo mira. Él se vuelve una última vez abajo y se despide de ella de nuevo. Susanna entra en la casa. Cierra la puerta. No, no sé cómo van estas cosas. Nunca me lleva con él.

Instantes después, Pietro está al volante. Coge el móvil y marca rápidamente un número.

—Mi lucero, estoy llegando.

Alessandro llama al timbre, está sin aliento. Llega tarde.

Alguien responde.

—¿Quién es?

—¡Yo!

Se abre la puerta. Alessandro sube la escalera del vestíbulo de dos en dos y coge el ascensor. Cuando llega al piso, las puertas se abren. Ella lo está esperando ya.

—Alex, menos mal, ya estaba preocupada. ¿Por qué has tardado tanto? Ya estamos todos sentados a la mesa, aunque todavía no hemos empezado.

Alessandro besa apresuradamente a su madre.

—Tienes razón, mamá, una reunión de última hora. —Entran juntos al salón. Alguno está de pie todavía. Otros han tomado ya asiento.

—¡Buenas noches a todos! Disculpad el retraso.

Su madre lo coge del brazo.

—¿Y Elena? ¿Dónde la has dejado?

Claudia lo mira. A Alessandro le gustaría responder «No, mamá, lo siento pero te equivocas, es ella la que me ha dejado a mí». Pero sabe bien que su madre no entendería este tipo de humor que, a decir verdad, tampoco entenderían la mayor parte de las personas.

—Hoy acababa de trabajar más tarde que yo.

—Pero ¡cuánto trabajáis! Lo siento. Me hubiese gustado verla. Está bien, vamos a sentarnos, anda.

Alessandro se sienta al lado de su padre.

—¿Qué tal va? ¿Todo bien?

—Bien, hijo mío. ¡A ti ni te pregunto, se te ve en buena forma!

—Sí. —Luego mira su reflejo en el cristal de un cuadro. Decide distraerse saludando a sus hermanas y a los maridos respectivos.

—¿Cómo estáis?

—¡Bien!

—¡Todo ok!

—¡Sí, ok!

—Ok, aparte del hambre. —Davide, el pesado de siempre. Alessandro extiende su servilleta. Una manera grosera de hacerme sentir mi retraso. Mira a Claudia. Se sonríen. Luego Alessandro le guiña un ojo y asiente. Como diciendo «haces bien en dejarlo». Pero un instante después lo niega. No es cierto. Claudia, no hagas tonterías.

La madre hace sonar el timbre que conecta con la cocina. Dina se asoma de inmediato. Es un ritual que se repite desde siempre.

—Dina, querida, disculpe, ¿podría retirar este cubierto? No es necesario. Lamentablemente, Elena no está. Vendrá más tarde, a los postres.

Alessandro se inclina hacia su madre.

—Me parece que no vendrá ni siquiera más tarde.

—Ya lo sé. Pero no veo por qué hay que dar explicaciones. A la asistenta además...

—Ya... —Alessandro vuelve a sentarse bien en su silla—. Qué idiota soy.

Al poco rato, Dina regresa con un carrito lleno de platos. Alessandro echa un vistazo. Gnocchi al pomodoro y taghliolini alle zucchine. Dos tipos de pasta. No está mal. Dina va poniendo un plato delante de cada comensal.

—Traiga también los cubiertos de servir, por favor...

—Sí, en seguida, señora.

Dina regresa rápidamente a la cocina.

—No puedo con ella. ¡Se los olvida desde que entró en esta casa, hace ya treinta años, y cuando se vaya seguirá olvidándoselos!

Margherita, la hermana menor, se limpia los labios con la servilleta.

—Mamá, da gracias de que haya aguantado tanto. La mayoría de nuestros amigos tiene en la casa filipinos o extranjeros de dudosa procedencia que no cocinan así de bien... ¡y a la italiana, además!

Luigi, su marido, se echa hacia delante, dirigiéndose no se sabe bien a quién.

—Y sobre todo —dice—, que en esos casos nunca sabes a quién metes en casa. Mira la señora Della Marre, por ejemplo, lo mal que acabó.

Y así continúan, hablando de todo y de nada. Impuestos nuevos, un libro todavía sin terminar. Una película sueca. Una china. Un festival. Una exposición. Un corte de pelo horrendo. Una novedad americana de la que Davide ha oído hablar tanto pero de la que no sabe nada en concreto, hasta podría ser una buena idea, sólo con que consiguiese entender algo de lo que explica.

Y después una chuleta acompañada por alcachofas fritas, suflé de patata y verduras. Luego otra novedad. Una cosa que salió en las noticias. Una noticia terrible. Un muchacho muy joven mató a sus padres. Y otras banales pero alegres. Hijos de amigos que están a punto de casarse. Las entradas sacadas para el próximo concierto en Milán de un importante cantante extranjero. Un cotilleo sobre algún famoso, uno de los habituales, inventados, falsos o quizá ciertos líos de faldas. También la posibilidad de ir al espectáculo de Fiorello, aunque ya no queden entradas, y a pesar de que estén ya por las nubes y cuesten más que las vacaciones de una familia entera.

Margherita se pone en pie de repente. Da unos golpecitos en su vaso con el tenedor.

—Un minuto de atención. También yo tengo que daros una noticia. A lo mejor no es tan importante como algunas de las que acabo de oír, pero ¡para mí es fundamental! Pronto alcanzaré a mi hermana Claudia. ¡Yo también espero otro niño!

Silvia, la madre, se levanta en seguida, aparta la silla y corre hacia Margherita. La abraza, la llena de besos.

—Cariño mío, qué buena noticia. ¡Dentro de poco seré abuela de cuatro nietecitos! ¿Sabéis ya qué será?

—Un niño. Nacerá dentro de cuatro meses y medio.

—¡Qué bien! ¡Tendréis la parejita, como Claudia!

La hermana mayor se come otra alcachofa frita.

—Yo ya lo sabía. Pero ¡en nuestro caso el mayor es el varón!

—¿Habéis decidido ya el nombre?

—Dudamos entre Marcello y Massimo.

Alessandro mira a su hermana Margherita y levanta las cejas.

—En mi opinión es mejor Massimo...

Claudia y Margherita se vuelven hacia él.

—¿Y eso por qué?

—Bueno, es un nombre de vencedores.

—Ah...

Luigi se pone en pie.

—Estoy de acuerdo... —Pone los brazos en jarras y cara de solemnidad. Y declama su preferencia con convicción—: Me llamo Massimo Decimo Merodio, comandante del ejército del Norte, general de las legiones Felix, siervo leal del único emperador verdadero Marco Aurelio. Padre de un hijo asesinado, marido de una mujer asesinada, y tomaré venganza por ello en esta vida o en la otra.

—Sí, a él le gustaría que fuese Massimo. El gladiador.

—Por supuesto. ¡Y a lo mejor, un día, él y yo nos hacemos el mismo tatuaje, igual que el de nuestro gran capitán! —Pasando así, con total naturalidad, de una visión histórica a una futbolística.

Silvia se echa a reír y se sienta de nuevo. Da un beso a su marido.

—Luigi, ¿has oído qué buena noticia? ¿Has visto qué familia tan estupenda hemos creado, amor mío?

Silvia, la madre, coloca mejor la silla. Luego apoya la mano en el brazo de Alessandro.

—¿Y tú, tesoro? ¿Cuándo vas a darnos alguna buena noticia?

Él se limpia con la servilleta.

—Ahora mismo, mamá, pero no sé si es buena.

—Bueno, tú cuéntanos. Después te lo diremos.

—Ok. Señores, Elena y yo nos hemos separado.

La mesa se sume de improviso en un silencio gélido. Intenso. Claudia mira a derecha e izquierda. Interviene al fin para salvar a su hermano.

—Perdonad, ¿quedan más alcachofas?

Poco después. Todos salen del portal. Besos en las mejillas. Se estrechan la mano mientras prometen volver a verse pronto. A lo mejor una pizza, una película, ¿por qué no? Aunque al final casi nunca se haga nada. Margherita se acerca a Alessandro, que le dice:

—¡Chao, hermanita, me alegro por ti!

—Yo por ti no. Quiero decir que Elena me gustaba. ¿Ahora dónde encuentras a otra como ella? —Y se despide con un beso sin dejar de mover la cabeza.

Claudia la mira mientras se aleja. Luego se acerca a Alessandro.

—Siempre da la impresión de que ella sepa mejor que todos nosotros cómo es la vida. O al menos, el curso del amor.

—Ya sabes que ella es así.

—Así de repelente. Demasiado segura. Lo sabe todo... Cambiando de tema, Alex, por un momento he creído que ibas a dar directamente la verdadera gran noticia.

—¿A qué te refieres?

—Señores, me he liado con Niki, una chica explosiva de diecisiete años.

Alessandro mira a Claudia y le sonríe.

—¿Estás loca? Para empezar, me jugaba el saludo de mamá, pero nos jugábamos también a papá... ¡Le hubiese dado un infarto al oír la noticia!

—Pues yo en cambio creo que papá es quien se lo iba a tomar mejor. Siempre lo infravaloras.

—¿Tú crees? Puede ser...

—Bueno, me despido. —Claudia le da un sonoro beso en las mejillas y hace ademán de irse.

—Claudia...

—¿Sí?

—Gracias, ¿eh?

—¿Por qué?

—Por la alcachofa que ya no te apetecía.

Claudia baja una mano en su dirección.

—¡Bah! No es nada. Pero otra noche como ésta y tendrás que invitarme directamente al Mességué.

—Lo haré con mucho gusto. Comer, en lugar de tomar decisiones extrañas.

—¡Idiota! O, mejor dicho, avísame cuando te decidas a dar la otra noticia bomba... ¡Me pondré a dieta dos días antes!

Sesenta y cinco

Días de lento discurrir. Cuando se está triste. Otros que pasan demasiado veloces. Cuando se es feliz. Días en suspenso mientras falta poco para la respuesta de los japoneses. De paseo en coche con el CD de Battisti. Enrico ha elegido una banda sonora perfecta para ellos. Niki tiene un ataque repentino de felicidad.

—Alex, se me acaba de ocurrir una idea superguay.

Alessandro mira preocupado a Niki.

—Socorro. Dime.

—¿Quieres que intentemos hacer todo lo que diga la próxima canción?

—Vale, pero todo todo, ¿eh?

—Pues claro, yo no soy de las que se echan atrás.

—De acuerdo. Entonces elijo yo la canción.

—No, así no vale... Pon reproducción aleatoria y que salga lo que sea.

Alessandro aprieta una tecla del lector. Los dos esperan curiosos y divertidos escuchar cuál será su próximo destino.

«En un gran supermercado una vez al mes, empujar un carro lleno contigo del brazo...»

—No me lo puedo creer... ¡Ésta es pesadísima!

—Ya lo hemos dicho y tenemos que hacerlo. Venga, vamos.

Poco después, aparcan frente al supermercado del Villaggio Olimpico y se bajan corriendo del coche. Un euro para un carro. Deciden llenar el frigo de casa para otras mil cenas más.

—A lo mejor un día podemos invitar a todos nuestros amigos, ¿no? ¿Qué te parece?

—¡Por supuesto!

Alessandro imagina a Pietro, Enrico, Flavio y, sobre todo, a sus esposas respectivas con Niki, Olly, Diletta, Erica y compañía. Sería una cena perfecta. Lo único difícil sería dar con temas de conversación adecuados para todo el mundo.

«Y comentar lo caros que están los congelados, hacer la cola contigo apoyada en mí.»

Verla sonreír mientras recorre las varias secciones. Perderse detrás de una ensalada que le están pesando y de los melocotones que tanto le gustan. Y volverse niño. Mientras, continúa la canción. Y las pruebas se vuelven más difíciles.

—Pero ¿estás segura? ¿Y si te pillan tus padres?

—Está todo controlado... Dije que me iba al instituto y luego a dormir a casa de Olly. Ella me cubre... ¡Venga! ¡Virgen santa, mira que llegas a ser cobardica! Después de todo, soy yo la que se arriesga...

—Como quieras.

«Prepararse para salir con los esquís y las botas, despertarse antes de las seis...»

Alessandro pasa a recogerla muy temprano, aparca un poco lejos del portal y la ve salir corriendo, somnolienta, tibia aún de la cama. Y parten veloces. Al poco rato, Niki se vuelve a quedar dormida con el anorak puesto. Él la mira mientras conduce y sonríe. Y ella parece eso tan hermoso para lo cual no se encuentran palabras.

«Y entrar en un bar a comer un bocadillo...»

Eso es más fácil. Los dos tienen hambre. Piden un bocadillo grande, bien lleno, recién hecho, que rebosa por todos lados. Y se ríen mientras comen.

—¿Cuánto falta? ¿Está lejos? ¡Llevamos un montón de rato en el coche!

—Ya estamos llegando. Y, perdona, Niki, pero eras tú la que quería nieve, ¿no? Pues para eso hay que ir hasta el Brennero.

—¡Caray! ¡Sí que está lejos ese Brennero!

—¡Está donde le corresponde! ¡Y quita los pies del salpicadero, tesoro!

En la recepción del hotel la emoción de entregar la documentación por primera vez. Pero el recepcionista no le presta atención a nada. Ni siquiera a la edad.

«Y quedarse dos días en la cama y no salir ya más...»

Tampoco hay problemas sobre este punto. Es entonces cuando empiezan.

—Alex, ¿puedo llamar a mis padres? Si no se preocupan.

—Pues claro. ¿Por qué me lo preguntas? Tienes tu móvil, ¿no?

—Chissst, calla, da tono. ¿Mamá? Todo ok.

—Pero Niki, ¿dónde estás? Me ha salido un prefijo extraño, cero cero cuarenta y tres Austria...

Alessandro, que ha aparecido en la puerta de la habitación, abre los ojos como platos y mueve la cabeza. Le dice por lo bajo.

—Pero ¿estás loca? ¿Y ahora qué le vas a decir?

Pero Niki se ríe. Segura, tranquila.

—Ya lo sé, mamá, queríamos probar las tablas de snowboard y nos hemos ido. Sí, dormiremos en casa de la prima de Olly y volveremos mañana por la noche, tarde.

—Pero, Niki, ¿por qué no me lo has dicho, pero te das cuenta?

—Porque te ibas a preocupar, como de costumbre, y no me hubieses dejado venir... ¿Mamá?

Silencio.

—Mamá, hemos venido en tren. Y hoy por la tarde, después de esquiar, estudiaremos.

—Vale, Niki. Pero llámame más tarde...

—Desde luego, mamá. Recuerdos a papá. —Y cuelga. Suelta un suspiro—. ¡Demonios, ya no me acordaba! Hace poco cambiaron el teléfono del salón y pusieron uno con identificador de llamada!

Alessandro se echa las manos a la cabeza. Se va a la otra habitación.

—No me lo puedo creer... En qué lío me he metido.

Niki se asoma a la puerta.

—¡El único lío es que te pienso obligar a probar la tabla de snow!

Y más tarde, en las pistas, caídas e intentos vanos y revolcones en la nieve. Y Niki que enseña a ese novato atrevido que torpemente se lanza y se cae. Pero Alessandro no tiene miedo. Ha vuelto a encontrar el deseo de intentarlo, de caer, de volver a levantarse... Y quién sabe, a lo mejor hasta también de amar.

Después, en el vestíbulo del hotel, una partida de billar extravagante, en la que son más bien los tacos los que se cuelan por los agujeros. A continuación, la sauna y un poco de televisión. Y luego la habitación. Una llamada a mamá.

—Sí, he estado estudiando hasta ahora.

Una mentira que no le hace daño a nadie. Pero la llamada dura sólo un momento. Niki en seguida le salta encima y Alessandro y ella se miran a los ojos. «Y perseguirte sabiendo lo que quieres de mí...» Y no hay nada mejor que fundirse el uno con el otro.

Y marcharse con calma al día siguiente, conduciendo sin prisa, sabiendo que tienes cerca lo que buscas. Tocar de vez en cuando su pierna para asegurarse de que todo es verdad. Y la carretera que corre por debajo. Y la música que te acompaña. Y el mundo que sigue adelante. Pero que no molesta. No hace ruido. Alessandro baja un poco el volumen. La mira dormir. Allí, en el asiento de al lado. Ligeramente bronceada. Entonces Alessandro sonríe. Tiene los pies en el salpicadero, como es natural. Y llegar por fin a Roma, que con ella parece otra ciudad. «Pedir unos folletos turísticos de mi ciudad y pasar el día contigo, visitando museos, monumentos e iglesias, hablando en inglés, y regresar andando a casa tratándote de usted.»

—Oye, dentro de poco tengo que hacer la Selectividad. Me ayudarás, ¿verdad?

—Por supuesto, faltaría más. Tú me has ayudado muchísimo a mí con LaLuna...

—Pero no tienes que hacerlo porque te sientas en deuda conmigo... Tiene que ser porque te apetezca.

—No, lo decía en el sentido de que cómo no iba a ayudarte. Siempre que podamos, tenemos que echarnos una mano.

—Tampoco es así. Por más vueltas que le des, sigue siendo una manera de pagar la deuda.

—Caray, cómo te gusta decir siempre la última palabra. ¡Pues ya no te ayudo!

–¿Lo ves? Vamos mejorando. Lo que pasa es que, en el fondo, no me quieres ayudar. ¿Tú tuviste que presentarte a Selectividad?

–Saqué un nueve.

–¡Viejo! –Un instante de silencio–. ¡Viejo! –Y Niki se echa a reír de nuevo–. ¡A un punto de la perfección! ¡Qué recochineo!

–¡Ya veremos si tú lo haces mejor!

–Pues claro. –Niki sonríe y se apoya en él.

–¿Y por qué no? ¿Por qué no?

Y después la pregunta más difícil.

–Disculpe, ¿usted me ama o no?

Y la respuesta más simple.

–¡No lo sé, pero estoy en ello!

Sesenta y seis

Varios días después. Las Olas y las demás chicas están entrenando a voleibol para mantenerse en forma.

—¿Estás lista?

Y suena una especie de trueno. Bajos profundos y cálidos salen de los dos bafles del equipo estéreo que está en el suelo. La música invade el enorme gimnasio de la escuela. Cerca, dos conocidas zapatillas All Stars rojas y blancas llevan el ritmo. Conocen bien esa música. Una mano marca el ritmo en el cristal de la ventana. Niki deja de jugar. Se da la vuelta y se dirige hacia él con los brazos en jarras.

—Veo que insistes. ¿Por qué quieres fastidiar todo lo bello que hubo entre nosotros?

Pero Niki no tiene tiempo de acabar, pues del lector arranca con otra canción. Fabio tiene una expresión burlona. Y empieza a cantar en playback su propia música.

—«No fue casualidad que aquella noche, joven estrella, cayeses en mi cama... No lo habíamos buscado, lo sé. Dulces promesas y jóvenes mentiras. ¿Por qué escapas ahora? Te hace daño el pasado. Recuerda que no fue casualidad... que aquella noche, joven estrella, cayeses en mi cama.»

Niki lo mira. Tiene los ojos encendidos.

—Eres un gilipollas, Fabio. Un gilipollas de los pies a la cabeza, Fabio Fobia, o como cojones te llames. —Y se va corriendo, antes de permitirle verla llorar. Él no merece sus lágrimas. Fabio Fobia no aprieta el «stop». Deja que la canción continúe un poco más. Se sienta en el suelo. Con las piernas cruzadas. Enciende un cigarrillo.

—Qué pollas estáis mirando, seguid jugando...

Y sube la música.

«Recuerda que no fue casualidad... que aquella noche, joven estrella, cayeses en mi cama.»

Una chica pasa la pelota a la que tiene que rematarla. Pero Diletta bloquea el balón y lo bota en el suelo. Después va hasta el equipo y lo apaga.

—Este ruido molesta. —Y se marcha a los vestuarios.

—Sí, sí, haceos las remilgadas. ¡De todos modos, tenéis que pasar por nosotros si queréis gozar!

Fabio se levanta y le da una patada a la pequeña cristalera que hay debajo de la ventana, rompiéndola. Después sale por la ventana y sigue fumando.

—Oye, así sólo te ganas enemigos.

Fabio se da la vuelta. Olly está de pie, a la puerta del gimnasio.

—¿Por qué te comportas así, quién te has creído que eres? Puede que tus canciones sean bonitas, pero hay demasiada mala hostia en ellas... y en ti también. Y con la mala hostia no se llega muy lejos.

Fabio Fobia da dos caladas rápidas y tira el cigarrillo al suelo. Lo pisa. Aprieta con fuerza la punta del pie, apagándolo. Luego pasa junto a Olly, a un milímetro. La obliga casi a apretarse contra la pared. Y le canta a la cara.

—«Recuerda que no fue casualidad... que aquella noche, joven estrella, cayeses en mi cama.»

Fabio Fobia recoge su equipo de música, se lo echa al hombro y vuelve a pasar por delante de Olly. Y, sin dignarse siquiera mirarla, se aleja por el patio de la escuela. Ella se queda quieta a la puerta del gimnasio. Lo mira mientras se aleja, con un pensamiento distraído y algún otro bastante más preciso.

Sesenta y siete

Alessandro está sentado en el sillón de su despacho. Tiene las manos detrás de la cabeza, está apoyado en el respaldo de piel. Mira divertido las diversas propuestas de publicidad de LaLuna, dispuestas ordenadamente encima de su enorme escritorio. Del equipo estéreo que hay a un lado sale una música. Mark Isham. Relajante en su justo punto.

—Con permiso...

—Adelante. —Alessandro recompone la postura. Es Andrea Soldini—. Pasa, Andrea, siéntate. ¿Alguna novedad? No necesitamos ningún atajo, ¿verdad?

Andrea Soldini sonríe mientras toma asiento frente a él.

—No, seguimos esperando el veredicto. Pero no me parece que haya dudas al respecto, ¿no crees?

Alessandro se pone en pie.

—No, no lo parece. Pero es mejor no cantar victoria hasta que sepamos qué es lo que acaban decidiendo esos benditos japoneses. —Se acerca a la máquina—. ¿Café?

—Sí, con mucho gusto.

Andrea lo observa mientras Alessandro lo prepara. Coge un paquete, lo abre, saca dos cápsulas, las mete en la máquina y aprieta un botón.

—¿Sabes?, Alex, cuando te veía en mi oficina, cuando venías a buscar a mi jefa, a Elena, bueno, no pensaba que fueses así.

—Así, ¿cómo?

–Tan diferente. Seguro, tranquilo, agradable. Eso mismo, eres muy agradable.

Alessandro regresa a la mesa con los dos cafés, dos bolsitas de azúcar y dos palitos de plástico.

–Nunca sabemos cómo es alguien hasta que lo conocemos personalmente, fuera de los contextos habituales.

Andrea abre el azúcar, lo echa en el café y empieza a revolverlo.

–Ya. A veces no nos llegamos a conocer ni aunque vivamos juntos.

–¿Qué quieres decir?

–¿Yo? Nada –contesta Andrea–. A veces me da por hablar así. –Y se toma su café.

Alessandro hace otro tanto. Luego lo mira fijamente.

–Hay veces que de veras no lo entiendo. ¿Por qué siempre te infravaloras y hablas así de ti mismo?

–Eso mismo me he preguntado yo siempre; el problema es que no encuentro la respuesta.

–Pero si tú no crees en ti mismo...

–... Sí, ya lo sé, ¿cómo van a creer los demás?

–A lo mejor a las rusas les parecías simpatiquísimo la noche aquella sin que para ello tuvieses que ponerte tan mal.

Andrea termina su café.

–Ni me lo recuerdes... Vuelvo a sentirme mal sólo con pensar en aquella noche.

–Por favor, ahórrame otra ambulancia.

Andrea sonríe.

–Jefe... es un placer trabajar contigo.

–También para mí tenerte en el equipo. Tú no consigues verte desde fuera. Pero te aseguro que das una buenísima impresión.

–¡Bien! –Andrea se pone en pie–. Gracias por el café. Vuelvo a mi sitio. –Se dirige a la salida, pero se detiene un instante–. Aquella chica... Niki...

–¿Sí?

–No sé si los japoneses sabrán apreciarlo, pero yo creo que ha hecho un gran trabajo.

—Ah, sí, también yo. Estos dibujos son verdaderamente nuevos y sorprendentes.

Andrea se detiene un momento en la puerta. Luego mira a Alessandro y sonríe.

—No me refería a los dibujos. —Y cierra la puerta.

A Alessandro no le da tiempo a decirle nada. Justo en ese momento suena un bip en su teléfono móvil. Mira la pantalla. Un mensaje. Lo abre. Niki. Lupus in fabula. ¿Cómo decía Roberto Gervaso? «La vida es una aventura cuyo inicio deciden otros y cuyo fin no deseamos, con un montón de intermedios elegidos al azar por el azar.» ¿Por qué me preocupo entonces? Leonardo se inspira con frecuencia en él para escribir las tarjetas que envía a su mujer... Y todavía siguen juntos. También eso es cosa del azar. Alessandro lee el mensaje de Niki. Sonríe. Y responde lo más rápidamente que puede. «Claro», y lo envía. Después coge su chaqueta y se va. Prefiero una frase anónima. «Nos encontramos por casualidad. Nos encontramos con un beso.»

Sesenta y ocho

Niki sale del portal. Mira a su alrededor. No sabe hacia dónde ir. Alessandro toca dos veces el claxon. Enciende y apaga las luces. Niki se cubre un momento los ojos con la mano para ver mejor, como un joven marinero haciendo de vigía, más sensual que todos los de *Querelle de Brest*. Entonces lo reconoce de lejos y, de inmediato, echa a correr hacia el coche. Alessandro le abre la puerta y ella se tira dentro.

—Venga, rápido, arranca, que mis padres están a punto de salir.

Alessandro arranca y, en un momento, están ya detrás de la esquina.

—Caramba... —Niki se echa a reír—, no te reconocía. Pero —mira a su alrededor— ¿qué haces con este coche? Por fin has comprendido que la verdadera creatividad viene del pueblo llano, ¿eh? Por eso has cogido este trasto destartalado, dime la verdad.

—¡Qué va! Es de mi madre. Se lo he pedido y me lo ha prestado.

—No me lo puedo creer. ¿Has llevado el tuyo al taller? ¿No teníamos que hacer primero el parte? Mario, mi mecánico, te lo hubiese dejado como nuevo, y hasta te hubieses ahorrado una pasta.

Alessandro conduce divertido.

—No, no, el mío sigue tan abollado como lo dejaste. Éste lo he cogido por ti.

—¿Por mí?

—Sí, tiene cambio de marchas.

Niki mira. Ve la mano de Alessandro entre los dos asientos. Justo en ese momento, Alessandro está metiendo la cuarta.

—Vaya... ¡gracias! Qué fuerte... Te has acordado de mí. —Entonces se detiene un momento—. ¿Se lo has pedido a tu madre? Por el cambio de marchas, por mí... Pero ¡entonces le has contado también lo nuestro! —Y se le echa encima y lo besa, haciéndole dar un bandazo.

—¡Estate quieta, Niki, no vayamos a abollar éste también!

—¡¿Más de lo que está?! —Niki se sienta bien de nuevo—. ¿Y cómo va a darse cuenta?

—Las madres siempre se dan cuenta de todo. Piensa que este coche lo usaba yo a tu edad. —Mientras lo dice, intenta quitarle peso a esa extraña verdad—. Ella se daba cuenta de si había fumado, de si había bebido o incluso de si había montado a alguien o de si había hecho el acto...

—¿El acto? Pero ¿qué manera de hablar es ésa? ¡Madre mía, eres un carroza! Además, perdona, pero ¿hiciste «el acto» en este coche y ahora te atreves a llevarme de paseo en él? —Y se pone a pegarle en broma.

—¡Oye, que han pasado veinte años!

—¿Y qué? Todo lo que hiciste desde los dieciocho hasta ahora me vuelve loca. O sea, prácticamente desde que nací hasta ahora. Casi. Me gustaría volver atrás en el tiempo, como si fuese un DVD, para verte. O mejor no, hacerlo directamente en el cine. Sentarme en primera fila, con un cubo de palomitas, y mirar la película de tu vida en silencio, sin que nadie me molestase.

—Bueno, también yo podría decir lo mismo con respecto a ti. También a mí me gustaría estar en un cine y ver las escenas más importantes de tu vida.

—¡Sí, pero lo que verías sería un cortometraje! ¡No te has perdido mucho! ¡Tienes la posibilidad de vivirlo todo de mí!

—También tú. El día más bello es aquel que todavía hay que vivir.

—¡Lo que hay que oír! Eso te lo has inventado. ¿Y qué piensas hacer con todos los polvos que has echado en este coche? ¿O es que los has olvidado?

Alessandro la mira, vuelve la cabeza repetidamente hacia ella.

—No me lo puedo creer.

—¿El qué?

—Estás celosa. ¿Sabes lo que dice Battisti?

—A estas alturas, lo sé todo de Battisti. Claro que lo sé. «Querida amiga celosa, es una pena, una enfermedad, que no puedas olvidarte de lo que no puedes saber de mí, todos mis amores precedentes te duelen más que un dolor de muelas, todos los besos que he dado no desaparecen por un agujero...»

—Estás empapada, ¿eh?

—Ya lo creo. Después de todas las recopilaciones y las interpretaciones de Enrico que he oído en los últimos tiempos...

—Entonces ya entiendes que también el hombre sufre. La misma canción continúa diciendo «En confianza, mi amor, yo también tengo algún problema, por no hablar de tus ex asuntos de cama».

—Sí, sí, ¡no me cambies de tema! ¡Confiesa! ¿Has hecho el amor en este coche o no?

Alessandro lo piensa un momento.

—No.

—¡Júramelo!

—Te lo juro. Sólo un beso una vez en el *drive in* de Ostia.

—¡El *drive in*! ¡Cómo mola! Yo sólo lo he visto en las películas.

—¿Estamos en paz?

—A muerte.

—¿Una paz a muerte?

—¡Sí, es mi manera de decirlo cuando tengo unas ganas locas de no discutir!

—Vale, entonces me detengo para que puedas conducir. Pero no a lo bestia, ¿eh? Detente de vez en cuanto.

Acerca el coche lentamente al borde de la carretera y se detiene. Niki pasa por encima de Alessandro.

—Niki, espera a que me baje.

—Venga no seas muermo, acabamos antes si pasas por dentro.

Y ejecutan un cruzarse confuso, se encienden los intermitentes, Alessandro se da un golpe en el salpicadero, «Ay», una pierna atravesada, Niki que ríe. «Pesas un montón...», y esos pantalones tejanos demasiado estrechos... Pero al final cada uno ocupa su nuevo asiento.

—¿Arranco?

—Arranca. Y despacio.

Niki aprieta el embrague. Mete la primera.

—¿Qué tal voy?

—Muy bien... quizá porque todavía no vas. Aprieta el acelerador y suelta despacio el embrague.

Niki obedece. El coche arranca lentamente.

—Bien, ahora mete la segunda.

Niki aprieta de nuevo el embrague, y cambia la marcha.

—Ya está, segunda...

—Ha rascado.

—Qué pesado eres, la he metido, ¿no? —Y se pierden así en el tráfico de la noche. Una marcha tras otra. Alguna rascadita que otra. Alguna sacudida. Un intermitente puesto demasiado tarde. Una frenada de más. Alessandro pone las manos en el parabrisas.

—Ay. Pero ¿por qué tienes que frenar así?

—Disculpa... —Niki se ríe y vuelve a arrancar. Y otra vez una clase de conducir divertida.

—Mantén el volante a las diez y diez.

—Pero es tarde.

—¿En qué sentido, tienes que volver a casa?

—No, digo que a las diez y diez es tarde, el volante lo debería estar sujetando ya, ¿no? ¡Si no, nos vamos a estrellar!

—Qué graciosa.

—Es una de esas bromas que si la haces en la oficina todo el mundo se ríe. De todos modos, me canso de tenerlo así.

—Pues te suspendo.

—Y yo me presento a recuperación. —Niki resopla y acelera. Y vuelve a salir en segunda—. Bien. —Y el coche se le cala.

—Mal. Te vuelvo a suspender.

Y siguen así, mejorando poco a poco, acelerando de vez en cuando, conduciendo lentamente, sin causarle demasiados daños al motor.

—Niki, te has metido en la autovía.

—Sí, es más fácil. —Y empieza a cantar—. «Viajando, viajando, y de noche con los faros encendidos alumbrando el camino para saber el destino con coraje, gentilmente, gentilmente, pero dulcemente viajando... —un pequeño bache hace saltar al coche—, evitando los baches más duros sin que caer en tu miedo oscuro gentilmente, sin esfuerzo, con cariño.»

—¿Qué haces, te detienes?

—Sí, de todos modos, he conducido superbién. Estoy cansada. —Niki aparca en una pequeña área de descanso—. Y ahora, si es cierto lo que me has dicho, me gustaría inaugurar el coche de tu madre.

Enciende la radio y apaga todo lo demás.

Oscuridad. Suspiros repentinos. Manos que se cruzan, divertidas, ligeras. Desabotonan, buscan, encuentran. Una caricia, un beso. Y otro beso y una camisa que resbala. Un cinturón que se abre. Una cremallera que baja lentamente. Un salto. En la oscuridad pintada de oscuridad. Feliz de estar allí... Oscuridad hecha de deseo, de ganas, de ligera transgresión. La más hermosa, la más suave, la más deseable. Coches que pasan veloces por la carretera. Faros que iluminan como un rayo y desaparecen. Ráfagas de luz que dibujan bocas abiertas, deseos suspendidos, sufridos, alcanzados, cumplidos, ojos cerrados, luego abiertos. Y más y más. Como entre las nubes. Cabellos alborotados y asientos incómodos. Manos que proporcionan placer. Bocas en busca de un mordisco y autos que continúan pasando, tan veloces que nadie tiene tiempo de reparar en aquel amor que sigue el ritmo de una música al azar, procedente de la radio. Y dos corazones acelerados que no frenan, que están a punto de chocar dulcemente.

Poco después. Se baja una ventanilla empañada todavía de amor.

—Qué calor hace aquí dentro.

—De morirse.

Alessandro se está abrochando el cinturón del pantalón. Niki se pone la camiseta. De repente, una luz los enfoca en plena cara. Dejándolos casi ciegos.

—Eh, ¿Qué ocurre?

—¿Es un ovni?

La luz se aparta a un lado. Se ve algo escrito. Policía.

—Bajen, por favor.

—No me lo puedo creer —sonríe Niki mientras se abrocha los tejanos—. Justo a tiempo.

Del coche patrulla se bajan dos policías, mientras Alessandro y Niki abren sus puertas respectivas.

—Documentación, por favor.

De repente los cuatro se reconocen.

—¡Otra vez vosotros!

Niki se acerca al oído de Alessandro.

—Pero ¿no teníamos que dejar de verlos? ¡Esto es el cuento de nunca acabar!

—Yo creo que nos siguen. —Luego, volviéndose hacia ellos, Alessandro dice—. ¿Seguro que quieren ver nuestros documentos?

—Deben entregarlos de todos modos.

El policía más joven se acerca al coche. Ilumina con su linterna el papel del seguro que hay en el parabrisas.

—Disculpe, pero ¿usted no tenía un Mercedes un poco abollado?

—Sí.

—¿Y de quién es este coche?

—De mi madre.

—Ah, de su madre... Disculpe, ¿cuántos años tiene usted?

—Lo pone en el carnet que tiene su compañero.

El otro lee en voz alta.

—Mil novecientos setenta, o sea que treinta y siete.

—En junio —precisa Niki.

Entonces el policía mira también el carnet de Niki.

—En cambio, la chica tiene diecisiete.

—Dieciocho en mayo —precisa de nuevo Niki.

—¿Y qué estaban haciendo aquí?

Niki resopla y está a punto de estallar. Alessandro le aprieta el brazo para detenerla.

—Oímos unos ruidos extraños.

—En el coche de su madre...

—Sí, ya ve lo viejo que es... Nos hemos parado para controlar que todo estuviese bien. Después estábamos a punto de irnos cuando han llegado ustedes.

Los dos policías se miran un instante. Luego les devuelven la documentación.

—Acompañe a la señorita a casa. Supongo que mañana tendrá que ir a la escuela.

Alessandro y Niki están a punto de volver a meterse en el coche, cuando uno de los dos llama a Alessandro.

—Eh, señor.

—¿Sí?

El policía señala hacia abajo, hacia sus pantalones. Él se da cuenta y se sube rápidamente la cremallera.

—Gracias...

—De nada. El deber. Pero si por casualidad un día se encontrase con los padres de la chica, quizá no llegaríamos a tiempo de intervenir.

Sesenta y nueve

Alessandro aparca a poca distancia del portal de Niki.

—Nos hemos librado por pelos, ¿eh? Imagina que hubiesen llegado diez minutos antes.

Niki se encoge de hombros.

—Bah, ya ves tú. Ésos no se escandalizan por nada. Son los clásicos tipos que leen revistas extrañas, que chatean con apodos del tipo Temerario o Yoghi y tienen un montón de películas porno escondidas en el armario...

—¿Y cómo has llegado a esa conclusión?

—No me lo preguntes. Una mujer nota estas cosas... Y, además, ¿sabes?, también por cómo llevan la pistola. En realidad, se trata de una proyección de su aparato. —Niki adopta una expresión maliciosa.

Alessandro se inclina y abre la puerta.

—¡Ya está bien! ¡Venga, buenas noches!

—¿Qué pasa? ¿Vuelves a estar excitado de nuevo?

—En absoluto, es que tengo un partido de futbito. ¿Tú qué haces?

—Nada. Esta noche me quedo en casa. Tengo que estudiar un poco. A lo mejor después se pasa mi ex, que quiere hablar conmigo.

—Ah. —Alessandro se yergue ligeramente envarado.

Niki se da cuenta.

—Eh, ¿qué te pasa? Si yo estoy con una persona es porque quiero estar con ella. ¡De modo que estate tranquilo, no me toques las narices y considérate afortunado! —Y le da rápidamente un beso. Se baja del coche—. ¡Gracias por las clases de conducir!

Mira a derecha e izquierda a toda prisa, corre hacia el portal y desaparece dentro. Sin volverse, como de costumbre. Alessandro se va con el destartalado coche de su madre.

—Eh, ¿hay alguien en casa? —Niki cierra la puerta a sus espaldas—. ¡Mamá, papá!

Matteo aparece al fondo del pasillo.

—No están, han salido. Te mandan saludos...

—¿Qué hacías en mi habitación? Te he visto.

—Tenía que mirar una cosa en el ordenador.

Niki se quita la chaqueta y la deja caer en el sofá.

—Te he dicho mil veces que no puedes entrar en mi habitación. Y menos aún cuando yo no estoy. ¡Y que está totalmente prohibido usar mi ordenador!

Matteo la mira.

—Ni que se te hubiera muerto la maestra.

—Imbécil.

—Ya veo. Peor todavía. El pensionista te ha plantado.

—Ja, ja, me parto, ¿tú quién eres, el Ceccherini de los pobres?

—Oye, Niki, a lo mejor te has olvidado de esto. —Y saca el Nokia—. Ya he descargado y salvado la grabación comprometedora, la tengo a buen recaudo.

—¿Y dónde la has metido?

—Mira ésta. A ti te lo voy a decir. ¿Es que no has aprendido nada de todas esas series policíacas que vemos juntos? ¡Si entregas el objeto del rescate estás acabado!

Llaman a la puerta.

—¿Y ahora quién es? Yo estoy esperando a Fabio, pero me dijo que pasaría a las diez.

—Debe de ser Vanni.

Matteo va a abrir.

—...Sí, es él. Eh, hola... Pasa.

Un niño tan alto como él, con los pantalones igualitos y el pelo sólo un poco más rubio, entra arrastrando sus enormes zapatos.

—¿Qué va a hacer tu hermana?

—Todavía no se lo he dicho.

—Ok, como quieras. ¿Hay Coca-Cola?

—Sí, ve a buscarla a la cocina mientras se lo cuento...

Niki observa a Vanni, que sale disparado, sin problema alguno.

—A ver si lo entiendo, Matteo, ¿ése circula sin más, libremente por nuestra casa?

—Ni que fuera un perro al que hay que tener atado.

—Sabes perfectamente que a mamá no le haría ninguna gracia.

—Pero tú no vas a ir a contárselo. En fin, mira esto.

Matteo se saca del bolsillo una hoja doblada en cuatro. La abre.

—Te lo he impreso todo aquí.

—Así que eso es lo que estabas haciendo en mi habitación. Mira toda la tinta que me has gastado.

—No me ralles más. Y lee.

Niki mira la hoja con atención.

—¿Qué? ¿Qué es todo esto?

—No me digas que no las conoces.

—Claro que las conozco. Pero procuro evitarlas. ¿Y qué tendría que hacer según tú?

—Buscarme al menos una y traérmela.

—Ni hablar.

—No me digas que te da vergüenza, después de todo lo que te vi hacer...

—Digamos que no me viste hacer nada porque no hice nada. Lo que pasa es que me parece inmoral proporcionar ese tipo de cosas a un niño de tu edad.

—En primer lugar: no se trata sólo de mí, también está Vanni. Segundo: no somos niños. Tercero: las puedes encontrar aquí. Cuarto: si te niegas, ya sabes lo que haré... Primero se lo envío a mamá, que a lo mejor hasta te lo perdonaría, y acto seguido a papá, que seguro que viene para acá más rápido que Superman y, en un momento, no es que te cubra de insultos, ¡es que la emprende a patadas contigo!

Niki arranca la hoja de la mano a Matteo y sale de casa hecha una furia, gritando.

—No le abráis la puerta a nadie, y si me llama mamá le dices que me he olvidado una cosa en el ciclomotor y me avisas, ¿entendido?

Niki baja a toda prisa la escalera, dobla la hoja y se la mete en el bolsillo de los tejanos. Hay que fastidiarse. Todo me pasa a mí. Hasta tengo un hermano maníaco. En ese momento le suena el móvil. Lo coge y mira la pantalla. Lo que me faltaba. Abre el Nokia.

—Dime.

—Hola, en seguida estoy ahí.

—No estoy en casa.

—¿Y dónde estás?

—Y a ti qué te importa; no tengo por qué darte explicaciones.

—No discutamos, Niki.

—Yo no tengo ganas de discutir, Fabio, pero es que te comportas como si todavía estuviésemos juntos... cosa que se acabó hace ya cuatro meses.

—Tres.

—Dejando a un lado mi recaída, que no es lo mismo que volver a estar juntos. Tan sólo follamos una vez más antes de darlo definitivamente por acabado.

—Eres dura.

—Claro, en cambio tu cancioncita de hoy era tierna, ¿no?

—Ok, tienes razón. También te llamaba por eso. Pero ¿podemos vernos las caras en lugar de seguir hablando por teléfono?

—Vale. Dentro de media hora en viale Parioli, 122. En el Prima Visione.

—Ok, gracias..., princesa.

Niki cierra el teléfono. Princesa... Quita la cadena y se pone el casco. Sí, la del guisante. Antes me encantaba que él me llamase así. Ahora no lo soporto... Basta. Está decidido. Se lo voy a decir.

Y se va a toda velocidad con su ciclomotor.

Setenta

Enrico entra corriendo en casa.

—Amor, ¿dónde estás? Perdona, ¡llego tardísimo!

Camilla aparece a la puerta del dormitorio, perfectamente maquillada y vestida. Vestido oscuro, sombra ligera, carmín rosado.

—Me lo imaginaba. Te he preparado la bolsa del futbito.

Enrico la mira. Se ha quedado sin palabras.

—Pero ¿adónde vas?

—A tomar algo con aquella amiga mía del gimnasio. ¿No te acuerdas? Con la que estaba hablando la otra noche. Viene también otra chica.

—Ya veo. ¿Y adónde pensáis ir?

—No lo sé, aún no lo hemos decidido.

—Sí, pero ¿qué os apetece, en qué tipo de sitio pensáis...?

Camilla se pone la chaqueta.

—Es que no sé... Hemos quedado en el centro. —Coge su bolso, mete dentro las llaves de casa y lo cierra—. Perdona, pero yo, cuando vas a jugar a futbito, no te pregunto con quién juegas, ni qué os vais a tomar después.

—¿Y eso qué tiene que ver? Además, casi siempre perdemos.

Camilla mueve la cabeza y abre la puerta.

—A veces es imposible hablar contigo. Nos vemos más tarde. —Y cierra la puerta.

Nos vemos más tarde. Pero ¿más tarde cuándo? Enrico se sienta en el brazo del sofá en medio del salón. O mejor dicho, se hunde. Le gustaría preguntarle un montón de cosas. Del tipo: ¿a qué hora piensas volver? ¿Llevas el móvil conectado? O bien: después no me digas que no tenías cobertura. O peor aún, no me digas que te quedaste sin batería. En resumen, para decirlo con una sola frase: ¿de veras tienes que salir? Cae en la cuenta de que llega muy tarde al partido. Se levanta, va hacia el dormitorio, encuentra la bolsa, se la echa a la espalda y sale. Mientras espera el ascensor tiene un pensamiento extraño. No sé por qué, pero esta noche me gustaría ser el árbitro... El ascensor se abre. Enrico entra y aprieta el botón correspondiente. Luego se mira en el espejo. Pero ¿cuánto hay que esperar todavía para tener la bendita o la maldita respuesta del investigador? Y eso que le di el dinero en el momento. Qué demonios. Sale corriendo hacia su coche. Sube, arranca. No sé si jugaremos un buen partido o perderemos como de costumbre. Sólo sé que no veo la hora de que se acabe para volver a casa. Y, sobre todo, para ver si Camilla ha regresado ya.

Niki le da la tarjeta al encargado, que la pasa por la máquina para visualizar el nombre.

—Pero ¿de quién es?

—De mi hermano.

—¿Que se llama?

—Matteo.

—¿Seguro?

—Ya lo creo que sí.

—Me refiero a que no me aparece en la tarjeta.

—Ah, disculpe. —Niki piensa un momento—. A lo mejor le aparece Vanni.

El hombre aprieta una tecla y se oye un bip.

—Sí, Vanni sí. Perfecto. ¿Qué desea?

Niki le da la hoja doblada en cuatro.

—Una de estas películas.

El encargado repasa la lista, mira los nombres uno a uno.

—Algunas no las tenemos. Y las que tenemos están prestadas.

—¡Qué rabia!

El encargado mira mejor la lista. Levanta las cejas.

—Hay algunas que ni siquiera las he visto. Ésta, por ejemplo. *Nirvana*, de Frank Simon, con Deborah Wells y Valentine Demy. Me han dicho que es una pasada. El argumento está lleno de golpes de efecto, además. ¿Tú la has visto? Es una *porno cult*.

—No, lamentablemente me la perdí.

—Me gustaría darte algo.

Niki lo mira recelosa.

El encargado sonríe.

—Pero en casa sólo tenemos algo gay. Y ya he visto que has elegido sólo cosas hetero.

—Pues sí.

Alguien se acerca al mostrador y devuelve casi vencido el tiempo de préstamo un DVD; aprovechado a tope.

—Tenga y gracias, un porno doc... Jessica Rizzo no defrauda jamás.

El encargado lo coge y lo revisa. Luego sonríe feliz y se lo da a Niki.

—¡Aquí tienes! Precisamente es la primera de tu lista.

Niki coge el DVD azorada. La persona que lo acaba de devolver está a punto de irse, pero se vuelve de nuevo.

—Eh, pero ¿eres tú? ¡Niki! ¡No te había reconocido! Soy Pietro, el amigo de Alex.

Niki sonríe con embarazo.

—Claro... por supuesto... Me acuerdo perfectamente.

—Ah, entonces tenemos en común una óptima memoria y alguna cosa más, por lo que veo... —Y señala el DVD con la barbilla.

Niki intenta salir del apuro.

—Eh... sí... no... en realidad... Digamos que he perdido... bueno es una especie de apuesta...

—Oye para mí eres estupenda. Y después de esto, me tienes loco. Oye, déjame hacerte una pregunta: ¿la vas a ver con Alex?

Niki se rinde. Es inútil, jamás podrá convencerlo de lo contrario.

—Sí, pero no se lo digas. Es una sorpresa.

—¡Os adoro! Qué suerte tenéis. Yo lo he intentado muchas veces con mi mujer, pero nunca ha querido. Luego se quejan de que los matrimonios se rompan. Bueno, disculpa, pero me tengo que ir. —Pietro se despide y se aleja hacia las puertas automáticas del videoclub. Pero luego se da la vuelta y entra corriendo de nuevo—. Perdona, Niki, una última cosa. ¿No tendrás por casualidad alguna amiga a la que, bueno...? Una a la que le gusten estas cosas para presentármela. Quiero decir un poco fuera de lo convencional. Como tú, vaya.

La imagen de Olly se dibuja de inmediato en la mente de Niki.

—No, lo siento... Alex se ha quedado con la única fuera de lo convencional.

—Ok. No he dicho nada. Bueno, me voy que ya están todos en el campo. ¡Adiós!

Niki lo mira irse. Coge el DVD y lo mete en su mochila. Se despide del encargado, que le guiña un ojo. Niki mueve la cabeza. Adiós a mi reputación. Años tirados por la borda. Y con este último pensamiento sale de la tienda. Justo en ese momento llega Fabio. Aparca de cualquier manera su Opel Corsa C'Mon color Magma Red, llantas de aleación con diseño de cinco radios dobles. La música sale a todo volumen por las ventanillas abiertas. Se baja y da un portazo. La ve.

—¿Te gusta? Quería darte una sorpresa.

—Hortera, como tú y tu canción.

—Venga, no seas así...

Fabio intenta besarla. Niki aparta la boca y vuelve la cara hacia la derecha. Entonces Fabio intenta abrazarla y, antes de que se le escape, la sujeta con fuerza.

—Me equivoqué. Te echo de menos, princesa. Sin ti todo resulta anodino...

Niki cierra los ojos. ¿Por qué ahora? ¿Por qué tan tarde? Tan desesperadamente tarde... Y se abandona entre sus brazos, vencida por el dolor de ese amor ya perdido. Justo en ese momento, pasa Enrico, que se dirige a su partido de futbito. Rojo. Se detiene en el semáforo que tiene delante y mientras espera mira por la ventanilla. Mira esos dos. Qué bonito. Cómo se abrazan. Qué buena pareja. Y ella qué guapa.

Entonces Niki se separa de Fabio. Ahora Enrico puede verla perfectamente. Y la reconoce.

Pero ésa... esa... Ésa es la chica de diecisiete años de Alex... ¡La que lo tiene loco!

El coche que está parado detrás toca el claxon.

—Venga, ¿te quieres mover de una vez? Está verde.

Enrico no tiene más remedio que arrancar. Qué asco. Mientras Alessandro juega a futbito ella... Son todas iguales. Esta noche... ¡dos árbitros en el campo! Y lleno de rabia, acelera veloz.

Niki retrocede.

—Mira, Fabio. Estuvimos bien juntos. A lo mejor con el tiempo, no sé, lograremos incluso ser amigos. —Luego lo mira directamente a la cara—. Pero ahora no. No puedo. —Baja la mirada—. Necesito estar sola.

Fabio se le acerca. Le levanta el rostro con dulzura.

—¿Sola? Me estás diciendo una mentira. Sé que estás saliendo con alguien.

—¿Quién te lo ha dicho?

—¿Importa eso?

Niki se pone tensa. Tiene razón. Me he equivocado. Tenía que habérselo dicho de entrada. A veces uno se equivoca por querer ser bueno. Uno se desvive, y al final la acaba pifiando.

—Sí, me estoy viendo con otra persona desde hace un tiempo. Espero que llegue a ser una historia bonita.

Fabio se le pone delante.

—¿Más bonita que la nuestra?

—Más bonita que la que tú te empeñaste en estropear. Ahora ya es demasiado tarde.

Niki hace ademán de irse.

—¡Pues no! ¡No me sale de los cojones!

Y la agarra por la bolsa, que se abre. El DVD cae en la acera.

—¿Y esto qué es? —Fabio lo recoge—. ¿Jessica Rizzo? ¡Es una peli porno! O sea que a mí me costó horrores conseguir hacer algo contigo, conmoverte un poco, para que ahora aparezca ése... ¿Y qué haces tú? Vas a buscar una peli porno para verla con él. ¿Quién es? ¿Mister Milagro? ¿Qué te ha hecho?

Niki le coge el DVD de la mano.

—Lo que no me hiciste tú. Y piensa que le ha resultado de lo más fácil. Me ama. —Niki se pone rápidamente el casco y se marcha en su ciclomotor.

Fabio camina hasta mitad de la calzada y le grita con la mano levantada.

—Claro, muy fácil. Siempre se te han dado bien esa mierda de frases. Pero estás rodeada de gente falsa... ¡Ya lo verás! Y me gustará ver cómo acaba la historia con el tipo ese. Además, no tendré que esperar mucho. Como máximo tres meses. ¡Será gilipollas la tía!

Setenta y uno

Alessandro está en el centro del campo. Corre arriba y abajo, de vez en cuando devuelve la pelota a quien se la pasa distraída o voluntariamente. Un poco más lejos Riccardo, el portero, está calentando en la portería, deteniendo como puede los lanzamientos de algunos jugadores. Finalmente, entra en el campo Pietro. Riccardo detiene un balón y lo bloca con el pecho.

—¡Menos mal! ¿Cómo es que siempre llegas tarde?

Pietro entra dando un salto.

—¡He llegado a punto, a puntísimo!

—¿Acabas de echar un polvo, que estás tan contento?

—¡Qué va! —Empieza a calentar echando las piernas hacia atrás, corriendo sin moverse del sitio e intentando alcanzarse las nalgas con los pies.

—Es que, Alex...

Alessandro lo oye desde lejos y se vuelve hacia él.

—Es que ¿qué? ¿Acaso tengo yo la culpa de que llegues tarde?

—Ojalá fuese culpa tuya... No, ¡qué potra tienes, macho!

Alessandro lo mira sin comprender.

—Después te explico...

—Sí, sí... —dice Riccardo, el portero—, pero por el momento él siempre llega puntual. En cambio tú, Pietro querido, ya te has ganado varias amonestaciones. Una más y te suspendo por un mes.

—¡Exagerado!

—¡Hay un montón de gente a la que le gustaría jugar en este equi-

po, y yo no los llamo para dejaros el sitio a vosotros, que siempre lle-
gáis tarde. ¡Como mínimo podríais agradecerlo siendo puntuales!
Que encima parece que me estéis haciendo un favor.

Justo en ese momento, entra también en el campo Enrico. Pero no
tan alegre y feliz como Pietro.

—Mira, ya ha llegado él también. Menos mal. Podemos empezar.

—Disculpadme, llego tarde...

Riccardo lanza la pelota al centro del campo.

—Sí, sí... venga, sacad ya...

Enrico se acerca a Alessandro. Tiene expresión contrariada. Lo
mira con tristeza. Alessandro se da cuenta.

—Enrico... ¿qué te pasa? Dios mío, no me digas que quedé en pasar a recogerte y se me ha olvidado.

—No, no.

Pero el partido acaba de empezar. Han hecho ya el saque inicial.
Un adversario pasa entre ellos dos con la pelota en los pies, corriendo
directo a portería. En seguida llega Pietro, que corre tras él.

—¡Eh, venga, a jugar! ¿Qué demonios estáis haciendo? ¿La esta-
tua? ¡Ya hablaréis luego!

Alessandro empieza a correr, mientras Enrico lo sigue mirando
por un instante... Luego empieza a correr él también. Corre por la
banda siguiendo el juego. Ojalá pudiese hablar. Pero no, no estaría
bien. Debe de ser ella quien se lo diga, no yo. Luego espera tranquilo
el balón que un centrocampista ha lanzado hacia la izquierda. Y oye
que Pietro le dice a Alessandro que menuda potra tiene... Sí, sí, potra.
Mira que llega a ser imbécil este Pietro. La única suerte de Alessandro
es que por lo menos no tiene que pagar a un investigador privado.

Setenta y dos

Habitación añil. Ella.

«Entonces comprendió con extrema lucidez lo desesperada que era su situación. Sintió que se encontraba en el centro del Valle de las Tinieblas y que toda su vida se desvanecía. Se dio cuenta de que dormía mucho y de que siempre tenía sueño... Miró en la habitación. Al pensar en las maletas, se sumió en el desasosiego. Decidió dejarlas para el último momento.»

Ya. Las maletas. También yo tendría que salir a comprarme una bolsa. El momento de la partida se acerca. Pero antes de llenar la mochila y la bolsa, debería decidirme a deshacerme de algo más. Algo que a lo mejor no se ve, que no se toca, pero se recuerda. Mira por la ventana. Hace sol y ha quedado en el centro para ir a comprar las últimas cosas que faltan.

«¿Dónde estaba? Le pareció que en un faro. Sin embargo, era su cerebro, del que emanaba una luz blanca, cegadora, que cada vez giraba más de prisa... Fue lo único que alcanzó a comprender. En el instante en que supo, dejó de saber.»

Sonríe. Alegría y dolor. No hay nada que hacer. El amor que lo llevó hasta las estrellas es el mismo que lo hizo caer. Qué bonito. Y qué feo. Pero yo volví a levantarme. Estoy a punto de partir de nuevo. Lo conseguí. Y un día me gustaría darle las gracias a este tal Stefano.

Setenta y tres

Otra casa. Otra habitación. Otro color. Ellas dos.

¿Cómo era? «Ninguna relación humana contempla la posibilidad de que uno se halle en posesión del otro. En cualquier pareja de almas, las dos son absolutamente diversas. Tanto en la amistad como en el amor, ambas, codo con codo, levantan las manos juntas para encontrar aquello que ninguna de las dos puede alcanzar por sí sola.» Diletta hojea el viejo diario de primero de bachillerato. Sí, era ésa. La ha encontrado. Sobre la mesa una bandeja con una jarra humeante y dos tazas grandes de colores vivos que esperan a ser llenadas de infusión de frutas del bosque. Cada taza tiene impresa encima una inicial. «O» por Olly. «N» por Niki. «D» por Diletta. «E» por Erica. Diletta las encontró en Porta Portese. Se sienta en la cama y lee en voz alta la cita. Olly, que está sentada en el suelo con las piernas cruzadas, arruga la nariz.

—Oye, ¿por qué siempre andas con ese tipo de ideas? ¡Quédate con una y basta! ¡Ésa es la respuesta! ¡Al contrario que ese tal Kalil, Khilil, vaya, Gibran o como demonios se llame! ¡Te pasas la vida filosofando!

—¡Olly! ¡No sé por qué, pero tu nivel de sarcasmo es directamente proporcional a tus períodos de abstinencia!

—¡No, querida, precisamente anoche hubo fiesta! ¡Con uno de los del bbc! Y debo decir que... ¡conduce de puta madre! ¡Especialmente cuando cambia de marcha!

—¡Olly!

—Sí, sí Olly, Olly, pero mientras yo me divierto, tú estás siempre aquí, con la cara larga porque te niegas a echar un polvo. Toma ejemplo de Erica. ¡No está! ¿Dónde está? Seguro que dándose un buen revolcón, y a lo mejor ni siquiera con Giò Condón.

—¿Condón?

—Es genial, ¿eh? Mister Precaución... Que en mi opinión es justo lo que está empezando a cansar a Erica; me juego lo que quieras. ¿Y Niki? Se ha embarcado en una nave que le viene demasiado grande... Las Olas atraviesan un período de gran marejada... Excepto tú. Podrías escribir una serie para la tele basada en tus experiencias como Ola, te tengo el título: «Calma total»...

—Pero ¿a qué viene esto? Yo sólo quería leerte cuál es mi idea de la relación, del amor. Cuando perteneces a alguien, deja de estar bien, te limita, te arriesgas a perderte a ti misma. Yo quiero un amor libre, grande, un paraíso. Y no es nada fácil dar con alguien que piense igual.

—¡Lo que piense no lo sé, pero uno al que le gustaría darse un revolcón contigo sí es fácil encontrarlo!

Diletta niega con la cabeza.

—Está bien, tienes razón... Pero ¿tú qué sabes, Diletta, si nunca te lanzas? —Olly se levanta y echa agua caliente en las tazas. Mete una bolsita de infusión en cada una, coge la bandeja y la apoya en la cama. Le da su taza a Diletta, con cuidado de coger la letra que toca. Las levantan en alto, en un brindis sin alcohol con aroma a mora y arándano.

—¡Por la «E» y la «N» que se han quedado en el armario de la cocina, y por las que tienen el valor de tirarse... y no desde poca altura!

Se ríen. Y desde el diario que se ha quedado abierto, Gibran las observa.

Setenta y cuatro

Los vestuarios están llenos de chaquetas y pantalones colgados de los ganchos. Bolsas grandes de colores varios, algunos con viejos nombres de clubes deportivos improbables, restos quizá de un pasado más activo, están apoyadas en el suelo o sobre alguno de los bancos de madera. Olor a cerrado y a zapatos. Algún que otro jugador sigue bajo la ducha.

—En mi opinión, es la defensa la que no funciona. Tendría que jugar más adelantada.

—Pero ¿qué dices? Y qué pasa con los centrocampistas, ¿eh? ¿Tú llamarías a eso circulación de pelota?

—Antonio también ha fallado un montón de goles cantados. ¡Tiene la mira torcida!

Alessandro se está acabando de secar el pelo con la toalla y se sienta en un banco.

—Chicos, ésta es la enésima derrota... Llega un momento en la vida en que uno tiene que saber aceptar la realidad. Y creo que el momento es éste. Dejémoslo.

Pietro se le sienta al lado.

—Qué va, Alex. Somos buenísimos. ¡Lo que pasa es que jugamos de manera muy individualista, todos nos creemos unos cracks! Nos hace falta espíritu de equipo. Joder, como jugadores ellos eran peores, pero ¿te has dado cuenta qué juego de equipo? Nos han pillado siempre con uno menos en defensa...

—No te digo. Tú no bajabas nunca a defender.

—Vale, no hay remedio, la culpa es siempre mía.

Enrico ya está vestido. Mientras tanto, Flavio camina nervioso por el vestuario. Alessandro se da cuenta.

—¿Qué te pasa Flavio?

—Os quejáis de la defensa, pero yo he corrido lo mío. El corazón me va a dos mil por hora. Mira... —Flavio se pone la mano en la garganta. Alarga los dedos y se toca las venas del cuello—. Mira, mira cómo me va...

Se acerca a Alessandro y le coge la mano.

—Me falta el aire. Sigo sudando. Es la segunda vez que me tengo que secar la frente.

Enrico se le acerca y comprueba también su latido. Aparta la mano.

—No te preocupes, es normal. Así es como late después de un partido. Es la adrenalina. Eso es todo.

—Pero sigo sudando.

—Porque te has dado una ducha demasiado caliente.

—No, no me encuentro bien. Me falta el aire. —Flavio se acerca al lavamanos, abre el grifo del agua fría y la deja correr. Mete la cara debajo. Luego se seca—. A ver si así me siento un poco mejor.

Los demás han acabado casi de vestirse.

—¿Nos vamos a comer una pizza a la Soffitta?

—Sí, me apetece.

—Entonces nos vemos todos allí.

Flavio se quita el albornoz y sigue secándose con él.

—Yo no, me voy a casa. No desconectéis los móviles por si acaso os necesito. No quiero despertar a Cristina, mejor os llamo a vosotros.

Alessandro cierra su bolsa.

—¿Quieres que te esperemos?

—No, no, idos. Pero no desconectéis los móviles, al menos tú, ¿eh?

—Vale. De todos modos, para cualquier cosa, si no te contesto al móvil, estamos en la pizzería Soffitta.

Flavio se pone la camisa. Luego recoge la toalla, se seca la frente con ella. Nada que hacer. Sigue sudando. El corazón continúa latiéndole acelerado. A lo mejor se me pasa durmiendo. Además, mañana tengo que madrugar.

Setenta y cinco

—Bah, Flavio es un hipocondríaco crónico. —Pietro se reúne con los demás en la mesa que hay al fondo del local de la Soffitta—. Si siempre estás así, ¿qué juego vas a hacer ni que nada? Te arruinas la vida y basta. En ese caso, quédate en casa, relajado, mira una película, pero que no sea de miedo, ¿eh? ¡Te daría un infarto!

—Venga, pobre, debe de ser terrible para él.

—Pues, imagínate para nosotros, cuando pone esa cara de moribundo.

Enrico abre la carta. Pietro se la cierra.

—Venga, sabes de sobra lo que dan aquí. Pizza al peso de tres o cuatros gustos diversos.

Alessandro golpea la mesa divertido.

—Yo quiero una D'Annunzio! Me estoy muriendo de hambre...

—¿Y tú comes ajo, cebolla y chile? —pregunta Pietro con malicia.

—Bueno, después los digiero.

—Ya, pero... vista la cita especial que tienes después...

—¡Sí, con mi cama! Luego me voy a casa, no tengo cita ninguna.

Pietro se queda un momento en silencio.

—Hummm... —y abre el menú—, veamos...

Alessandro se lo cierra.

—Disculpa, pero has dicho que te lo sabías de memoria.

—Sí, pero no me acuerdo bien de lo que lleva la Centurión...

—Tú a mí no me engañas. ¿Por qué disimulas con la carta? Has puesto una cara rara. Y has dicho «hummm»...

—Pero ¿qué dices?

—Sí, has puesto una cara rara. Nunca la pones porque sí. Y nunca dices «hummm» por nada.

—Es que no es nada.

—Nunca dices que no es nada por nada.

Pietro mira a Enrico. Luego, de nuevo a Alessandro.

—Vale. ¿Qué quieres saber?

—¿Qué significaba ese «hummm» mezclado con tu cara rara?

—¿Aunque ello pueda dañar nuestra amistad?

—¿Tan grave es? Dispara.

Pietro se inclina hacia él.

—Vale. Dame la mano. Prométeme que te diga lo que te diga no tendremos problemas.

—¿Problemas de qué tipo?

—Del tipo de dejar de ser amigos.

—Oye, Pietro, acaba de una vez y dímelo.

—Dame la mano.

Alessandro le tiende la mano, Pietro se la estrecha y no se la suelta.

—Si te lo digo, me deberás un favor, ¿ok?

—¿Encima? ¿Y a ciegas además? No cuentes con ello.

—Entonces lo dejamos correr. —Pietro retira la mano.

—Ok, ok. Seguiremos siendo amigos y te debo un favor, pero procura que sea algo razonable... Venga, dime.

Pietro mira a Enrico. Después a Alessandro. Luego a Enrico. Y de nuevo a Alessandro. No sabe cómo decírselo. Se lanza.

—Vale. Niki tiene una peli porno. Creía que la vería esta noche contigo.

Se hace un silencio gélido.

—¿Y tú cómo lo sabes?

—Porque se la he dado yo.

—¿Qué? —Enrico abre unos ojos como platos—. ¿Le diste una peli porno a Niki?

—Oye, ¿qué te crees? Entré en el videoclub para devolverla y Niki estaba en la caja, esperándola.

—¿Precisamente ésa?

—No sé bien si ésa en concreto o una cualquiera, pero seguro que una peli porno. Llevaba una lista en la mano. Cogió esa de Jessica Rizzo. Buena, intensa. Ella hace ciertas...

—Basta, estás diciendo gilipolleces.

Pietro lo fulmina con la mirada.

—Ya está. Lo sabía. ¿Nuestra amistad corre peligro?

Silencio.

Pietro insiste.

—¡Responde!

—No, no, claro que no.

—Entonces, ¿cómo puedes pensar que te digo gilipolleces, crees que estoy bromeando?

Alessandro suelta un largo suspiro.

—Está bien, Niki ha sacado una porno. Y no para verla conmigo. A lo mejor la ve con sus amigas.

Pietro lo mira súbitamente sonriente.

—¿Son así, en serio?

—Bueno, según lo que me ha contado, una es un poco rara. Podría ser... A lo mejor lo hacen para divertirse un poco, para echarse unas risas, seguro que les da curiosidad saber qué es lo que vemos nosotros los hombres en ese tipo de películas.

Al ver que la cosa toma un cierto cariz de experiencia educativa, Pietro se siente bastante desilusionado. Entonces, Alessandro mira a Enrico, que mantiene la vista baja.

—¿No, Enrico? Puede ser, ¿no? ¿Tú qué crees?

Enrico levanta la cabeza y lo mira.

—No, a mí no me lo parece. —Y se vuelve hacia Pietro—. ¿El DVD lo devolviste en el Prima Visione de Parioli?

—Sí, ¿cómo lo sabes?

—Cuando iba al partido vi a Niki por el camino.

—Debía de ir hacia allí.

—No, más bien acababa de salir.

—Pues ya se debía de ir.

—No. Estaba con un chico.

—Sería un amigo.

—Estaban abrazados a la puerta del videoclub.

Alessandro se queda blanco. Pietro se da cuenta y rápidamente intenta reconducir la situación.

—A lo mejor no era ella, tal vez te confundiste.

—¿En el mismo lugar, a la misma hora y después de coger el DVD que tú llevaste? Además, no es fácil confundirse con esa chica.

Justo en ese momento, llega a la mesa una camarera joven, baja y rechoncha, con un piercing enorme en la nariz y algunas mechas naranja en el pelo. Abre su libreta para anotar el pedido.

—¿Ya lo saben? ¿Qué van a comer?

Alessandro se levanta de golpe, aparta la silla y sale del local.

—Eh, ¿yo qué he hecho?

—Nada, nada, señorita. Sí, sí ya sabemos lo que queremos... Tráiganos cerveza en abundancia. ¿Tienen pizza Desesperada?

Alessandro está en la acera. Coge el móvil, busca en la agenda de nombres y marca un número. Aprieta la tecla verde. Uno, dos, tres timbrazos. Venga, joder. Joder. Responde. ¿Qué estás haciendo? ¿Dónde estás? Cuatro. Cinco. Responde. Siempre llevas el jodido móvil en el bolsillo. Cógelo ya. Seis. Siete.

—¿Sí?

—¿Niki? ¿Dónde diablos estás? ¿Dónde estabas, dónde te habías metido?

—En el baño. Me estaba lavando el pelo. ¿Te pasa algo?

—¿A mí? ¿Qué te pasa a ti?

—¿A mí? Nada, he estado estudiando un rato y ahora me voy a la cama.

—¿Y no has hecho nada más?

—No... Ah, sí, cómo no, el gusano de mi hermano, con la amenaza del vídeo aquel que nos grabó, me ha obligado a que fuera a buscarle una película porno para él y el depravado de su amigo Vanni. Me he encontrado a tu amigo Pietro. Vaya personaje. Ha entrado a devolver una peli porno con una tal Jessica algo. ¿No te lo ha dicho?

Alessandro se detiene. Recupera un poco el aliento. Se relaja. Recupera la sonrisa.

—Ejem, no, se ha ido en seguida del campo. Tenía que volver a casa temprano.

—Ah. Luego he estado un rato con mi ex en la calle. Te dije que quería hablar conmigo, ¿no? El caso es que ha venido a buscarme al Prima Visione. Me ha montado una escena y ha intentado besarme. Y luego... Ha sido terrible.

—¿El qué?

—Cuando te das cuenta de que ya no te importa nada alguien a quien habías querido tanto...

—Ya.

—Alex.

—¿Sí?

—Sería hermoso seguir siempre así...

—¿Cómo?

—Que me llames de repente en la noche, desesperado, sólo por oír mi voz.

Alessandro se siente culpable.

—Claro.

—Si ahora se acabase todo entre tú y yo, nos amaríamos toda la vida.

—Prefiero arriesgarme.

—Así me gusta. Nos llamamos mañana. Que duermas bien.

—Tú también... tesoro.

—¡Me has llamado tesoro!

—Sí, pero no te lo tomes al pie de la letra.

—Caramba. Te voy a llamar el hombre-cangrejo. Un paso adelante y tres atrás. Pero cuando quieres... ¡eres un pulpo!

—¡Espero volver a serlo muy pronto! Buenas noches.

—Alex, espera.

—¿Qué?

—¡No colguemos aún!

Alessandro se ríe.

—¡Ok!

—¿Cómo te ha ido el partido?

—Bien... ¡Hemos perdido!

—Entonces ¡te ha ido mal!

—No, no. No me gusta alterar mis costumbres.

—Entonces estáis todos cenando, como de costumbre.

—Sí, están todos ahí sentados, esperándome para pedir.

—¿Y tú has salido sólo para llamarme?

—Sí.

—¡Qué tierno! Venga, vete, cena al menos.

Se quedan un momento en silencio.

—¿Alex?

—¿Sí?

—Eso que estás pensando lo pienso yo también. —Y cuelga.

Alessandro sonríe, mira el móvil y se lo vuelve a meter en el bolsillo. Luego entra de nuevo en la pizzería. Pietro y Enrico dejan de beber su cerveza al verlo. Están preocupados, después sorprendidos. Ven que sonríe. Alessandro toma asiento.

—¿Qué? ¿Pedimos?

—Pero ¿cómo, no estás enfadado?

—Demonios, esa mujer es la rehostia. No sé lo que se habrá inventado, pero te ha sentado bien.

—¿Enfadado por qué? —Alessandro le birla la jarra a Pietro y da un largo trago, lleno de satisfacción.

Enrico mueve la cabeza.

—Prefieres no creernos, ¿eh? Y luego dices que el que ve visiones soy yo.

Alessandro coge también la jarra de Enrico y vuelve a beber. Luego se limpia la boca con la servilleta.

—Chicos, gracias a vosotros he llegado a una conclusión. El matrimonio es perjudicial. Lo vuelve a uno receloso. Hace que las cosas se vean distorsionadas.

—Ahora sé por qué te resistes... Bueno, nosotros también hemos llegado a una conclusión. —Pietro se frota las manos—. Ya sabemos qué favor pedirte.

Setenta y seis

Al día siguiente. Viale Regina Margherita. Alessandro los mira y sacude la cabeza.

—Hubiese esperado cualquier cosa menos este tipo de favor.

Enrico y Pietro caminan divertidos junto a Alessandro, cogiéndolo del brazo.

—Tienes que disculparnos, ¿eh? Tú te diviertes como un loco, rejuveneces, mira... —Pietro le pone una mano en el estómago—, debes de haber perdido dos kilos, ves películas porno como hacíamos cuando teníamos veinte años. Y nosotros, ¿qué? ¿Nada? ¿Quieres dejarnos al margen?

Alessandro se suelta del brazo de Pietro.

—Muy bien. En primer lugar, no he visto ninguna película porno con Niki. Segundo: me habéis preparado una encerrona pidiéndome un favor que... —Alessandro pone voz Marlon Brando— no puedo rechazar. Tercero, y muy probablemente lo más importante —Alessandro los mira a ambos—, a lo mejor no os acordáis, pero entre vosotros y yo existe una pequeña diferencia: ¡vosotros estáis casados! —Después continúa, dirigiéndose sobre todo a Enrico—. El matrimonio es como una flor. Uno tiene que ocuparse de él cada día, cuidarlo, cultivarlo, dedicarle amor, alimentarlo...

—Mira por dónde, en eso estoy de acuerdo contigo. —Enrico asiente con la cabeza—. Y por eso mismo me gustaría saber cuándo tendremos una respuesta.

—¡Tú ni siquiera esperas a saber la verdad y ya te comportas así!

—¿Qué tiene que ver?, esto es un juego.

Pietro, que no sabe nada, intenta averiguar algo más.

—Perdonad, ¿me lo podéis explicar? Me he perdido.

Enrico mira a Alessandro.

—En realidad, no hay nada que explicar.

Alessandro intenta echarle tierra al asunto.

—Sí, no es nada. No te preocupes, Pietro, es algo entre nosotros.

Pietro se encoge de hombros.

—Vale, como queráis.

Alessandro se detiene frente al restaurante.

—Ya conocéis las reglas, ¿eh?

—¿De qué reglas hablas? Esto es como una cita a ciegas. Lo que sea, será.

—Pero Pietro, ¿estás de guasa? ¿Y en qué lugar me dejas a mí?

—*À la guerre comme à la guerre.* —Y Pietro se mete a toda velocidad en el restaurante. Un local blanco, diáfano, completamente nuevo. El Panda.

—Pero ¿será gilipollas? Maldita sea, tenía que haber retirado mi palabra. Entremos, Enrico. Como tú no me eches una mano, me voy a cabrear en serio, que lo sepas.

Enrico sonríe.

—Sabes perfectamente que yo sólo he venido por divertirme. Me gustaría estar en otro lado.

—Vale, veamos qué se le ocurre a ese anormal.

Pietro está ya en la barra. Tiene abierta una botella de champán y la está sirviendo en varias copas.

—¿Tú has visto eso...? —Alessandro intenta darle alcance, pero demasiado tarde. Pietro ha desaparecido ya al fondo del salón.

—Aquí estoy. No podía presentarme con las manos vacías.

Enrico y Alessandro llegan en seguida. Pietro se mueve con elegancia alrededor de la mesa.

—Toma. —Y pasa una copa—. Toma tú también. ¡Y ahora, un brindis! ¡Por Niki y sus amigas!

Niki levanta su copa.

—Bien. Ella es Diletta.

—¡Hola!

—Ella es Erica.

—Encantado.

—¡Y por último, ésta es Olly!

Pietro pasa la última copa. Luego se detiene en Olly, que le saluda con una amplia sonrisa.

—Hola...

—Hola.

Pietro se vuelve divertido, eufórico sólo de imaginar lo que sucederá.

—Éstos son mis amigos. Él es Enrico...

Enrico levanta una mano, un poco azorado.

—¿Qué tal?

—Él es Alex. —Pietro sonríe y luego mira a Niki—. Una de vosotras lo conoce bien. Incluso demasiado bien. Hasta me lo ha hecho adelgazar. No sé las demás.

Niki no se la deja pasar.

—Las demás nunca lo conocerán tan bien.

—¡Es cierto! Tienes toda la razón... —Pietro levanta su copa—. Brindemos entonces. Porque la amistad nunca sea traicionada.

Todos levantan sus copas.

—Y, en cualquier caso, por todas esas traiciones que hacen que los amigos sean aún más amigos.

Las chicas se miran sin entender del todo. Olly se encoge de hombros.

—Bah, a mí me mola. —Y choca divertida su copa con la de Pietro. Los demás también brindan.

—¡Chin chin!

Un camarero se acerca a Pietro.

—Señor, la mesa está preparada tal como usted me pidió.

—Perfecto.

Pietro se saca del bolsillo de la chaqueta un billete de veinte euros y se lo pasa por detrás, con la mano cerrada, para que los demás no lo vean.

—Señores, por favor, la comida nos aguarda.

Y todos lo siguen hacia un reservado que hay al fondo del restaurante.

Niki se acerca a Alessandro y lo coge del brazo.

—¡Eh, esta idea me gusta cantidad, es muy divertida! Has sido muy amable.

Él le sonríe y apoya su mano en la de ella.

—¿En serio te gusta? Cuando te lo pedí pensaba que te enfadarías.

—Pues no, todo lo contrario. Si me presentas a tus amigos, quiere decir que estás tranquilo, que estás bien conmigo.

—Pues claro.

—Y además me alegra que conozcan también a mis amigas. Así, al menos, cuando hagamos una cena en casa podrán venir ellas también y todos nos sentiremos a nuestras anchas.

—Por supuesto que sí. ¡Las que se pondrán de lo más contentas son las esposas de mis amigos!

—No veo qué problema hay. Las invitamos a ellas también, ¿no?

—¿Con tus amigas? ¿Sabes lo que pasaría? Los dos policías de costumbre vendrían a buscarnos por la carnicería que se iba a armar en el edificio. Eso por no hablar del vecino, que al oír los disparos empezaría a disparar también él directamente desde su terraza.

—¿Tú crees?

—Esperemos que esto se acabe rápido.

—Ok, y recuerda que me debes un favor.

—No me he olvidado.

—Ese favor está en un cofre cerrado, ¿te acuerdas?

—Que nosotros abriremos —dice Alessandro moviendo la cabeza—. Tengo que empezar a dejar de hacer favores con tanta facilidad.

—Venid, sólo faltáis vosotros.

Pietro golpea con la mano el respaldo de una silla. Ha reservado dos asientos juntos para Alessandro y Niki.

—A ver, peña. Aquí se come de maravilla, cocina mediterránea. Taquitos de queso acompañados con miel de los más diversos aromas o frutas, que combinan a la perfección con los embutidos. O bien una ensalada de naranja, peras y nueces con pedacitos de carne a la chateaubriand. En resumen, todo lo que puede inspirar y animar el aspecto erótico. De modo que, hoy le tocaría invitar a quien últimamente lo haya hecho en el lugar más extraño. —Pietro mira a Alessandro—. Y yo diría que te toca a ti. ¿Estás de acuerdo, chico de los jazmines?

Alessandro se queda boquiabierto. Niki se vuelve de golpe hacia Erica.

—¡No me lo puedo creer, Erica!

—Olly nos vio hablar y me preguntó qué es lo que me habías contado... Y yo, pues...

Olly abre de inmediato los brazos.

—¿Qué tiene de malo? ¡Pietro sólo me ha preguntado si conocía algún detalle vuestro privado! ¡Me ha parecido divertido! Y además es un amigo, ¿no?

Alessandro mueve la cabeza. Luego coge la copa de champán.

—Sí, claro, ¡el amigo del jaguar! —Y se la toma de un trago.

Diletta mira a su alrededor, un poco desconcertada.

—¿De qué va eso del «chico de los jazmines»?

Alessandro coge una carta y la abre.

—Vale, escoged lo que queráis y comed hasta reventar. ¡Pago yo con tal de que se hable de otra cosa! —Luego le sonríe a Niki—. Queridas, dulces, frescas... ¡Olas, silenciosas!

Y así siguen, pidiendo platos, riéndose, Alessandro y sus amigos retrocediendo al pasado, Niki y sus amigas creciendo de golpe. Y luego, todos juntos en el presente. Mundos y edades confrontados.

—¿Y vosotros vais a discotecas?

—¡Continuamente!

—¡Mentirosos!

—Fuimos al Goa cuando la fiesta de Giorgia.

—Es verdad, por sus cuarenta.

—Qué triste...

—Sí, sus primeros y últimos cuarenta años.

Diletta interviene.

—De todos modos, hay quien ya puede ser viejo a los dieciocho.

—Puede, pero yo pienso seguir siendo una niña a los sesenta. —Olly ríe.

—Además, ¿qué importancia tiene la edad? La edad no cuenta.

—Eso es muy cierto. En esta mesa tenemos un buen ejemplo. ¡Una pareja perfecta: la de los jazmines, ¿o no?!

—¡He dicho que pagaría yo a condición de que no se hablase más de ello!

Y siguen. Champán. Platos suculentos, fríos, a base de pescado crudo, ensalada templada de frutos de mar.

—¿Y el mundo del trabajo es como el de la escuela?

—Hay una sola diferencia: te examinan igual, pero te pagan.

—Guay. Al menos compensa.

—A menos que te suspendan. Entonces no puedes repetir en setiembre y te dejan de pagar.

—Dramático...

—Pues sí.

—A mí me gustaría ser ya mayor sólo por tener un hijo.

Pietro sonríe.

—Querida Diletta, también yo pensaba lo mismo, luego tuve dos. Ahora me quedo callado, y ellos hablan por todos...

Enrico suspira.

—En cambio, yo todavía no tengo ninguno, y es algo que me gustaría muchísimo.

Diletta lo mira y sonríe.

—¿Lo ves? Hay cosas que son hermosas, independientemente de la edad.

Niki mastica un trozo de pan.

—Sí, como el amor.

Pietro se acaba su copa.

—¡O como el sexo! ¡O mejor dicho, el deseo de hacerlo! En realidad, mejora cuando maduras. Como una botella de vino... Cuanto más añejo, mejor.

—Sí, pero entonces te cuesta una pasta.

—¿El vino o el sexo?

—En ciertos casos, ambos.

Diletta muerde un trozo de pan y moja otro en la salsa de unos mejillones a la pimienta.

—En cualquier caso, al hombre te lo tienes que buscar maduro, al menos ésa es mi opinión.

Pietro levanta la mano.

—¡Estupendo! ¡Yo soy supermaduro!

—Y supercasado...

—Mejor así, ¿no crees? Puedes probarme sin riesgo alguno. No te aflijo, no te estreso, no te llamo continuamente para saber dónde estás, no te fastidio obsesionándome... Además, si las cosas no marchan entre nosotros, no hay que recurrir al divorcio. Vaya, que todo son ventajas. Soy el hombre ideal.

—Bah, no eres tan maduro, a juzgar por cómo hablas... No me convienes, independientemente de que estés o no casado. Uno no es maduro sólo porque haya alcanzado una cierta edad, sino por cómo se comporta. Yo, sin ir más lejos, tengo a uno que me corteja. Sólo tiene veinte años, pero es más maduro que todos vosotros.

—Pobrecillo, eso quiere decir que no sabe disfrutar de la vida.

Niki la mira.

—¿Quién es, Filippo?

—Sí.

—¿Y por qué no te lías con él?

—Por el momento no tengo ganas de pensar en eso, ¿qué prisa hay?

Olly se come un mejillón. Luego se chupa los dedos.

—En mi opinión, ese tipo... Filippo... no está mal, pero me parece que es un poco monótono. Por cómo se viste, por lo que dice. Es como metódico.

Pietro mira a Enrico.

—Como Flavio.

—¿Quién es?

—Un amigo nuestro metódico.

—A propósito, ya se recuperó de lo de ayer.

—Ah, qué bien.

—Pero no se recupera de la vida. Su mujer lo tiene sometido, pasivo y preso.

—Pobrecillo. —Olly se ríe—. ¿Por qué no lo habéis traído? ¡A lo mejor lo salvaba yo!

—No, Olly, no puede salir.

—¿Del trabajo?

—No, de la cárcel.

—¿Está en la trena?

—Sí, en la Regina-Cristina-Coeli.

—Pobrecillo, en serio.

—Sí, pobrecillo. Gana bastante, pero invierte mal.

—Hay que saber invertir en la propia felicidad.

Niki apoya la cabeza en el hombro de Alessandro.

—Lo dice hasta Ligabue... «¿Y qué interés crees que te dará la vida que no gastes?». De hecho, mi Alessandro no lo dudó un momento. ¡En cuanto me vio se me echó encima!

Olly resopla y se sirve otra copa.

—Dios mío, qué almibarada resulta la familia Jazmines. Pobres de nosotras. Nuestra jefa perdida en un mar de melaza. ¡Viva el champán y la libertad hecha de burbujas, como diría Vasco Rossi! ¡Coca, casa e iglesia!

Pietro la mira.

—Esa canción es una maravilla. A tu edad, yo también la escuchaba. —Y apoya su mano en la de ella. Olly no la retira.

Enrico se da cuenta. Olly le sonríe a Pietro.

—¿Cómo? ¡¿Ahora ya has crecido?!

—No. —Coge la copa y la choca con la de Olly—. Brindemos por el tipo de treinta y nueve años más inmaduro que pueda existir. —Le sonríe y le guiña un ojo.

—A propósito —Erica los mira a todos—, hace unos días, leí un artículo en Internet. Decía que vuestra generación es la de los *middlescent*. O sea, que vais en moto, mandáis un montón de mensajes con el móvil, os vestís a la moda, habláis en plan colega. ¿Por qué creéis que os comportáis de esa manera?

Enrico reflexiona un momento.

—Por la inquietud que sentimos en el fondo.

Diletta sonríe.

—¡Como la de Pessoa!

Enrico le sonríe.

—Sí, pero la nuestra es más simple. Soñábamos con el amor, lo perseguimos, lo encontramos, y luego acabamos perdiéndolo. Día tras día, pensando que lo bueno estaba aún por llegar, esperando... y sin darnos cuenta acabamos perdidos en el presente.

Diletta lo mira suspicaz.

—¿En serio se vuelve uno así?

—Yo no soy así.

Enrico mira a Alessandro.

—¿De modo que no eres así? Sólo porque no tienes moto, porque no haces todo lo que ha dicho Erica. En cambio hay millones como tú...

—¿Qué quieres decir?

—Gente que no le hace frente a la vida. Que no crece. Dejan pasar el tiempo, trabajan sólo para distraerse. Y sin saber ni cómo, un día descubren que ya han cumplido los cuarenta.

Niki se abraza a Alessandro.

—Yo he taponado su clepsidra.

Erica toma su primer sorbo de champán.

—Yo soy abstemia, pero hoy he decidido emborracharme.

—¿Y eso por qué?

—Por Giorgio, mi novio. Tiene sólo veinte años, pero ya es así.

—¿Y por qué no lo dejas?

—No puedo. Es muy bueno.

—Te advierto que llegará un momento en que mirarás tu vida, la habrás visto pasar y te preguntarás dónde estuviste todo ese tiempo.

—¡A menos que Giorgio, al ver que te estás despertando, te deje embarazada! —exclama Pietro, momentáneamente atento, después de haberse eclipsado un poco con Olly al fondo de la mesa.

Enrico se ríe.

—Ya, justo lo que hizo Cristina con Flavio. Que sólo lo vemos en los partidos de futbito, y ni siquiera se queda después a cenar.

—Bueno —Pietro se levanta, —me parece un análisis cruel y despiadado de unos años que en realidad tuvieron su gracia. Como la cultura, las experiencias, los viajes que hicimos. De modo que... ¡me voy! Adiós.

Olly también se levanta y se acerca a Pietro.

—Adiós, chicas, hablamos después.

Alessandro se queda petrificado al verlos salir del local.

—Eh, ¿adónde vais? —Luego sonríe, ligeramente preocupado—. Pietro...

—Tranquilo, sólo vamos a dar una vuelta en su ciclomotor. Hace veinte años que no me monto en uno, que no siento ese escalofrío que te produce el viento de cara. Cada día salgo por la mañana en mi monovolumen porque primero tengo que llevar a los niños al colegio. Por la noche tampoco por que si no, en moto, a mi mujer se le estropearía el peinado... ¡Y hoy habéis hecho que me vengan ganas! ¿Vale? ¿O es que no me puedo regalar un simple e inocente paseo en moto por mi ciudad? ¿Te parece excesivo? Además, Olly ya es mayor de edad, ella sabrá lo que hace, ¿no?

Y mientras lo dice, la coge de la mano y salen del reservado. Una vez fuera de la vista de los demás, Pietro se detiene en la barra.

—¿Me da la cuenta, por favor? —Y sonríe—. Me han hecho este regalo... —y mira a Olly con intensidad—, es lo mínimo que puedo hacer.

Olly se apoya lánguidamente en la barra.

—¿Ya sabes cómo conduzco?

—No, pero me lo imagino. Como me imagino el resto.

—No lo creo... —Olly sonríe con picardía—. Es imposible que tengas tanta imaginación.

Y por un instante Pietro se vuelve a sentir joven, confuso, ligeramente inseguro. No sabe bien qué hacer. Qué decir. No encuentra su habitual respuesta rápida, irónica, cínica. Pero está excitado. Y mucho. Excitado como nunca. Paga de prisa, con su tarjeta de crédito. Coge el resguardo, se guarda el billetero en el bolsillo y se lleva a Olly hacia la salida. Abre galante la puerta del restaurante. La deja pasar. Fuera, en la calle, hasta el tráfico parece silencioso.

—Voy a buscar el ciclomotor y vuelvo. —Olly se aleja contoneándose divertida, más mujer de lo habitual ahora. Pietro se queda mirándola. Da un largo suspiro. Se saca del bolsillo de la chaqueta un paquete de cigarrillos. Coge uno. Se lo mete en la boca torcido, caído. Aspira y el cigarrillo se coloca en su lugar de golpe. Lo enciende. Da una calada larga, plena, degustando hasta el fondo, saboreando ese momento de imprevista libertad. Sin tiempo, sin meta, sin prisa. Ahhh. Hasta el cigarrillo sabe mejor que de costumbre. Olly llega con su ciclomotor y se detiene frente a él. Tiene otro casco apoyado entre las piernas. Se inclina para cogerlo, pero lo hace lentamente. Y una sonrisa. Una broma. Una mirada. Y esa mano, y ese casco entre las piernas. Y otra sonrisa, convertida en promesa. Pero de repente se oye una voz.

—¡Pietro! ¿Eres tú? Me ha parecido ver tu coche.

Susanna y sus dos hijos están ante él. Lorenzo sonríe, está hecho todo un hombrecito para su edad.

—¡Hola, papá!

Carolina también lo saluda, más decidida. Pero es natural, tiene ya trece años. Pietro se acerca en seguida a Susanna y la besa en los labios.

—¡Hola! ¡Qué sorpresa! —Alborota un poco el pelo de Lorenzo. Luego besa rápidamente a Carolina que, rebelde, no le ofrece demasiado tiempo la mejilla. Olly observa la escena en silencio. Pietro se incorpora de nuevo. Ha recuperado su seguridad.

—¡Qué sorpresa tan agradable... en serio! —Entonces se vuelve hacia Olly—. Ah, sí, disculpe... —Señala la calle—. Como le decía, siga adelante, en el próximo semáforo gire a la derecha y todo recto llegará a via Veneto.

Olly arranca su ciclomotor y se va, sin dar las gracias. Pietro la mira mientras se aleja. Mueve la cabeza.

—¡Es increíble! Parece que te hagan un favor. Les indicas el camino y ni siquiera te dan las gracias. Bah, los jóvenes de hoy...

Susanna sonríe.

—También tú eras así entonces... Qué digo, ¡eras mucho peor! De joven ser educado está casi mal visto. ¿Te acuerdas de lo que hacías? Preguntabas una dirección y a la que lo tenías más o menos claro, arrancabas de golpe sin esperar a que el otro acabase de explicártelo.

—¡Anda que no ha llovido desde entonces! ¿Qué hacéis por aquí?

—Hemos ido a ver a la abuela. Ha venido también mi hermana, pero tenía que irse temprano, de manera que pensábamos ir a casa dando un paseo. ¿Y tú? —Susanna señala hacia el restaurante.

—Estaba comiendo con Enrico y con Alex.

—¿En serio? Hace tiempo que no veo a Alex. Voy a entrar, así por lo menos lo saludo.

—Pues claro. —Sólo que, en ese momento, Pietro piensa en toda la mesa. Sobre todo en las tres comensales jovencísimas; demasiado parecidas a la que acaba de irse en su ciclomotor—. No, mira, Susanna, es mejor que no lo hagas. Hemos salido a comer porque tenía ganas de hablar. Está mal, ¿sabes?, echa de menos a Elena. Y si ahora te ve a ti, a nosotros, una pareja, vaya, y encima con Lorenzo, Carolina, nuestros hijos... una familia, todo lo que él hubiese deseado tener.

— Tienes razón. No lo había pensado. —Susanna le sonríe—. Qué bueno eres.

—¿Por qué?

—Porque eres sensible.

—Bah. ¡Venga que os llevo a casa! Rápido, que luego tengo que volver a la oficina.

Se montan todos en el coche. Pietro arranca.

Olly está parada en la esquina. Ha seguido toda la escena desde lejos. Vuelve atrás, aparca el ciclomotor y entra de nuevo en el restaurante.

—¡Eh, mirad quién es!

—¿Qué ha ocurrido? ¿Ya os habéis peleado?

Alessandro se vuelve preocupado hacia Enrico.

—Debe de haber intentado algo en cuanto salió.

—No seas tan mal pensado.

Niki se acerca a Olly.

—¿Y bien? ¿Se puede saber qué ha pasado?

—Se ha acordado de que estaba casado.

—¿Cómo? ¿Qué te ha dicho?

—Nada... Me ha indicado la dirección para ir a via Veneto. Primero a la derecha y luego todo recto.

—¡Qué bruto!

—¡Es mentira! Ha preferido acompañar a casa a su mujer y a los niños.

—¡¿Qué?! —Alessandro casi se cae de la silla—. ¿Susanna estaba ahí fuera?

Olly asiente con la cabeza. Enrico también palidece.

—Dios mío, imagina que hubiese entrado y nos hubiese visto así. Comiendo con tres chicas de diecisiete años.

Diletta levanta la mano.

—Yo ya tengo dieciocho.

—¡Y yo también!

—Y yo. La única que tiene diecisiete es Niki.

—No creo que para Susanna hubiese mucha diferencia. Ni tampoco para mi mujer. Si llegara a enterarse.

Justo en ese momento, suena el móvil de Alessandro. Lo saca de la chaqueta. Mira la pantalla, pero no reconoce el número.

—¿Sí? ¿Quién es...? Ah, sí, descuide. —Alessandro escucha lo que le dicen por teléfono—. Sí, perfecto, gracias. —Y cuelga. Vuelve a guardarse el teléfono en el bolsillo y mira a Enrico—. Ya están listas las fotos que me pediste. Puedo pasar a buscarlas mañana.

Enrico se sirve un poco de champán. Se lo bebe de un solo trago. Deja la copa en la mesa y mira a Alessandro. Qué suerte que Susanna no haya entrado en el restaurante. Susanna no ha descubierto nada. No sabe nada todavía. En cambio, Enrico, al día siguiente lo sabrá todo. Pero ¿qué es todo?

Setenta y siete

Un poco después. Por la tarde. Un sol alegre entra por la ventana del despacho. Alessandro está sentado en su sillón. Mañana iré solo a buscar las fotos. Enrico me ha dado el dinero. No se ve con fuerzas para venir conmigo. No quiere enfrentarse con la mirada del investigador privado. Ya. ¿Cómo lo habría mirado Tony Costa? ¿Habría sonreído? ¿Habría hecho como si nada? Él lo ha visto todo. Lo sabe todo. No alberga duda alguna. Y, por encima de todo, tiene las fotos.

—Alex, Leo quiere verte en su despacho. —La secretaria pasa corriendo junto a él cargada de carpetas.

—¿Sabes qué quiere?

—A ti.

Alessandro se estira la chaqueta. Mira su reloj. 15.30. Bien, ha sido una comida de trabajo. Sí, vaya, trabajo, tenía que saldar una deuda. Y ahora he contraído otra con Niki por haber traído a sus amigas. Mejor no se lo recuerdo. El problema es que, como decía Benjamin Franklin, los acreedores tienen mejor memoria que los deudores.

Alessandro llama a la puerta.

—¡Adelante!

—Con permiso.

La peor sorpresa que hubiese podido imaginar está cómodamente sentada en el sofá de su director. Tiene un café en la mano y sonríe.

—Hola, Alex.

—Hola, Marcello.

En un instante, Alessandro lo entiende todo. Los japoneses han respondido. Y no les ha gustado. Es como decir: Lugano.

—¿Quieres también tú un café?

Alessandro sonríe, intentando aparentar tranquilidad.

—Sí, gracias. —No hay que perder jamás el control. Concentrarse en pensamientos positivos. No existen los fracasos, tan sólo oportunidades de aprender algo nuevo.

—Por favor, ¿me trae otro café? Y un poco de leche fría aparte. —Leonardo sonríe y apaga el interfono—. Siéntate.

Alessandro lo hace. Está incómodo en ese sofá. Se ha acordado de la leche. Pero quizá se haya olvidado de golpe de todos mis éxitos anteriores. De lo contrario, ¿por qué iba a ponerme de nuevo frente a este *copywriter* irritante y falso?

Leonardo se apoltrona en su sillón.

—Bueno, os he llamado porque, desgraciadamente...

Alessandro gira ligeramente la cabeza.

—... la partida vuelve a estar abierta. Alex, tus espléndidas ideas no han sido aceptadas.

Marcello lo mira y sonríe, fingiendo sentirse apenado. Alessandro evita su mirada.

Llaman a la puerta.

—¡Adelante!

Entra la secretaria con el café. Lo deja en la mesa y sale. Alessandro coge su vasito y le añade un poco de leche. Pero antes de bebérselo, mira con seguridad a Leonardo.

—¿Puedo saber por qué?

—Por supuesto. —Leonardo se echa hacia atrás y se apoya en el respaldo—. Les ha parecido un óptimo trabajo. Pero, allí, ya otros han hecho productos de ese tipo, ligados a la fantasía. Ya sabes que Japón es la patria del manga y de las criaturas fantásticas alejadas de la realidad. Pero lo cierto es que, lamentablemente, esos productos no funcionaron. Han dicho que éste no es momento para sueños extremos. Es el momento de soñar con realismo.

Alessandro se termina su café y lo deja sobre la mesa.

—Soñar con realismo...

Leonardo se pone en pie y empieza a caminar por la habitación.

–Sí, necesitamos sueños. Pero sueños en los que podamos creer. Una chica subida en un columpio sujeto de las nubes o que hace surf entre las estrellas en la ola azul del cielo es un sueño increíble. No nos lo podemos creer. Rechazamos ese tipo de sueño. Y, en consecuencia, también el producto. –Leonardo se vuelve a sentar–. ¿Qué queréis?, son japoneses. Inventad un sueño para ellos que sean capaces de creerse. –Leonardo se pone serio de repente–. Un mes. Tenéis un mes para hacerlo. De lo contrario, nos dejarán definitivamente fuera.

Marcello se levanta del sofá.

–Bien, en ese caso me parece que no hay tiempo que perder. Vuelvo con mi equipo.

Alessandro también se levanta.

Leonardo los acompaña hasta la puerta.

–Bien, buen trabajo, chicos. ¡Que soñéis bien... y mucho!

Marcello se detiene en la puerta.

–Como dijo Pascoli en sus *Poemas conviviales*, de 1904, «el Sueño es la sombra infinita de la Verdad».

Leonardo lo mira complacido. Alessandro busca entre sus libros mentales intentando encontrar algo impactante para hacerse notar también él. Rápido, Alex. Rápido, demonios. Pascoli, Pascoli, ¿qué dijo Pascoli? «El que reza es santo, pero más santo es el que obra.» ¿Y eso qué tiene que ver? «Lo nuevo no se inventa: se descubre.» Hummm, un poco mejor. Pero ¿cómo voy a citar su misma fuente? Necesitaría otra. No sé, Oscar Wilde suele funcionar. Pero en este momento sólo se me ocurre aquella suya que dice: «En ocasiones es preferible callarse y parecer estúpidos que abrir la boca y disipar cualquier duda al respecto.» No estoy diciendo nada. Y Leonardo me está mirando. Ya está. Ya lo tengo. Una elección extraña pero atrevida. O eso creo.

–Ejem, sabes que los grandes sueños nunca mueren en nosotros, del mismo modo que las nubes regresan tarde o temprano, dime que al menos tú llevarás un sueño en tus ojos.

Leonardo le sonríe.

–¿De quién es? No conozco a ese poeta.

454   **Federico Moccia**

—Es de Laura Pausini.

Leonardo se lo piensa un momento. Luego sonríe y le da una palmada en la espalda.

—Bravo, muy bien. Un sueño nacionalpopular. Ojalá. Eso es lo que nos haría falta. —Y cierra la puerta dejándolos a solas.

Marcello lo mira.

—¿Sabes?, es extraño. Ya casi me había hecho a la idea. Aunque hubiese perdido, digamos que me parecía que estaba más cercano a ti. No sé... Había entendido aquella frase de Fitzgerald: «Los vencedores pertenecen a los vencidos.»

—¿De veras? Bueno, en lo que a mí respecta, te dejaría libre con mucho gusto.

Marcello sonríe.

—Tenemos tantas cosas en común, Alex, ya te lo dije. Y ahora nos toca volver a soñar juntos.

—No, juntos no, en contra. Y yo seré tu pesadilla. No te molestes en buscarla, es de *Rambo*.

Setenta y ocho

Rione Monti. Alessandro conduce tranquilo. Calles estrechas, edificios altos de épocas variadas, desconchados en las paredes de antiguos talleres artesanos. El Mercedes pasa junto al Coliseo, luego por las antiguas termas y mercados. La antigua Suburra. Niki tiene los pies en el salpicadero. Alessandro la mira.

Niki está que trina.

—Oye, no me digas nada de los pies. Es lo mínimo. Estoy decepcionada, herida. ¿Será posible que a los japoneses esos no les hayan gustado mis ideas? Eso hace que una se sienta incomprendida. ¡Todavía tengo que hacer la Selectividad y ya me han suspendido en lenguas orientales! Es un contrasentido, ¿no?

—Lo que me parece un contrasentido es que, con todo lo que tengo encima, esté ahora aquí contigo.

Al llegar a la confluencia de via Nazionale, via Cavour y los Foros, Niki baja los pies.

—¡Confía en mí! ¡Es un sitio muy guay! A lo mejor se nos ocurre algo y empezamos a trabajar. Venga, aparca, hay ahí un sitio.

—Ahí no entro.

—Claro que sí.

Niki se baja rápidamente y aparta un poco un ciclomotor. Lo balancea sobre el caballete, a uno y otro lado, hasta que consigue moverlo.

—Venga, que sí que cabes...

Alessandro maniobra con dificultad. Al final se da un golpe atrás. Se baja y mira el parachoques.

—Bah, cuando lo lleves al taller arreglas eso también. ¡Vamos! —Y lo arrastra de la mano hacia una antigua escalinata, a la oscuridad de una pequeña iglesia.

—¿Dónde estamos?

—¿No has oído hablar de las TAZ, o zonas temporalmente autónomas? ¿De centros sociales? Bueno, pues éste es aún más raro. Pura subversión. Todo el mundo habla de él, ¿no has oído nada? —Atraviesan la iglesia y salen a un gran patio—. Ven —Niki sigue arrastrándolo.

Jóvenes de mil colores, vestidos de modos diversos, con las gorras con la visera hacia atrás, cazadoras verde militar, sudaderas largas con las mangas hechas jirones colgando, y camisetas de manga corta encima de otras de manga larga, camisas abiertas y también *piercings* y cadenas y pinchos extraños. Y aún más moda e inventiva y fantasía. Les llega un olor de carne a la brasa, varias salchichas dan vueltas dentro de enormes sartenes. Una parrilla está preparada para tostar un poco de pan. Un cartel improvisado indica unos precios asequibles. Un vaso de vino, una cerveza, una grappa casera.

—¿Qué quieres tomar?

—Una Coca-Cola.

—Venga, un poco de fantasía. ¡Aquí tienen de todo!

Una brisa ligera trae aromas de hierba y de alguna risa lejana. Alessandro huele el aire.

—Lo siento.

—Bien, yo me llevo un trozo de esa tarta de fruta y una grappa.

—Para mí un vodka.

—Ven, están tocando. ¿Sabías que de vez en cuando viene hasta Vinicio Capossela?

Junto al pequeño bar improvisado, un bajo, un guitarra y un batería, hábiles instrumentistas todos ellos, están improvisando un sonido a lo Sonic Youth. Un joven de voz ronca canta con un micrófono inalámbrico y subiendo los agudos, imita vagamente a Thom Yorke, el de los Radiohead. Pero resulta demasiado melódico, y más bien recuerda a Moby. El bajista, un rasta con un camisón a cuadros, le hace los coros. Delante de ellos, bailan dos chicas, divertidas. Se acercan, se rozan, casi se desafían a golpe de pelvis. Niki sigue el ritmo mientras se come su trozo de tarta. Luego le da un sorbo a su grappa.

—¡Madre mía, qué fuerte es! ¡Alcohol puro! —Y la deja sobre un viejo bidón que hay allí cerca—. Qué pasada esto, ¿no? Era una escuela... Todos éstos son potenciales consumidores de tu LaLuna...

—Ya...

—Aquí puedes robar sueños de todo tipo, sueños que, no obstante no mueren. Miedos, esperanzas, ilusiones, libertad. Los sueños no cuestan nada y nadie puede reprimirlos.

Alessandro sonríe y se toma su vodka. Luego mira a las dos chicas. Una lleva unos tejanos pintados con grandes flores, estilo años setenta. Parecen hechos a mano. La otra, un pequeño top de color claro anudado por debajo de los senos. Niki está limpiándose las manos en los pantalones cuando de repente alguien la coge de un brazo y la hace volverse a la fuerza.

—¡Ay! Pero ¿de qué vas?

—¿Qué estás haciendo aquí?

Es Fabio. Lleva una gorra de estilo marinero. Pantalones holgados y negros, Karl Kani, de talla enorme, y una camiseta deportiva Industriecologiche en la que se puede leer «Fabio Fobia». Y también sus «boots». El perfecto MC, o lo que es lo mismo, maestro de ceremonias. Detrás de él, Cencio, el *breaker* del grupo de Fabio, baila de un modo frenético en una competición de *freestyle* con otro chico, sin dejar de gritar.

—Hijos de la contracultura, sin miedo, sin miedo...

Fabio le aprieta con más fuerza el codo y la atrae hacia sí.

—¿Y bien, mi querida Boo?

—Pero ¿qué quieres? ¡Suéltame! Me estás haciendo daño.

—¿Quién es este Bama que está contigo? —Fabio mira a Alessandro, que se acaba de dar cuenta de la escena y se acerca con su vaso de vodka en la mano.

—¿Qué pasa?

—¿Y a ti qué cojones te importa, *bama*?

—¿*Bama*? ¿Y eso qué quiere decir?

—Quiere decir que no te enteras de una mierda y que te vistes fatal.

—Niki, ¿estás bien, todo en orden?

Pero Alessandro no tiene tiempo de acabar la pregunta. Fabio empuja con fuerza a Niki contra una pared. Después carga la derecha con todo su peso y golpea de lleno la mandíbula de Alessandro que, abatido por la rabia de aquel puñetazo, cae al suelo.

—Hala, vuelve ahora a hacer la pregunta y respóndetela tú solito... ¡Bobo de los cojones!

Cencio se da cuenta.

—¡Dabuten, bang, bang, bang!

Y pasando de todo y de todos, continúa bailando como un loco, metido totalmente en su desafío de *freestyle*.

Fabio Fobia escupe al suelo y se va. Desaparece veloz entre unos jóvenes que acuden asustados al ver a aquel tipo por el suelo. Niki también se le acerca. Se arrodilla a su lado.

—Alex, Alex ¿estás bien? ¡Traed un poco de agua, rápido! —Niki lo abofetea con suavidad para que recupere el sentido.

—Apartaos, apartaos, dejadme pasar. —Un chico joven se abre camino entre la gente y se arrodilla frente a Niki. Con el pulgar le abre a Alessandro un ojo, le sube el párpado. Mira a Niki con cara seria.

—¿Ha fumado demasiado? ¿Ha bebido? ¿Se ha tomado alguna pastilla?

—¡Qué va, un gilipollas le ha dado un puñetazo!

Llega alguien con un vaso de agua. Se lo da a Niki, que mete dentro las puntas de los dedos. Salpica a Alessandro en la cara y éste poco a poco se recupera.

—Ya está mejor. Gracias.

El joven suspira.

—Menos mal. Era mi primer paciente.

Una de las dos jóvenes que estaban bailando, se acerca con curiosidad.

—Disculpa, ¿tú eres médico?

—Bueno, aún no. Estoy en cuarto.

—Ah, lo decía porque siempre me duele aquí en el brazo cuando lo doblo.

—Déjame ver. —Y se alejan, inmersos a saber en qué futuro diagnóstico de un caso que en potencia podría ser también sentimental.

Alessandro se apoya en los codos y sacude la cabeza para recuperar la lucidez. Sigue aturdido.

—Madre mía qué hostia... —Se palpa la mandíbula—. Uf. Me duele una barbaridad.

Niki lo ayuda a levantarse.

—Sí, ese gilipollas golpea duro.

—¿Quién era?

—¡Mi ex!

—Vaya, sólo me faltaba eso...

Niki le pasa un brazo por la cintura. Lo ayuda mientras se alejan de decenas de jóvenes que ya muestran una indiferencia total por lo ocurrido.

—Hice bien en dejarlo.

—De eso no cabe duda. En cambio, yo todavía tengo que pensar si hice bien en liarme contigo. Desde que te conozco he destrozado mi coche, me han llenado de multas y, para colmo, ahora hasta me he llevado un puñetazo.

—Mira el lado positivo de la cuestión.

—Para serte sincero, en este momento no veo ninguno.

—Hemos venido en busca de sueños y, como siempre, tú has sido el afortunado: has visto las estrellas.

—Ja, ja, qué chiste más gracioso. ¿Sabes que había logrado cumplir los treinta y seis años sin llegar jamás a las manos?

—Qué aburrido. Pues mira, esto te faltaba. Una experiencia más.

Alessandro la abraza y sigue quejándose. Exagera incluso.

—De todos modos, está claro que, después de todo lo que me ha pasado, te sentirás culpable y me darás otra bonita idea, un sueño realista que me hará ganar con los japoneses.

—De eso puedes estar más que seguro.

Llegan al Mercedes. Niki aparta el brazo.

—Por el momento, te voy a llevar a casa, donde me gustaría medicarte un poco.

—¿Extracto de jazmín?

—No sólo. Hay también otros remedios... —Niki le sonríe—. ¿Conduzco yo?

—Sí, hombre, y así vamos directamente al hospital. ¡Trae para acá!

Alessandro le quita las llaves del coche de la mano y se sienta en el asiento del conductor. Niki se monta a su lado. Antes de arrancar, Alessandro la mira.

—Dime una cosa, ¿cuánto tiempo estuviste con él?

Niki sonríe.

—Probablemente demasiado. Pero ¡él tiene parte de culpa de que yo te guste tanto!

Y se van, en una noche apenas comenzada y con tantos sueños todavía por consumar.

Setenta y nueve

Una tarde, después de comer. Una de esas tardes tranquilas, sin demasiado tráfico, sin demasiados ruidos. Sin los preparativos para ningún partido importante. Aunque, en realidad, esa tarde vaya a resultar de todo menos tranquila.

—Ya me he ganado un puñetazo de tu ex, dime por qué tengo que correr más riesgos.

—Aquí no corres riesgos, Alex... ¡Al menos eso creo!

—¿Eso crees? Entonces dime qué va a cambiar, tanto si lo hago como si no.

Niki da un resoplido.

—¡Jo, mira que llegas a ser pesado! Dijiste que te podía pedir cualquier cosa, ¿no?

—Sí, pero no pensaba que fuese ese tipo de «cualquier cosa».

Niki se inclina hacia él y lo besa con ternura. Alessandro intenta apartarse.

—Te advierto que así no vas a poder comprarme.

—Bueno, yo te hice el favor de llevar a mis amigas a la comida. Y, además, ¿quién quiere comprarte? Prefiero un *leasing*. Así, si no funcionas, siempre puedo cambiarte por un modelo nuevo.

Alessandro se aparta y la mira con las cejas levantadas.

—Cariño, en serio, ¿corro el riesgo de que me zurren?

—¿Por qué, no te han zurrado ya?

—No.

—Entonces sí, corres ese riesgo; ellos lo intentarán.

—Ya veo. Vale, me voy. —Alessandro se baja del coche. Da la vuelta y se acerca a su ventanilla.

—Ah, por cierto, ¿Y tu amiga la dibujante?

—¿Olly?

—Sí, ésa. ¿Está trabajando?

—¿Trabajando en qué? Perdona, pero si no se nos ocurre ninguna idea, ¿sobre qué va a dibujar? Es muy buena dibujando, pero sólo tiene una idea en la cabeza y es fija.

—Ya veo. Mi amigo Pietro se libró de una buena.

—Mejor así. No sé por qué, me parece que nos hubiesen traído problemas a todos. Venga, vete ya, anda. —Niki mira su reloj—. Ya es tarde.

—Ok, ya voy.

Alessandro camina veloz, llega hasta el final de la calle y gira a la derecha. Niki lo ve desaparecer por la esquina. Pone un CD. *Greatest Hits*, Robbie Williams. Pista ocho. No por casualidad. «*I was her she was me, we were one we were free and if there's somebody calling me on...*» Demonios, cómo me gustaría estar allí. No logro imaginarme lo que pasará. Sube un poco el volumen. Bueno, por lo menos dejarán de hacerme todas esas preguntas. Luego intenta relajarse un poco. Y, como es natural, apoya los pies en el salpicadero.

Alessandro aminora un poco el paso. No me lo puedo creer. Pero ¿qué estoy haciendo? He perdido la cabeza de verdad. O sea... Tengo un problema bien concreto, entregarles otra propuesta a los japoneses. Ya han rechazado mis primeros proyectos. Ahora sólo me queda una segunda y última oportunidad. Y a todas estas, ¿yo qué hago? ¿Acaso dedico hasta el último minuto de mi vida antes de que se cumpla el plazo a buscar ideas? No. Me voy a comer con ella, la chica de los jazmines, una hermosísima chica de diecisiete años con la que hace más de un mes que salgo, y con sus tres amigas. ¿Y qué es lo que tengo que hacer ahora a cambio de aquel favor? La cosa más absurda de mi vida. Vamos, es que no me lo creo. No lo hice ni siquiera después de dos años de estar con Elena. Pero Niki me lo ha pedido por favor. Alessandro casi ha llegado al portal. No. No puedo hacerlo. Me vuelvo por donde he venido. No puedo. Sólo de decir la frase ya me he puesto malo.

«Está bien, Niki, iré a conocer a tus padres.»

«¡Gracias! Qué feliz me haces. No por nada, pero de esa manera me dejarán salir contigo con más libertad.»

Bueno, yo creo que más bien se lo prohibirán del todo. Alessandro lee el apellido en el timbre. Cavalli. Socorro. Ayuda. Me vuelvo al coche. Sí, ¿y después qué? ¿Qué dirá Niki? «Ya estamos. Lo sabía. ¿Y tú te haces el maduro? Tú eres más niño que yo. Pero ¿qué pasa porque hables con mis padres? Yo hablaría con los tuyos ya mismo.» Bueno, siempre puedo decir que no había nadie. Alessandro está parado frente a los timbres cuando de repente sale un hombre del portal. Alto, musculoso, bien vestido. Lleva un maletín en la mano, una manzana en la boca y se diría que mucha prisa.

—¿Se la dejo abierta?

—Sí, gracias.

El señor aguanta un momento la puerta con el brazo para que pase. Alessandro entra en el vestíbulo. Silencio. Sube la escalera del primer piso. Y lee en una puerta: «Interior 2. Cavalli.» Es aquí. No tengo escapatoria. Tengo que hacerlo. Acerca la mano al timbre. Cierra los ojos... Y llama.

—¡Ya voy! —Una voz aguda llega desde detrás de la puerta—. Aquí estoy. —Una mujer muy bella, con una pinza en la boca y las manos en el pelo, abre la puerta. Sonríe.

—Disculpe... —Se saca la pinza de la boca, y con gran habilidad, se sujeta el pelo con ella—. ¡Ya está! ¡Disculpe de nuevo! Es que empieza a hacer calor, y es mejor tener el pelo recogido.

—Buenos días.

—Oh, disculpe, pase, por favor. Lo lamento, pero mi marido se ha tenido que ir. —Simona lo hace pasar y cierra la puerta a sus espaldas—. Se deben de haber cruzado en el portal. Salía a toda prisa.

—Ah, sí. —Alessandro piensa en el hombre con el que se acaba de cruzar en el portal. Un hombre atractivo, alto, elegante y, sobre todo, musculoso.

—Nos hemos visto, pero no he tenido ni tiempo de saludarlo.

—No hay problema. Ya me han avisado de todo. ¿Quiere un café? Está recién hecho. Por favor, tome asiento.

Alessandro mira un momento a su alrededor. Un piso bonito, pintado con colores cálidos. Algún cuadro de trazos esenciales, muebles claros, situados de manera que el espacio no resulte cargado. Se sienta en un sofá.

—Sí, gracias, con mucho gusto.

Ya me han avisado... ¿Avisado de qué? ¡Esta Niki! Eso es que se lo ha dicho ya. Todo será más fácil. De alguna manera, ya me deben de haber aceptado. Sólo quieren saber quién soy, sí, vaya, saber «quién es ese adulto que sale con nuestra hija». Simona regresa con una bandeja en la que trae dos tacitas de café y el azucarero. Hay también dos pequeñas chocolatinas y una jarrita de leche. Lo deja todo en la mesita baja que queda frente a Alessandro.

—Parezco distraída, pero siempre me ha gustado estar al tanto de lo que ocurre en nuestra casa.

—Ya. —Alessandro coge su taza y bebe.

—¿Lo toma sin azúcar?

—Sí, para mí es el auténtico sabor.

—Mi marido también lo dice. Pero usted viene sin maletín.

—Sí, prácticamente me he escapado de la oficina. No dispongo de mucho tiempo. Pero tenía ganas de conocerles. Todavía no nos hemos presentado como es debido. —Se pone en pie—. Encantado. Alessandro Belli.

Simona esboza una sonrisa preciosa.

—Encantada. —Y le da la mano.

Es muy guapa. Como Niki. Dos mujeres hermosísimas de edades diferentes. Pero Alessandro no alberga duda alguna a propósito de a quién prefiere.

Simona se sienta frente a él.

—También yo estoy encantada de conocerle. Antes que nada me gustaría decirle algo. Podrían resultarle de utilidad. Tengo treinta y nueve años. Tuve a mi hija muy joven y me hace muy feliz que esté aquí. Yo quiero muchísimo a mi hija.

A Alessandro le encantaría poder decir «Yo también», pero comprende que ése no es el momento apropiado.

—Lo comprendo. —También él sonríe.

—Y como nunca se puede saber qué ocurrirá en esta vida, quisiera un poco de seguridad para mi hija.

—Claro, la entiendo.

—Niki está ya en el último año y no sabe muy bien qué hará después. Y eso que tiene las ideas clarísimas.

—Bueno, es típico de esa edad. A lo mejor son rebeldes, hacen las mil y una y después, de repente, se deciden sin dudar un instante.

Simona sonríe.

—¿Usted tiene hijos?

—No.

—Qué lástima.

Alessandro se queda boquiabierto. ¿Por qué «qué lástima»? Esta mujer es fantástica. Se acaba de enterar de que su hija sale con un hombre que es prácticamente de su misma edad y lamenta que no tenga hijos. ¡Increíble!

—¿Qué edad tiene usted?

Lo sabía. Me espera una buena. Sea como sea, es mejor decir la verdad, por si Niki se lo ha dicho ya. Esto es una especie de prueba.

—¿Yo? Voy a cumplir treinta y siete...

Simona sonríe.

—Me parecía más joven.

Alessandro no se lo cree. Ha colado. ¡Y hasta me he ganado un piropo!

—Gracias.

—Es verdad... Pero resulta extraño que no tenga hijos, porque usted, Alessandro, parece conocer a la perfección a los jóvenes. De todos modos, en lo que a mí respecta, no tengo dudas. Estoy contenta de verdad de que la elección haya recaído sobre usted.

—¿De veras está contenta?

—Sí, mi marido me explicó toda la conversación telefónica que mantuvieron.

—¿Nuestra conversación telefónica?

—Sí, y en mi opinión su propuesta es justa. Lo hemos hablado y estamos de acuerdo. Queremos abrir ese fondo de pensiones para Niki.

—Ah.

–Sí. Lamento mucho que no haya traído con usted los formularios. Los hubiésemos podido rellenar y firmar ahora mismo. Nos gustaría hacerlo de cinco mil euros anuales.

–Ya entiendo...

Simona se da cuenta de la decepción de Alessandro.

–¿Qué ocurre? ¿Cinco mil le parece poco?

Alessandro se recupera en seguida.

–No, no, me parece muy bien.

–No, lo digo porque, ¿sabe?, mi hija Niki es muy niña por el momento. Va un poco a su aire, con sus amigas, no tiene grandes gastos, pero en cuanto tenga una historia seria e importante, cuando acabe la universidad, vaya, a lo mejor se vestirá mejor, tendrá más gastos. Y me parece una buena inversión, de modo que...

–Claro... Bien, comunicaré de inmediato en la oficina su decisión.

Alessandro se levanta y se dirige hacia la puerta.

–Entonces quedamos en que llamará a mi marido, ¿no?

–Claro.

Simona sonríe y le da la mano.

–Gracias, ha sido muy amable.

–No es nada, no tiene importancia. –Y Alessandro se va a toda prisa. Niega divertido con la cabeza. No es posible. No me lo puedo creer.

Simona está recogiendo la bandeja con las tazas del café, cuando su móvil empieza a sonar. Lo coge de la mesa. Es Roberto.

–Hola, cariño.

–Hola, Simona. Oye, te llamaba para decirte que ese hombre no vendrá hoy. Ha tenido un accidente.

–Ah. –Simona se ha quedado petrificada. ¿Quién era entonces ese simpático chico de casi treinta y siete años que se acaba de ir? Lo piensa un minuto. Repasa rápidamente todas las posibilidades. Y un instante después abre los ojos como platos. Lo comprende. Y menea la cabeza incrédula.

–¿Simona...?

–Sí, cariño, estoy aquí.

–Es que no te oía. ¿Qué pasa?

—Mi amor, también yo tengo que darte dos noticias. Una buena y una mala.

—Dime primero la mala.

—Bien... tu hija está saliendo con uno veinte años mayor que ella.

—Pero ¿qué dices? ¿Cómo demonios es eso posible? ¡Dios, no!
—Roberto mira a su alrededor. Está rodeado de colegas y ha estado a punto de gritar sin darse cuenta. Se controla—. Esta noche me va a oír. ¿Y la buena...?

—Que el tipo no está mal.

Alessandro sube al coche.

—Ufff. —Suelta un largo suspiro.

Niki, muy excitada, le salta encima.

—¿Y bien? ¿Cómo te ha ido? ¿Qué ha dicho mi madre? ¡Venga, cuéntamelo! ¡Dado que has regresado, quiere decir que te ha ido bien!

Alessandro la mira a la cara. Luego sonríe.

—Sólo estaba tu madre, y quería invertir en ti... conmigo.

—¡Bueno, eso está bien! ¡Ha visto tu potencialidad!

—Más que nada, ha visto en mí a un agente de seguros.

—¡No me lo creo! ¿A qué te refieres?

—Por lo que se ve, estaban esperando a alguien para invertir un dinero, y, cuando he llamado, ha creído que yo era ese alguien.

—¡Qué fuerte! ¿Has conseguido que te diesen también algo de dinero? ¡Poco a poco te estás recuperando del accidente que tuviste con el coche! Un poco por aquí un poco por allí... y tu Mercedes se pagará solo.

—Ja, ja...

—No, venga, bromas aparte. Le podrías haber dicho que estabas allí por mí, pero como agente sentimental.

—No he podido. La he visto tan confiada hablando de ese fondo de pensiones que quieren abrir... Se hubiese desilusionado demasiado.

—O sea, ¿me estás diciendo que mi madre no se ha dado cuenta de nada? Demonios, y te ha dejado entrar sin más. Podrías haber ido a robar.

—¿Y yo que te puedo decir? Me ha abierto la puerta, me ha hecho entrar, no había tenido tiempo de presentarme y ya me estaba hablando de ti, de la inversión, de todas las cosas que a lo mejor querrás hacer un día. Me ha parecido más educado escucharla que interrumpirla.

—Claro, cualquier excusa es buena. Vale, está bien. De todos modos, tarde o temprano, se lo diré yo. Ella siempre dice que nos lo tenemos que contar todo, sin problema.

—¿Eso dice? Me gusta tu madre.

—Ni te atrevas siquiera.

—Eh, venga. Parece que te quiere de verdad. Cuando hablaba de ti, de tus cosas, de tu manera de vivir, de tus amigas, se le iluminaban los ojos.

—Ya, claro. Me gustará ver si se le siguen iluminando cuando le hable de ti. ¡A saber la cara que pondrá! ¡Llévame a casa de Erica, *please*! Hoy empezamos a repasar el temario de italiano para la Selectividad.

—Vale. —Alessandro arranca y se van.

Corso Italia, cine Europa. Salaria. Entonces Niki se echa a reír.

—¡Y sobre todo, me gustará ver cómo se le iluminan los ojos a mi padre cuando se entere!

Alessandro se acuerda de aquel hombre elegante, alto, apresurado y, sobre todo, musculoso. Y por un momento le gustaría tener una relación diferente con aquella familia. Haber tenido a lo mejor otro tipo de accidente. Es decir, del mismo tipo, pero no con Niki. En resumen, si tuviese que atravesar de nuevo aquella puerta, le gustaría ser en serio ese agente de seguros.

—¡Ya, para aquí! ¿Nos llamamos después?

—¡Por supuesto!

—¿Pensarás en mí mientras trabajas?

—Por supuesto.

—Jo, siempre respondes que por supuesto. ¡Vas con el piloto automático puesto! Creo que ni siquiera me escuchas. ¡Y no me respondas que por supuesto!

—Por supuesto... que no te voy a responder por supuesto. ¡Va, Niki, es broma! Es que tengo muchas cosas en la cabeza.

Ella se le acerca y lo besa suavemente en los labios. Luego le pone las manos en las sienes como para impedirle mirar a su alrededor.

—¿Habrá un día en que me antepongas a los japoneses y a todo lo demás?

Alessandro le sonríe.

—¡Por supuestísimo!

—Ok. Entonces, confiada en esa vaga esperanza, te dejo partir.

Alessandro sonríe, arranca y la saluda sacando la mano por la ventanilla antes de tomar una curva y alejarse. Ve cómo se va haciendo más pequeña en el retrovisor. Mira su reloj. Son casi las tres y media. El tiempo justo para llegar puntual a la cita. Y saber al fin. Siempre que de verdad haya algo que saber.

Ochenta

Casas, casuchas, construcciones en ruinas, un trozo de acueducto caído y una gran extensión de verde. Una gruta en lo alto de aquellos árboles de la colina. Y más paredes, algún cartel arrancado, una pintada medio borrada. Y más verde, verde, verde. Y un coche hecho polvo, alguna basura y nada más. Nada más. Mauro acelera como puede con su ciclomotor y sigue corriendo sin gafas. Sin casco. Sin nada. Pequeñas lágrimas provocadas por el viento y ojos enrojecidos. Gas a fondo, tratando de dejar atrás ese día. ¿Cuántos chicos había en esa prueba? ¿Mil, dos mil? Bah. Aquello no se acababa nunca. No se acababa nunca. El día entero, de la mañana a la noche, hasta las nueve. Mauro mira el reloj. No, hasta las nueve y cuarto. Sólo un botellín de agua y un sándwich envasado de jamón dulce y alcachofas, de los de máquina expendedora. Por otro lado, no tenía mucha elección: o eso o uno de esos dulces que te dan aún más sed. Y después quietos. Todos quietos en aquellos bancos tan duros, esperando un número. Un número. Sólo somos un número. El gran Vasco decía «Somos sólo nosotros». ¿Nosotros, quiénes? En la sala había un tipo que daba vueltas con una cámara digital y grababa. Me han hecho pasar, una pregunta y adiós. Pero ¿qué te puede decir una sola pregunta? «Gracias, está bien, ya le diremos algo. Nosotros le llamaremos.» Ellos me llamarán. ¿Y ahora? Ahora nada, a casa, con el móvil cerca para mirarlo continuamente. Les he dado mis dos números. Así, si el de casa les da ocupado pueden llamarme al móvil. La semana pasada estuve esperando un día entero en casa y para qué. Para nada. ¿Será así toda mi vida? Me puedo hacer famoso. Es un derecho de todos. Hasta lo dijeron el otro día en la tele, en el programa aquel. Pusieron un trozo de una vieja película. «Cada uno de nosotros tiene derecho a su cuarto de hora de celebridad...» Lo dijo aquel tipo rubio tan raro, bajito, americano, ese que pintaba todas las caras iguales, como con Marilyn. Cómo se llamaba, Andy algo... El tipo ese, vaya. ¿Y yo? Me he presentado a las pruebas para «Gran Hermano» y para todos los *reality* que están a punto de empezar. Uno me pidió ciento cincuenta euros para hacerme un *showreel*, algo así como una animación, un vídeo en el que se podrían apreciar todas mis cualidades. Así él lo hace circular y yo me ahorro un montón de vueltas. Sí, sí. Vale. Y voy yo y me lo creo.

Mauro toma una curva cerrada y enfila la calle que lleva hacia su casa. Se inclina demasiado. El ciclomotor da un bandazo, pero rápidamente él echa todo el peso hacia el otro lado y levanta el pie izquierdo, listo para apoyarlo en el suelo si se fuese a caer. Pero la motocicleta vuelve a estabilizarse y él sale disparado. Hacia su casa. Tranquilo. Sube la cuesta. Algún que otro contenedor abierto. Un poco de basura por el suelo. Un calentador viejo destaca en aquella calle solitaria. Mauro mira hacia la derecha. Esa pequeña vía de escape lateral, ese campo abandonado. Sonríe. La de veces que jugamos con los amigos del barrio en ese descampado. Alguna vez he estado allí con el coche de papá, una parada técnica, antes de llevar a Paola a casa. Paola. Recuerda algunos momentos pasados en aquel coche. La música del radiocasete. El calor de la noche. Los asientos incómodos que siempre chirrían. Los pies en el salpicadero. Los vidrios empañados. El sabor del sexo. Único. Espléndido. Irrepetible. Más tarde, esas mismas ventanillas bajadas para coger un poco de aire. Un hilo de humo que sale. Sonrisas en la penumbra. Y el perfume de ella, de toda ella, encima. Paola. Hoy no me ha llamado. Y cuando he probado a llamarla yo, tenía el móvil desconectado. A lo mejor no tenía cobertura. Levanta las cejas al no encontrar respuesta. Toma la última curva. Ya ha llegado. Y al verla sonríe. Ahí está Paola. También ella lo ve. Levanta la barbilla desde lejos. Mauro la mira mientras se acerca. Busca la sonrisa. Pero no está. Ya no está.

Ochenta y uno

El Mercedes ML está parado, aparcado a un lado de la calle, debajo de un viejo farol amarillo, desgastado por el tiempo, como muchas de las cosas que lo rodean. Alessandro cruza a la otra acera. Un contenedor quemado se apoya, indeciso y tambaleante, en una de las dos ruedas que le quedan. Un gato beige claro, en un estado un poco miserable, hurga entre bolsas medio abiertas, como si hubiesen reventado de repente, llenas de basura dispersa, abandonadas de cualquier manera en el suelo. Algún vecino que se cree un buen pívot las debe de haber arrojado desde el balcón, intentando encestar en el contenedor. Sin puntería. Ha fallado. De todos modos, su partido ya estaba perdido.

Alessandro coge el ascensor. Tercer piso. El cristal esmerilado en el que pone «Tony Costa» no se ha cambiado. Sigue roto. Alessandro llama a la puerta.

—Adelante.

Abre lentamente la puerta, que chirría. Al igual que la primera vez, lo acoge un ambiente cálido pero un poco anticuado. Alfombras lisas, una planta amarillenta. Esta vez la secretaria está sentada a su mesa. Levanta los ojos un instante. Luego continúa limándose las uñas. Tony Costa le sale al encuentro.

—Buenas tardes, Belli. Le estaba esperando. Tome asiento. ¿Quiere un café?

—No, gracias. Acabo de tomar uno.

—También yo, pero me apetece otro. Adela, ¿lo traes tú?

La secretaria da un ligero resoplido. Luego deja caer la lima sobre la mesa. Se levanta, desaparece detrás de la puerta y se va a prepararlo. Alessandro mira a su alrededor. No ha cambiado nada. Es posible que sólo ese cuadro. Un óleo grande, de colores vivos. Azul celeste, y amarillo y naranja. Representa a una mujer en la playa. Sus ropas ondean al viento, mientras ella sostiene en sus manos un enorme sombrero blanco. Tanto colorido parece incluso fuera de lugar en un lugar tan grisáceo.

—¿Qué tal le va, Belli?

—Bien, todo bien.

Tony Costa se apoya en el respaldo.

—Me alegro. ¿Está listo?

—Por supuesto. —Alessandro sonríe. Luego se preocupa. Sin quererlo, está utilizando el «por supuesto» también con él. ¿Guardará alguna relación lógica? Prefiere no pensar en ello. Se saca el dinero del bolsillo—. Aquí tiene los mil quinientos euros que faltaban.

—No le preguntaba si estaba listo para pagar. Me refería a si está listo... si todavía piensa que quiere saber.

—Sí, la intención de mi amigo sigue siendo ésa.

Tony Costa sonríe. Apoya ambas manos en la mesa y se ayuda de este modo a levantarse del sillón.

—Muy bien. —Se vuelve y abre un archivador. Saca una carpeta de color azul celeste. Encima pone «Caso Belli». La deja delante de Alessandro. Vuelve a sentarse—. Aquí está.

La secretaria llega con el café.

—Gracias, Adela.

—De nada. —Y vuelve a su lima de uñas.

Tony Costa abre la carpeta.

—Veamos, mire, aquí, en este folio, están todas las salidas, los días de seguimiento, los trayectos... ¿ve?, por ejemplo, 27 de abril. Via dei Parioli. Supermercado. Hora: dieciséis treinta. Cuando tiene un punto azul al lado quiere decir que también hay una foto. Todas están marcadas con un número. Ésta, por ejemplo, es la número... —Tony Costa estira el cuello para leer mejor—, dieciséis. Y en este otro sobre está la foto correspondiente, que documenta esa calle, ese día y a esa hora.

Alessandro observa complacido la precisión de ese trabajo. Perfecto. Es imposible equivocarse. Uno no puede dejar de saber lo que quiere saber.

—Tenga, aquí está su dinero.

Tony Costa lo coge. Lo mira un momento y lo mete en un cajón.

—¿No va a contarlo?

—No es necesario. En nuestro trabajo, la confianza de quien decide confiarnos sus secretos merece la nuestra. Bien, entonces, éstas son todas las fotos. Véalas...

Las abre y las desparrama por la mesa. Alessandro no da crédito a sus ojos. Parecen los naipes de una partida de cartas. Quién sabe, tal vez hubiese sido preferible no sentarse a esa mesa. Ésa es una de esas partidas que no se debieran jugar. Además, en esas cartas aparece una única figura. Camilla. Camilla caminando. Camilla de compras. Camilla en la peluquería. Camilla en coche. Camilla entrando en el portal de su casa.

—Como puede ver, Belli, el trabajo duró un mes. Y éstos son los primeros resultados.

Alessandro las mira todas. Camilla aparece siempre sola o, como mucho, con alguna amiga. Incluso con Enrico en dos o tres fotos. Pero no hay nada sospechoso, comprometedor o fuera de lo normal.

Suelta un suspiro profundo, de alivio.

—Bueno, si esto es todo, no hay ningún problema.

Tony Costa sonríe, recoge todas las fotos y vuelve a guardarlas en su sobre.

—Esto era para que viera que he trabajado de un modo serio. No le he robado el dinero que me dio. —Se pone en pie. Vuelve a abrir el archivador—. Después tenemos ésta de aquí. —Tony Costa deja otra carpeta en la mesa. Es roja. Alessandro la mira. Encima sólo pone «Belli». Tony Costa se sienta. Coloca la mano sobre la carpeta y levanta la vista.

—Aquí dentro hay otros folios, otros días, otros trayectos. Y es posible que haya otras fotos, esta vez con un punto rojo. —Se reclina en el respaldo del sillón—. O puede que no haya absolutamente nada. —Luego empuja lentamente la carpeta roja hacia Alessandro—. Llévesela, por favor, ya decidirá usted... o mejor dicho, su amigo... lo que quiere saber.

Alessandro coge las dos carpetas, se las mete bajo el brazo y se levanta.

—Gracias, señor Costa, ha sido muy amable.

—Por favor, permita que le acompañe. —Tony Costa lo precede. Le abre la puerta de la oficina y va hacia el ascensor. Pulsa el botón para llamarlo.

—Belli, disculpe si he tardado un poco más tiempo del previsto.

—No hay ningún problema. Habrá sido necesario, ¿no? —Y señala las carpetas.

—No, es que hemos tenido una pequeña crisis... —Y señala a Adela, que sigue limándose las uñas sentada a su escritorio. Tony Costa entorna la puerta de la oficina sin cerrarla, luego se acerca a Alessandro—. Dice que trabajo demasiado, que nunca nos permitimos nada. De modo que nos fuimos una semana a Brasil. Ya ve que estamos un poco morenos.

En realidad, no mucho, piensa Alessandro. Claro que irse a Brasil con la secretaria... No está nada mal, eso de ser investigador privado.

—¿Se ha fijado en el cuadro nuevo que tenemos en la oficina? ¡Lo compramos en Bahía del Sol!

—Es bonito... Es una mujer de allí, ¿verdad? Va vestida como ellas.

—Sí —Tony Costa sonríe—. Adela también se quiso vestir así. Nos divertimos mucho. En el fondo es como si hubiésemos tenido la luna de miel que no pudimos permitirnos hace veinte años.

Llega el ascensor y las puertas se abren. Tony Costa le da la mano a Alessandro.

—Llevamos mucho tiempo casados y ésta es nuestra primera crisis, pero la hemos superado.

—Qué bien. Me alegro.

Tony Costa le sonríe.

—¿Sabe, Belli? Llevo muchos años en la profesión y he visto cosas de todo tipo... Y al final he aprendido una sola cosa: cuando encuentras una mujer que vale la pena, no hay que perder más tiempo.

Lo mira a los ojos y le estrecha la mano con fuerza. Luego levanta la barbilla señalando las carpetas.

—Dígaselo a su amigo.

Ochenta y dos

Paola está masticando un chicle. Senos grandes, pero suyos, naturales. Alta. Quizá un poco de maquillaje. Quizá. Pero a Mauro no parece importarle. Es muy guapa. Detiene el ciclomotor y se baja.

—¡Paola, qué sorpresa!

—Tengo que hablar contigo.

Ya no queda ni rastro de su sonrisa. Se ha escapado como uno de esos cuervos molestos y pesados, casi aturdidos por haber comido a saber qué. Esos cuervos que emprenden el vuelo de repente, que salen de la rama de un árbol sin ni siquiera un porqué.

Mauro la mira. Paola baja la mirada. No es preciso decir más. Esa mirada baja lo dice todo. Más que mil palabras. Y el silencio, además. Es como un grito. Mauro le pone una mano bajo la barbilla, se la levanta un poco.

—¿Qué ocurre, Paola? Dime.

Ella se queda callada. Gira la cabeza. Se escapa de esa mano. No puede. No tiene valor para mirar de nuevo aquellos ojos. Entonces decide sacarse ese peso de encima. Levanta la mirada de nuevo. Encuentra la de Mauro y esta vez se la aguanta. Hasta el fondo.

—Quería decirte...

Mauro entrecierra los ojos. Está como ido. Intenta ver más lejos, más allá, en el fondo de los de Paola, más profundo aún, en esos ojos que han sido su salvación. Ojos de amor, de risa, de pasión. Cuando los tenía cerrados, la primera vez que la poseyó, cuando los volvía a abrir después de cada uno de los primeros y frescos besos. Esos ojos son ahora tan diferentes. Apagados. ¿Qué hay detrás de ellos? ¿Qué esconden?

—¿Qué querías decirme?

—Ahora te lo digo... —Paola suelta un suspiro largo, demasiado largo. Mauro se pone tenso de repente, como un gato nervioso que presiente una amenaza. Peligro. Paola se da cuenta de ello. Esboza una leve sonrisa. A lo mejor para hacer más llevadero lo que le va a decir. Como si no fuese algo muy importante sino sólo algo pasajero, que se arreglará.

—Creo que es mejor que dejemos de vernos por un tiempo.

Mauro se lleva la mano a la cara, como una sombrilla.

—¿Qué quiere decir eso?

Paola se aparta, está asustada. Y Mauro se da cuenta.

—¿Qué pasa? ¿De qué tienes miedo? ¿Es que tienes miedo de mí? —Y empieza a hablar más despacio—. Si tienes miedo de que te ponga la mano encima, eso quiere decir que hay un motivo para que eso pueda ocurrir...

Paola baja la mirada. Ya no puede más. ¿Cuántas veces ha imaginado y ensayado esta escena? Prácticamente cada tarde desde hace ya por lo menos un mes. Desde aquel día. Desde aquella prueba. Desde que lo conoció. Ha ensayado esta escena más que cualquier guión que haya estudiado antes. Pero esta vez no le está saliendo bien. No ha sabido llegar al fondo. No como le hubiese gustado. Como lo tenía decidido. Paola se desmorona. Más vale que Mauro lo sepa y que sea lo que Dios quiera.

—No, Mau... es que he conocido a alguien... y... —levanta la cara, lo mira, intenta sonreír— bueno, todavía no ha pasado nada, ¿eh?

Mauro no se lo puede creer, no se puede creer lo que está oyendo.

—¿Todavía? ¿Qué quieres decir con que todavía no ha pasado nada?

—Sí, te lo juro, es verdad. No he hecho nada.

—Ya lo pillo, pero ¿qué quiere decir ese «todavía»? ¿Qué va a pasar? ¿Qué acabará pasando? —Mauro cambia de expresión. Su semblante se pone tenso. Se vuelve casi de piedra—. Ya veo. Se trata del director aquel que te dio la nota la vez que yo también estaba, ¿no es cierto?

Paola sonríe.

—Qué va, ése es gay. —Luego se pone seria, hace una pausa—. No, es su director de fotografía, Antonio. —Y Paola sonríe, feliz, franca, satisfecha de su sinceridad.

—Por supuesto... Antonio. —Mauro dibuja una extraña sonrisa por toda respuesta. Luego le da un bofetón con la mano abierta, grande, decidida, de izquierda a derecha. Toma. Una hostia en plena cara que hace que pierda el equilibrio. La empuja, la sacude, la aturde, le cambia el peinado de un lado a otro.

Paola se levanta, emerge de nuevo, aturdida, entre sus cabellos. Se los arregla como puede con las dos manos. Se los recoge para encontrar de nuevo la luz. Para entender. Y allí está él ante sus ojos estupefactos, sorprendidos, asustados. Y de repente vuelve a cubrirse con las manos, porque se da cuenta de que sobre ella está a punto de abatirse... el huracán Mauro.

—Maldita seas, desgraciada, miserable, bestia en celo. Por eso hoy tenías desconectado el móvil. —Y la golpea. Y sus manos son como las aspas enloquecidas de un molino de viento. Bajan, y suben y golpean. Y celos y dolor. Como un tractor sin conductor, que avanza a lo loco en zigzag. Pero que no está segando trigo. Siega las rubias mieses de la pobre Paola. Y patadas, y puñetazos, y bofetones, y dale, y más. Paola resbala y Mauro coge carrerilla para darle una patada en mitad del estómago, cuando de repente alguien lo agarra. Desaparece de pronto de delante de Paola, disparado contra una pared que hay cerca de la valla.

—Basta. Quieto, Mau...

Paola vuelve a abrir los ojos, hinchados ya. Se recupera. Se levanta de nuevo despacio, dolorida, descompuesta, aturdida por todos esos golpes.

—¡La voy a matar, a esa imbécil, déjame! —Mauro intenta soltarse, patalea, salta, se echa hacia atrás.

Pero su padre lo mantiene sujeto. Lo agarra como una cadena. Lo atenaza con sus fuertes brazos de picador de cantera, con la misma facilidad con que lo hacía cuando era pequeño.

—Quieto, te digo que te estés quieto.

Y Paola sale corriendo, a trompicones casi, resbalando, mira un momento, y después desaparece por la esquina. Se cierra una puerta. Un coche arranca. Y un Volvo oscuro pasa derrapando frente a ellos. Se lleva a Paola. Se lleva una historia y unas ilusiones que hubiesen podido durar para siempre. Padre e hijo se quedan así, solos, en una pequeña plazoleta desolada de cualquier periferia.

Renato lo suelta, alarga los brazos y lo libera de ese cepo humano.

—Vamos, va, Mau, subamos, que la cena está lista. —Se saca las llaves del bolsillo y abre la valla. Se detiene un momento en el portal. Se vuelve hacia el hijo—. ¿Vas a subir o no? Tu madre nos está esperando para poner a cocer la pasta.

Mauro lo mira con lágrimas en los ojos. Pone en marcha el ciclomotor, se sube de un brinco. Y se va a todo gas, patinando casi sobre los guijarros, con la rueda trasera demasiado fina para el estado de esas calles.

—Pero ¿adónde vas, Mau? ¡Mau! ¡No te metas en líos! ¡A ésa no le importas una mierda! —le grita el padre, intentando a su manera ser un buen padre. Renato grita y corre detrás de ese ciclomotor que se pierde en los últimos rayos de la puesta de sol. En pos de una inútil persecución de la felicidad.

Ochenta y tres

Hay momentos en la vida para los que la banda sonora está aún por inventar. Pese a ello, mientras conduce, Alessandro busca entre los CD que tiene en el cargador el que le parece más adecuado. Elige uno. *Big Fish*. La banda sonora de la película. Edward Bloom y su hijo William. Porque a veces, lo que pudiera parecer una rareza, algo impuro, no es sino una belleza diferente, que no sabemos aceptar. Al menos no por el momento. Entonces lo ve. Está bajando de su Golf negro y mira a su alrededor. Lo está buscando. Se han dado cita en viale del Vignola. Donde quedaban para saltarse las clases cuando estudiaban, para copiar las tareas antes de entrar, para abrazarse felices justo después de que salieran las notas de Selectividad. Aprobados. Me ha parecido el único lugar seguro que nos pudiese sugerir algún recuerdo, un poco de arraigo... Sienta bien pensar en el pasado cuando el futuro da miedo, pensar que no todo puede ser destruido sólo por un simple y temporal imprevisto. Alessandro lo mira caminar. Enrico se dirige hacia el Mercedes con los hombros encogidos.

—Hace viento esta tarde. —Enrico entra en el coche y cierra de un portazo. En otro momento, a lo mejor Alessandro hubiese puesto mala cara por ese portazo. Pero esa tarde no.

—Mira, lo que...

—No, Alex, antes de que me digas nada, querría darte las gracias. En serio. Hay cosas que no tienen precio. Difíciles de pedir, y que pueden separar a las personas. Bueno, ésta podía haber sido una de ellas y en cambio tú haces que todo parezca más fácil. Toma..., le da un sobre cerrado–. Aquí dentro está el dinero que has adelantado y un pequeño regalo para ti.

Alessandro lo mira con cierto embarazo. Junto al cheque hay dos entradas.

–¡Demonios! Son para el concierto de George Michael. ¡Son imposibles de encontrar!

–Sí, ha sido gracias a un colega. Su mujer trabaja para el *tour manager*. No fue difícil. Pensé en Niki y en ti. George Michael es uno que puede gustaros a los dos. ¡Bueno, también puedes ir con quien te parezca, ¿eh?!

Alessandro observa de nuevo las entradas. Vuelve a guardarlas en el sobre.

–No tenías por qué hacerlo.

–Lo he hecho con mucho gusto. –Entonces Enrico se pone serio–. Bien, cuéntamelo todo, ¿cómo te ha ido, qué es lo que hay que saber?

–No lo sé, preferí no dejar que me contase nada.

Enrico lo mira de repente a los ojos como si buscase desesperadamente el rastro de alguna mentira. Se relaja. No, Alessandro de verdad no sabe nada. O es un buenísimo actor.

Alessandro se echa hacia atrás y coge una sola carpeta. La de color azul.

–Toma, está todo aquí dentro.

Enrico la coge y la toca, la roza acariciándola. Ve ese pequeño lazo azul que tiene atrapados sus secretos.

Enrico mira a Alessandro.

–¿Puedo?

–Es tuya, la has pagado tú.

Enrico está a punto de deshacer el lazo.

–¡Un momento!

–¿Qué pasa, Alex?

–¿Estás seguro de que no prefieres abrirla a solas? Son tus cosas, las vuestras. Bueno... a lo mejor prefieres que yo no esté.

–No sé lo que me voy a encontrar. De modo que prefiero que estés conmigo.

—Vale, como quieras. —Alessandro lo deja hacer.

Enrico abre lentamente la carpeta. Luego, como enloquecido, ávido de noticias, de verdades, de mentiras finalmente desveladas, empieza a hojear esos documentos, a repasarlo todo. Recorre fechas, citas, días, horarios, lugares. Faltan las fotos. Abre el sobre. Ahí están. Camilla. Camilla sola. Camilla con una amiga. Camilla con él. Con otra amiga. Luego sola, sola, sola. Sola y con él. Ya está. Todo como hasta ayer. Enrico suelta un suspiro. Cierra la carpeta. Se la acerca a la cara. La aprieta con fuerza, la respira casi. Alessandro lo mira.

—Eh... Enrico, ¿te acuerdas? Estoy aquí.

Enrico se recupera.

—Sí, sí, todo en orden.

—¿Qué tal entonces?

—Bien, todo bien. En cada foto había mucho de lo que echo de menos cada día y no había nada más de lo que estoy feliz de tener. Está limpia.

—Dicho así, parecemos personajes de una película policíaca americana... Está limpia. ¿A qué te refieres? Entonces, ¿no está con nadie?

—Es honesta. Es sincera. El único hombre soy yo. Luego están sus amigas y todo lo que hace a lo largo del día.

—¿Estás por fin satisfecho? ¿Tranquilo? ¿No te sientes un poco sucio, no te molesta haber hecho que la siguieran, haber buscado una confirmación? Cuando se ama a alguien, ¿no tendríamos simplemente que fiarnos ciegamente? ¿Y si traicionan nuestra confianza, al menos enterarnos de un modo natural?

Enrico lo mira serio.

—Tú no tienes este problema. Quizá no estés enamorado de verdad de Niki. Puede que ni siquiera lo estuvieses de Elena si das por terminada así sin más una historia como la vuestra. Querías casarte con ella, ¿no?

—Sí.

—Y en cambio ahora estás con una chiquilla. Y, por encima de todo, no pareces desesperado por la manera en que se acabó con Elena. Así, de golpe. Se acabó, adiós muy buenas.

—Te equivocas, Enrico, yo amo el amor. La belleza del amor. La libertad del amor. Amo la idea de que nada es obligado, que el amor de los demás, su tiempo, su atención, son regalos que se deben merecer y no sólo pretender. También cuando somos una pareja. Se está juntos por elección, no por obligación. Y sí, me hubiese gustado tener a Elena para siempre. Pero se ha ido. Ha elegido marcharse. Y ahora podría estar incluso con otro. ¿Qué otra cosa puedo hacer sino seguir adelante? ¿Seguir amándola por lo que me dio y me dejó probar y que ahora ya no existe?

—Yo creo que si hubieses esperado, en lugar de empezar de inmediato con Niki, a lo mejor hubiese vuelto.

—Enrico, han pasado ya más de tres meses. Nunca me ha llamado. En más de tres meses.

—Respeto tu manera de pensar, Alex, y no tengo nada contra Niki. Espero que seas feliz con ella. Pero no te metas conmigo y mis miedos. Yo amo a Camilla, pero también necesito sentirme seguro. —Enrico se baja del Mercedes—. Adiós, Alex y gracias de nuevo por todo, espero no tener que volver a necesitarte nunca más para este tipo de cosas.

Alessandro sonríe.

—¡También yo! Ah, el investigador me dijo que te dijera una cosa: cuando se encuentra una mujer que vale la pena no hay que perder más tiempo. Vete a casa, Enrico.

Su amigo vuelve al coche y le da un abrazo. Luego se va sin decir nada más. Llega rápidamente a su Golf. Pero primero se detiene ante un contenedor. Lo abre con el pie. Coge la carpeta, la rompe en varios trozos y la arroja dentro. Luego se sube al coche. Mira a Alessandro una última vez y se aleja.

Alessandro se queda un rato más allí, en silencio. Vuelve a encender el lector de CD. Se deja llevar por el *Sandra's Theme* de Danny Elfman y recuerda la escena final de la película, la salida de escena, el salto al río. Alessandro baja la ventanilla. Una brisa ligera anuncia ya el verano, pero en voz baja. Cierra los ojos. Se deja ir. Los japoneses. Elena. El trabajo. El amor. Y lo imprevisto. La chica de los jazmines. Niki. Esa falta absoluta de red de seguridad. Ese excitante caminar por el filo, colgado sobre el abismo. El rojo y el negro. Un salto donde el agua es más azul. Nada más. Pero ¿de verdad hay agua allí abajo?

Alessandro abre el compartimiento del salpicadero. La segunda carpeta, la roja, sigue allí, cerrada. Con su lazo lateral bien apretado. La mira un momento. ¿Qué habrá dentro? ¿Nada? ¿Todo? Alessandro se baja y se acerca al contenedor. Por un instante, juguetea con el lazo. Luego apoya la carpeta, se saca un encendedor de la chaqueta y le prende fuego. Rápidamente, las hojas empiezan a arrugarse y a quemarse. Crepitan pequeñas llamas, mientras un humo ligero se alza hacia el cielo, lento, danzando al viento, casi divertido, llevándose consigo todos esos secretos. ¿Saber o no saber? Ésta es la cuestión. Alessandro artífice de la vida de otro de sopetón. Pequeño Dios de quién sabe qué inútil o gran verdad. ¿Le hubiese tenido que dar o no esa segunda carpeta? Otras fotos, otros secretos, tal vez dolor, tal vez traición... Quién sabe. Y entretanto sigue ardiendo. Y sigue, y sigue. Y esa llama burlona se agita al viento, se ríe casi divertida, silenciosa. De alguna manera está leyendo. Sabe. Y se lleva consigo cualquier posible revelación. Después nada más. Cenizas. Y el amor. Verdaderamente, el amor puede dar las respuestas apropiadas.

Alessandro coge su teléfono móvil. Aprieta una tecla. Recorre la lista a toda prisa. Lo encuentra. Llama.

—¿Dónde estás? Ah sí, ya sé donde es. En seguida paso a buscarte.

Ochenta y cuatro

Madi, una joven filipina, está limpiando a toda prisa varios objetos que están en la mesa baja que hay frente al sofá. La puerta se abre de repente. Alessandro entra besando a Niki. Ávido, ávido de besos. De rabia, de confusión, de deseo, de hambre, de...

—¿Madi? ¿Qué hace todavía aquí?

—Señor, yo el viernes estoy hasta las ocho, ¿no recuerda? Usted y la otra señora dice que yo aquí tres veces semana. Lunes, miércoles y viernes. Hoy viernes. —Madi mira su reloj—. Hora siete y media.

Alessandro se mete las manos en los bolsillos, encuentra veinte euros y se los alarga a Madi.

—Hoy vacaciones. Ahora vacaciones, fuera... Paseo con una amiga, una vuelta por las tiendas, cualquier cosa, pero fuera. —Y la escolta hasta la puerta de servicio, en la cocina, la que da a la escalera de emergencia. Al pasar, Madi coge su bolso y la chaqueta de la cocina y luego es amablemente expulsada. Alessandro pone el seguro en la cerradura, luego va hacia el salón y cierra también la puerta de la calle.

—Eh, ¿dónde estás?

En el silencio de la casa, Alessandro busca divertido a Niki. Seguramente se ha escondido. Abre una habitación. Y un baño. Mira detrás de un sofá, en el dormitorio, debajo de la mesa. Pero un armario grande que ha quedado medio abierto la delata. Alessandro pone un CD. *Confessions On A Dance Floor*.

Luego alza la voz.

—¿Dónde está la chica de los jazmines? ¿Dónde se habrá escondido? —Y poco a poco se acerca al armario. Desnudándose. Deja caer al suelo la camisa, después los pantalones—. ¿Dónde está? Noto su perfume, su respiración, su corazón, noto su deseo, sus ganas, su sonrisa divertida... —Ahora Alessandro está desnudo. Apaga las últimas luces y enciende una pequeña vela. Luego se mete en el armario—. ¿Dónde está el traje más bonito que yo puedo ponerme?

Y Niki se ríe, cubriéndose la boca con ambas manos. Asustada, excitada, sorprendida, incrédula acerca del hecho de haber sido descubierta. Y en un momento se deja besar, desnudar, con hambre, con rabia, con deseo, entre ropas que se caen de las perchas, conjuntos ligeros de color liso que la acarician como hojas lentas que una vez en el suelo forman un único y gran manto variado. Gris, gris claro, gris oscuro, azul cobalto, y también color azúcar de caña, en un momento tan dulce. Y resbalan casi entre toda esa ropa. Y Niki tira al suelo más. Camisas, y chaquetas, y pantalones; una confusión excitante. Alessandro la atrae hacia sí, rueda con ella, siente sus piernas, la toca, la aprieta y se arroja a su cuello, y lo besa, y más besos y pequeños mordiscos y piernas que no se acaban nunca. Y sabores, y olores, y suspiros, y humores, y huidas, y retornos... Y un mar tempestuoso.

—No, no, por favor. Por favor no... —Y luego una sonrisa—. Sí, sí, por favor. Por favor sí...

Y su boca y sus dedos y más. Y perderse en cada uno de sus recovecos, sin límites, sin pudor, mirando, espiando, resistiendo... Abandonándose, después de la marejada. Acabados, relajados, abatidos, suaves, amados, consumados entre las sábanas, un poco más allá.

—Eh, ¿qué te ha pasado?

Alessandro emerge de entre las sábanas, entre los colores de aquella primera hora de la noche. Sonríe.

—¿De qué? ¿Dónde?

—No te digo, aún no has vuelto en ti. No parecías tú. Me has hecho el amor de una manera...

—¿De qué manera?

—Salvaje, hambrienta. Un poco desesperada incluso. De todos modos, muy bien. ¿Ha sido por la reunión de esta tarde?

—¡Más o menos!

—Bien, por una vez y sin que sirva de precedente... ¡Vivan las reuniones! Quiero enseñarte algo.

—¿Después de todo lo que ya he visto!

—¡Idiota!

—¿Hay más estrellas?

Niki se levanta y enciende el ordenador de la mesa.

—Hoy, mientras estaba estudiando en casa de Erica, hemos buscado una cosa en Internet, y mira adónde hemos ido a parar... —Su espalda desnuda, vista por detrás es muy hermosa.

Alessandro se le acerca. La acaricia con dulzura. Baja sin prisa hasta su lado más suave. Se detiene.

—Eh, así no sé lo que estoy buscando y clico en todas partes. ¡Ya está, lo he encontrado! www.ilfarodellisolablu.it. ¡Mira que cosa tan bonita!

Alessandro se sienta a su lado. Niki ríe divertida, señala feliz, viaja soñadora por aquellas páginas que por un instante dejan de ser virtuales.

—¿Lo ves? Ahí te puedes convertir en un *lighthouse keeper*, en vigilante del faro. Imagínate, quinientos euros a la semana y te puedes quedar ahí. Vigilando tú solo toda la Isla Azul.

Y en la pantalla del ordenador aparecen una serie de imágenes. Un pequeño claro verde se sumerge en un mar azul un poco más abajo. Algunos acantilados. Más arriba, entre las rocas, un enorme faro blanco. Alguna ola rompe contra los escollos. Un cartel. Indicaciones para excursiones. Y un sendero que conduce hacia arriba, hacia el faro, flanqueado por cactus y árboles marinos bajos, marcado por tantos pies de personas que a lo largo de los tiempos han querido llegar hasta allí arriba.

—¿Lo ves? Desde allí vigilas los barcos, sus rutas en las corrientes dependen de ti. Tú iluminas su viaje, tú eres el faro... —Niki se apoya en él. Desnuda por completo, cálida, suave.

Alessandro la respira toda.

—Del mismo modo que tú eres un faro para mí.

Niki sonríe y se vuelve. Lo besa con esa boca que sabe todavía a amor, como una niña pequeña y caprichosa que busca un beso y sabe que lo encontrará. Alessandro le toma la cara entre las manos y la mira a los ojos. Y mil palabras recorren esa mirada. Silenciosas, alegres, románticas, enamoradas. Palabras ocultas, palabras que se persiguen, palabras que empujan para salir como un río subterráneo, como el eco lejano de un valle apenas descubierto, como el escalador que ha llegado con fatiga hasta la cima de una montaña y desde allí, él solo, le grita al viento, a las nubes que lo rodean, toda su felicidad.

Niki baja los ojos, luego lo vuelve a mirar.

—¿En qué estás pensando?

Alessandro le sonríe.

—En nada. Perdona, pero estoy en mar abierto. Tú eres mi faro. No te apagues.

Después una ducha. Más tarde un aperitivo en albornoz. Luego un paseo por la terraza, hablando de esto y de aquello. En seguida algún que otro beso. A continuación alguna broma. Y un grito. Y una pequeña escapada jugando. Después de que el vecino haya salido a su terraza a vigilar. De que ellos se hayan escondido. Luego una carcajada. Luego. Después de todo eso, Niki está hambrienta.

Alessandro sonríe.

—Yo también. Tengo una idea. Vamos...

—¿Adónde?

—No hasta el faro de la Isla Azul, pero sí a un lugar muy agradable.

Y rápidamente, sin arreglarse mucho, se meten en el coche y llegan delante de un local. Orient Express. Barrio de San Lorenzo.

—¡No lo conocía! —Niki mira a su alrededor—. Pero ¡es una locomotora de verdad! Y se come dentro de los vagones. ¡Qué pasada! Y tú de qué lo conoces, ¿eh? —Lo mira suspicaz—.¿No será que te estás viendo con alguna otra chica de diecisiete años, o quizá un poco mayor y que por lo tanto ya ha aprobado la Selectividad y no tiene nada que hacer?

—¡Qué va! Me lo dijo Susanna, la mujer de Pietro, que se divierte descubriendo sitios nuevos, lugares, todo lo que pasa en la ciudad.

—¡Qué fuerte! Me gusta esa tipa. También Pietro me cayó simpático el otro día en la comida.

Alessandro aparca y baja del coche.

—Bueno... a Pietro tú no lo conoces.

—¿Cómo que no lo conozco? ¿Qué te pasa, estás lelo? Pero ¡si hasta pagó la comida!

Alessandro le coge la mano y da unos golpecitos con suavidad en su frente.

—Toc, toc, ¿se puede? ¿Hay alguien?

Niki resopla.

—Sí, hay un montón de gente. Cenas y fiestas en abundancia, alegría y pensamientos divertidos. ¿Qué querías?

Alessandro sonríe.

—Buscaba a la que ahora no le dirá a Susanna, la mujer de Pietro, que lo conoce.

—Ah. —Niki sonríe.

—Ya entiendo. Claro. La que lo conoció ha salido un momento...

—Bien, entremos, estate atenta.

—¿Por qué, están todos tus amigos ahí?

—Pues claro, ¿de lo contrario por qué iba a decirte todo eso que te he dicho? ¡Qué felices todos vosotros, siempre de fiesta ahí adentro, ¿eh?! —Y Alessandro señala de nuevo la cabeza de Niki.

—¡Menos cuando nos obligas a trabajar para los japoneses! ¡Entremos, venga!

Ochenta y cinco

Roberto está en el salón. Del equipo de música sale la música que ha elegido. Sirve vino blanco en dos vasos. Frío, suave. Tiene ganas de estar un rato a solas con su mujer, de besarla, de ponerse romántico y luego, ¿por qué no?, de perderse entre las sábanas. Hace bastante tiempo que eso no ocurre. Llevar adelante una historia de amor conlleva también un poco de esfuerzo sentimental. Sirve. Ayuda. Hace de pegamento. Roberto entrecierra los ojos. Decidir sentado a la mesa algo al respecto tampoco le hace ninguna gracia. Si Simona oyese este pensamiento se armaría una buena. Para ella, el amor tiene que ser amor y basta. Amor al azar, amor natural, deseo de amar. Un poco como en aquella película, *Family Man*, cuando Nicholas Cage entra en una dimensión que nunca había vivido realmente, aquella que Dios un día, haciendo una excepción, decide dejarle entrever cómo hubiesen sido las cosas con aquella mujer si se hubiese casado con ella, si hubiese tenido hijos con ella, si hubiese cumplido una promesa formulada años antes, si... Todos esos si que demasiado a menudo nos atormentan a lo largo de toda la vida. Sin tener un buen Dios director que nos dé antes o después una respuesta. Jack Campbell, un banquero millonario, vive en un lujoso ático, tiene un montón de mujeres y un Ferrari. Pero el día de Navidad se despierta en Nueva Jersey, al lado de Kate, su novia de los tiempos del instituto, en la que hubiese podido ser su vida. Y poco a poco comprende que a lo mejor no se hubiese hecho tan rico como lo es ahora, quizá, pero lo que es seguro es que hubiese sido más feliz de lo que jamás ha llegado a ser.

Si no se hubiese ido a trabajar a otra ciudad con la promesa de regresar. Promesa jamás cumplida. Y ahora Dios, que en ocasiones lo hace, le ofrece la posibilidad de volver atrás o, mejor, otra posibilidad para no defraudar a Kate, su Kate del instituto. Roberto se acomoda el cojín detrás de la espalda, mientras piensa en las escenas de esa película. Está satisfecho, tranquilo, cierra los ojos y suspira. Un raro momento de felicidad. Pero es consciente de ello, es normal que así sea. La felicidad no tiene que ser una meta, sino un estilo de vida. ¿Quién lo dijo? Un japonés. A veces estos japoneses se quedan con nosotros. Bien, pues yo añadiría también que la felicidad estriba en la capacidad de ser conscientes de que todo cuanto estamos viviendo, aunque sólo sea el mero hecho de vivir, no es algo que se nos deba sin más. Así se puede ser feliz de manera simple, sin demasiados requisitos. Cierra los ojos. Pero ¿qué cosas estoy pensando? La vida es simple, más simple: es un caramelo, no demasiado dulce, que debemos dejar disolver en la boca, sin prisa, sin masticarlo, chupándolo. Como haré yo con mi mujer dentro de un rato. Yo no soy Jack. Yo mantuve mi promesa. Y a lo mejor consigo incluso una buena ganancia. ¿Qué más puede haber? Uno puede también no conformarse, pero aunque sea un tópico, el que se conforma...

De repente, se apaga la música del equipo. Roberto abre los ojos de golpe. Simona está allí, junto al lector de CD. Su dedo sigue todavía sobre el botón del «stop». Ha sido ella quien lo ha apagado. Pero sonríe. Exhibe una de esas sonrisas que son todo un programa. Roberto no alberga duda alguna. Conoce bien esa expresión. Detrás de ese movimiento apenas perceptible de los labios, detrás de esa aparición de sus dientes pequeños y perfectos, se oculta casi siempre una historia inimaginable... Drama, abandono, error. Disculpa, pero he conocido a otro. Disculpa, pero me voy. Disculpa, pero he hecho una estupidez. Disculpa, pero estoy embarazada... Disculpa, pero estoy embarazada y no de ti. Disculpa, pero no sé cómo decírtelo. Disculpa pero... en fin, cualquier otra cosa, de cualquier tipo, con cualquier consecuencia, pero con una única certeza... Lo que Simona tiene que decirle empezará con un disculpa...

Y Roberto no puede esperar más. Se incorpora ayudándose con

los brazos y se sienta recto, con la espalda bien apoyada en el respaldo del sofá.

—¿Qué pasa, Simona, por qué has apagado la música? ¿Tienes algo que decirme?

—Perdóname...

Perdóname. Demonios, piensa Roberto. No es una disculpa, peor aún... ¡Es perdóname! ¡Joder! Esa posibilidad no la había contemplado. Hasta ahí todavía no había llegado. Disculpa es cosa de nada comparado con perdóname. Perdóname lo es todo. Joder, mierda, mierda. ¿Qué has hecho, mi amor? Le da miedo sólo pensarlo. Bueno, bueno, mantengamos la calma. Mostrémonos abiertos. Confiados. He leído el manual. Los brazos sin cruzar. Apertura. Generosidad. Disposición a escuchar. ¿Qué ha sucedido, mi amor? Amabilidad, amabilidad, amabilidad. También hipocresía, si fuese necesario. Todo con tal de llegar a la verdad.

—Cuéntamelo todo, cariño, no hay ningún problema, en serio, es como si ya te hubiese perdonado.

Roberto se obliga a sonreír. Simona se suelta el cabello y se dirige lentamente hacia el sillón de enfrente. Se sienta, pero lo hace con lentitud. Demasiada.

—No, te decía que me perdonases porque tú te estabas relajando con la música y yo he apagado el aparato sin más, sin avisarte siquiera.

—No pasa nada. —Roberto apoya las manos cerca de las rodillas.

De nuevo esa sonrisa... Apertura. Generosidad. Disposición. Aceptación. Tranquilidad. De manual.

—Dime, ¿qué ocurre?

—No es nada. —Simona sonríe y junta las manos, las mete entre las piernas, la una sobre la otra. Parece casi rece una pequeña oración.

Roberto la mira preocupado. Dios mío. Las manos entre las piernas, cerradas, juntas. ¿Qué decía el manual? No me acuerdo. Entrecierra los ojos intentando visualizar esa página. Salía también la foto de un par de manos. Pero ¿cómo eran? También aparecía la foto de una persona. Sí. Dios mío. Santa María Goretti. Manos unidas. Signo de petición extrema. Petición de algo que está por encima de todo.

Inusual. A veces imposible de llevar a cabo, por eso se ponen las manos como si se estuviera rezando, porque tan sólo un santo puede decir que sí. Atención, se avecina una petición. Roberto la mira y sonríe con aire seráfico, intentando ser lo más santo posible, ese que sin duda alguna sabrá atenderla. O al menos eso es lo que intenta transmitir con su sonrisa.

—Dime, querida, ¿qué problema hay?

—Bueno, yo no diría que haya ningún problema.

—Si me hablas de ello —amabilidad, calma, apertura, serenidad—, sólo un poco más, podré entenderlo y juzgar yo también. —Y recoloca un libro que hay sobre la mesa, justo como indica el manual, «aparentar desinterés, ocuparse de otra cosa durante la plegaria hará más fácil la confesión». Al recordar la palabra «confesión», Roberto tiene un momento de debilidad. El libro resbala hacia un lado, casi se le cae, pero él hace como si nada.

Simona lo mira. Entrecierra un poco los ojos, lo estudia tratando de comprender en qué fase se encuentra. ¿Está de verdad tan relajado y predispuesto como aparenta? ¿O se trata tan sólo de una pose?

—¿Y bien? —Roberto se vuelve y le sonríe de nuevo.

Simona decide jugarse la última carta.

—No, no importa, podemos hablarlo con calma mañana. —Calma. Yo tengo toda la calma del mundo—. Ahora ya es demasiado tarde.

Lo ha dicho. Y Simona sabe bien que ahora hay dos posibilidades. Si Roberto sólo fingía estar relajado, empezará de repente a gritar como un loco cosas del tipo «Eh, ahora me lo vas a decir, ¿entiendes?, me tienes harto con tanto preliminar», e incluso cosas peores; o bien, si está tranquilo de verdad, lo dejará en un «Como quieras», «Como prefieras» o, mejor aún, «Lo que tú decidas para mí está bien».

Roberto es sorprendente. No, está relajado. Más aún.

—Me gustaría saberlo, porque creo que es algo que nos afecta a los dos, a ti en particular; te noto tensa. Pero si tú lo prefieres, lo dejamos para mañana, por mí está bien así.

Te noto tensa. Bien. Demostrar preocupación por ella, sea cual sea la petición, es consecuencia del amor y la importancia que se le otorga a la otra persona. Ese capítulo no estaba en el manual. Roberto ya ha comprendido todas las reglas. O mejor dicho, Roberto ya es el manual.

Simona sonríe, separa las piernas y vuelve a colocarlas la una sobre la otra. Pero no como Sharon Stone, no. Más bien como una niña. Y sigue sonriendo. Aunque ahora está tranquila, piensa Roberto. Mejor. Bate un poco las palmas, juguetea. Luego se las apoya en el estómago, serena y feliz. Bien. No hay ningún problema. Roberto ahora está relajado de verdad. Simona lo mira y sonríe. Se lo puedo contar.

—Hoy he salido con Niki.

Roberto finge tranquilidad para animarla a seguir.

—Qué bien, por un momento he creído que... —pero se percata, por la mirada de su mujer que se está aventurando hacia quién sabe qué playa privada—, pensaba que Niki no estaba en Roma, es extraño, ¿por qué será?

Simona vuelve a relajarse. Roberto intenta recuperar terreno. Coge el libro pero no lo abre, por educación. Es para prestar atención a la otra persona y a lo que le quiere decir. Página 30 del manual. Quiere darle a entender que, sea lo que sea lo que vaya a decirle, después él seguirá leyendo su novela. Tranquilamente. Ninguna noticia puede turbarlo tanto. Le sonríe.

—Nos hemos divertido... y hemos hablado.

—Ah. —Roberto sigue jugueteando con el libro, pero esa espera está acabando con él. Le gustaría arrojar el libro o, mejor aún, coger ese manual que lo obliga a tantas fatigas psicológicas y hacerlo pedazos. Sin embargo se controla, se obliga a resistir. Simona, al ver su tranquilidad, le concede algo más.

—Hemos estado hablando de ella, de su historia de amor.

—Ah. —Hasta aquí todo normal, piensa Roberto. Pero, entonces, ¿qué pasa? ¿Qué puede haber sucedido? ¿Hay algo más? Calma, calma. Es tan necesaria...—. Simona, me lo dijiste tú misma. Tú sabes cuál ha sido mi manera de afrontar toda esta cuestión.

—Y lo has hecho muy bien.

—Aunque me parezca absurdo que alguien haya venido a nuestra casa, que tú hayas hablado con él y que ese alguien no fuese el agente de seguros al que estábamos esperando. Pero, sobre todo, me parece absurdo que ahora todos hagamos como si nada, y no afrontemos el asunto.

—Cariño, en muchas ocasiones, las familias se comportan así, seguro que pasó también en la tuya cuando eras pequeño o en la mía... Se aceptan las cosas en silencio, se hace como si nada hubiese pasado sólo para vivir con tranquilidad... Hemos decidido que no teníamos que hostigarla porque de lo contrario, con lo rebelde que es, se hubiese empeñado aún más en pelear contra todo y contra todos por estar con ese chico que le lleva veinte años.

—No sabes cómo me pongo sólo con oírlo. Me parece que esta noche no podré dormir. Ni me lo recuerdes. Pero ¿qué es lo que ha pasado? ¿Se ha liado con otro? ¿Con el de antes? ¿Con ese cantautor fracasado?

—¡Roberto! Claro que no.

Ah, tampoco es eso.

—¿Se ha liado con otro diferente? —Roberto la mira y alarga los brazos—. Venga, mi amor, es normal, son cosas que ocurren a su edad, se dejan, vuelven. Recuerda lo que hacías tú antes de conocerme.

—Sí, me divertía un montón.

—Mientes. Te aburrías. Luego me conociste y hallaste el amor verdadero. Pues, mira por dónde, a lo mejor también Niki lo conocerá antes o después. A lo mejor incluso sea éste el muchacho adecuado para ella. Acuérdate, amor, de que sólo tiene diecisiete años.

—Eso ya lo sé.

—Entonces no lo olvides.

—No, no hay riesgo de que me olvide de que su nuevo novio tiene casi treinta y siete años.

—Bueno, cuando hemos salido me dijo que estaba con un muchacho un poco mayor que ella, pero ha hecho como si no supiera que yo lo sé, ¡no ha tenido valor para decirme que le lleva veinte años!

—Bueno, eso es normal... Tú eres su madre y bastante es que no lo niegue todo directamente.

—Ah, encima la defiendes. Pues que sepas que ha pasado por alto el tema de la edad, pero me ha dicho que era el hombre de su vida, que tiene intenciones serias.

—Dios mío, está embarazada.

—No... Simplemente está enamorada.

—Pero puede que llegue un momento en que esos veinte años de diferencia empiecen a pesar, él o ella se darán cuenta y se les pasará.

—Eres un cínico... Pero me parece que la cosa es más seria de lo que pensaba.

—¿Por qué?

—Hemos salido de compras, le he dicho que podía elegir lo que quisiera, me he mostrado lo más abierta posible precisamente para hacerla hablar.

—¿Y?

—No se ha querido comprar nada.

—Dios mío... Entonces sí que estamos metidos en un buen lío.

Ochenta y seis

Pietro y Susanna, Flavio y Cristina, Enrico y Camilla están en el último vagón del Orient Express. Camilla sonríe al ver llegar a Alessandro desde lejos.

—¡Ahí está Alex... ya ha llegado!

—¿Dónde?

—Allí, al fondo.

Susanna se fija un poco más.

—¿Qué pasa? ¿Ha vuelto con Elena?

—Qué va. —Camilla le da un codazo. Esa que va con él no es Elena.

—¿Y quién es?

Cristina toma un sorbo de vino.

—Pero ¿estáis ciegos o qué? ¿No os dais cuenta de que ésa tiene por lo menos veinte años menos que Elena... y que nosotros?

Enrico sonríe y come un trocito de pan. Pietro traga preocupado por lo que pueda suceder. Alessandro y Niki se acercan a la mesa.

—Ah, aquí estáis, no os veíamos. Ella es Niki.

—¡Encantada!

Niki le da la mano primero a Camilla, después a Susanna y a Cristina. Luego a los hombres.

—Ellos son Enrico, Flavio...

Pietro cada vez está más preocupado. Intenta evitar su mirada.

—Y yo soy Pietro, encantado.

Niki hace como si nada.

—¡Hola, encantada, Niki!

Alessandro ve dos asientos libres.

—¿Nos sentamos aquí?

—Por supuesto. —Alessandro se sienta al lado de Pietro y cede la cabecera de la mesa a Niki.

—Voy un momento al baño a lavarme las manos. ¿Me disculpáis?

Alessandro, que ya se había sentado, vuelve a levantarse, luego sonríe a Niki, que se aleja.

Cristina la observa un momento.

—Es guapa esa chica, muy guapa. —Y mira a Alessandro.

—Gracias.

—¿Cómo la conociste?

—Un accidente de tráfico.

—¿En serio? —Camilla sonríe—. Que extraña coincidencia. Enrico y yo nos conocimos porque yo me había quedado sin gasolina en el ciclomotor y él se ofreció amablemente a ayudarme.

—Sí, pero por aquel entonces, todavía estabais los dos en el instituto —sonríe Cristina—. Digamos que Niki lo podría haber visto aquel día desde su cochecito.

Alessandro abre su servilleta y sonríe.

—No, yo más bien diría que, por aquel entonces, todavía estaba en los dulces sueños de sus padres.

—¿Qué? —Camilla abre la boca—. Pero Enrico y yo nos conocimos hace veinte años...

—Precisamente, ella llegó tres años después.

Susanna hace un cálculo rápido con los dedos.

—¿Tiene diecisiete?

Interviene Pietro.

—¿Lo veis? Mi mujer sabe llevar las cuentas, pero no las de casa.

Cristina mira a Alessandro, ligeramente tensa.

—¿Y eso qué quiere decir? ¿Que de vez en cuando saldrás con ella y sus amigas y que puede que te lleves contigo también a tus amigos, por no decir nuestros maridos?

Alessandro intenta no mirar a Enrico y a Pietro.

—No, ¿qué tiene eso que ver? Sólo estamos saliendo juntos. No sé cómo irá la cosa. Me parece que no hay por qué preocuparse.

Camilla lo mira molesta.

—¿Lo que dices es que ya sabes que no va a durar? Entonces eres un imbécil. Ella me parece una tía solar, abierta, a lo mejor se lo cree. Se sentirá mal.

—No, claro, lo que quería decir es que no tenéis por qué preocuparos por mis amigos, por no decir vuestros maridos.

Alessandro siente vibrar su teléfono móvil en el bolsillo. Lo coge. Un mensaje. Es Niki.

«¿Y bien? ¿Cómo va la ráfaga de preguntas? ¿Has sobrevivido? ¿Vuelvo o te espero en el lavabo y huimos?»

Alessandro sonríe y responde lo más rápido que puede. «Tu faro los ha deslumbrado. Vuelve, todo ok.» Luego se guarda el Motorola en el bolsillo.

—Bien, escuchad una cosa. Mirad, yo no sé cómo eran vuestras relaciones con Elena, pero ahora está Niki. Me gustaría que la conocieseis. Y luego, como somos amigos, ya hablaremos de ello. Siempre nos hemos tenido confianza, ¿no?

Justo en ese momento, Niki aparece al fondo del pasillo. Cristina inclina la cabeza hacia adelante para que no la vea.

—Ahí está, ya viene.

Susanna sonríe.

—Me gusta conocerla. Pero ¿sabes lo que estaba pensando? Que mi hija tiene trece años. Dentro de cuatro podría traerme a casa a uno como tú.

—¿Y qué?

—Nada, en mi opinión ésta es una cena ideal. ¡Por lo menos me servirá para prepararme psicológicamente para cuando tenga que ir a una con mi hija y alguien de tu edad!

Todos se echan a reír justo cuando Niki llega a la mesa.

—Eh, ¿qué pasa? ¿De qué estabais hablando?

—De ti —dice Alessandro—. Hablaban muy bien de ti. Han decidido que si los efectos son éstos, ¡vuelven todos a la escuela!

Niki toma asiento.

—¡Sí, puede que los efectos sean buenos, pero no sabéis lo duro que es el profe de gimnasia!

Y todos se echan a reír. Alessandro mete la mano bajo el mantel y le aprieta la pierna, para darle seguridad. Niki lo mira y sonríe.

–Disculpen, señores, ¿ya saben lo que desean comer? –Un camarero vestido de revisor ha aparecido de repente.

–Sí, por supuesto... ¿qué son los tonnarelli chucu chucu?

–En seguida se lo digo... –Y el camarero explica varios platos. Luego alguien pide agua mineral.

–Con o sin gas, no importa.

–¿Podría traer también una tortitas calientes para acompañar los entremeses?

–Y un buen syrah para acompañarlo todo.

–Para mí sólo una ensalada verde.

Es inevitable, siempre hay alguien a dieta. O al menos quien lo finge delante de los demás. Y también está aquel a quien le gusta probar cosas insólitas.

–¿Qué son los quesos fantasía?

–Quesos de la tierra acompañados por mieles diferentes, según los sabores.

–Perfecto, yo quiero eso.

La velada discurre así, lenta, agridulce, sabrosa. Primeros platos a los que siguen extrañas mezclas de pescado y verdura.

–Este brócoli con gambas está riquísimo. ¿Alguien lo quiere probar?

Y al final la diferencia de edad no se nota tanto frente a un buen plato.

–Vamos a fumarnos un cigarrillo mientras esperamos los segundos, ¿queréis?

–Vale, primero salimos nosotros, los hombres.

–¡Cabrones!

–Pero ¡si de vosotras sólo fumáis dos!

–¡Igualmente sois unos cabrones!

Pietro, Enrico, Alessandro y Flavio se reúnen a la puerta del restaurante. Unos se sientan en un banco, los otros se apoyan en la pared de al lado.

–¿Tienes un cigarrillo? –pregunta Pietro a Flavio, que rápidamente le ofrece uno. Pietro lo enciende, da una calada y empieza a hablar—. Qué susto cuando os he visto entrar. Me he dicho «Como ahora Niki me salude, me espera una buena. Ve a explicar a Susanna que la conocí por casualidad...».

Enrico tira un poco de ceniza al suelo.

—En realidad, no fue así.

—Ya lo sé, pero hubiese tenido que hacérselo creer.

Flavio siente curiosidad.

—Pero ¿por qué? ¿Cómo fue?

—No cs nada —interviene Alessandro—, un día fuimos a comer con Niki y sus amigas.

Pietro le da un codazo a Flavio.

—¡Sí, aquel día que te llamamos y, como de costumbre, no viniste!

—¡Menos mal que no fui! Vosotros estáis locos. Alex, me maravillas. Imagina que por casualidad se enterasen nuestras mujeres, ¿qué iban a pensar? ¿Te das cuenta de que perderían la confianza? No nos dejarían salir más contigo. Aunque no hubiese sucedido nada, quiero decir...

—Eh —Alessandro mueve la cabeza arriba y abajo—. ¡Pietro estaba a punto de irse a dar una vuelta en ciclomotor con Olly, una amiga de Niki, y se encontró con Susanna!

—¡No!

—¡Sí!

—¿Y qué le dijiste?

—Bueno, que era una que me había preguntado la dirección de una calle.

Flavio los mira a los tres.

—Escuchad, a mí no me metáis en vuestros líos. —Tira el cigarrillo y vuelve a entrar.

Pietro le grita por detrás:

—¿De qué líos estás hablando? ¡Esto es la vida, Flavio, la vida!

Pero ya ha entrado y no puede oírlo.

—Jo, ¿os dais cuenta? Flavio está acabado, lobotomizado. ¡De vez en cuando uno debe respirar, aunque sea sin la mujer, qué demonios! Vale, puede que yo exagere. Pero ¡es que él exagera al contrario! —Pietro mira a Enrico—. ¡Mira, lo que estaría bien sería un equilibrio como el vuestro, joder! ¡Como Camilla y tú! Sois felices con vuestra libertad, sin opresiones, manías ni controles continuos, ¿no?

Enrico sonríe. Alessandro enarca las cejas y lo mira.

—Ya... ¡entremos, venga! No me gustaría que Flavio, sintiéndose libre de nuestra presencia, hablase de más.

Alessandro, Pietro, y Enrico vuelven a entrar justo en el momento en que salen Camilla, Cristina, Susanna y Niki.

—Cambio...

Todos se sonríen mientras se pasan por el lado. Los únicos que intercambian un beso al vuelo son Alessandro y Niki. Nada más salir del restaurante, Susanna se enciende un cigarrillo.

—Demonios, me hubiese gustado ser un mosquito para poder estar aquí afuera y oír lo que decían.

Cristina enciende el suyo.

—¿Para qué? Habrán dicho lo de siempre. A lo mejor Flavio habrá hecho algún comentario acerca de la rubia tremenda que está sentada en la mesa del fondo, ¡que además está totalmente operada!

—¿Cuál? —pregunta Niki.

—La que estaba detrás de ti, a lo mejor no la has visto. He notado que también Pietro le echaba una ojeada de vez en cuando.

Susanna suelta un resoplido, dejando escapar un poco de humo.

—Qué quieres que te diga. Lorenzo, mi hijo, se ilumina cuando ve los anuncios de Vodafone. Así que le pregunté «Pero ¿por qué te gustan tanto?». «¡Porque sale esa que tiene dos tetas así!» —Y Susanna hace como si tuviese una delantera poderosa—. ¿Os dais cuenta? ¡Ha salido clavado a su padre, un obseso desde pequeño!

Se ríen, bromean y siguen conversando. Niki escucha divertida, sonríe, asiente, intenta participar de algún modo. Pero se habla de niños, de asistentas, de compras, de peluqueros, de una que se acaba de separar, de otra que espera su tercer hijo. Y luego la extraña historia de la amiga del alma de esta última que, al enterarse, quiere tener otro ella también. ¿Que espera un hijo la primera? Un mes después está embarazada la segunda. ¿La primera ya tiene dos niños? Dos meses después espera su segundo hijo la segunda. Y ahora... Seguramente habrá obligado a su marido a trabajar para un tercer hijo. Y todo así. Y se ríen.

¿Y Niki? Niki se pregunta si pasará lo mismo con su vida. ¿Será ése el camino iluminado por mi faro? Por el momento, sólo se me ocurre una cosa. Una cosa superguay. Me gustaría poder gritárselo. ¡Eh, chicas, mujeres de los amigos de Alex, ¿os habéis enterado? Se ha vuelto a poner de moda el *longboard*, la tabla larga de surf y su baile temerario sobre el mar! Pero me imagino la cara que pondrían ante tan sorprendente noticia.

—¿Tú qué piensas, Niki?

—Hummm...

—Del hecho de tener cuatro hijos.

—Me parece bien, siempre y cuando los aguantes tú y no te busques una de esas filipinas; en ese caso estoy de acuerdo.

—¿O sea que a Alessandro le aguarda un futuro lleno de retoños?

—Bueno, por el momento, lo único que cabe preguntarse es si quicre un futuro conmigo.

Camilla sonríe.

—Tiene razón. Es mejor no apresurarse.

Cristina pregunta curiosa:

—¿Y qué dicen tus padres del hecho de que salgas con uno... vaya, mayor que tú?

Niki la mira.

—Oh, ni dicen ni dejan de decir. En realidad, sólo sospechan.

Cristina insiste.

—Sí, pero ¿se han conocido?

Niki se lo piensa. Probablemente no sea el momento de explicar el equívoco del agente de seguros.

—Bueno, mi madre habló con él, y me parece que le cayó bien. Digamos que Alex le produjo una buena impresión.

Camilla sonríe.

—Sí, Alessandro es un excelente muchacho. A una madre alguien así le da seguridad.

Niki piensa en el equívoco.

—Sí, es verdad. Estoy convencida de que mi madre invertiría en alguien como él.

Cristina y Susanna se miran con curiosidad, pues no entienden bien la expresión. Niki se da cuenta.

—En el sentido de que se arriesgaría en lo que respecta a la diferencia de edad, a cambio de contribuir a la felicidad de su hija...

—Ah, ya.

Luego todas deciden volver a entrar. Y la cena prosigue tranquila y serena, hecha de catas de segundos platos, y de guarniciones para todos y de un poco de fruta para algunos.

—¿Tiene piña? Entonces para mí piña, así al menos quemo un poco de grasa.

Y dulces y postres, y una pequeña excepción. Y luego más de lo de siempre.

—Para mí un café.

—¿Cuántos cafés?

—Yo café americano.

—Yo un cortado con leche fría.

—Yo un descafeinado, asegúrese por favor, que si no luego no duermo.

A continuación, el detalle habitual de los restaurantes. La cuenta junto con la pregunta de rigor:

—¿Les apetece un limoncello, una grappa, algún digestivo?

Poco después, fuera, últimas charlas. Apretones de mano, besos en las mejillas. Todos se montan en sus respectivos coches con la promesa de volver a quedar pronto. Y una nueva curiosidad encima.

Ochenta y siete

Habitación añil. Ella.

Es tarde. Pasado mañana será el gran día. Qué miedo. A lo mejor haría mejor en irse a la cama. Pero, como siempre, el portátil cerrado en la mesa es como si la llamase. Todavía no ha abierto esa carpeta. Pero el nombre le produce una enorme curiosidad. «El último atardecer.» ¿Qué será? La chica clica encima y la abre. Más documentos Word. Más palabras.

«Ese claro sostenido entre las persianas y el mar. Mar y tierra. Tierra de invierno cubierta de amarillo. Mar, ese amarillo caído de hojas que reflejan el sol. Mar y tierra, los dos inciertos y lejanos, intentando decirse algo pero no saben hablar.»

... No saben hablar. Demonios. Es bonito. ¿Será una especie de pocsía? Es un poco diferente a cuanto lleva leído hasta ahora en ese ordenador que parece el cofre del tesoro de una historia de piratas. O la lámpara de algún Aladino que se divierte sorprendiéndola cada noche, antes de irse a dormir. Sigue leyendo.

«Si estás, y escoges quedarte, recuerda entonces las cosas que no sabes, sujétalas bien, no las dejes escapar, llegará el día en que puedas saberlas.

»Si estás, y sabes cómo amar, recuerda entonces las cosas que das, mantenlas del otro lado, no las hagas regresar, llegará el día en que puedas volver a tenerlas.

»Si estás, y piensas marcharte, recuerda entonces las cosas que quieres, mantenlas vivas, no las dejes callar, llegará el día en que las merezcas.»

Se detiene. Un velo ligero y húmedo le cubre repentinamente los ojos. ¿Qué ocurre? ¿Por qué esas palabras penetran y hacen tanto daño? ¿De veras no lo sé?, piensa mirando fijamente la pantalla, como si se tratase de un antiguo oráculo que acaba de darle la respuesta que llevaba tanto tiempo buscando. El amor se halla en esas pocas líneas, el amor tal como lo querría ella y como ya no lo tiene. O quizá como no lo ha tenido nunca. Porque el amor no es y no puede ser simple afecto. No se trata de costumbre o de amabilidad. El amor es locura, es el corazón que late a dos mil por hora, la luz que surge de noche en pleno atardecer, las ganas de despertarse por la mañana sólo para mirarse a los ojos. El amor es ese grito que ahora la llama y le hace comprender que es hora de cambiar. Él. Recuerda momentos pasados en su compañía, las cosas que siempre le dice, su rostro. Pero no sabemos hablar. No estamos hechos el uno para el otro. Una lágrima desciende cálida por su mejilla y cae sobre sus piernas libres y desnudas. A lo mejor esa muchacha sentada en su escritorio, en una noche de finales de primavera, quieta ante un portátil encontrado por casualidad, iluminada apenas por una lámpara de Ikea, todavía no sepa lo que es el amor. Pero seguro que ahora sabe lo que no es.

«Y caen las hojas, y parecen soles, y cae la nieve de espuma sobre el mar. Y dos están tan juntos que parece un final.»

Ese final que le falta y que siempre le ha faltado. Ese final que ha buscado como una respuesta que no tenía valor ni para plantearse siquiera a sí misma. Ese final a lo mejor ha llegado. Y discurre ante sus ojos como los títulos de crédito de la película de un amor concluso. Sí, ha llegado el momento de decírselo. Ha llegado el momento de ir a decirle que ha sido bonito, que aunque los actores salgan de escena, el escenario de la vida sigue abierto y listo para nuevos espectáculos, que le deseo todo lo mejor y que lo siento mucho. Pero ha llegado el final. Cierra el portátil. Coge su bolsa y sale corriendo. Cuando el corazón se decide, cuando tiene el coraje de cambiar de camino, no se debe esperar.

Ochenta y ocho

La puerta del coche se abre de repente. Ella se deja caer dentro. Él la mira.

—Creía que no vendrías.

—Soy curiosa, ya lo sabes.

—Sí, pero esta mañana en el instituto no me has dicho que sí.

—Qué más da, las demás estaban en la esquina, no quería que me oyesen.

—Has hecho bien. Venga, vamos.

Salen y de inmediato se hallan sumidos en el flujo del tráfico nocturno. Del lector sale una selección de Mp3.

—De lo mejor que hay ahora mismo, niña. Bow Wow + Chris Brown, Jim Jones, Fat Joe...

—Todo hip hop.

—Pues claro. Y eso que todavía no has escuchado los históricos, Sangue Misto, Otierre y Colle der Fomento.

Ella escucha y habla. Pero habla demasiado, como cuando uno se siente incómodo. Y cree que a lo mejor se equivoca. Pero siente curiosidad, demasiada curiosidad. Desde hace meses. Él es un tipo fuerte, y guapo. Y por si fuera poco ahora está libre. Joder, no hago nada malo. Está libre. Y además, sólo voy a dar una vuelta. Una vuelta, eso es todo. El auto avanza veloz a derecha e izquierda, adelantando como puede. Semáforos, desvíos, stop.

—Ya hemos llegado.

—¿Bajamos ya?

—Pues claro. ¿A qué hemos venido si no? Así te dejaré oír...

Se bajan del coche y se meten en un portal. El ascensor baja al −1. Recorren un largo pasillo oscuro, al que dan las puertas de hierro de muchos garajes en fila. Él se detiene en el penúltimo.

—Es aquí. —Mete la llave en la cerradura y tira de la manija. La puerta sube. Una luz se enciende automáticamente. El garaje es muy grande, cabrían dos coches, pero no hay ninguno. Ha sido reformado por completo para convertirlo en una sala de ensayos. Hay de todo. Instrumentos, mesas de mezclas, amplificadores, tres micrófonos.

—Todo está insonorizado. Desde fuera y desde arriba no se oye nada. Ni siquiera las vibraciones. En lugar de poner goma de plomo, que mejora muy poco los decibelios, me hice construir paredes fonoaislantes y fonoabsorbentes a fin de obtener un campo sonoro más amplio, luego puse alfombras por el suelo. Hasta tengo *bass trap*. Aquí empecé, aquí es donde me divierto. Y donde nadie me toca los cojones.

—Cuánta tecnología. ¡Qué fuerte, es una pasada! ¿Puedo probar el micrófono?

—No, primero tienes que probarme a mí. —Y la coge por detrás, dándole la vuelta. Luego le da un largo beso en los labios.

Y ella piensa que a lo mejor no está bien, que no debería estar allí, que ha hecho mal en subirse a aquel coche, que podía haber resistido la tentación sin darle la razón por una vez en la vida a Oscar Wilde. Pero las manos de él la confunden, le producen escalofríos, la buscan y la encuentran. Y las bocas se persiguen cada vez más, la respiración se vuelve ansiosa y el ritmo crece, como una canción acabada de componer que tenías hace tiempo en la cabeza pero que no tenías el coraje de tocar.

—Eres fantástica...

—Chissst. No hables.

Y siguen, se conceden un bis, como artistas de la escena que no se hacen de rogar, que no se resisten. Pero una nota desafinada resuena dentro de ella, una sensación de culpa que ninguna pared podrá absorber, ni ningún auricular podrá aislar. Olly lo piensa un instante. Sólo un instante. Después se abandona como una ola rebelde que se

deja llevar por la corriente. Y cierra los ojos. Y prefiere no pensar en
ello. Porque, en ocasiones, la curiosidad no mata al gato, sino sólo la
conciencia.

«... Y quisiera una magia que se encendiera por la mañana y no se
apagase por la noche. Alguien a quien mirar y a quien decir las cosas
que aquí escribo.» Stop. Diletta relee el nuevo texto que quiere colgar
en su *blog*. Todas las noches lo actualiza. Un pensamiento. Una foto
de las Olas juntas. La letra de alguna canción. Una cita de una película. Un pasaje de un libro que merece ser recordado por siempre. Y sobre todo palabras para regalar. Ya está. Actualizado. Palabras enjau-
ladas en la red, listas para ser leídas, a lo mejor capturadas por los
ojos oportunos, los que Diletta lleva esperando desde siempre. Quién
sabe. Diletta apaga el portátil y se tira en la cama. El tal Filippo es curioso. Siempre está plantado junto a la máquina de las golosinas. Y
eso que no está nada mal. Tiene buen físico. Yo creo que practica deporte. De repente, el sonido de un mensaje que acaba de entrar. Diletta se vuelve y coge su móvil de la mesita de noche. «¿Nos vemos a
medianoche en el Alaska? ¡Reunión de Olas! ¡Muévete! ¡Y levántate
de esa cama, al menos hasta que sepas usarla como se debe! Olly.» Es
la de siempre. Diletta se levanta. Y decide ir a dar una vuelta. Busca
por la habitación las zapatillas de gimnasia. Se las pone y sale tal cual,
sin rastro de maquillaje, como de costumbre; con su larga cabellera
suelta al viento y que en breve volará rebelde entre el tráfico de
Roma. Esa noche le aguardan muchas sorpresas.

Poco después, Diletta pasa por piazza del Popolo, enfila hacia la
Porta y llega al piazzale Flaminio. Luego se detiene frente a la entrada
de Villa Borghese. Iluminada también de noche. Qué extraño. Y,
como si fuese de día, el habitual ir y venir de personas que entran o
salen después de hacer *jogging*, a la espera quizá de una pizza que
dará al traste con los esfuerzos acabados de hacer. Dos chicas se ríen,
mientras corren a toda velocidad con sus patines en línea, al tiempo

que un chiquillo hace piruetas con su monopatín, subiendo y bajando de la acera. Diletta está a punto de irse cuando lo ve. Por un momento no lo había reconocido. Pero, a medida que se le acerca, distingue mejor sus rasgos. Se siente de repente feliz, sin motivo aparente.

—¡Hola, cara de cereal! —le grita desde dentro del minicoche. Filippo se vuelve y se detiene, apoyando ambas manos sobre las rodillas, ligeramente dobladas. Respira profundamente, pero no parece estar jadeante. Diletta se acerca.

—Pero ¿quién eres?

—¿Cómo que quién soy? —Y Diletta baja aún más la ventanilla. Filippo se ruboriza ligeramente, el rubor que la carrera todavía no había logrado poner en sus mejillas.

—¡Diletta!

—En persona y sin cereales. ¿Qué haces? Qué pregunta más tonta. Estás corriendo.

—Sí, bueno. Vengo aquí ahora que abren también de noche. Me gusta. Es que, ¿sabes?, juego a baloncesto y así me entreno.

—¡Venga ya! ¡Yo juego a voleibol! ¡De modo que los dos tenemos algo que ver con las pelotas! —Y se ríe divertida, mientras se arregla el pelo con las manos.

—¡Sí! Pero ¡hay que tener cuidado con no volverse pelotas! —Y se echan a reír a la vez. Y dan un paso más. Aunque no sean conscientes de ello.

—Oye, ya que tú también haces deporte, ¿te gustaría correr conmigo este domingo? Podríamos venir por la mañana; entonces se está bien, hace más fresquito —se atreve él, haciendo esfuerzos por mantener el tono lo más neutro posible, sin saber si lo ha conseguido o no.

Diletta lo mira y hace una ligera mueca.

—Pues no sé, no creo.

Filippo pierde de golpe su autocontrol y su voz delata su desilusión.

—¿Preferirías que fuese por la tarde? Por mí está bien. Lo decía sólo por decir.

—No, decía que no creo que se esté tan fresco. ¿No te has dado cuenta del calor que está haciendo estos días? Tendríamos que venir a la hora que vienes tú, o mejor más tarde... a las cinco de la mañana. Pero mis padres no se lo iban a tragar.

El rubor asoma traidor a las mejillas de él y ahora también las orejas se le enrojecen.

—Sí, resultaría difícil de creer. Mejor a las siete de la tarde.

Diletta arranca de nuevo.

—Entonces, hasta el domingo. ¿Quedamos aquí?

Diletta da gas y una pequeña sacudida hacia delante. Luego se vuelve y lo mira.

—¡Ok! ¡Trae una barrita de cereales para después! —Y se va a toda prisa.

Filippo la mira mientras se aleja. Como en el instituto. Y el rubor lo va abandonando poco a poco. El domingo. Ella y yo. Aquí en el parque. Pero todavía no sabe que delante de esa valla no habrá nadie esperándolo.

Ochenta y nueve

Noche. Tráfico ligero, tráfico lento, tráfico que conduce Dios sabe adónde. Hacia nuevas historias, hacia una soledad oculta en un grupo, hacia el deseo frenético y enloquecido de volver a ver a alguien, que a lo mejor todavía te desea un poco.

Noche. Noche en un habitáculo. Flavio conduce tranquilo. Cristina lo mira.

—¿Conocías ya a la nueva novia de Alex?

—No, sabía que estaba saliendo con alguien.

—¿Y sabías que era tan... chiquilla?

—No, no lo sabía.

Silencio.

—La verdad, no entiendo qué es lo que puede encontrar uno como él en una así. Aparte de veinte años menos.

Flavio sigue conduciendo tranquilo. Decide hablar.

—No la conozco y no puedo juzgar, pero a mí me ha parecido simpática.

—También tú lo eras con veinte años. Eras alegre, despreocupado, divertido.

Flavio la mira un instante, luego vuelve a mirar la carretera.

—A los veinte años resulta más fácil hallar motivos para estar alegre. Piensas que tienes tanto tiempo a tu disposición que podrás cambiar tu vida mil veces. Luego te haces mayor y te das cuenta de que ésa es tu vida...

Cristina se vuelve hacia él. Lo observa.

—¿Qué me quieres decir? ¿Que no eres feliz con lo que eres o con cómo vives?

—Yo sí. Pero si tú no lo eres, tampoco puedo serlo yo. Creía que nuestra vida dependería de la felicidad de ambos.

Cristina se queda en silencio.

—Bueno, de todos modos ya sabías cómo era yo, de modo que no entiendo qué es lo que esperabas. ¿Pensabas a lo mejor que iba a cambiar?

—No.

—¿Entonces?

—Pensaba que ibas a ser feliz. Querías casarte, tener un hijo... Lo has conseguido todo. ¿Qué más te hace falta?

Cristina se queda un momento en silencio. Ataca de nuevo.

—¿Sabes lo que de veras me molesta?

—Un montón de cosas.

Cristina lo mira y lo hace con dureza. Flavio se da cuenta e intenta quitarle hierro al asunto.

—Venga lo he dicho en broma...

—Que haya tenido que venir Alex a cenar con una chiquilla para que nos diésemos cuenta de adónde hemos acabado.

Noche. Noche que avanza. Noche que discurre. Noche de estrellas ocultas en lo alto.

Enrico conduce tranquilo. Camilla lo mira y sonríe.

—Pues a mí me gusta más que Elena. Es madura, tranquila, serena, educada. Es verdad que a veces, cuando habla, es un poco niña, pero eso resulta hasta cierto punto normal. Yo creo que llegará a ser una mujer muy hermosa. ¿A ti te gusta?

Enrico sonríe y le pone una mano en la pierna.

—No como me gustabas tú a los diecisiete años. Y no como me gustas tú ahora...

—Venga, dime la verdad. Tienes tres años más que Alex. ¿Te gustaría tener a una chica tan joven cerca?

—Es una chica agradable y divertida. Pero puede que acaben descubriendo que tienen objetivos diferentes. Sólo espero que no se acabe cansando de Alex.

—O Alex de ella...

—Él me parece tan tranquilo.

—Sí, se lo ve bien, pero no parece que le importe mucho... Quiero decir que a lo mejor sigue pensando en Elena.

—No, yo no lo creo. Lo que pasa es que en una historia así, también él va con pies de plomo, como es natural. ¿Te imaginas? Tendrá miedo de meterse en problemas. Que ella no tenga paciencia. Quiero decir, que ella sale del instituto y tiene toda la tarde y la noche libres... mientras él tiene esos horarios, su trabajo, las reuniones, sus asuntos.

—¿Es que acaso son más importantes que el amor? —Camilla lo mira. Él le sonríe. Luego coge su mano, se la lleva a la boca y la besa—. No, en efecto, no hay nada más importante que el amor.

Noche de nubes. Noche de viento. Noche ligera. Noche cálida. Noche de hojas que bailan alegres. Noche diversa. Noche de luna.

Susanna sigue mirándolo fijamente.

—Todavía no me has dado una respuesta.

—Ya te lo he dicho, nunca la había visto y de todos modos no me gusta.

—Sí, ya te he oído, pero el otro día, cuando te encontré a la puerta del restaurante, dijiste que habías quedado con Alex porque estaba un poco alicaído.

—¡Y era verdad!

—Pero si ya hace más de un mes que están juntos.

—Y qué sé yo, me parece que tú sabes más. Ese día estaba depre. Pregúntaselo a él mismo.

—Se lo he preguntado a ella. Y dice que les va muy bien, de amor y de todo.

—Pues vale, ¿qué quieres que te diga?

—Sí, pero mira por dónde, el otro día os fuisteis a comer al Panda.

—¿Y qué? Estábamos Enrico, Alex y yo.

—¿Los tres solos?

—Sí.

—¿Y os gastasteis todo ese dinero? He visto la factura...

—Nos tomamos dos botellas de champán, para celebrarlo con Alex... Cariño, trabajo en su despacho como consultor legal y ni siquiera le había hecho un regalo...

Pietro intenta abrazarla, pero Susanna se aparta.

—Yo creo que estabais con Niki y sus amigas, que imagino que serán de su misma edad... Y que obligasteis a Alex. No sólo eso, sino que él tampoco se lo debió de decir a Niki, porque de lo contrario ella no las hubiese llevado, aunque sólo fuera por solidaridad. Lo que está claro es que ella no se dedica a destrozar familias.

—Vaya, ya salió la psicóloga. ¿Por qué no te buscas trabajo en una unidad especial de policía? Aunque se trate de una simple comida, tú intuyes planes retorcidos y turbios detrás.

—De todos modos, tarde o temprano acabaré descubriendo algo, de eso estoy segura.

Pietro prueba a abrazarla de nuevo.

—Sí, pero mientras intentas descubrir lo que sea... ¿no podrías ser más agradable?

Pietro intenta besarla. Y ella finge estar de morros, pero al final le deja hacer.

Noche. Noche de timbrazos, de llamadas telefónicas, de celos. Noche de luchas, de corazón, de fantasía. Noche de encuentros clandestinos.

—¿Estás preparado? Ahora te digo cómo ha ido la cosa, en mi opinión.

Alessandro mira a Niki divertido.

—Venga, dime, siento curiosidad.

—A la mujer de Enrico, Camilla, le he caído bien. Ella es una mujer serena, me he dado cuenta de que se reía con las cosas que yo explicaba. Me trata un poco como una amiga. Me gusta. En cambio, Susanna... ¿se llama Susanna la mujer de Pietro?

—Sí.

—Bien, yo creo que a ella podría llegar a gustarle, pero no se fía demasiado. Quiero decir, no es que no se fíe de mí, lo que pasa es que tiene miedo porque sabe que Pietro es muy zorro, demasiado... y yo soy otra posibilidad de riesgo. Cristina, en cambio, está totalmente en contra. *Out* por completo. Se le nota a un kilómetro... Lo he visto claro, incluso cuando salimos a fumar. Ella no dejaba de escudriñarme. Cómo iba vestida, lo que decía, si estaba de acuerdo o no, me ha estudiado a fondo. O sea, que no le gusto.

—¿Y por qué, qué crees tú?

—No tengo ni la más remota idea. Pero creo que aceptamos a los demás en función de nuestro propio nivel de felicidad... Piénsalo bien. Cuando nos sentimos felices, los demás nos caen mejor, y estamos dispuestos a no considerar las diferencias como defectos.

Alessandro la mira. Enarca las cejas.

—Empiezas a preocuparme. ¿Quién eres en realidad?

—¡Qué más da! Una que tiene que hacer la Selectividad. Esto es de Newton. Somos enanos subidos a hombros de gigantes, venga, toda la historia esa de Platón. Filosofía de bolsillo.

—Sí, pero resulta fundamental y no deberías olvidarla. ¿No lo sabes? No se recuerdan los grandes sistemas. Se recuerdan los mínimos particulares.

El teléfono móvil de Niki empieza a sonar. Lo saca de su bolsa.

—¡Es Olly! —Y responde—. ¿Sí? No me digas que te has vuelto a meter en un lío, como de costumbre, ¿eh? ¿No querrás venir a dormir a mi casa?

Silencio. Y, de repente, sollozos.

—Niki, ven corriendo. Diletta.

—¿Diletta qué?

—Ha tenido un accidente.

Noventa

Alessandro conduce a toda velocidad en la noche. A su lado va Niki. Y mil llamadas, mil preguntas por teléfono, mil interrogantes, mil porqués. Un intento desesperado por entender algo. No es posible. Hospital San Pietro. Alessandro pasa la barrera y aparca. Niki se baja de inmediato y entra en Urgencias. Corre por un pasillo hasta que ve a Olly y a Erica. Se reúne con ellas y se abrazan.

—Todavía no he logrado entender nada. ¿Qué ha pasado? ¿Cómo está?

—Uno que iba a dos mil por hora con un Porsche por corso Francia. Ella estaba girando en el semáforo, iba al Pains y nada, el tipo la alcanzó de lleno. Su cochecito volcó y salió disparado, llegó hasta el otro semáforo. Está destrozado. No ha quedado nada. Sólo ella. Toda descalabrada.

—Sí, pero ¿cómo está? ¿Es grave?

—Una pierna y un brazo rotos. Además se golpeó en la cabeza. Y ése es el problema. Están haciéndole pruebas para ver si hay conmoción. Ya la han operado... Mira.

Las Olas se acercan a un cristal. En una fría y aséptica habitación pintada de azul claro, Diletta está vendada por completo, quieta, inmóvil, en una pequeña cama, que parece demasiado estrecha como para que quepa entera. Varios cables se entrecruzan y se pierden en sus brazos. Sedantes, vitaminas, y otros tipos de analgésicos para controlar su estado de *shock*. Un poco más allá, los padres de Diletta la observan en silencio, incapaces de moverse y de hablar, casi en sus-

penso, sin atraverse ni a respirar. Pero los padres se percatan de la llegada de Niki. Un saludo, un simple gesto con la mano. Por supuesto,
ninguna sonrisa.

—Pero ¿qué han dicho los médicos? —pregunta en voz baja Niki a
Erica.

—Nada, no se mojan, no han querido pronunciarse. De todos modos, han dicho que será difícil.

—¿Difícil qué?

—Que vuelva a estar como antes. O sea, que pueda volver a hablar,
por ejemplo.

Niki siente como una sacudida, un huracán, una oleada de inmenso dolor, se viene abajo, se derrumba, siente que le quitan la respiración, que se le ahoga dentro su deseo de estar alegre. Feliz. Y de
improviso rabia, y estupor, incredulidad. Sentirse traicionada por la
vida. No es posible. Diletta no. Diletta. Que es fuerte. Que nunca ha
tenido novio. Y la ola sigue creciendo, cada vez más. Y casi la ahoga,
le corta la respiración. Porque es como si le hubiese sucedido a ella,
o peor aún. No sabría decirlo. Pero ella está allí, la mira y no puede
hacer nada. No es posible. No puede más, no quiere pensarlo. Olas
rotas. Sus olas. Y entonces Niki se acerca a Alessandro, que se ha
quedado un poco apartado. Por miedo a molestar, a decir algo equivocado. Porque es así como se siente frente a las tragedias de los demás. También él lo lamenta por Diletta. Es de esas personas a las que
no conoces directamente, a las que a lo mejor no ves mucho, pero
que está presente cada día en lo que te cuenta la persona con la que
sales y a la que sabes que le dedican sonrisas. Entonces esas personas
pasan a ser un poco tuyas. Y al final también tú acabas echándolas de
menos. Niki se le acerca y le aprieta fuerte la chaqueta con los puños,
se la arranca casi, se aferra a esa tela, desesperada, como si fuese el
único escollo seguro en medio de ese mar de absurdo dolor. Luego se
apoya en el pecho de Alessandro y empieza a llorar quedo, en silencio, ahogando casi su dolor en esa chaqueta. Por respeto, por miedo,
por no mostrar su debilidad ante los padres desesperados de Diletta.
Alessandro no sabe qué hacer. Y la abraza despacio con sus brazos,
fuerte, contra sí.

—Chissst... Tranquila, Niki... Chissst —Y basta eso, su abrazo, para que se sienta un poco más tranquila. Un suspiro profundo, lento. Y otro. Y otro más. Y los sollozos disminuyen. Poco a poco. Un poco de calma en esa chaqueta. Como una isla segura. Una pequeña ensenada. Una cala donde poder resguardarse de la tempestad. Y después aire. Respira profundamente. Niki emerge de nuevo de los brazos de Alessandro. Recupera el ánimo, la compostura. Se seca la nariz con el extremo de su camiseta de mangas largas. Se arregla un poco el cabello con ambas manos, metiéndoselo por detrás de las orejas. El cabello, un poco mojado, obedece. Recupera su lugar de un modo obediente y, silenciosamente, deja que la luz aparezca de nuevo en ese rostro.

—Estoy bien. —Intenta convencerse a sí misma. Y una pequeña sonrisa a Alessandro—. Vámonos a casa. Volveré mañana. —Casi mejor que en una famosa película.

Y se van sin más, en el silencio de una noche hecha de espera, de miedo, de impotencia, de esperanza, de plegaria. De la certeza de un mañana, eso está claro, pero de un mañana que puede no serlo para todos. ¿Cómo es la vida? Qué raro cuando no estamos distraídos, cuando no tenemos tanta prisa, cuando sabemos detenernos. Y sonreír. Y comprender. Y cerrar los ojos. Y notar incluso los segundos que corren por nosotros. Y saber vivirlos todos a fondo. Y saborearlos con una sonrisa, con preocupación, con esperanza, con deseo, con claridad, con cualquier duda. Pero saborearlos. Saborearlos a conciencia. Esto piensa Niki mientras se sube al Mercedes ML. Y no piensa nada más. No tiene fuerzas para imaginar que pueda perderse esa Ola.

Noventa y uno

En los días siguientes, las Olas se organizan. Se turnan para ir al hospital. De vez en cuando, llevan un helado, alguna cosa para los padres de Diletta. Un periódico, una revista, alguna delicia de las de la pastelería Mondi o en la Euclide. Así se van alternando, Olas de un mar que de todos modos recuperará antes o después la calma. Pero es preciso creer en ello. Una tras otra, una marejada sin fin. Olas sonrientes, divertidas pero no demasiado. Optimistas. Fingir que no se tienen dudas. Certezas. Todo se arreglará. Y negarse a admitir por un momento, aunque sea ante sí mismas, que eso pueda no ser así. Infatigables. Una historia de amistad que no sabe lo que es el cansancio. Y se pasan el testigo con una sonrisa. Niki. Olly. Erica. Y unos días dos y otros las tres siguen estudiando para la Selectividad.

—De eso no se va a librar.

—Por supuesto que no.

—¡Diletta, no te vas a escaquear así como así! —Y se ríen esperanzadas, intentando exorcizar de este modo el accidente. Detrás de ese cristal, un recuerdo de Diletta. Una anécdota divertida. Su enorme fortaleza. Su belleza potente, superpotente, ultrarresistente, sana. Su extraordinaria manera de jugar a voleibol. Y el novio que nunca ha tenido.

—¿Sabes quién le tiraba los tejos últimamente?

—No.

—Filippo, el de quinto A.

—¡Venga ya, te estás quedando conmigo! ¡Es un trozo de pan! ¿Y ella?

—Ella nada, como si no existiese.

—¡No me lo puedo creer, está loca! —Olly niega con la cabeza—. Joder, yo...

—Olly, que están sus padres. Y además ya no eres la máxima autoridad sobre el tema.

—Ya veo, pero de todos modos incluso vosotras hubieseis caído con ése.

—Sí, pero no tan rápido como tú.

—Porque yo soy más sincera, menos rebuscada. —Y más risas y bromas y chistes, como si Diletta estuviese allí, intentando pasar esas horas que no pasan nunca.

Cuando suceden estas cosas, incluso en casa todo parece diferente. Es como si un cristal que antes estaba empañado, de repente te dejase ver mejor la vida.

La noche del accidente. Pum. Una bofetada directa, en plena cara.

—¡Ay, mamá! Pero ¿te has vuelto loca?

—¿Yo? ¿Tú te crees que éstas son horas de llegar?

—¡Es que Diletta está en el hospital, está en coma!

—Sí, ya. Seguro que te lo estás inventando. Niki, ¿no te da vergüenza?

—Pero mamá, es verdad, ha tenido un accidente terrible.

—¡Ya basta! ¡Ahora mismo te vas a tu habitación!

Y varios días después, cuando Simona descubre que todo cuanto le ha dicho su hija es cierto, es ella quien se muere de vergüenza.

—Lo siento, cariño mío, creía que era una mentira.

—¿Tú crees que me voy a inventar una cosa así? Pero ¿por quién me has tomado, mamá?

—¿Y cómo está ahora?

—Por el momento nada. Por lo menos no ha empeorado. Claro que tampoco ha mejorado. Estoy fatal.

—Lo siento...

Simona abraza a Niki, y ésta se echa a llorar en sus brazos. Se abandona, así, como si fuese una chiquilla de nuevo, más hija que antes, pequeña como nunca. Y Simona la abraza y querría arrancarle una sonrisa. Como siempre. Más que siempre. Con un juguete. Con un caramelo. Con una muñeca. Con un vestido. Como con uno de sus tantos pequeños deseos que ella siempre ha sabido complacer. Pero ahora no. Ahora no puede. No puede hacer nada más que rezar. Por su hija. Por su amiga. Por la vida que a veces te da la espalda y se desentiende por completo de lo que tú deseas. Y los días pasan lentos y cansinos. Uno detrás de otro, sin el más mínimo asomo de sol en ese pequeño túnel. Casas oscuras y silenciosas. Salir de la cama. Esperar. Irse a dormir. Y levantarse de nuevo. Esperar. Irse a dormir. Y cualquier timbre de cualquier teléfono es siempre una preocupación, un sobresalto en el corazón, una esperanza, un sueño, un deseo... Y en cambio nada. Nada. Seguir avanzando en silencio.

Noventa y dos

Esa misma tarde.

—¡Sapere aude! —Niki está sentada junto a su cama. Está leyendo en voz alta un texto de filosofía. Kant—. Ten valor para utilizar tu inteligencia. ¿Te enteras, Diletta?

Niki apoya el libro en sus piernas. Observa inútilmente ese rostro tranquilo, relajado, que parece no poder oír. Pero es su última esperanza. Mantener viva su atención. Un suspiro. Y Niki saca fuerzas de flaqueza.

—Ya vale, es inútil que te hagas la despistada. Tienes que repasar Kant tú también. ¿No te habrás creído que te vas a librar de la Selectividad? Perdona, pero habíamos quedado en que iríamos todas juntas a la universidad. ¡Y las Olas no traicionan jamás sus promesas! —Niki sigue leyendo—. Veamos, aquí las cosas se ponen más difíciles. Y por eso mismo necesitaría que me prestases un poco de atención. Pasemos a la gnosología de Kant...

—Gnoseología.

Una voz repentina. Floja. Ligera. Débil. Pero su voz.

—¡Diletta!

Diletta está vuelta hacia Niki. Le sonríe.

—Tienes que decirlo con la «e». Siempre te equivocas.

Niki no se lo puede creer. Empieza a llorar a mares. Y en parte llora y en parte se ríe.

—¡Gnoseología, gnoseología, lo voy a repetir mil veces, joder, con la «e», con la «e»! Es la palabra más hermosa del mundo. —Y se levanta y la abraza con torpeza, intentando no agitarla, pero no consigue contenerse. Se pierde con el rostro en su cuello y sigue llorando, como la niña que fue, que es, que adora ser.

—¡Y eso que dicen que la filosofía da sueño!

Esa niña que se ha visto recompensada. Que ha hecho los deberes día tras día y acaba de recibir el regalo más bello del mundo. La respuesta a sus plegarias. Vuelve a tener a su amiga. Y, una tras otra, entran también Olly, Erica, y los padres, además de alguna prima de quien nunca recuerdan el nombre, y por fin también la jefa de enfermeras.

—¡Fuera, fuera, dejadla respirar, aquí hay demasiada gente, fuera!

—¡Vaya modales!

Por no hablar de los de Olly.

—¡Es nuestra amiga, joder!

Y se ríen todos, hasta los padres, felices por un día por no tener que reñir a nadie. Ligeras al fin, Olly, Niki y Erica salen de la habitación. Están como locas.

—Esta noche todas al Alaska, qué digo, me tiro a la Fontana di Trevi. Venga, ¿nos tiramos?

—¡Olly, eso lo hace todo el mundo!

—Pero a lo mejor nos encontramos un tipo guay, como ese... Marcello... Marcello... *Come here*!

—Ya sabemos por qué lo quieres hacer. ¡Tú eres de ideas fijas!

Y se ríen. Después se abrazan en círculo, al estilo de los jugadores de rugby, en mitad del pasillo. Tienen la cabeza agachada.

—Por Diletta.

—¡Hip hip hurra! —Y explotan con un salto altísimo, todas a la vez, riéndose, atrayendo la atención de las enfermeras que les gritan «¡Silencio!», y de quienes todavía no pueden dar ese grito pero les gustaría poderlo dar.

Fuera del hospital. Niki se pone el casco.

—Chicas, esta noche me quedo en casa estudiando. Jo, falta poquísimo.

—Hemos perdido un montón de tiempo.

—¡Perdido de qué! Dirás que lo hemos ganado. ¡Hemos sido nosotras quienes la hemos hecho regresar! De haber sido por los jodidos médicos...

Justo en ese momento pasa uno.

—Eh, ¿ése no es el tipo que dijo que Diletta no iba a volver a hablar?

—Sí, parece el mismo.

—¡Es él!

Olly abre el cofre de su ciclomotor y coge algo. Luego se monta en él, lo baja del caballete y sale disparada, dirigiéndose hacia el médico.

—Pero ¿qué vas a hacer? ¡Olly!

—Eh, doctor.

Al oír que lo llaman, el médico se vuelve.

—¿Sí?

Y Olly le acierta en plena cara con una pistola de agua.

—¡Chúpate ésta, gafe, más que gafe!

El médico, totalmente empapado, se seca los ojos con los faldones de su bata blanca, mientras las chicas ganan rápidamente la salida a bordo de sus ciclomotores.

Niki se acerca a Olly.

—¡Qué pasada, le has dado de lleno! ¡Menuda puntería!

Erica asoma por detrás.

—¿Y cómo es que la llevabas en el cofre?

—La tengo desde la lucha de los cien días.

—¡Jo, anda que no ha llovido desde entonces! ¿Y no se te había vaciado?

—Hace un par de días que la voy recargando. Me ayuda Giancarlo, el que vive en mi edificio.

—¿Cómo?

—¡Todas las mañanas lo obligo a mear dentro!

—¡Calla, Olly! ¡Qué asco!

—Desde que el médico dijo esa frase, esperaba este momento. ¡Me gustaría ver si se atreve a mear más frases gilipollas!

Y se van, riéndose a carcajadas, Olas rebeldes, jóvenes Robin Hood de los sentimientos, Don Quijote con minifalda que por primera vez, aunque haya sido con una pistola de agua, han hecho reflexionar a ese estúpido molino de viento.

Noventa y tres

—¡Mamá, mamá, no te lo vas a creer! —Niki entra en casa gritando como una loca—. ¡Mamá! ¡Le estaba leyendo un texto de Kant a Diletta y se ha despertado! Se ha recuperado, ¿te das cuenta?

Simona se levanta de la mesa donde está ayudando a Matteo con los deberes. Se acerca a ella. La mira. La abraza. La estrecha. Levanta los ojos al cielo y luego los cierra, suspirando para sí esa frase.

—Bendito sea Dios.

Después la deja libre de nuevo.

—Niki, estoy muy contenta. Ven, vamos un momento a tu habitación. Matteo, tú sigue con los ejercicios. Si no, no te llevo al campo a jugar al balón.

—Pero mamá...

—Silencio y a lo tuyo, que no sabes nada. Serás un futbolista maravilloso, pero si no estudias no juegas, ¿está claro? Exactamente al contrario de lo que hacen ellos.

Matteo resopla.

—Qué coñazo. —Y hojea rápidamente el libro, intentando comprender algo.

Simona abre la puerta de la habitación de Niki y, en cuanto entra, la cierra de nuevo.

—Bien, Niki, estoy muy feliz por tu amiga. No sabes cuánto.

—Lo sé, mamá, también yo.

—Me lo imagino. Oye, no he querido molestarte hasta hoy porque, comparado con lo que estabas pasando, ciertas cosas se volvían irrelevantes... Insignificantes.

Niki entrecierra los ojos.

—Claro, mamá, es así. Pero tranquila, que yo he seguido estudiando todo este tiempo.

Simona se arregla el cabello.

—De hecho, no es de eso de lo que te quería hablar. Los estudios no me preocupan.

—Ah. ¿Y de qué era, mamá?

—Niki, dime la verdad. ¿Tienes novio?

Niki se queda desconcertada un instante.

—Bueno... sí, ya te dije que salía con una persona.

—Ya, estás saliendo... Nunca se sabe bien qué quiere decir este «salir», pero me parece que indica un panorama bastante general.

—De todos modos, ahora no tengo ganas de hablar de eso, mamá.

Simona se queda en silencio un instante. Niki la mira e intenta plantearle la pregunta del modo más educado posible.

—¿Hemos acabado? ¿Me puedo ir ya?

—No. Te acuerdas de que tú y yo quedamos en que nos lo podíamos decir todo, ¿verdad?

Niki se queda en silencio un instante.

—Sí, ya sé que quedamos en eso. Y yo siempre te lo he contado todo.

Niki intenta no pensar en esas quince o dieciséis cosas que, por alguna extraña razón, se ha olvidado contarle.

—Hay algo que me gustaría saber. Dijiste que el chico con el que te veías era algo mayor que tú.

Niki la mira y esboza una pequeña sonrisa. No hay nada que hacer, a las madres no se les escapa nada. Sobre todo si fingen no saberlo.

—Sí, un poco...

—¿Que poco?

—¿De verdad lo quieres saber?

—Pues claro. Por eso te lo estoy preguntando.

Niki se lo piensa un momento. Decide lanzarse.

—Bueno, dentro de poco cumplirá treinta y siete años.

Pumba.

Simona no espera un segundo. Le suelta un bofetón en toda la cara.

—¡Ayyy! —Niki se ha quedado sin respiración y sin palabras. Por un momento le entran ganas de reír. Pero le escuece la mejilla—. Ayyy... —Se lo piensa mejor. Se masajea la cara y se mira la mano desconcertada, como si fuese a encontrar algún rastro en ella—. ¡Me has hecho daño!

—¡Pues claro! ¿Creías que iba a acariciarte acaso?

—Pero mamá, dijiste que nos lo podíamos contar todo...

—¡Sí, pero no todo todo! Dime, te lo pido por favor. Dime, qué le digo yo ahora a tu padre.

—¡Pues no se lo cuentes!

—Claro, porque según tú no se dio cuenta de nada cuando se armó el lío del agente de seguros. Pero ¿qué pretendía? ¿Qué vino a hacer aquí?

—Nada, sólo quería conoceros.

Simona mira a Niki con los ojos como platos.

—¿Para decirme qué, Niki, eh? ¿Para hacer qué? ¿Hay alguna otra cosa que deba saber?

—Claro que no, mamá. No vas a ser abuela, por ahora. —Niki se queda pensando un momento—. ¡Al menos eso creo!

Simona se echa las manos a la cabeza.

—¡Niki!

—Estaba bromeando, mamá. Venga, no pasa nada. No hay ningún peligro.

—¿Qué quiere decir eso? —Simona la mira, ahora un poco más tranquila. Sólo un poco.

—Mira, mamá, ahora no tengo ganas de hablar. Vino tan sólo para presentarse, para que os quedaseis más tranquilos.

—¡Pues sí! Después de este notición vamos a estar de un tranquilo que no veas... Treinta y siete años. No te digo; treinta y siete...

—Dentro de poco.

—Claro... Muy bien, sobre todo, no te vayas a olvidar de felicitar al falso agente de seguros. —Y Simona sale de la habitación dando un portazo.

Niki se va al espejo. Se mira la cara. Se la masajea un poco. Sonríe. Bueno, sea como sea, lo importante es que se lo he dicho. Ahora lo sabe. Entonces se saca el Nokia del bolsillo y escribe un mensaje a toda velocidad.

«Amor, estoy muy feliz. ¡Mi amiga está bien, se ha despertado! Después he hablado con mi madre. ¡Se lo he dicho! ¡Un beso espacial!»

El móvil de Alessandro emite un bip. Está en su despacho, buscando desesperadamente la idea para los japoneses. Lee el mensaje. Y responde de inmediato.

«¡Bien! Yo también me siento feliz. Pero ¿qué le has dicho a tu madre? ¿Que tu amiga está bien?»

Lo envía.

Niki sonríe y responde a una velocidad increíble.

«No... ¡Que nosotros estamos bien!»

Alessandro lo lee. Se inquieta.

«Pero ¿le has hablado de nuestra, digamos, pequeña... "diferencia"?»

«Sí.»

«¿Y qué te ha dicho?»

«Nada. Ha dejado que un bofetón hablase por ella. Ah no. Espera... ¡También ha dicho que te felicitará por tu cumpleaños!»

Noventa y cuatro

Varios días después. Diletta sigue mejorando.

—¿Te das cuenta? —Olly camina como loca por la pequeña habitación del hospital. Diletta la mira divertida—. No. Yo creo que no te das cuenta... ¿Y vosotras? O sea, ¿al menos vosotras os dais cuenta o no? ¡Ésta se ha vuelto loca!

Niki está sentada en la silla vuelta de revés. Erica está apoyada en la pared.

—¿De qué?

—Dilo y acaba de una vez.

Olly se detiene de improviso.

—¿En serio no sabéis de qué estoy hablando? Ésta ha estado a punto de irse sin más, pafff... —Olly chasquea los dedos—, por culpa de un imbécil que conducía a toda velocidad. Y no había probado la cosa más buena del mundo. Más que la pizza del Gianfornaio. Más que el helado del Alaska, San Crispino y Settimocielo juntos, más que la nieve y el mar, que la lluvia y el sol...

Erica la mira.

—¿Y qué es, la droga?

—No, mucho mejor... ¡El sexo!

Olly se acerca a Diletta y le coge las manos.

—No puedes correr estos riesgos. Ya no. Te lo pido por favor, confía en mí. Déjate ir, coge esa deliciosa manzana.

Niki se hecha a reír.

—Pues claro. Una manzana. Piensa que se jugaron el paraíso por esa fruta.

Olly extiende los brazos.

—Eso mismo. Diletta, puedes estar tranquila, no puede ocurrirte nada peor. Y de todos modos me he equivocado de fruta. Me refería a una banana.

Diletta patalea bajo las sábanas.

—¡Olly! ¿Por qué siempre tienes que ser tan grosera?

—Perdona, pero creo que no te entiendo... ¿Grosero es quien dice la palabra adecuada en el momento oportuno? ¿El que dice la verdad? ¡Entonces soy grosera de remate! Pero no me avergüenzo de ello. Porque también soy tu amiga.

Olly se aparta de la cama de Diletta y se dirige a la puerta de la habitación. La abre. Se asoma al pasillo.

—Ven.

Vuelve a entrar con una gran sonrisa. Todas la miran con curiosidad.

—¿Y ahora? ¿A quién habrá llamado?

Niki no sabe qué pensar. Erica aún menos.

Diletta la mira curiosa. Aunque tiene sus sospechas.

—Aquí está, ¿te acuerdas de él?

Efectivamente. Justo lo que sospechaba.

Filippo, ese chico tan encantador de quinto A, está en la puerta, con un ramo de magníficas rosas rojas en la mano.

—Hola, Diletta... Pregunté a tus amigas cómo estabas y Olly me dijo que podía venir a verte, de modo que... aquí estoy.

Olly se acerca a Diletta.

—Bueno, adiós, nosotras nos vamos. Estaremos aquí fuera, estudiando por si necesitas algo.

Diletta se sonroja. Luego le dice en voz baja:

—¿Y no podías avisarme? ¡Mira qué pinta tengo! No llevo ni una gota de maquillaje, estoy hecha polvo, con la cabeza vendada...

—Chissst. —Olly le da un beso—. Tranquila. Así se excita aún más. Y si quieres meterte ya en «faena», no te preocupes, estaremos aquí fuera vigilando. Tómate tu tiempo.

Diletta intenta darle un golpe.

—Pero ¡qué dices! —Y con el gesto casi se arranca el catéter del brazo.

Olly se aparta a tiempo y evita el golpe riéndose. Luego coge a Erica y a Niki del brazo y las escolta hasta la salida.

—Adiós, nosotras nos vamos. —Al salir le guiña un ojo a Filippo—. ¿Entendido?

Él sonríe mientras Olly sale de la habitación. Luego ve un jarrón con unas margaritas marchitas junto a la ventana.

—¿Puedo?

—Claro, claro. —Diletta se arregla un poco, se echa hacia atrás irguiendo la espalda.

Filippo coge las flores viejas y las tira en la papelera que hay debajo de la mesa. Luego enjuaga el jarrón en el lavamanos, lo vuelve a llenar con agua fresca y pone dentro sus espléndidas rosas. Las coloca con mimo.

—Ya está, así tienen espacio y se abrirán... En un par de días estarán preciosas.

Diletta sonríe.

—Yo, en cambio, necesitaré un poco más.

—No es verdad — Filippo la mira—. Estás tan guapa como lo estabas en el instituto. En realidad, el año pasado suspendí a propósito para poder seguir viéndote...

—Sí, y yo voy y me lo creo.

Filippo se echa a reír.

—Digamos que era algo inevitable y entonces me dije, por lo menos podré seguir viéndola.

Luego la mira fijamente a los ojos. Diletta, un poco azorada, golpea la sábana con la mano, como para arreglarla.

—Ufff, que calor, ¿eh...?

—Sí. —Filippo sonríe y coge una silla—.¿Puedo?

—Claro.

—Gracias. —Y se sienta—. Es que está llegando el verano. Pero nosotros no tenemos prisa.

Fuera de la habitación. Olly tiene pegada la oreja a la puerta e intenta escuchar lo que dicen. Niki le tira de un brazo.

—Venga, déjala tranquila... ¿Qué más te da?

—Cómo que qué más me da, ¿estás de broma? Ha sido idea mía, hasta le he obligado a traer flores.

Erika le da un empujón.

—Está bien, pero ¿no irás a decirme que también elegiste tú esas magníficas rosas?

—No, eso no. Pero la idea ha sido mía. Diletta siempre quiso ir... a ver la Gran Manzana... Pero ¡como por el momento está aquí atrapada, por lo menos que vea la Gran Banana!

—Contigo es imposible, Olly. Eres una borde total.

Empiezan a empujarse y a reír, a correr por el pasillo, bajo la mirada molesta de alguna enfermera. Luego ven pasar a una monja y empiezan a jugar en broma.

—¡Tuya! —empieza Olly, al tiempo que le da un manotazo a Niki.

—¡Tuya! —Niki le da a Erica al vuelo, que, veloz como un rayo se vuelve y toca de nuevo Olly.

—¡Tuya! ¡Y no vale devolverla!

—Jo, así no se puede jugar.

Erica mira al fondo del pasillo.

Se da cuenta de que los padres de Diletta están a punto de entrar en la habitación.

—¡Oh no, chicas! Se supone que teníamos que montar guardia.

—¡No te preocupes! —Olly se pone la mano abierta cerca de la boca, más borde que de costumbre a propósito—. ¡Filippo lo tiene todo pensado!

Luego toca a la monja, se echa a reír y sale corriendo del hospital, seguida por sus amigas.

Y llegan otros días. Ahora más tranquilos.

—¿Estáis todas en casa? Pero esta noche salimos, ¿no? Venga, que hay una fiesta en el Goa, una pasada, con el DJ Coko. Y otros ingleses además, que se van alternando en las consolas.

—Olly, no falta nada para la Selectividad, tenemos que estudiar, y tú también deberías.

—Pero, Niki, estamos perdiendo los mejores años de nuestra vida.

—Espera, ¿quién dijo eso?

—Zero.

—¿Seguro?

—No. Renato...

—Sí, vete a cantárselo a mis padres y ya veremos qué te responden.

Noventa y cinco

Brainstorming. Reunión en la oficina. Intuiciones. Fantasías. Hipótesis.

—No, eso no sirve. Está muy visto.

—¡Demasiado irreal!

—Quieren algo natural.

—¿Qué os parece una ciudad donde todos trabajen como camellos y se pasen el caramelo como si fuese una droga?

Todos miran a Andrea Soldini.

—Vale, vale, era sólo una idea.

Y pasa una semana volando, sin resultados.

Y ese día, en la oficina. Alessandro se da cuenta de que su teléfono está sonando. Lo coge y mira la pantalla. Sonríe. Nada. No ha podido resistirlo.

—Hola, Niki.

—Eh... Hola. ¿No me dices nada?

Alessandro se hace el duro por teléfono.

—¿Por qué, qué tendría que decirte? ¿Tenía que recordarte algo...?

—¡El que tenía que acordarse de algo eres tú! ¡Hoy es dieciocho de mayo! Mi cumpleaños.

Alessandro se ríe por lo bajini y, antes de hablar, vuelve a ponerse serio.

—Es verdad, amor, perdona, perdona, ahora mismo paso a buscarte.

—Sí sí, pero ésta no te la perdono... ¿Cómo no vas a acordarte de este día? Qué mal. Mi primer cumpleaños contigo, juntos, y, sobre todo..., ¡cumplo dieciocho años!

—Tienes razón, perdóname. En un minuto me reúno contigo.

—No sé si... —Niki mira de repente su teléfono. ¿Será posible? Me ha colgado. Alex me ha colgado. Vaya, han cambiado las tornas. Éste se debe de haber vuelto loco.

A los pocos minutos, Alessandro le envía un mensaje.

«Baja, tesoro... estoy a la puerta de tu casa.»

Niki lo lee. Claro, qué fácil. Te olvidas de mi cumpleaños y luego pretendes arreglarlo. Ya veremos si eres capaz de hacerlo.

Niki baja y se monta en el coche. Está de morros, tiene los brazos cruzados y, rápidamente, pone los pies en el salpicadero a propósito.

—¿Qué tienes que decir?

—Cariño, perdóname, perdóname...

Intenta besarla y ella se resiste.

—¡Ni hablar! ¡Ni siquiera habrás pensado en mi regalo!

—Bueno, te lo haré dentro de unos días; a lo mejor algo precioso.

Niki le da un puñetazo en el hombro.

—¡Ay!

—No me importa que sea algo precioso, lo grave es que te hayas olvidado.

—Tienes razón, pero ya sabes, el trabajo, esta publicidad para los japoneses...

—Oye, ya no puedo más con esa historia. ¡Mejor te lías directamente con una japonesa!

—Hummm... lo pensaré; no me disgusta, ya sabes, una hermosa geisha.

Niki le da otro puñetazo.

—¡Ay, sólo estaba bromeando!

—¡Pues yo no!

Alessandro arranca y se van.

—He hecho una reserva en un lugar muy bonito, ¿te apetece?

Niki sigue haciéndose la enfadada.

—No lo sé, vamos y ya veré si se me pasa. Todos menos tú se han acordado hoy de mi cumpleaños.

—¿Quiénes son todos?

—Pues todos. Y son muchos. Por no hablar de los regalos que he recibido en estos días. En especial de los SS...

—¿Y esos quiénes son? —Alessandro la mira preocupado.

—Los Sufrientes Suspirantes. Aunque en estos momentos tienen más posibilidades que tú, porque por lo menos se han acordado.

Alessandro sonríe.

—Cariño, intentaré hacérmelo perdonar; dame al menos otra oportunidad. A todo el mundo se le concede una segunda *chance*.

Niki se vuelve hacia él.

—Ok, te doy una. Veremos lo que haces con ella.

Alessandro sonríe de nuevo.

—Haré buen uso. —Luego mira por la ventana y, al ver un puesto de diarios, se acerca.

—¿Me haces un favor?

—Dime.

Le señala el quiosco que queda enfrente.

—Ve y tráeme *Il Messaggero*, es que hoy no he tenido tiempo de leerlo.

Niki suelta un resoplido.

—Trabajas demasiado.

Se baja, en seguida. Alessandro rebusca dentro de su bolsa. Nada. Todavía nada. Mira hacia fuera, preocupado, no vaya a ser que Niki regrese y lo descubra. Niki acaba de pagar y está a punto de volver al coche. Alessandro abre la ventana.

—Por favor, ¿me traes también *Dove*?

—¡Jo, me lo podrías haber dicho antes!

—¡Tienes razón, disculpa, lo siento!

—Amor significa no tener que decir nunca lo siento... Tú mismo me hiciste ver la película y ahora te olvidas. ¿Quieres algo más?

—No, gracias.

—¿Seguro?

—Sí.

Alessandro le sonríe. Niki da media vuelta de nuevo y vuelve al quiosco. Alessandro se pone a rebuscar otra vez. Mientras lo hace vigila a Niki. La vigila y sigue buscando. Niki acaba de pagar, coge los periódicos y se da la vuelta para regresar al coche. Justo a tiempo. Alessandro sonríe. Lo encontré. Aquí está. Todo en orden. Perfecto. ¡Es perfecto! Niki sube de nuevo al coche.

—Disculpa, pero estaba pensando, ¿de verdad necesitabas ahora todos estos periódicos? Vamos a cenar... es mi cumpleaños... ¿qué necesidad tienes de leer?

—Tienes razón. Son para después. Hay un artículo que me han recomendado.

Niki se encoge de hombros. Alessandro arranca. Pone un CD. Intenta distraerla de alguna manera.

—Bueno, ¡dices que habías recibido muchos regalos! ¿Te han regalado algo bonito?

—Bonito no... ¡Una pasada!

—Venga, dime alguno.

—Veamos, mis padres unos pendientes preciosos de perlas con pequeños diamantes alrededor. El tacaño de mi hermano me ha sacado un abono para el Blockbuster..., yo creo que más para él que para mí. ¡Lo que no sabe es que allí no alquilan pelis porno! Mis tías y mis primos me darán sus regalos en la fiesta que celebraremos la semana que viene. Mi padre quiere hacer algo a lo grande, con una orquesta que toque valses y todo eso, en el hotel de un amigo suyo.

—¡Qué bien! Finalmente conoceré a tu familia.

—¡Pues claro, no faltaba más! Mira, después de olvidarte de mi cumpleaños, será un milagro si vuelves a verme.

—Vaya manera de dar una segunda oportunidad.

—¡Es que tú me pides imposibles! ¡¿Tú crees que es buena idea hacer que conozcas a toda mi familia?! ¡Te será más fácil encontrar una idea para los japoneses!

—Ni me lo recuerdes. ¿Y tus amigas las Olas, qué te han regalado?

—Aún no lo sé. Se están haciendo las misteriosas. No se cuándo me lo piensan dar.

Alessandro se ríe por lo bajini.

–Ah, ya veo.

Niki mira por la ventana.

–¿Adónde vamos?

–Es un sitio que hay por aquí cerca, donde se come muy bien. Se llama Da Renatone, está en Maccarese.

–No lo conozco.

Alessandro sigue conduciendo. Niki mira la carretera, que de improviso se bifurca. Alessandro continúa recto.

–Pero si querías ir a Maccarese, tenías que haber girado a la derecha... hacia Fregene.

–Tienes razón, me he equivocado, pero puedo seguir por aquí y así me incorporo en la próxima salida. –Alessandro acelera un poco, mientras mira su reloj. Vamos bien de tiempo. Niki está más tranquila ahora. Sube el volumen de la música. Continúa mirando por la ventana. Alessandro se pasa también la segunda salida.

–¡Eh, te has vuelto a equivocar!

Alessandro sonríe.

–¿Sigo teniendo todavía mi segunda oportunidad? Puede que haya hecho bien en equivocarme...

Y toma a toda velocidad la curva a la derecha, que conduce a los bajos de un gran edificio. Donde hay un aparcamiento.

–Aquí estamos. Fiumicino. Y éstos –se saca algo del bolsillo–, son dos billetes para París. ¡Feliz cumpleaños!

Niki se le echa encima.

–¡Entonces no te habías olvidado! –Y lo besa, emocionada.

–No. Los periódicos eran una excusa para ver si llevabas encima el carnet de identidad. Por suerte he visto que sí, de lo contrario hubiese tenido que confesarte todo mi plan.

Niki lo mira extasiada. Justo en ese momento, el CD llega a la pista diez. Suena una canción. *Oh Happy Day*.

Alessandro mira la hora. Enrico y sus *compilation*. Es increíble. Como un reloj suizo. Y a los acordes de esa canción, Niki vuelve a besarlo.

–Así no vale. Tenías sólo una oportunidad. ¡No tenías también que hacer que me enamorase!

Alessandro se aparta y la mira con sorpresa.

—¿Por qué? Creía que ya lo estabas. En ese caso no vamos a ninguna parte. Yo sólo llevo a París a mujeres locamente enamoradas.

Niki hace como si fuese a pegarle. Se detiene.

—Pero hay un problema.

—Es verdad, no había pensado en ello. Tienes que avisar a tus padres. Bueno, invéntate una excusa, de todos modos, volvemos mañana por la noche.

—No, eso es lo de menos —sonríe Niki—. Ya ves... ¡mentira más, mentira menos! Además, ahora que ya tengo dieciocho años, mi madre y yo nos lo podremos decir todo en serio, pero todo. —Entonces se acuerda del último bofetón. A lo mejor sería preferible inventarse algo—. Pero de todos modos ése es un problema menor. Lo que pasa es que no me he traído nada.

Alessandro baja y abre el portaequipajes. Saca dos maletas idénticas, una azul y una burdeos.

—Ésta es la mía —y señala la azul—, y ésta es la tuya. Espero que te guste todo lo que he elegido para ti. Creo que he acertado con las medidas. En lo referente al gusto, a lo mejor he acertado en algo. No pretendo imponerte nada. A mí me gustas siempre, te vistas como te vistas. Y si decides no vestirte, entonces, ¡me gustas aún más!

Niki lo abraza. Luego se baja del coche. Y entran los dos en el aeropuerto con sus flamantes maletas de ruedas que difieren tan sólo en el color. Se ríen, bromean. Viajeros jóvenes sin citas importantes. A no ser con su sonrisa.

—¡Qué fuerte! No veo la hora de abrir la maleta, me muero de curiosidad... ¡A saber lo que me habrás comprado!

—Bueno... —Alessandro sonríe—. Ha sido un atrevimiento. De todos modos, era difícil que te gustase algo, así que he procurado que por lo menos me gustase a mí.

—¡Dios mío! Sólo espero no tener que ir vestida con una bata de colores estilo superhéroe japonés!

—Ya lo verás. De todos modos estaremos lejos, nadie te conocerá.

Niki se detiene.

—Dame un momento para llamar a casa. —Marca rápidamente un

número sin ni siquiera buscarlo en la agenda—. ¿Sí? Hola, mamá, soy Niki.

—Ya lo veo. ¿Dónde estás?

—¿Estás preparada? En el aeropuerto. Me acaban de regalar una maleta llena de ropa nueva para mí. Estoy a punto de subirme a un avión —se detiene y tapa el micrófono—.¿A qué hora salimos, Alex?

—A las siete y cuarenta, como en la canción de Battisti. Pero ¡nosotros no vamos a dejarnos, nos vamos juntos...! —Y le explica rápidamente las etapas del viaje.

Niki sonríe y destapa de nuevo el micrófono.

—Salimos a las siete y cuarenta para París. Llegamos al Roissy-Charles de Gaulle. Después alquilamos un coche y nos vamos al hotel a cambiarnos. Más tarde, iremos a tomar algo a la orilla izquierda del Sena, cena en Montparnasse, y mañana excursión a Eurodisney, después de una visita turística por el centro. Regreso por la noche. Por supuesto, estamos solos él y yo. Y cuando digo él, me refiero al falso agente de seguros que conociste.

Silencio del otro lado. Niki aguarda un momento y empieza a hablar de nuevo.

—Mami, no te habrá dado un patatús, ¿eh?

—No.

—Lo sabía. Estoy con mis amigas, que me han preparado una fiesta y después me pensaba quedar a dormir en casa de Olly.

—Vale, así está mucho mejor. No te acuestes muy tarde, no comas ni bebas demasiado. Mándame un mensaje para confirmarme que te quedas en su casa. No apagues el teléfono.

—Ok, mamá.

—Ah, otra cosa...

—Dime.

—Felicidades, cariño mío.

—Gracias, mamá. Oye, si sigues así, pierdo el avión.

—Boba... que te diviertas.

Niki cuelga.

—¡Se lo he dicho!

Alessandro le sonríe.

—¡Corre o vamos a perder el avión de verdad!

Y echan a correr arrastrando sólo sus maletas nuevas. Ligeros. Sin miedo. Sin prisa. Sin tiempo. Con la mano perdida en la del otro. Y nada más. Ninguna cita, ninguna preocupación, ningún empeño. Nada. Más ligeros que una nube.

Noventa y seis

—Ésta es nuestra habitación.

—¡Es preciosa! —Apenas acaba de dejar su maleta encima de la cama y Niki ya la está abriendo llena de curiosidad.

—Me está volviendo loca, te lo juro... ¡Quiero ver!

Y observa divertida todas las cosas elegidas a ciegas para ella. Una camiseta de algodón ligero, color lila. Unos pantalones un poco más claros. Un par de zapatos Geox con algún adorno brillante. Una cazadora negra de piel. Una camisa blanca de cuello grande, largo y en punta y puños rígidos; estilo Robespierre, para que haga juego con París. El resto de la tela es transparente, de una seda ligera y elegante. Y también, oculto debajo del resto, hay un vestido largo, negro. Niki lo coge, lo desdobla. Se lo pone por encima. Es precioso. Con un escote profundo, provocativo. Se abrocha a la espalda, dejando los hombros al descubierto. Y cae suavemente, hasta cubrir unos espléndidos zapatos de raso negro, de tacón alto; elegantes, con pequeñas hebillas laterales. Modernos como ella cuando se los pone. Y más. Ella camina, desfila, se ríe, mientras baila en esa habitación.

Luego baja por una gran escalinata, del brazo de él. Hasta el hall del hotel. Rey y reina de una noche fantástica. Única. Casi imperceptible, tanta es su belleza. Cogen un taxi y cenan junto al Sena. Marisco, champán, pan crujiente, una *baguette* a rebanadas para mojar en la salsa del pescado. Tan especial, tan bueno, tan fuerte, tan caliente. Como la lubina a la sal, fresca, con unas gotas de limón, ligera como el aceite que la baña apenas junto con un poco de perejil finamente picado. Y más champán. Un delicado francés se acerca con una pequeña guitarra. Otro con unos bigotes curiosos, estilo de Dalí, aparece por detrás. Lleva una armónica entre las manos. Y tocan divertidos, a pesar de haberlo hecho mil veces, *La vie en rose*. Y una señora mayor, olvidándose de su edad, ya no tan joven, se levanta de una mesa que hay al fondo del local y empieza a bailar. Y cierra los ojos, y levanta los brazos al cielo, dejándose llevar por la música. Y un hombre que no la conoce, no la deja sola. Se levanta él también. Se le acerca. Ella le sonríe. Abre los ojos y coge esas manos que la buscan. A lo mejor lo estaba esperando. Quién sabe. Y siguen bailando juntos, pequeños héroes que no sienten vergüenza ante esas notas que hablan de amor. Y se miran a los ojos y sonríen sin malicia, sabedores de que algún día alguien los recordará. Y Niki y Alessandro los miran desde lejos. Se toman de las manos y sonríen, cómplices de esa espléndida magia, de esa extraña fórmula, de ese código secreto que empieza y termina sin un porqué, sin reglas, como una marea inesperada en una noche de amor sin luna. Después llega la crema pastelera, un solo cuenco y dos cucharillas. Niki y Alessandro combaten divertidos, en una extraña lucha por el último bocado. Luego se toman un passito de Pantelleria, una sorpresa italiana en medio de esos sabores tan franceses. Niki acaba de tomar un sorbo cuando se apagan las luces. Se queda con la copa suspendida en el aire. A lo lejos, por la ventana del restaurante se ven los reflejos de la luz en el Sena. Antiguos edificios de una belleza sin igual iluminan la noche. En el restaurante empieza a sonar una música suave. Y del fondo de la cocina una puerta doble se abre y, como por arte de magia, aparece un cocinero con su gorro alto y blanco. Lleva una mano delante, ligeramente abierta. Está protegiendo algo. Por detrás de sus dedos aparece una luz. Y, libre en parte, esa llamita baila entre los dedos del hombre. Atraviesa pequeñas corrientes de sabores diferentes por el restaurante. De repente, el cocinero aparta la mano. Y se ilumina por completo la tarta que lleva.

Nata, fresas y un semifrío crocante de nueces y melaza. El cocinero llega hasta la mesa y la deja en el centro. Todo el local se prepara. Cantan juntos en una lengua extraña, mezcla de francés e italiano

«Cumpleaños feliz...». Niki espera el momento oportuno y se inclina apagando todas las velas. Alguien saca una foto, otro enciende alguna luz. Todos aplauden felices. Niki sonríe un poco azorada y da las gracias. Y luego, sin más, por salir del paso, por hacerles reír, mete un dedo en la tarta y, como si fuese una niña, se lo lleva a la boca. Alessandro aprovecha esa sana y dulce distracción. Se mete la mano en la chaqueta y, cual hábil ladrón, le deja algo frente al plato.

—Felicidades, amor. Gracias por haberme dado una segunda oportunidad.

Y Niki conmovida, aturdida, sorprendida por la fiesta, sonríe... y lo ve. Un pequeño estuche brilla azulado junto al plato de borde decorado.

—¿Es para mí?

Alessandro mira a Niki. Le sonríe. Ella se queda en silencio. No se cree lo que están viendo sus ojos. Lo abre. Y poco a poco asoma del estuche, como el amanecer. Y cada una de las luces del local, cada vela, hasta el más mínimo reflejo se aúnan para poner de relieve su belleza simple. Lo saca. Un precioso colgante, refinado, ligero, elegante, ilumina de repente el rostro de Niki. Una pequeña luna roja, formada con el polvo de un montón de diminutos diamantes y un único diamante en el centro en forma de corazón. Niki la mira fijamente. Miles de reflejos bailan en la piedra, más que un arco iris enloquecido. Baila el azul, el rojo, el azul celeste, el naranja. Hasta las mejillas de Niki adquieren el color de la emoción.

—Es precioso.

Alessandro le sonríe.

—¿Te gusta? Lo diseñé yo mismo en Vivani, en via delle Vite. Huele la caja...

Niki se la acerca a la nariz.

—Hummm, ligero, delicado. ¿Qué es?

—Le eché dos gotas de esta esencia... —Alessandro se saca del bolsillo una pequeña botellita. La abre. Deja caer un poco en su dedo índice—. Es para ti. Es una creación tuya. —Y le toca ligeramente el cuello, acariciándola casi por detrás de las orejas. Niki cierra los ojos. Respira el fresco aroma.

—¡Es buenísimo!

—Es esencia de jazmín.

Alessandro se levanta, coge el colgante, se sitúa a espaldas de Niki. Le pasa un brazo alrededor. Deja el diamante en su pecho. Coge con cuidado los pequeños hilos de oro blanco. Le levanta el pelo con la mano, encuentra el broche y lo cierra. Deja caer lentamente la pequeña gota. Ésta se detiene, en equilibrio sobre el fresco escote. Niki abre los ojos y ve su reflejo en el espejo que hay frente a ella. De inmediato se lleva la mano izquierda al pecho, por debajo del colgante, se da la vuelta, inclina levemente la cabeza y sonríe.

—Es precioso...

—No, tú eres preciosa.

En el local siguen tocando. El hombre y la mujer que antes bailaban ahora se ríen. Se están tomando un merlot joven en la barra. Entra un ruidoso grupo de muchachos y topa con su propia alegría. Pero la mesa de Niki y Alessandro está vacía. Se hallan ya lejos, en la noche parisina, abrazados bajo las estrellas subidas en la Torre Eiffel. La miran desde abajo. Nubes altas, y luna, y barcas que se cruzan, y plazas, y ascensores, y turistas que se asoman y se besan y señalan con la mano en el vacío algo que está más allá, a lo lejos, que se ve desde allí arriba. En las postales no parece tan grande. Y un taxi para dar una vuelta. Los Champs-Elysées y Pigalle y un saludo desde fuera al museo del Louvre con la promesa de regresar pronto. Luego un recuerdo del último Mundial de Fútbol, sin olvidar el famoso cabezazo, y también la frase «¡Devolvednos la Gioconda!». Dejarse llevar, bajarse del taxi, pagar, dar un paseo perdidos en la noche. Caminar junto al Sena, Montmartre, la iglesia de la Sainte Chapelle. Entran, jóvenes, turistas inexpertos que se pierden en la belleza de esos vitrales, de esas mil cien escenas bíblicas a las que los fieles denominan «la entrada al paraíso»... Y sentirse tan felices que ni siquiera tienen valor para desear nada más, para atreverse, de avergonzarse hasta de rezar, a no ser que sea para pedir no despertar de ese sueño. Llegar así, simples egoístas de felicidad, al hotel.

—¡Ufff... estoy alucinada! —Niki se deja caer de espaldas en la cama. Y de una patada precisa arroja sus zapatos nuevos, que caen lejos. Alessandro se quita la chaqueta y la cuelga en una percha que mete en el armario.

—Tengo una cosa para ti.

—¿Más?

Niki se incorpora y se apoya sobre los codos.

—¡Es demasiado! Ya has hecho un montón de cosas preciosas.

—No es mío. —Alessandro se acerca a la cama con un paquete—. Es de parte de las Olas.

Niki lo coge. Un paquete perfectamente envuelto con una nota en el centro.

—El paquete lo ha envuelto Erica, sé lo cuidadosa que es. La letra de la nota, sin embargo, es de Olly. —Niki la abre y empieza a leer. «¡Hola, chica de dieciocho años fugada! Nos gustaría estar a todas contigo en este momento... pero ¡¡¡también con él!!! ¡Alex nos encanta! Al enterarnos de la sorpresa que pensaba darte, todas nuestras defensas cayeron... ¡Puede hacer lo que quiera con las Olas! Vaya, que una buena orgía no estaría mal, ¿eh?»

Niki deja de leer un momento. No hay nada que hacer, Olly es incorregible. Sigue. «Era una broma... De todos modos, te queremos y queremos estar cerca de ti a nuestra manera. ¡Haz buen uso de esto! En fin, ¡hazle ver las estrellas parisinas!»

Niki no sabe qué pensar. ¿Qué será? Toca el paquete, lo aprieta. Nada. No se le ocurre nada. Lo mira y lo remira, le da vueltas en las manos. Nada. Se decide a abrirlo. Rompe el papel y en seguida lo entiende todo. Sonríe divertida y se lo pone por delante. Un camisón de seda azul oscuro, lleno de encajes y transparencias. Empieza a bailar con él en la mano hasta detenerse ante el espejo. Niki inclina la cabeza, mirándose. Alessandro está tumbado en la cama, apoyado sobre un brazo y mira su reflejo. Sus miradas se cruzan. Él sonríe.

—Venga, ¿no te lo vas a probar?

—Sí. Pero cierra los ojos. —Niki empieza a desnudarse, se da cuenta de que los ojos de Alessandro están un poco activos.

—No me fío. —Y apaga la luz. Reflejos nocturnos y la luz de alguna farola lejana y de estrellas ocultas se cuelan entre las cortinas cerradas de la habitación. Niki se acerca a la cama, se sube a ella por el lado de Alessandro, pero permanece apoyada sobre las rodillas. Parece que la hayan dibujado con ese contraluz azul.

—Bien... —Voz cálida y sensual—.¿Qué tal me queda?

Alessandro abre los ojos. La acaricia suavemente con una mano, buscando el tejido de seda. Baja por las piernas y sigue hacia arriba, más arriba, hasta las caderas, pero no encuentra nada.

—¿Eres una nube acaso? —Y Niki se ríe—. Pues claro, ¿has visto que camisón más ligero? Casi no se nota. —Y un beso, y otra carcajada. Y una noche que pierde sus confines. Y al final las estrellas francesas se ven obligadas a admitirlo. Sí. Otra victoria más. Los italianos lo hacen mejor.

Al día siguiente, un fantástico desayuno en la cama. Cruasanes y huevos escalfados, zumo de naranja y pequeños dulces. Y periódicos italianos que ni siquiera se han abierto. Y se van en un coche alquilado directamente en el hotel. En cuanto se lo traen, se suben con un mapa lleno de indicaciones que les ha escrito encima el joven conserje.

Alessandro conduce mientras Niki le hace de copiloto.

—Derecha, izquierda, derecha de nuevo, sigue recto... al final tienes que girar a la izquierda. —Y se ríe mientras le da un pequeño mordisco a la *baguette* que se ha traído.

Alessandro la mira.

—Eh, hay que ver lo que comes...

Niki acaba de masticar. Cambia de expresión.

—Sí, es raro, ¿verdad? No será que...

Alessandro la mira preocupado.

—¿Niki...?

Ella sonríe.

—Todo bajo control. Me bajó la semana pasada. Es que cuando estoy feliz me entra hambre.

Y siguen por la carretera que sale de París, pero sin alejarse demasiado.

—Mira, allí, es allí. —Niki señala un cartel—. Eurodisney, tres kilómetros. Ya casi hemos llegado.

Poco después aparcan y se bajan.

Y echan a correr cogidos de la mano. Sacan las entradas y entran. Rápidamente, se pierden entre otras personas que sonríen como ellos, chiquillos de todas las edades en busca de sueños.

—¡Mira, mira, ahí está Mickey! —Niki le aprieta la mano—. ¡Alex, hazme una foto!

—¡No tengo cámara!

—No me lo puedo creer. Lo has organizado todo a la perfección y vas y te olvidas lo más simple, la máquina de fotos.

—¡Eso tiene fácil remedio! —Y se compran de inmediato una Kodak de usar y tirar. Y el aprctón dc manos con Mickey queda inmortalizado al momento. Después un beso a Donald, el abrazo de Goofy y el saludo de Chip y Chop, y otra foto con Cenicienta.

—¡Ahora sí que estás preciosa con esa corona en la cabeza!

Niki lo mira extrañada.

—Pero ¡si yo no tengo ninguna corona! —Entonces Niki mira a Cenicienta, una chica muy hermosa que está a su lado, alta, rubia, etérea, con una sonrisa verdaderamente de fábula. Niki le echa una mirada fulminante a Alessandro, que sonríe.

—Uy, disculpa..., me he confundido. —Y Alessandro sale corriendo, con Niki persiguiéndolo. La Cenicienta se queda allí, sin decir una palabra, parada ante su castillo, mirándolos. Luego se encoge de hombros y sonríe a nuevos visitantes. Por supuesto, no puede entender que también aquello es una fábula.

Y Alessandro y Niki continúan con su paseo, se suben a las Montañas Rocosas y después entran en el mundo de Peter Pan, navegan con el capitán Garfio, se dejan caer por el Oeste, comen algo en un *saloon* y al final, de repente, van a parar al futuro, a bordo de una máquina del tiempo. Tropiezan con Leonardo da Vinci y atraviesan las épocas más diversas. Desde las cavernas hasta el Renacimiento, de la Revolución francesa a los años veinte.

—Oye, podré decirle a mi madre que he estado estudiando historia.

Y siguen, continúan. Se montan en las Space Mountain. Una montaña rusa a velocidad supersónica, sobre el vacío, apuntando hacia la luna para, una vez alcanzada, girar de golpe a la derecha, dejándola atrás y caer de nuevo, con los pelos de punta y el corazón en la garganta latiendo a mil por hora. Las manos muy apretadas sobre el pasamanos de hierro, gritando hasta desgañitarse, con los ojos cerrados, la propia felicidad alocada, irrefrenable, ilimitada.

–Lo hemos probado todo...

–Sí, sí, no nos falta nada.

–Dios mío, estoy muerta. Y sudada... Mira la camiseta se me pega.

Alessandro se acerca y la toca.

–Está empapada, en cuanto lleguemos al coche te la cambias.

–Sí, me pondré la sudadera que llevaba ayer. ¿Qué es eso? ¡Mazorcas de maíz! –Niki echa a correr como una niña por una pequeña plazoleta de estilo antiguo, francés, disneyano. Se acerca al vendedor de mazorcas y, tras un momento de vacilación, señala una con su dedo índice, fino, tímido. Alessandro se le acerca, paga y le sonríe. Joven papá de esa niña que tuvo demasiado pronto y que no se le parece ni siquiera un poco.

–Gracias... –Y un mordisco a la mazorca y un beso a él, y otro mordisco y otro beso. Largo. Muy largo. Demasiado largo. Y alguien sonríe y mueve la cabeza. Y pensamientos casi cinematográficos. *Mi padre, mi héroe.* O mejor aún: *El amor no tiene edad.*

–Eh... –Alessandro mira su reloj–. Nos tenemos que ir. El avión sale dentro de poco.

–No me importaría perderlo. Pero mañana tengo el último examen de historia.

Y se van corriendo, dejando una mazorca mordisqueada lanzada al vuelo en una papelera, al borde de la carretera. Después Niki se cambia de camiseta detrás de la puerta del portaequipajes, en un extraño vestidor parisino.

–¡Creía que por lo menos me harías una exhibición de ballet... o qué sé yo... un cancán!

–Sí, claro, ¡da gracias de que no te muerda dos veces!

–Vámos. –Y Alessandro se ríe, se monta en el coche y salen en la noche. Cuando te sientes así, hasta la broma más estúpida es un buen pretexto para estar alegres. Dejan el coche en el parking. Después una pequeña cola, la documentación, el asiento asignado, las pequeñas maletas de ruedas. Alessandro se saca algo del bolsillo. Pasa el control. Cuando le toca a Niki suena algo. Se le acerca un gendarme francés. Coge un pequeño detector de metales y se lo pasa a Niki por encima buscando a saber qué.

—Niki —dice Alessandro a sus espaldas—, ¿qué has robado?

—¡La Copa del Mundo! —Niki empieza a cantar feliz—. Po po po po po po po...

—Calla, pórtate bien, estate quieta... ¡que no nos van a dejar salir! —Pero Niki sigue cantando.

—¡Además, no se la robamos, la ganamos! —También Alessandro empieza a cantar—. Po po po po po po po... —Y abraza a Niki feliz. Y se van, dando la espalda, pero juntos, no como en ciertas canciones...

Y nubes ligeras, y una puesta de sol a lo lejos, que desaparece lentamente por el horizonte. El avión se mueve un poco. Niki se aprieta fuerte a Alessandro. Poco a poco, el vuelo recupera la estabilidad y ella se queda dormida. Alessandro la mira, apoyada en él, le acaricia el cabello, suavemente, con la mano izquierda. Se lo arregla, lo aparta para ver mejor la línea de su rostro, delicada, dibujada de un modo perfecto y natural. Esas cejas que escapan, pero sin hacer ruido, en pos de quién sabe qué sueño. El de una niña que se ha pasado el día corriendo tras su felicidad y que por una vez le ha dado alcance.

El avión da un pequeño salto, luego otro más fuerte. Se oyen los motores. Niki se despierta de repente y se abraza a Alessandro asustada.

—¿Qué ocurre? ¡Socorro!

—Chissst... tranquila, tranquila, no pasa nada. —Y la abraza—. Acabamos de aterrizar.

Niki suelta un largo suspiro, después sonríe. Se frota los ojos y mira por la ventanilla.

—Volvemos a estar en Roma.

Y no hay cola, ningún equipaje que esperar, el coche listo en el parking.

—Espera, llamaré a mi casa.

Niki conecta su teléfono móvil, y en cuanto acaba de escribir el pin, comienzan a entrarle varios mensajes. Los abre. Son todas llamadas de casa. Instantes después desaparece todo, está entrando una llamada. Niki mira la pantalla. Se pone un dedo en los labios, haciéndole señas a Alessandro para que esté callado. Abre el teléfono.

—¡Hola, mamá!

—¡Sí, hola! Me tenías preocupada. Lo tenías apagado. Hace dos horas que te estoy llamando. ¿Dónde estabas?

Niki mira a Alessandro. Vale, voy a intentarlo de nuevo.

—Mamá, estaba en Eurodisney.

Simona suelta un resoplido.

—¡Otra vez con esa historia! Claro que sí, y yo soy la reina Isabel. ¿Se puede saber qué estás haciendo?

Niki se encoge de hombros y sonríe a Alessandro. Ya lo ves, mi madre no me cree.

—Nada, mamá, estaba dando una vuelta por el centro con mis amigos.

—Sí, tú siempre estás dando vueltas con tus amigos, y siempre por lugares donde no hay cobertura. Qué extraño. Si por ti fuese se arruinarían todas las compañías telefónicas. No se sabe bien por qué, pero tu teléfono no tiene cobertura en ninguna parte.

—Se ve que me regalasteis uno malo.

—Sí, sí, no te hagas la graciosa, que antes o después te vas a enterar. ¿Se puede saber dónde estabas? Dijiste que tú y yo nos lo íbamos a contar siempre todo...

—Sí, pero después del bofetón algo cambió.

—Eso sólo fue un daño colateral. No siempre se puede estar de acuerdo.

Niki lo piensa un poco.

—Ok, como quieras, ya te lo dije ayer, mamá. He estado en Eurodisney, hemos llegado corriendo al aeropuerto de París porque nos retrasamos, pero al final conseguimos coger el avión de las ocho... Por eso lo tenía apagado. Y ahora acabo de llegar a Fiumicino. —Silencio—. Mamá...

—Sí, sigo aquí, afortunada tú, que siempre tienes ganas de bromear. Bien, ¿cuándo vendrás a casa?

Niki mira a Alessandro y después su reloj. Extiende los brazos como diciendo, es la segunda vez que intento decírselo y ella no me cree... Alessandro le hace una seña como diciendo está loca, luego le indica con un dedo que tardarán una hora.

—En hora y media estoy ahí.

—¡No más tarde! —Y cuelga.

Se pierden, de nuevo en Roma, en un tráfico suave. Autovía. Alguno de los conductores está nervioso y cambia continuamente de carril intentando adelantar a todos, va de derecha a izquierda. Está impaciente. Al final sigue su camino. Se aleja. Con los cristales tintados y un Peugeot lleno de alerones, como si así fuese más veloz. Alessandro en cambio conduce tranquilo. De vez en cuando la mira. Niki esta ordenando algo en su bolsa. Cuando se vuelve de un viaje, todo parece ir más lento. Se siente uno más sereno. Irse, en ocasiones ayuda a ver mejor la propia existencia, mirar en qué punto se encuentra. Cuánto camino se ha hecho, adónde nos dirigimos o por dónde nos estamos perdiendo y, sobre todo, si se es feliz. Y cuánto.

Justo en ese momento, suena el móvil de Alessandro. Dos bips. Un mensaje. Se saca el Motorola del bolsillo. Un sobrecito parpadea. Lo abre. Es de Pietro. Hace tiempo que no habla con él. Pero lo que lee es lo último que hubiese querido saber.

«Hola. Estamos todos con Flavio. Su padre ha muerto.»

Alessandro no se lo puede creer.

—No.

Niki se vuelve asustada hacia él.

—¿Qué ha pasado?

—Se ha muerto el padre de un amigo mío. Flavio. Flavio, lo conociste. ¿Sabes quién es? El marido de Cristina... La que dices que no te soporta.

Niki lo lamenta.

—Lo siento. Aunque no lo conozca mucho.

Han llegado ya a casa de Niki.

—No tenía que ser así. Maldita sea. Cuánto lo siento. Menos mal que ya he regresado. Me voy a verlo.

Niki sonríe.

–Por supuesto. Llámame cuando quieras, si te apetece. En serio, cuando quieras. Dejaré el móvil encendido.

Niki le da un ligero beso. Y se va. Entonces se detiene un momento y sonríe.

–¡Eh, ahí detrás te dejo mi maleta! Te la dejo. Ya iré a buscarla con más calma...

–Desde luego. Cuando quieras.

Alessandro espera a que Niki entre en el portal. Un pequeño saludo desde lejos y se aleja en la noche.

Noventa y siete

Todos están allí. Los amigos más íntimos, los más sinceros, los que conocen toda la verdad de una familia, los que han asistido en silencio a pequeños y grandes problemas, o bien con bullicio a grandes celebraciones, felicitándose por las pequeñas y grandes alegrías de la vida. Eso es la amistad. Saber dosificar el ruido de la propia presencia. En cuanto lo ve, Alessandro se le acerca y le da un abrazo. Todo. Mucho. Tanto.

Cada uno recuerda a su manera los momentos más diversos de una misma vida.

—Joder, lo siento Flavio...

Se miran a los ojos y no saben bien qué decirse. Uno de esos momentos que inevitablemente te llevan al silencio. Estar allí, hacer acto de presencia, querer decir tantas cosas sin conseguirlo. De modo que todo se arregla con una simple palmada en el hombro, con un abrazo sentido, con una frase que se te hace extraña, pero no has sido capaz de encontrar otra. Y te parece la mejor, la más verdadera, la más sincera. Y no lo es. O a lo mejor también lo es. Quién sabe... Tienes un nudo en la garganta. Si dices algo más, sabes que te echarías a llorar. Tienes los ojos brillantes. Y te das cuenta de que otros son más fuertes que tú. Y no lloran. Parecen serenos, como si no hubiese pasado nada. Consiguen llevar bien su dolor. O quizá, piensas, es que no les importa un comino. ¿Qué clase de personas son? Como esos dos, por ejemplo, deben de ser sus primos... Están al fondo del salón y no paran de hablar y se ríen y resultan hasta un poco ruidosos. Parece que el hecho de que se haya muerto alguien fuese la única ocasión para volver a verse. O a lo mejor su manera de actuar es tan sólo un hábil disfraz. Como si no pudiesen concederse el lujo de estar mal, de sufrir abiertamente, de poder llorar libremente, sin vergüenza. Ese extraño precio que el carácter te obliga a pagar en ocasiones, dejándonos fuera de la belleza de los sentimientos.

Alessandro, Pietro y Enrico hacen compañía a Flavio toda la noche y cada uno de ellos renuncia a algo sólo por estar a su lado. Los tres están felices de ello y ninguno lamenta lo que ha perdido.

Noche de palabras. Noche de recuerdos. Noche de confidencias. Divertidas anécdotas lejanas. Viejas historias que tan sólo el dolor, con su soplo potente, consigue sacar a la luz a veces. Episodios pasados, ocultos, perdidos pero en el fondo nunca abandonados.

—¿Sabéis una cosa, chicos? —Flavio bebe un poco de su whisky y los mira. Ninguno responde. No es necesario. Flavio sigue hablando—. Te da por pensar en las cosas que no le dijiste. En las veces que lo decepcionaste. En las cosas que te hubiese gustado decirle aquel día, en lo que te gustaría poder decirle ahora. Correr hasta su casa. Llamar al timbre. Pedirle que se asome. Papá, se me ha olvidado decirte una cosa. ¿Te acuerdas de aquella vez que fuimos a...? —Flavio mira de nuevo a sus amigos—. Eso hace daño. Tal vez sea una tontería, pero te gustaría tanto podérsela decir...

Varios días después. El funeral. Flores. Frases. Silencio. Personas que hace tiempo que no se veían reaparecen de nuevo. Como algunos recuerdos. Saludos. Apretones de manos. Conmoción. Todos van a saludar a Flavio con afecto. Algunos llevan flores. Otros vienen de un pasado lejano y desaparecerán otra vez para siempre, pero no querían faltar a esa última cita. Después el entierro. Un último adiós. Un último pensamiento. Después ya nada. Fiuuu. Un balón pesado que se aleja hacia el cielo. Silencio. Cada vez más lejos. Luego, trabajosamente, los primeros chirridos. Es como si la gran máquina arrancase

de nuevo. Ruidos pesados, cadenas sin lubricar, engranajes que rechi-
nan, crujen. Pero arranca. Ya está... ¡Chucu chucu chu! Como ese
tren lejano, en el horizonte, que retoma su camino, su carrera, que
aumenta el ritmo, resopla, otra vez, sí, hacia confines lejanos, hacia
los días que vendrán... Chucu chucu chu... Y silba, vuelve a silbar. Y
no detenerse. No detenerse. Todos, absolutamente todos, siguen adelante. Y antes o después lograrán olvidar algo. O a lo mejor no. Pero
también en esta duda reside una gran belleza.

Noventa y ocho

A la semana siguiente, Alessandro decide hacerse un regalo. El domingo por la mañana lo llama.

—¿Quién te ha llamado esta mañana temprano?

—Alex.

La madre de Alessandro, Silvia, se acerca a su marido Luigi, en el salón y lo mira preocupada.

—¿Un domingo por la mañana a esa hora? ¿Y qué quería, qué te ha dicho...?

—Nada. No lo sé. Me ha dicho: «Papá, me gustaría salir contigo.»

—Dios mío, habrá pasado algo.

—No es nada, tesoro, querrá contarme alguna cosa.

—Eso es lo que me preocupa.

Él le sonríe y se encoge de hombros.

—Bah, no sé... Me ha dicho: «¿Hay algo que te gustaría hacer conmigo y que nunca me hayas dicho?»

Silvia mira a su marido estupefacta.

—¿Y se supone que no tengo que preocuparme?

Luigi se pone la chaqueta. Luego le sonríe.

—No. No tienes por qué. Cuando regrese te lo explicaré todo.

Llaman al timbre. Se va hacia la cocina y responde. Es Alessandro.

—Bajo en seguida.

Silvia le pone bien la chaqueta al marido.

—Cuánto me gustaría estar con vosotros.

Luigi le sonríe.

—Lo estarás. —Se dan un beso. Luigi sale y cierra la puerta a sus espaldas.

Poco después, está en el coche con Alessandro.

—Bien, papá, ¿has pensado ya lo que te gustaría hacer?

El padre le sonríe.

—Sí. Está en la carretera de Braciano.

Poco después, el Mercedes de Alessandro está aparcado bajo el sol caliente del mediodía.

—Vale, no apretéis demasiado el acelerador. Seguid las curvas y no frenéis, que es muy fácil perder el control. Por favor, no soltéis el acelerador en las curvas...

Alessandro mira a su padre. Está a su lado, con un casco rojo. Resulta cómico. Sonríe divertido como el más feliz de los niños a bordo de ese potente minikart.

—¿Estás listo, papá?

—Y tan listo... Quien llegue el último después de diez vueltas paga, ¿estás de acuerdo?

Alessandro sonríe.

—De acuerdo.

Y arrancan, como improvisados Schumacher en esa extraña carrera. Alessandro se deja adelantar en seguida, pero no afloja. De vez en cuando, acelera, mira divertido a ese hombre de setenta años que toma las curvas con la cabeza inclinada hacia un lado, que cree que así se ayuda, con ese extraño juego de pesos.

Luego, más tarde.

—¡Vaya..., me he divertido un montón! ¿Cuánto has pagado, Alex?

—Eso qué importa, papá. He pagado lo que debía. He sido yo quien ha perdido.

Se montan en el coche. Alessandro conduce tranquilo hacia casa. Su padre lo mira de vez en cuando. Decide ejercer un poco su papel.

—Todo va bien, ¿verdad, Alex?

—Todo bien, papá.

—¿Seguro?

—Seguro.

El padre se relaja.

—Bien. Me alegra oírlo.

Alessandro mira a su padre. De nuevo a la carretera. Vuelve a mirarlo.

—Papá, estoy muy contento de que hayamos pasado el día juntos. Claro que ni me imaginaba que fueses a querer hacer eso.

Su padre sonríe.

—Puede que sea porque un hijo siempre espera más de su padre.

Se quedan un minuto en silencio. Luego Luigi empieza a hablar con tono tranquilo.

—¿Sabes?, he estado un buen rato pensando en qué podíamos hacer. Luego me he dicho: cualquier cosa que le pida, a él no le apetecerá —se vuelve y sonríe a Alessandro—, en mi opinión, nunca estaré a la altura de tus expectativas. Así que, al final, he decidido que era mejor decirte simplemente la verdad. He pensado que sabrías apreciarlo y que no te decepcionaría.

Alessandro lo mira y le sonríe.

—Esto es algo que siempre había soñado hacer. Desde que era pequeño quería montarme en un minikart, pero nunca había podido.

—Y hoy lo has conseguido.

—Ya. —El padre lo mira levemente absorto—. Me has dejado ganar.

—No, papá. En serio que ibas muy rápido. Incluso has tomado una curva girando el volante al contrario.

—Sí, pero no he levantado el pie del acelerador, al contrario, he pisado más a fondo; de lo contrario hubiese perdido el control. Ha sido una carrera muy bonita.

—Sí, mucho.

Al llegar a casa de sus padres, Alessandro se detiene.

—Aquí estamos...

El padre lo mira.

—Cuando doy una pincelada de verde en la tela, no quiere decir que sea hierba, cuando la doy de azul, no quiere decir que sea el cielo.

Alessandro lo mira sorprendido. No entiende.

—Es de Henri Matisse. Ya sé que no tiene nada que ver, pero me gustó cuando la leí. —Luigi se baja del coche y se inclina para despedirse.

—¿Sabes, Alex? No sé si un día me recordarás por esa frase que no es mía, o por la curva... no sé qué es peor...

—Lo peor sería que no te recordase.

—Eso por supuesto... Para mí al menos. Querría decir que no he sabido hacer nada bueno.

—Papá...

—Tienes razón. Dejémoslo. En el fondo, he conseguido derrotar a mi hijo a los setenta años. De todos modos, tu madre me va a acribillar a preguntas. Y lo que más le interesará saber es cómo te va con Elena, si ha vuelto a casa.

Alessandro sonríe.

—Entonces dile que has ganado la carrera de minikart... Y que yo estoy feliz.

Noventa y nueve

Y pasan los días. Días de estudio. Días de amor. Días importantes. Alessandro está reunido con todo su equipo.

—Bien, vuestras propuestas son buenas, muy buenas, pero todavía les falta algo. No sé qué, pero algo... —Mira a su alrededor—.¿Dónde se ha metido Andrea Soldini?

—¡Ah, seguramente lo que falta es él!

Dario extiende los brazos al tiempo que Michela, Giorgia y otras personas del equipo se echan a reír.

Justo en ese momento, entra Andrea Soldini jadeante.

—He tenido que salir un minuto, disculpad, tenía que enviar un paquete.

Alessandro lo mira.

—¿Cómo? Ahora no teníamos que enviar nuevas pruebas, ¿no?

—No. —Andrea Soldini se muestra un poco nervioso—. Era algo privado.

Alessandro suspira.

—Os lo pido por favor, sólo falta una semana. Las pruebas que hagamos, si es que llegamos a hacerlas, las enviaremos por e-mail y solamente para su aprobación. Hasta el próximo domingo, tenéis que dedicaros en cuerpo y alma. No podéis ni respirar, ni comer, ni dormir.

Dario levanta la mano.

—¿Se puede follar si mientras tanto se piensa en la idea?

—¡Si después se te ocurre algo, sí!

—¿Qué dices? Eso no se piensa dos veces... Se te ocurre y basta...

Todos se echan a reír. Una de las chicas se pone roja. Alessandro vuelve a poner orden en la reunión.

—Por favor, ¡ya vale! Venga, sigamos trabajando. ¿Por dónde íbamos?

Justo en ese momento suena su móvil.

—Disculpadme un instante. —Alessandro se va hacia la ventana—.¿Sí?

—Cumpleaños feliz, cumpleaños feliz, te deseamos a ti, Alex... ¡¿Creías que se me había olvidado?!

Alessandro mira su reloj. Es verdad. Hoy es 11 de junio. Es mi cumpleaños.

—Niki, no te lo vas a creer. El que no se acordaba era yo.

—Bueno, ya lo arreglaré yo por los dos. He hecho una reserva en un lugar fantástico y eres mi invitado. ¿Podrás pasarme a recoger a las nueve?

Alessandro suspira. En realidad, le gustaría trabajar. O mejor dicho, debería. De repente ve Lugano cada vez más cercano.

—Sí. Pero no podré llegar antes de las nueve y media.

—De acuerdo. Buen trabajo entonces, y hasta luego.

Alessandro cierra su teléfono móvil. Se da la vuelta. Todos los chicos del equipo llevan en la cabeza unos gorritos de colores y sobre la mesa hay una gran bandeja llena de exquisita repostería. A su lado hay una bolsa de Mondi recién abierta.

—¡Felicidades, jefe! ¡Casi se nos olvida también a nosotros por culpa de esta maldita LaLuna!

Andrea Soldini tiene una botella en la mano.

—Había bajado a por esto... Lo he dejado todo aquí fuera. ¡Sabía que antes o después te distraerías!

Alessandro sonríe azorado.

—Gracias, chicos, gracias.

Dario, Giorgia y Michela se le acercan con un paquete en la mano.

—Felicidades, *boss*...

—No teníais por qué...

—Ya lo sabemos, pero así esperamos obtener un pequeño aumento.

—Es de parte de todos nosotros...

Alessandro abre el paquete. Entre sus manos aparece un precioso lector de Mp3 y un CD, *Moon*, en el que han escrito «Felicidades... ¡así no cambiamos de tema! ¡Tu estupendo equipo!».

Andrea Soldini destapa la botella y empieza a servir champán en los vasos de plástico que Dario le va pasando.

—Venga, coged un vaso, id pasándolos.

Finalmente, todos tienen uno. De modo que Alessandro levanta el suyo. De repente, se hace el silencio en la habitación. Alessandro se aclara la voz.

—Bueno, me alegra que os hayáis acordado. Me ha gustado mucho el regalo, la idea del CD es muy divertida... Cuando queréis... ¡ya veo que sois creativos y se os ocurren ideas! ¡De modo que espero que pronto deis con una que nos permita tener nuestra anhelada, sufrida y merecida victoria! —Levanta el vaso—. ¡Por todos nosotros, conquistadores de LaLuna!

Todos lo siguen sonrientes, deseándole felicidades, jefe, felicidades, Alex. Feliz cumpleaños... Alessandro sonríe mientras entrechoca su vaso de plástico con el de los demás. Toma un sorbo. Pero pequeño. No quiere exagerar. Y, sobre todo, lo que más le gustaría para su cumpleaños sería encontrar de una vez por todas la maldita idea para los japoneses.

Por la tarde, todo el equipo está trabajando con empeño, a los acordes del CD. Alguno le trae una propuesta, un apunte, alguna vieja idea. Andrea Soldini ha encontrado un viejo anuncio aparecido en un periódico hace un montón de tiempo.

—Esto no estaba mal, Alex. —Y deja la revista sobre la mesa frente a él.

Alessandro se inclina hacia delante para verlo mejor. Andrea Soldini aprovecha para meterle algo en el bolsillo. Alessandro no se da cuenta de nada y continúa observando con atención el viejo anuncio. Luego niega con la cabeza.

—No... no funciona. Está pasado de moda. No da más de sí.

Andrea Soldini se encoge de hombros.

−Lástima, bueno, al menos yo lo he intentado... −Y se aleja.

Luego sonríe por lo bajini. Puede que, en cuanto al anuncio, su propuesta no haya funcionado. Pero en lo que respecta al resto... le ha salido a la perfección.

Cien

Las ocho y media. Alessandro entra agotado en el ascensor de su casa. Se mira al espejo. En su cara se aprecia perfectamente toda la fatiga de ese día. Sobre todo el estrés de no haber encontrado aún una idea ganadora. Las puertas del ascensor se abren. Alessandro mete la mano en el bolsillo de la chaqueta. Saca las llaves. Le basta con abrir un poco la puerta de la entrada para que el cansancio le desaparezca de golpe.

Eh, pero ¿qué pasa? ¿Quién ha entrado? Por todo el salón hay repartidas pequeñas velas perfumadas, encendidas. Las llamas bailan movidas por una ligera brisa. Una música suave se difunde por toda la casa. Un perfume de cedro hace que resulte más limpia y fresca. En el centro del salón, en el suelo, hay dos recipientes de barro, grandes y bajos, de color claro, llenos de pétalos de rosa. Y de ellos emana un perfume aún más fuerte, embriagador. Alessandro no sabe qué pensar. Sólo otra persona tiene las llaves de casa. Y nunca las ha devuelto. Elena. Pero en ese preciso instante, su duda, ese miedo, esa extraña preocupación, se desvanece. Una suave música japonesa de sonidos antiguos, ancestrales, ritmos secos, inconfundibles. De la penumbra del dormitorio sale ella. Un kimono blanco, con pequeños dibujos bordados en plata, lo mismo que la cinta que le ciñe la cintura. Pequeñas sandalias en los pies, y el paso corto, rítmico, típico de las auténticas japonesas. Las manos juntas frente al pecho. El cabello recogido, tan sólo un pequeño mechón castaño claro ha logrado escapar de esa extraña captura.

—Aquí estoy, mi señor... —Y sonríe.

Alessandro tiene ante sí a la geisha más hermosa que haya existido jamás. Niki.

—¿Cómo lo has hecho?

—No me haga preguntas, mi señor... Hoy tus deseos son órdenes. —Y le quita la chaqueta, que deja bien doblada sobre el sillón de la sala. Lo hace sentar, le quita los zapatos, los calcetines, los pantalones, la camisa.

—Pero quisiera saber cómo lo has hecho.

—Un esclavo tuyo lo hizo posible, señor.

Niki hace que Alessandro se ponga un suave kimono negro.

—Y me pidió que te diese esto. —Niki le entrega una nota a Alessandro.

La abre. «Querido Alex, te he cogido sin que te dieses cuenta las llaves del bolsillo y se las he dado a Niki. Ella se ha hecho una copia y me las ha devuelto. Como podrás ver, vuelven a estar en tu bolsillo. Creo que, en ocasiones, vale la pena arriesgarse por una buena velada. Posdata: yo invito al champán. A lo demás... no. Espero que no me despidas. De no ser así, bueno, a lo mejor me he arriesgado demasiado, pero espero que al menos haya valido la pena... Andrea Soldini.»

Alessandro dobla la nota. Justo en ese momento, oye que descorchan una botella a sus espaldas. Niki está sirviendo en dos copas el champán. Le ofrece una a Alessandro.

—Por el amor que desees, mi señor, y por tu sonrisa más bella que espero esboces siempre por mí.

Y brindan con sus copas. Un leve tintineo se expande por el salón, mientras Alessandro bebe el champán frío, helado, perfecto, seco. Como la mano de Niki, que poco después lo conduce hacia el baño. Le quita el kimono y lo ayuda a entrar en la bañera que poco antes preparara.

—Relájate, amor. —Y Alessandro se sumerge en el agua caliente, pero no en exceso. Temperatura perfecta. En el borde de la bañera hay unos pequeños cuencos con velas de sándalo dentro. En el fondo, se disuelven pequeños cristales de sales minerales azules. Y poco a poco la bañera se llena de una espuma ligera que perfuma el agua. Alessandro se deja resbalar hacia dentro, mete la cabeza bajo el agua, cierra los ojos. En medio de ese silencio, la música llega muy lejana y suave al agua. Todo como amortiguado. Todo tranquilo. Estoy soñando, piensa. Y se relaja por completo. Incluso su pelo ondea dejándose acunar por esa calma acuática. Poco después, algo le roza las piernas. Alessandro se echa hacia arriba, emerge de nuevo, escupe un poco de agua. Y la ve. Niki. Como una pequeña pantera. Se sube sobre él completamente desnuda. Apoya una pierna, luego la otra, las dobla. Luego un brazo y después el otro, y así sigue avanzando, seca todavía, dentro de esa agua hecha de pequeñas burbujas perfumadas. Con la boca abierta, sedienta de amor, se deja resbalar sobre él, sobre su cuerpo. Y baja cada vez más, hasta sumergirse también. Ahora sólo se ve su espalda y sus cabellos mojados, que se abren perdidos en esa agua, como un pulpo asustado que de repente abre sus tentáculos, como unos fuegos artificiales que explotan en el cielo de noche. Y emerge otra vez, mojada, con el agua resbalándole por la cara, por el cuello, por sus senos. Y lo besa. Y otro beso más. Y otro. De dos bocas perdidas, que resbalan, que se encuentran, que no se detienen, que se aman. Y hacia abajo de nuevo sin pudor, como una geisha perfecta que halla en el placer de su hombre su única felicidad. Hasta el fondo. Hasta colorear esa agua azul y perfumada de posible vida.

Poco después, Niki lo está duchando y lo seca con una enorme toalla. Hace que se tienda en la cama. Se le monta desnuda sobre la espalda y lo rocía con un poco de aceite templado, mantenido hasta entonces en una olla de agua caliente.

—Oh... está caliente.

—Ahora se enfría. —Y con sus fuertes manos de jugadora de voleibol, la campeona Niki golpea esos músculos, suavizándolos, relajándolos, obligándolos a abandonarse. Luego se tiende sobre él y recorre su espalda con su seno. Y continúa hacia abajo, hasta masajearle las lumbares, y las piernas, y de nuevo hacia arriba. Trabajando los dorsales, el cuello, el trapecio. Y otra vez hacia abajo. Como una pastilla de jabón, lisa, enloquecida, que corre arriba y abajo... y no se detiene jamás.

—Se llama *body massage*.

Alessandro no puede casi hablar.

—¡Yo-cre-o-que-tú no vas al instituto Mamiani!

Se echan a reír y vuelven a hacer el amor y Alessandro se queda dormido. Se despierta. Y no se lo puede creer.

—¿Qué estás haciendo, Niki?

Está tendida a su lado y sonríe divertida.

—¡He preparado la cena! —Pero sobre una mesa muy especial. Ha colocado el mejor sushi y el mejor sashimi encima de ese extraño y blando plato. Su abdomen. En el fondo, es como si fuese una pequeña bandeja.

—Eh, ahí está la soja... ¡ten cuidado de que no se te caiga, porque debe de estar muy caliente! —Y se ríen, mientras Niki le pasa los palillos dentro de un pequeño sobre de papel.

Alessandro no puede creer lo que están viendo sus ojos.

—Tú estás loca...

—¡Por ti!

Alessandro los saca y los separa.

—¿Y tú no comes?

—Después, mi señor.

Alessandro mira el sushi y después el sashimi. No sabe por dónde empezar. Todo tiene muy buena pinta.

—Oh... pero espabila, Alex, ¡que yo también tengo hambre!

Alessandro mueve la cabeza.

—Eres un magnífico ejemplar de geisha-borde. —Y empieza a comer como un perfecto Alex-San auténtico. Lo prueba todo, y de vez en cuando le da un poco a Niki, que sonríe divertida. Muerde maliciosa, arrancando trozos de sushi de aquellos pequeños palillos. Luego Niki se levanta y sirve una magnífica cerveza Sapporo en dos vasos.

—Hummm, está buenísima. ¡Lo has preparado todo a la perfección, Niki! No hubiese querido otra cosa, en serio, ha sido maravilloso.

Niki inclina la cabeza hacia un lado.

—¿En serio?

—En serio.

—Entonces, ¿vas a perdonar a Andrea Soldini?

—Pienso ascenderlo.

Niki se echa a reír. Lo coge de la mano.

—Ven. —Y acaban desnudos en el salón—. Toma. —Niki le da una nota. Alessandro la abre. «Quisiera que éste fuese el mejor cumpleaños de tu vida. Pero también quisiera que fuese el peor de todos los que celebraremos juntos todavía. Y me gustaría no haber perdido todo este tiempo. Y me gustaría no perder más. Y me gustaría que lo celebrásemos cada día, como si fuese nuestro "feliz no cumpleaños", como en aquel cuento. Más aún. Me gustaría que nosotros fuésemos un cuento de hadas. Me gustaría seguir viviendo este sueño contigo sin despertar nunca. Felicidades, mi amor.»

Alessandro dobla la nota. Tiene los ojos brillantes. Hermoso. Muy hermoso. Después la mira.

—Dime que es verdad, que no estoy soñando. Y sobre todo dime que nunca más chocarás con otro.

Niki se echa a reír, luego coge a Alessandro por los hombros y lo conduce con dulzura.

—Ven. Es para ti.

Un paquete enorme, todo él envuelto, está escondido en una esquina del salón.

—Pero ¿cómo te has apañado para traerlo?

—No me lo preguntes. Tengo la espalda hecha polvo. ¡Venga, ábrelo! —Alessandro empieza a romper el papel—. Bueno, ¿sabes una cosa? ¡Tus vecinos me han ayudado!

—¡No me lo puedo creer! Si has conseguido que te ayudase el tipo ese que siempre me está denunciando y me envía a la policía a casa, es que debes de tener extraños poderes.

Alessandro acaba de desenvolver el paquete y, al ver el regalo, se queda sin palabras.

—*El mar y el arrecife*... La escultura que estaba en Fregene, en el local de Mastín.

—Sí, te gustó tanto... La he traído para ti.

—Cariño, ¿cómo lo has hecho? ¡Es un regalo precioso! Demasiado. A saber lo que te habrá costado.

—¡No te preocupes por eso, más que un creativo pareces un contable! ¡A ti qué te importa! Es bonito hacer un regalo sin pensar en lo que cuesta. Claro, que este verano tendré que trabajar para Mastín de friegaplatos, o de camarera, o directamente de fregona, pero eso no es nada comparado con la satisfacción de verlo ahora en tu salón. Eso no tiene precio.

Alessandro mira la escultura perplejo.

Niki se da cuenta.

—¿Qué pasa, no te gusta? Puedes ponerla en el baño, o en la cocina, o fuera en la terraza, o tirarla... Es tu regalo, ¿sabes?... ¡Puedes hacer lo que quieras con él! ¡No vayas a pensar que quiero decorarte la casa!

—Tranquila, tranquila, sólo estaba pensando. Es la cosa más bella que nunca me hayan regalado. No tienes ni idea, he pensado a menudo en ella, pero creía que Mastín no estaba dispuesto a venderla.

—También yo. De hecho, por las dudas de si no me la daba, te compré también esto. —Y Niki saca un pequeño paquete—. Toma, de todos modos era para hoy.

—Pero ¡Niki, es demasiado! ¡Me lo podrías dar en otra ocasión!

—¡Venga ya, contable de sentimientos, en otra ocasión habrá otro regalo! Ábrelo ya y déjate de historias.

Alessandro lo abre.

—¡Una digital! ¡Es preciosa!

—¡Así, la próxima vez que vayamos a Eurodisney no tendremos problema! —Niki sonríe—. Además, ¿a ti te parece normal que tú, un supercreativo que es lo que eres... tengas de todo y te falte una máquina fotográfica? Siempre te puede ser útil. A lo mejor ves algo, se te ocurre una idea, entonces aprietas un botón... clic, y la haces tuya.

Alessandro sonríe.

—Ponte ahí, al lado de la escultura. Quiero estrenarla ahora mismo.

Niki se esconde detrás y se asoma con timidez, cubriendo su desnudez.

—Lo hago sólo por ti. Yo soy muy vergonzosa. Venga, hazla ya, antes de que cambie de idea.

Alessandro la encuadra. Está hermosísima en esa penumbra del salón, abrazada a aquella blanca escultura.

—Ya está. Mira. —Alessandro se acerca a Niki y le muestra la foto—. Podría ser un cuadro. Ya tengo el título. *El mar, el arrecife... y el amor*. —Se dan un beso.

—¿A qué hora tienes que volver a casa?

—No tengo que volver. Les dije a mis padres que me iba a estudiar a casa de Olly y que después me quedaría a dormir allí.

Alessandro le sonríe.

—¿Lo ves...? A veces estudiar sirve de algo.

Ciento uno

Más tarde. Noche. Noche profunda. Luces apagadas. Un viento suave que viene de lejos, del mar. La luna llena ilumina la terraza. Las cortinas bailan levemente. En la penumbra de la habitación, Alessandro está despierto. Mira a Niki mientras duerme. Lleva puesta su camisa azul celeste. Qué extraña es la vida... Aquí estoy, he celebrado mis treinta y siete años con una chica que acaba de cumplir dieciocho. Estaba a punto de casarme. Y, de repente, sin ni siquiera un porqué, me quedé solo. Elena ni siquiera se ha acordado hoy de felicitarme, ni un mensaje, ni una llamada. Puede que haya optado precisamente por no felicitarme. Pero ¿por qué? ¿Por qué quiero justificarla? Tengo la impresión de que mi vida resulta incierta, caótica, con el riesgo, ¿qué digo?, la certeza casi, de pifiarla en el trabajo e ir a parar a Lugano. Y sin embargo, en este momento soy feliz.

Alessandro la mira mejor. Y mi felicidad depende de ella. De ti... Pero ¿quién eres tú? ¿Podemos ser de verdad un cuento de hadas? ¿No es más fácil que tú te acabes cansando de esto? Te quedan todavía tantas cosas por hacer que yo ya he hecho... A lo mejor te encuentras a alguien más divertido que yo. Más joven. Más simplemente estúpido. Alguien que te pueda hacer sentir de tu edad, uno que todavía tenga ganas de ir a la discoteca y bailar hasta las cuatro de la mañana, y hablar de cosas inútiles, idiotas pero livianas, hermosas, cosas que carecen de final, que no sirven para nada, que no tienen que significar algo por fuerza, pero que hacen reír tanto... Y hacen sentir tan bien. Cómo echo de menos las cosas estúpidas.

De repente, Niki se agita. Como si estuviese oyendo esos pensamientos. Se pone boca abajo y, a pesar de que sigue durmiendo, sube las piernas y las dobla. Una posición cómica, extraña, imperfecta. Y justo en ese momento, Alessandro la ve. Nítida. Clara. Perfecta. Se le acaba de ocurrir la idea. Se baja de inmediato de la cama, coge la cámara digital que le acaba de regalar Niki. Sube despacio las persianas. E, iluminada por la luna, se apodera de esa imagen. Clic. Y espera. Niki se vuelve un poco. Y otra vez clic, otra foto. Y más espera. Y silencio. Y noche. Y otro clic, y clic. Y al cabo de media hora, de nuevo clic. Foto. Una tras otra, roba esas imágenes. Las rapta. Las hace suyas. Las aprisiona en esa máquina encantada. Luego se dirige a su ordenador, las descarga, las salva. Poco después, clica sobre esas imágenes acabadas de salir, frescas todavía de creatividad. Y trabaja en ellas con el Photoshop. Y las aclara, las colorea, modifica cosas. También el cielo real de la ventana empieza a aclararse. Está rayando el alba. Alessandro continúa trabajando. Va a la cocina y se prepara un café. Después regresa a su ordenador y sigue trabajando. Son casi las nueve cuando acaba.

—Cariño, despierta.

Niki se da la vuelta en la cama. Alessandro está a su lado. Le sonríe cuando ella abre los ojos.

—Pero ¿qué hora es?

—Las nueve. Te he traído el desayuno.

Apoyado en la mesita de al lado hay un café con leche todavía humeante, un yogur, un zumo de naranja y cruasanes.

—¡Hasta cruasanes! Eso quiere decir que tú has salido ya... ¿Cuánto hace que estás despierto?

—¡No he dormido!

—¿Qué? —Niki se incorpora—.¿Y por qué, te sentías mal? ¿No estaba bueno el sashimi?

—No, todo estaba buenísimo, y tú eres hermosísima. Y, sobre todo, has estado perfecta.

Niki muerde un cruasán.

—Tú también...

—No, tú más...

—Bueno —toma un poco de zumo de naranja—, digamos que la geisha tiene el dominio de la situación en esos casos... Y te aseguro que no pretendo ser vulgar...

—Lo sé. Has estado perfecta mientras dormías.

—¿Por qué? ¿Qué he hecho?

—Me has inspirado. Ven.

Niki termina de beber su zumo y baja de la cama. Sigue a Alessandro al salón. Y al llegar no se lo puede creer. Colgadas de la pared hay tres grandes fotos suyas, dormida en las posturas más extrañas.

—Eh..., pero ¿qué ha pasado?

Alessandro sonríe.

—Nada, eres tú mientras duermes...

—Ya lo veo, pero debía de tener una pesadilla. Me debió de sentar mal el sushi o el sashimi... Mira ésa... Estoy totalmente contorsionada. A saber lo que estaría soñando.

—No lo sé. Pero me has hecho soñar a mí. Se me ha ocurrido la idea.

Alessandro se acerca a la primera foto, en la que aparece Niki con las piernas encogidas.

—Mira, aquí tenemos a una chica que duerme de un modo extraño, que tiene malos sueños... —Alessandro se desplaza hacia la segunda foto. En ésta, Niki está torcida, un brazo le cae de la cama y toca el suelo—. Tiene pesadillas. —Alessandro pasa a la tercera foto. Niki está boca abajo, con las nalgas levantadas, las sábanas tensas—. Mejor dicho, tiene unas pesadillas espantosas...

—¡Madre mía, aquí estaba mal en serio!

Entonces Alessandro se detiene ante la cuarta y última foto. Está vuelta contra la pared.

—¡Y aquí está la idea! —Le da la vuelta. Niki duerme tranquila. Tiene una expresión serena, beatífica, con las manos alrededor de la almohada y una leve sonrisa, casi un pequeño gesto de satisfacción. Está preciosa. Y encima, aparece el paquete de caramelos con un enorme eslogan: «Sueñas... con LaLuna».

Alessandro la mira feliz.

—¿Qué? ¿Te gusta? ¡Para mí es preciosa, tú eres preciosa, mejor dicho, tú y LaLuna resultáis preciosas!

Niki observa de nuevo la sucesión de fotos.

—Sí, ¡es muy fuerte! ¡Bravo, mi amor!

Alessandro no cabe en sí de gozo. Abraza a Niki y la levanta, la cubre de besos.

—Qué feliz soy... Por favor, dime que serás mi modelo... La chica de los jazmines se convierte en la chica de los caramelos. Por favor, dime que la que estará en los carteles serás tú.

—Pero quizá no me quieran a mí, Alex...

—¿Qué dices? ¡Tú eres perfecta, eres la nueva Venus de los caramelos, eres la Gioconda dulce! Estarás en todas las vallas del mundo, todos te verán, serás conocida en las tierras más lejanas, serás famosa en los lugares más dispersos. Vaya, ¡que si algún día volvemos a Eurodisney, serán Mickey y los demás los que vendrán a pedirte un autógrafo!

—Pero Alex...

—Por favor, dime que sí.

—Sí.

—Ok. Gracias. —Alessandro va corriendo hacia las fotos, las descuelga una tras otra, las recoge, las deja sobre la mesa para ponerlas en orden y las mete dentro de una carpeta.

—¿Nos vamos? ¿Estás lista? Te acompaño y luego me voy directo a la oficina.

—No te preocupes, tengo mi ciclomotor.

—¿Estás segura? Entonces, ¿puedo irme?

—Venga, vete. Yo me arreglo con calma y después me voy.

—¿Tranquilamente? Pues claro. Tú aquí puedes hacer lo que te parezca, quédate el tiempo que quieras, vuelve a la cama si te apetece, acaba de desayunar, date un baño, una ducha, mira la tele... Pero yo me tengo que ir... —Alessandro coge la carpeta, se pone la chaqueta y se dirige hacia la puerta. Entonces se detiene y vuelve atrás.

Niki se ha quedado quieta en medio del salón.

Le da un beso larguísimo en los labios.

—Perdona, amor, no sé dónde tengo la cabeza. —Se aparta y deja escapar un largo suspiro—. Gracias, Niki. Has vuelto a salvarme por segunda vez. —Y sale corriendo del salón.

Ciento dos

—¿Está Leonardo?

—Está en su despacho, hablando por teléfono...

Alessandro no espera un segundo y entra en el despacho de Leonardo sin ni siquiera llamar a la puerta.

¿Estás listo? La encontré. La tengo. Está aquí dentro. —Alessandro señala la carpeta.

Leonardo contempla incrédulo a Alessandro y su entusiasmo.

—Perdona, amor, pero ha entrado un loco y te tengo que dejar... te llamo más tarde. —Leonardo cuelga el teléfono—. ¿Qué ocurre? ¿Qué llevas ahí dentro?

—Esto. —Alessandro abre la carpeta y apoya sobre la mesa una tras otra, en secuencia, las tres fotos. Niki durmiendo de las maneras más extrañas. Boca abajo pero encogida, con un brazo por el suelo, con el culo en pompa. Se detiene. Espera un segundo. Capta de este modo aún más la atención de Leonardo, que ahora lo está mirando con curiosidad, atento, con los sentidos alerta. Como un sabueso que acecha a su presa.

—¿Estás listo? ¡Ta-chán! —Y deja sobre la mesa la última foto. Niki durmiendo beatíficamente bajo los caramelos y con el eslogan encima: «Sueñas... con LaLuna».

Leonardo la mira. Se queda en silencio. Luego toca la foto con delicadeza. Casi preocupado por si la estropea. Se levanta, da la vuelta a la mesa, se dirige hacia Alessandro. Lo abraza.

—Lo sabía, lo sabía... Sólo tú podías conseguirlo. Eres el más grande, el mejor.

Alessandro se escabulle del abrazo.

—Espera, Leonardo, espera a celebrarlo. ¿Cuál es la fecha límite para la entrega?

—Mañana.

—Pues enviémoslas ahora mismo. Probemos, venga, veamos qué dicen.

Leonardo se detiene un momento a pensarlo, luego se decide y sonríe.

—Sí, tienes razón, es inútil esperar. Venga, vamos.

Se van corriendo los dos a la sala donde están los ordenadores del equipo gráfico y rápidamente le dan un lápiz de memoria a una ayudante.

—¡Giulia, recupere las fotos que hay aquí dentro!

La chica se pone de inmediato a hacer el trabajo que le piden.

—Así, muy bien. Ahora prepare un mail para los japoneses, añada las cuatro fotos como adjunto y apártese, por favor. —Alessandro se sienta en el lugar de Giulia y empieza a escribir a toda prisa en inglés. Lo envía.

Leonardo lo mira un poco perplejo.

—Alex, ¿no será un poco atrevido escribirle una cosa así a su director de marketing?

—Me pareció un tipo con sentido del humor... Y en el fondo no está tan mal escribir que en Italia ya hemos empezado a soñar. De todos modos, Leo, el único problema de verdad es si les gusta o no.

Se quedan ambos frente al ordenador, esperando una respuesta. Alessandro se levanta y se coloca de pie, al lado de Leo.

—Me lo estoy imaginando. —Alessandro cierra los ojos—. Acaba de descargar su correo. Está abriendo los adjuntos... Bien, ahora está imprimiendo las fotos... Las deja secar. —Alessandro abre los ojos y mira a Leonardo. Luego mira hacia lo alto y sigue imaginando—. Ahora se las está llevando a la sala de reuniones, las cuelga en los paneles, ahora coge el teléfono, convoca a toda la comisión...

Leonardo mira su reloj.

—Bien, acaban de entrar. Algunos toman asiento. Las miran. Otro se levanta, quiere verlas de cerca. Llega el director. Las quiere ver de muy cerca. Da la vuelta a la mesa, se dirige al panel, mira la primera, la segunda, la tercera, se detiene ante la última. Un buen rato. Un poco más aún. Luego se vuelve hacia los demás... ha llegado el momento decisivo. Ahora o sonríe o niega con la cabeza. Ya han tomado una decisión. En este momento, el director le está encargando a alguien que responda a nuestro mail... La respuesta tendría que estar entrando ahora.

Alessandro y Leonardo se acercan de nuevo al ordenador. No hay ningún mensaje todavía. Nada.

—El director está indeciso. Aún lo está pensando...

Leonardo interviene.

—Puede ser que alguien haya dicho algo. A lo mejor quieren un eslogan diferente.

—Puede ser. Pero no es buena señal que nos hagan esperar tanto.

—Depende. *No news, good news...* —Y justo en ese instante, aparece escrito en la pantalla: «Tiene un nuevo mensaje de correo.»

Alessandro se sienta de nuevo frente al ordenador. Clica encima y hace desaparecer el aviso. Un icono abajo a la derecha indica que el servidor está descargando el correo. Alessandro espera. Lo abre. En la lista de correos recibidos aparece en primer lugar la dirección electrónica de los japoneses. Alessandro se vuelve hacia Leonardo. Lo mira. Éste le hace una señal con la cabeza.

—¿A qué esperas? Venga, ábrelo.

Alessandro selecciona el correo con el ratón. Lo abre.

«*Incredible. We're dreaming too...*» (6).

Alessandro no puede creer lo que están viendo sus ojos. Da un grito de alegría. Se levanta del ordenador, empieza a dar saltos de felicidad, luego se abraza a Leonardo. Se ponen a bailar juntos, arrastrando también a Giulia, que baila con ellos, feliz, aunque sólo sea por solidaridad y por un natural sentido del deber. Y justo en ese momento pasan Giorgia, Michela, Dario y Andrea Soldini. Los ven que están saltando como locos, dando gritos de felicidad, bailando... Leonardo y Alessandro parecen haberse vuelto locos. Giulia, agotada, se ha de-

---

(6) En castellano, «Increíble. También nosotros estamos soñando...». *(N. de la t.)*

jado caer en su silla. Todos entran en la sala. Pero Andrea Soldini es más rápido y corre junto a Alessandro.

—¿Es lo que estoy pensando? Dime que es lo que estoy pensando.

Alessandro afirma con los ojos, con la cabeza, con todo.

—¡Sí! ¡Sí! ¡Sí!

—¡¡¡No me digas!!! —Y todos se ponen a bailar juntos. Andrea da saltos sobre sí mismo, practica una extraña danza mexicana, una vaga imitación del baile final de Bruce Willis en *El último Boy Scout*. Luego baila al lado de Alessandro.

—Dime una sola cosa... no te enfadarías por la botella de champán, ¿verdad?

—¿Enfadado? ¡Fue precisamente tu regalo el que nos ha hecho ganar!

Y siguen bailando así, alegres, bulliciosos, cansados, desenfrenados, relajados al fin, abandonando toda la tensión acumulada en días y más días de trabajo.

Marcello, Alessia, el resto de las personas de su equipo están asomados a la puerta. Los han oído gritar. Alessia sonríe. Lo ha entendido todo. Alessandro la ve desde lejos y le guiña el ojo. Luego levanta el brazo con el puño cerrado, en señal de victoria. Alessia mira a Marcello y, sin preguntarle siquiera, entra en la habitación y se acerca a Alessandro:

—Felicidades, de verdad. Seguramente lo habéis hecho muy bien. Como de costumbre, por lo demás.

Alessandro deja de bailar, suelta un largo suspiro, intentando recuperar el aliento.

—Te aseguro que esta vez no estaba seguro de conseguirlo.

—La verdad es que era una prueba difícil.

—No. Es que tú no estabas.

Se miran un instante. Luego se abrazan. Alessia se aparta y lo mira.

—¿Podré llamarte siempre jefe?

—No. Sigue llamándome Alex.

Marcello, al ver esa escena, se aleja, seguido del resto de su equipo.

Ciento tres

Alessandro se lo explica todo a todos. Les muestra las fotos. Da algunas indicaciones acerca de los próximos pasos a seguir. Luego va a su despacho y llama por teléfono a Niki.

—¡Hola! ¡Ha funcionado! ¡Hemos ganado! ¡Eres la modelo ideal, natural, perfecta! Eres la imagen de LaLuna... O mejor dicho, ¡tú eres LaLuna!

Niki se echa a reír al otro lado del teléfono.

—¿En serio?

—Sí. Nos hemos puesto a bailar como locos en cuanto ha llegado la respuesta del Japón. Y ya he hablado con el director. Tú serás la imagen de marca... en todo el mundo. —Se detiene un momento—. Siempre que quieras, claro.

—Claro que quiero, amor.

Alessandro se queda un momento en silencio.

—Gracias, Niki. Sin ti no lo habría conseguido.

—Por supuesto que sí. A lo mejor hubieses tardado más, pero lo hubieses conseguido igual.

Alessandro sonríe.

—¿Y tú qué estás haciendo?

—¡Nada, he estado dando vueltas desnuda por la casa y me ha encantado! Puede que hasta me hayan visto los vecinos... pero ya sabes lo que pasa, ahora ya somos amigos. Ni siquiera han llamado a la policía. Luego me he vuelto a meter en la cama, he escuchado música, me he quedado dormida, me he vuelto a despertar... Te he buscado en la cama, luego he recordado que te habías ido a la oficina. Entonces me he dado una ducha, me he preparado una macedonia, me he comido un yogur que aún no estaba caducado... y he respondido al teléfono.

—Bien. —Alessandro se queda pensativo—. ¿Y has respondido al teléfono?

—Era una broma... Pero sólo porque no ha llamado nadie...

—Boba. ¿Y no has estudiado nada?

—¡Jo, te pareces a mi madre!

—A partir de mañana, seré peor que tu madre. Acuérdate de que tienes la Selectividad, estaré pegado a ti como tu sombra, te obligaré a estudiar. Yo ya he aprobado. Ahora te toca aprobar a ti.

—¡Vaya, y yo que me esperaba otro viajecito!

—Después de la Selectividad.

—Pero es que después de la Selectividad me voy con las Olas.

—¿Y cuándo volvéis?

—Cuando vuelva, habré vuelto... ¿Qué pasa, no me vas a esperar? Eh, esta victoria no irá a cambiarte, no irá a subírsete a la cabeza este éxito internacional, ¿no?

—El éxito no es nada si no tienes con quien compartirlo.

—Muy bien, pues tú compártelo conmigo. Ahora me tengo que ir a casa.

—¿No me vas a esperar?

—No, no puedo. Has dicho algo tan bonito que quiero guardármelo toda la noche.

—Pero...

—¡No digas nada más que me lo estropeas! —Y cuelga.

Alessandro se queda mirando el teléfono. Niki y su mágica locura. Niki y su joven belleza. Niki y su fuerza, Niki y su poesía. Niki y su libertad. Niki, la chica de los jazmines. Niki y LaLuna. Luego se acuerda de que tiene que dar otras indicaciones para los carteles y la campaña promocional. Empieza a hacer algunas llamadas de trabajo. Pero es inevitable. Nada sucede por casualidad. Y hasta un éxito puede convertirse en un problema.

Ciento cuatro

Más tarde. Alessandro mira su reloj. Son las ocho y media de la tarde. Cómo ha volado el tiempo... Cuando estás bien, cuando eres feliz, pasa en un instante. En cambio, a veces, parece no querer saber hacerlo. Bueno, ya basta. He trabajado demasiado. Además, lo peor ya ha pasado. Hemos ganado y, sobre todo, me quedo en Roma. Alessandro recoge sus papeles, los guarda en una carpeta y los mete en su cartera. Sale de su despacho, atraviesa el pasillo. Se despide de algún colega que aún sigue trabajando.

—Adiós. Buenas noches. Felicidades, Alex.

—¡Gracias!

Llama el ascensor. Llega, entra, aprieta el botón de bajada. Pero antes de que la puerta se cierre, una mano la bloquea.

—Yo también bajo.

Es Marcello. Entra en el ascensor y se queda a su lado.

—Hola. —Alessandro aprieta un botón y las puertas se cierran.

—Bueno, felicidades, Alex... Lo has conseguido.

—Ya. No lo esperaba.

—Oh, no sé si creérmelo... Siempre me has parecido tan seguro, ¿o es eso lo que querías hacerme creer?

Alessandro lo mira. Claro... Hay que estar siempre tranquilos, serenos, tener el control de la situación. Incluso cuando te falta el suelo bajo los pies. Le sonríe.

—A ti te toca decidirlo, Marcello.

—Esperaba esa respuesta. A veces el trabajo es como una partida de póquer. O se tienen las cartas, o se le hace creer al otro que se tienen. Lo que importa es saberse echar el farol.

—Ya, o bien estar servidos desde el principio y fingir que no se tienen buenas cartas. Pero en esta ocasión tenía un póquer.

—Sí, has tenido mucha suerte.

—No, lo siento, Marcello. Suerte es el nombre que se le da al éxito de los demás. Yo he cambiado de cartas y he ganado la partida. No he tenido suerte, lo he hecho muy bien.

—¿Sabes?, He leído una frase muy bonita de Simón Bolívar: «El arte de vencer se aprende en las derrotas.»

—Y yo he leído una de Churchill: «El éxito es aprender a ir de fracaso en fracaso sin perder el entusiasmo.» A mí me pareces joven y bastante entusiasta todavía.

Marcello guarda silencio. Luego lo mira y sonríe.

—Tienes razón. Lo has hecho muy bien y has ganado esta partida. Pero a lo mejor yo he ganado otras. Me iré a Lugano. Además, Roma ya me ha dado cuanto podía darme. Y lo que tenía aquí estaba empezando a aburrirme.

Llegan al piso de abajo y las puertas del ascensor se abren. Alessandro extiende una mano hacia adelante, invitándolo a pasar primero.

—Qué extraño, yo, cuando pierdo a futbito, siempre pienso que son los demás los que no corren. El problema es que también los demás piensan eso mismo de mí. De modo que al final la verdad es otra. «A veces el vencedor es simplemente un soñador que nunca ha desistido.» Jim Morrison. Hasta la vista, Marcello.

Alessandro se va. Sonriente, dejándolo así, con sus años de menos y una derrota más.

Ciento cinco

Los días sucesivos están llenos de alegría. Esa felicidad que confiere el equilibrio, el sentirse serenos, el no buscar más de lo que se tiene.

Alessandro y Niki estudian juntos, leen libros, reposan, repasan. Alessandro se encuentra de repente en la escuela y se da cuenta de que no recuerda nada de aquello que tanto había estudiado. Luego le pregunta a ella y se queda sorprendido.

—Pero entonces iba en serio cuando decías que estabas en casa estudiando.

—¡Pues claro! También yo quiero ser madura.

—¿Como yo?

—Sí, como cuando te caes del árbol...

Y reír y bromear y perderse en el sexo y reencontrarse en el amor.

Y sentados en el sofá, él trabajando con el ordenador, ella con el marcador, subrayando...

Y cenas tranquilas y música. Alessandro va hacia el equipo de música y pone la balada n.º 1 en sol menor opus 23 de Federico Chopin. Niki va, lo quita y pone a Beyoncé. Alessandro regresa de su estudio y vuelve a poner su música clásica. Niki pone de nuevo a Beyoncé. Al final se encuentran frente al equipo para reconciliarse.

—Vale, Niki, no discutamos. Hagamos una cosa: escuchemos éste.

—Y pone *Transfiguration*, de Henry Jackman.

—Eh, qué pasada éste, Alex... Se parece a ese que siempre estás escuchando... Bach, ¿no?

Y después un DVD, una película que se les había pasado, o que ya

habían visto pero no juntos, pero que de todos modos les había gustado a ambos. *Gladiator, Después de una noche, Notting Hill, Lost in
Translation, ¿Conoces a Joe Black?*, y también *Taxi Driver*, y *El último tango en París* y *Closer* y *Pretty Woman*. De lo sublime a lo ridículo. Y no necesariamente en el orden adecuado.

Y después un cóctel cómico, una macedonia loca, una ensalada
inventada... endivias, con maíz, paté de foie gras, piñones, nueces, vi-
nagre balsámico. Y otra aún más loca, con trocitos de naranja siciliana, pasas, hinojo y lechuga morada. Acompañada por un vino bien
frío, un sauvignon elegido al azar y guardado en la nevera una hora
antes, perfecto ahora, como las horas del amor. Y cada segundo que
pasa es un beso que señala el tiempo, es una marca para recordar que
ese instante no se ha perdido.

Estudiar de noche, repasar de día con las amigas, mientras él prepara la campaña en su oficina. Y después a comer al Pantheon, como
dos jóvenes turistas que sienten curiosidad por Roma pero que no tienen tiempo de visitar museos, monumentos e iglesias hablando en inglés. Pero no tienen la menor duda acerca de la pregunta. «Disculpe,
¿usted me ama o no?»

—Ahora tengo que estudiar.

—Y yo tengo que trabajar. —Y se echan a reír como diciendo: «No
lo sé, pero estoy en ello.»

Ciento seis

Ese mismo día.

Como una tormenta de verano, como una tromba de aire en el aburrimiento de Ostia. Como una alarma de domingo por la mañana temprano, cuando finalmente puedes dormir sin horarios y alguien te despierta. Como ese día.

—¿Dónde estás, Alex?

—En casa.

—¿Te da tiempo a pasar por el centro?

—No... voy con retraso. Tengo que entregar los últimos bocetos para los carteles.

—De todos modos, allí sigues estando conmigo. —Niki se ríe.

—Por supuesto.

—Eh... te noto extraño.

—Es que voy con retraso.

—Ok, yo he quedado con mis amigas. Pero esta noche me tengo que quedar en casa porque es el cumpleaños de mi madre.

—Vale, hablamos más tarde.

Alessandro cierra su teléfono móvil. Da un largo suspiro. Larguísimo. Que le gustaría que no se acabase nunca, que se lo llevase lejos. Como el globo que se le escapa de la mano a un niño delante de una iglesia y se va hacia el cielo. Que produce tristeza. Después se vuelve hacia ella.

—¿A qué has venido?

Elena está de pie en medio del salón. Tiene los brazos caídos. Lleva una falda azul claro, a juego con la chaqueta. En la mano lleva un bolso precioso, último modelo. Louis Vuitton. Blanco, con letras pequeñas de colores. Juega con el asa, pasando por él sus pequeñas uñas, pintadas de blanco pálido. Está ligeramente bronceada. Y un ligero maquillaje hace que resalte el verde de sus ojos, y su pelo, recién cortado, escalado, le cae sobre los hombros.

—¿No tenías ganas de verme?

—Tenía ganas de recibir al menos una felicitación por mi cumpleaños.

Elena deja el bolso sobre la mesa y se sienta en el sofá, frente a él.

—Me pareció que llamarte ese día hubiese sido como una de esas cosas que se hacen por obligación. Una de esas cosas que hacen las parejas que no tienen valor para olvidarse.

Alessandro alza la cabeza.

—¿Y tú ya te has llenado de valor?

—No. Lo estoy encontrando ahora. Te he echado de menos.

Alessandro no dice nada.

—Te sigo echando de menos también ahora.

—Pues ahora estoy aquí.

—No estás lejos.

Elena se levanta y va a sentarse a su lado.

—Ha pasado muy poco tiempo para que estés ya tan lejos.

—No estoy lejos, estoy aquí.

—Estás lejos.

Alessandro se levanta del sofá y empieza a caminar por el salón.

—¿Por qué desapareciste?

—Me diste miedo.

Alessandro se vuelve hacia ella.

—¿Que te di miedo? ¿Y cómo?

—Me pediste que me casara contigo.

—¿Y por eso te di miedo? Tendría que haberte gustado, hacerte feliz. A todas las mujeres les gustaría que se lo dijera el hombre al que aman.

—Yo no soy todas las mujeres. —Elena se levanta y se le acerca. Alessandro se gira, dándole la espalda.

Elena lo abraza por detrás.

—¿Y a mí no me has echado de menos? —Y apoya la cabeza en su hombro. Alessandro cierra los ojos, huele su perfume. White Musk. Se le insinúa lentamente, lo envuelve con levedad. Luego lo rodea como una serpiente, lo aturde. Elena lo besa en el cuello.

—¿Cómo puedes haber olvidado nuestros momentos de amor, nuestras risas, nuestros fines de semana, nuestras cenas, nuestras fiestas...? Las miles de cosas que nos hemos confesado, prometido. Todo lo que hemos soñado.

Y Alessandro cierra los ojos, lo abraza más fuerte. Y en un instante revive todos esos momentos como en una película. Con su banda sonora. Con su sonrisa. Sus salidas, las vacaciones en la playa, el regreso en coche de noche, cuando ella se quedaba dormida... y él la amaba. Alessandro sonríe de nuevo.

Entonces Elena lo abraza con más fuerza aún, le rodea la cintura con las manos, se las mete bajo la chaqueta. Hace que se dé la vuelta. Alessandro abre los ojos. Están brillantes. Y la mira.

—¿Por qué te fuiste...?

—No pienses en ayer. He vuelto. —Elena sonríe—. Y mi respuesta es sí.

Ciento siete

El día después. El más difícil.

Alessandro está en una esquina, debajo de la casa de Niki. Envía un mensaje con el móvil y espera la respuesta. Al cabo de unos segundos, veloz como siempre, llega. Poco después la ve salir de casa por el espejo retrovisor. Mira a su alrededor, derecha, izquierda, entonces Niki ve el coche de Alessandro y corre hacia él, alegre como siempre. Quizá más. A Alessandro se le encoge el corazón. Cierra los ojos. Y cuando los vuelve a abrir, Niki ya está allí. Abre la puerta y se tira dentro del Mercedes.

—¡Hola! —Y se abalanza sobre él, lo sacude con su entusiasmo, lo besa. Alessandro sonríe. Pero es una sonrisa diferente a la normal. Calmada. Tranquila. Para no perder el control de la situación.

—¿Dónde te metiste ayer? Te estuve buscando todo el día. Tenías el móvil apagado.

Alessandro evita mirarla.

—No tienes idea del trabajo que tuve. El móvil estaba descargado, se apagó solo y yo ni siquiera me di cuenta... —Entonces la mira. Intenta sonreír de nuevo, pero algo va mal.

Niki se da cuenta. Se aparta de él. Se acomoda en su asiento. Repentinamente seria.

—¿Qué sucede, Alex?

—Nada, no pasa nada. He estado pensando en nuestra historia. Desde que nos conocimos hasta hoy.

—¿Y ha habido algo que no ha estado bien? ¿No te has sentido bien? Dime en qué me he equivocado.

—Tú no te has equivocado en nada.

—¿Y entonces...?

—La que está equivocada es la situación.

—Pero siempre me sales con ese problema de edad, de la diferencia... Ya sabía que antes o después me saldrías con eso. De modo que vengo preparada. —Niki se saca un folio del bolsillo de los pantalones.

—Bien... Puesto que la lista en la que los hombres eran bastante mayores que ellas no te bastó, te he traído otra de nombres de parejas en las que los hombres tienen bastantes años menos que sus mujeres. Aquí está... Melanie Griffith y Antonio Banderas, Joan Collins y Percy Gibson, Madonna y Guy Ritchie, Demi Moore y Ashton Kutcher, Gwyneth Paltrow y Chris Martin... y les va bien, a todos... A nadie le parece que haya nada equivocado en ello.

—Puede que sea yo el equivocado.

—Pero ¿equivocado en qué? ¿Tienes miedo de que esto no funcione? Pues entonces intentémoslo, ¿no? En realidad, ya lo estamos intentando. ¡No seas gafe! Tú mismo lo has dicho un millón de veces... sólo viviendo lo sabremos. ¿Qué te pasa, reniegas de tu Lucio?

Alessandro sonríe.

—No, Niki, eso nunca, pero es sólo una canción.

—Y entonces, ¿qué?

—Que en cambio esto es la vida.

—Que puede ser más bella que una canción.

—Cuando se tienen dieciocho años.

—Mira que llegas a ser pesado.

—No, Niki, en serio. Me he pasado la noche pensando. No puede salir bien. Ya te lo he dicho, no me lo pongas más difícil.

Niki se queda callada, lo mira.

—Te he demostrado amor, me la he jugado, por todo y contra todos. No puedes decirme esto. No te estás comportando bien. Las cosas se acaban cuando hay una razón para que se acaben, un motivo válido. ¿Tú tienes un motivo válido?

Alessandro la mira. Querría decirle algo más. Pero es incapaz.

—No, no tengo un motivo válido. Pero tampoco tengo ninguno para seguir contigo.

Silencio. Niki lo mira. Es como si de repente el mundo se le hubiese desplomado encima.

—¿En serio? ¿En serio no tienes ninguno?

Alessandro se queda en silencio.

—Entonces ése es el motivo más válido de todos.

Niki se baja del Mercedes, se aleja sin darse la vuelta y desaparece de repente, del mismo modo que había aparecido. Silencio. Un poco de silencio. Y esa molestia. El no habérselo dicho. Y ese silencio es entonces como un bramido. Alessandro arranca y se va.

Niki sigue caminando. Pero se siente morir. No logra refrenar las lágrimas que empiezan a escapársele veloces. Le gustaría no sollozar, pero no puede evitarlo. No lo consigue. Y la calle parece silenciosa. Todo parece silencioso. Demasiado silencioso. Una parte de su corazón se ha apagado. Un vacío enorme se abre de repente en su interior. Y ecos lejanos de su voz, sus carcajadas, sus palabras alegres y momentos y pasiones y deseo y sueño. Plaf. Todo se ha desvanecido en un instante. Nada más. Sólo una frase: «No tengo un motivo válido para seguir contigo.» Pumba. Un pato al amanecer y un disparo de fusil. Un cristal esmerilado y una pedrada repentina. Un niño en bicicleta que cae con las manos por delante y se las lastima. Dolor. Eso es. Por su culpa. Por querer estar al lado del contable de los sentimientos, el contable del amor, el hábil comerciante que logra hacerte ahorrar una sonrisa. Qué tristeza. ¿Era así el hombre al que yo amaba? Niki llega a su portal. Lo abre y entra. Camina por el pasillo como una zombi joven sin vida.

Simona sale de la cocina. Está llevando la fuente de la pasta a la mesa.

—Ah, aquí estás, ¿dónde te habías metido? Venga, ven, que vamos a comer, estamos todos ya sentados a la mesa.

—Perdona, mamá, me duele el estómago... —Y se mete en su habitación, cierra la puerta y se echa en la cama. Se abraza a la almohada. Llora. Por suerte, su madre la ha visto sólo de espaldas, de otro modo se hubiese dado cuenta de inmediato de cuál era su verdadero problema. Mal de amores. Y no se cura fácilmente. No existen medicinas. Ni remedios. No se sabe cuándo pasará. Ni siquiera se sabe cuánto duele. Sólo el tiempo lo cura. Mucho tiempo. Porque cuanto mayor ha sido la grandeza de un amor, tanto más largo resulta el sufrimiento cuando éste se acaba. Es como en las matemáticas: se trata de magnitudes directamente proporcionales. Matemática sentimental. Y, por desgracia, en esa materia, Niki podría sacar ahora un diez.

Ciento ocho

Olas reunidas. Pero hay borrasca.

—Ya os lo dije... ¡Era demasiado perfecto! Romántico, soñador, generoso, divertido... Educado en todo y por todo. ¡Venga ya! Por fuerza tenía que haber algo chungo.

Olly se tira de la cama de su madre, convencida de sus afirmaciones.

Erica y Diletta niegan con la cabeza.

—Pero ¡qué dices! ¿Por qué crees que tú eres la que más sabe del tema?

—Porque lo sé.

—Vale, pero el hecho de que a ti no te gustase no quiere decir que la cosa no fuese bien.

—Vale que no estaba mal, pero no lo puedo evitar. A mí este Alex nunca me acabó de convencer.

Niki, sentada en el sillón junto a la cama, tiene la cara entre las manos. Está destruida, sigue desconsolada la conversación de sus amigas acerca de su historia de amor. Mira a Olly a la derecha, y después a Diletta y Erica a la izquierda, y de nuevo a Olly. Como si estuviese siguiendo uno de esos partidos de tenis de algún campeonato internacional... Sólo que la única tenista que ha sido derrotada es precisamente ella.

Olly se sienta en la cama con las piernas cruzadas.

—Pero ¿de qué vais? Al principio estaba de lo más enamorado y luego... ¡Plaf, desaparece de repente! ¿No os parece extraño? Sin una razón, sin un porqué, nada... Yo os diré el porqué... O tiene otra o, peor aún, ¡su ex ha vuelto! Y no tenéis idea de lo que me gustaría equivocarme.

Diletta se pone de pie.

—¡De hecho, estoy segura de que te equivocas!

Olly se echa a reír.

—Sí, claro, cómo no. Y me lo dices tú, que todavía no te has ido a la cama con nadie.

—¿Y eso qué tiene que ver? ¿Es que acaso si hubiese follado entendería mejor a los hombres?

—Bueno, empezarías a saber orientarte un mínimo. Así es muy fácil, ¿no? Dictas sentencia sin haber probado antes el producto. Por ejemplo, Niki, perdona que te lo pregunte, ¿qué tal era el sexo entre vosotros?

Niki sonríe desconsolada.

—Lo siento... Perfecto, sublime, maravilloso, surreal... No lo sé, no logro encontrar palabras mejores que puedan dar una idea. Era un sueño.

—¿Has visto? Tiene otra.

—Pero ¿qué dices? Eres una gafe.

—Escuchad, podemos seguir discutiendo de este tema hasta la Selectividad. No tiene solución.

Niki asiente con la cabeza.

—Tiene razón. Creo que la única respuesta verdadera sólo nos la puede dar él.

Justo en ese momento, se abre la puerta de la habitación.

—¡Olly! Pero ¿qué estáis haciendo?

Olly se levanta de la cama sin mostrar sorpresa alguna.

—Mamá, es posible que hayas olvidado que nosotras este año tenemos la Selectividad. —Y sonríe a sus amigas—. Estábamos estudiando.

—¿Y tenéis que hacerlo precisamente en mi dormitorio?

—Nos sienta bien estudiar aquí. —Y en voz baja a las amigas—: El enemigo. —Y salen arrastrando a Niki, empujándola, intentando hacerla reír, despidiéndose de la madre de Olly educadas y sonrientes, listas de nuevo para desafiar al mundo.

Ciento nueve

Pasan los minutos. Pasan las horas. Pasa algún día. Ha leído de todo. Ha hecho de todo. Pero resulta muy difícil escapar al propio silencio. Lo dijo hasta un sabio japonés: puedes escapar al ruido del río y de las hojas al viento, pero el verdadero ruido está dentro de ti. Y además, a Niki le importa un pimiento ir bien en esa materia. Al contrario, le encantaría que la suspendieran en matemática sentimental. De modo que llama a la puerta.

—¡Adelante!

—Hola, Andrea.

—¡Niki! ¡Qué sorpresa! Los carteles todavía no están listos. ¡Te has convertido en una modelo superbién pagada! ¡Serás famosa en todo el mundo!

Niki lo mira y mueve la cabeza. Ya, pero no soy famosa para el hombre que amo. Le gustaría decirlo, pero se queda callada. En lugar de eso, sonríe.

—Tonto, ¿sabes dónde está Alex? Su secretaria me ha dicho que no está en su despacho.

—No. Me parece que ha bajado. A lo mejor está en el bar de ahí enfrente. No lo sé.

—Ok, gracias, hasta pronto.

Andrea Soldini mira a Niki, que coge el ascensor. Pobrecilla, está bajo un tren, mientras Alessandro está precisamente en el bar de abajo. Pero Andrea sabe muchas cosas más. Sólo que en ocasiones conviene hacerse el tonto.

Niki sale del portal, camina por la acera. Al otro lado de la calle ve aparcado el Mercedes. Vaya, el coche está ahí. A lo mejor sí que está en el bar. Niki se acerca a la ventana y mira dentro. En la última mesa del fondo, frente a su zumo, está Alessandro. Ve que está hablando alegre y le sonríe a la chica que está sentada frente a él. De vez en cuando, le acaricia la mano.

—¿No lo entiendes?, quieren darme en seguida otro proyecto y no puedo renunciar.

—Pero les dijimos a los Merini que haríamos un viaje con ellos.

—Ya lo sé, a lo mejor no la primera semana, pero sí la última de julio. ¡O si no, lo dejamos para agosto! —Justo en ese momento, Alessandro la ve. Reflejada en el espejo de la barra. Se disculpa—. Perdona, pero tengo que salir un momento a controlar una cosa.

—Vete, vete, mientras tanto haré una llamada de teléfono. —Elena no se ha dado cuenta de nada.

Alessandro se levanta y sale del local.

—Hola. —Alessandro se aparta un poco para que no lo vean desde el local—. ¿Qué estás haciendo aquí?

—He venido a buscarte a la oficina. Y luego te he visto aquí. Mano sobre mano con esa chica. —Niki señala a Elena, que está hablando por su móvil dentro del bar. Luego mira de nuevo a Alessandro y sonríe—. Estaba a punto de emprenderla a patadas con tu coche otra vez.

Alessandro se queda en silencio.

Niki busca temerosa sus ojos.

—Es tu otra hermana, ¿verdad?

—No.

—Y entonces ¿quién es?

Alessandro continúa en silencio.

—¿Es la que quería decorarte la casa?

—Sí.

Niki se ríe con amargura.

—Y me dijiste que no tenías un motivo válido para seguir conmigo... Me has hecho sentir una nulidad, me has hecho creer que no he sabido estar a la altura, que era yo la que no lo sabía llevar. Me has hecho sentir insegura como nunca... Me he pasado días enteros pensando, esperando... Me he dicho a mí misma: a lo mejor acaba aceptando lo que no le ha gustado de mí, lo que sea que haya hecho o dicho equivocado... O peor aún, lo que sea que no hice y que él esperaba que hiciera... Me he sentido sola como nunca. Sin un porqué. Llena de dudas. Y en cambio tú lo sabías todo. ¿Por qué no me dijiste en seguida que había vuelto? ¿Por qué? Lo hubiese entendido. Hubiese podido aceptarlo todo mejor.

—Lo siento.

—No. Alex, fuiste tú quien me hizo ver aquella película... Amor es no tener que decir nunca lo siento. Y me gustaría añadir algo más... También es saber decir lo gilipollas que eres.

Alessandro sigue manteniendo su silencio.

—No dices nada. Claro, en ciertas ocasiones resulta más fácil quedarse callado. Bien, entonces te diré una cosa: dentro de poco haré la Selectividad y entraré en la edad madura. Es verdad que estoy mal, que no consigo estudiar, pero a lo mejor apruebo. Quiero conseguirlo. En cambio, me gustaría saber cuándo vas a madurar tú... ¿Sabes, Alex?, en todos estos meses, tú me has llenado de regalos, pero al final te has quedado el más hermoso. Mi cuento de hadas.

Y se aleja sin más, se monta en su ciclomotor y al final mueve la cabeza y hasta sonríe. Porque Niki es así.

Ciento diez

Y cuando Niki llega al Alaska, las amigas no albergan dudas. En parte porque ella se echa a llorar. Entonces todas la abrazan. Y Olly mira a Diletta. Luego a Erica. Pero no hace comentario alguno. Cierra los ojos. Se muerde el labio. Y lamenta profundamente haber tenido razón. Y todas intentan hacerla reír y le ofrecen un helado y le hablan de otras cosas e intentan distraerla. Pero Niki se desespera. Nunca lo habría esperado. Eso no. En serio.

—Quiero decir que me lo podía imaginar todo, os lo juro, todo, pero esto no. Ha vuelto con la que estaba. O sea, se acabó.

Y esa misma tarde, Olly decide cometer una locura. En el fondo, oportunidades no le faltan.

—¡Niki, baja! —gritan todas a la vez. Y ella, Olly, la gran organizadora, se monta en el coche y empieza a tocar el claxon como loca. «Piii piii piii...»

Niki se asoma a la ventana.

—Pero ¿qué ocurre? ¿Qué es este jaleo?

—¡Venga, muévete, que te estamos esperando!

Niki ve el coche. Después a sus amigas.

—No me apetece bajar.

—No lo entiendes... Si no lo haces, subimos y te desmontamos la casa.

—¡Sí y yo me lo monto con tu padre!

—¡¡¡Calla, Olly!!! Ok, ya bajo. ¡Dejad de armar jaleo! —Y en un momento está abajo. Corre curiosa hacia el Bentley último modelo.

—¿Qué estáis haciendo?

—Hemos organizado una jornada ad hoc para ti... Para nosotras, para mí... En resumen, ¡porque me apetece, vamos!

Olly empuja a Niki al coche. Y se van con la conductora, una chica de treinta años llamada Samantha, que sonríe y mete la primera.

—¿Vamos a donde me ha dicho usted... Olly?

—Sí, gracias... —Y vuelta hacia Niki—. Vale, he estado pensando que... ¡nosotras, las Olas, no debemos permitir que ningún Alessandro ni ningún otro hombre nos haga verter una sola lágrima por él! ¿Está claro?

Y sube el volumen del CD que acaba de poner. Las Scissor Sisters inundan el coche. *I Don't Feel Like Dancin'*. Y ellas también cantan y bailan y se ríen y arman jaleo. Arrastran a Niki, la empujan, le alborotan los cabellos, todo por hacerla reír. Incluso Samantha sonríe y se divierte con esas cuatro locas sedientas de felicidad.

—Hemos llegado.

—Bien, en marcha, chicas, bajad... La primera etapa es aquí, en el spa del Hilton. Ya está todo reservado, acordado y sobre todo pagado... ¡Venga, Olas, entrad!

Olly las empuja hacia el interior del spa, en ese extraño templo de estilo romano. Poco después, están las cuatro sólo con unas enormes toallas enrolladas a la cintura. Olly hace de guía.

—Daos cuenta... Aquí hay casi dos mil metros cuadrados de puro placer, por supuesto no del que me gustaría a mí, pero no está mal.

Y en un instante todas se dejan ir. Abandonadas en la piscina interna climatizada, mirando a través de la cúpula de cristal las nubes que pasan ligeras. Se ríen, conversan. Luego se meten debajo de una cascada sueca, y un hidromasaje y un paseo por bañeras de piedras calientes.

—¡Y ahora a la *Chocolate Therapy*!

—¿Y eso qué es?

—Eso que está tan de moda ahora.

—Hummm, me gusta el chocolate.

—¡Pero no te lo tienes que comer! Es él el que se come tu estrés.

Erica se toca las nalgas, apretándose un poco el muslo.

—¿Y de aquí? ¿De aquí se come algo?

—Ah, no, para eso tienes que hacer un tratamiento ayurvédico.

—¿Qué?

—Sí, ¿qué es eso?

Olly sonríe.

—Son tratamientos que se remontan al arte hindú iniciado hace cinco mil años. Y para ese problema que tanto te preocupa, deberías hacer un *garsha*... Pero todavía es muy pronto, ¡no tienes ni una gota de celulitis!

—Yo creo que tú tienes alguna especie de abono en este spa. Sabes demasiado...

—¡Qué va! Pero tengo a mi madre que lo ha probado prácticamente todo y más... con escasos resultados. Pero ¡me lo cuenta prácticamente cada día!

Y poco después, de nuevo en el coche con Samantha hacia una nueva aventura.

Aparcan a la entrada del Parque de Veio. Olly, Niki, Diletta y Erica se encaminan por un pequeño sendero hacia el verde del bosque. Entre setos de boj, pinos, palmeras. Y un prado de estilo inglés, perfectamente cuidado, con luces indirectas, ocultas y una música suave que baila entre el ligero rumor de esas plantas inclinadas por un leve viento estival.

—¿Y aquí qué hay?

—Se llama Tête à tête.

—¿O sea?

—Es un pequeño restaurante que tiene una mesa y una cocina exclusivas para dos personas solas.

—Pero ¡nosotras somos cuatro!

—¡He conseguido que se saltasen un poco las normas!

Las Olas se sientan a la mesa y son recibidas por un equipo de camareros. Leen rápidamente el menú y comentan divertidas esos platos tan extraordinarios. Olly le pide un vino excelente a un maître discreto que ha aparecido de repente junto a la mesa. Y ordenan y comen con placer, navegan entre platos italianos y franceses, y algo de chino e incluso uno árabe.

—No, por favor. Eso sí que no. Yo pongo toda mi voluntad, pero es más fuerte que yo. No pidamos nada japonés, ¿vale?

Niki se echa a reír. Todas se ríen. Y un poco de ese dolor ha sido exorcizado.

—Pensad que si uno viene aquí acompañado... Bueno, después de cenar, en el parque, se puede hacer una paradita en un delicioso y romántico bungalow.

—Venga ya. ¡Guau!

—Qué fuerte.

—Yo te dejaría allí, Olly.

—Sí, para que lo desmontase...

—Yo en cambio lo alquilaría y encerraría dentro a Diletta. Después, cada día le mandaríamos a uno diferente a la hora de visita. Y hasta que no pasase algo, no la dejaríamos salir.

—Sí, una especie de prisión erótica al revés.

Diletta las mira altanera.

—De todos modos, yo resistiría.

Empiezan a llegar uno tras otro varios camareros, las invitan a levantarse y empiezan a abrazarlas. Olly, Diletta, Erica y Niki se miran anonadadas.

—Pero ¿qué pasa? ¿Qué están haciendo?

—Pues no lo sé.

—Habrán estado oyendo lo que hablábamos.

—Venga, Diletta, aprovecha.

El maître se acerca.

—Disculpen, pero estamos promoviendo esta iniciativa: *free hugs*, abrazos gratis... Es una terapia contra la soledad, la melancolía, el aburrimiento, la depresión y la tristeza.

—¿Nos está tomando el pelo?

—En absoluto. Se lanzó en setiembre, en Australia, y rápidamente se adoptó en muchas ciudades italianas, la primera fue Génova, con René Andreani. Nosotros somos *freehuggers*, abrazadores... Nos encantaría que también vosotras llevaseis adelante esta iniciativa.

Olly sonríe.

—Yo ya soy de los vuestros... Mis amigas pueden confirmarlo.

Quiero decir que yo, desde siempre, he estado absolutamente convencida de la enorme fuerza de los *free hugs*, sí, de los abrazos gratis... Claro, que a veces también me parece más útil, cómo lo diría, no quedarse en la superficie, llegar un poco más hasta el fondo. Y, sobre todo, elegir como si dijéramos el abrazo «oportuno», pero, a fin de cuentas, eso son sólo pequeños detalles.

Y poco después están de nuevo en el Bentley para una última y divertida cita.

—No me lo creo.

—Pues no te lo creas.

—Mira eso.

Entran en una pequeña sala en el último piso del Grand Hotel Eden. Y es cierto. Vasco Rossi está allí.

—¿Te lo crees ahora?

—Pero no es posible.

—Esto es el *after show*, un espacio donde relajarse después del concierto. Sólo para cincuenta personas, y nosotras estamos entre ellas.

—¿Cómo lo has hecho, Olly?

—Conozco a uno de sus guardaespaldas. Un «abrazo libre» muy significativo.

—¡Olly!

—Venga, chicas, que iba en broma. Vosotras tenéis una pésima opinión de mí, pero lo hago ya a propósito. Me he acostumbrado al papel. ¿Dónde está la verdad y dónde la mentira? Vete tú a saber.

Y se aleja con sus amigas, alegres, divertidas, que observan a su ídolo mientras se pasea entre las mesas, canta algún pedazo de canción, se bebe un vaso de algo y se ríe con ellas.

Vasco. Vasco que envía un mensaje desde su teléfono móvil a las estrellas, quién sabe qué palabras y para quién. Vasco, con esa voz un poco ronca, pero llena de relatos, de historias, de desilusiones, de sueños y de amor. Esa misma voz que te ha sugerido que no intentes buscarle un sentido a esta vida. Aunque sólo sea porque esta vida no tiene sentido.

Y Olly las mira desde lejos. Observa a sus amigas que conversan curiosas, hacen preguntas, no paran de hablar con él. Niki sonríe. Se arregla el pelo. Y hace otra pregunta. Finalmente está distraída, se muestra curiosa, tranquila, piensa en otra cosa. Olly sonríe. Le hace feliz que ella sea feliz. En parte porque así se siente un poco menos culpable por lo que ha hecho.

Ciento once

El ser humano se adapta a todo. Supera el dolor, cierra historias, empieza de nuevo, olvida, hasta consigue sofocar las más grandes pasiones. Pero a veces basta con nada para comprender que esa puerta nunca se cerró con llave. Alessandro vuelve a casa, deja la cartera encima de la mesa.

—¿Elena, estás en casa?

—¡Estoy aquí, Alex! —Elena llega a toda prisa y le da un beso a la misma velocidad. Luego se va al baño—. Perdona, estaba colocando unas cosas que he comprado.

Alessandro se quita la chaqueta y la deja en el respaldo de la silla. Después se va a la cocina, coge un vaso, la botella de vino blanco del frigo y se sirve un poco. Elena reaparece poco después.

—Alex, no sabes lo que me ha pasado hoy. Estaba poniendo un poco de orden en la casa, ¿no...?

—Sí.

—Quería poner un poco de orden. A propósito, ¿estás seguro de que esa extraña escultura, *El mástil y la ola*...?

—*El mar y el arrecife*. ¿Qué pasa?

—No, decía si de veras estás seguro de querer conservarla.

—Me la hiciste poner en la terraza, ¿también te molesta allí?

—No, no es que me moleste, es que no tiene nada que ver con el estilo de todas las demás cosas.

—¡Es sólo una escultura!

—Caramba, dime sólo una cosa... ¿tan cara la has pagado? Porque si te ha costado tanto nos la podemos quedar.

Alessandro no puede decir que se trata de un regalo.

—Sí. Sólo te diré que todavía la estoy pagando...

—En ese caso, podríamos volver a ponerla en el salón. Bueno, pues lo que te estaba contando. Estaba poniendo un poco de orden en la casa cuando de repente se me ha ocurrido que todavía tenían que llegar un montón de muebles para el salón. Entonces he llamado a la tienda y he hablado con Sergio. ¿Te acuerdas de aquel encargado?

Por supuesto que me acuerdo, pero, cualquiera se lo dice. Elena lo ve disperso y continúa.

—Bueno, no tiene importancia, pero cómo te lo diría, hemos tenido una buena... o sea, hemos estado gritándonos más de una hora. ¿A ti te parece normal que hayan pasado todos estos meses y todavía no nos hayan traído nada? ¿Y sabes cómo se ha justificado el encargado? El muy mentiroso me ha dicho que tú habías anulado el pedido.

Alessandro termina de beberse el vino y casi se atraganta. Elena sigue combativa.

—¿Tú crees? Pero a mí me ha dado igual, me he puesto como una fiera. ¿Sabes lo que le he dicho? «¿Ah, sí? Muy bien, pues ahora se lo anulo en serio.»

Alessandro suelta un largo suspiro, casi de alivio. Elena se le acerca.

—¿Qué pasa? ¿Te has enfadado? A lo mejor no tenía que hacerlo, y debíamos hablarlo antes quizá... pero es que me puse, no tienes idea de cómo me puse... no me gusta que me tomen el pelo. De todos modos, si los quieres, podemos volverlos a encargar, pero en otro sitio.

Alessandro se deja caer en el sofá y enciende el televisor.

—Has hecho muy bien, está perfecto.

Elena se pone delante del televisor, con las piernas abiertas y los brazos en jarras.

—Pero ¿qué haces?

—Estoy mirando a ver si hay alguna película buena.

—¿Estás de broma? Nos están esperando en la Osteria del Pesce...

Venga, están Pietro y los demás y otras dos nuevas parejas de amigos. Llegamos tarde. ¡Ve a prepararte!

Alessandro apaga el televisor, se levanta y entra en el dormitorio. Abre el armario. Está indeciso. Camisa blanca o negra. Al final sonríe. Es tan bueno que exista el camino del medio... Y se pone sin problemas la gris.

Ciento doce

Más tarde, en el restaurante.

—Sí, tráiganos unos entremeses mixtos, fríos y calientes.

—¿Desean algo crudo también?

—Sí, muy bien, y gambas si las hay. Y una ración de *carpaccio* de pez espada y lubina.

El camarero se aleja justo cuando llegan Elena y Alessandro.

—¡Aquí estamos, hola a todos!

—¿Qué, qué os contáis?

Elena se sienta de inmediato entre Susanna y Cristina.

—Bien, lo primero que tengo que deciros es que me he comprado la gabardina de verano de Scervino, que es un sueño.

Camilla la mira con curiosidad.

—¿Y cuánto te ha costado?

—Una tontería. Mil doscientos euros. Parece mucho, pero me la ha regalado Alex. Lo han ascendido, podemos pasarnos un poco.

—En ese caso, me parece poquísimo. —Y todos se echan a reír, y siguen conversando de nuevos locales, de amigas engañadas, de un nuevo peluquero, de uno que ha cerrado, de una asistenta de Cabo Verde que va por la casa cantando, de otra, filipina esta vez, a la que siempre se le pegan las sábanas, así como de una peruana que, en cambio, cocina como los ángeles.

—Sí, pero las asistentas italianas son las mejores. Sólo que ya no se encuentran. Yo, por ejemplo, tenía mi tata... bueno, no tenéis idea de lo bien que cocinaba...

Y recuerdos lejanos. Y poco a poco, Alessandro los escucha, sigue ese camino. Y luego se pierde. Retrocede en el tiempo. No mucho. París. La ve correr por las calles, comer en algún pequeño restaurante de lengua francesa, un poco menos de confusión y una nota más. Ella. ¿Qué estará haciendo en ese instante? Alessandro mira la hora. Debe de estar estudiando. Tiene la Selectividad. Faltan pocos días. Y se la imagina en casa, en su habitación, la habitación que vio sólo de pasada cuando por un momento fue un agente de seguros. Alessandro ríe para sí. Pero Pietro se da cuenta.

—¿Habéis visto? Alex está sonriendo. De manera que está de acuerdo conmigo.

Alessandro regresa de inmediato a la realidad. Ahora. Allí. Como abducido. Desgraciadamente.

—Claro, claro...

Elena interviene mirándolo estupefacta.

—¿Cómo que claro? Pietro estaba diciendo que, de vez en cuando, está bien engañar a la pareja, porque eso mejora la relación sexual con ella.

—Y yo quería decir que claro, es bueno para quienes no tienen una buena relación, pero no me habéis dejado acabar.

Elena se tranquiliza.

—Ah, bueno.

Enrico se pone en pie.

—Vale, nos toca. Nos vamos a fumar.

Los demás hombres se levantan también y salen todos fuera. Pietro se acerca a Alessandro.

—Vaya, no hay manera, ¿eh? Tú siempre te sales con la tuya.

—Bueno, porque ahora me siento preparado. En cambio tú siempre estás con lo mismo, intentas justificar a toda costa el sexo extramatrimonial.

—¿De qué hablas? No me refería a eso. A saber en qué estarías pensando de verdad.

Enrico interviene.

—Yo te diré en lo que estaba pensando: en la chica, en su joven amiga.

—Ah... La que no tiene necesidad de que la engañen. Ella y sus amigas te hacen picadillo, acaban contigo, de modo que físicamente resulta imposible que las engañes.

Alessandro se queda en silencio. Pietro vuelve a la carga, curioso.

—¿Has vuelto a hablar con ella, la has vuelto a ver? En mi opinión, a ella no le importaría seguir viéndote aunque estés en esta situación en la que estás, con Elena. Hazme caso.

Alessandro lo empuja. Luego sonríe.

—¿Quién? No sé de quién me estás hablando.

—Sí, sí, no sabes de quién estoy hablando. De la chica de los jazmines.

También Enrico le da un empujón a Pietro.

—¡Venga ya, déjalo! Mira. —E indica con la mirada a la otra pareja de amigos que está un poco más allá. Conversan alegremente.

—¿Quiénes, esos? No pueden oírnos... y aunque nos oyesen, no lo dirían jamás. No les conviene. Es posible que no os deis cuenta, pero... a cualquiera que tenga el tejado de vidrio, no le conviene tirar piedras al del vecino.

Enrico arroja su cigarrillo.

—Vale, yo vuelvo a entrar.

—Ok, nosotros también. ¿Qué hacéis, venís?

También los otros dos amigos que están un poco más allá tiran sus cigarrillos, y todos vuelven a entrar en el restaurante. Las mujeres al verlos regresar se levantan a su vez.

—¡Cambio!

Poco después están todas fuera. Elena se acerca a la nueva pareja de amigas.

—¿Conocíais este restaurante? ¿Habéis visto lo bien que se come?

—Uy, sí, la verdad. —Y empiezan a conversar entre ellas. Un poco más allá, Cristina se acerca a Susanna, y las mira—. Bueno, Elena me parece feliz y contenta, de manera que tengo razón: él no le ha contado absolutamente nada.

—O quizá sí y, aunque ella no esté bien, no lo demuestra.

Susanna niega con la cabeza.

—No sería capaz. Elena habla mucho, se comporta de esa manera, se hace la dura, pero en realidad es muy sensible.

—Lo siento, pero no habéis entendido nada. —Camilla se acerca y las mira como si fuesen unas ingenuas. Sonríe—. Elena y yo tenemos amigos comunes. Os aseguro que es la mejor actriz que yo me haya echado a la cara jamás. —Y mientras lo dice, mueve la cabeza y tira su cigarrillo al suelo—. Bueno, yo entro, no vaya a ser que ya hayan llegado los segundos.

Y después de los segundos llegan los postres. Y luego la fruta y el café, y una grappa y un licor. Todo parece recuperar el mismo paso de siempre. Tum. El mismo ritmo. Tum. Tum. Las mismas charlas. Tum. Tum. Tum. Y, de repente, todo aminora el paso. Y parece tremendamente inútil. Alessandro los mira, mira a su alrededor. Los ve a todos que hablan, gente que se ríe, camareros que se mueven. Tanto ruido pero ningún ruido verdadero. Silencio. Es como si flotase, como si le faltase algo. Todo. Y Alessandro se da cuenta. Ya no está. No está aquel motor, el verdadero, el que hace que todo avance hacia delante, el que te hace ver las gilipolleces de la gente, la estupidez, la maldad, y tantas otras cosas y muchas más pero en su justa medida. Ese motor que te da fuerza, rabia, determinación. Ese motor que te da un motivo para volver a casa, para buscar otro gran éxito, para trabajar, cansarte, esforzarte, para alcanzar la meta final. Ese motor que, después, decide hacerte descansar justo entre sus brazos. Fácil. Mágico. Perfecto. Ese motor amor.

Ciento trece

Los días pasan lentos, uno tras otro, sin que sean diferentes. Esos días extraños de los que uno no se acuerda ni de la fecha. Cuando por un instante te das cuenta de que no estás viviendo. Te está ocurriendo lo peor que te podía pasar. Estás sobreviviendo. Y a lo mejor todavía no es demasiado tarde.

Luego, una noche. La noche aquella. De repente. Vivir de nuevo.

—Ufff, qué calor... ¿tú no sientes el calor que hace, Alex?

Elena se vuelve hacia él. Alessandro conduce tranquilo, pero a diferencia de ella, tiene la ventanilla abierta.

—Sí, sí hace calor, pero así me entra un poco de aire...

—Ya, claro, pero podrías cerrarla, a mí me molesta. Esta tarde he ido a la peluquería y me estoy despeinando. ¿No tienes aire acondicionado? Pues ¡úsalo!

Alessandro prefiere no discutir. Cierra la ventanilla y enciende el aire. Regula el termostato a 23.

—Pero ¿cuánto falta para la casa de los Bettaroli?

—Ya casi hemos llegado.

Elena mira por la ventanilla y ve un florista.

—Mira, párate allí, así cogemos unas flores, algo, no podemos presentarnos con las manos vacías.

Alessandro se detiene. Elena se baja del Mercedes y habla con un joven marroquí. Le señala las flores y le pregunta los precios. Luego, indecisa todavía, opta por otro ramo. Alessandro apaga el aire. Abre la ventanilla y enciende la radio. Y, como por arte de magia, se está acabando una canción. Y comienza otra. Ésa. *She's The One*... Alessandro se queda allí, apoyado en el respaldo. Y una sonrisa nostálgica se apodera repentinamente de él. «*When you said what you wanna say*...

»*And you know the way you wanna say it*...

»*You'll be so high you'll be flying*...» Robbie Williams sigue cantando. Pero qué quiero yo... y se acuerda del primer encuentro. Ella caída en el suelo. Él que se baja preocupado... Luego ella abre los ojos. Lo mira. Sonríe. Y la música que continúa... «*I was her she was me*...

»*We were one... we were free.*» Ese momento. La magia de una noche de verano. Calor. Frío. Lentamente, el cristal se empaña. Y en la parte de abajo, aparece de repente un corazón... Aquel corazón. Y, por un instante, es como si Niki lo estuviese dibujando de nuevo. Con sus manos, con su sonrisa. Como aquella vez. Como hizo aquel día cuando acababan de hacer el amor. Después de poner los pies en el salpicadero. Después de resoplar. Entonces.

—¡Venga! No me hagas dibujos en el cristal, que después se quedan ahí para siempre...

—¡Jo, mira que llegas a ser pesado! Lo pienso hacer igual... ¡Feo!

Y se echó a reír. Después lo tapó con la mano para que él no lo viese. Y lo que había dibujado en el cristal era ese corazón. Y había escrito algo en su interior. Ahí está. También puede leerse. «Alex y Niki... *4ever.*» Porque hay cosas que no se borran nunca. Y regresan otra vez. Como la marea.

Niki y su sonrisa. Niki y su alegría. Su felicidad. Sus ganas de vivir. Niki mujer, niña. Niki. Sólo Niki. La chica de los jazmines. Niki motor amor.

Justo en ese momento, Elena vuelve a meterse en el coche.

—Mira, he cogido éstas... me han parecido bonitas. Eran las más caras, pero al menos quedamos bien.

Alessandro la mira, pero parece no verla. Ya no.

—Yo no voy a la fiesta.

—¿Qué? ¿Cómo que no vas? ¿Qué te pasa, te sientes mal? ¿Ha pasado algo? ¿Se te ha olvidado algo en casa?

—No. Ya no te amo.

Silencio. Y la voz.

—¿Qué significa eso? O sea, que ahora me sales con que ya no me amas... pero ¿te das cuenta de lo que me estás diciendo?

—Sí, me doy perfecta cuenta. Lo malo es haber esperado hasta ahora. Te lo tenía que haber dicho en seguida.

Y Elena empieza a hablar, y sigue hablando y hablando. Pero Alessandro no la escucha. Enciende el motor. Abre la ventanilla. Y sonríe. Decide que quiere ser feliz hasta el fondo. ¿Por qué no tendría que ser así... quién se lo impide? Se vuelve hacia Elena y le sonríe. ¿Qué problema hay? Es así de fácil. Así de claro.

—Amo a otra.

En ese momento, Elena empieza a dar gritos, Alessandro sube el volumen de la música para no oírla. Elena se da cuenta y la apaga de golpe. Continúa con sus gritos, sus palabras, sus insultos. Mientras tanto, Alessandro conduce tranquilo, mira hacia delante y por fin logra ver el camino. Y no presta atención ni escucha sus palabras. Ni siquiera oye sus gritos. Por fin escucha tan sólo la música de su corazón. Entonces se detiene de improviso. Elena lo mira. No entiende.

—Hemos llegado a casa de los Bettaroli.

Elena se baja del coche furiosa. Da un portazo. Con rabia. Con una violencia inaudita. Con maldad, como si quisiera arrancarla del Mercedes. Y Alessandro se va. Tiene tantas cosas que hacer ahora... Llega a su casa, se sirve un vaso de vino, pone un poco de música. Luego enciende el ordenador. Quiero encontrar un hotel aquí cerca, para estar tranquilo los próximos días. Después, cuando Elena haya acabado de recoger sus cosas, ya volveré aquí. Entonces siente curiosidad por saber si alguien le habrá escrito. Ella a lo mejor. Abre su correo electrónico. Tres mails. Dos son ofertas de Cialis y Viagra y uno normal. Pero no conoce la dirección. *amigoverdadero@hotmail.com*. Alessandro lo abre con curiosidad. No es una oferta. Es una carta de verdad. De un desconocido.

«Querido Alessandro, sé que a veces uno no debería meterse en la vida de los demás, debería limitarse a ser un simple espectador, sobre todo si no hay confianza, pero me gustaría ser tu amigo en serio, tu "amigo verdadero" y estoy convencido de que eres una buena perso-

na y que tu bondad podría condicionarte a la hora de tomar las decisiones apropiadas. En ocasiones pensamos en nuestra vida como si
fuese la respuesta que tranquiliza a los demás. Tomamos decisiones
para complacerles, para calmar nuestros sentimientos de culpa, para
buscar la aprobación de alguien. Sin darnos cuenta de que la única
manera de hacer felices a los demás es elegir lo mejor para nosotros.»

Alessandro sigue leyendo el mail, curioso y preocupado por esta
incursión repentina en su vida.

«De modo que, antes de que renuncies a algo por no herir a alguien, me gustaría que leyeses la carta que te adjunto.»

Alessandro continúa leyendo. Otra carta más. Y no es de un amigo verdadero. Es de una persona a la que conoce de verdad. Y bien. O
que al menos creía conocer bien. Pero de la que nunca hubiese sospechado aquello. Y poco a poco no puede creer lo que están viendo sus
ojos. Pero palabra tras palabra empieza a entenderlo todo, a explicar-
se por fin el porqué de tantas pequeñas cosas que antes le parecían
absurdas.

Ciento catorce

Noche. Noche profunda. Noche de sorpresas. Noche absurda. Noche de dulce venganza.

Alessandro está sentado en el salón. Oye el ruido de las llaves en la cerradura. Coge el champán de la cubitera y se sirve un poco más. Se queda sentado mirándola entrar. Elena deja el bolso sobre la mesa. Alessandro enciende la luz. Elena se asusta.

—Ah, estás despierto... Creía que te habrías ido, o que estarías dormido.

Alessandro deja que hable. Elena se detiene y lo mira a los ojos. Con determinación.

—¿Tienes algo que decirme?

Alessandro sigue tomándose su champán tranquilamente.

—Bueno, en vista de que no dices nada, hablaré yo. Eres un gilipollas. Porque me has hecho... —Y Elena continúa soltando insultos, rabia, absurdidades y maldades.

Alessandro sonríe y la deja hablar. De repente, coge de la mesa que tiene a su lado un folio doblado. Y lo abre. Elena se detiene.

—¿Qué es eso?

—Un mail. Me llegó hace unos días. Pero por desgracia no lo había visto hasta esta noche.

—¿Y a mí qué me importa?

—A ti puede que no, porque ya lo sabes. A mí, en cambio, mucho, porque no lo sabía. En realidad, nunca me lo hubiese imaginado. En el mail hay una carta tuya.

—¿Mía?

Elena se queda blanca como el yeso.

—Sí, tuya. Te la leo, ¿eh? Por si acaso se te ha olvidado. Bien. «Amor mío. Esta mañana me he despertado y he soñado contigo. Estaba muy excitada todavía, pensando en lo que habíamos hecho. Sobre todo, me excita a morir pensar que estarás reunido con él. ¿Podrás pasar a mediodía? Tengo ganas de...» —Alessandro para de leer un momento. Y baja el folio—. Lo que sigue me lo salto, porque son una serie de obscenidades tuyas. Sigo aquí: «Espero que ganes, porque así te quedarás en Roma y podremos seguir juntos... Porque como estoy contigo, Marcello...» —Alessandro deja el folio sobre la mesa—. Pero Marcello, ese joven deficiente que se suponía que iba a ocupar mi lugar, ha perdido. Ha ido a parar a Lugano y, mira por dónde, de improviso, plaf, qué extraño, justo después de su marcha, precisamente reapareces tú en mi vida... Por lo que sea, te lo has pensado mejor y, mira por dónde, después de su derrota has decidido casarte conmigo.

Elena está como petrificada. Alessandro sonríe, se toma otro sorbo de champán.

—Y yo preocupado porque no sabía cómo decirte que ya no te amo.

Se levanta y pasa junto a ella, después se dirige al cuarto de baño y coge de allí dos maletas ya listas. Abre la puerta de la casa y las deja en el rellano.

—He metido todo lo que era tuyo, incluso algún regalo y alguna que otra cosa, libros, plumas, perfumes, jabones, tazas, todo lo que me pudiese recordar a ti. Me gustaría que fueses como las hadas de las películas. Mejor que ellas. Que desaparecieras para siempre.

Alessandro cierra la puerta tras ella. Gira la llave dos veces, y la deja puesta en la cerradura, luego corre el cerrojo. A continuación, coge la botella de champán, sube la música a tope y se va a su habitación. Feliz como nunca. Ni siquiera tengo que buscarme un hotel. Ahora sólo me queda saber quién es este «amigo verdadero» y, sobre todo, si todavía estoy a tiempo de recuperar mis jazmines.

Ciento quince

Delante del Alaska. Olly abraza a Niki.

—¡Joder! ¡Lo conseguí, lo conseguí! ¡Sé que lo he conseguido! ¡He aprobado la Selectividad!

—Pero si las notas no salen hasta dentro de un mes.

—¡Sí, pero yo estoy convencida y así os traigo suerte a vosotras también!

—¡Tú estás loca, así sólo nos traerás mal fario!

—Chicas, dentro de poco nos vamos... —Erica se acerca a ellas con un mapa. Lo abre—. Vamos a verlo. Saldremos de Roma temprano, en tren.

—¿A qué hora?

—A las seis.

—Pero si había uno que salía más tarde...

—Qué más da, en el tren puedes dormir lo que quieras.

—Y luego tienes todas las vacaciones para recuperarte.

—Bueno, a mí me gustaría hacer otra cosa en vacaciones.

—¡Olly, ya basta!

—Echemos un vistazo. Desde Patrás, cogemos un autobús de línea y seguimos toda la costa hasta Atenas. Hay un montón de lugares preciosos. En Rodas está la playa de Lindos, dicen que es maravillosa, llena de rincones hermosos, hay un tal Sócrates que es la hostia... Después Mikonos, playas y vida nocturna. Santorini, con su volcán, tras el que se ven los atardeceres más bellos del mundo. Íos, conocida como la isla del amor pero también por la noche desenfrenada de

Chora, alias «el pueblo». Y no me gustaría perderme por nada del mundo Amorgós, donde Luc Besson rodó la película *El gran azul*.

Diletta mira soñadora su teléfono. Niki se da cuenta.

—¿Qué haces?

—Filippo me ha mandado un mensaje. Qué romántico.

—¿Y qué te dice? Déjame ver. —Olly intenta quitarle el móvil de las manos, pero Diletta es más rápida y se vuelve hacia el otro lado.

Pero Olly la coge del brazo e insiste.

—¡Suéltalo!

Niki interviene.

—¡Ya vale, déjala! Diletta, lo hemos comprendido... pero al menos déjanos saber qué clase de tipo es, ¿no? Perdona, pero nosotras llevamos toda una vida preocupándonos por ti y ahora, cuando viene lo mejor, tú vas y nos dejas fuera.

Diletta coge el teléfono y lee con voz soñadora.

—Me gustaría ser yo todas tus Olas y partir contigo.

—¡Qué imbécil!

—¡Qué pelota!

—Sí. ¡Las Olas somos nosotras y nadie más!

Justo en ese momento, se oye una voz desde atrás.

—¡Pues claro! Las Olas son perfectas, únicas... y, sobre todo, fieles.

Al borde de la carretera, apoyado en un poste medio torcido, está Fabio acompañado de uno de sus habituales amigos colgados. Tejanos rotos, cazadora Industriecologiche rota, zapatillas de tela rotas, incluso la camiseta está rota.

Erica lo ve.

—Ahí está, ya llegó.

Diletta:

—Sí, él ha hablado, Fabio Fobia, el de las grandes verdades. El gurú.

—¿Lo habéis oído? Están pasando mi disco por la radio...

Niki interviene.

—Faltaría más... Te has hecho un disco tú solito. Le has hecho gastar un montón de dinero a tu padre y has obligado a un pringao de Radio Azurra 24 amigo tuyo a ponértelo de vez en cuando.

—Mi amigo no es un pringao.

—Quizá no, pero todo lo demás es cierto.

—¿Y qué? ¿Qué tiene de malo?

Niki resopla.

—Nada. Dejémoslo. ¿Se puede saber qué has venido a hacer? ¿No tuviste bastante con lo del otro día con mi amigo? No hiciste más que demostrar lo que siempre te he dicho.

—¿El qué?

—Que yo tenía razón, que puedes escribir todas las canciones que quieras, pero hay cosas que deberías saber decir con el corazón. Llegar a las manos para reconquistar a una chica... menudo poeta... —Niki se le acerca con cara de mala hostia—. Te lo jugaste todo con aquella gilipollez. Tú jamás volverás a tenerme, ni siquiera como amiga.

Fabio se aparta.

—Y a mí qué. No te digo. Yo puedo tenerlo todo de la vida. Yo no soy como el viejo ese... Le has caído del cielo y no te suelta porque tiene miedo. Los años pasan. Sabe que no le quedan tantas oportunidades.

Niki mira a sus amigas. Ellas la miran a su vez. Permanecen todas en silencio. Tan sólo Olly parece nerviosa. Fabio continúa.

—Piensa que yo hasta me he tirado una Ola.

Niki lo mira boquiabierta.

—Sí, puede que te parezca raro, pero he «surfeado» con una de tus amigas fieles.

Niki las mira a todas. Diletta. Erica. Olly. Se detiene un poco más sobre esta última. Olly baja un poco la mirada, parece abochornada. Fabio se da cuenta.

—Muy bien, Niki, lo has adivinado. ¿Lo ves...? Cuando quieres, sabes darte cuenta de las cosas tú solita.

Olly mira a Niki. Una mirada triste. Disgustada. Busca ayuda en los ojos de su amiga.

—No le creas, Niki. Es un gilipollas, quiere meter cizaña entre nosotras.

Fabio sonríe y se les sienta al lado.

—Claro, claro. Son gilipolleces. ¿Quieres que te explique los detalles, Niki? Quieres que te hable de todos sus lunares, tiene uno en particular en un lugar extraño. ¿O quieres que te hable de su tatuaje, quieres que te diga cómo es y dónde lo tiene?

Olly insiste.

—No le hagas caso, Niki, por favor. Es su palabra contra la mía. Cualquiera puede haberle hablado de mi tatuaje. Lo único que pretende es hacernos daño.

Niki levanta la mano.

—Ok, ok... Ya vale, Fabio. Vete. Independientemente de lo que haya podido pasar, tú ya no me interesas. Y si hubiese sucedido, mejor todavía. Confirma aún más lo que pensaba.

Fabio se levanta y la mira.

—¿Qué?

Niki sonríe.

—Que eres un gilipollas. Eres malvado, inútil, sólo sabes hacer daño, eres un parásito que vives la vida pensando que es una guerra. Como esos que dicen «cuantos más enemigos, más honor». Pero ¿sabes una cosa? Para hacerse un enemigo no se necesita nada. Mejor dicho, hasta es fácil... Basta con ser un lelo, como tú. En cambio, el verdadero honor estriba en saber hacerse un amigo. Tienes que querer, ser querido, currártelo, ser leal, ser amado... y eso es mucho más difícil, más trabajoso. —Se acerca a Olly. Le sonríe—... Pero también más hermoso.

Fabio mueve la cabeza. Se monta detrás del ciclomotor de su amigo.

—Vámonos, va, que estas tías parecen bobas. Esto parece el festival de los buenos sentimientos y de la hipocresía.

Niki sonríe.

—¿Ves como no te enteras de nada? Nosotras no somos bobas, somos Olas.

Ciento dieciséis

Una semana más tarde. Todo está más claro y hasta el cielo parece más azul. Alessandro está en su despacho. Llega la secretaria.

—Un señor pregunta por usted.

—Gracias, hágalo pasar. —Alessandro se sienta en el escritorio. Sonríe al verlo entrar. Tony Costa. Parece más delgado que la última vez que lo vio—. Ha adelgazado.

—Sí, mi mujer me ha puesto a dieta. Bien, aquí tiene la información que me pidió. He conseguido las notas, a todas les ha ido bastante bien en Selectividad. Pero naturalmente ninguna de ellas conoce todavía el resultado. Niki Cavalli ha sacado un notable.

Bien, piensa Alessandro. Estará contenta, no esperaba tanto y encima yo estuve a punto de acabar de hundirla.

—En cambio, su número de teléfono ha cambiado, todavía no he averiguado el nuevo. Se va dentro de dos días con sus amigas. —Tony Costa hojea un bloc de notas que tiene en la mano—. Aquí está, con las Olas, sí... se llaman así, y se van a Grecia. Santorini, Rodas, Mikonos e Íos. —Tony Costa guarda su bloc—. Sólo tiene que preocuparse por esta última, la llaman la isla del amor.

Alessandro sonríe.

—Gracias. ¿Cuánto le debo?

—Nada... basta con el anticipo. Este trabajo ha resultado incluso demasiado fácil.

Alessandro acompaña a Tony Costa hasta el ascensor.

—Espero que nos veamos otro día por otros motivos. Usted me resulta simpático.

—Gracias, usted también.

Alessandro se queda allí mientras las puertas del ascensor se cierran. Después regresa a su despacho. Está a punto de entrar cuando llega Andrea Soldini.

—¡Alex! ¡No tenías que haberlo hecho!

Alessandro se acerca a su sillón, se sienta y sonríe.

—No ha sido nada... Sólo un detalle.

—¿Y le llamas detalle a eso? ¡Me has hecho una pasada de regalo! ¡Un Macintosh McWrite Pro, rapidísimo además...! ¿Por qué lo has hecho?

—Quería darte las gracias, Andrea... Tú me has ayudado mucho.

—¿Yo? Pero ¡si todas las ideas se te ocurrieron a ti, las fotos, el eslogan, esa chica además! ¡Niki es perfecta! ¿Has visto los carteles? Están ajustando los colores para Italia, pero estoy seguro de que quedarán muy bien. ¡Es una publicidad simple pero genial!

—Sí, en el extranjero ha funcionado muy bien. Ya veremos cuando salga aquí.

—¿Que muy bien en el extranjero? Si parece que el caramelo se ha agotado en todo el mercado internacional. ¡Ha arrasado por todas partes! ¡Tú has arrasado!

—De todos modos, no quería darte las gracias por eso, o mejor dicho, también por eso...

—¿Y por qué entonces?

—Te he regalado ese ordenador para agradecerte el mail que me enviaste... amigo mío... O mejor: «amigo verdadero».

Andrea se siente morir.

—Pero yo...

—No ha sido tan difícil. Conocías a Marcello. Trabajabas con Elena. Tenías acceso a su ordenador por trabajo. Y, sobre todo, Niki te caía simpática. Fue enviado a las veinte y cuarenta y cinco desde un ordenador de nuestra empresa. El otro día, en la oficina, sólo quedabais Leonardo y tú. Y no creo que a él le preocupe mi felicidad. De modo que... fuiste tú.

—¿No tenía que haberlo hecho?

—¿Bromeas? Antes me sentía culpable y ahora me siento feliz. ¡Disfruta de tu ordenador! Pero por favor, ocurra lo que ocurra, si quieres ser «mi amigo verdadero»... ¡no me envíes e-mails!

—Ah, jefe. Entonces hay otra cosa que me gustaría decirte.

Alessandro lo mira perplejo.

—¿Debo preocuparme?

—No, no creo... O al menos eso espero. ¿Te acuerdas de la historia del atajo? ¿La persona que tenía en el equipo adversario que nos iba informando de sus ideas?

—Sí, ¿qué?

—Me parece justo que lo sepas. Era Alessia. Prefería verte ganar, aunque a ella la transfiriesen a Lugano y tú te quedases en Roma.

—Nunca lo hubiese imaginado. ¿Cómo está?

—Mejor... —Andrea Soldini está un poco azorado—. Hemos empezado a salir.

—¡Genial! —Alessandro se le acerca y lo abraza—.¡¿Ves como al final hay alguien que sabe apreciarte?!

Ciento diecisiete

Y otra noche más. Noche profunda. Noche de gente alegre. Noche de luces, sonidos, claxon, fiesta. Noche que pasa demasiado rápido. Noche que no pasa nunca. Desilusión. Amargura. Tristeza. Desesperación. Demasiadas cosas para meterlas en una sola noche. No importo una mierda. No importo una puta mierda. Para ella no importo una mierda, nunca le he importado una mierda. Mauro corre con su ciclomotor. Sin casco. Sin gafas. Sin nada. Lágrimas. Y no sólo por el viento. Mierda, mierda, mierda. La única poesía que es capaz de componer, la única rima, la única música fácil de tocar, simple, de periferia. Música de rabia y de dolor. Música de mal de amores. Corre y no sabe adónde ir. Y llora y solloza y no se avergüenza. Corre, moto, corre. Quiero acabar con todo. Sigue así, por la tangencial, sigue perdiéndose en una ciudad que ya no siente suya, que no le pertenece. ¿Por qué, joder? ¿Por qué? Me siento demasiado mal. Demasiado. Me cago en tus muertos, Paola. Eres una hija de puta. Una grandísima hija de puta. Y en medio de la desesperación, un pensamiento gracioso, más bajo, más infantil. En esos días el tipo no ha podido tocarla. Le había venido eso. Y se ríe. Magro consuelo. Y un poco más sereno conduce en la noche. Abandona la tangencial. Aminora un poco. Hace zigzaguear el ciclomotor, saliendo y entrando de la raya blanca a medio pintar que hay en el desnivel creado por el asfalto recién echado. El ciclomotor baja y continúa por los adoquines. Tin tin tin. El ruido de la rueda al pasar sobre esas piedras, perdido en el silencio de ese asfalto gris, y arriba de nuevo. Tin tin tin. Y sigue, un tonto juego metropolitano de quien no tiene ganas de pensar. No pensar. No pensar. Mauro suelta un largo suspiro y luego exhala todo el aire hacia arriba. Y otra inspiración aún más larga y de nuevo el aire fuera. Ya está. Se siente mejor. Sí, se siente mejor. Continúa conduciendo. Se sube a un puente para cambiar de sentido. Al fondo de la carretera hay dos putas. Le vienen al encuentro. Una se levanta la falda, cortísima por delante y le muestra el pubis desnudo. A la luz de la farola se adivinan unos pelos ralos. Cansados, hartos de respirar humo y contaminación. La otra, con botas altas, de un rojo brillante, se da la vuelta y se inclina, mostrándole las nalgas, blancas, firmes. Mauro describe una curva con su ciclomotor, las roza, intenta darles una patada. Sin más, para divertirse. Pero las dos polacas no entienden ese tipo de diversión. Y gritan palabrotas en su lengua. Una coge una piedra y se la arroja. Nada. No tiene puntería. La piedra va a parar al borde de la carretera. Seguramente, piensa Mauro, no pasaron su infancia en la caseta de tiro al blanco del parque de atracciones. Él sí. Se entretenía con el dinero de su padre disparándole a una estúpida bolita de ping pong que flotaba en una palangana transparente. Si todo iba bien, volvía a casa con una bolsa de agua con un pez rojo dentro. Que acabaría en el inodoro antes de una semana. Mauro da un bandazo con su ciclomotor, gira y se baja del puente, desapareciendo en la noche. Las dos putas se quedan allí, soportando el frío de la noche frente a una fogata hace tiempo apagada, a la espera de un cliente al que vender un poco de sexo mientras llega el amor verdadero. Porque todos buscan el amor verdadero. Sin tener que venderlo o comprarlo. Pero a lo mejor no pasa por allí jamás.

Mauro sonríe para sí mientras regresa a su casa. Joder, a la morena esa que me ha enseñado el culo me la hubiese tirado. Me he empalmado. Maldita sea, no tengo un puto euro. Y vuelve a caer en una desesperación absurda. Repentinas imágenes confusas. Paola. Paola cuando la conoció. Paola en una fiesta. Paola desnudándose. Paola riéndose. Paola la primera vez. Paola con él bajo la ducha aquel día que no había nadie en casa. Paola en la montaña aquella vez, las únicas vacaciones juntos. Aquellas breves vacaciones. Unas pequeñas vacaciones de un día en una habitación de hotel. Con aquellos ricachones que hacían snowboard, él mucho mayor que ella. El vino blanco. La cena bajo las estrellas. Paola. ¿Dónde estará en estos momentos? ¿Dónde estará mañana? ¿Dónde estará en mi vida? Y de repente vuelve a desesperarse. Se pierde. Piensa, recuerda, sufre. Ha agotado las lágrimas. Y casi la gasolina. Joder, ¿cuándo fue la última vez que le eché? Hoy tenía el depósito lleno. De improviso se da cuenta de que está debajo de su casa. Pero no tiene ganas de subir. No tan pronto. Tiene miedo de encontrarse a alguien despierto. De escuchar preguntas, de tener que dar respuestas. De modo que pasa de largo con un hilo de gasolina. Se detiene poco después. Se baja, le pone la cadena al ciclomotor y está a punto de entrar en un pub. El único que está abierto hasta tarde por esa zona. Pero qué digo. Es todavía temprano. Mauro mira su reloj. Son las once. Pensaba que era más tarde. Las noches que hacen daño no pasan nunca. Empuja la puerta del pub. Una mano se le apoya en el hombro.

—Hola, tronco, ¿qué haces por aquí? — Gino, el Mochuelo, aparece ante él.

—Tus muertos, me has asustado.

—¿Entramos? Vamos a beber algo, te invito a lo que quieras, como en los viejos tiempos. —El Mochuelo coge a Mauro por el brazo sin esperar su respuesta. Se lo lleva para dentro y lo empuja casi contra un taburete que hay en la esquina del fondo. Después se deja caer también él, frente a Mauro y de inmediato levanta el brazo para hacerse ver por la chica que está detrás de la barra—. ¿Tú qué quieres?

Mauro, tímido.

—No lo sé. Una cerveza.

—Qué va, vamos a tomarnos un whisky, que aquí tienen uno que está de muerte. —Y vuelto hacia la chica de nuevo—: Eh, Mary, tráenos dos de lo mismo que me tomé anoche. Pero bien cargaditos, ¿eh? No te me hagas la agarrada... y sin nada. —Después se acerca a Mauro, se extiende casi hacia él con los brazos por delante, apoyados en la pequeña mesa de madera—. Anoche me metí una botella entera entre pecho y espalda. —Se vuelve de nuevo hacia Mary—. Esperé a que terminara y la acompañé hasta casa con un coche. —El Mochuelo se acerca a Mauro y hace un gesto con los dedos de la mano, haciéndolos girar sobre sí mismos, como diciendo «lo choricé»—. Aparcamos debajo de su casa. Jo, con la preocupación de que la pasma clichase el coche y encima con la botella que me había bajado, aquí el amigo estuvo a punto de gastarme una broma de mal gusto. —El Mochuelo se toca entre las piernas—. Menos mal que me metí otro lingotazo y se recuperó... Bueno, qué quieres que te diga, el mejor polvo de los dos últimos años.

Justo en ese momento, llega Mary con dos vasos y la botella.

—Pero no bebáis demasiado. —Mira a Gino y le sonríe—. Beber es malo.

El Mochuelo levanta la cabeza y le sonríe también.

—Sí, pero al final sienta bien, ¿eh?

Mary, risueña, menea la cabeza y se aleja con su falda ajustada, un poco sudada, con un delantal a la cintura y los cabellos detrás de las orejas. Pero sobre todo con la certeza de estar siendo observada.

—Vaya, vaya. —El Mochuelo coge su whisky con la mano derecha y apoya la izquierda en el brazo de Mauro, luego hace un gesto de asentimiento con la cabeza—. Me da que esta noche le doy otro revolcón.

Luego se toma un trago con la cabeza echada hacia atrás. Pero se da cuenta de que Mauro todavía no ha tocado su vaso. Nada. Está allí quieto. Tranquilo. Demasiado tranquilo. Un poco abatido.

—Pero ¿qué te pasa, tronco? —El Mochuelo le pasa la mano por detrás de la cabeza y se la sacude—. ¿Qué te pasa? ¿Se te ha comido la lengua el gato? Cuéntale a papá lo que te pasa. ¡Hay que ver, estás acabado! Ni que se te hubiese muerto el canario.

Mauro se queda impasible. Entonces coge el vaso, se lo lleva a la boca, lo piensa un instante y le da un largo trago. A continuación baja la cabeza aprieta los ojos.

—Ahhh, qué fuerte es.

El Mochuelo asiente.

—No es fuerte, es bueno. Puedes hablar, ¿qué te ha pasado?

Mauro se toma otro sorbo de whisky.

—Nada... Paola.

—Ah, tu chica. Ya te lo dije, a ésa le gustan las comodidades.

—Me trajiste mal fario.

—No. Te bastaste tú solito. Todas las chicas quieren comodidades. Sobre todo...

—¿Sobre todo?

—... si son guapas. Siempre hay uno que está esperando para ofrecérselas.

Mauro guarda silencio.

—¿Y sabes cuál es el problema?

—No, ¿cuál es?

—Que ellas lo saben muy bien. —El Mochuelo asiente, mueve la cabeza y da un largo trago.

Mauro lo mira y lo imita. Un trago largo, hasta apurar el vaso, sin detenerse, de una sola vez.

El Mochuelo lo mira admirado.

—Vaya, te ha gustado, ¿eh?

Mauro sacude la cabeza, la agita, como si estuviese intentando librarse de algo que tiene en la garganta.

—Tengo el remedio para ti, confía en mí. —El Mochuelo se saca dinero del bolsillo delantero. Encuentra diez euros y los arroja sobre la mesa.

—¿De qué estás hablando? —pregunta Mauro.

—De un atajo para lograr comodidades para ella. Ya verás como en dos noches reconquistas a tu amor...

Mauro está indeciso. Mira de frente al Mochuelo.

—¿Tú crees?

—Pues claro, es matemático. Pero primero tienes que venir conmigo. —El Mochuelo se levanta y se va al baño.

Mauro lo sigue. El Mochuelo cierra la puerta a sus espaldas y se apoya en ella, para asegurarse de que nadie más entre.

—Ten. —Se saca una bolsita transparente del bolsillo de los tejanos. Está llena de un polvo blanco—. Métete una rayita de coca. Como bautizo.

El Mochuelo descuelga el espejo de la pared y lo apoya sobre el lavamanos.

—Ya te he buscado nombre. Halcón Peregrino. El Mochuelo y el Halcón Peregrino. ¿Te gusta?

—Sí. ¿Qué tenemos que hacer?

El Mochuelo se inclina sobre el espejo y con un billete de veinte euros enrollado, aspira una raya por el lado izquierdo de la nariz.

—Fácil. —Sorbe por la nariz—. Ten, las llaves de mi moto. Yo tengo otra copia. Tú sólo tienes que acompañarme a buscar un coche a casa de una amiga y después te vas a tu casa con mi moto. Mañana por la mañana la paso a buscar. Es fácil, ¿no?

Mauro sonríe.

—Facilísimo.

Gino, el Mochuelo le pasa los veinte euros enrollados a Mauro.

—Andando, Halcón, que cuanto antes nos pongamos antes acabamos.

Mauro se inclina y también él hace desaparecer una raya blanca. Se incorpora y todavía le sigue picando la nariz cuando oye decir al Mochuelo.

—Y piensa que, con este viaje, te ganas cincuenta mil del ala. Ya podrás darle comodidades a tu pequeña Paola.

Salen del baño, los dos muy contentos. El Mochuelo se despide de la chica de la barra con una pequeña promesa en los ojos.

—Adiós, Mary, nos vemos. Si acabo pronto, me paso. —Y le guiña un ojo. Fuera del local, el Mochuelo abraza a Mauro—. Ya te digo. Me paso y te repaso como anoche. —Y se echa a reír—. Andando, Halcón.

—Y desaparecen a lomos de la enorme moto, en dirección al centro.

Ciento dieciocho

Esa noche salen los cuatro. Enrico, Pietro, Alessandro e incluso Flavio, a quien extrañamente han dado permiso. Tienen una noche loca como no tenían hace tiempo. Se van al F.I.S.H., un restaurante en via dei Serpentini, piden un pescado muy bueno y se toman el mejor vino. Se explican de todo. Se confiesan pequeñas verdades.

—¡De manera que fue tu ayudante el que te envió aquel mail con la carta de Elena al chaval ese! —Pietro mueve la cabeza—. Ya te lo dije... ¡todas las mujeres son unas arpías! Y vosotros que no hacéis más que reñirme siempre. Lo mío es una misión educativa.

—¡Sí, educativa del carajo! —Alessandro se sirve vino—. ¿Sabes que por un momento pensé que podías ser tú el amante de Elena?

Pietro lo mira estupefacto.

—¿Yo? Pero ¡¿cómo puedes pensar eso?! Oye, mira, antes que haceros algo así a uno de vosotros, os lo juro, os juro que haría la cosa que me resulta más difícil de imaginar. ¡Vaya, hasta preferiría volverme maricón! Y ya sabéis lo que me costaría, ¿eh? —Pietro se detiene. Se pone triste. Se toma una copa de vino de un solo trago. Luego la deja en la mesa, casi golpeándola—. Susanna ha descubierto que la engaño, quiere dejarme. Estoy fatal.

Flavio lo mira.

—Pero tenías que pensar que tarde o temprano acabaría por descubrirlo. Tú por ahí has hecho de todo. Has estado con todas las mujeres que respiran.

Alessandro le pone una mano en el hombro.

—¿Y cómo lo ha descubierto? ¿Acaso ella también ha recibido un mail? —pregunta.

—No, me vio por la calle. Estaba besando a una.

—Bueno, entonces es que estás loco de remate.

—Sí, estoy loco. ¡Y me siento orgulloso de mi locura! No sólo eso, sino que, mientras esperamos, ¡me voy a fumar un cigarrillo! ¿Quién se viene conmigo?

—Yo voy. —Enrico se levanta.

—Vale, nosotros os esperamos, pero no tardéis mucho.

—Tranquilos…

Pietro y Enrico salen del restaurante. Pietro le enciende el cigarrillo a Enrico, luego prende el suyo y sonríe a su amigo.

—Bien.

—¿Bien qué?

—Ya has visto que yo tenía razón, hicimos bien en no decirle a Alex que habíamos visto a Elena besándose con ese pipiolo en el local aquel… Ya se encargó de ello su ayudante.

Enrico se encoge de hombros.

—Ha sido una casualidad. Alex y Elena podían haber vuelto y plantearse de nuevo el matrimonio y, a lo mejor, esta vez hasta se hubiesen casado. ¿Y si después no funcionaba? Entonces hubieses lamentado haberte lavado las manos.

—Yo no tenía por qué hablar y decidir por ellos.

—En cambio, yo lo veo como una cuestión de responsabilidad. Resulta demasiado fácil dejar que sean los demás los que tomen siempre las decisiones. Piensa en lo diferente que hubiese sido todo si el tipo aquel no se hubiese lavado las manos.

—No exageres. Piensa un poco más lo que dices. Me parece que, en aquel momento, la responsabilidad era un poco diferente, ¿o no? Lo que quiero decir es que nosotros no teníamos prisa, podíamos esperar. A lo mejor las cosas se arreglaban sin tener que poner en juego nuestra amistad. Y así es como ha sido. Yo creo que a Alex no le hubiese gustado que fuésemos nosotros quienes le diésemos la noticia. Quienes arruinásemos su sueño. Los amigos son como una isla al amparo de las corrientes…

—Ya. A propósito, hace frío, yo entro. —Enrico arroja su cigarrillo al suelo y lo apaga—. Además, yo también tengo que daros una noticia.

—¿Buena?

—Buenísima... Venga, espabila, te espero dentro.

Pietro sonríe. Da una última calada a su cigarrillo. Está tranquilo, sereno. Para él la decisión fue acertada. No explicar aquel encuentro con Elena y Marcello en el restaurante. Luego arroja su cigarrillo al suelo y lo apaga. Vuelve a entrar y se reúne con sus amigos. Pero Pietro no sabe si la decisión de Alessandro aquel día fue justa. Dar o no dar un curso personal a los acontecimientos.

Ésa es la cuestión. Una cosa es segura. Si aquella carpeta roja no hubiese ardido, hoy esa conversación tan alegre y civilizada entre Enrico y Pietro hubiese resultado imposible. Por una única razón. Enrico nunca hubiese compartido a su mujer con otro. Y aún menos con un amigo. Aunque sea tan simpático como Pietro.

En el interior del restaurante, Enrico los interrumpe a todos.

—Chicos, tengo que deciros una cosa. ¡Camilla está esperando un hijo!

—¡No! ¡Qué bien!

—¡Es fantástico! —Alessandro se hace cargo de la situación—. Camarero, ¡tráiganos una botella de champán en seguida! ¡Y tú, Pietro, alegra esa cara, joder! Intenta mantener la calma y acaba de sentar de una vez la cabeza. Verás como reconquistas a Susanna.

Enrico sonríe, abraza a Flavio.

—¿Y tú? ¿No tienes nada que decirnos?

—Por supuesto... —Se toma un vaso de vino, mientras espera a que llegue el champán—. He echado a Cristina de casa. Me tenía ya hasta los cojones.

—¿Qué? ¡Qué estás diciendo, no me lo puedo creer!

Todos se han quedado sin palabras de verdad, anonadados. Flavio los mira uno por uno y al final sonríe.

—Después volvió. Pero está mucho más calmada. Y desde entonces las cosas van mejor. Ya no tendré que sentirme culpable si juego a futbito, si no ordeno mis cosas, si quiero pasarme media hora tumbado a la bartola en el sofá sin hacer nada. Y, sobre todo, podré salir más a menudo con vosotros, así que ya podéis ir con cuidado, que os estaré vigilando.

Pietro le da una palmada en la espalda.

—¡Me alegro por ti! Pero lo podías haber hecho antes.

Flavio lo fulmina con la mirada.

—¿Y qué querías...? Más vale tarde que nunca, ¿no?

—Si tú vienes me controlarás. ¡Susanna estará más tranquila y yo podré seguir haciendo de las mías!

—¡Ah, no! ¡Ni hablar! ¡Mira que yo me chivo!

Llega la botella de champán.

—Chicos, brindemos. —Pietro la destapa y sirve rápidamente cuatro copas. Levanta la suya.

—Bien, por nuestra amistad, que no se acabe nunca. Por Alessandro, que ha tenido el valor de dudar de mí, precisamente él que no es capaz de tranquilizarnos acerca del hecho de que no sea maricón.

—¿Maricón yo?

—¡Pues claro! Uno que deja escapar un sueño como Niki... Si tú no eres maricón, ¡¿quién lo es?! Venga, Alex, ánimo. Ésta es la noche indicada para salir del armario. Venga, ábrete a nosotros, que después ya pensaremos en cómo volverte a tapar.

Y todos se echan a reír.

—¡Qué bordes sois! Bromas aparte, tengo una idea. Y tengo que darme prisa. Niki se va mañana.

Continúan bebiendo champán, mientras Alessandro les explica cuál es su idea y se divierten un montón. De todos modos, se necesita valor para atreverse a llevarla a cabo. De manera que piden también una grappa y un ron. Y por qué no, también un poco de whisky. Total, que al final acaban todos borrachos.

En el coche. Atmósfera superetílica.

—Despacio, despacio, ve despacito.

—Más despacio que esto... un poco más y retrocedo en el tiempo.

Alessandro, el más borracho de todos, aparca su Mercedes en el puente de corso Francia. Antes han pasado por la oficina a buscarlos y han armado un jaleo tremendo con el portero, que no quería dejarlos subir al verlos tan borrachos. Pero Pietro es buenísimo en eso. Sabe cómo beberse una buena botella de vino, pero también cómo «untar» a un portero mediocre. Vaya, que al final han logrado salirse con la suya. Y allí están, listos para la gran idea de Alessandro.

Flavio está preocupado.

—Chicos, tenemos casi cuarenta años. Vámonos, os lo pido por favor...

—Pero ¡Flavio, precisamente ahí está la gracia!

Se bajan todos del coche y se suben al puente. Alessandro se pone a horcajadas sobre el antepecho, demasiado alto para él y sobre todo para su nivel alcohólico. Se resbala pero se incorpora de nuevo. Coge el aerosol rojo y mira a su alrededor.

—Chissst...

Enrico lo ayuda.

—Ven, súbete aquí para escribir.

—Se va a caer del puente.

—¡Qué va! ¡Me tengo en pie perfectamente!

Pietro se le acerca.

—¿Has pensado ya lo que vas a escribir? O sea, ¿tienes lista una frase?

—¡Pues claro! —Alessandro sonríe borracho—. «Desde que te conocí soy el hombre más feliz del mundo y además...»

Flavio lo interrumpe.

—Oye, estás con un aerosol encima de un puente. ¡Tienes que escribir una frase, no un poema!

—Es verdad, tienes razón. —Alessandro se sujeta a él—. Quieres decir una como aquella de allí. —Y mira a su alrededor—. Esa que está por todas partes, a tres metros sobre el cielo.

—Sí, pero ésa ya está muy vista. Tú eres un creativo, ¿no?

—¡Pues claro, de ti se espera algo más! Puede ser algo simple, pero que impacte.

Alessandro se ilumina.

—¡Ya la tengo! Allá voy.

—¿Estás seguro?

—Sí. —Alessandro se encarama, se pone de pie en el puente, coge el aerosol y empieza a escribir. «Ámame, c...» pero justo en ese momento, un faro ilumina a Alessandro y a todos los demás.

—Atención. —Una voz metálica sale de un megáfono—. No se muevan. Mantengan las manos a la vista. Quietos.

Alessandro intenta cubrirse los ojos. Entonces los ve. No puede ser. No es posible. ¡Son ellos! Los policías de costumbre. Serra y Carretti.

—Venga, bajad de ahí.

Alessandro, Enrico, Flavio y Pietro se acercan a ellos.

—Disculpe, ¿eh?, era sólo una broma...

—Claro, claro. No faltaba más. Entréguenme la documentación.

Entonces Serra mira a Alessandro.

—Otra vez usted, ¿eh...?

—Pero en realidad yo... no es lo que usted piensa...

—Y encima está borracho. Oiga, está farfullando.

Flavio intenta justificarse.

—Yo no he bebido tanto...

—Ya, ya, ahora os venís todos a comisaría.

Y se suben atrás, en el coche patrulla, uno encima del otro, quejándose.

—Ay, no me empujes, me haces daño...

—Jo, la única vez que salgo con vosotros y nos detienen. ¿Y ahora qué le digo a Cristina?

—Que eres un gafe.

Serra se vuelve hacia ellos.

—Pero ¿se puede saber qué estabais escribiendo?

Alessandro responde orgulloso.

—Quería escribir: ¡ámame, chica de los jazmines! ¡Sí, así tenía que ser... para ella que es... motor amor!

Serra mira a su colega.

—¿La chica de los jazmines que es motor amor? Pero ¿qué está diciendo?

Carretti se encoge de hombros.

—Olvídalo... Éstos están muy borrachos...

Alessandro le da un golpe en el hombro.

–Oiga, que yo no estoy borracho, o sea, puede que esté borracho
pero estoy claro, es usted el que no entiende... Quería escribirle esa
frase para que se diese cuenta de lo importante que es, porque ella
está a punto de irse, se va mañana a Grecia, ¿lo entiende? A la isla del
amor... y si se lía con alguien, ¿eh? ¿Si se enrolla con otro? A lo mejor se enrolla con otro en Grecia porque no sabe lo importante que es
para mí, porque me quiere olvidar, ¿eh? Será culpa vuestra si eso sucede... ya lo sabéis... Si eso pasa, os denuncio... ¡Gilipollas, que eso es
lo que sois!

Y no sabe que esta frase, aunque la haya dicho borracho, significa-
rá una denuncia y pasar la noche en la comisaría central.

Ciento diecinueve

Noche. Noche nublada. Noche oscura. Noche bandolera.

Elena acaba de salir del teatro. Un espectáculo divertido, lleno de jóvenes actores, algunos hasta han participado en alguno de los anuncios de su empresa. No podían dejar de invitarla. Ella le ha proporcionado más dinero a esa compañía que dos temporadas seguidas en el mejor teatro de Roma.

Elena llega a casa. Se baja de su BMW Individual Serie 6 Coupé, color Blue Onyx metallic, nuevo y flamante. Se dirige a su portal. Apenas tiene tiempo de meter la llave en la cerradura y de volverla a sacar, y ya se encuentra dentro del portal con la cara aplastada contra el cristal, y siente que la arrastran hacia el vestíbulo. Acaba por el suelo, en la escalera, junto al ascensor. Tropieza con el felpudo de la señora del bajo, la que siempre cocina con cebolla. Pero esta noche no hay olores, no hay ruidos, sólo silencio. Demasiado silencio. El Mochuelo y el Halcón Peregrino se le echan encima.

—Estate calladita y dame ahora mismo las llaves del coche.

El Mochuelo le tapa la boca con la mano, mientras Mauro la reconoce de repente. Es la de mi prueba, la señora que estaba en la habitación detrás de la ventana, la que tenía mis fotos en la mano, la que las rompió, la que no me quiso.

Elena lo mira. Ve la maldad en sus ojos. Entrecierra los suyos tratando de comprender.

¿Qué le he hecho a este tipo? ¿Acaso nos conocemos? ¿Quién es? ¿Por qué no deja de mirarme fijamente? Y, aterrorizada, sin entender absolutamente nada, muerde con fuerza la mano del Mochue-lo y empieza a dar gritos.

—¡Socorro, socorro, ayúdenme!

El Mochuelo también grita y agita la mano en el aire, intentando aplacar el dolor del mordisco. Luego, por toda respuesta, como una fría venganza, le da un puñetazo a Elena en plena cara; ella cae hacia atrás y se da un fuerte golpe en el escalón. Un instante de silencio. Todo queda como en suspenso. Mauro se ha quedado con la boca abierta. Paralizado. El Mochuelo le da un empujón.

—¿Qué te pasa, Halcón Peregrino, estás dormido? Coge su bolso, rápido, larguémonos de aquí.

Mauro coge el bolso. Mira otra vez a Elena. Está tendida, vuelta hacia los escalones, inmóvil. Mauro la mira, muy asustado. Alguna que otra puerta empieza a abrirse, se oye ruido de cerrojos al correrse. Gente que se ha despertado por el ruido, por los gritos de Elena. Mauro se aleja veloz en la noche, se sube a la enorme moto, arranca y se marcha a todo gas. El Mochuelo busca en el bolso, encuentra las llaves, pone en marcha el BMW y se pierde también en la noche a toda velocidad.

Ciento veinte

A la mañana siguiente, con las Ray-Ban nuevas que Diletta les ha regalado a todas, parten. Un taxi las lleva a la estación. Es de madrugada. Las mochilas recién hechas, las camisetas numeradas, uno, dos, tres cuatro... con una pequeña ola azul. Niki les entrega una a todas sonriente. Hay también dibujado un pequeño corazón rojo. Erica ha comprado una libreta Moleskine grande.

—Eh, chicas, éste será el diario de a bordo de las Olas... Por el momento, ya he puesto en la primera página mi gran noticia. He dejado a Giorgio.

—¡Nooo!

—¡No me lo puedo creer!

—¡Estás de broma! No es posible.

Erica hace un gesto de asentimiento con la cabeza.

—No sólo eso, sino que pienso hacer estragos. Voy a recuperar todo el tiempo perdido. La voy a armar. En cada página aparecerá un nombre diferente al final...

Corren por el andén, se suben al tren y se meten en su compartimento. Se encierran dentro. Todavía tienen cosas que contarse y que inventar, y que soñar juntas. Y se ríen y bromean. Y el tren sale. Y ellas han partido ya.

—Tengo sueño. Está amaneciendo y así no se puede. Voy a llegar con ojeras.

—¿Y qué quieres? ¡Tampoco podíamos coger el tren para Brindisi a mediodía! ¡Nos falta todavía el ferry!

—Pero ¡los aviones también existen! ¡Así vamos a tardar toda la vida!

—¡Sí, sí, aviones! ¡Nosotras tenemos toda la vida! Perdona, ¿qué prisa tienes? Es el viaje de la madurez, ¿te das cuenta? Ma-du-rez, y tenemos que sentirlo, saborearlo, vivirlo, sufrirlo. Ni que fueses una princesa, además...

—¡Sí, la del nabo!

—¡Olly! Hay que fastidiarse, siempre estás igual.

—Erica tiene razón. Somos las Olas. ¡Mochila y poco dinero en el bolsillo!

—¿Qué ferry tenemos que coger?

—El *Hellenic Mediterranean Lines*. He reservado sitio en cubierta, ¿eh? Mejor que las butacas, que son incómodas, no puedes tumbarte. De todos modos, llevamos esteras y sacos de dormir.

—¡Qué guay, Erica, muy bien!

—¿Y si llueve? —pregunta Diletta.

—¡Pues te mojas! —le responde Olly sin dejársela pasar—. ¿O es que acaso va a venir tu pequeño Filippo a protegerte?

—No, ya sabes que se queda en casa. Ya lo echo de menos...

—¡Ooh, ahora nos va a poner caritas todo el tiempo! Tranquila, que no te lo van a robar, no. ¡El pequeño Filippo está en casita esperándote!

—¡Idiota!

Niki se pone los auriculares de su iPod. No se ha quitado las gafas a pesar de que es temprano y el sol no resulta precisamente cegador dentro del vagón. Se ha bajado casi todo Battisti del iTunes. Esas palabras le hacen daño, pero es más fuerte que ella. A veces el dolor te absorbe tanto que resulta casi espontáneo el hecho de alimentarlo. El paisaje corre veloz por las ventanillas. Igual que los recuerdos en su corazón. Erica le da una patada en la pierna.

—Eh, chica, ¿duermes? ¡Grecia nos espera! ¡Para dos que se acaban de separar como nosotras, fiesta grande!

—¡Sí, sí, yo os guiaré al abordaje! —Olly salta en su asiento—. ¡Hale!

¡Y conste que he dicho hale, no Alex! —Y grita. Una pareja de señores ancianos se vuelve y la mira.

Niki esboza una sonrisa para no defraudar a sus amigas, pero después vuelve a mirar hacia fuera, en busca de distracciones que no llegan. El tren corre veloz, el sol se levanta en el cielo. Perfume de vacaciones, libertad, ligereza. Pero tenía que ser diferente. Podía ser diferente. Mis amigas están felices. Cada una ha encontrado su camino o ha abandonado el equivocado. Cada una sabe adónde ir. En cambio, yo me estoy dejando llevar. Pero a lo mejor es así como tiene que ser cuando te sientes mal. «Tener en los zapatos las ganas de marchar. Tener en los ojos el deseo de mirar. Y quedarse... prisioneros de un mundo que sólo nos deja soñar, sólo soñar...»

Y después una noche en el ferry. El mar, las olas, la corriente. Y esa estela que se aleja del barco. Y pensamientos que no consiguen desvanecerse. Niki está apoyada en la barandilla. Pasan unos chicos a su lado. Otro, tumbado en una hamaca de madera bastante corroída por el salitre, lee un libro antiguo de Stephen King; otro, uno nuevo de Jeffery Deaver. Thriller. Terror. Miedo. Niki sonríe. Mira de nuevo el mar. Ella no necesita ningún libro para tener miedo. Y se abraza con fuerza a sí misma. Y se siente sola. Y le gustaría mucho poder detener esa lágrima. Y le gustaría no haber amado. Y le gustaría mucho no seguir amando. Pero no lo consigue. Y esa lágrima cae, y se sumerge en el mar azul, tan salado como ella. Y Niki se ríe ella sola. Y sorbe un poco por la nariz. E intenta no llorar. Y al final casi lo consigue. Están a punto de empezar unas vacaciones. Maldita sea... Ese dolor no tiene intención alguna de pasarse.

Mediodía. Olly acaba de recoger su saco y bosteza con la boca abierta, todo lo que le dan de sí las mandíbulas. Luego se pone en pie y mira el puerto que se acerca.

—Ya me explicarás cómo te lo has montado para dormir así hasta ahora. La gente no hacía más que pasarte prácticamente por encima. —Erica le da una palmada en la espalda.

—No me he dado cuenta de nada. Ya te dije que tenía sueño. Encima nos roban tiempo. ¿No me dijiste que aquí se adelantaban una hora? Ladrones. Me haces levantar de madrugada, me haces... De todos modos estoy excitada.

—¿En qué sentido?

—Anoche, mientras vosotras teníais frío y os ibais a dormir al pasillo de dentro, yo conocí a aquel de allí. —Y Olly señala a un chico que está un poco más adelante, apoyado en la barandilla del puente. Junto a él, sobre una hamaca azul abierta, hay una mochila enorme—. Es de Milán, estudia en la Politécnica. Un tipo superguay. ¡Va a reunirse con sus amigos que se le han adelantado; él tenía que hacer todavía un examen! Le dije que íbamos a Rodas y le he dejado mi móvil. Así podemos encontrarnos allí.

—Dabuten.

—¿Dabuten?

—Sí, anoche, mientras estábamos en el pasillo de dentro, conocimos a dos de Florencia. Ellos dicen eso cuando sucede algo bueno. Dabuten.

—Ah. ¿Y cómo eran?

—Vaya. Uno no estaba mal, pero el otro parecía la copia en feo de Danny De Vito en su versión antipática.

—Un sueño...

—Vcnga, va, han dicho que ya podemos bajar. —Niki se coloca la mochila a la espalda mientras Diletta se contorsiona para sacarse el móvil del bolsillo de los tejanos. Ya lo tiene. Finalmente. Lo abre y lee el mensaje que le acaba de entrar.

«Hola, guapísima. ¿Cómo estás? ¿Sabes que te amo un montón y que te echo de menos? Date prisa en regresar, que nos vamos para España...»

Diletta sonríe y envía un beso a la pantalla del teléfono. Olly la ve.

—¡Pues sí que estamos bien! ¡Venga, Olas, nos vamos! —Y sale corriendo, pasando junto al muchacho de Milán, que le sonríe y le hace un gesto con el índice de la mano derecha como diciendo: «Ya hablaremos más tarde.»

Erica, Diletta y Niki la siguen. Se bajan del ferry. Una marea de cabezas, gorras, mangas cortas, mochilas, bolsones de colores, voces y sonidos se extiende por el muelle de Patrás, antes de dispersarse por todas partes. Despedidas, adioses, citas de gente que ya se conocía o que se ha conocido esa noche en el ferry. Un perro labrador corre arriba y abajo como un loco, hasta que un muchacho lo coge y se lo lleva por el collar.

—Eh, allí hay un súper. ¿Nos compramos una crema bronceadora? ¡Me la he olvidado!

—No, vamos a dar antes una vuelta. ¡Después tenemos que coger el autobús! Mientras tanto, mira a tu espalda: ése es el monte Panachaicon!

—¡Menuda pedante estás hecha, Erica! ¡Pareces la guía! ¡Tenemos, tenemos! ¡El monte, el monte! ¡Estamos de vacaciones! ¡Probablemente las vacaciones más guays de nuestra vida!

Niki mira a su alrededor. A la derecha del muelle hay un enorme aparcamiento. Un poco más allá un pequeño bar.

—Venga, vamos a dar una vuelta.

Las Olas empiezan a caminar entre la marea de gente que las rodea. Callejuelas estrechas, tráfico intenso y después subir, bajar, reír, detenerse frente a un escaparate. Y el anfiteatro, la fortaleza, el Reloj, el barrio de Psila Alonia desde donde se divisa todo el mar Jónico. De vez en cuando, Niki se queda absorta, Diletta continúa enviando mensajes por el móvil, Erica intenta leer informaciones varias en su guía pero ninguna le presta atención, mientras Olly habla prácticamente con todos los que se encuentra. La enajenación inofensiva de unas vacaciones juntas. Deseo de cosas nuevas. De locuras, de pasar del tiempo. De libertad. De una enorme y total libertad. Y Niki. Deseos de... Nostalgia y tristeza. El recuerdo de un amor intenso. Y hermoso. De esos amores que duran toda una vida y que nunca se logran olvidar del todo.

Y una semana más. Clima agradable, caluroso pero no en exceso. Apaciblemente veraniego. Niki está sentada a una mesa de la terraza de un pequeño local, rodeada por las características paredes blancas. Está comiendo yogur y observa a la gente que pasa.

—¿Sabías que esto está lleno de famosos? ¡Es superguay!

—¡Además, Mikonos es preciosa, con todas esas callejuelas, los bares, las discotecas, las tiendas siempre abiertas! ¡Yo me vengo a vivir aquí!

—¡No te digo! ¡Estamos ya en Chora! Hasta no hace mucho, la llamaban la capital de verano de los gays, ¡me mola cantidad, es la patria de la tolerancia!

—¡Sí, pero también hay heteros que están buenísimos! ¡¿Os fijasteis ayer en la playa?! ¡Esos de Milán son la hostia! ¡Niki, te has quedado con el más guay de todos! ¡Emmanuele es una pasada!

—¡Olly, yo no me he quedado con ninguno! ¡Eres tú la que está causando estragos! ¡¿Te das cuenta de que desde que salimos, sin contar con el de Milán que venía en el ferry, te has enrollado ya con tres?! El rubio de Nápoles, aquel de Rávena que se parecía a Clark, el de Smallville, y hasta un extranjero...

—¡Sí! ¡El francés tan relamido que te regaló la colonia de lavanda!

—¿Y qué? ¿De qué sirven las vacaciones si no? Además, tú, ¿a qué estás esperando? ¡Ése está que se derrite por ti! ¡De todas maneras, esta noche los veremos en la discoteca, y tengo ganas de ver lo que haces! Claro que después del corte que le diste ayer por la noche... Pobrecillo.

—¿Pobrecillo de qué? No pude, no tenía ganas de besarme con él.

Los jazmines. La terraza. La noche. Las sonrisas. Eso es en lo que Niki estaba pensando mientras aquel atractivo muchacho, después de mil y un cumplidos, se acercó a sus labios... Y ella no pudo. De modo que le sonrió y se alejó tras hacerle apenas una caricia en la mejilla.

—¡Qué desperdicio!

—¿Mañana volveremos a Super Paradise Beach? —pregunta Diletta mientras acaba de escribir un mensaje.

—No, yo preferiría ir a la playa de Elías. Hay una calita tranquila y desde allí un paseo de pocos minutos entre los arrecifes nos lleva directo a la playa de Paranga. ¿Sabes, Niki?, allí hacen surf. Podías intentarlo, ¿no?

—No lo sé, Erica, ya veremos mañana. De todos modos, por mí está bien.

—Vale, mañana nos alquilamos un ciclomotor. Estoy harta de los horarios del autobús, por lo menos podremos quedarnos en la playa hasta la hora que nos parezca.

Olly se acerca a Diletta.

—Yo te digo que, como cuando volvamos a Roma me encuentre con ese gilipollas de Alex, le parto la cara, mira en qué estado me la ha dejado. Ni la fregona Vileda —le dice susurrando a propósito de Niki.

—Ya. Pero nosotras no nos vamos a rendir.

—¿Nos vamos a la ducha? —grita Olly levantándose de la silla—. ¿Y a ponernos superdivinas para la noche? ¡Lo tengo todo preparado! ¡Seguid a la maestra de ceremonias! Me he estado informando. Aperitivo en Agrari, un bar de piedra que no está tan lleno y tiene unos camareros estupendos, que por cada dos consumiciones te ofrecen una tercera. Si nos lo curramos bien, ¡a lo mejor hasta nos preparan un cóctel!

—¡Dabuten!

—Después nos vamos a comer algo al puerto, a Little Venice. ¡Está lleno de bares! ¡Se come mejor que en los restaurantes! ¡Ensalada con queso feta, *pita gyros*, la versión griega del kebab con salsa tsatziki y pimentón picante! ¡Y yo pienso comer musaka, que me gusta un montón! ¡De todos modos, actividad física para mantener la línea no me falta!

—¡Dabuten! —responden las Olas a coro.

—¡Y después a bailar! ¡Primero en el Scandinavian, luego hay una fiesta en la piscina del Paradise! Y nos ahorramos quince euros por cabeza, porque conozco a los de Milán con los que hemos quedado allí. Luego nos espera el Cavo Paradise... ése está abierto toda la madrugada. Música house para exorcizar ese peñazo del Fobia y además el lugar es tope guay. Una discoteca al aire libre sobre los acantilados. ¡Cuando empieza a salir el sol, miras a tu alrededor y ves a gente hecha polvo que sigue bailando iluminada por las primeras luces del amanecer! ¡¿Qué, estáis listas?!

—¡Sííí! —Las Olas levantan los dos brazos hacia el cielo y gritan felices. También Niki se añade. Y se van, por aquellas callejuelas llenas de gente, hacia su apartamento. Y abandona por un instante sus pensamientos. Ese recuerdo continuo. Esa marea de amor que con demasiada frecuencia y sin ningún motivo lunar la sumerge. Y se deja llevar entre sus amigas las Olas. Y las abraza y caminan todas juntas del brazo, al ritmo de lo que van cantando.

Otra semana. Una sonrisa repentina, sincera, aparece entre las arrugas oscuras, marcadas por el sol en los rostros de los ancianos que bajan por el callejón empedrado hacia la pequeña plaza. Niki le sonríe a una señora que está tejiendo un cesto, rodeada por el color de las buganvillas. Alrededor hay una luz cegadora, que rebota sobre la cal de las paredes. El cielo es azul y terso. Las Olas acaban de bajarse del autobús después de haber recorrido una carretera panorámica, llena de curvas, con Olly que no dejaba de cogerse del brazo de Diletta a cada curva. Erica ha decidido ya la primera meta, el monasterio de la Panayía Hozoviòtissa. Se tarda casi una hora en llegar hasta allí, pero merece la pena. Mil escalones excavados en el acantilado a pico sobre el mar.

—Hala, pero ¿estáis locas?

—Sí. Venga, vamos.

Erica, Niki y Diletta empiezan a subir con energía y sin demasiada fatiga. Olly, en cambio, se queda atrás y se detiene cada dos minutos con la excusa de mirar el paisaje. De vez en cuando, algunos olivos ofrecen un poco de sombra. Al final de la subida, encajado en la montaña a trescientos metros de altura, aparece. Blanco también, como todo lo demás, el monasterio parece una fortaleza. Algunos monjes anacorctas dan la bicnvcnida a los turistas, comprobando su indumentaria. Rápidamente, uno de ellos ofrece a las chicas unas faldas de tela floreada, sonriéndoles.

—¿Y esto qué es? ¿La última moda griega? ¡¿No tendrá también un pareo?! ¡Digamos azul!

—¡Olly! Un poco de respeto... Son para entrar. Éste es un lugar de oración y nosotras vamos casi desnudas.

Olly hace una mueca y se pone la falda. Después entran en silencio. Al final, les aguarda una sorpresa. Los monjes llegan con varios vasos en la mano.

—¿Qué es? —pregunta Olly mientras se quita la falda—. ¿Nos van a drogar?

—No —explica Erica—. Es lukumade, una bebida dulce hecha con miel. Te lo dan para que te recuperes después de la subida.

—¿Es afrodisíaco?

—Sí, para la boca.

—¿Y ahora?

—Ahora nada. Disfruta del paisaje...

El mar alrededor es un verdadero espectáculo. Niki observa en silencio.

—¿En qué piensas? —le pregunta Diletta acercándose.

—En las canciones de Antonacci.

—¿En cuál en concreto?

—«A veces miro el mar, ese eterno movimiento, pero dos ojos son pocos para esa inmensidad, y comprendo que estoy solo. Y paseo por el mundo y me doy cuenta de que dos piernas no bastan para recorrerlo todo...»

Diletta se queda callada. En su móvil suena un bip. Mira a Niki un poco cortada.

—Disculpa un momento.

Niki la observa mientras se saca el móvil del bolsillo de sus pantalones cortos, lo abre y lee. Una leve sonrisa, casi contenida, le ilumina el rostro.

—¿Es Filippo? —pregunta Niki.

—Sí, pero no es nada. Sólo dice que se va a entreno.

—No me mientas. Yo me alegro por ti. Aunque yo esté mal, puedo alegrarme de que mis amigas estén enamoradas.

—Dice que me ama y que me espera.

Niki le sonríe. Entonces se le acerca de repente y la abraza.

—Te quiero, campeona.

Olly llega y las ve.

—¡¿Puedo sumarme?!

Niki y Diletta se vuelven.

—¡Pues claro, ven!

—¡Yo también! — Erica también se acerca y ese abrazo se hace más grande, símbolo de la amistad que las une desde siempre. Las Olas unidas frente al mar.

—¿Y ahora?

—A sólo cuatro kilómetros está Katapola.

—¿Sólo? ¡Al final voy a tener que llevarme unas bombonas de oxígeno!

—Venga, vamos. ¡Está lleno de casitas colgadas sobre el mar, hay pescadores, a lo mejor hasta podemos darnos un paseo en mula! Y está la playa de Ayios Pandeleimon. Venga, puede que sea un poco cansado, pero la guía dice que hay lugares preciosos...

—¡En marcha!

Y bajan corriendo por un caminito. Y llegan hasta el mar. Y dejan las mochilas en la arena y le compran una sandía a un vendedor ambulante. La mantiene fresca en su viejo motocarro lleno de hielo. Y se desnudan y se meten en el agua. Y se salpican. Y poco después cortan la sandía en trozos grandes. Y los devoran y se los ponen en la cabeza. Y después regresan al agua así, con esos pequeños cascos dulces para quedarse conversando hasta la puesta de sol. Hermosas, simples, felices, abandonadas. Cansadas con un cansancio sano, el que se siente cuando haces lo que te gusta, cuando estás bien, cuando estás con aquellos a quienes quieres. Y unos pocos días más y alguna otra aventura para recordar. De las que se guardan para cuando sea necesario... Y después, sólo después, a casa. Roma.

Ciento veintiuno

Casi un mes después.

Los padres de Niki están parados en un semáforo. En el coche. Los dos con la boca abierta. Los dos mudos a causa de la impresión. En la plaza hay una serie de carteles gigantescos. Y en todos aparece Niki. Niki que duerme boca abajo. Niki que duerme con el culo en pompa, con un brazo por el suelo y, por fin, Niki recién despertada, con el pelo un poco revuelto y un paquete en la mano. Sonríe. «¿Quieres soñar? Coge LaLuna.»

Roberto se vuelve estupefacto todavía hacia Simona.

—Pero ¿cuándo ha hecho Niki la publicidad de esos caramelos?

Simona intenta tranquilizar a Roberto. Sea como sea, tiene que darle a entender que Niki y ella siempre se lo cuentan todo.

—Sí, sí, algo me dijo... pero ¡no pensé que fuese algo tan importante!

El padre de Niki arranca de nuevo, pero no parece muy convencido.

—Vale, pero las fotos son extrañas... quiero decir, que no parecen de estudio, más bien parecen... robadas. Eso mismo. Como si se las hubiesen hecho en casa de alguien. Vaya, que la han estudiado bien. Parece que esté dormida de verdad, ¿te das cuenta? Y que después se acabe de despertar. Cómo te lo diría... Es la misma cara que llevo viendo desde hace dieciocho años, todos los domingos por la mañana...

Simona suspira.

—Ya. Son muy buenos.

Luego Roberto la mira un poco más convencido y feliz.

—¿Tú crees que a Niki le habrán pagado bien por este anuncio?

—Sí, creo que sí.

—Cómo que crees que sí. ¿No habéis hablado de ese tema?

—Pero, cariño, no hay que agobiarla. Si no, después no me explica nada.

—Ah, ya... Tienes razón...

Al llegar a casa les espera una sorpresa aún mayor. Alessandro está allí. Los está esperando. Simona lo reconoce e intenta preparar a su marido de alguna manera.

—Cariño...

—¿Qué ocurre, tesoro, se nos ha olvidado la leche?

—No. ¿Ves a ese chico? —Y señala a Alessandro.

—Sí. ¿Qué?

—Es el falso agente de seguros del que te hablé. Y, sobre todo, en estos momentos es la persona más importante para Niki.

—¡¿Ése?! —Roberto aparca.

—Sí, puede que te niegues a admitirlo, pero tiene su atractivo...

—Bueno, digamos que lo oculta muy bien.

—Muy gracioso. Deja que hable yo, dado que ya nos conocemos. Espérame arriba.

Roberto echa el freno de mano, apaga el motor.

—Por supuesto. Pero esto no irá a acabar como en *El graduado*, ¿no?

—¡Idiota!

Simona le da un manotazo y lo empuja fuera del coche. Roberto se baja, camina con Simona y llegan ante Alessandro. Roberto lo ignora, pasa de largo y sube a su casa. Simona, en cambio, se detiene frente a él.

—Ya lo entiendo. Lo ha pensado mejor y quiere que haga alguna otra extraña inversión...

Alessandro sonríe.

—No. Quería pedirle una cosa. Sé que Niki vuelve mañana. ¿Le podría dar esto?

Alessandro le da un sobre. Simona lo coge, lo mira y se queda un instante pensativa.

—¿Le hará daño?

Alessandro se queda en silencio. Después sonríe.

—Espero que no. Me gustaría que le hiciese sonreír.

—A mí también. Y cómo. Y aún más le gustaría a mi marido. —Y después se va sin despedirse.

Alessandro vuelve a montarse en su Mercedes y se aleja.

Simona entra en casa. Roberto se le acerca de inmediato.

—¿Y bien, qué quería?

—Me ha dado esto. —Deja el sobre cerrado encima de la mesa.

Roberto lo coge. Intenta ver algo a contraluz.

—No se lee nada. —Luego mira a su mujer—. Lo voy a abrir.

—Ni se te ocurra, Roberto.

—Venga, pon agua a hervir.

Simona lo mira sorprendida.

—¿Ya tienes hambre? ¿Quieres cenar...? Si sólo son las siete y media.

—No, quiero abrir el sobre con el vapor.

—Pero ¿tú dónde lees esas cosas?

—En *Diabolik*, desde siempre.

—Entonces, a saber la de cartas que me habrás abierto.

—Puede que una, pero no estábamos casados.

—¡Te odio! ¿Y de quién era?

—Bah, de nadie. Era una factura.

—¡Espero que por lo menos la pagases tú!

—No, era la factura de un regalo para mí...

—¡Te odio el doble!

Roberto mira de nuevo el sobre. Le da vueltas entre sus manos.

—Oye, yo lo abro.

—¡De ninguna manera! Tu hija no te lo iba a perdonar nunca. Jamás volvería a tener confianza en ti.

—Sí, pero la tendría en ti, que me lo habías prohibido. Yo le digo que tú no querías que lo abriese, que hemos discutido un montón... ¡y tú ganas aún más puntos! Podemos hacer como los policías americanos en los interrogatorios, tú de poli buena y yo soy el malo. Y así nos enteramos de qué es lo que tiene que decirle ese...

Simona le arranca a Roberto el sobre de las manos.

—No, tu hija acaba de cumplir dieciocho años, ya es mayor de edad. Salió por esa puerta y volverá a entrar todas las veces que quiera. Pero es su vida. Con sus sonrisas. Sus dolores. Sus sueños. Sus ilusiones. Sus llantos. Y sus momentos felices.

—Ya lo sé, sólo me gustaría saber si en esa carta hay algo que pueda causarle daño...

Simona coge el sobre y lo guarda en un cajón.

—Lo abrirá ella cuando vuelva, y le gustará saber que la hemos respetado. Y a lo mejor también se alegra al leerla. Al menos eso espero. Ahora me voy a preparar la cena... —Simona se va a la cocina.

Roberto se sienta en el sofá. Enciende el televisor.

—Ya lo sé —le grita desde el salón—. Es ese «al menos eso espero» tuyo lo que me preocupa.

Ciento veintidós

—Eh, pero ¿qué estás haciendo?

—He venido a buscar unas cosas. Tengo unos documentos que no quiero dejar en la oficina.

Leonardo se apoya en el escritorio y le sonríe.

—Oye, Alex, nunca me he sentido tan feliz... En Japón nos han confirmado toda la línea. ¿Sabías que ahora también tenemos peticiones de Francia y de Alemania?

—Ah, ¿sí?

Alessandro sigue sacando folios de los cajones. Los repasa. Ya no sirven. Los tira a la papelera.

—Sí. Ya han enviado todos los embalajes. Tenemos que hacer una campaña para un nuevo producto que saldrá dentro de dos meses... Un detergente al chocolate... pero ¡que huele a menta! Una cosa absurda, en mi opinión, pero estoy seguro de que encontrarás la idea adecuada para hacer que tu gran amiga la gente la acepte.

Alessandro acaba de recoger los últimos papeles y se incorpora. Hace una ligera flexión hacia atrás poniéndose la mano en la espalda. Leonardo se da cuenta. Sonríe.

—La edad, ¿eh? Pero al final acabaste derrotando al jovencito aquel. Toma, éstos son algunos detalles, el resto de la documentación te la he dejado sobre la mesa.

—Me parece que te conviene volver a llamar al jovencito de Lugano.

—¿Cómo? ¿Qué quieres decir? —Leonardo lo mira con los ojos muy abiertos.

—Que me voy.

—¿Qué? Te han ofrecido otro trabajo, ¡¿eh?! Otra empresa, ¿verdad? Dime quiénes son. Dime quiénes han sido. La Butch & Butch, ¿a que sí? Venga, dime quiénes han sido, que acabaré con ellos.

Alessandro lo mira tranquilo. Leonardo se calma.

—Vale, seamos razonables. —Un largo suspiro—. Nosotros podemos ofrecerte más.

Alessandro sonríe y pasa de largo.

—No lo creo.

—¿Cómo que no? ¿Quieres verlo? Dime la cifra.

Alessandro se detiene.

—¿Quieres saber la cifra?

—Sí.

Alessandro sonríe.

—Bueno, no hay cifra. Me voy de vacaciones. Mi libertad no tiene precio.

Y se dirige hacia el ascensor. Leonardo corre tras él.

—Pero entonces la cosa cambia. Podemos hablarlo. No tiene sentido que vuelva a hacer venir al jovencito... ¿Qué te pasa, estás cabreado?

—¿Por qué iba a estarlo? Gané.

—Ah, sí, claro, claro. Tengo una idea. Mientras estés fuera, le digo a Andrea Soldini que lo vaya preparando todo, ¿qué te parece?

—Bien, me alegra. Y, sobre todo, tengo que decirte que estoy muy contento de una cosa.

Leonardo lo mira con curiosidad.

—¿De cuál?

—De que te hayas acordado de su nombre.

Alessandro aprieta el botón de bajada. Leonardo sonríe.

—Pues claro. Cómo iba a olvidarlo... Ese tipo es la hostia.

En el último momento, Alessandro bloquea las puertas.

—Ah, mira, me parece que también tendrías que hacer que Alessia se quedase en Roma. No la transfieras a Lugano. Aquí hace mucha falta, confía en mí.

—Por supuesto, ¿estás de broma? Es como si nunca se hubiese ido. Y tú, ¿cuándo piensas volver?

—No lo sé...

—Pero ¿adónde vas?

—No lo entenderías.

—Ah, ya veo... Es como el anuncio aquel en el que se ve a un tipo con una tarjeta de crédito solo en una isla desierta.

—Leonardo...

—¿Sí?

—Esto no es un anuncio. Es mi vida. —Entonces Alessandro le sonríe—. Y ahora, ¿me dejas marchar, por favor?

—Claro, claro. —Leonardo suelta las puertas del ascensor, que se cierran lentamente.

—Estaré aquí, esperándote. —Luego se inclina hacia un lado buscando el último resquicio—. Vuelve pronto. —Se inclina aún más y grita casi al vacío—. Tú lo sabes, ¡eres insustituible!

Ciento veintitrés

Niki mete las llaves en la cerradura de casa. Roberto y Simona oyen ese sonido familiar. Están sonrientes y felices, curiosos y divertidos con todas las historias, los lugares, las anécdotas, las aventuras de su joven hija que acaba de llegar a la mayoría de edad. Guapa, morena, un poco más delgada... pero sobre todo increíblemente crecida.

—Y después, ¿sabéis lo que hizo Olly? Bebió como una loca en una fiesta que había en la playa, una *rave* que duró hasta por la mañana. Y tuvo que tomar algo, porque estuvo mala dos días. No se acordaba de nada. Ni siquiera de quiénes éramos nosotras.

Roberto y Simona escuchan casi aterrorizados esas palabras, haciendo como si nada, intentando incluso divertirse.

—Y Erica tuvo una historia con un alemán, una especie de Hulk en rubio. Dice que le gustaría ir a Mónaco el sábado y el domingo. En cambio Diletta no sé cuántas veces pidió a sus padres que le recargaran el móvil para llamar a Filippo. Y cuando no tenía cobertura o se había quedado sin saldo, hacía unas colas interminables para llamar desde un fijo. Un primer amor de dependencia absoluta. ¡Os lo juro, nos daba la paliza cada día contándonos todo lo que se habían dicho, los mensajes que le había mandado, los que había recibido! ¡Una *neverending story*!

Simona la mira.

—¿Y tú?

—¿Yo? Bueno yo me he divertido, lo he pasado bien, muy bien. Tranquila. Mamá, mira lo que me he comprado.

Niki se va hasta su mochila y saca una camisa blanca, toda arruga-da, con el cuello en V y unas piedras cosidas en el escote. Se la pone por delante.

—¿Os gusta? No me costó muy cara.

—¡Sí, es bonita! —Pero Simona apenas tiene tiempo de acabar la frase, pues ya Niki ha salido corriendo hacia la mochila de nuevo.

—Esto os lo he traído a vosotros: un pareo para mamá, y para ti, papá, esta bolsa azul. ¡Son unas sandalias de cuero!

· Roberto las coge.

—Son preciosas, gracias. ¿De qué número son?

Niki lo mira contrariada.

—¡Del tuyo, papá, el cuarenta y tres!

—Vale, es que me parecían pequeñas.

Simona se levanta y va hacia el cajón.

—También nosotros tenemos una cosa para ti. —Saca el sobre de Alessandro.

Niki lo coge y de inmediato reconoce la letra.

—Disculpadme. —Se va a su habitación, cierra la puerta y se sienta en la cama. Da vueltas al sobre entre sus manos. Decide no pensarlo más y lo abre.

«Hola, dulce chica de los jazmines...» Y sigue leyendo, sonriendo, conmoviéndose a veces, soltando una carcajada en algún pasaje. Lee, sonríe. Recuerda cosas, lugares, frases. Recuerda besos y sabores. Y muchas cosas más. Y al final de la carta no tiene dudas. Sale de la ha-bitación, regresa al salón con sus padres. Roberto y Simona están sen-tados en el sofá, intentando distraerse de algún modo. Simona hojea una revista, Roberto está mirando las costuras de las sandalias, las es-tudia con tanta atención que en algún momento parece que tenga ga-nas de montar una empresa para fabricarlas. Simona la ve llegar. Cie-rra la revista e intenta aparentar calma, como si esa carta no le importase lo más mínimo. Pero se muere de curiosidad, se muere de verdad, pagaría lo que fuese por saber qué es lo que hay escrito en ella. No obstante, esboza una ligera sonrisa a fin de no resultar ago-biante.

—¿Todo bien, Niki?

—Sí, mamá. —Niki se sienta delante de ellos—. Papá, mamá, tengo que hablar con vosotros... —Y empieza a hacerlo. Y casi ni se detiene. Sus padres escuchan en silencio esa especie de río desbordado, todas las razones por las que no pueden de ningún modo oponerse.

—Ya está. He acabado. ¿Qué os parece?

Roberto mira a Simona.

—Ya te dije que teníamos que haber abierto esa carta...

Ciento veinticuatro

De rodillas, debajo del lavamanos blanco, con las manos en las frías baldosas del baño. Hace calor. Se seca con la manga del mono la frente perlada de sudor. Entonces la ve. Un par de zapatillas All Stars se detienen a pocos pasos de él. El joven fontanero se aparta de debajo del sifón, y Olly le sonríe.

—¿Quieres agua? ¿Coca-Cola? ¿Café? ¿Té? —Le gustaría hacer como Tess McGill, la joven y combativa secretaria de Katharine Parker en la película *Armas de mujer* y añadir «¿A mí?», pero le parece fuera de lugar. El joven fontanero se sienta en el suelo, se apoya en el lavamanos y sonríe.

—Una Coca, gracias. —La mira mientras sale. Lleva una falda corta, una camiseta corta, calcetines cortos. Todo corto menos sus piernas. Larguísimas. Y además es amable. Por qué iba a molestarse una como ella en venir aquí a preguntarle a un tipo como yo si quiere beber algo.

Olly regresa.

—Toma, te he puesto también una rodaja de limón. La he cortado con mi navaja sarda... —Olly se la enseña—.¿Te gusta? Es un modelo de *arresoja*, superafilada, las hace un artesano de Fluminimaggiore, en Cerdeña. Es un puntazo.

El joven fontanero la coge y la mira. Olly prosigue con su descripción.

—¿Lo ves? En la hoja tiene una incrustación con una águila y el mango es de cuerno de ciervo.

El joven fontanero la abre.

–Bonita. –Y da un trago a su Coca-Cola. Tiene sed de verdad. Allí debajo hace un calor de mil demonios.

Olly se sienta en el borde de la bañera. Cruza las piernas, una rodilla sobre la otra, así no se le ven las bragas. El joven fontanero la mira. Por un momento lo piensa y se pone nervioso. Pero sólo por un momento.

–Gracias.

–De nada. Oye, antes siempre venía otro a arreglar este tipo de cosas de fontanería. ¿Cómo es que has venido tú? No es que me moleste, ¿eh?, es sólo por saberlo.

El joven fontanero continúa aflojando el tubo bajo el lavamanos y sin dejar de trabajar habla.

–El que venía siempre es mi hermano. Ahora trabajamos juntos. Pero hace poco. Bueno, ya casi he acabado.

Olly sonríe y cruza de nuevo las piernas.

–¡Oye, que yo no pretendía meterte prisa!

–Ya está. –El joven fontanero saca el tubo y lo vacía en una cubeta, sale un poco de agua y un montón de pelos. Tin. Un ruido sordo en el plástico azul.

–¿Has visto? Lo conseguí. Tu anillo no se ha perdido.

El joven fontanero se lo da a Olly, que se lo pasa de una mano a la otra sonriendo. Mientras tanto, él vuelve a montar el tubo y lo aprieta fuerte con una llave inglesa.

–Ya está. –Sale todo sudado de debajo–. ¿Has visto? –Mira su reloj–. Veinte minutos. No he tardado mucho...

–Ya te digo. ¡Ha sido cosa de magia! Yo ya lo daba por perdido.

El joven fontanero la mira. Entonces se agacha y gira la llave que hay debajo del lavamanos para abrir el agua. Y decide lanzarse. De todos modos, allí debajo del lavamanos, ella no le puede ver la cara. Lo más que puede hacer es no responder.

–Hubieses tenido problemas con tu novio, ¿eh?

–¡Para nada! Si acaso con mi madre. Me lo regaló ella por la Selectividad... Es que saqué un notable que nadie esperaba... Sobre todo ella. Y esa vez decidió darme un premio. Si lo pierdo se me cae el pelo. Ya me parece oírla. «¡Olimpia, no sientes respeto por nada ni por nadie, todo lo pierdes! ¿Sabes lo que me ha costado hacer que te hagan ese anillo a medida, encontrar algo que te gustase?»

El joven fontanero sonríe y mira el anillo.

—Bueno, la verdad es que es muy bonito.

—Es idéntico al que llevaba Paris Hilton en la última foto en la que aparecía con su novio. Pero ¡yo creo que mi madre ha escatimado, de modo que no creo que éstos sean diamantes de verdad como los del original!

—Pero está bien por su parte que lo haya pensado.

—Sí.

El joven fontanero se echa a la espalda la caja de las herramientas y se dirige hacia la puerta. Olly lo acompaña.

—Bueno, gracias por todo —le dice mostrándole de nuevo el anillo.

—No hay de qué, gracias a ti por la Coca-Cola.

—¿Estás de broma? Sólo faltaría. —Olly se detiene y se golpea con la palma de la mano en la frente—. ¡Demonios, te juro que se me había ido por completo de la cabeza! ¿Cuánto te debo?

Él se queda pensativo un momento. Sólo un momento. Niega con la cabeza.

—Bah, no es nada, está bien así. Sólo he tardado veinte minutos.

—¿Estás de coña? Ni hablar. Tu hermano pedía cien euros sólo por la llamada. Mira que si no no te vuelvo a llamar y hablo sólo con él.

El chico se mete las manos en los bolsillos.

—Ok, pero sólo cincuenta euros. —Y saca una tarjeta de visita—. Pero me tienes que prometer que sólo me llamarás a mí y no a mi hermano. Sólo yo te hago descuento. ¿Prometido?

Olly mira la tarjeta. El apellido delante del nombre. Sabatini Mauro. Tiene un fontanero como de dibujos animados. Olly consigue contener la risa.

—Eres más simpático que tu hermano. Pero no se lo digas, ¿eh?

Justo en ese momento, aparece la madre de Olly en la puerta. Al verla con ese muchacho, vestido con un mono y con una caja de herramientas, la mira preocupada.

–¿Qué sucede, Olly?

–Nada, mami, ¿por qué siempre tienes que estar preocupada? Ha venido a saludarme un amigo, no nos veíamos desde antes de las vacaciones.. –Olly le guiña un ojo a Mauro.

–Buenos días, señora.

–Buenos días, disculpe, pensaba que, no, nada, no pensaba nada.

–Mamá, le estaba enseñando el anillo que me regalaste y le ha gustado muchísimo.

Mauro sonríe.

–Sí, es de muy buen gusto. Se parece un poco al de la señorita Hilton.

La madre mueve la cabeza.

–Es que es el de la Hilton. –Y entra en casa con la compra.

–Adiós, hasta otra –dice Olly, y se acerca a él, besándolo en una mejilla. Mauro se queda perplejo un instante–. Es que no estoy segura de que mi madre no esté vigilando. –Se le acerca al oído y le dice en voz baja–. A lo mejor podemos llamarnos, de lo contrario se dará cuenta de que estaba mintiendo.

Mauro le sonríe.

–Sí, para que no se entere...

Olly se va a la cocina. La madre está colocando la compra.

–Toma, mete esto ahí debajo. –La madre le pasa varios productos de limpieza–. Te he traído el yogur que querías.

–Gracias.

La madre acaba de vaciar las bolsas.

–Es gracioso, ¿sabes? Tu amigo se parece un montón al fontanero que llamamos siempre. Por un momento, pensé que se habría roto el baño o que habrías hecho cualquier otro desastre.

–Para nada. De todas maneras, es verdad que se parece. Yo también lo había pensado. –Mira de nuevo su anillo–. Gracias, mamá. ¡De veras que es precioso!

–Me alegro de que te guste. –Se abrazan. La madre la coge y la estrecha un momento entre sus brazos, mirándola–. Esperemos que no lo pierdas, como todo lo demás.

Olly se apoya en su pecho como no lo hacía en mucho tiempo.

—No, mamá, puedes estar tranquila. —Y mira el anillo todavía mojado.

«Noticiario radiofónico. Buenas tardes. Esta mañana, la policía ha conseguido desarticular una importante red de tráfico de drogas. Al sospechar del continuo ir y venir de la casa de una pareja de ancianos, han irrumpido en la vivienda de madrugada. El señor Aldo Manetti y su mujer Maria han sido hallados en posesión de más de quince kilogramos de cocaína. El matrimonio ha sido arrestado. Desde hace años distribuían droga a los barrios de Trieste y Nomentano, así como también a varios suburbios del Salario. Fútbol. Una nueva adquisición para el...»

Ella fuera de la habitación color añil. Ha llegado el momento de devolverlo. La curiosidad es demasiada. Y en el fondo también se trata de una buena acción... La chica pone el intermitente. La calle está poco iluminada, pero logra ver el nombre en la pared. Via Antonelli. Sí, tiene que ser por aquí. Sigue conduciendo. Del pequeño reproductor de CD del minicoche salen palabras buenas, apropiadas para el momento. «La especialidad del día la sonrisa que me das. En un mundo sin salida se distingue siempre más. Deja ver el lado oscuro de la grande hipocresía que trepa por el muro como el final...» Sonríe y se mira un momento. Sí, ese vestido la favorece de verdad. El gris y el azul siempre le han quedado bien. Un stop. Gira a la derecha. «Yo que estaba tan perdido en la cotidianidad, como un faro encendido me has venido a iluminar.» Muy bien, Eros. Debería de estar cerca. ¿Dónde estará ese dichoso lugar? Esperemos que haya alguien todavía; son las ocho. Maldita sea, siempre tengo que llegar tarde. Se mete por una calle de edificios del siglo XIX. Aminora y empieza a mirar los números. Cincuenta. Cincuenta y dos. Cincuenta y cuatro. Ahí está. Cincuenta y seis. Se detiene y aparca un poco de través. De todos modos, el minicoche es pequeño, es como tener un Smart. Antes de sacar las llaves, las últimas palabras de la canción. «Solamente tú sabes ver mi corazón, solamente tú que das inicio ahora ya... a una nueva edad.» Una nueva edad. Sí, así es como me siento, Eros.

Se baja, deja a la vista la tarjeta horaria y cierra el minicoche. Se sube a la acera y se acerca a los timbres. Lee los nombres. Giorgetti. Danili. Benatti... Ahí está. Y llama. Mientras espera, el corazón le late con fuerza.

—Sí, ¿quién es? —Una voz gritona la sorprende. Se acerca al timbre e inclina la cabeza.

—Sí, soy yo. Quiero decir... estoy buscando al señor Stefano si está.

—Sí, acaba de salir de la oficina. Debe de estar bajando. Si espera, se encontrarán ahí abajo. —Y cuelga el interfono.

Ah. Bien. Ni siquiera tengo que subir. Así que él baja. Y me encuentra aquí. ¡Y ni siquiera sabe quién soy! ¿Qué le digo? ¿Cómo me pongo? ¿Las piernas rectas y rígidas? ¿O mejor me apoyo en el coche, como posando? ¿Y si sostengo la bolsa con las dos manos frente a mí, en plan «aquí tienes tu paquete»? No, será mejor que... Pero no le da tiempo a acabar. Un chico no muy alto, con una chaqueta ligera de lino abre la puerta del portal y la cierra a sus espaldas. Entonces levanta la cabeza y ve a una chica con un vestido corto muy bonito, gris y azul, que está mirando hacia el cielo. Parece que hable sola. Stefano hace una graciosa mueca de sorpresa. Está a punto de irse. Ella se da la vuelta de repente. Lo ve. Silencio.

—¡Eh, perdona!

Stefano se vuelve.

—¿Sí? ¿Hablas conmigo?

—¡Si sólo estás tú! ¿Por casualidad eres Stefano?

—Sí, ¿por qué?

—¡Esto es tuyo! —Y le tiende el ordenador en su funda.

—¿Mío? ¿Qué es? —Stefano se le acerca, coge la funda y la abre, sosteniéndola sobre su rodilla levantada. La cara le cambia de golpe—. ¡No! ¡No me lo puedo creer! ¡Es mi portátil! ¡No te haces idea! ¡Lo tenía todo dentro, un montón de cosas que no había salvado! He tenido que matarme a trabajar, y algunas cosas incluso las he vuelto a escribir de nuevo. Pero ¡lo perdí hace tiempo! ¡Vaya, no es que lo perdiera, más bien me lo pisparon!

—Pues claro, si lo dejas encima de un contenedor, ¿qué esperas? ¡¿Que te lo devuelvan los de la limpieza o un gato vagabundo?!

Stefano la mira.

—¿Quién eres, cómo lo has hecho?

—El gato. Yo soy el gato que esa noche pasó por allí y se lo encontró. Después lo encendí. Ni siquiera le habías puesto contraseña de acceso. ¡Qué tonto! Así todo el mundo puede leer lo que hay. ¡Eso es peligrosísimo!

—¡Nunca la pongo, porque como soy tan distraído se me olvida siempre!

—Yo te doy una muy fácil: ¡Erica!

—¿Erica?

—Sí, mucho gusto. —Y le tiende la mano riéndose—. ¡No se te puede olvidar! ¡Es el nombre de tu ángel de la guarda!

Stefano sigue sorprendido, pero al final sonríe.

—Oye —continúa Erica—,¿qué pensabas hacer ahora? Son casi las nueve. Caramba, tú sí que trabajas, ¿eh?

—Sí, últimamente me han dado un montón de trabajo en la editorial. ¿Que qué pensaba hacer? Me voy a comer algo, como todo el mundo. ¡Me muero de hambre!

—¡Yo también!

Silencio.

—Bueno, si estás casado, prometido, blindado, pillado, pescado o similar, dímelo. Lo entenderé. Puede ser también que pienses que soy una maníaca y que te violaré en cuanto doblemos la esquina. También en ese caso te entenderé.

Más silencio.

—Todo te lo dices tú, ¿eh? Qué va. ¿Blindado de qué? ¡¿Quién iba a quererme?! —Y se ríe. Con una sonrisa que Erica nunca ha visto. Una sonrisa de luna lejana, de mar que va y viene, de todas esas palabras que ha leído de él en las semanas precedentes. Una sonrisa hermosa—. En realidad, estoy en deuda contigo. Tienes razón. ¿Cenamos juntos? ¿Te apetece una pizza? ¡No puedo permitirme más!

—¡Sí! ¿Y si te violo?

—Bueno, todas las mañanas hago... ¡abdominales! ¡¿Crees que podré defenderme?!

Erica se echa a reír.

—¿Vas a pie?

—No, tengo un minicoche.

—Déjalo aquí, es una zona tranquila. ¿Te apetece caminar? La noche es apacible y hay una buena pizzería aquí cerca.

—Ok. —Y se alejan.

—Mira qué bonita, la iba escuchando antes, mientras venía hacia aquí...

Erica le pasa los auriculares de su iPod. Stefano se lo pone con un poco de trabajo. Entonces empieza a caminar al ritmo de la música.

—Eh, no está nada mal, en serio. Yo siempre escucho música clásica, ¿sabes?

—¿De veras? Me gustaría aprender a escucharla, me parece tan...

—¿Antigua?

—No, antigua no, no sé, extraña... ¡Difícil! O sea, a lo mejor, no sé, me cuesta entenderla.

Stefano sonríe.

—Estoy seguro de que no te iba a costar tanto... ¿Y estos que estoy escuchando quiénes son?

—Los Dire Straits... *Money For Nothing*...

—Ah, sí, los conozco.

Y ella sonríe. Y también él, mientras empieza *Sultans Of Swing*. Y siguen. Como cada primera vez. Y el mundo parece detenerse a su alrededor para dejarlos pasar, para verlos alejarse juntos, hacia una cena simple que de todos modos está llena de cosas nuevas que contar.

«Y ahora una noticia del mundo del espectáculo. Ayer se estrenó en varios cines la nueva película del director Piero Caminetti. Al acabar la proyección, en la sala principal del cine Adriano, en la que se hallaban presentes también los actores, el público silbó durante largo rato a la protagonista, la joven actriz debutante Paola Pelliccia. Su interpretación ha sido calificada de poco creíble y absolutamente inadecuada para el papel. Mucho mejor parado salió el protagonista, el personaje principal, interpretado por el conocido actor...»

La misma ciudad. Un poco más allá y un poco más tarde. Fuera, los coches pasan veloces. Pero el ruido del tráfico apenas se oye. O al menos ella no lo oye. De los altavoces llega con el volumen justo una canción. «...*Know no fear I'll still be here tomorrow, bend my ear I'm not gonna go away. You are love so why do you shed a tear, know no fear you will see heaven from here*...» No la conocía. Pero es bonita. Sí, no voy a tener miedo, porque tú seguirás aquí mañana. No tengas miedo, verás el paraíso desde aquí. Él la coge de la mano.

—¿Tus padres no están?

—No, el domingo por la noche siempre se van a cenar y después al cine.

—¿Hermanos o hermanas?

—No.

—¿Han salido también?

—Hijo único. —Y le aprieta la mano con delicadeza—. Ven. Te lo enseño. —Abre una puerta de madera de nogal y una sala grande, luminosa y llena de libros la acoge. No le da tiempo a preguntar «¿Lees mucho?», porque de todos modos le regala una respuesta aún más importante. Un beso largo, intenso, profundo la rapta. Y esa habitación parece un mar que se balancea en verano, parece un cielo que observa a dos nubes blancas que se persiguen. Robbie Williams llega desde el salón... y parece el viento cuando habla a los árboles y los mueve, y les habla de lugares lejanos, apenas visitados... «*We are love don't let it fall on deaf ears. Now it's clear, we have seen heaven from here*...» El paraíso es una simple habitación de un chico que juega a baloncesto y todas las mañanas tiene un detalle agradable con ella, un detalle con sabor a cereales y frutas del bosque. El paraíso es una colcha azul fina de una cama que la acoge como un pétalo que cae en las olas. Y ella se siente llevar, suave y un poco asustada, pero feliz de estar allí, de haber aceptado ese viaje que están a punto de emprender juntos. Sin partir. Sin maletas. Sin mapas ni planos. Porque en el amor los caminos y el paisaje se descubren cada vez. Porque nadie te los enseña. O quizá sí. Y su respiración te guía. Te dice dónde girar. Dónde aminorar. Dónde detenerse... Y partir de nuevo sin miedo. Filippo la mira así, tumbada, tan hermosa. Y le parece que nunca ha visto salir tanta luz de sólo dos ojos. Le parece que de repente la vida tiene sentido y que todo cuanto ha hecho hasta hoy ha servido precisamente para llegar hasta allí. A ese nuevo paraíso, destino: felicidad. Esa habitación. Se acerca despacio y la acaricia y siente que su respiración se hace más lenta y profunda, asustada, pequeña ola perdida en ese mar en el que están a punto de entrar.

—Yo... nunca lo he hecho... —le susurra ella al oído.

—Yo tampoco.

—¿Es tu primera vez?

—Sí... contigo. —Y puede que sea verdad o que no. Pero es tan hermoso creer en la felicidad. Y esa respuesta vale cien, vale mil, vale todo un pasado que ya no importa conocer. Porque cuando haces el amor con la persona a la que amas, es siempre la primera vez, es siempre una partida. Diletta lo mira y después lo abraza con todas sus fuerzas. Se siente protegida, se siente acogida y amada. Y entonces esa cama se convierte en una barca en medio de las olas. Olas tranquilas, ligeras, olas que acunan. Olas que no dan miedo. Olas que los llevan hacia una nueva isla desierta, sólo para ellos dos.

«Sucesos. El joven Gino Basanni, más conocido con el apodo de el Mochuelo, ha resultado herido de gravedad en un tiroteo. El joven había sido arrestado anteriormente por robo de coches y tráfico de estupefacientes. Esta vez intentaba dar un golpe más grande, introduciéndose...»

Más tarde. Entre la puerta y el armario hay colgada una fotografía de un enorme acantilado golpeado por el mar. Diletta la mira. Sonríe. Filippo le acaricia el cabello, lo aparta, libera su rostro dándole más luz. Y después un leve beso en la mejilla.

—Estás muy hermosa después del amor.

—Tú también. ¿Has visto?

—¿El qué?

—Los arrecifes.

Filippo se vuelve. También él mira la foto.

—Sí, es una foto que hice cuando fui a Bretaña, el verano pasado. ¿Sabes?, la llaman el reino del viento. Se puede hacer la ruta de los faros, desde Brest hasta Ouessant, saliendo del de Trézien, en Plouarzel. Pero a mí lo que me gustó fueron los acantilados. Sólidos, fuertes, siempre soportando el azote del mar, tanto que al final acaban formando parte de él.

Otro ligero beso en aquellos labios rojos, suaves, llenos de amor todavía.

—¿Lo has pensado alguna vez? Los arrecifes resisten las olas, la sal, el viento, pero se dejan modelar, cambian de forma, con el tiempo se vuelven lisos, van perdiendo las aristas, parecen suaves...

Diletta se apoya en él.

—Las olas y los arrecifes. Como el amor entre las personas. Uno se encuentra, se elige, se mete en mar abierto.

Filippo le coge el rostro entre las manos.

—Y tú, pequeña ola, te has hecho amar.

Se abrazan. Ella lo mira, se aprieta con fuerza a él. Y sonríe oculta entre sus brazos.

—He esperado tanto porque tenía miedo. Sentiría tanto haber sido una idiota. No hagas que tenga razón.

—Has sido inteligente al esperarme. Y al tener miedo. Pero ahora serías idiota si no disfrutases nuestra felicidad.

«Sigue el estado de pronóstico reservado del conocido cantante Fabio Fobia. Se vio involucrado en una pelea que se produjo en un local social de la Tiburtina. Al parecer, al final de su concierto, una chica del público mostró su disgusto por sus particulares e insistentes atenciones. Ello motivó una pelea entre el joven cantante y el acompañante de la chica, quien salió mucho mejor parado. Fabio Fobia continúa hospitalizado. A continuación, escucharemos una canción de su último single, que quedó finalista en el concurso de voces jóvenes de Villa Santa Maria, en Abruzzo: "Perdóname, a lo mejor me he equivocado, he recordado lo que me regalaste. Una sonrisa. Un beso. Un viaje nunca empezado...".»

El camarero llega con dos pizzas marineras humeantes. Ha traído ya dos jarras de cerveza bien fría. Erica lo mira.

—Tengo que confesarte una cosa.

—Dime.

—Tú escribes superbién. Me has hecho compañía en estas semanas. He leído tus cosas en el ordenador.

—¡Venga ya! ¿De veras?

—¿Te molesta?

—No. En el fondo, uno escribe para ser leído, antes o después. ¡Y mejor si es una extraña!

—Es curioso, porque a mí en cambio me parece que te conozco desde siempre. ¡A lo mejor es porque te he leído!

—¿Qué es lo que te ha gustado en particular?

—Bueno, por ejemplo, muchos pasajes que tienes en esa carpeta que se llama «Martin». Es tu nombre artístico, ¿verdad? Bonito. Sí, allí has escrito cosas muy bellas... hasta me las he copiado en la agenda. Esa última frase, la que dice «Y en el instante en que supo, dejó de saber». ¡Demonios, es preciosa!

Stefano se queda callado. Mastica un poco de pizza. Pero tiene una expresión graciosa. Erica continúa.

—Había también otra carpeta, la que se llamaba «El último atardecer». Vaya, a mí me parece que ahí has dado lo mejor de ti. ¡Hay pasajes preciosos! Pero eso no lo has terminado todavía, ¿verdad?

Stefano deja de comer. Apoya el tenedor en el enorme plato blanco. Coge su jarra y toma un sorbo de cerveza. Luego se echa a reír.

—¿Qué ocurre, qué es lo que he dicho?

—No, nada... ¡es que me hace gracia!

—¿El qué?

—Vale. «Martin» no es mi nombre artístico. Lo puse por *Martin Eden*. Y lo que has leído en esa carpeta es mi traducción de la novela de Jack London que lleva ese título.

Silencio.

—Es del que nos hablaron en la escuela...

—Sí, ese mismo. Van a sacar una versión moderna, y me habían encargado la traducción y tú... Bueno, por suerte me has salvado, no lo hubiese conseguido jamás si no me hubieses devuelto el ordenador con todo el trabajo que ya tenía hecho.

—Pero ¿en serio es de Jack London?

—Y tan en serio. Tengo que traducir también la próxima novela, *El vagabundo de las estrellas*.

—Jo, y yo que creía que había leído *Martin Eden*. Lo podías haber puesto, ¿no?

Silencio.

—Entonces, ¿también la otra novela es de Jack London?

—No.

—¿De un amigo?

—No.

—¿De uno de los autores de la editorial?

—No. Es mía.

Silencio.

—¿Te estás quedando conmigo?

—No, en serio, es mía. Y eres la primera persona que la lee...

—¡Venga ya! ¡Eres muy bueno! —Y Erica golpea con las manos sobre la mesa haciendo que otros clientes de la pizzería se vuelvan—. ¡Eres genial! ¡Escribes que es una pasada! ¡Eres mi escritor favorito! —Coge la jarra y la levanta al cielo.

Stefano sonríe y hace otro tanto. Los cristales se tocan y resuenan alegres.

—¡Por el hombre de las palabras adecuadas para mí! —Y todavía no sabe lo cierto que es ese brindis.

Ciento veinticinco

Alessandro camina sonriente por la playa.

—Buenos días. —Pero el señor Winspeare no quiere saber nada. Hace ya más de tres semanas que estoy aquí, se encuentran todas las mañanas durante sus respectivos paseos, pero ese señor nunca responde a su saludo. Alessandro no desespera. Sigue así, como ha aprendido a vivir. Los demás no van a venir a cambiarnos en aquello que nos parece correcto o que sobre todo nos gusta hacer. Es cierto, este lugar es hermoso. Tenía razón ella, la chica de los jazmines. Alessandro sonríe para sí, mirando el mar a lo lejos. Se ve pasar alguna barca por la sutil línea del horizonte. Alessandro se cubre los ojos con la mano. Intenta mirar aún más lejos. A lo mejor llega algún ferry, una carta que leer, alguna cosa por la que sonreír. Acaba por desistir. No. Estoy demasiado lejos. Entonces mira a su alrededor. Las rocas, el prado verde que sube desde el acantilado, ese faro... la Isla Azul.

Es aún más bella que como la había visto en Internet. Niki. Niki y su sueño. Hacer una semana de *lighthouse keeper*, de guardián del faro. Alessandro sonríe y regresa hacia la casa. Los sueños existen para intentar realizarlos. Y cada día nos decimos: «Sí, lo haré mañana.» ¿Y ahora? ¿De qué vivimos ahora? Y coge la tabla que se ha traído y la tira al agua. Se tumba encima y da unas brazadas. Poco después está lejos. Apoya las rodillas en la tabla y mira a ver si llega alguna ola. Bien, ésa podría ser buena. Se vuelve sobre sí mismo e intenta dar alguna brazada. Nada. La ola le pasa por debajo. La ha perdido. Nada. Vuelve a dejar colgar las piernas y se tumba sobre la tabla. Pero ahora que lo pienso, cogí una, hace ya tiempo. ¿Cuándo fue? Por lo menos hace diez días. La cogí, piensa Alessandro, me subí encima y casi logro ponerme de pie sobre la tabla. Pero la ola era demasiado pequeña y me caí. Alessandro mira de nuevo a lo lejos. Nada que hacer. Hoy el mar está tranquilo. Entonces da unas brazadas rápidas y regresa a la orilla, guarda la tabla en la cabaña, coge una toalla azul grande y se seca a toda velocidad. Se frota con fuerza, intentando quitarse de encima la sal y el frío del mar de la isla del Giglio. Brrr. Ya está. Así está mejor. Me siento hasta más tonificado. Alessandro se sienta en una roca cercana, abre su mochila y lo saca. Sonríe y hojea de nuevo el libro que se ha comprado. Un manual de surf. Cómo convertirse en surfista en diez lecciones. Contiene explicaciones de cómo surfistas famosos se ponen de pie sobre sus tablas en el momento justo para coger olas de por lo menos cuatro metros. Y varias fotos. Ya, pero esas olas no llegan nunca aquí. Alessandro cierra el libro. No llegan, no... A lo mejor soy afortunado. Vuelve a ponerse la sudadera azul y baja hacia el pueblo. Baja, bueno... no son ni doscientos metros.

—Buenos días, señora Brighel.

—Buenos días, señor Belli, ¿todo bien?

—Sí, gracias... ¿Y usted?

—Muy bien, gracias. Le he guardado una lubina fresca, patatas y calabacines, como me pidió. Me he permitido también reservarle unos erizos. ¿Quiere sopa de erizos, señor Belli?

—¿Por qué no, señora Brighel? Me encantaría probarla. —Alessandro se sienta en una pequeña taberna, como lleva haciendo desde hace más de quince días.

—Aquí tiene su vaso de vino blanco de California y un poco de mi mousse de atún con pan tostado. —La señora Brighel se limpia las manos en el delantal que lleva a la cintura y le sonríe—. Yo creo que mi mousse le pirra, ¿eh? Desde que la probó no ha parado, todos los días la quiere...

—Me gusta mucho porque la hace usted con sus manos, y con amor, y, además, no veo por qué cuando uno encuentra algo que le gusta tanto tiene que dejarlo.

—Estoy plenamente de acuerdo con usted, señor Belli.

—Ya. —Entonces Alessandro se sirve un poco de vino y sonríe para sí. ¿No me lo podía haber preguntado antes? Está bien. No debo desesperar.

—Bien, señor Belli, yo me voy para allá. ¿Desea otra cosa mientras cocino?

—No, señora Brighel, tómeselo con calma.

Poco después, regresa a la mesa con una sorpresa.

—Tenga, quiero que pruebe estos langostinos crudos. Me los acaba de traer mi marido, el señor Winspeare. ¿Le ha saludado hoy?

Alessandro acaba de beber un poco de vino. Se limpia los labios.

—No, señora Brighel.

—Ah... pero estoy convencida de que lo hará.

—Eso espero. Lo importante, como para todo, es no tener prisa.

La señora Brighel se detiene frente a la mesa y se seca sus manos nudosas, mojadas todavía de langostinos acabados de pelar.

—Me gusta su filosofía. Sí, antes o después acaba sucediendo. No hay que tener prisa... Tiene razón en lo que dice. —Y regresa a la cocina. Alessandro unta un poco de mousse sobre el pan tostado. Sí, no tener prisa... Prueba un langostino. Buenísimo. Se chupa los dedos y se los limpia con la servilleta. Coge el vaso de vino frío y toma un largo trago. Ya, ¿qué prisa hay? He dejado el trabajo por un tiempo. Necesito mi tiempo. Ya no tenía vida. Leonardo, cuando se lo dije, se echó a reír. Después, cuando se dio cuenta de que iba en serio, se enfadó. Me dijo: «Están a punto de salir otras dos grandes campañas publicitarias, Alex, y sólo están esperándote.» Pero hay un pequeño detalle, querido Leonardo. Yo no estoy esperando por ellas. Yo estoy esperando volver a empezar a vivir, a emocionarme de nuevo, a reír, a bromear, a correr, a saborear cada instante de mi tiempo, a respirarlo todo, hasta el fondo, el tiempo que quiero vivir sin prisa. Sí. Estoy esperando a ese motor amor, te estoy esperando, Niki. Entonces una duda asalta a Alessandro. ¿Y si sus padres hubiesen abierto aquel sobre? ¿Y si lo hubiesen roto junto con su billete para venir hasta aquí? ¿Y si no le hubiesen dicho nada? Yo estoy aquí, lejos, en la isla del Giglio, a cincuenta minutos de Porto Santo Stefano, a casi tres horas de Roma, lejos de todos y de todo, sin trabajo pero con mi vida. Sólo que ella no está. Estoy solo. Guardián del faro. Con la señora Brighel que me prepara unas comidas riquísimas, el señor Winspeare que por el momento no me saluda, y una tabla que no quiere saber nada de hacer surf conmigo encima. Sin prisa... Esperemos. Otro día está a punto de acabar.

Alessandro mira el sol que lentamente se colorea de rojo. Esa gaviota que pasa a lo lejos y una nube ligera, un poco más allá, solitaria, inmóvil.

Entonces sucede de repente. Piiiii. Un claxon. E inmediatamente después, detrás de la curva, ahí está. Un viejo Volkswagen Cabriolet azul, traqueteante, está subiendo por la cuesta. Parece tranquilo, sereno, lo mismo que la chica que lo conduce. Lleva un sombrero en la cabeza, una boina, pero el pelo rubio castaño, libre y salvaje, así como esa sonrisa divertida no dejan lugar a dudas. Es Niki.

Alessandro se levanta y corre a su encuentro. Niki avanza todavía algunos metros, después frena bruscamente y apaga el motor.

—Eh, al final te sacaste el carnet.

—Sí, pero me faltan las últimas lecciones. ¿Sabes?, es que hubo alguien que se fue.

Alessandro sonríe. Después mira su reloj.

—Hace veintiún días, ocho horas, dieciséis minutos y veinticuatro segundos que te estoy esperando.

—¿Y qué quieres decir con eso? En mi caso hace más de dieciocho años que te espero y nunca me he quejado.

Entonces se baja del coche. Se acercan, se quedan en la carretera, con el sol rojo que ya empieza a desaparecer detrás de aquel horizonte lejano, hecho de mar.

Alessandro le sonríe, le toma el rostro entre las manos. También Niki sonríe.

—Quería ver cuánto tiempo eras capaz de esperarme.

—Si tenías que llegar un día, te habría esperado toda la vida.

Niki se aparta un poco, se mete en el escarabajo y aprieta un botón. Suena una música. *She's The One* inunda el aire.

—Ya está, empecemos de nuevo desde aquí. ¿Dónde nos habíamos quedado?

—En esto... —Y le da un largo beso. Con pasión, con amor, con ilusión, con esperanza, con diversión, con miedo. Miedo de haberla perdido. Miedo de que a pesar de haber leído su carta no hubiese llegado hasta allí nunca. Miedo de que otro se la hubiese llevado. Miedo de que se le hubiese pasado como un capricho. Y continúa besándola. Con los ojos cerrados. Feliz. Ya sin miedo. Y con amor.

La señora Brighel sale de la taberna con la sopa caliente en el plato. Pero no encuentra a nadie sentado en la silla.

—Pero señor Belli... —Y entonces los ve, al borde de la carretera, perdidos en ese beso. Y sonríe. Entonces aparece a su lado su marido, el señor Winspeare. También él observa la escena. Y menea la cabeza.

Alessandro se aparta un poco de Niki, la coge de la mano.

—Ven... —Y echan a correr hacia el faro. Pasan por delante de la señora Brighel—. Volvemos en seguida, prepare comida para dos. —Se detiene—. Ah, ella es Niki.

La señora sonríe.

—¡Encantada!

Lo saludan a él también.

—Mire, señor Winspeare, le presento a Niki.

Y por primera vez, el señor Winspeare emite un extraño gruñido.

—Grunf.... —Que puede querer decirlo todo o nada. Porque, a lo mejor, sólo se estaba atragantando. Pero podría ser también un primer paso.

Niki y Alessandro continúan corriendo y entran en el faro.

—Mira, aquí está la cocina, aquí la sala y ésta...

—Eh, ¿qué es eso?

—¿Has visto? He traído también una tabla para ti.

—¿Cómo también?

—Sí, hay otra también para mí.

—¿Y lo has conseguido?

—No. Pero ahora que estás tú aquí...

—Entonces tú acabas de darme las clases de conducción y yo empiezo a darte lecciones de surf.

—Ok.

Suben una escalera.

—Éste es el dormitorio... con la ventana que da al mar. Esto es un pequeño estudio y aquí, subiendo esta escalera, está la linterna.

Suben a toda prisa, salen al exterior, se asoman a la terraza. Están muy alto, más alto que todo lo demás. Una brisa cálida, ligera, acaricia los cabellos de Niki. Alessandro la mira mientras ella otea más allá, hacia el mar abierto. La nube aquella, que antes estaba tan lejos, ahora parece cercana. Y la gaviota vuelve a pasar otra vez. Y emite un ruidito. De algún modo, los está saludando, no como el señor Winspeare. Y sigue volando, planeando un poco más allá, en busca de alguna corriente fácil. Más lejos, sobre el horizonte, asoma un último rayo de sol. Cálido todavía, rojo, encendido. Pero se está yendo. Entonces Niki cierra los ojos. Suelta un largo suspiro. Larguísimo. Y siente el mar, el viento, el ruido de las olas, y ese faro con el que tanto había soñado... Alessandro se da cuenta. La abraza despacio por detrás. Niki se abandona. Y apoya la cabeza en su hombro.

—Alex...

—Sí.

—Prométemelo.

—¿El qué?

—Lo que estoy pensando.

Alessandro se inclina hacia delante. Niki tiene los ojos cerrados. Pero sonríe. Sabe que él la está mirando.

Entonces Alessandro la abraza con más fuerza. Y sonríe él también.

—Sí, te lo prometo... Amor.

Agradecimientos

Gracias en particular a Stefano, «el loco», alegre y divertido, que me ha acompañado este verano. Me ha distraído en la campiña toscana haciendo que le contara esta novela en la que creyó desde el primer momento... ¡Claro, como es tan loca!

Gracias a Michele, el viajero. Me ha acompañado en la búsqueda del faro. Lo encóntré con él en la isla del Giglio. También me acompañó mientras buscaba lo demás.

Gracias a Matteo y a su gran entusiasmo. La belleza de sus rasgos está muy por encima de mis simples palabras. Siempre mc he divertido mucho con él por teléfono y nunca me creí en serio que estuviese en Nueva York. A lo mejor me voy hasta allí para comprobar que de veras trabaja en esa oficina.

Gracias a Rosella y a su increíble pasión. ¡Sueña tan bien que al final también tú te acabas creyendo esos sueños!

Gracias a Silvia, Roberta y Paola, aunque sólo nos conozcamos por teléfono, pero se han portado de maravilla, y gracias también a Gianluca, a quien conocí en persona cuando vino a traerme las pruebas y se fue de inmediato sin darme tiempo siquiera a que le invitase a un café.

Gracias a Giulio y Paolo, que me invitaron a una cena en Milán muy especial, pero sobre todo agradable, que muchas veces es lo más difícil.

Gracias a Ked, que me hizo conocer a todas esas personas.

Gracias a Francesca, que quiere cambiarse el ciclomotor, pero no acaba de hacerlo... Se divierte mucho siguiendo mis aventuras. Y siempre me aconseja con humor y sabiduría.

Gracias a todos mis amigos, los de verdad, los que siempre han estado y también están en esta novela. Me han acompañado también en momentos dolorosos, haciendo que ese dolor me resultase más llevadero.

Gracias a Giulia, que ha sido sumamente paciente y ha estado siempre a mi lado con su hermosa sonrisa. Ella ha sido mi verdadero faro en estos tiempos de tormenta, cuando el mar está agitado y uno pierde de vista la tierra.

Gracias a Luce que, como siempre, me hace reír, y a mis dos hermanas, Fabiana y Valentina, que me gustaría que riesen siempre.

Y, por último, un agradecimiento especial a mi amigo Giuseppe. Qué puedo decir... A veces las cosas son tan bellas que si dices algo corres el riesgo de estropearlo todo. En ese caso, prefiero callarme y decir simplemente gracias, papá.

Planeta

España
Av. Diagonal, 662-664
08034 Barcelona (España)
Tel. (34) 93 492 80 36
Fax (34) 93 496 70 58
Mail: info@planetaint.com
www.planeta.es

Argentina
Av. Independencia, 1668
C1100 ABQ Buenos Aires
(Argentina)
Tel. (5411) 4382 40 43/45
Fax (5411) 4383 37 93
Mail: info@eplaneta.com.ar
www.editorialplaneta.com.ar

Brasil
Rua Ministro Rocha Azevedo, 346 -
8º andar
Bairro Cerqueira César
01410-000 São Paulo, SP (Brasil)
Tel. (5511) 3088 25 88
Fax (5511) 3898 20 39
Mail: info@editoraplaneta.com.br

Chile
Av. 11 de Septiembre, 2353,
piso 16
Torre San Ramón, Providencia
Santiago (Chile)
Tel. Gerencia (562) 431 05 20
Fax (562) 431 05 14
Mail: info@planeta.cl
www.editorialplaneta.cl

Colombia
Calle 73, 7-60, pisos 7 al 11
Santafé de Bogotá, D.C.
(Colombia)
Tel. (571) 607 99 97
Fax (571) 607 99 76
Mail: info@planeta.com.co
www.editorialplaneta.com.co

Ecuador
Whymper, 27-166 y Av. Orellana
Quito (Ecuador)
Tel. (5932) 290 89 99
Fax (5932) 250 72 34
Mail: planeta@access.net.ec
www.editorialplaneta.com.ec

Estados Unidos y Centroamérica
2057 NW 87th Avenue
33172 Miami, Florida (USA)
Tel. (1305) 470 0016
Fax (1305) 470 62 67
Mail: infosales@planetapublishing.com
www.planeta.es

México
Av. Presidente Masaryk, 111, piso 2
Colonia Chapultepec Morales, CP 11570
Delegación Miguel Hidalgo
México, D.F. (México)
Tel. (52) 30 00 62 00
Fax (52) 30 00 62 57
Mail: info@planeta.com.mx
www.editorialplaneta.com.mx
www.planeta.com.mx

Perú
Grupo Editor
Jirón Talara, 223
Jesús María, Lima (Perú)
Tel. (511) 424 56 57
Fax (511) 424 51 49
www.editorialplaneta.com.co

Portugal
Publicações Dom Quixote
Rua Ivone Silva, 6, 2.º
1050-124 Lisboa (Portugal)
Tel. (351) 21 120 90 00
Fax (351) 21 120 90 39
Mail: editorial@dquixote.pt
www.dquixote.pt

Uruguay
Cuareim, 1647
11100 Montevideo (Uruguay)
Tel. (5982) 901 40 26
Fax (5982) 902 25 50
Mail: info@planeta.com.uy
www.editorialplaneta.com.uy

Venezuela
Calle Madrid, entre New York y Trinidad
Quinta Toscanella
Las Mercedes, Caracas (Venezuela)
Tel. (58212) 991 33 38
Fax (58212) 991 37 92
Mail: info@planeta.com.ve
www.editorialplaneta.com.ve